U0613521

国家古籍整理出版专项经费资助项目

四代傳詩衍世澤
一編羽翼誦清芬

沈愛九題耑

續補藏書紀事詩箋證

王謇 ◎ 著　王学雷 ◎ 笺证

国家图书馆出版社

图书在版编目（CIP）数据

续补藏书纪事诗笺证 / 王謇著；王学雷笺证 . — 北京：国家图书馆出版社，2025.6

ISBN 978-7-5013-7176-1

Ⅰ.①续… Ⅱ.①王… ②王… Ⅲ.①古典诗歌—诗集—中国—清后期 Ⅳ.① I222.752

中国国家版本馆 CIP 数据核字（2020）第 266468 号

书　　名　续补藏书纪事诗笺证
著　　者　王謇 著　王学雷 笺证
责任编辑　潘云侠　刘奥林
封面设计　一瓢文化·邱特聪

出版发行　国家图书馆出版社（北京市西城区文津街 7 号　100034）
　　　　　（原书目文献出版社　北京图书馆出版社）
　　　　　010-66114536　63802249　nlcpress@nlc.cn（邮购）
网　　址　http://www.nlcpress.com
印　　装　北京科信印刷有限公司
版次印次　2025 年 6 月第 1 版　2025 年 6 月第 1 次印刷

开　　本　710×1000　1/16
印　　张　34.75
字　　数　462 千字
书　　号　ISBN 978-7-5013-7176-1
定　　价　168.00 元

王謇先生五十一岁像

東吳大學乙卯年級

計俊才　高踐四　徐景韓　王佩諍　盛穀人

王謇先生（右下）1915年东吴大学毕业照

王蘧先生晚年与夫人薛孟任女士在上海流碧精舍门前

引言

吳縣王佩諍學書博學多才家有
彝齋慶藏書甚富又好著述嘗
輯宋平沈城坊圖考傳世讀葉
鞠裳昌熾藏書紀事詩後依其
體續補一百二十餘首爲其晚
年未定稿今彙資付印供研究
藏書源流之參考云

《续补藏书纪事诗》油印本（一）　　　　《续补藏书纪事诗》油印本（二）

右頁（四）

續補藏書紀事詩

沈甃精含海工義蒼之一　　古吳王佩諍峯著

訂起偶拾十四卷未圓集刻百餘篇整理考論無人守每惜師門一法然沈羧鄭本師竹木陳碩甫與南園掃葉山莊之緒教校門弟子必以頌甫先生詩毛氏傳疏為主而來之必正石隴廣雅疏證郛閣集韻定義疏段荔堂說文解字注三書不才不來教後膏即租讖攷撰門拜餘枕大師門下著弟子撰此如萃畢生之力撰說文訂起十四卷實則訂說文解字注書四鑒徧見之不�古斷王氏榮商行賴汪之非而曰請家廷舾書年今鑑徧不斷標題見之不ホ古斷王氏榮商行賴汪之非而曰漢青補正同一義也現藏江蘇青蘇州圖書館末圓集詩文百餘篇果行宏深學者氏之奧宗師孫樵刻㲍李長吉而恕然置之實則郛之詩文非可語淺人者後起無人傷書之人守悉夫

左頁（三）

藏書家姓名

沈修梅郡　黃　　人　學南　章丙麟大交
金鑑蜜天翮　吳梅質安　周中學悟之
翁同龢叔平　李忠佝惝銘　丁揚少闑
賈延竹坡　王頌省師　江鳴鉴鄰門
沈曾植子培　汪之氏之昂　盛昱伯熙
文廷式芸閣　沈　文定昙君　王朝桁省僻
姚文棟子梁　朱緒曾莘伯　郁文埤依門
朱緒盤莘伯　胡文瑞純之　李幸齋藏鐸
嚴修范孫　沈錫祚稀庭　丁涵泳之
余一鑑心琛　張坰翔鵬　丁士涵泳之
曹元忠敀亭　袁齊機翔鵬　曹元忠敀一
民延緒式文　丁揚少闑　丁　　同儉勝之
王萬毅崇之　繆荃孫式之　王儉勝之
吳保初君遂　　　　　　邵章伯朝
　　　　　　　　　　　陳三立伯嚴

清稿本《续补藏书纪事诗》（王学雷藏）

續補藏書紀事詩

流碧精舍海上叢著之一

集韻攷正十巨卷經誼雜著一長編濟陽義莊書庫荒清流寓邸

遺燼燃。

丁泳之孝廉士，恒承南園埽葉山莊陳碩甫先生奧學派校集

韻以畢生之力為之，所藏經小學攷據書數百篋丁丑亂後已

不可問集韻校薰其子孫猶世守之或云寄存秀水王氏學禮

堂疑莫能明此許勉甫先生克勤海甯人寓吳經誼雜識原案

較之刻出者多十倍以上注遺身後書歸張公紱先生一鑫

抗戰兵興張氏吳門舊邸遭刦火許君遺著不堪重問矣

八旂宗室真名士，詩付隱囊歌帽紗文采風流今在否西施唐突

美人麻。

寶竹坡侍郎廷奧黃漱蘭提學張青濤協辦主持清議議有大

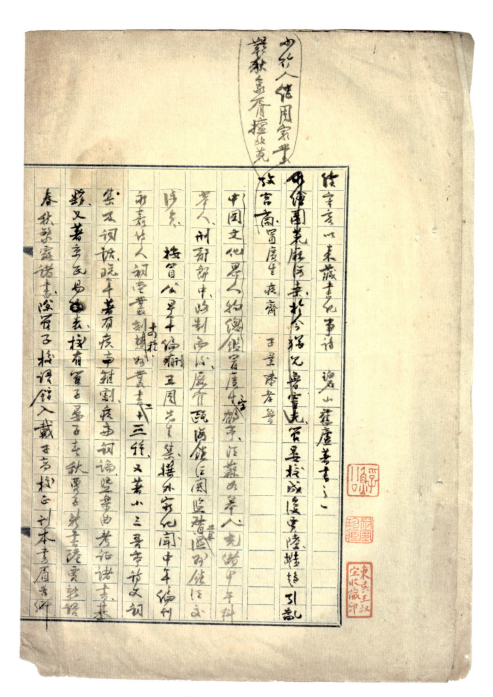

王謇《续辛亥以来藏书纪事诗》散叶

王謇《三续藏书纪事诗》手稿散叶（苏州博物馆藏）

錄自正風（半月刊）卷廿一期（民廿四年五月天津正風社出版）

辛亥以來藏書紀事詩（一續）　倫明

君家城北系南州名滿書林書滿樓通介堂中說經畫無塵雪盈頭（番

愚徐信符家本儒素而購書甚豪往昔余居粤時與有同好每一佳本出輒為所奪

君未出廣州一步而自此平以至甯蘇滬浙諸書店無不識君名蓋嘗通函購書

者也數年前新起一樓以儲珍本及中秘異不勝舉最憶孫退谷元明典故編年係

兩朝日錄相連四庫著錄本及順德龍氏刻本之元朝典故編年非原本也君從父

瀨字仲遠瀨子紹楨字固卿以經學世家有通介堂經說諸種行世固卿嘗為顯宦

亦好聚書但隨得隨散現流寓上海年七十餘矣猶著書不輟有老子說大學說詩

經解等行世）面城故物尚依然人說朱翁此泊船我亦曾在桑下宿嬋嬛一夢竟無緣（南

海曾勉士先生劍晚年以面城樓所有書售於龍山溫氏先是禁烟之役廣東與英

人開釁總督祁墳以先生知兵檄令修硐築壘身負守旋議和所支帑三十餘萬

不能報銷傾家不克償遂質其所有於溫氏徐鐵孫自浙寄詩懷之有誤人豈有陰

王謇藏《辛亥以來藏書紀事詩》鈔本

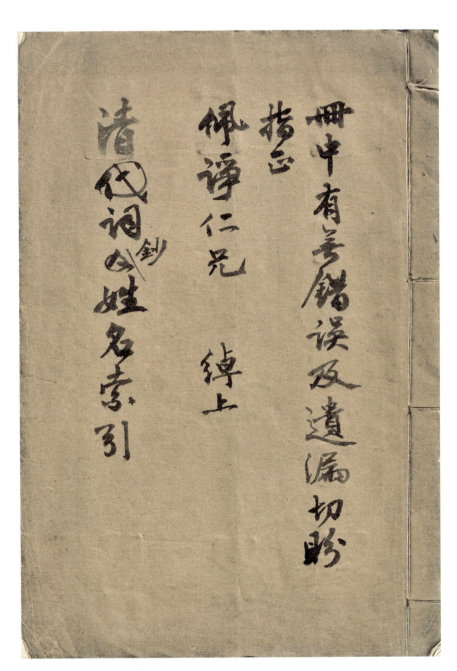

册中有舛错误及遗漏切盼

指正

佩诤仁兄　　绰上

清代词钞姓名索引

叶恭绰赠王謇《清词钞姓名索引》油印本封面题识

章太炎题赠照片（苏州博物馆藏）

流碧精舍师友渊源录长编（一）

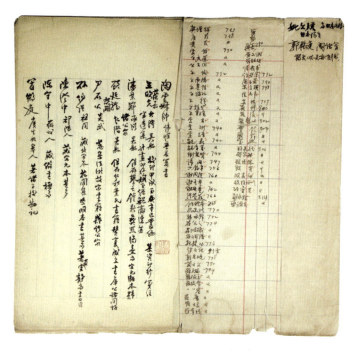

流碧精舍师友渊源录长编（二）

佩老尊席　上週趨候不晤
甚益玉為快　慰吳重暉現
居北京郊區　其通信處見及
予以重暉留心鄉邦文物遍
訪之餘四所藏與長洲周莊鎮
文俶是閒三貞朴輯苯一書家
贈八此書僅太平單入蘇香聞雕
退龍蘇凌刻時而周莊鎮立發
大搜乳中克亮未被煙及實一不
易想纂王事重暉收到回信云
徃後未知有此書可見此書沄寧
見三本迎辱佳順聞　勇此敬頌
儷祺
　　　　不蘇繼顧謹啟
吳尉熙祖通信處　北京朝陽區
呼家樓北巠16號樓2單元川苄
　　　　　　　　三月九日

苏继顺致王翚函

佩老鄉長大人閣下壬二月廿三日

大教敬悉
惠諭懇〻一至於斯感鍚心肶永矢勿諼矣
名著此林兩閎匭細相機授梓責在後生良不待言即平江城坊
致久焉
先生絕學現既多所禰茝尤宜先付剞氏以惠士林懿謹拭目俟之
難前所得文就本屬彙稿而敘佚滋多蜀道歸來勉廣前業完以篋
筈習瀆斧所限始以稿本墨蹟為主其抄刻之字傳乎亦間取為此何豪
筈數探珠諑乎楊鉅帙跋牧庵
王帝鄉卿周禧蒹疏抄本校君九玉捍鄭孚稿

吴慰祖致王謇函（一）

多種憲及百家姓印譜稿本許鶴巢又稿楊實鏞金左頼稿等尚不

遽百種而前明祇有鈔本而無朱書偷不以為陋後偷列目呈

覽邑藝文志曾補愿有志未逮時少有心之士則維往前求亦唯

大著是賴矣愿於詞曲梵唄尚不遑兼顧暫難承

敎為愧書府宗版累千數年以來尚未圖覽永樂大典甸涉一過殘鱗

片爪猶足於重館匡當日輯書不無疎漏處也此覆復祇頌

道安

皖 吳慰祖頓首
桃月望日

吳慰祖致王蘧函（二）

目 录

序 一

纪事诗乃以诗为主体，并加以"注文"记载历史，其或单章叙一人一事，或以组诗叙一地数事。实际上，纪事诗这种体裁，在历代诗文集中并不多见。自清初至今，以纪事诗命名之书约有三十余种，最早者或为雍正间果亲王的《奉使纪事诗》，再乾隆时许承基辑《玉岑楼纪事诗》、嘉庆间汤运泰撰《金源纪事诗》、道光间成书撰《避暑山庄纪事诗》、咸丰间东郭子等撰《杭城辛酉纪事诗》、同治间彭崧毓撰《云南风土纪事诗》、光绪间陈毅撰《东陵纪事诗》、宣统间卢奕春撰《乍浦纪事诗》、民国间黄棣华撰《负暄山馆六十纪事诗钞》、现代李右之撰《六十年来上海地方见闻纪事诗》等，而仅光绪一朝便多达十二种。而近现代最著名者，应推刘成禺的《洪宪纪事诗》，以袁世凯称帝为题材，收诗约300首。每首诗后附长篇注释，叙述当时事实经过，或摘引时人记述。

叶昌炽的《藏书纪事诗》，是我过去在工作或写作中经常要参考使用的一部工具书。此书以藏书家事迹为主题，加以吟咏，较之以上各书更为专门。全书收录五代至清末藏书家1100余人，每人各冠以七言绝句一首，再以散文缕述每位藏书家的生平、藏书特点、研究专长、主要著述及所作贡献。内容涉及藏书、刻书、勘书、收书、抄书、读书、版本、目录以及书林掌故等，是研究我国藏书史的重要著作。此书自清宣统二年（1910）刊刻出版后，在版本目录学界以及文献学界有很大影响，它让后来的研究者得到一种启示，即在古代藏书史的研究上这是一种新的途径。

不过，《藏书纪事诗》毕竟是筚路蓝缕、以启山林之作，书中不可避免地存在着若干错误和缺漏，有些史料有明显讹误。对此，王欣夫先生进行了大量纠谬补缺的工作，他将平时所见各省地方志、各家藏书志以及文集、笔记中有关材料，随手摘录于叶书刻本的书眉上，这些批语，经过数十年的积累，颇具规模。后由王先生的弟子徐鹏先生予以辑录，整理成《藏书纪事诗补正》一书，1989年9月由上海古籍出版社公开出版。

自叶氏《藏书纪事诗》出版后，有不少赓续之作。如新近出版的吴则虞《续藏书纪事诗》，收录明代到近现代藏书家423位。民国间，伦明撰有《辛亥以来藏书纪事诗》，收辛亥以来藏书家149人，开创了断代藏书纪事诗体。徐信符《广东藏书纪事诗》，收广东藏书家54人。"文革"后，周退密、宋路霞合撰《上海近代藏书纪事诗》，收近代以来上海地区出生及客居沪渎的藏书家60人。蔡贵华《扬州近代藏书纪事诗》收近代扬州藏书家15人。徐、周、宋、蔡所撰，可视作地方性的藏书纪事诗。

此《续补藏书纪事诗》，王謇所撰。王謇（1888—1969），原名鼎，字培春，又字佩净，号瓠庐，晚署瓠叟。1917年，三十岁时改名謇。江苏吴县人。清光绪三十一年（1905）以童龄录取元邑庠生，蜚声乡里间。年未弱冠，从苏州名宿沈修学习考据，后从黄人、金天翮、章炳麟、吴梅、叶德辉、邓邦述诸大师问学。1915年毕业于东吴大学，获文学士学位。毕生从事文教事业，历任《吴县志》协纂，苏州女中教务主任，振华女中副校长，江苏省立苏州图书馆编目部主任，馆刊总编辑，国学会副主任干事，章氏国学讲习会讲师。1937年移居上海，执教震旦大学、大同大学、东吴大学、华东师范大学等院校。嗜古成癖，博学多才，善治诸子，精熟吴中文献掌故。并热心地方公益事业，为保护吴中古墓、玄妙观照墙、韩世忠墓碣及图书馆珍贵古籍，奔走呼号，不遗余力。家有海粟楼，所藏多清人词集、乡邦文献，佳椠善抄甚富。移居上海后，在愚园路寓筑流碧精舍，所藏多为行箧中之精品。"文革"中，遭受迫害，含冤去世，遗书大半散失。一生勤于撰述，著有《宋平江城坊考》《西厢记注释》《吴县志校补》《书目答问版本疏证》等。其《先秦汉魏两晋南北朝群书校释》，除《盐铁论札记》一种刊印行世外，其余书稿或散佚，或未及整理刊行。

王氏此书，系受伦明《辛亥以来藏书纪事诗》之启迪而作，书中"伦明"诗传云："（伦明）因见叶鞠裳（昌炽）《藏书纪事诗》尚有可续补者，乃作《辛亥以来藏书纪事诗》，载天津《正风》杂志。拙诗之作，盖由先生启之也。"由此可见其撰作之渊源。全书依叶氏体例，补作诗120余首，共收录145人，偏重江苏、浙江两省，旁及安徽、广东等地，中有王氏熟识者，亦有获闻自师友亲朋者。书中所收诸家并非皆以藏书名世，有学者如汪振民、王树枏、朱曼君、沈福庭、武延绪、吴保初、罗惇曧、王季点、徐绍桢等，所藏之书，多为日用参看之物。

王佩诤先生晚年，友人集资将此稿刻蜡纸油印，其曾手自批校。1987年，北京书目文献出版社据油印本标点出版，未参考王氏手校本及校勘记，实多舛误。后出各版，多以此为据，辗转翻印，虽经校改，仍无精善之本可用。佩诤先生曾孙王学雷兄，年富力强，能传家学，执教之暇，宵衣旰食，网罗先人遗书，已整理出版《海粟楼丛稿》《瓠庐笔记》等。今费数年之力，笺注、校证《续补藏书纪事诗》。书名"笺证"，乃注释之一种。《毛诗》篇首"郑氏笺"孔颖达疏："郑于诸经皆谓之注。此言笺者。吕忱《字林》云：'笺者，表也，识也。'郑以毛学审备，遵畅厥旨，所以表明毛意，记识其意，故特称为笺。"《笺证》所据，多前人日记、传记、家谱、方志、别集、杂记、书跋等，征之家藏佩诤先生遗书，有详有简，梦影前尘，近人学行，得以彰显，掌故逸闻，增我新知。部分鲜少人知之事也借《笺证》而得以披露，如顾建勋藏清人词集五百余种；陆鸣冈日记专藏，俱为六丁所摄，而救火警士坐视不救；程守中收小部僻书，品种繁富。至于王其毅、丁惠康、王培荪、丁祖荫、李根源之材料，也可补它文之不足，于近世藏书家故实之考订、藏书源流之研究皆有裨益。书后附录与本书相关之资料、作者著述中与本书相关之资料、友人文字（信札、作者生平及评述）、书目及捐献吴中文献清单等，颇有价值。有不少地方上的小名家著作，当年所印不多，流传稀少，不能因版本时代较近而轻视也。《笺证》又据清稿本及作者散存手稿作"补遗"，得12人，皆未见于通行诸本，尤足珍视。

明清以降，吴邑人才辈出，近现代版本目录学界即有顾廷龙、潘景郑、王欣夫、王謇诸先生。先师顾廷龙、潘景郑二先生与王先生相交五十年之久，往还走动，皆为图书之事。津编《顾廷龙年谱》即有涉及王氏记载二十条。始自1933年8月29日，颉刚先生致函顾师，告知已嘱佩诤先生代奉上唱本若干册及中央图书馆所拟《四库未刊珍本目》事。顾师晚年撰文，曾借阅佩诤先生遗书，学雷兄携书面谒，接谈之下，亦获赞许。今其《笺证》告成，为《藏书纪事诗》系列增一狐之腋，并将由国家图书馆出版社出版，嘱弁其首，余嘉其志而序焉。

沈津

2018年8月18日

于美国波士顿之慕维居

序 二

《韩非子·喻老》曰："王寿负书而行，见徐冯于周涂。冯曰：'事者为也，为生于时，知者无常事。书者言也，言生于知，知者不藏书，今子何独负之而行？'于是王寿因焚其书而舞之。"据称此乃是"藏书"一词的最早出处，我每读到这段话，都对徐冯大感不满，在他的游说下，王寿竟然烧掉了自己的藏书，并为之起舞，这是何等之愚哉！当然也有人会解释说，那个时代书少，很容易就能够读完，所以他可能会像《世说新语》中的郝隆那样，在七月七日那天鼓腹晒书，因为他认为书都已经进入了他的肠肺。

其实这种做法不过是文人玩的一种噱头，更何况肉体会消亡，前人积累的智慧终要流传，而书籍是最可靠的载体。司马迁在《史记·孔子世家》中称："孔子晚而喜《易》，序《彖》《系》《象》《说卦》《文言》。读《易》韦编三绝，曰：'假我数年，若是，我于《易》则彬彬矣。'"博学若孔子者，亦靠大量藏书来做研究，况凡人如我等乎？而秦始皇的"焚书坑儒"之举，似乎把老子所言的"绝圣弃智"给"外化"了。

然小国寡民，而老死不相往来，真的是老聃的理想之境吗？这句话以反语来解释，似乎更能贴近其本心。伏生冒死抢救典籍，终使文脉不绝，故后世夸赞其传书之功。鲁壁藏书而引起今古文之争，亦证大儒对典籍的看重。《资治通鉴·始皇三十四年》载："魏人陈余谓孔鲋曰：'秦将灭先王之籍，而子为书籍之主，其危哉！'子鱼曰：'吾为无用之学，知吾者惟友。秦非吾友，吾何危哉！吾将藏之，以待其求；求至，无患矣！'"可见其续绝存亡之意。司马迁在《报任安书》中称："仆诚以著此书，藏诸名山，传之其人，通邑大都，则仆偿前辱之责，虽万被戮，岂有悔哉。"而曹植在《与杨德祖书》中亦效此意："虽未能藏之名山，将以传之同好。"呕心沥血之作，都希望能够流传久远，后世明其撰述之意，而前贤的心血结晶都跟藏书家的努力呵护有关，使著者的愿望得以实现。据此而言，藏书家对典籍的保护传承之功，厥功至伟。

虽然历代典籍中对藏书家事迹多有记载，然而这些文献散记于不同文本之中，直到晚清叶昌炽完成《藏书纪事诗》一书，始有第一部藏书家专典。该书从五代毋昭裔讲起，迄于清末，共列出1100余位藏书家传记，虽然这些人身份各异，既有学问家，亦有收藏家，同时还有经营者，然而这些人都以书为纽带汇在一起，故该书受到后世广泛夸赞，不仅被视为书林掌故，亦成为极有实用价值之工具书，并且正因为该书之重要，续编之作迭起，自伦哲如而下，接踵者不绝如缕，而王佩诤先生所撰《续补藏书纪事诗》，亦其中名著。

余生也晚，未获见该书之初版本，案头常备者乃是廿余年前北京燕山出版社出版之《书目书话丛书》之一，佩诤先生之作即与伦明《辛亥以来藏书纪事诗》，以及徐信符著、徐汤殷增补《广东藏书纪事诗》合为一编。因在查找资料的过程中，常用该书，以至于先后将此书翻烂了两本。

二十年前，我突发在全国各地寻访古代藏书楼之兴，当时因为相关资料很少，故佩诤先生此书已然是我查找相关信息的重要来源，惠我实多。而我与佩诤先生间接之因缘，则始于我从拍场购得其海粟楼钞本《归群词丛》。《归群词丛》为太谷学派门人著作，该学派因涉及清代著名的"黄崖教案"，此后该派之书一律在禁毁之列。我自有藏书之好，此为第一次得见太谷学派著作，而其恰又是著名藏书家钞本，故必欲得之，幸以廉值到手，为之欢喜多日。而后将该书细细翻阅，终于钩沉出此书之来龙去脉，还专为撰写一跋以纪之：

《归群词丛》一书是太谷学派弟子张德广继《归群宝籍续编》之后，于1935至1936年间继续辑佚而成，辑成后适逢王謇主持吴中文献展览会，以乡邦文献之名请张德广录副一册，是为此海粟楼钞本。可能此册海粟楼钞本经展览后，为叶恭绰所见，因选《全清词钞》，故来函商借，以供备选，是故海粟楼钞本以词集之名转入叶恭绰处。而叶恭绰编辑《全清词钞》实工程浩大，非众人协力不可完成，友人中藏清人词集最多者为福州林葆恒，二人因《全清词钞》之故，多有往来，互通有无，林葆恒应当是1941年助叶恭绰选编《全清词钞》时，得以见到《归群词丛》，遂再次录副一部携归福州，《翟伯衡诗余》或为此时增入集中，卷数变化亦于此时产生。林葆恒身后，藏书散出，然楚弓楚得，传钞本依然存于福州之地，林氏钞本《归群词丛》最后归入福建省图书馆，为方宝川先生所见，而方宝川先生正是与太谷学派渊缘极深的刘蕙孙先生弟子，此番人与物的相遇，直接促成1997年《太谷学派遗书》的正式出版，太谷学派亦得以光大，造物之妙，焉能不叹，冥冥之中皆有定数，而吾得此书，又何敢不珍重焉。

《归群词丛》为寒斋所得王佩诤海粟楼钞本之一，亦为寒斋得意之藏，数年之后，在苏州寻访途中与众爱书人雅聚，经友人之介，竟然于席间结识佩诤先生之曾孙王学雷先生，孟子曰："诵其诗，读其书，不识其人，可乎？"佩诤先生早已归道山，我虽不能亲聆教诲，然与其曾孙之偶遇，非奇缘而何欤？但细细想来，这又是一种必然，只是早晚而已。

席间学雷兄告诉我，之前我所写海粟楼遗址之文，其地点并不确切，因为相关部门将文保牌安错了地方。而我向其询问确切位置，学雷兄告诉我，因房屋几经转卖，现住之人已与王家没有关系，然其答应我说，若再次探访海粟楼，他愿意先期与今住户相商，以便让我一睹海粟楼内况。闻听此言，令我大喜，寻得藏书家后人，而后落实藏书楼旧址，乃是我寻访藏书楼过程中最佳之结果，惜来去匆匆，几年过去，至今未成行。此后几年，与学雷兄多有联系，某次他告诉我，正在增补其曾祖文集，希望我能提供所得之《归群词丛》，鄙藏可以汇入文集之中，于我而言，自然是与有荣焉。

戊戌冬日，我再次到苏州附近寻访，学雷兄与苏州古籍书店的卜若愚先生专程抽出一整天时间带我到光福、藏书等镇寻访，一路上听其二人聊及藏书掌故，令我大饱耳福，而学雷兄同时告诉我，他对曾祖《续补藏书纪事诗》所作笺释即将完成，希望我能写序一篇。于前贤著作上赘序，小子何敢言哉？然学雷兄固请，再辞不获，故返京后细读学雷兄笺证稿，由此而让我再叹其治学之谨严。

拜读《笺证》一书，可知学雷兄不仅是改正了书中的误字，同时也对原书中之注再作详解，有如古人作疏，然其坚持严谨学者所讲求之疏不破注，其在文中之笺有详有略，常见之大名人若翁同龢、罗振玉等则所注甚少，而一些传记资料稀见之人，学雷兄却下很大功夫，从各种史料中钩沉出相关事迹，使得名不甚显之藏书家能够让更多读者了解到。如此谨严之著书态度，令我对学雷兄大为敬佩，想来其治学态度乃是得自其曾祖，名家之后，岂徒有虚名也哉。

韦力
2019年春写于芷兰斋

半部他人纪事诗

王謇先生少年时从苏州名宿沈绥郑（修）习考据，继列黄摩西（人）、金松岑（天翮）、章太炎（炳麟）、吴瞿安（梅）诸大师门下受国故。一生治学兴趣广泛，又勤于著述，惜生前仅出版有《宋平江城坊考》《盐铁论札记》两种，其余著述多未刊行。先生的《续补藏书纪事诗》则是在20世纪70年代初，经友人整理油印才得以问世的一部作品，在近五十年来的藏书界及近世藏书文化研究领域，具有较高的知名度和广泛的影响。

《续补藏书纪事诗》油印本行世之后，数量上远不能满足社会的需求，于是产生了各种版本，但包括油印本在内的各版本都存在着许多问题，可以说《续补藏书纪事诗》迄无善本。因此，我在2013年秋下决心对其重加整理，主要着力于校勘和笺证两个方面，同时留意此书的写作经过。

一

自叶昌炽创《藏书纪事诗》后，继踵者不绝，以"藏书纪事诗"为名的著述，或存或亡，名目盖不下十种，体例上亦率多依仿。《续补藏书纪事诗》体例依仿叶书，内容则继有补充，其油印本扉页上有洪驾时先生所写的一则《引言》：

> 吴县王佩诤謇，博学多才。家有瀞粟楼，藏书甚富，又好著述，尝辑《宋平江城坊考》传世。读叶鞠裳昌炽《藏书纪事诗》后，依其体续补一百二十余首，为其晚年未定稿。今集资付印，供研究藏书源流之参考云。

其中"依其体续补"五个字，即是对此书体例内容最为精练的概括，故常为论者所引用。如陈声聪先生谓："王佩诤（謇）……《续补藏书纪事诗》一百二十余首，盖续叶鞠裳之作也。"（《兼于阁诗话》卷四"瀣粟楼藏书纪事诗"）郑逸梅先生谓："吴中王佩诤赓续叶鞠裳的《藏书纪事诗》成《续补藏书纪事诗》，凡一百二十余首。"（《文苑花絮·几种油印书册》）周退密、宋路霞先生谓："读叶鞠裳（昌炽）《藏书纪事诗》而善之，依其体例作藏书纪事诗一百二十余首。"（《上海近代藏书纪事诗》）

关于《续补藏书纪事诗》的写作起因，王謇先生在书中的"伦明"诗传中有一段夫子自道：

> （伦明）因见叶鞠裳（昌炽）《藏书纪事诗》尚有可续补者，乃作《辛亥以来藏书纪事诗》，载天津《正风》杂志。拙诗之作，盖由先生启之也。

后来周退密先生却据此认为，《续补藏书纪事诗》所"续补"的对象是伦明的《辛亥以来藏书纪事诗》，而非叶昌炽的《藏书纪事诗》。他在跋文中写道：

> 余读集内伦哲如明一条，自谓续补之作，实受伦氏所作之《辛亥以来藏书纪事诗》之启发而作，是伦氏续叶著，而先生又续伦氏之作而为此也。一书之作渊源有自如此（《杲堂书跋·续补藏书纪事诗》）。

起先我也非常认同这个看似新颖的见解，感到周退老"读书得间"，但经过认真思考，却又觉得"于义未安"。从先生的这段话中，我们只看出《续补藏书纪事诗》的写作是受到《辛亥以来藏书纪事诗》的启发，而丝毫看不出有"续补"之意。不知周退老如何从中看出了"续"的意思？可能是受了其中伦明见叶书"尚有可续补者"这句话的诱导，想当然地认为《续补藏书纪事诗》则是"又续伦氏之作"了吧。最近获读周生杰先生新著《藏书纪事诗研究》，他在书中就提出了"王书名为《续补藏书纪事诗》，所'续补'者何"这个问题，通过研究，他所得出的结论依然是"续补叶书"，而"非为续补伦明《辛亥以来藏书纪事诗》而作"。

说到伦明《辛亥以来藏书纪事诗》这本书，起初并无单行本，而是分期连载于1935、1936两年间吴柳隅主编之《正风》半月刊中。但这个杂志出刊于天津，在当时较为冷僻，南方士人一般不易见到，即连见多识广的周退密先生在多年后仍叹"传布未广，更未一见"（《呆堂书跋·续补藏书纪事诗》）。王謇先生获读此书也不无波折，其友人巢章曾致函说：

> 《正风》较冷僻，抄手亦不易觅，已托书店及友人留意。倘能买或借得原本，当奉寄或由章写寄。惟恐不获速偿斯愿耳。北地藏书家，章所知有限，恐伦先生多已罗入，姑稍待再写呈（原件书于巢章赠王謇文安邢氏后思适斋红印本《明湖顾曲集》副叶）。

巢章先生是位热心人，他原本想在买到或借到《正风》半月刊后，再将原杂志或抄写稿寄给先生。后来事情却发生了变化，得知先生比他先见到了《正风》半月刊后，于是又致函说：

> 幸乞垂示《正风》，此间迄无所得。南中移写，想得其全？

伦君之著，亟思一读，想不吝惠假耳？（南中抄写之润如何计算？此书共几许字？所费几何？并乞示及。）（原件朱笔题于巢章转赠王謇的李宏惠编述《说朝鲜与中国关系历史》油印本封面及内封。）

可见当时觅读伦书之不易。类似的情形也见于先生的其他友人间，郑逸梅先生就曾记录了这样一件事：

> 伦明著有《辛亥以来藏书纪事诗》，闻曾载某报，我没有看到，仅见叶恭绰的《矩园余墨》附录一部分，非其全豹。幸同乡王佩诤录有完整稿，苏继庼向之借抄，我看到了喜不自胜，再由苏家转录（《文苑花絮·几种油印书册》）。

对于这样一本来之不易的书，先生犹精加抄存，今存先生手订的《瀞粟楼书目（中）》中即有"《辛亥以来藏书纪事诗》一册，不分卷，伦明。精抄本"的著录。这个精抄本想必就是郑逸梅"再由苏家转录"的那个底本吧。

但是，作为与叶昌炽同样有着"藏书癖"的同乡后学，王謇先生照理应该"怵他人之我先"，率先继踵《藏书纪事诗》，可他却说"拙诗之作，盖由先生启之也"，自居于伦书之后。这是出于何种原因？似有必要作些解答："藏书纪事诗"这种体裁的作品以记人记事为主，这就需要作者不仅要有深厚的学识，而且还要具有较丰富的人生阅历。叶昌炽当然无愧于这样的作者，其书收录五代至清末的藏书家有1100余人，虽然有人指出其中仍有遗漏，但各时代的重要人物基本被网罗在内，尤其是其中收录的晚清人物事迹大多为其亲历亲接，无论在学识还是阅历上都有丰厚的铺垫。这就对后来的作者提出了更高的要求——如果再大量地重复叶书中的人物内容，已然失去了意义，后来的作者唯有通过自身的学识和阅历，采用"补"和"续"这两种方式进行写作，方能体现各自的价值。伦书亦不过是"为益数十人"（《自序》）而已，对王謇先生的要求似乎也就不会更低。我们不妨从《藏书纪事诗》早期的版本刊刻时间来看王謇先生与它的关系：此书的初刻本完成于1898年，收录在叶氏门人江标所辑的《灵鹣阁丛书》中，是年王謇先生才十一岁；后来叶氏对初刻本不很满意，1910年又有了家刻本，是年先生也不过二十三岁；约在1931年，苏州文学山房又有翻印本，此时先生已四十四岁。假设先生此时已有"续补"此书之意，但在我看来，按照当时的条件未必能达到理想的境地。先生当时固然在学识上无甚问题，但在人生阅历上却尚待更深广的时空加以延展。先生五十岁以前都生活在苏州，少年时即有博学之誉，且富藏书，学识不可谓不丰，师友切磋，交游亦不可谓不广，然早年病羸，平生足迹不出宁沪一线，交游范围主要还局限于苏州地区，可以说阅历尚未达到深广的程度。若反观其时之伦明，年长先生十岁，写《辛亥以来藏书纪事诗》时已年近六旬，又常年身居北平，时空阅历自然要比先生来得丰富。因此，他能先于先生著鞭并不令人奇怪，先生的写作受到其启发，成书在后也是理所当然。

先生获读《辛亥以来藏书纪事诗》的具体时间尚不清楚，但很可能是在五十岁左右。对他而言，伦书与其说是"启发"，倒不如说是"激发"，因缘际会，此时先生的人生进入了成熟期，更迈向了人生的另一个阶段——1937年抗战爆发，年末先生避寇沪上，任各大学教授。虽僻处孤岛，仍专心治学，此时也可以说是他学术上迈入了"井喷期"。五十年的苏州生活是梦影前尘，却颇堪回顾。寓沪后，不光许多吴门旧雨纷至沓来，更结识到了许多沪上新知，人生阅历也就这么积攒了起来，加上伦的"激发"，先生着手写作《续补藏书纪事诗》从此提上了日程。

二

有趣的是，其实先生早先确实也曾怀有"又续伦氏之作"的意思，但未曾特别加以明说。《续补藏书纪事诗》不仅频繁易稿，而且有三度易名的情况，则未必为学界所知。一是《续辛亥以来藏书纪事诗》——此名见于先生遗藏《辛亥以来藏书纪事诗（一续）》钞本所附的三叶稿纸，上有先生所写的"冒广生"父子诗传，标题作"续辛亥以来藏书纪事诗"，下署"碧山旧庐著书之一"。二是《三续藏书纪事诗》——此名见于先生手订的《瀣粟楼书目（中）》中："《三续藏书纪事诗》三卷三册。佩净自撰稿本。"另还见于苏州博物馆藏《江左石刻文编》钞本中先生写有"王则先"诗传的一份手书散叶，作标题"三续藏书纪事诗之一"。三是《再补续藏书纪事诗》——此名见于下文要提及的清稿本"伦明"诗传中"拙著《再补续藏书纪事诗》，盖由先生启之也"。

第一个名称《续辛亥以来藏书纪事诗》，顾名思义就是"续"伦书；第二个名为《三续藏书纪事诗》，似可这么理解，如果叶书算作"一"，伦书自是"二"，那么此书称为"三续"，亦表明所接续的是伦书；由此再论第三个名称《再补续藏书纪事诗》，"再补"就是"又补"，对象是《续藏书纪事诗》，这个"续"自然是指接续叶书的伦书。总之，这三个名称指向的都是伦明《辛亥以来藏书纪事诗》，应无问题。问题是，为何最终定名为《续补藏书纪事诗》？我们不妨从两个方面理解：首先从读者的认知角度考虑，《三续藏书纪事诗》和《再补续藏书纪事诗》这两个名称都不太清晰，尤其对一般的读者而言更不易理解，如果不知有前面两种书，则所"续"为何，就很难弄明白；其次我感到应与先生后来所处时势境遇有关，因为此书的写作一直持续到1949年以后，书中有不少是20世纪50年代才有的表述。而辛亥革命虽然推翻了清王朝，有其时代的进步性，但依然是旧国民政府的象征，书中的许多人物则又都进入了新政权所缔造的新时代。如果书名仍以"辛亥",尤其是以"续辛亥"来冠名,自然就不再契合新时代的语境。所以,先生改用"续补"这个通用的词汇来命名,是其采用的一种与时代语境不相违背的手法。这样做不仅可摆脱原来所处时代的限定,契合当下的时代语境,更突显了"依其体续补"《藏书纪事诗》的这个主旨。

据现有资料来看,王謇先生撰写此书的过程并不短暂。如从1937年先生五十岁算起,到书中提及的郑振铎1958年"奉使国外,飞机失事焚殁",以及徐恕1959年"殁后,其子遵遗志全部捐献",再到1969年先生八十二岁逝世为止,至少经历了三十年的时间,可以说是贯穿了先生从中年到晚年这三分之一强的生命历程。陈君隐先生曾有诗咏此书:"瓻粟主人何太痴,长将结发市书皮。到头赢得名无传,半部他人纪事诗。"(见于《学海丛书》本卷首题解)《续补藏书纪事诗》尽管没有经先生本人最终定稿,但这"半部他人纪事诗"对近代藏书史研究所产生的影响,却一直持续到了今天。

三

《续补藏书纪事诗》得以问世,自然应该提到洪驾时先生。洪驾时(1906—1986),字介如,浙江慈溪人,久居苏州佛兰巷,因颜所居曰佛兰草堂。早年与王謇先生同事江苏省立苏州图书馆,一生以抄书为乐,尤其抄写保存苏州地方文献不遗余力。晚岁居沪,就职于上海自行车厂,仍利用业余时间为公私藏家抄写了大量书籍。他曾为王謇先生无偿抄写过许多古籍,在《续补藏书纪事诗》中就有记述,交情并不一般。

《三续藏书纪事诗》和《续辛亥以来藏书纪事诗》的稿本今不知流落何许,但现在仍能见到由洪驾时先生手抄的两种《续补藏书纪事诗》清稿本。这对了解该书的写作过程大有帮助:

　　第一种原存先祖母处，先祖母2002年去世后，不知何故与先生的《宋平江城坊考》《书目答问版本疏证》等手稿一同散失在外。后来我在苏州一家旧书店中见到，但索价甚昂，一时犹豫，旋被售去。痛悔不已。杨旭辉君有心，曾据以摘其精要，撰《王謇〈续补藏书纪事诗〉清稿本叙录》一文，发表于《语文知识》2009年第4期（以下简称"杨文"），乃能窥得此稿本梗概。此稿本在"2013年泰和嘉成书画·古籍常规拍卖会（二）"中出现，当时仅见书影两页。没有料到的是，在2020年10月17日，又现身于泰和嘉成拍卖公司的艺术品拍卖会上，并幸运地为我拍得。在获得此稿本后，即与杨文的描述和部分摘录的文字进行对勘，并未发现有特别的差异，基本可认定即是那本从先祖母处逸出者。我们称作"清稿本"。该本捻装一册，协进源500字绿格稿纸蓝墨水钢笔缮写，每半叶10行，行25字，65个折叶。内容分为四卷，卷前未单列目录，目录写在前四叶眉端，从"丁士涵"起至"缺名氏"止，但顺序与正文不侔。卷首书名下署"流碧精舍海上丛著之一"。正文卷一从"沈锡胙"起至"伦明"止；卷二从"王其毅"起至"袁思亮"止；卷三从"汪之昌"起至"姚方羊"止；卷四从"翁同龢"起至"黄裳"止。诗顶格写28字占两行，诗传另起低一格写自然分行，行24字，小字占半行。正文人名上多数标有阿拉伯数字序号，有的人名序号改动两到三次，应该是为以后制定目录及最终顺序而作的临时性标识。部分人名上写有生卒年及身份，有的还施有浮签加以补充。对稿中的讹误，王謇先生作有不少更定。

　　第二种清稿本为友人卜若愚君所藏。为避免混淆，此本我们称作"洪本"。该本线装一册，中华书局560字绿格稿纸蓝墨水钢笔缮写，每半叶13行，行25字，47个折叶。不分卷，卷前有《目次》，上下分四列，从"丁士涵"起至"缺名氏"止，录139人。顺序与清稿本眉端所列目录基本一致。人名下面圈有与正文相对应的页码。卷首书名下署"流碧精舍海上丛著之一"。正文诗顶格写28字占两行，诗传另起低一格写自然分行，行24字，小字占半行。其中"徐绍桢""范祥雍"两诗传为后加浮签，分别粘于"马一浮""程守中"诗传眉端。全稿施有断句，然破句甚多，殊不足据。

通过对两个本子的对勘发现，清稿本较洪本为早，洪本虽然较晚，但人数上却不及清稿本多。如秦更年、袁思亮（附叶启勋、叶启发）、曹元弼、罗振玉、吴庠、伦明、姚方羊、徐恕、黄裳11人未见于洪本，而清稿本后来作了增补；洪本文字上的讹脱，在清稿本中大多予以更正，而清稿本中的补充文字则未见于洪本。如沈维钧诗传，洪本作"曾任中央古物保管委员会工作，又主持皖中书库"，清稿本原同，但后来改作"历任中央古物保管委员会干事、国立社会教育学院图书博物馆学系教授"；又"楚考烈王寿春大库所谓'李三孤堆'者发掘后，送出古器，君避寇寓皖，泥细拔金钗以易古物而归诸公库"，清稿本原同，后来改作"楚考烈王寿春大库所谓'李三孤堆'者发掘后，送出古物，君曾至皖北，购得楚铜器数件而以捐献公库"；再如"近年，吴中沧浪亭书库迁拙政园，君任典藏编目"，清稿本原同，后改为"革新后，吴中沧浪亭书库迁拙政园，君主典藏编目。苏州文管会成立，又聘君为专职委员"。这样的改动还有不少，限于篇幅，不一一例举。

这两个清稿本都是洪驾时先生抄写的，可见他对《续补藏书纪事诗》的撰写与流传之功诚不可没。

在清稿本"伦明"诗传最后，王謇先生缀有这样一句话，"拙著则并未刊行也，一俟修正问世，当先以油印试之"，说明先生曾有油印流布《续补藏书纪事诗》的打算，可是这一愿望在其生前没能实现。幸运的是，20世纪70年代初，洪驾时先生亲自整理缮写，并鸠集同人故交集资将《续补藏书纪事诗》油印了出来，这个油印本从此就成为我们今天所见各种通行版本的"祖本"，其重要性自不待言。兹将其情况略述如下：油印本不分卷一册。玉扣纸线装，浅红色封面，隶书题签（应为蒋吟秋所题）。扉页有《引言》一则。卷前为《藏书家姓名》（即目录），分上中下三栏排列。卷首书名下署"流碧精舍海上丛著之一 古吴王佩诤謇著"。全书40叶，每半叶11行，诗占28字，诗传另起低一格写自然分行，行29字，小字占半行。

如果与清稿本进行比较，油印本体例上与之有着明显的差异，显示出清稿本较多地保存了《续补藏书纪事诗》的原始面貌，油印本则是经过精心编次而成：如清稿本每卷人名上都标有阿拉伯数字序号，油印本去除了这些无甚必要的临时性标识；从两个本子的人名排列顺序上看，清稿本虽然分卷，但人名排列次序却是十分颠倒紊乱的，并不能看出他们之间在生平、身份上有何关联和相似。就以其中所载人物的时代和年龄论，周中孚（1768）年齿最高，置于全书的第78位，而瞿凤起（1908）年齿较弱，却置于全书的第二位。同样的情况亦普遍存在于其他各卷中。相比之下，油印本虽不分卷，但人名顺序则经过了精心斟酌整理，先是按王謇先生五位业师的年龄先后顺序进行了排列：第一位沈修（1862）；第二位黄人（1866）；第三位章炳麟（1869）；第四位金天翮（1873）；第五位吴梅（1884）。其后再按人物年龄时代顺序排列，从年齿最长的周中孚始，继则翁同龢（1830）、李慈铭（1830）、汪鸣銮（1839）等。虽然后面人物先后顺序偶有倒错的现象，但大体上还是遵循着以年齿为序的体例。油印本将五位业师排在最前，是出于王謇先生的授意，还是洪驾时先生在后来整理过程中产生的想法，一时无法判断，但不失为一种符合情理的排列。

油印本与清稿本载录的人数上也有着明显的差异。油印本载录126人，附录19人，总计145人。清稿本载录133人，附录23人，总计156人，较油印本多出费采霞、周越然、罗尔纲、周树人、阿英、朱仰周、姚君素、赵元芳、吴颂平、王镂冰、黄裳11人。

　　油印本与清稿本中用语称谓上的差异也颇值得一说。时间称谓上，清稿本凡是以干支纪年或民国纪年的地方，油印本一律改作公元纪年。如"改制丙辰归道山"改"一九一六年归道山"、"癸丑之役"改"一九一三年之役"；凡是表示抗日战争的干支"丁丑"，油印本一律改称"抗战"。他如"改制"一律改称"辛亥"，而"革新"一律改称"解放"；地名机构称谓上，清稿本"海上""春申江"，油印本一律改称"上海"。他如学校，大学清稿本称某庠，如"吴东庄大庠"改称"东吴大学"、"辅仁大庠"改称"辅仁大学"。中学清稿本多称学舍，如"瑞云学舍"改称"振华女学"、"龙华学舍"改称"南洋中学"。图书馆清稿本皆称为"书库"，油印本则悉改称"图书馆"，如"海上市书库"改称"上海图书馆"、"武林书库"改称"浙江省图书馆"；人称上，清稿本与油印本之间的差异就更多了。另如"辞世"称"涅槃"、"谢世"称"颓坏"等等，不一而足。

　　对同一人物生平事迹的记载和表述上，油印本与清稿本的差异亦所在多有。除了一些语意晦涩或是繁复拖沓的词句被油印本删除，清稿本中一些涉及当时还健在人物的评价和事迹，因碍于时代或人情，在油印本中遭到刊落或改写。此类例子甚多，在此不便列举。

　　前面已经指出，《续补藏书纪事诗》的最终定名，应与先生后来所处时势境遇有关。同理，从以上清稿本到油印本的变化，尤其是用语称谓和人物生平事迹的记载和表述上的明显变化，更显示出与时势境遇的紧密关联。

　　对于清稿本与油印本的关系，杨文认为"此清稿本乃其祖无疑"，也即是说清稿本是油印本的"所从出"，是油印本的"祖本"。出于谨慎，杨文还判断"油印所据之本是否还有更后的修订稿本，抑或就是此本，尚难定论"。对于它的价值，杨文归纳了以下几点：一"完整条目可补入者"。就中如简又文、罗尔纲、黄裳、朱仰周、姚君素、赵元芳、吴颂平、王镂冰诸人，油印本没有收录，而清稿本却有，可以辑补。二"签条未被补入油印本者"。油印本有收沈修、马一浮，清稿本上于此二人事迹有浮签加以充实，而油印本没有采用。现在看来，似采用为宜。三"叙述史实更详实者"。油印本中虽载有沈锡胙、瞿凤起、陈奇猷、叶承庆、邵章、范祥雍、谢国桢、郑振铎等人，相较清稿本为略，从保存文献的角度也不宜忽视。四"叙事相异可资备考者"。如吴慰祖、程守中、吴庠三人的诗传，清稿本与油印本文字上有较大的差异，值得对比参考。总之，"清稿本可补正通行本者，亦多有之"。

通过对清稿本与洪本的考察，使我们对《续补藏书纪事诗》的写作过程会产生许多新的认识，同时对油印本也有了更进一步的认知。油印本毕竟是经过后期加工整理成型的版本，清稿本与洪本虽然很有价值，但并不能取而代之。当然，对油印本的得失还需要进行一番评估，这也是下面我们讨论其后出现的各个版本的起点。

四

油印本的印量通常都不会太大，且非正式出版物，大致仅在当时的藏书界和学术界内部有限地流通，庶几"供不应求"。于是在问世至今不到50年的时间里，《续补藏书纪事诗》就陆续出现了另外几个版本：第一个是1985年北京大学《学海丛书》本。是本的编校者为徐秋禾（雁）先生，他将《辛亥以来藏书纪事诗》《续补藏书纪事诗》《广东藏书纪事诗》《续藏书纪事诗》四种藏书纪事诗加以合刊，总名《续补藏书纪事诗四种》，作为《学海丛书》中的第一辑第一种刊行，中文打字机打字油印。其中《续补藏书纪事诗》所用的底本就是油印本。第二个是1987年书目文献出版社出版的李希泌先生点注本。是本所据底本也是油印本，还对正文稍加注释。后面附有潘景郑撰写的《后记》、甘兰经撰写的《王佩诤先生事略》及冯淑文编写的《藏书家姓名笔画索引》；第三个是1999年北京燕山出版社出版的《辛亥以来藏书纪事诗（外二种）》本，点校者为杨琥先生。《续补藏书纪事诗》作为其中的一种，与《辛亥以来藏书纪事诗》《广东藏书纪事诗》合刊。其所用的底本则是李希泌点注本，并未用到油印本，其中各条目大都作有题解，并对正文间有注释。

　　这三个版本对《续补藏书纪事诗》的扩大传播确实起了较大的作用，但我们同时也看到了其中存在的诸多问题：《学海丛书》本扉页有一牌记，称"本册系内部交流版，海内书迷，幸勿翻印，致生误会"，可知亦同油印本一样系非正式出版物，印量也不会很多。还有由于当时物力条件的限制，采用的是中文打字机先在蜡纸上打字，然后再油印，故其中有许多字迹不够清晰，一些无法打出的字形成空格尚待手工填写。况且纸敝墨渝，阅读上并不理想；李希泌点注本和杨琥点校本才是正式出版物，前者印数3300册，后者达到了5000册。现在，油印本和《学海丛书》本已然成为书迷眼中的"珍本秘籍"，精明的书商亦奇货可居，开出的售价更令人咋舌，想要拥有和阅读已十分困难，而点注本和点校本自然就成了现今便于获得和阅读的通行本。然而按照常理来说，后来的整理本在质量上通常都应该"后出转精"，可是我们检核了这两个通行本后，结果却大出意料：李希泌点注本中文字脱误现象十分严重，语意难明之处所在多有。于是将其作为底本的油印本拿来覆校，发现油印本中的讹误不仅几乎为其所承袭，大都未改，却又新出了不少讹误；杨琥的点校本中的讹误则又完全承袭点注本，也同样新出了不少讹误。

　　为何这两个后出通行的整理本却如此"一反常态"呢？这与整理者的自身业务水平和工作态度不无关系，但客观原因起了决定性的作用——即油印本所存在的问题。

整理旧籍，底本是关键，副本、参校本也起到相当重要的作用。然当时整理《续补藏书纪事诗》并不具备副本和参校本，清稿本自不可见，所据的唯有油印本。整理者依靠自己的学养固然可以纠正其中一部分明显的错误，但总不能做到彻底。据李希泌先生在《前言》中称，他做点注本时所用的底本是谢国桢先生所赠的油印本，后来又借用了潘景郑先生所藏的油印本作为参考。需要指出的是，谢、潘两本无疑是同一个本子，文本上不存在差异，也就表明彼此不具有对勘之价值，形成不了底本与副本的关系，对李希泌先生的整理工作提供不了什么实质性的帮助。油印本所存在的问题，李希泌先生在《前言》中没有明确地指出，但潘景郑先生在《后记》中似乎就已婉转地指出：“《续补藏书纪事诗》一卷为故友王君佩诤晚岁遗著之一。殁后数年，友人醵资为之印行流传，顾非君精湛之作也。”他认为此书并不“精湛”，大概即暗含有对油印本整理上的不满之意。相比之下，范祥雍先生的批评则显得更加具体，他在致徐雁先生的函中即明确指出了油印本整理工作中所存在的问题和原因：“此书系初印本，因当时条件关系，草草完事、急于流通，其中谬讹不少。即以我个人的一首诗而言，有好几个字抄错。初读简直看不懂，经过仔细思考，才知为抄写者所误。”遗憾的是，这些问题没有被李希泌先生意识到，油印本中所存在的错字误句被他的点注本基本“照单全收”了。

洪驾时先生整理刻写《续补藏书纪事诗》时已是六十多岁的老人，我们对他“草草完事、急于流通”的做法与心情应当表示理解，书中存在的“谬讹不少”也同样应当予以谅解。值得一提的是，他对油印本中的问题后来不是没有察觉，经过一段时间的“沉淀”，问题才得以显示，于是开始纠谬正讹，另行刻写了一份《勘误表》加以弥补。这份《勘误表》有两叶，用订书钉将两纸钉住后折叠，厕于油印本末，而不与原书同装（线装）。表中除补有油印本正文中脱漏的“沈维钧”诗传一则外，勘正误字45处、衍脱34处，若将这些勘误移录至油印本相应的位置，则渐渐可读了。可惜的是这项工作似乎并不为潘景郑、范祥雍、谢国桢等先生所知，原因应该还是出在洪驾时先生"急于流通"的心情上——尤其是潘景郑和范祥雍先生，他们都是王謇先生生前关系密切的好友，与洪驾时先生也应该熟识，这样他们自然是第一批油印本的获赠者。而《勘误表》则是在后来才完成的，或许洪驾时先生没能及时补寄，由于这个时间差，他们的油印本中就没能附上《勘误表》——谢国桢先生的藏本也同样如此。遗憾的是，李希泌先生对此浑然不知——点注本正文中就没有"沈维钧"诗传，仅在目录上标注为"有目无文"，而《勘误表》勘正的其余讹误，自然也不能据改了。

其实徐雁先生很早就认识到了这些问题，他说："李希泌先生点注本因所据底本字迹漫灭不少，又缺刻写者原附《勘误表》一份，又对于原文未作校订工作，因此此本不善，存有错误130余处。"（徐雁、王燕均主编《中国历史藏书论著读本》卷上"文献录"）他所指出的130余处错误，应该包括点注本后来新出的错误，由此再进一步论以点注本为底本的杨琥点校本，其问题更可想而知了。

五

以上就《续补藏书纪事诗》各种版本的得失作了较深入的讨论，这里就此书的学术价值与得失也作一些探讨。

王謇先生学问渊博，治学几乎遍及传统学术领域的各个方面，《续补藏书纪事诗》仅是其学术的一方面展示。前引潘景郑先生对此书的评价认为"顾非君精湛之作"，一则此书未尽其力，是一部未竟遗稿；另则也未尽其才，先生的主要学术成就实远非止此。这是基于对先生生平学术有足够的了解，才能说得出来的话。但近十多年来，古旧书籍的收藏蔚然成风，藏书者为提高自己的收藏质量，并且获得有效的指引，除了自身经验的积累，则有赖于对藏书史的了解，于是藏书史研究随之兴盛，尘封多年的各种《藏书纪事诗》也纷纷被挖掘了出来——《续补藏书纪事诗》也不可谓不欣逢其盛。除了上文谈到的版本得失问题，作为一部藏书史著作，《续补藏书纪事诗》在学术价值上当然也是得失互见的，论者也多从这两个方面进行了评价。

单方面加以表彰的有郑逸梅先生：

> 此后，吴中王佩诤继叶昌炽后有《续补藏书纪事诗》，凡一百二十余首，那就涉及我熟稔的朋友，如王蘧常、范祥雍、潘景郑、顾廷龙、瞿凤起、谢国桢、冒鹤亭、顾颉刚、陈乃乾、吴眉孙、王蒉川、金息侯、卢冀野、蒋吟秋、巢章甫、王培荪、王欣夫，又胡石予先师，读了益形亲切（《珍闻与雅玩·书册》）。

还有范军先生：

> 《续补藏书纪事诗》记录、品评了近现代以江浙沪为中心的一百三十余位藏书家的藏书事迹。虽然此书篇幅不大，但由于所记多为近现代藏书中心地区的藏书家，且书中保留了大量为他书所未见的第一手资料，故颇为人看重〔《中国出版文化史研究书录（1978—2009）·发行史·藏书类》〕。

郑逸梅先生也是王謇先生的故交，他谙熟近世掌故，交游广泛，书中涉及的不少人物也都是他的师长故交，所以此书会使之感到"读了益形亲切"；范军先生则是从保存史料的专业角度，对此书作了正面的评价。

给予肯定和赞赏的同时，对此书略表缺憾的是周退密先生：

> 此书则网罗东南数省著名藏书家甚备，其博闻强记实足惊人，殆非旁搜远绍、周咨博访、勤于笔札、积以岁月，不能成此也。然吾四明藏书家如冯氏之伏跗室、孙氏之蜗寄庐、赵氏之潜防阁、朱氏之别宥斋，竟未一字及之，不亦失之眉睫乎？读其书如揖老辈而闻数家珍，大开见闻。诗亦清劲，笔底澜翻，逞臆而出，刊落浮华，盖纪事诗之上乘也（《杲堂书跋·续补藏书纪事诗》）。

《续补藏书纪事诗》本身就是一部未竟遗稿，周退密先生提到的几位藏书家未见收录，也许有些遗憾，但"盖纪事诗之上乘也"确是很高的评价。

至于缺点，亦毋庸为尊者讳，论者每有揭出，主要有两点较为突出：一是记载疏误和收录人物地域的不平衡。如陈声聪先生指出：

> 略检颇多疏脱错误处。如"冒疚斋"一条，鹤亭之外祖周季贶之书钞阁藏书，得自福州陈氏带经堂者，曾依中郎仲宣故事，悉以归鹤亭，文中并未一述。其长君孝鲁之夫人为蒲圻贺履之（良朴）女，乃误称陈夫人，实为失检。又陈伯严一条，在清光绪十九年，其父陈右铭官湖北提刑时，借湖北杨惺吾在日本所得宋本《黄山谷内集》及朝鲜活字本外集、别集刊于湖北，越七年始藏事，散原实董其役。此皆是书林中胜事，亦漏而未说，致此两条空洞无物，不免遗憾（《兼于阁诗话》第四卷）。

徐雁先生指出：

> 传主详于江浙两省，疏于其它地区。介绍其藏书经历、学术
> 事迹、重要文献聚散存逸状况等，颇富史料价值。作品系其晚年
> 未定稿，著述中疏漏甚多。纪传过于简略，闻见时有讹误（徐雁、
> 王燕均主编《中国历史藏书论著读本》卷上"文献录"）。

老辈著书多凭记忆，所述往往失实失记，后人不必以今天的学术眼
光加以苛责。这些评论只是荦荦大者，书中此类情况往往而有，特别是
一些书名经常出现误记，我在整理过程中都已指出。

二是人物收录范围问题。论者主要针对书中将许多一般意义上的文
人学者当作藏书家收录了进去，而对有些值得收录的藏书家却有遗漏提
出了批评。如范祥雍先生认为：

> 此书体例较叶氏原书为宽。我们所知的有几位著名藏书家
> 未收，而教授和学者并不爱书者则多滥入。总之……可商榷之
> 处当不少也（致徐雁函）。

所谓"并不爱书者"，应是指并不爱好藏书者，即算不上是藏书家
的那些教授学者。黄永年先生同样也说此书："缺点是有时滥了一点，
有的并不以藏书见称的学者也收了进去。"（《古籍版本学》）

与范祥雍先生的意见相似，提出更为具体批评的是周子美先生。他
的意见值得单独来说一下。他说：

> 内中如朱锡梁、胡蕴、沈勤庐诸人或为南社诗人、或为学
> 术名家，向来都不以"藏书家"自命。王佩诤（謇）先生因与

之相熟，其收录有若干，不免过宽。……再者王謇先生之诗中收入生存若干，如顾廷龙、瞿凤起等虽然各有收藏，但此例亦不宜开也（致徐雁函）。

周子美先生也是王謇先生生前的好友，作为近代著名的版本目录学家，从身份与职业经历上说，他比之所提到的几位"向来都不以'藏书家'自命"的朱锡梁、胡蕴、沈勤庐诸人，应更该收录到《续补藏书纪事诗》中。惟不知何故王謇先生却将其遗漏？于是他将疑虑转移到"诗中收入生存若干"这个问题上来，举出当时与他一样尚健在的顾廷龙与瞿凤起，认为"此例亦不宜开也"。然则，翻看一下诸如《辛亥以来藏书纪事诗》《广东藏书纪事诗》和《续藏书纪事诗》几本同体裁著作，收录生存人的例子比比皆是，成例既在，故此例倒不是王謇先生率先开的。惟认为收录"不免过宽"，则与范祥雍先生的观点不约而同。这也说明《续补藏书纪事诗》不仅存在收录范围过宽，又存在遗漏的矛盾现象。

以上对《续补藏书纪事诗》人物收录上的批评确实都是中肯之言，问题可归结为不该遗漏和不该收录两端。然而我却从范军先生"虽然此书篇幅不大，但由于所记多为近现代藏书中心地区的藏书家，且书中保留了大量为他书所未见的第一手资料"这句话中得到一个启示——抛开其中的人物身份不谈，换个更宽阔的角度来看待此书的"不免过宽""有时滥了一点"等缺点，此书所载的一些原本就缺乏记载的文化人物事迹，却因此得以保存，其不亦善乎？诸伟奇先生有一段综合评论虽然很长，对《续补藏书纪事诗》的价值得失作了客观公允的评价，不妨繁引参考：

王謇（1888—1969）本人即喜藏书，家有"瀣粟楼"，收藏甚富。他的故乡苏州在明清两代藏家辈出，藏书极丰富；他与近代一些学者、藏书家交往甚频。凡此，都为他记述藏书家（尤其是江南地区的藏书家）积累了优越的条件。故书中所记或亲历或亲闻，有一定的史料价值，既可视为书城掌故，又可当作近代文化学术稗史笔记来读。书中所记姚子梁、陆鸣冈、林石庐、余心禅、徐恕、黄钧、张炳翔、王其毅、孙毓修等条内容多为他书所未道，其中展列的部分珍本、稿本多为公私书目所未著录。近代中国饱经忧患，近代藏书家也充满着艰辛。当读者读到王胜之的"栩园"藏书"论秤而尽"；顾建勋（引按，原误作"魏建勋"）"燕营巢"的身后萧条；吴庠的"校抄辛苦成底事，换得袁氏头八千"；刘声木的晚境艰窘"欲以书易米，而冷集居多，亦尚少问津者"，以及沈福庭身后的藏书遭遇和藏家间纠葛等处时，虽作者濡墨不浓，但读者依然为之动容，很难当作一般掌故来读。

由于叶著、伦著在前，该书乃"续补"之作，故所收藏书家不多，连附目在内，共一百三十二人。所记详于江浙，而疏于其他地区，且将一些不是藏书家的学者也阑入了，这一部分作为学术史乘看自然有价值，但与"藏书"之名不大相符。由于该书系作者晚年稿本，其中所记难免有失，如"冒广生"条下就将其子冒效鲁夫人贺姓误为陈姓（冒夫人讳翘华，乃清末维新人士贺履之季女，父女皆善丹青）；"吴保初"条下记清末四公子为"吴君遂（保初）、丁叔雅（惠康）、陈散原（三立）、罗掞东（惇曧）"，然习惯称法应有谭嗣同而无罗惇曧；"丁惠康"条下指丁（丁日昌、惠康父子）与"瞿、杨、陆并称""清季藏书四大家"，并责"叶著《藏书纪事诗》于丁氏独抱阙如，可异也"。其实，"清季藏书四大家"，依据藏书数量、

质量和影响，习惯上是指杨氏海源阁、瞿氏铁琴铜剑楼、陆氏
皕宋楼和丁丙、丁申的八千卷楼。丁氏持静斋虽雄富，然与此
四家尚差一头。《藏书纪事诗》于丁丙、丁日昌皆有记述（分
别见卷七、卷二），佩翁恐忽略了。另，纪事过简，一些有价
值的藏书故实略而未记，陈兼于先生对此已举例说明（《兼于
阁诗话》卷四），不赘。(《古籍整理研究丛稿》)

六

不可否认，至今的四个版本确实对《续补藏书纪事诗》的传播起到
了很大的作用，但油印本、《学海丛书》本不仅稀见，且未必适宜阅读；
点注本、点校本虽然通行易读，却谬误甚多。加之此书写作中本身存在
的疏误、遗漏等问题。最后说一下我对此书的整理工作。

潘景郑先生在《后记》中说："是书传印不多，鲁鱼难免，亦希后
贤重为校理。"对当今的读者而言，《续补藏书纪事诗》不仅需要一个近
乎完善、可读可用的版本，还需要一个较为专业详细的注释本。因此我
在近八年的时间里，主要着力于此书的校勘和笺证两项工作。这是对潘
先生的一个交代，也是后人的本分。

李希泌点注本虽然有个"注"字，但注释得实在简略，基本没有反
映出注本应有的特色；而杨琥点校本虽然有个"校"字，却是一条校
记也没有，反而注上了不少十分浅显、对理解文本并无特别帮助的解
释——这两项工作都有必要重做。

我非常认同爱尔兰校勘学家比勒尔的这样一句话："文本所需清晰
解释的程度，随其作者对象的不同而有所不同。基本解释工作隐含在校
勘确立文本的过程中。"（路德维希·比勒尔《文法学家的技艺：校勘学
引论》）因此，我势必将校勘工作放在首位，使《续补藏书纪事诗》尽

可能有个可靠的版本。校勘所用的底本当然是带有《勘误表》的油印本。现在由于清稿本的失而复得，无疑成为校勘上最有价值的参考本，尤其是油印本上原本疑莫能明的一些模糊字迹，因此得到了确认；《勘误表》所遗漏及一些讹误，也由此得以更正；尤其是一些事迹，清稿本叙述虽显繁冗，有时却比油印本所述更为明晰。将两者对照参读，必有助益；至于点注本和点校本，它们的校勘价值自然有所降低，但"日思误书，亦是一适"，有时由于它们的某些讹误，反而会引导出正确的观点。它们也是不必尽弃的，无妨参考。我们所采用的具体的方法则不外"对校""本校""他校""理校"这几种最普通管用的技术。成果则放在脚注中，这里不烦缕述。

至于注释，我非常认同比勒尔的另一句具有指导意义的话："无所不注（Commentarius perpetuus）的做法已经过时了。一方面，为了教会初学者如何阅读，我们需要一种注；另一方面，为了专家学者讨论文本中不同寻常的难题，我们需要另一种注。"（同上）我对《续补藏书纪事诗》的注释是这样的——在解决了其中的校勘问题后，针对其"文本中不同寻常的难题"，我采用了中国传统解释学中的"笺证"方式。另外，我在情感的投入和资料的拥有上，应该较他人还具有一种"先天的优势"——20世纪80年代初，承蒙顾起潜（廷龙）先生的关照，王謇先生被抄没的大部分遗稿由上海图书馆发还，我对这些稿本善加宝藏，如护头目。在平时的细致阅读中，发现有许多可与本书相印证的资料，用以参稽发覆，每见切当。这些资料大多没有发表过，十分珍贵，自当善加利用；先生师友以及同时代人的著述，我亦尽力搜求研读，收获不少；今贤的重要研究成果，也增加了我很多识见，避免了闭门造车和误入歧途。程千帆先生曾谦虚地说："笺记之作，盖欲省读者翻检之劳，事等胥钞，难言著述。"（《史通笺记·凡例》）我作为一个"白手起家"的笺证者，深知此道之甘苦。好在杜泽逊先生说过一段暖心的话："一书的不同注本、评本、选本、类编或系年，均不宜视为重复。因为它们通过再加工，已注入了新的学术成果。"（《四库存目标注·序论上篇》）

2019年正值先生逝世50周年，原本打算趁此机会速付枣梨，怎奈资料层出不穷，漫漫无际，有不知者，有知而不能得者，多方索求，又迁延一载，实属无奈。故于笺证上力求"详细"，非敢言"详尽"也。唯本人学识有限，难免错误，敬祈读者方家不吝指正。

王学雷

2020年7月22日写毕

2025年1月改定于苏州城市学院古籍整理研究所

凡　例

　　一、本书采用20世纪70年代初洪驾时先生刻蜡油印本为底本，以清稿本为主要参校本。后出版本，如徐秋禾（雁）教授整理本（《续补藏书纪事诗四种》，北京大学学海社1985年铅印，简称"徐本"）、李希泌先生整理本（书目文献出版社1987年，简称"李本"），皆以油印本为底本，故本书亦用以参校；另有北京燕山出版社1999年出版杨琥先生点校之《辛亥以来藏书纪事诗（外二种）》本，其中《续补藏书纪事诗》全据李本，而李本之误因循未改，犹添新误，并无参校价值，仅作为副本参考（简称"杨本"）。本书校勘之原则：凡底本不误，而他本误者，如非特殊情况需要说明者，一般不出校记。

　　一、本书体例。原油印本诗与传注分列，并用大小号字区分，本书仍之；考虑到阅读流畅性，校记置于脚注中，不在正文中出现，笺证则随注于正文下。

　　一、底本中之手写体、异体字及俗体字，非有特定用途者，在不影响原文理解的情况下，皆改用现今通行之简化字。如"槀""藁"径改作"稿"，"鄦"径改作"许"，"廔"径改作"楼"之类。笺证引文亦如之。

　　一、作者生前及身后所发表或未发表的著述綦夥，非一时一地所作，故有或名、或字、或号之不同署名，甚有不经见之别署。为方便读者，笺证中所引先生之著述，前皆统一标为"王謇"。前人于尊长之名必讳，照顾到当今读者之阅读习惯，于先生之名不作避讳，非不敬也。

　　一、笺证之引文，根据需要，有全引，有节引。至于引录作者其他著述中可相印证之文字，亦如之。凡见于正式、非正式出版物之引文，其后必括注出处。其最终来源，见本书参考文献；凡未有括注来源之引文，皆为公私所藏未经发表之原始文献。

一、本笺证在行文上采用较为浅近之文言。

一、清稿本具有独立之价值，不可因有油印本即遽然弃之，因另作《〈续补藏书纪事诗〉清稿本合校》附后参考。

引 言^[一]

吴县王佩诤謇,博学多才。家有瀣粟楼^[二],藏书甚富,又好著述,尝辑《宋平江城坊图考》传世^[三]。读叶鞠裳昌炽《藏书纪事诗》后^[四],依其体续补一百二十余首^[五],为其晚年未定稿^[六]。今集资付印,供研究藏书源流之参考云。

笺证

[一]徐本注:"此引言为结集刻印者洪驾时先生原撰。洪氏本集有诗传。"按,此引言见于油印本扉页。

[二]瀣粟楼:即"海粟楼"。按"瀣"同"海",王謇先生手稿中亦时将"海粟楼"写作"瀣粟楼",为存原貌,以下凡遇先生原稿作"瀣"处,皆依循不改。

[三]《宋平江城坊图考》:徐本注:"查乙丑(1925年)刊本,付梓名作《宋平江城坊考》,线装二册。"按,是书初为1925年仿聚珍版本,线装四册。江苏古籍出版社1986年出版有张维明整理本。

[四]读叶鞠裳昌炽《藏书纪事诗》后:陈声聪《兼于阁诗话》卷四"瀣粟楼藏书纪事诗":"王佩诤(謇)……《续补藏书纪事诗》一百二十余首,盖续叶鞠裳之作也。……其纪事诗为未定稿,死后由友人集资印行。略检颇多疏脱错误处。"郑逸梅《几种油印书册》:"吴中王佩诤赓续叶鞠裳的《藏书纪事诗》成《续补藏书纪事诗》,凡一百二十余首。他的故旧为他油印成书,可是佩诤已作古,不及目睹了。"(《文苑花絮》)周退密、宋路霞《上海近代藏书纪事诗·王佩诤》:"先生著述甚丰,而传世寥寥。读叶鞠裳(昌炽)《藏书纪事诗》而善之,依其体例作藏书纪事诗一百二十

余首，为晚年未定稿，由苏州图书馆刻蜡油印，后经北京书目文献出版社1987年重新出版。"按，诸家所述当据本《引言》。王謇先生于本书"伦明"诗传中云："（伦明）因见叶鞠裳（昌炽）《藏书纪事诗》尚有可续补者，乃作《辛亥以来藏书纪事诗》，载天津《正风》杂志。拙诗之作，盖由先生启之也。"李本《前言》："清末，叶昌炽曾著《藏书纪事诗》。嗣有伦明者，认为尚可续补，著《辛亥以来藏书纪事诗》。佩诤先生的这部著作，据他的自白，是受伦著的启发而撰写的。"然周退密于《呆堂书跋·续补藏书纪事诗》中一洗前说，谓本书是续《辛亥以来藏书纪事诗》："余读集内伦哲如明一条，自谓续补之作，实受伦氏所作之《辛亥以来藏书纪事诗》之启发而作，是伦氏续叶著，而先生又续伦氏之作而为此也。一书之作渊源有自如此。"（《周退密诗文集》下册）周氏此说不可据，本书《前言》有详论。

[五] 依其体续补一百二十余首：李本《前言》："《续补藏书纪事诗》所记藏书家，列入目录的共有一百二十六人，其中有沈维钧者，有目无文。附见于他人目者，有庞莱臣等七人。实际上共有一百三十二人。"按，李氏统计不精确：目录一百二十六人，加上章炳麟之附汤国梨，丁士涵之附许克勤，严修之附严台孙，刘体智之附刘体乾，袁思亮之附叶启勋、叶启发，庞青城之附庞莱臣，冒广生之附冒景璠，顾建勋之附龚则重，王蘧常之附唐兰、钱仲联、陈柱，王大隆之附王大森，卢前之附任讷、唐章，陈乃乾之附赵万里，潘承弼之附潘承厚、顾廷龙，冯雄之附苏继庼，计有十九人，实际人数应为一百四十五人；若加上清稿本中陈奇猷附费采霞一人，郑振铎附周越然一人，及简又文附罗尔纲、周树人、阿英三人，还有朱仰周、姚君素、赵元芳、吴颂平、王镂冰、黄裳未见于油印本者六人，满算有一百五十四人。还不包括后来发现之《三续藏书纪事诗》散叶王长庚一人。

[六] 为其晚年未定稿：按，清稿本"伦明"诗传，先生犹有"拙著则并未刊行也，一俟修正问世，当先以油印试之"语，知先生生前曾有油印流布本书之打算，惜未能实现。

藏书家姓名

沈　修绶郑

黄　人摩西

章炳麟太炎　附汤国梨❶

金鹤望天翮

吴　梅瞿安

周中孚信之

翁同龢叔平

李慈铭莼伯❷

汪鸣銮❸柳门

宝　廷竹坡

王颂蔚芾卿

盛　昱伯熙

沈曾植子培

汪之昌振民❹

王树枏晋卿

姚文栋子梁

朱铭盘曼君

郑文焯叔问

文廷式芸阁

胡玉缙绥之

李盛铎木斋❺

严　修范孙　附严台孙❻

沈锡胙福庭

丁士涵泳之　附许克勤❼

余一鳌心禅

张炳翔叔鹏

曹元忠揆一

曹元弼叔彦

袁宝璜渭渔

丁　谦益甫

---

❶ 原脱"汤国梨"，正文有附传，依例补。

❷ 原名号互倒，依例当名在前字号在后，乙正。

❸ "銮"原误作"鸾"。

❹ 原误作"汪之民"。

❺ 原名号互倒，依例当名在前字号在后，乙正。

❻ 原脱"严台孙"，正文有附传，依例补。

❼ 原脱"许克勤"，正文有附传，依例补。

武延绪次彭❽　　　　冒广生疚斋　附冒景璠

丁乃扬少兰　　　　　丁祖荫初我

王同愈胜之　　　　　陆鸣冈颂尧

王其毅果亭　　　　　钱骏祥新甫

章　钰式之　　　　　杨寿枏味云

邵　章伯纲　　　　　王保譿慧言❿

吴保初君遂　　　　　王　修季欢

丁惠康叔雅　　　　　李根源印泉

陈三立伯严　　　　　叶恭绰遐庵

罗惇曧掞东　　　　　柳弃疾亚子

王季烈君九　　　　　孙毓修留庵

王季点琴希❾　　　　刘体智晦之　附刘体乾⓫

王葆心季芗　　　　　刘声木十枝

金　梁息侯　　　　　秦更年曼倩

徐绍桢固卿　　　　　伦　明哲如

方尔谦地山　　　　　陈守中⓬

朱锡梁梁任　　　　　于省吾思伯

王崇焕汉章　　　　　唐　晏元素

罗振玉叔蕴　　　　　冼玉清

钱崇固强斋　　　　　蔡有守哲夫

王植善培荪　　　　　袁思亮伯夔　附叶启勋、叶启发⓭

---

❽　"次彭"，原误作"武次"。

❾　原误次于金梁后。

❿　原误次于叶承庆后。

⓫　原脱"刘体乾"，正文有附传，依例补。

⓬　当作"程守中"。见正文笺证。

⓭　原脱"叶启勋""叶启发"，正文有附传，并有"小叶小袁埶比量"诗句，依例补。

任凤苞振采　　　　　王大隆欣夫　附王大森

徐　恕行可④　　　　瞿熙邦凤起

金　钺浚宣⑤　　　　孙祖同伯绳

严式海　　　　　　　胡　蕴石予

周　暹叔弢　　　　　林石庐

周明泰志辅　　　　　张惠衣

周绍良　　　　　　　卢　前冀野　附任讷、唐章

陈惟壬一甫　　　　　陈乃乾　附赵万里

马　浮一浮　　　　　郑振铎西谛

徐凌云镜清⑥　　　　谢国桢刚主

庞青城　附庞莱臣　　李文裿⑩

吴　庠眉生　　　　　潘利达圣一⑪

屈　㷫伯刚　　　　　沈维钧勤庐

赵诒琛学南　　　　　陈华鼎子彝

黄　钧颂尧　　　　　蒋镜寰吟秋

顾建勋巍成　附龚则重⑦　潘承弼景郑　附承厚、顾廷龙

顾颉刚⑧　　　　　　沈知芳芷芳

王蘧常瑷仲　附唐兰、钱仲联、　范祥雍
　　　陈柱⑨

王铨济巨川　　　　　姚方羊

范行准

---

④ "行可"，原误倒作"可行"。

⑤ 浚宣，原误作"复宣"。见正文笺证。

⑥ 按，徐凌云字文杰，非镜清，徐镜清为另一人。详见本书诗传笺证。

⑦ 原脱"龚则重"，正文有附传，并有"更有师门龚氏子"诗句，依例补。

⑧ 原误次于赵诒琛后。

⑨ 原脱此三人，正文有附传，依例补。

⑩ 裿，原误作"旖"。

⑪ 原名号互倒，依例当名在前字号在后，据勘误表乙正。

徐　澂沄秋　　　　　　巢　章章甫

朱犀园　　　　　　　　徐益藩钰庵

叶承庆乐天　　　　　　方树梅

陈奇猷　　　　　　　　杨允吉易三

吴慰祖　　　　　　　　洪驾时

冯　雄翰飞　附苏继顾　　王　雨子霖

杨昭隽潜庵　　　　　　逸名氏

汪瞻华

续补藏书纪事诗

流碧精舍海上丛著之一[一]　古吴王佩诤謇著[二]

笺证

［一］流碧精舍：王謇1937年为避日寇，前往上海后所取之室名，地址在愚园路608弄60号寓所，今犹存。在苏州时，先生有海粟楼等室名。陶冷月《流碧精舍读书图题识》：“佩诤表丈幼从先君子游，烂熟群经、诸子、四史、《文选》，尤精于诗古文辞，学成问世，极为菿汉、松岑、郎园、臞庵诸大师所激赏，争令出其门下，交口荐誉之，而丈意故泊然，仅悉心向学，默识诸大师所传授，归而求之所藏书，则手不释卷，以自致于彬彬乎尔雅之林而已。年二十余即掌教吴中东庄大庠，三千太学竞拜康成。陵谷沧桑，流寓海上，仍以皋比作避世地，无论嬴蹶刘颠，决不与当世同流，识者高之。今年政六十，冷月忝在戚谊，谨供拙作以志祝忱，冀林泉耆硕，长为后生小子作楷模焉。丁亥重九前二日并识于海上风雨楼。宏斋陶冷月。”（《冷月画识》23304，陶为衍《陶冷月年谱长编》下册）郑逸梅《我执教徐汇的点滴回忆》：“抗战时期，日寇的铁骑侵入租界，我无处容身，只得隐于教育界，藉谋清苦的生活。我与王佩诤同乡，又同隶鸣社，佩诤寄寓沪西愚园路的流碧精舍，那是风雅之薮，我们时常在他寓集。”（《郑逸梅选集》第六卷）杜立宪等《现代家庭知识大观》：“抗日战争时期，吴江金松岑的大弟子王佩诤避居沪西愚园路的田庄，取斋名为‘流碧精舍’。这个斋名看似雅致，实则不然。所谓‘流碧’，指他所居附近，流氓瘪三成群，无非取其谐音，寓厌恶之意而已。”按，先生遗稿中尚有《续辛亥以来藏书纪

事诗》残稿三叶，标题下即署"碧山旧庐著书之一"，"碧山"亦即瘝三之谐音。

[二] 王佩诤睿：王睿原名鼎，字培春（《国朝三邑诸生谱》卷九），改字佩诤。1917年（丁巳）先生三十岁时改名睿，字佩诤，其稿本《盐铁论校释札记》首叶钤有"王佩诤原名鼎岁丁巳更曰睿"隶书朱文方印可证。又先生稿本《汉魏两晋南北朝群书斠补要删》首叶《愚谷迂琐》下署"吴县王佩诤甫撰述"，旁有朱笔小字自注："谱名福植，榜名鼎，民国丁巳更名睿。"先生生于1888年10月11日，卒于1969年7月16日（据上海市公安局户籍证明，2005年9月6日 No.031799）。

订许稿编十四卷，未园集刻百余篇。
凿楹书痛无人守，每忆师门一泫然。

沈绥郑本师修[一]，承陈硕甫奂南园扫叶山庄之绪，教授门弟子必以硕甫先生《诗毛氏传疏》为主，而参之以王石臞《广雅疏证》、郝兰皋《尔雅义疏》、段茂堂《说文解字注》三书。不才束发受书，即粗识考据门径，实由先生启之。时尚❶未拜余杭大师门下[二]，著弟子籍也。师萃毕生之力，撰《说文订许》十四卷[三]，实则订诸家注许书耳。竖儒不解标题，见之不免舌齗❷。王氏荣商订颜注之非，而曰《汉书补正》[四]，同一义也。稿现藏江苏省苏州图书馆。《未园集》诗文百余篇[五]，奥衍宏深，学者比之樊宗师、孙樵、刘蜕、李长吉，而恝然置之，实则师之诗文非可语浅人者[六]。后起无人，楹书乏守❸[七]，悲夫！

---

❶ "尚"，原作"堂"，据勘误表改。
❷ "齗"，原作"断"，据勘误表改。
❸ "乏守"，原作"乏人守"，衍一"人"字，据勘误表删。

笺证

[一] 沈绥郑本师修（1862—1921）：沈绥郑，名修，字绥郑，又作绥成、珊成。

[二] 余杭大师：即章炳麟，见本书诗传及笺证。

[三]《说文订许》十四卷，实则订诸家注许书耳：按，《说文订许》总名曰《原书》，原稿有六十卷之巨。吴梅《未园集略》卷首目录识语："（沈修）先生尝欲作二书：一为《原书》，一为《经治》。《原书》成《订许》六十卷，至《说文解字》第八篇止，《经治》成五十余篇，实未成书。殁后，《原书》具在，《经治》大索未获，而大要已见《经国》篇中。因录二文，藉见梗概焉。"今国家图书馆藏有《未园著薮五种》稿本九册，封面有吴梅1934年题识云："旧存孙伯南先生处。今岁正月，伯南归道山，遂留敝箧。他日当存可园图书馆中。此为未园先生晚年著作，虽仅至第八篇终，而立说精创，实为许氏功臣。目曰'订许'，又自附诤臣矣。甲戌七月，霜厓吴梅记。"该稿本内题《原书》，署"长洲沈修"，第一册存"订许一"、第二册存"订许四"、第三册存"订许八"、第四册存"订许十二"、第五册存"订许十六"至"订许十八"、第六册存"订许十九"至"订许二十二"、第七册存"订许二十三"至"订许二十六"、第八册存"订许二十七"至"订许三十"、第九册存"订许三十一"至"订许三十三"。总计22目，缺二、三、五、六、七、九、十、十一、十三、十四、十五各目，与王睿所记十四卷不侔。稿本各册封面与封底皆钤有"苏州吴梅（字瞿安号霜厓188④—1939）藏书""献书人吴（良士、见青、涑青、南青）捐赠"两枚戳记，则此原为孙伯南（1868—1933，名宗弼，见本书"丁惠康"笺证）所藏，吴梅未及归还，拟归可园图书馆（江苏省立苏州图书馆）保存，而吴氏又亡，

---

④ 吴梅生于1884年，此漏"4"字。

其子四人终将此稿捐献北京图书馆。另据金天羽《天放楼续文言》卷四《苏州五奇人传》云："（沈修）而于《说文解字》多致诘难，亦成书数十帙，曰《订许》，要不能称专诣，称达识。"潘景郑《著砚楼读书记·跋苏州五奇人传》云："珊成先生精古训，泥守六典，目空百代，好发难古人，论文章不许左氏，称史迁直小说祖，似不免趋于诞奇。尝于许书多所诘难，成《订许》数十万言。先师霜厓吴先生曾示其稿，功力甚深，亦有足以佐证许书者。"按，金、潘二人所见应即此稿本，然皆以沈修《说文订许》为"诘难"《说文解字》，盖未明"实则订诸家注许书"欤？

　　［四］按，王荣商所著曰《汉书补注》，光绪十七年（1891）刻本，而非《汉书补正》。

　　［五］《未园集》：全名《未园集略》，八卷，民国乙亥（1935）三月石印本，苏州临顿路上艺斋承印。清稿本眉上王謇有浮签述此集刊行之经过："《未园集略》集款印行，款未齐，迟延时日。及款齐备，请黄颂尧先生校刊，书校及半，忽遭中疯而没。再请顾巍成先生校刊，而顾又遭中疯，几未校全。最后吴瞿安先生校完，后付临顿路上艺斋刻字铺石印。书未印就，该铺遭回禄之灾，原稿亦遭火烧四周，几及正文。印就后，寄存苏州图书馆，不幸适遭丁丑日寇大难，全书百部竟未流行外间。"按，此集卷首及卷尾刊有抄校者姓名："同邑吴梅选，吴县孙宗弼钞""吴县黄钧颂尧校，吴县顾建勋巍成校，吴县张荣培蛰公襄校"。又卷首目录吴梅识语："右《未园集略》八卷，长洲沈绥成先生著。卷一为辞赋拟古之文，卷二至卷五为古近体诗，卷六为学术经世之文。先生尝欲作二书：一为《原书》，一为《经治》。《原书》成《订许》六十卷，至《说文解字》第八篇止，《经治》成五十余篇，实未成书。殁后，《原书》具在，《经治》大索未获，而大要已见《经国》篇中。因录二文，藉见梗概焉。卷七皆论史诸作，严氏总集为先生所推许，因以《书后》一首列后。卷八则掇拾篇章，不复类别矣。未园者，先生尝举黄九烟将就园例，请顾君鹤逸绘《未园著书图》。

今图虽亡佚，而系以此名，所以见先生之志焉。先生文稿题名有三，曰妙万楼，曰栖琼室，曰盉旦庼，兹合并选录，凡如干首。先生之学虽未可尽见，而豹窥一斑，已不啻帐中《鸿烈》矣。先生殁后，孙伯南（宗弼）抱遗稿就余商榷，荏苒岁月，撰录成帙。及捐募粗备，勉付手民，而伯南遽于甲戌正月捐馆，校勘之责，属诸黄君颂尧（钧）及先生弟子顾君巍成（建勋）。岂意六月中颂尧又逝，十一月，巍成撄类中。复邀张君蛰公（荣培）共襄此举，黾勉从事，始克成书。盖文人之厄未有如先生者也。备志卷端，使览者有所考焉。乙亥三月，同邑后学吴梅谨识。"吴梅《瞿安日记》卷十一乙亥七月初九日（1935年8月7日）又记："初九日（西七日）。晴。早校《未园集》毕，此为末次总校，明晨可付上艺斋印石矣。计自绥成逝后，由伯南选钞，历五六年，写官方藏事，又东西募款，如刘翰怡、顾公雍辈，缅怀风义，慷慨解囊。及款事粗备，而伯南逝世，校勘之责，属诸黄君颂尧。岂意颂尧又未几逝世，于是顾君巍成，自任校役，未几而巍成类中。直至今日，余与张蛰公同校，幸得毕事。盖书成如是其难也。"关于《未园集略》稿在上艺斋印行及遭回禄之事，《瞿安日记》卷七甲戌正月初一日（1934年2月14日）："上艺斋主曾淦泉来，将沈绥成文稿交付。计诗文集四卷，连纸印工、装订，费银洋五百八十元，约初四日先付百五十元，写样成，再付若干，交书始付清，立有合同。"二月二十三日（4月6日）："晚赴其昌小饮，约巍成、颂尧，为绥成遗集事，有所商酌也（绥成集付上艺斋印行，前日上艺斋失火，幸未被焚，亦云幸矣）。"二十四日（4月7日）："客散，将绥成手稿交与黄、顾二君，黄为初校，顾则复校也。"又卷十四丙子七月十一日（1936年8月27日）记："王佩诤来，取《未园集》一部去。"又卷十五丙子九月廿八日（11月11日）："艺斋主曾淦泉自吴来京，言《未园集略》五百部如数交清，欲取余款一百七十元。余言愆期两年，应如何处罚？此时只可取半数。汝误两年，吾迟三月，汝尚便宜也。余款准至十二月廿八日来取。渠无言可答，因交八十五元去。"十二月初七日（1937年1月19日）："曾澄泉来，付清《未园集略》印刻费八十五元，于是绥成集募款清矣。"原注："原约曾澄泉二十八日付清，澄以要用来京，因即付讫。"又徐澂（澂）《野竹盦琐记》："沈绥成先生修，一字君穆，学于古训，穴贯六艺，沈思孤往，独造深际；论文章不许左丘明，且谓若名马迁者，直稗官祖尔。自言生平欲作二书：一《原书》，一《经治》。及殁，遗《原书·订许》六十卷，与《妙万楼》《栖琼室》《盍旦赓》诸集若干卷。吴瞿安、孙伯南、黄颂尧、顾巍成诸公为选录遗文，集资付梓，刻成《未园集略》八卷。未园者，乃先生仿黄九烟就园例，名以寄意者，西津老人曾为作《未园著书图》。"（《苏铎月刊》1941年第1卷第5期）按，徐氏此文所述皆本自上引吴梅《未园集略·识语》。

　　[六]奥衍宏深句：《瞿安日记》卷八甲戌七月十一日（1934年8月20日）："早起写《未园集略》目录，又作一小序，又将第三卷首六篇为之句读，煞费苦心。盖绥成之文，每字皆用古谊，而又出以奥衍，实近日之樊宗师，索解真不易也。"卷十一乙亥六月十五日（1935年7月15日）吴梅又评云："早校《未园集·曹娥后碑》，因遍检《后汉书·列女传》《三国志·王粲传》及《古文苑》，始知邯郸淳原碑，确有罅漏处。但古人风俗敦厚，未必如后世之谕薄。未园此作，虽申礼防闲，立意周匝，但转觉过情，况娥又仅十四龄耶。凡作妇女文字，只须就最著一事论之，汪容甫所谓节壹惠以为名也。蔚宗《列女传》大半如是。未园文固佳，惟思虑过密，亦是一病，此非深于文者不知也。"顾廷龙先生编《章氏四当斋藏书目》卷上之四《小浮山人所藏词翰录存一卷》顾先生按语："按沈修字绥成，别署曰孔修，曰休穆，江苏吴县横金镇人。清诸生，曾任存古学堂教员。光绪辛丑间，与先生时相过从，善为文，学六朝，近于涩体，颇似樊宗师。尝欲作二书，一为《原书》，一为《经治》，未成。民国十二年卒（引按，当是民国十年），年六十。遗稿属孙宗弼（伯南）、吴梅（瞿庵）为之理董。二十四年春，成《未园

集略》八卷，醵金印行。先生雅重旧交亦与捐资。"按，金天羽于《苏州五奇人传·黄振元》传中谓："然绥成根极谟训，微以矫揉为累。"

　　[七]后起无人，楹书乏守：朱涤心《涤心碎录》："沈绥成，名修，吾吴洞庭山人。侨居苏城中，博学工文，尤长小学。其所作骈体文及古近体诗，朋侪中未见其匹。余于己未（引按，1919年）之夏，始获订交于平桥茗肆中。孰意至今年春遽归道山。从此三吴文星，又弱一个矣。身后无子，著作无人收拾，将来不知流落何所。余曾记其和友人'筒'字一联云：'青浮竹叶波双桨，红赁桃花米一筒。'惊才绝艳，得未曾有。恐长吉❺、玉溪二生执笔为之，亦无以过也。后之欲知绥成者，观此可见其一斑矣。"（《消闲月刊》第5期，1921年9月）又潘景郑《著砚楼读书记·跋苏州五奇人传》："霜师曾介许君博明夫妇列为门墙，属为传布其稿，卒未成事。后稿存霜师处，今不知流归何所矣。乙亥岁，霜师为醵资影传《未园集略》八卷行世，文辞瑰丽，一时颇为传诵焉。余于霜师处识珊成先生，时方弱冠，自惭童蒙，未敢问字之请。"按，潘氏此处提及之许博明（1896—1970），即许怀辛，名厚基，其人善鉴别版本（见本书"沈锡胙"条）。许氏与吴梅曾接济过沈修遗孀，吴氏《瞿安日记》数载其事，卷九甲戌十二月十一日（1935年1月15日）记："下午绥成夫人来，为博明月贴中止，不啻直填沟壑，嘱向博明疏通。因访博明。适久病未愈，谈一年中苦况，绥夫人事，无便可进言，再隔数日，相机行之也，即归。"十四日（18日）记："又晤博山（引按，即潘景郑兄承厚。见本书"潘承弼"条），为绥成夫人向博明设法继续贴款。"廿日（24日）："绥成太太差人索复信，告以博明仍无消息。"二十四日（28日）："吾妇言：博明之子景山曾来吾家，绥太太贴款，由伊母年贴二十元。适博明馈物使至，即作短札，请月贴两元，想来当

---

❺　"长吉"，原作"长爪"，应误，径改。

可允也。"廿五日（29日）："午饭时，博明账房毛英石至，交到沈绥老太太贴款十元，此后每年贴二十元，分一月、七月交付，即此已十分情面矣。下午将此款交至东白塔子巷卅六号沈绥老太太手（渠苏州住此，嘉定住东门外澄桥戴家），并言余月贴三元，合计款五十六元，较前少止四元，似亦可敷衍矣。"又卷十一乙亥六月廿四日（1935年7月24日）记："归家午饭，则绥成太太在舍。为之向博明取津贴十元，又恢华六元，吾每月贴三元，总付渠手。渠又以七十年老，须办后事，欲就绥成故交中鸠集一会，余只得允之。实则未园刻集外，本有余资也。伯南吩咐，不可令渠知，因未告彼焉。"金天羽《天放楼续文言》卷四《苏州五奇人传》："绥成殁于辛酉正月，春秋六十，遗书属诸吴梅、孙宗弼，使理董之，梓行未有日焉。"按，刘承幹《嘉业堂藏书日记抄》辛酉正月二十五日（1921年3月4日）："午后得苏州沈休穆报条，知廿三日病故，又弱一文字交矣，可叹。"刘氏于癸丑十一月初七日（1913年12月4日）日记中曾述及沈修生前贫寒之状："归寓，孙益庵来谈，盖明日伊以事返苏，即偕揆一、休穆同行也。嘱醉愚作函致朱古微。古微函系因休穆校书不甚精当，来岁本拟辞之，缘休穆境地极窘，寒士生涯，不忍遽绝，前日古微到来，又为之请益，乃情面难却，只得蝉联，再四斟酌，决定月送修洋二十元，如有他项笔墨，亦在其内，请古微转嘱，此后校书必须注意等云。"顾颉刚1921年7月笔记《侍养录（三）·沈修》："沈绥成先生，胥口人，初时家道小康，徙居苏城。其妇其女，均非勤俭者，遂以日贫。沈之所长，在骈文与诗，然既无功名，又不善应世，故遭际颇艰苦。宣统间，苏州设立存古学堂，聘为史学副教（当时分经、史、词章三门，以曹元弼为经学总教，孙宗弼为经学副教；叶昌炽为史学总教，沈为副教；邹福保为词章总教，副教未详。王仁俊、张尔田、吴梅、孙德谦等均在）。存古既闭，就可园改设第二图书馆，聘为编辑员。薪水既薄，不足应家人需求。坎坷至今年，遂以气虚卒，甚可悯也。其所著有《经治》《冷雅》《诗文集》等（眉批：闻尚有一专驳许氏《说文》书者，未知信否？）其藏书七八架，归伯南先生经理，为之觅主顾。以其生时从不理书，堆积极乱，故各书往往有配不全者。予从伯南先生得其书三十余种，以带有赡济性质，故不忍抑价也。"（《顾颉刚读书笔记》卷一）

黄金鬼市神州裔，筑室梨烟复石匋。
释藏道书搜神异，十行一目老英豪。

　　黄摩西本师人，初名振元，字慕韩，虞山人[一]。先世江夏黄氏。幼读书即喜小说家言，于神奇光怪之书，致力尤挚。弱冠后，读书释老之宫，取梵箧道书遍读之。行文辄作《法苑珠林》《云笈七签》语。吾党小子虽日受耳提面命，仍莫测识也。又喜谈晚明史籍，负剑辟咡，所语皆《荆驼逸史》《小腆纪年》纪传中语[二]。于同姓中慕石斋道周、陶庵淳耀、梨洲宗羲、九烟周星之为人，颜其书斋曰"石匋梨烟室"[三]。予小子侍师久，明遗民、清学者事迹最为耳熟能详。亦慕我同宗而农夫之之奋志于翊赞义师、瓠园澐之耿耿不忘故国、仲瞿崿之不屈志于异族、湘绮闿运之不阿一代煊赫之曾涤生，颜其所居小阁子曰"农瓠瞿绮楼"，师颇首肯之。师寓吴中，客室悬一联云："黑铁裔神州，盘古留魂三万里；黄金开鬼市，尊卢作祟五千年。"[四]鄙儒小拘来见之，往往舌拣然不能下。海禹张隐南鸿《摩西词》●所谓"氃氃短发，披拂项背，常负手微吟于残灯曲屏间。"[五]金鹤望师《天放楼文言·五奇人传》之一所谓"观书如电扫，常尽夜不寐，数日不食，独游山中，夜趺坐岩树下。友朋促席剧谈累宵昼，客倦卧，君滔滔忘时日"者，最能绘影绘声，白

● 当作《摩西词序》，此抄脱"序"字，清稿本不误。按，《摩西词》一册，八卷，民国铅印本。详见陈国安《南社旧体文学著述叙录初编》。

描我师状貌。所著诗曰《石匋梨烟室诗存》，词曰《非相非非相天中人语》，均有定稿。及门中有莘塔凌君景埏者假之其后人[六]，而携赴燕京大学，拟为移录印行，值沈阳变局，关内震惊，匆促号邮归其故宅，竟至浮沈。文人末路，乃至心力所萃，化为浮尘，荡为太虚，卅载心丧，恨不号咷一哭，以泄此愤。所冀凌君移录本旧事重提，能印成问世耳[七]。师病狂易而卒，卒前有《金缕曲》一阕，犹记其警句曰："骏马美人成一哭，茫乾坤无我飞扬路。"[八]勃不得发之怨愤，溢于词气，呜呼痛哉！

笺证

[一] 黄摩西本师人（1866—1913）：金鹤翀《黄慕庵家传》："慕庵姓黄氏，名振元，更名人，居昭文之文村。"（《黄人集》附录二"事略"）金天羽《天放楼续文言》卷四《苏州五奇人传》："黄振元，字慕庵，中岁自名曰黄人，而字摩西，常熟人也。"

[二] 王睿《瓠庐杂缀·摩西遗词》略云："摩西先生博学寡俦，自释道经藏，欧墨科学，以及神秘奇异之籍，无不纵观。美儒密齐迻氏邃理化学，与先生共事久，聆其绪论，敬服甚至，与人言辄称先生为'人类中之百科全书'，然先生雅不欲以科学自鸣。生平肆力于诗词，著述綦富。早岁不自收拾，故四十以前所作，散佚甚多。壬子夏秋间，自订生平著述成两巨帙，然先生既愤世嫉俗者久，举恒侘傺无聊，是冬忽遘狂疾，于癸丑秋九月，卒于虞山故里。哲人云萎，殊可悲也。"（《东吴》1914年第1卷第4号）黄人《血花飞传奇序》附吴梅识语略云："摩西原名振元，字慕韩，余主教东吴时老友也。为人奇特，丁内艰后，即蓄发蓬蓬然，招摇过市，人皆匿笑之。其于学也无所不窥，凡经史、诗文、方技、音律、遁甲之属，辄能晓其大概，故其为文操笔立就，不屑屑于绳尺，而光焰万丈，自不可遏。至其奥衍古拙，又如入灵宝琅嬛，触目皆见非常之物，而拙处亦往往有之。"（《南社丛选》文选卷七）又金鹤翀

《黄慕庵家传》："于书无所不读，经史之学及小说，今之名学、法律、医药之说，催眠之术，莫不究。喜言佛氏，以为圣人之至。读《易经》《庄子》，前后数年，见解屡变，闻者惊叹，以为今之哲学家不能过也。尝遇章太炎于苏州，相与讲学数月，慕庵自以为弗如，然以慕庵之学问宏博，凡识之者，莫不服。"庞树森《黄摩西先生诗集序》："先生于书，靡所不读，诸子百家、天文地理、释老医卜，以至稗官乐府、近代名玄之学，俱探其源而析其流，以故下笔汪洋自恣。庄子所谓虽瑰玮而无伤其辞，虽参差而诚诡可观。其才大气盛，光怪陆离，虽胡、龚复生，亦当瞠目。"（《黄人集》附录一"各家序跋"）黄人之著作，《民国吴县志》卷五十八下"艺文考七"："黄振元《石陶梨烟室诗钞》（王謇注：莘塔凌氏辑刊诗文词本）、《摩西词存》、《摩西曲录》、《摩西骈文存》（字慕韩，晚更名曰人，自号摩西）。"又同书同卷"艺文考八"末叶王謇校补："黄振元《中国文学史》二十九卷、《叙论》一卷（《叙论》一卷系自著正编，经国学扶轮社王文濡等点窜，中有非慕韩先生意志之所存者极多，是书终不能窥全豹矣），《小说小话》（《小说林》杂志印本、鲁迅《小说史略》附录本、阿英《小说闲谈》征引附录本）。"《天放楼续文言》卷四《苏州五奇人传》："慕庵卒以狂易死，年五十有八，为甲寅之秋。书籍著作，并散逸于外。其弟子王謇，先录其诗词若干卷，而庞树柏等别印《摩西词》一卷，今传于世。《文学史》二十九帙，则存东吴文库焉。"王謇《瀣粟楼藏书目（下之下）》"集部·词类·词集之属三"有《石陶梨烟室遗词》一卷，注云："慕韩师撰，謇据所见稿本手辑。"又有"《摩西词八种》不分卷一册。昭文黄人摩西"。

[三] 石匋梨烟室：黄人《血花飞传奇序》附吴梅识语略云："中年慕石斋、梨洲、陶庵、九烟之为人，易名曰人，以九烟曾改此名，意欲附之焉。斋中悬一额曰'揖陶梦梨拜石耕烟之室'，其楹联云'黑铁裹神州，盘古留魂三百里；黄金开鬼市，尊卢作崇五千年'，可以知其为

人矣。"又吴氏笔记《蠡言》，所述与此同。

[四]《自题客室联》载《小说林》1907年第8期，原作："黑铁裔神州，骨化形销，盘古留魂三百里；黄金幻鬼市，目招心注，尊卢作崇五千年。"

[五]张隐南鸿《摩西词序》："黄子摩西学博而遇奇，其所为词曷为使予悄然而悲，幽然而思，如见黄子鬖鬖短发，披拂项背，负手微吟于残灯曲屏间。其殆所谓究极情状，牢笼物态，有以致之者欤！"（《黄人集》附录一"各家序跋"）

[六]及门中有莘塔凌君景埏者假之其后人：王謇《流碧精舍师友渊源录长编》："凌景埏敬言，吴江人。善词曲考据。"按，凌景埏（1904—1959），1924年入东吴大学（赵秉禹《曲家凌景埏先生学术简表》，《文教资料》2011年12月号上旬刊），时王謇在东吴任教，故曰"及门"。又"假之其后人"，指借于黄人之后人，然借黄氏之遗稿于其后人者应是黄氏同里人夏素民，夏氏《黄摩西诗文稿跋》云："摩西先生诗文名满海内，余生也晚，未及亲接音尘。获交其长公子肇伯，因得涉猎先生所著诗文。"（《黄人集》附录一"各家序跋"）凌氏所借者系金鹤翀、张隐南（见下条笺证）。另按，蔡吉铭《凌敬言先生琐事七则》："（凌景埏）好藏书，见有乡邦文献及词曲方面钞本、善本者，必倾囊购致，故所藏善本颇多。王佩诤先生所著续叶鞠裳《藏书纪事诗》一书亦收入。尤喜书画古玩，凡见有关乡邦文物，虽价昂，亦必罗致。"（《文教资料》1986年第5期）按，本书并未为凌景埏单独列有诗传，蔡氏此系误记。

[七]黄人遗著之流布搜集，金天羽《天放楼续文言》卷四《苏州五奇人传》云："（黄人）书籍著作并散逸于外，其弟子王謇先录其诗词若干卷，而庞树柏等别印《摩西词》一卷，今传于世，《文学史》二十九帙，则存东吴文库焉。"王謇《双龙颜馆脞录·摩西遗著》："摩西遗稿散佚殆尽，即其自定本亦不堪重问。所辑《宋元名家词》，补汲

古阁、四印斋所未逮者极多。又辑《江夏词征》，专选黄氏一家之言，上自天水，下迄逊朝，搜罗綦富，其稿均已不知去向。其遗词尚散见各家著录，曲则绝无仅有。顷承其同邑金敏君先生录示一首，《题金病鹤石屋寻梦图》云……曲掩有东篱、兰谷之长，词则熔铸两宋，不名一家者也。"（《东吴》1919年第1卷第1号）同上《摩西遗稿叙》："摩西先生殁后，遗稿零落，其手定平生诗词为《石陶梨烟室稿》二巨帙者，亦不堪重问矣。先生神姿瑰玮，秉性奇特，乃不遇于世，侘傺以终。欲求一当世文豪，如中郎之表彰徐青藤者而不可得。可慨也！顷翻旧报丛录，得萧蜕君《摩西遗稿叙》，颇能状先生生平涯略，一绝妙传状也。序曰：呜呼！此吾友黄摩西君遗稿也。君神姿瑰玮，孕十五月而生，观书如电扫，文词博衍诞迈，如灵威秘藏，如淮南鸿宝，如《珠林》《云笈》。尤长于诗，有青莲之逸、昌黎之奇、长吉之怪、义山之丽，求之近世，王仲瞿、龚定盦其俦也。少骛道家言，日啖朱砂，又习剑法及诸异术，常尽月不寐，数日不食。独游山中，往往入夜趺坐，宿岩树下，友朋促席剧谈累宵昼，客倦仆，君滔滔然忘日时。与章太炎先生善，而论议多相左，然与人言，未尝不称太炎也。君所为书，有《中国文学史》，自佉、仓造文，迄于当代，错综繁森，博关群言，诚学览之潭奥，摛翰之华苑。岁己酉，访君于苏，出以相示，牛腰巨挺，未曾脱稿。时君精气大颓，每有作，懒不自书，倩人笔述。别去数年，书成否未可知，抑复有他著述，而君以狂疾死矣。自武汉兴师，君奋然欲有树立，一日出门乘火车，至车站，则两足忽蹇，大哭而归。继益愤懑不自聊，笑詈无恒，数月而卒。呜呼！文人之穷，以君为至。非其才之奇，学之富，志行之高，文字之美，庸不足与屠沽厮养争一日之遇。乃今以文字传世，且以是为君姗焉。是则尤可悲也！君著作多散佚，檗❷子将

---

❷ "檗"，原作"蘗"，径改。

哀而行之，余与君知爱深，先为之序以券。"（按，萧蜕此文又载《南社丛选》文选七）又同上《哭摩西诗》："虞山庞檗㊂子有《哭黄摩西先生即题其遗稿》四律，中含先生佚事颇多，备详庞君自注中。诗云：'惊才绝艳世间无，说剑吹箫旧酒徒。（自注：先生诗文博衍奇丽，又习剑法）花月三生蝴蝶梦，文章五色凤皇雏。已甘刻意驯龙性，尚复论交到狗屠。此日金阊亭下过，那堪斜日哭黄垆（先生流寓吴门十二年）。也曾东海挟飞仙，又向西峰问老禅（先生少骛道家言，又尝独入山中访名蓝，尽月不返）。生死更谁知骏骨，飘零毕竟负鸢肩。嗣宗涕泪犹狂态（癸丑之夏，先生忽患狂疾，恸哭无恒，数月而卒），庾信江关感暮年。何处人间干净土，愿君成佛与生天。无路飞扬两鬓丝，乾坤茫茫独来时（先生《贺新凉》词'骏马美人成一哭，莽乾坤无我飞扬路'）。如云壮气难胜病（先生近年两足忽蹇，几如疾废），似水才名不疗饥。未得著鞭先祖逖（自武汉兴师，君奋然欲有树立，卒无所成，益不自聊），好教埋骨旁要离。茂陵遗稿多零落，事业千秋付阿谁（先生著作极富，多散佚）？文字缘多骨肉深，频年湖海惯追寻（余年十六始识先生，往还酬唱，迄今亦逾十稔）。掌中雷自惊凡耳，肘后方难治苦心（先生兼治医学，旁及诸异术，皆能精）。十九寓言空领略（先生著有小说多种），三千剑气久销沈（先生偕予兄弟结三千剑气文社于吴下），寒斋独对寒檠坐，风雨萧萧爨下音。'此又一绝妙《摩西传》也。又孙君龙尾《题摩西遗像》诗云：'雌伏中年意已哀，半生事业忍低徊。译筵著录传薪火，史井搜罗历劫灰。龙厄云迡心未死，鸡鸣星烂首重回。甘陵郷部终无补，只合菰蒲老霸才。干镆消磨不记年，闲寻秘籍味灵篇。槁梧可据论齐物，刍狗何心合问天。白简罢名疑故旧，黄垆中酒异山川。萧斋揽镜频搔首，不觉星星满鬓边。'龙尾师事先生，为东吴旧生之一。三千

㊂ "檗"，原作"蘗"，径改。

太学亲炙门墙，故所言益觉沈痛。"（《东吴》1915年第2卷第2、3号）
庞树柏四律见《庞檗子遗集》卷二《龙禅室诗》。而凌景埏为搜集黄氏
遗著最力者，清宣统元年上海国学扶轮社铅印本《龚定盦全集》中《定
盦文拾遗》附录《定盦时文两篇》后有崦嵫子题识"右定公制艺两首，
从老友黄摩西处得来"云云，王謇朱笔批注："黄振元，字慕韩，常熟
人，清季诸生。工诗词、骈俪文，书法怪拙如《龙颜》《宝子》《嵩高灵
庙碑》。曾遍读《道藏》，兼通禅理。任东吴大学教授十余年。著有《石
陶梨烟室诗文》《摩西词》。词遍和龚定厂、蒋剑人两家，刊行于世。今
诗文均佚，未佚前，其私淑弟子吴江凌景埏尝移录之，号邮归振元从兄
君谦孝廉，抗战后不堪重问矣。"金鹤翀《黄摩西诗稿序》："张君隐南
既刻其词，又收拾其诗累千首，以贮予所。东吴学者凌景埏至虞山访
予，尽录以去。日本兵至，予与凌氏所藏皆毁于火。"金氏《黄摩西诗
稿跋》："余兄病鹤，与摩西为同盟兄弟。摩西亡后，余兄手写其诗一
帙，藏余处。民国十年后，燕谷老人张隐南以其所得摩西诗十数册或
其原稿或友人传钞，尽以付余。东吴学生凌景埏来，乞写一本，遂付
之。丁丑之乱，余家被火，凌氏亦失其书。"（《黄人集》附录一"各家
序跋"）钱仲联《梦苕庵诗话》："近人论浪漫诗人，争称苏曼殊。曼殊
至浅薄，不足道。若吾邑黄摩西，则不愧近代浪漫诗人之魁首矣。……
摩西生前所作诗词甚多，不数日便成小册，辄为朋好持去。没后遗稿散
佚。其《摩西词》一册，系手定者，张丈璚隐（鸿）已为排印行世。璚
隐丈尚藏有《摩西诗集》。前岁东吴大学教授凌景贤君来虞，由萧蜕庵
绍介，录副本以去，云将刊印。凌君私淑摩西，搜罗其余稿不少。癸酉
冬，由申返里，道经苏州，晤王君佩诤（謇）。佩诤亦掌教东吴，与凌
君同事。据云，摩西诗文，不久可抄竣矣。"凌景埏有《征求黄摩西先
生遗稿及轶事》可见其力："同学诸前辈暨校内外诸师友钧鉴：启者，
母校前教授，虞山黄摩西先生以旷世奇才，发为文章，博衍诞迈，宏奥

古拙。诗兼青莲之逸、昌黎之奇、长吉之怪、义山之丽。词则谐姜、张之声，缊吴、蒋之色，深得南宋诸名家三昧。景埏入校晚，未获见先生，然心向往之，独惜其身后著作散佚。嗟嗟，故纸漫漶，遗墨飘零，琼瑰尽化于泣余，彩笔不传于梦里。岂不痛哉？兹拟广集遗稿，为刊专集行世，豹死皮留，人亡书传，茂陵遗稿，亦聊慰地下修文而已。先生等或曾坐春风，或曾连笔砚，珠墨必多珍藏，言行定皆洞悉，能得以遗稿惠赐，或轶事录示，虽断简零篇，亦所感激。如已见刊诸书籍，则望以书名相告，或将原书赐下。录后即当奉璧。惠件请寄母校景埏收，为感。后学凌景埏谨启。"（《老少年》1928年第五卷第七期）1944年1月16日《文史》第一期载陈旭轮《关于黄摩西》记述征集、刊布黄人遗著事綦详，略云："摩西著作，大半未刊行，十年前东吴旧日黄门弟子，曾发起筹组委员会，刊行黄氏遗著，推动此事最力者，为燕大教授赵紫宸博士，凌敬言教授，及东吴教授潘慎明、孙蕴璞、王佩诤、史襄哉诸君子，愚亦略参末议。凌敬言兄且拟以《东吴学报》出一'摩西专号'，嘱愚广征与摩西有交情之诸老名宿，撰著专文，以垂纪念。当时拟向征求稿件之名宿，如东亚病夫、燕谷老人、黄谦斋太史、吴霜厓师、金松岑丈、金叔远丈、祝心渊丈等，以上诸老，少壮时均与摩西论文角艺，时时过从，深知摩西学术性行，一旦执笔，必能发潜德之幽光，以不负其死友者。今东亚病夫、燕谷老人、霜厓师，一转瞬间，均已墓有宿草。而黄丈病、金丈隐，敬言藏书散失过半，意兴阑珊，此调亦不弹矣。尤可痛惜者，摩西遗著，经敬言兄十年来广事搜集，露纂雪钞，已十得七八，凡吾乡燕谷老人及金叔远丈处所藏黄氏杂著稿本，敬言兄均录有副本，不幸于丁丑事变中，在燕京旅邸，均已散失，而原稿托人付还原藏之二老者，原主又始终未曾收到。当愚访燕谷老人于海上寓斋时，老人于病榻犹询及摩西遗稿，凌君曾否录副，何时见还云云。前年过虞城，曾访金叔远丈（鹤冲），谈次亦及摩西遗稿，谆嘱转告凌君妥为保存，今夏愚往灵岩，道经吴门，访凌敬言兄于过云楼（凌君借寓顾氏），重弹往事，始知摩西遗稿，在常熟所向张、金二老处借钞者，均已托人原璧奉赵，而原主尚以为在凌君处，殆已化为异物，恐不可踪迹矣。物之显晦，固有数焉，而此区区身后之名，又靳予之，天之待摩西，何其酷耶。摩西著作之已刊行者，除前述词集一卷外，尚有巨著《中国文学史》一部，二十九厚册，卷页繁重，印行不易，清末东吴大学以铅字油光纸印行，用作教本，而坊肆未曾流行，故见者极鲜。此书体大思精，议论宏通，前三册为绪论，黄氏对于国故学、纯文学之见解与主张，均见于兹。中多非常异艺可怪之论，如主张白话文学，改革文字，提高小说在文学史上之地位等等，在当时实为独创之见，亦全书之精华也……"

[八] 卒前有《金缕曲》一阕句：按，此句非黄人《金缕曲》中句，当是作于癸卯（1903）之《贺新凉（和革庵见寄）》前阕中句，原词云："一例伤迟暮。记连宵、鸡声灯火，振衣同舞。绿绣芙蓉矗青竹，种种无聊心绪。问旧日豪情几许。骏马美人成一哭，莽乾坤无我飞扬路。肯学写，新眉妩。"（《黄人集》一二"编年集四"）

泰山北斗忽倾颓，廿载楹书久未开。
痛煞重闱大家老，令威❶化鹤❷不归来。

余杭大师章本师之丧[一]，举国痛之。楹书百余箧，多古本尊宿语录，多扶桑旧精本古医书，多清儒说经稿，多明季稗官野史。廿载尘

---

❶ "威"，原误作"成"，据勘误表改。按，"令威"即丁令威，有化鹤归辽东之传说，见陶潜《搜神后记》。王謇又有《挽柳诒徵》诗句："鹤寿不知其际也，令威忽化不归来。"（柳曾符、柳佳编《劬堂学记》）
❷ "化鹤"，清稿本作"鹤化"。

封，蟫蠹生矣。影观❸汤夫人国梨❹睹物思人[二]，不轻启视，尝于沪寓示以近作一绝，题曰《梅不花》，诗曰："楼外梅花著意栽，楼头鹤去不重来。天寒岁暮谁相守，独抱冬心冷不开。"读其诗可以知其志矣。且诏小子辈曰："我将焚笔弃砚，以静暮年身心。"盖愿我党小子，勿再以笔墨劳其高年颐养也[三]。弦外之音，可以知矣。

笺证

[一] 余杭大师章本师（1869—1936）：王謇《流碧精舍师友渊源录长编》："章太炎炳麟，余杭人。著有《章氏丛书》正续编，《太炎文录》《别录》《续编》。参考《制言》杂志纪念专号。"《民国吴县志》卷五十八下"艺文考八"王謇校补："章炳麟《章氏丛书》《续章氏丛书》。"王謇初见章炳麟可能是在1901年，其1959年所作之《颜氏家训校释序》略云："不佞岁未弱冠，谒太炎本师于我吴东庄大庠。承勖以欲读邃古经典、先秦诸子、两汉三国史乘为先，之以汉魏南北朝群书，犹之读一切古书音义，必读许氏《说解》、郑氏疏义也。于是首揭颜黄门《家训》，谓教子弟品端学粹，而以器识为先者，必推是书。由是而究贾、董之广远，刘、韩之博大，焦延寿之奥衍宏深，刘临川之清微淡远，辅以李江都所注之《萧选》，郭景纯所注《穆传》《山经》《尔雅》《方言》，斯得之矣。不才谨志之不敢忘。……而太炎师所著书，若《新方言》《文始》《訄书》《国故论衡》，亦陆续刊行。同学渊骞游夏中，复有黄君季刚之《文心雕龙札记》、吴君检斋之《覾斋读书记》，皆得读之。……流寓海上二十年，获交如皋冒先生，以杖国杖朝之年，犹奖借后进，不遗余力。弥留前一月，访之于医院，犹谆谆以博观慎取见

---

❸ "影观"，汤国梨号，原误倒作"观影"，乙正。
❹ "国梨"，原与正文同，依例改小号字。

教。师友渊源，略见一斑矣。嘉兴王瑗仲、曲江陈奇猷两教授，四明范祥雍教师，同邑王欣夫、沈勤庐、顾起潜、潘景郑四先生，均于拙著有攻错之效者也，理当谨书以志嘉惠。而推其傄落，则自太炎师勖读《颜氏家训》始。故因序《颜氏家训札记》，而连类及之如此。……岁在己亥重九，吴县王佩诤叙。"按，序云"不佞岁未弱冠，谒太炎本师于我吴东庄大庠"，"东庄大庠"即东吴大学，1901年章炳麟由吴君遂介绍，赴苏州东吴大学任教，未及一年，于次年正月即东渡日本避难（汤志钧编《章太炎年谱长编（增订本）》上册。又同书《章太炎年谱长编补编》卷二，下册），时王謇十四岁，故曰"岁未弱冠"。而其正式列于章门在1932年，是年章氏莅苏讲学，由金天羽推荐"北面执贽受经"（金元宪《伯兄贞献先生行状》，《民国人物碑传集》卷十）。按，《苏州明报》1932年9月21日刊有《章太炎门墙桃李芬芳，求附者悉属知名之士》一文，述当时入附章门者之盛况："朴学大师章太炎先生，此次应三吴父老之请，来苏讲学。俊秀之士求附门墙者，有廿余人之多。经李印泉、金松岑二先生介绍，于日前执贽章氏门下者，有武进徐震、诸祖耿，金坛吴契宁，镇江戴增元，吴县王謇、金震、傅朝俊、郑伟业等八人。徐震为中大教授。诸、吴、戴均系苏州中学教员。王謇即我苏考古家王佩诤氏，著有《宋平江城坊图考》等书，与金震同为金松岑先生之高足。傅则历任沪苏各校教职，与已故名画家顾公柔氏同受业孙伯南先生门下，邃精许学。郑为李印泉门人，曾从吴昌硕学书画金石，现时章氏所用名章，即系郑君所镌者。"又按，同报9月17日刊有《学术界欢宴章太炎，李印泉高唱大风歌》一文，述16日在王謇家公宴章太炎事甚详："朴学大师章太炎先生，自来苏作学术演讲于律师公会后，吾苏学术界，更呈启新展发现象。日昨为学术界名人公宴太炎之期，席设考古家王佩诤先生宅。到者如文学家金松岑、朱梁任，苏高中校长胡焕庸，名流李印泉、亢寿民、潘博山昆仲，书画家徐沄秋、郑梨邨等，共五十余人。席间相互考古证今，逸兴遄飞。李印泉先生酒酣耳热，高唱《大风歌》一阕，声震四座。金松岑先生亦歌岳忠武王《满江红》词一首，音调悲壮，闻者莫不动容，其亦有所感焉。后复有范烟桥君发起之种种酒令余兴。宴毕再同游顾氏怡园，在花木幽深处，合摄一影。太炎先生此日兴致特高，乃临水倚石，亲为此影片上题字，以志一时盛事。"章炳麟之丧事，《申报》1936年6月16日载《章大炎氏今日大殓》："国学大师章太炎先生，于十四日上午八时许病故苏寓。中委丁惟汾特由京来苏襄助办理丧务，组织治丧事务处，分总务、文书、布置、会计、招待等五股。推李根源、钱梓楚、沈眠民、龚振鹏、邓孟硕、张继、丁惟汾、沙平西为总务；孙鹰若、褚祖硕（按，当作"诸祖耿"）、徐士复、潘景郑、皇甫荣生、王佩诤为文书……"

[二]影观汤夫人国梨（1883—1980）：《流碧精舍师友渊源录长编》："章师母汤夫人，名国梨。善诗词。"

[三]勿再以笔墨劳其高年颐养也：汤国梨《影观杂论》："人即不相杀，亦无永生。人生既暂，应求如何安乐，尽其天年。"（《汤国梨诗词集》）

经师人表宾朋满，天放楼高处士家。
痛哭山隤梁木坏，遗书徙载到清华。

金鹤望本师天翮，吴江人[一]。经师人表，嘉惠后学，不遗余力。曾出山，一任督办太湖水利工程总局秘书长[二]，三年，见事不可为，即废然归隐，卖文课徒，学程以群经、诸子、四史、《文选》为经，而以《通鉴》《文献通考》《读史方舆纪要》三书为纬。故来学之士，出而问世，均能即时通经致用。又集四方英俊，设国学会，编印《国学论衡》《文艺掇华》，名士如邵君谭秋、靳君仲可、夏君曜禅辈数十人，咸愿为

特约撰述。吾党小子编稿者，遂不嫌寂寞。又因太炎师亦隐吴中，编
印《制言》杂志、《章氏学会会报》，当世学者遂视为国内学术两大重
望，以来吴得见两大师为三生有幸，而著述益为世重[三]。时腾冲李印
泉根源、南海叶遐庵恭绰，均寓苏台，吴江费韦斋树蔚亦来郡城[四]，先
达张仲仁一麐亦挂冠归隐[五]，均与两家有旧。四方宾客之来吴者，亦无
不专谒此六家。而钱彊斋崇固适主余家[六]，先后历二十年，亦无日不宾
从如云。彊斋主余东院，内舍拜许师郑室暨邃雅斋两室最与之近，余特
辟以假之为延宾地。虽彊斋生平臣心如水●，而余则因之而臣门如市矣。
今珂里老屋虽告无恙，而此景此情，不可复得。读神交巢君章甫邮示我
方君地山生前曾有"空锁扬州十间屋"一诗[七]，为之触怅●者累日。梦
影前尘，不禁感慨系之矣。师归道山[八]，门人私谥曰"贞献先生"，王
君欣夫建议也[九]。潘君光旦仅于先一年南来执弟子礼一见，闻遭心丧，
即●言诸清华大学当局，携四千●金赎其遗属[十]，而专车北上，保存其
遗书，真当世之厚道人也。

笺证

[一] 金鹤望本师天翮（1873—1947），吴江人：金元宪《伯兄贞献
先生行状》："伯兄贞献先生，讳天翮，初名懋基，后改曰天羽，字松

● "水"，原误作"心"，据勘误表改。
● "触怅"，蔡贵华《校补》以为"触怅"误倒，当乙正为"怅触"。江庆柏《考说》从之，
并引张惠衣《灵璪阁诗》卷二《买书》"怅触无端别绪萦，依依难尽主人情"句为证。
按，不必乙改，"怅触"又作"憆触""歜触"等，又可作"触怅"，玄应《一切经音义》
卷一："怅，触也。"如吕留良《吕晚村先生文集》卷七《隆德令赠奉直大夫静宁州刺史
费公墓志铭》："质举头触怅。"又王睿又有题陶冷月画："睹冷月表阮是画，益复触怅于
怀。"（《冷月画识》12164，陶为衍《陶冷月年谱长编》下册）
● "即"，原误作"叩"，据勘误表改。
● "千"，李本作"万"，细审油印笔迹作"千"，潘光旦《存人书屋日记》1947年9月2日所
载四千五百元（《潘光旦日记》），可证。

岑，中岁自署天放楼主人，号鹤望。生吴江金氏，系出宋给事中忠肃公安节后，明宣德间自歙迁吴，再移居同里镇。"（《民国人物碑传集》卷十）王謇《流碧精舍师友渊源录长编》："金松岑天翮，吴江人。著有《天放楼文言》《诗》正、续、季集，《皖志列传》《云南通志列传稿》。参考金元宪《行状》、徐哲东《墓志铭》。"《民国吴县志》卷五十八下"艺文考八"王謇校补："金天翮《天放楼文言正续编》《天放楼诗集正续编》《皖志列传选》《皖志列传稿》《滇老列传稿》《天放楼论文》《天放楼论诗》《天放楼文谱》。"

[二] 一任督办太湖水利工程总局秘书长：时在民国八年（1919）（见周录祥《金松岑先生年谱简编》）。

[三] 王謇师事金天翮始于1911年（见金天羽《天放楼文言》卷五《天放楼藏书自记》及周录祥《金松岑先生年谱简编》）。《天放楼文言》卷五《薛少泉墓志铭》："君讳允敏，字少泉，姓薛氏，先世毗陵人也。……子寿衡……女孟任……孟任适吴县王謇，謇与寿衡皆有才行，从余游。"又王謇编《钮太淑人哀思录》载金天翮1923年所撰《祭文》："嗣君曰謇，恂恂砥行。缓带轻裘，维摩善病。偶倚新声，清波明镜。秋月春花，珠辉玉映。矢治朴学，拜许师郑。文质彬彬，有蓄孔厚。又攻法言，有为有守。俯视申韩，秕糠尘垢。余以无能，视之畏友。忽叩我门，挟策相从。日奉母命，愿学于公。论道讲义，悉公是宗……"又金氏身后及其遗著之出版，《申报》1947年12月4日《本市各大学教授定期追悼金松岑》："（本报讯）国学大师吴江金松岑氏，于今岁一月病逝吴门寓所，本市各大学国文教授：圣约翰大学王欣夫、王巨川，东吴大学王佩铮（诤），上海法学院祁龙威等，多属金氏门人，拟将于其逝世周年之日，集会追悼，以纪念此一代宗师。按氏著作等身，若《天放楼诗文》《皖志列传》等，均已刊行，近复由王、祁诸氏将其未刊遗著，编印成集，不久即将出版。"王欣夫致王謇函中略及整理金天翮遗著事：

"佩诤吾兄先生大鉴：前日，杨友仁兄创议为先师编印全集。弟以为应先将早岁所著有进步性者，结集为《天放楼前集》，如《孽海花》前六回、《孤根集》、《自由血》、《女界钟》、《三十三年落花梦》及各报所刊社论等。惟《女界钟》尚未求得，各报所刊社论有待搜辑。其他有何应采资料，为师门前辈见闻必多，尚希指示。范烟桥兄将召集座谈先师学术，弟怔忡之疾不能乘车，未之能赴。吾兄若不亲赴，或草书面发言如何？吾兄近来著述何书？有将出板者，乞示知一二。专此，祇颂撰安。弟王欣夫谨上。五月廿七日。"

　　[四]李印泉根源、叶遐庵恭绰：见本书诗传及笺证。韦斋费树蔚（1884—1935）：王謇《流碧精舍师友渊源录长编》："费树蔚仲深，善书。"又"费韦斋，名树蔚，善诗。"传见李猷《张一麐传（附费树蔚）》、傅增湘《吴江费君墓志铭》（《广清碑传集》卷十八、二十）。

　　[五]张仲仁一麐（1868—1943）：《流碧精舍师友渊源录长编》："张公绂，名一麐，善诗文。"又："张一麐公绂，苏人。"清宣统元年上海国学扶轮社铅印本《龚定盦全集·原刻吴序》附张公绂题记，王謇朱笔批注："张一麐字公绂，号仲仁，吴县人，光绪举人，以知县入袁世凯幕。袁党倡帝制，一麐抗议。军阀战争，一麐奔走和平，为民请命。抗战时，蛰居香港，砥砺气节，识者贤之。"传见李猷《张一麐传（附费树蔚）》、钱基博《张仲仁先生轶事状》（《广清碑传集》卷十八、《辛亥人物碑传集》卷八）。

　　[六]钱彊斋崇固适主余家：见本书"钱崇固"诗传及笺证。

　　[七]"空锁扬州十间屋"一诗：见本书"方尔谦"诗传。

　　[八]《申报》1947年6月10日载《苏州金宅报丧》："金松岑老太爷痛于一月十日辰时寿终正寝，择于十二日小殓十五日大殓谨此报闻。苏州濂溪坊九十四号金宅具。"

　　[九]门人私谥曰贞献先生，王君欣夫建议也：金元宪《伯兄贞献

先生行状》："弟子秀水王大隆等述先生学行，议谥曰贞献，时论称允，谓当兹而无愧色焉。"《申报》1947年4月1日载《各地通讯·苏州》："吴江金松岑先生，国学精湛，为东南大帅，本年一月十日中风逝世，享年七十四岁，弟十辈私谥为贞献先生**❺**，卅日在苏寓设奠，各界代表及先生生前友好均前往致祭，素车白马，备极哀荣。"王欣夫，见本书"王大隆"诗传及笺证。

[十] 清华购藏金氏遗书事，杨友仁《金松岑先生行年与著作简谱》注4："天放楼藏书，据云：于捐馆后，介其门人潘光旦、费孝通两先生之手，连同稿本，悉数转让于清华大学，想今尚在人间否耶？"潘景郑《著砚楼读书记·跋苏州五奇人传》："犹忆丁亥岁，余复里居，谒丈于其濂溪坊寓庐，适其幼子初丧，丈凄然语余，身后遗稿继授乏人，将以藏笈归诸公府。属余为之筹策所归。越岁，丈即下世。河山交易，余亦促装来沪，不遑他恤。闻其遗笈已归清华大学图书馆。丈藏书虽无珍秘孤帙，然毕生精力所萃，朱黄点校者甚多，可以觇见学业之勤。"按，潘光旦《存人书屋日记》1947年9月1日："午后点看金氏书目。"9月2日："午后三时至朴庵**❻**先生寓商购金松岑先生所遗藏书，金家到松岑先生世兄□□君**❼**，参与其事者又有松岑先生弟子王欣夫与钱□□二君，朴庵先生实亦先生松岑弟子。叙话之余，商定全部价款为四千五百元，近七时归。"(《潘光旦日记》)

---

❺ 原误作"献贞先生"，此径改。
❻ "朴庵"即潘光旦学生费孝通之父费玄韫（1878—1969），又作"璞庵"。
❼ "世兄□□君"，应为金松岑长子金树声。

前门蒲老❶后双林[一]，腹痛过车泪不禁。
曲海词山百嘉室，弹丸海上最伤心。

吴瞿安本师梅，一代词宗[二]，我吴故家乔木晴舫殿撰锺骏❷之玄孙
也[三]。藏明嘉靖善本多种，颜所居曰"百嘉室"。丁丑之役，东邻肆虐，
上海涵芬楼弹一烧夷巨弹，化为灰烬[四]。师适与楼主持海盐张菊生太
史元济立约印行《奢摩他室曲丛》，《红纱》《绿纱》诸孤本二十八种，
悉燔焉[五]。是时，师砥砺气节，退居滇南李旗屯，殁于旅次。长公怀
孟，夙有心疾，次公肪玉辈[六]，均奔走衣食，楹书几乏人典守。解放
后❸，始由郑君振铎介其精者入中秘[七]。尝见师手写《百嘉室藏书目》，
有元刊温公《切韵指南》、欧阳公《文集》、杨朝英《太平乐府》等三
种，明永乐经厂巨本佛曲、弘治本《参同契》等八十余种，清内府套
印本《钦定曲谱》等五十余种，别有元、明、清本曲目一百二十九部，
四百七十六种，均百嘉室上驷。盖如明富春堂精刻、清万红友堆絮园、
唐蜗寄古柏堂、蒋心余红雪楼、黄韵珊倚晴楼等，一部均不止一种，甚
且一部有十余种乃至数十种者，故"部"与"种"当分别著录也。

笺证

[一]蒲牢即蒲牢巷，又作"蒲老""蒲林""蒲菱"，今作蒲林，位
于苏州城中部范庄前北。双林即双林巷，位于蒲林巷北。考证可见王謇
《宋平江城坊考》卷二"西北隅"。吴梅1911年8月11日由双林巷迁居
蒲林巷九号（见王卫民《吴梅年谱（修订稿）》本年）。吴氏有《迁居

---

❶ "老"，原作"牢"，勘误表改作"老"，清稿本亦作"老"。按吴梅《迁居蒲林巷》诗即有
"相地蒲牢西"句，不改亦可。
❷ "锺骏"，原与正文同，依例改小号字。
❸ "解放"，原作"革新"，据勘误表改。清稿本亦作"革新"。

蒲林巷》二首（载《霜崖诗录》）。

[二]吴瞿安本师梅（1884—1939）：王謇《流碧精舍师友渊源录长编》："吴瞿安梅，藏嘉靖本百种，自号百嘉室主人。著有《瞿安曲录》《词录》《诗录》《文录》《百嘉室书目》《霜崖三剧》。"又王謇稿本中有一签条，录有本诗，下有小注："吴瞿庵师讳梅，一代词宗，藏明嘉靖善本。"王謇师事吴梅之具体时间已不明，吴梅《瞿安日记》卷七癸酉年十二月初十日："晴。早至仲培所，交李姨借据一纸，坐稍定，佩诤与陈生霆锐来，即邀至渠家午饭。霆锐与佩诤皆东吴旧生。"按，吴梅于1905年秋，由黄慕韩（振元，即黄人）介绍至东吴大学堂任教习。1909年8月赴开封任河道曹载安幕。1910年初回苏，任存古学堂检察官。1912年春，应聘南京第四师范。1913至1917年任教上海民立中学（王卫民《吴梅年谱（修订稿）》）。而1905年王謇方考中苏州元和县附生（钱国祥《国朝三邑诸生谱》光绪三十一年乙巳），继奉母命入江苏政法学校学习（王謇《钮太淑人哀思录·家传》），直到1910年入东吴大学求学，1915年毕业。王謇此时虽非东吴大学学生，然与此校中人颇有往来。如其1959年所作之《颜氏家训校释序》云"不佞岁未弱冠，谒太炎本师于我吴东庄大庠"，王謇初见章炳麟，盖在1901年，其时年仅十四岁（见"章炳麟"诗传笺证），而吴梅1905年秋任教东吴，时年二十二岁，王謇十八岁，故其师事吴梅始于此时，则完全有可能。吴梅著作，《民国吴县志》卷五十六下"艺文考二"王謇校补："吴梅《霜崖文录》、《诗录》、《词录》、《曲录》、《风洞山传奇》、《雪花飞传奇》、《词学通论》、《曲学通论》、《霜崖三剧并旁谱》、《霜崖日记》三十册、《霜崖藏书目》、《藏曲目》、《辽金元文学史》、《顾曲麈谈》。《霜崖三剧》为《湘真阁》、《无价宝》、《惆怅爨》三种。《霜崖读画录》一卷，编中所列均慈溪王氏所藏明中叶以后画，秀水王氏学礼堂《乙亥丛编》本。"同书卷五十七下"艺文考三"王謇校补："吴梅《奢摩他室曲丛》初、二

集，三十五种，四十七卷，海上涵芬楼影印本。"同书卷五十八上"艺文考四"，王謇另加粘签，于吴梅著作有更详尽之著录，并略有提要，兹亦照录如下："吴梅《霜厓文录》(附早岁论经论史之作) 不分卷。《曲录》不分卷、《诗录》不分卷、《词录》不分卷、《读画录》不分卷 (《曲录》均系散曲，自刊本，又白沙吴先生遗书编印处石印本；《词录》《制言》月刊及《词学》季刊等本、总录《六一消夏词》石印本国；《读画录》,《乙亥丛编》排印本)。《霜厓日记》不分卷，数十册。《霜厓三剧》三册歌谱一册 (三剧为《湘真阁》、《惆怅爨》《无价宝》。又徐调孚《霜厓先生著述考略》附有《暖香楼杂剧》、《落茵记杂剧》、《轩亭秋杂剧》、《雪花霏传奇》、《苌弘血传奇》、《风洞山传奇》、《东海记传奇》、《双泪碑传奇》、《绿窗怨传奇》、《白团扇传奇》、《义士记传奇》一名《西台恸哭记》，分载《小说林》《戏剧月刊》诸杂志)。《蠹言》《瞿庵笔记》(分载涵芬楼《小说月报》中)。《中国戏剧概论》《元剧研究》《顾曲麈谈》《词余讲义》《词学通论》《曲学通论》《辽金元文学史》《南北词简谱》《朝野新声太平乐府校勘记》《长生殿传奇斠律》《暖红室一卷本董西厢斠律》《暖红室四梦四声猿石渠四种石□二种斠律》(以上著述)。《古今名剧选》《南词雅》《百嘉室曲选》(以上编选)。《奢摩他室曲存》(《临春阁》《通天台》二种共附刻之暖香楼后有专刻，《风洞山》已有别印，故均未列入)；《奢摩他室曲丛》初集、二集 (涵芬楼印行三、四集。以东邻肆虐，交涵芬藏本及校样均毁，故未行世)；《词源》(以上校刻)。"

[三] 晴舫殿撰锺骏之玄孙：按，吴梅为吴锺骏之曾孙。《瞿安日记》卷一辛未九月十三日："曾祖崧甫公讳(锺骏)又号晴舫，以翰林检讨官至礼部侍郎，两视浙学，一典湘试。其卒也，适居福建学政任，年未六十也。"又张炳翔《修志采访随笔·吴崧甫侍郎著述目》："吴崧甫先生(锺骏)……先生曾孙瞿庵(梅)茂才为余内甥，有声庠序。"(吴秀之修，曹允源等纂《吴长元三县合志》第一册)

[四]丁丑之役：按，"丁丑"为1937年，上海涵芬楼商务印书馆遭日军轰炸在壬申1932年1月28日，称"一·二八事件"。

[五]《奢摩他室曲丛》被毁经过及目录，王睿《元嘉造象室随笔·东夷肆虐中奢摩他室藏曲被毁记目》："瞿安师庋藏元明以来杂剧传奇，多海内孤本。尝选尤精者百六十余种，付涵芬楼印《奢摩他室曲丛》。正事雠校，而闸北之难作，暴敌肆虐，涵芬楼竟作绛云之一炬。幸弹民方主善本事，急将校雠已毕者为之携出若干，置诸夷居。事后检校，尚少富春堂本十一种：曰《三元记》、曰《和戎记》、曰《葵花记》、曰《剑舟记》、曰《青莲记》、曰《目莲救母》、曰《凤求皇》、曰《花筵赚》、曰《紫箫记》、曰《长命缕》、曰《红梅记》。墨憨斋刻本八种：曰《新灌园》、曰《女丈夫》、曰《梦磊记》、曰《洒雪堂》、曰《精忠旗》、曰《量江记》、曰《酒家佣》、曰《楚江情》。单行本三种：曰《息宰河》、曰《题塔记》、曰《广寒香》。散曲三种：曰《常楼居乐府》、曰《弘治本碧山乐府》、曰《李开先原著王碧山傍妆台百首之南曲次韵》。就中富春、墨憨两刻，北平孔德学校图书馆等处，或尚有藏本。然数种之同否已未可逆料，单行本及诸散曲，则只有天上，难得人间矣。《碧山乐府》间一有之，亦万历康王合刻本耳。单刻足本，亦著名罕觏物。"（《国学论衡》1933年第2期）按，《瞿安日记》卷二壬申二月二十日（3月27日）吴氏有致张元济（菊生）函商讨《奢摩他室曲丛》被毁善后事宜，并开有留存商务印书馆《曲丛》底本目录"共计一百零九种、一百七十九册"；又四月初三日（5月8日）："商务书馆昨有函至，允发还《曲丛》底本。江陵余烬，不知尚存若干种，俟其来时，再检点也。……十时许，商务馆差丁桂英来，交还《曲丛》底本，计存八十种，一百另九册，目列下。（所毁书目略。）按《曲丛》底本，共一百四十七种，二百三十三册，前已缴还三十八种，六十一册，此次续缴八十种，百零九册，尚有二十七种，则为日军焚毁矣。此次商务书馆

之厄，为中国文化之浩劫。吾所失虽不多，然东方馆、涵芬楼之秘笈，已摧残殆尽，梁元江陵之变，亦不过如是焉。余频年授徒，馆谷所得，亦付浩劫，思之一叹。因将所焚各书，录一细目，或他日有重购之机。然而孤本居多，可遇不可求矣。奈何奈何！……此次损失，总数五千元左右，不知商务赔偿之法，将如何也。闷闷。"《绿纱》诸孤本二十八种：按，《绿纱》，当作《碧纱》。据吴氏所毁书目中无此二种。又二十八种，吴氏所列为二十七种，而国家图书馆藏明刻本《评点凤求凰》上有吴氏1933年跋语，记作二十八种："余旧藏曲中有此种，壬申之春为倭寇毁去二十八种，此传亦与焉。惠衣见示此帙，如对故人，不仅凄黯。癸酉七月霜厓居士吴梅题记。"

[六] 长公怀孟，凤有心疾，次公沔玉辈：按，吴梅《百嘉室遗嘱》："余年几耳顺，老妻无恙，四子惟长者得痼疾，隐处田庐，其他三人，奔走四方，各有甘苦之奉。"〔《吴梅全集·日记卷（下）》附〕又按，吴梅长子名赓尧（1902—？），字见青；次子名沔玉（1906—？），字涑青；三子名良士（1906—？），字翰青；四子名怀孟（1910—？），字南青〔参见王卫民《吴梅年谱（修订稿）》〕。怀孟系四子，此谓"长公怀孟"，不确。

[七] 解放后，始由郑君振铎介其精者入中秘：郑振铎《纪念抗战期间逝世的国文教授：记吴瞿安先生》："他的藏书，除曲子以外，还有不少明版书。他榜其书斋曰'百嘉室'，意欲集合一百种明嘉靖刊本于此室；但似乎因为力量不够，一百种的嘉靖刊本始终没有足额。当他西迁时，随身携带了好几箱的书去，其中当然以曲子书为最多。其余的书都还藏在苏寓。经此大劫，好像还不曾散失。在滇的书，则已由他的学生们在清理编目。这一批宝藏是瞿安先生一生精力之所聚，最好能够集中在一处，由国家加以保存，庋藏在某一国立图书馆，或北京大学或中央大学图书馆中，特别的设一纪念室（或即名为'百嘉室'吧），以作瞿安先生的永久的纪念。"（《国文月刊》1946年第42期）按，1952年9月，北京图书馆为

迎接第三届国庆节，举办"中国印本书籍展览"（9月29日开幕），其中即有吴梅四子吴怀孟（南青）捐献之书〔见陈福康《郑振铎年谱（修订本）》1952年9月20日引王伯祥日记〕。郑振铎，见本书诗传及笺证。

> 郑堂札记子史集，谁其刊者嘉业堂。
> 藏弆经部朱善旂，易类跋尾菽花芀。

周信之中孚，别号郑堂，浙之乌程人，嘉庆拔贡[一]。长于目录之学，考诸史艺文、经籍志，著《读书记》，条最篇目，甄叙卷部，更旁罗其钞椠得失，最数十万言。继主海上李筠嘉家，又为之雠订藏书[二]。道光初，举副贡，卒[三]。著书甚富，多散佚，存者惟《郑堂札记》，见《湖州府志》[四]。后南浔刘翰怡承幹得其《读书记》遗稿刻之[五]。我友范君祥雍谓朱茮堂为弼集中有《郑堂读书记易类跋》，是经部首段，在茮堂家也[六]。

笺证

[一] 周信之中孚（1768—1831）：《郑堂读书记》卷首载戴望《外王父周先生述》："先生周氏，讳中孚，字信之，别字郑堂，浙江湖州府乌程县人。……阮文达公督浙江学政，先生兄弟并受知，以嘉庆元年选拔贡生。"汤纪尚《周郑堂别传》："郑堂名中孚，浙之乌程人，嘉庆元年举拔萃科。"（缪荃孙《续碑传集》卷七十二，《清代碑传全集》下册）

[二] 继主海上李筠嘉家，又为之雠订藏书：《外王父周先生述》："旋以龚兵备荐，客上海李氏，为定其藏书志。"《周郑堂别传》："有周郑堂者，为《七略》之学，受嬴镏以降史氏艺文经籍，著《读书记》，条最篇目，甄叙卷部，更旁胪其钞椠得失，最数十万言。继主上海李氏，李氏者名筠嘉，藏书四千七百种，与鄞范氏、歙汪氏、鲍氏、常

熟瞿氏埒，又为论列斠订，最三十九万言。"按，周中孚为李筠嘉编有《慈云楼藏书志》，稿本分藏上海图书馆与南京图书馆。据周子美考证，与《郑堂读书记》原为一书（详见上海书店出版社《郑堂读书记·出版说明》）。李筠嘉（1764—1836）：徐侠《清代松江府文学世家述考》卷二"上海县、青浦县文学世家"："李筠嘉（乾隆二十九年至道光六年）字修林，号筍香，上海人。生九月而孤，母毛抚之成立。工书法，以例贡生官光禄寺典籍。加级封两代，并为母请旌建坊城西南，中为园，日吾园，春秋佳日，板舆奉母游览焉。时观察李廷敬招致名流，宴集吾园，觞咏之盛为海上冠，筠嘉集其投赠唱酬之作，辑为《春雪集》六卷、《诗余》一卷。所居县治东，有朱察卿慈云楼故宅，购书六千余种藏诸楼，著《慈云楼藏书目》八卷。精校勘之学，尝斥明姚叔祥辑吴陆绩易注，采及《京氏易传注》，为昧于经学、数学之别，近孙步堂为补遗，亦不知考正，又驳惠栋《易大谊》以《中庸说》易之，非江艮庭《尚书集注》过泥音疏，人服其辨。里中善举，辄解囊相助，弗少怯。嘉庆十七年修《上海县志》，同人集吾园，供张周至。年六十三卒（《同治上海县志》卷二十一人物四、《光绪松江府续志》卷二十四、杨逸《海上墨林》卷二）。"（上册）

〔三〕道光初，举副贡，卒：《外王父周先生述》："其后十数年，同舍生多贵显，而先生屡应乡试不中式。当道光初元，犹入试，同考官嘉定钱君为少詹事族子，得先生卷，叹绝，力荐于主者，将列名，而先生策多用少詹事《答问》，于主者疑其有私，遂黜之，而置副榜第一，揭晓，始大悔谢过，先生自是无仕进意矣……复游岭南，主学使徐公。三载归，卒于家，年六十有四，道光十一年某月日也。"《周郑堂别传》："然文达门多贵显，郑堂独落莫有异也。道光初始举副贡，旋走粤三载，归卒，年六十四。"

〔四〕著书甚富，多散佚，存者惟《郑堂札记》，见《湖州府志》：宗源瀚等主修《重修湖州府志》卷七十六"人物传·文学三"："周中孚字信之，别号郑堂，乌程人，嘉庆十八年副榜。与弟联奎同读书诂经精舍，潜研经史。中孚喜博览，尤邃于考证汉以来说经之书，以纪事纂言为己任。阮氏《学海堂经解》采其所著入《丛钞》，王昶《湖海诗传》录其诗。余所著有《读书记》《金石识小录》《孝经集解》《逸周书注补注》《词苑丛话》《郑堂文录诗录》《题跋》《札记》。《四库书存目附录》《亭林年谱》等书，皆未刻（冯登府《周郑堂传》）。"《外王父周先生述》："先生著撰甚侈，有《孝经集解》《逸周书注补正》《顾职方年谱》《子书考》《郑堂读书记》《金石识小录》《郑堂札记》诸书。没时，教谕君（引按，周中孚弟）客山东，其次子不肖，以先生藏书及草本鬻诸他氏，朱比部为弴得其《读书记》云。其体仿《提要》，有百余册。其《札记》未亡，后归诸（戴）望，余书无可问者。"《周郑堂别传》："其著书更有《孝经集解》《逸周书注补正》《顾职方年谱》《子书考》《金石识小录》《词苑丛话》《文录》《诗录》，殁后鬻他姓，不可问。惟《读书记》藏独山莫氏，凡三十四册，然已逸十二三，或言后归德清戴望。"王謇《再补金石学录》卷一："周中孚，字信之，别字郑堂，浙江乌程人，著有《金石识小录》（戴望《外王父周先生述》）。"又《再补金石学录》稿本目录："周中孚《九曜石刻录》，道光十六年原刊本。"刘承幹《吴兴丛书》本《郑堂读书记跋》："先生所著，是编而外尚有《孝经集解》《逸周书注补正》《顾职方年谱》《子书考》《金石识小录》《郑堂札记》诸书，殊鲜传本。惟《札记》藏其外孙戴子高许，赵悲庵据以刻入丛书，余无所见。天既厄先生之遇，并其毕生心力所注者亦澌灭以尽，可谓穷已。"

［五］后南浔刘翰怡承幹得其《读书记》遗稿刻之：即民国十年（1921）刘承幹刻《吴兴丛书》本。见下注刘承幹《郑堂读书记跋》。

［六］按，范祥雍所见朱为弴集，当是《蕉声馆集·文集》，其卷五有《周郑堂同年读书记易类跋》，云："道光八年戊子仲夏，吴兴周郑堂同年来都门，出所著《易类》二册见示，盖其《读书记》之一种也。"

按,《郑堂读书记》今存七十一卷,首卷为"孝经类",而无"易类"。莫友芝《郘亭知见传本书目》卷六"史部·目录类":"《郑堂读书记》三十四册稿本。国朝乌程周中孚撰。盖嘉道间人。读一书,必为解题一篇,条其得失,议论颇能持平,亦好学深思之士也。经部十四卷,诸经皆略具,唯缺《易》及小学雅故字书。史部二十二卷,子部三十三卷,尚无大缺。逸集部,则仅本朝二卷。计亡逸当十之二、三,不知更有副本否?乱后盖无从访求矣。"刘承幹《郑堂读书记跋》云:"是编初归朱椒堂侍郎,稿本百余册,后归洪鹭汀观察,观察复以归予,仅存七十一卷,似从椒堂侍郎所藏本传钞而有脱佚者,非先生之旧也。……唯是编既取法《四库》,而经部则首《孝经》,次五经,总而《三礼》,而乐,而《诗》《书》《春秋》,独不及《易》。"范祥雍,见本书诗传及笺证。

山中宰相厨顾及,鹁鸽峰下筑瓶斋。
从孙枝茁家之喜,黄批顾校自然佳。

翁叔平相国以"戊戌政变"遭钩党放归,筑室虞山鹁鸽●峰,颜曰"瓶斋"[一]。书画经籍金石拓本,搜罗极精[二]。从孙之熹,为斌孙弢夫子,多藏顾批、黄校,今入石渠天禄矣[三]。

笺证

[一]颜曰"瓶斋":翁同龢(1830—1904),号瓶庐,而非瓶斋。

[二]王同愈《栩缘随笔》:"翁师相藏书,亦多宋元精椠,书画亦多剧品。"(顾廷龙编《王同愈集》)

[三]今入石渠天禄矣:江庆柏《近代江苏藏书研究》第六章"近代

● "鹁鸽",原误作"鹁鹁",径改。

苏州地区藏书·翁同龢藏书":"在当年翁同龢遣返原籍时,他在北京的官邸及大部分藏书均由其侄孙翁斌孙保管。翁斌孙(1860—1922),字弢夫,号笏斋,翁同书孙。光绪三年进士,累迁翰林院侍讲、侍读,外授山西大同知府,摄总兵,宣统三年授直隶提法使,民国后称病不出。翁斌孙继承家族文化传统,也非常爱好图书,翁同龢说他'于古籍爱护若头目'(《翠寒集》题跋),又说,'斌孙剧爱古籍,无忝门风'(《除授集》题跋),说明他能继承翁氏家族喜爱藏书的传统。他与翁同龢长年相处,关系极好,翁同龢有空常带他一起逛书摊,购买图书。翁同书生前曾将自己的藏书留给了翁同龢,并嘱咐说:'吾将遗吾子孙之能读书者。'(引自翁同龢《古文辞类纂》题跋)翁同龢觉得翁斌孙即是这种'能读书'的子孙,他不仅把翁同书留给自己的藏书转给了翁斌孙,最后把自己的一部分藏书也交由他保管。这部分藏书后移至天津。翁斌孙卒后,又由斌孙三子之熹珍藏。建国后,经当时主持北京图书馆善本室的赵万里介绍,这批图书分五批献交国家,共3779册,藏于北京图书馆。赵万里又在常熟翁氏故居'綵衣堂'复壁中发现部分藏书,内有翁心存《知止斋遗集》稿本111册,翁同龢《瓶庐丛稿》稿本26种30册,一并藏入北京图书馆善本书库。"

通儒越缦日知录,小志萝庵游赏编。
一卷白华绛柎阁,蟪川花隐小词笺。

　　李恧伯大令慈铭,为文沈博绝丽,诗尤自成一家,词复超出一代。性狷介,又口多雌黄,服其学者好之,憎其口者恶之。日有课记,每读一书,为求所蓄之深浅,致力之先后而评骘之,务得其当,后进翕然大服。著有《越缦堂文集》十卷、《白华绛柎阁诗》十卷、《蟪川花隐词》二卷、《萝庵游赏小志》一卷、《越缦堂日记》六十余册,弟子著录者数百人[一],中数册有诋毁樊樊山语,为樊山所知,向其后人假归,阅毕,遂冲冠一怒而付诸丙丁云^[二]。

笺证

[一] 李莼伯大令慈铭（1830—1894）。按，此诗传本自《清史稿》卷四百八十六本传。

[二] 付诸丙丁：伦明《辛亥以来藏书纪事诗》："其《越缦堂日记》后六册求之樊樊山，不可得。据云存陕西故宅中。樊山殁，其家以争遗产构讼。陕西故宅及宅内所有，判归其嗣孙宝莲。余向宝莲询之，复言无有。或云是数册中，有菲薄樊山语，樊山恨之，已投烈焰中矣。"按，樊山焚李慈铭日记事今已证实不可信，早先佚失之日记数册后被发现，即《郇学斋日记》（详见张晓唯《今雨旧雨两相知：民国文化名人史事钩沉》十《越缦日记"续篇"述略》）。

老槐树巷四皇甫，杨柳阊门旧比邻。蕞尔八千袁氏币，万宜楼闭宋元沦。

汪柳门侍郎鸣銮●善篆书^[一]，虽不甚留意版本收藏，而门生故吏书帕之馈，宋元本间亦有之^[二]，特非所好而已，亦不以之挂齿，自亦不藉藉于人口。归道山后^[三]，遗书扫地以尽，卒易银币八千元售诸日人^[四]。或云售之书贾，疑莫能明也^[五]。然其价尚不及所值百分之一耳。明吴中四皇甫，为冲、汸、濂、涍^[六]。杨柳阊门，见《梦窗词集》^[七]。

笺证

[一] 汪柳门侍郎鸣銮（1839—1907）：王蘧《再补金石学录》卷一：

● "銮"，原误作"鸾"，据勘误表改。

"汪鸣銮，号柳门，原籍安徽休宁县。先世以盐策起家，商于浙，遂隶钱唐籍，吴门则其寄庐也。母韩太夫人孕十六月而生，幼有夙慧，七岁即能通小篆。外祖韩履卿崇，为尚书韩封弟，富于藏弆，宝铁斋中金石图书充牣，韩太夫人携之归，靡不浏览。始有志于晁陈欧赵之学。平生论学宗旨，谓经义非训诂，不明训诂，必求诸六书，《说文》其津逮也。又谓小篆生于大篆。成均十碣尚为岐阳遗迹，监视洗拓，以饷学子，得者宝藏，逾于百年前旧拓。丙子出典河南试，过召陵公乘故里，遂以郇亭自号。所至访求潜逸，造就寒畯，在山左教士以曲阜孔氏、桂氏，安丘王氏之学；在粤教士以番禺陈氏之学。后生隽民，通经汲古，习为风尚（叶昌炽《诰授光禄大夫前吏部右侍郎郇亭汪公墓志铭》）。"

[二] 宋元本间亦有之：叶昌炽《缘督庐日记》甲申九月三十日（1884年11月17日）："又建霞一函云：又陈仲鱼先生文孙尚守遗书百箧，流寓济南，宋本已化云烟，元刊及手校各本多有在者，柳门能得之矣。"按，《民国吴县志》卷五十六下"艺文考二"："汪鸣銮《万宜楼藏书目》（字柳门，号郇亭）。"王謇校补："《郇亭所藏金石拓本目》。"据国家图书馆藏郑振铎原藏徐乃昌手抄《汪鸣銮侍郎万宜楼善本书目》著录，有宋本13种，元本12种，抄本188种，批稿本67种。又按，汪鸣銮藏书部分得自寓苏之四川中江人李眉生（鸿裔，1831—1885）旧藏，傅增湘《藏园群书题记》卷一"经部·小学类"《宋拓本隶韵跋》："光绪中叶，为吾乡李眉生廉访所得，今册中'郫江李氏'及'苏邻鉴藏'二印尚存。眉翁侨居吴门，其蘐园与子美沧浪亭近距咫尺，故以'苏邻'自号。眉翁殁后，古书名画一时星散，咸为顾子山、吴清卿、沈仲复、陆存斋、汪柳门分携以去，而费屺怀太史所获尤多。"

[三] 归道山后：《申报》1907年9月13、16、18、20日分载讣告："恕讣不周：前吏部右侍郎汪柳门侍郎于七月初六日丑时，寿终苏州西小桥本宅正寝。七中治丧，择期安葬，恐讣不周，谨此布闻。汪经畬账

房谨启。"《缘督庐日记》丁未七月初七日（1907年8月15日）："忽自邮局递到郋亭师讣，殁于昨日丑时，即夕小敛，十二日巳刻大敛，为之辍箸而唏。忆自丁丑，公车至都下始订交，尊之为先达。丙戌游粤，为幕下客。己丑通籍，派覆试阅卷大臣，遂执弟子礼。综论平生，不可谓非知己。老辈沦亡，后贤异趣，如斯人者，岂易得哉？"

[四] 遗书扫地以尽，卒易银币八千元售诸日人：此事《申报》1913年1月28日《考古家急起图之》一文有评论："吾国自戊戌维新后，保存古物之思想渐淡，图书彝鼎、金石碑版流入外洋者不少，而近年尤甚。甘、汴间古碑之交涉甫已，而北京奉天宫内之古物又有出售消息，深堪浩叹！夫古物之保存非以供玩好也，于历史上、科学上均有研究考证之价值，外人所以汲汲焉谋之。江浙为文物所萃，而吴中之汪柳门氏与吴、洪辈尤以好古称，搜罗颇富，今汪氏子竟以父书售于日人致起诉讼。呜呼！图书馆之设岂得已哉？"《申报》同日又载《汪氏子不能保父书》一文详述事件经过："苏州城绅汪伯春为前清已故侍郎汪柳门之公子，曾于去年托罗某将父遗名书古画数十箱运申，售与日本某学士，得洋二万。嗣被父执前清翰林叶觉裳君知悉，以伯春不应将先人遗泽卖与外人，大加申斥。伯春自知不合，仍托罗赴申购回，并愿认加利息，讵该日人坚执不允。罗某回苏后，两造大起冲突，现均赴地方审判厅起诉。汪伯春委任律师沈复，罗某委任律师陈则民，不日即可出庭辩护矣。"按，汪伯春，名原恂，汪鸣銮嗣子。"觉裳"即鞠裳，叶昌炽字。此事叶氏亦知，惟所谓汪伯春为其"大加申斥"，实未有其事，不过借重其名以张声势耳。《缘督庐日记》壬子十二月廿三日（1913年1月29日）："报载：汪伯春售其家藏书籍字画，为鄙人申斥而罢。售主为日本人，介绍为其友卢某（引按，《申报》作"罗某"），两造至起诉讼。鄙人自国变后未尝与伯春相见，亦未有此春梦，此所谓不虞之誉也。"又按，本诗"万宜楼闭宋元沦"之"万宜楼"，

汪鸣銮《月汀以和赵君介之四律见示因亦奉答前都共二十一叠矣》："真乐端由静处寻，逢场偶听管弦音。年光似箭催人老，世局如棋寄慨深。作篆常防蝌斗误，翻书辄虑蠹鱼侵。万宜楼下池波绿，适我萧然物外心。"（《汪鸣銮书札》）其侄汪原渠辑录《汪氏谱略》，于"云栋"条下所作识语述之甚详："原渠幼闻诸王考我庚公，信心巷有二百数十间，厅事之榜曰敬奥堂，书室曰延月轩，于洪杨战役时完全被毁云。伯考郎亭公丙申南归，卜居葑门内十梓街西小桥，厅事曰经畬堂，堂后三福三寿之居为憩息所，东有勉学艺斋，其后即藏书楼，取山谷'万卷藏书宜子弟'诗意，名曰万宜楼，式如天一阁，西北有圃，水石所余，间以艺植，占地约二十亩。附志于此，盖亦有感焉。"翁同龢光绪二十七年十二月二十四日（1902年2月2日）致汪鸣銮函，汪原渠注："先伯父好藏书，晚年收藏益富，名所居曰万宜楼，相国为书行、隶楼额各一，原渠与诸昆季行侍读斯楼近十年，犹忆相国与先伯父事，月常数至，所言多关碑版之学，字体真草悉备，长简短牍，皆足珍贵。丁未秋，先伯父捐馆舍，原渠旋即出外就食，忽忽至今，又十年矣。楼居无恙，而故物已渐散佚。回首前尘，不胜怅惘。"（《翁同龢集》上册）叶昌炽丙午七月四日（1906年8月23日）日记详述万宜楼规制："又因阵雨，直候至五点钟始赴郎亭师之招。钱乙生明经、鼎孚、栩缘、云庵、子沂皆同集，导登万宜楼，藏书之所也。上下三楹，楼上四面列置书椟，中空，以通天气，阑干绕之，又用辘轳以便取携，建霞之意匠也。开窗远眺，双塔在右，报恩定光两浮图在左。携陇上所得写经卷请郎师鉴定，颇许可，请留置文房。十点钟归。"另据叶昌炽戊戌十一月廿五日（1899年1月6日）日记载："得允之、獬卿一缄，知郎亭师厅❶事失火，焚去藏书数十箧。"此事《申报》1898年12月12

---

❶　"厅"，原误作"听"。

日《苏垣火警》亦详记始末："姑苏采访友人云：本月初二日午前九下钟时，葑门内西笑（引按，即'小'）桥左近，在籍绅士汪柳门侍郎府第中，陡兆焚如之祸，警钲报处各水龙飞驶而来，抚藩以下文武各员亦皆次第临场督救，时适封姨跋扈，以致摧枯拉朽，一发难收，约历一点钟时始渐渐救熄。而正厅、花厅二处已悉化劫灰矣。事后传闻，侍郎家中素喜佞神，是日因在宰前燃点香烛，致肇祸端。然则神之不灵，已可概见，不然何以不阴为庇佑，而任其火烈扬耶。"至1905年汪宅又遭匪徒纵火，见《申报》1905年9月20日《侍御第被匪纵火》："苏城汪柳门侍御宅第，于本月十五日黎明，被匪徒用洋油、火药、火线等物，于大门上纵火入内，登时爆裂，几酿巨祸，幸经邻右设法救息，报由府县及各路警察局员勘验，务获匪犯严惩。"

［五］或云售之书贾，疑莫能明也：潘景郑跋汪鸣銮《郎亭廉泉录》："郎亭藏书早经流散，其宋元本归乌程蒋氏密均楼，余悉归杭州蒋氏凡将草堂。当民国十五六年间，其后人改建故宅为梧村，悉举所余售诸市。"（上海图书馆藏稿本）又汪鸣銮手札题识："汪柳门先生鸣銮小札一通。上款选青不详何人。按先生浙江钱唐籍，改寓吴县，清同治乙丑进士，散馆授编修，官至吏部左侍郎，罢免归，终老于吴。藏书甚富。余曾得其《万柳堂书目》一册，有宋元本数种，身后其子不能嗣守，藏弆尽散，精本归涵芬楼，余悉为杭人蒋抑卮所得。蒋书后捐合众图书馆，因得尽览焉。"韦力小注："蒋抑卮（1874—1940），谱名玉林，字一枝、抑卮，号鸿林，以字行，浙江杭州人。浙江兴业银行创办人之一，嗜古籍，尤喜经部，藏书处有凡将草堂，其中多有钱塘汪氏万宜楼旧藏，后捐赠予合众图书馆，该馆编有《杭州蒋氏凡将草堂藏书目录》。"笺释："汪鸣銮藏书处为万宜楼，有《万宜楼善本书目》一卷，其中著录宋本十三种，元本十二种。各处皆未记载其藏书处有万柳堂，未知是否潘老误记。"（《著砚楼清人书札题记笺释》）按，蒋抑卮传见

叶景葵《蒋君抑卮家传》及《在蒋抑卮先生追悼会上演辞》(《叶景葵文集》上册)。

[六] 明吴中四皇甫：皇甫冲、皇甫汸、皇甫涍、皇甫濂四兄弟。《民国吴县志》卷五十七"艺文考三"著录有四人著作。《民国吴县志》卷六十一上"金石考三"："《皇甫氏居第记》，皇甫冲撰（在槐树巷，见冯《府志·第宅园林门》）。"又同书卷三十九中"第宅园林"："皇甫信宅，在南仓桥之西七十步。皇甫氏宋南渡时，自朝那徙居，以汉太尉食邑槐里，树两槐，曰槐树巷。四传至信六世孙冲，为《居第记》。"本诗"老槐树巷四皇甫"，喻汪鸣銮家世。据《汪氏谱略》，汪氏外门支第86世本秩公于清乾嘉之际由徽经商迁居苏州元和县霞津桥。本秩公生承奎、承恩，无传；其承灯，迁苏州城内刘家浜；云栋，迁苏州阊门外南濠信心巷；承焜、承照迁苏州阊门外霞津桥。而汪鸣銮则出自其曾祖云栋支下第89世，祖居阊门外南濠信心巷，汪氏于丙申（1896）南归，移居葑门内十梓街西小桥。其地近槐树巷，以皇甫四杰故居喻汪宅新第。其宅，《申报》1896年11月18日有云："苏州访事人云：汪柳门少冢宰自去秋解组言旋，卜居葑门内之西笑桥堍，美奂美轮，规模宏敞，后有一园，亭台小筑，景致天然，歌咏于斯，洵足极退归林下之乐。惟园后邻近王废基空地，自遭兵燹，菀葵禾黍，一片荒郊，肢筐之流每匿迹于此。本月初九夜，更鱼三跃，有妙手空空儿由宅后小园钻穴而进，其时宰夫妇乡入黑甜，仆从人等均已在华胥国里，所有上房金银衣饰及古玩等物，任其倾箱倒筐，窃取一空，扬长而去。迨冢宰蝶梦初回，则已红日蒙瞳，遍映茜纱窗上矣。推枕而起，倏见箱笼物件满地纵横，始知被梁上君子惠然下贲。查检失物衣饰已属不资，而窃去古玩等件均价值连城，骨董家称为仅见。当即开具失单，饬仆赴县报请勘视。现闻由县派捕勒缉，务将人赃并获。"

[七] 杨柳阊门，见《梦窗词集》：吴文英《梦窗词集·扫花游（送

春古江村）》："柳丝系棹。问阊门自古，送春多少。倦蝶慵飞，故扑簪花破帽。酹残照。掩重城、暮钟不到。"借用吴词喻汪氏苏州祖居在阊门外南濠信心巷。

八旗宗室真名士，诗付隐囊欹帽纱。
文采风流今在否，西施唐突美人麻。

宝竹坡侍郎廷与黄漱兰提学体芳、张香涛协揆之洞辈主持清议，有大政必具疏论其是非[一]。典试福建，归途经浙江江山，纳榜人女为妾，忌者欲中伤之，作联布之京师，云："宗室八旗名士草，江山九姓美人麻。"还朝自劾罢[二]。工诗，好饮，家极贫，香涛济以资，到手即沽饮，或以赡更贫者。后中酒病卒。有《偶斋诗草》内外集。

笺证

[一] 宝竹坡侍郎廷（1840—1890）：寿富《先考侍郎公年谱》："道光二十年庚子正月望亥时公生。先祖莲溪公始娶那罗氏，早卒，无出。继娶那穆都鲁氏，性慈善，生公之夕，梦霜竹一丛，挺然干霄，故莲溪公名之曰宝贤，号竹坡。"《清史稿》卷二百十四"后妃·文宗孝钦显皇后"："光绪五年，葬穆宗惠陵。吏部主事吴可读从上陵，自杀，留疏乞降明旨，以将来大统归穆宗嗣子。下大臣王议奏，王大臣等请毋庸议。尚书徐桐等，侍读学士宝廷、黄体芳，司业张之洞，御史李端棻，皆别疏陈所见。谕曰：'我朝未明定储位，可读所请，与家法不合。皇帝受穆宗付托，将来慎选元良，缵承统绪，其继大统者为穆宗嗣子，守祖宗之成宪，示天下以无私，皇帝必能善体此意也。'"亦见《先考侍郎公年谱》光绪五年己卯二月五日。恽毓鼎《崇陵传信录》："光绪初年，承穆庙中兴之后，西北以次戡定，海宇无事，想望太平，两宫励精

图治，弥重视言路。会俄人渝盟，盈廷论和战，惠陵大礼议起，一时棱棱具风骨者，咸有以自见。吴县潘祖荫、宗室宝廷、南皮张之洞、丰润张佩纶、瑞安黄体芳、闽县陈宝琛、吴桥刘恩溥、镇平邓承修尤激昂喜言事，号曰清流。"

[二]何刚德《客座偶谈》卷一："光绪甲申，法越肇衅，讲官张佩纶、宝廷诸人，相约弹劾权贵，操纵朝政，时人目之为清流。且有不闻言官言，但见讲官讲之语。虽阴主者固有其人，然全体军机同日罢职，懿亲如恭邸亦令退居，朝端气象为之一新，不得谓非钦后之从谏如流也。厥后，法舰闯入马江，海军以不战被燔，张坐失机落职；滇越陆军失利，殁老亦以举荐主将非人降调。功罪赏罚，各如其分，在清流无所为荣辱也。惟张于罢官后，为李文忠赘婿，致招物议；宝亦以福建试差归途，娶浙江江山船妓，上疏自劾落职。清流之贻人口实，亦不能一味尤人也。"龙顾山人《十朝诗乘》卷二十一"侍郎今已婿渔家"："竹坡罢官，以纳江山船妓为妾自劾。先是，旗员文某典已卯闽试，途次眷船妓，入闱病瘸，不克终场，传为笑柄。次科，竹坡继往，李文正谂其好色，谆勖自爱。宝文靖笑曰：'竹坡必载美归矣。'既而果于桐严舟中昵一妓，归途竟娶之，并载而北。途经袁浦，县令某诘之，不能隐。虑疆吏发其事，乃中途具疏，以条陈船政为名，附片自劾。文靖于政府先睹之，笑曰：'佳文佳文，名下不虚哉。'文正就阅，始知之，恚甚，强颜曰：'究是血性男子，不欺君父。'然亦无由曲庇。卒挂吏议落职。都人为诗嘲之云：'昔年浙水载空花，又见闽娘上使槎。宗室八旗名士草，江山九姓美人麻。曾因义女弹乌柏，惯逐京娼吃白茶。为报朝廷除属籍，侍郎今已婿渔家。'乌柏者，谓贺尚书（寿慈）事。时尚书以认书贾李春山妇为义女被劾，诏令自陈。不承，但言'演杠日曾往阅书'。坐降调，寻补副宪。竹坡复劾罢之，是亦细纤暧昧者矣。竹坡退居，赋《江山船曲》解嘲，有云：'本来钟鼎若浮云，未必裙钗皆祸水。'会有诏

求才，尚颂臣阁学首荐之，被严斥。尹仰衡太守诗云：'直言极谏荐宗卿，露竹霜条旧有名。匡济自应求国士，谪居竟为赋闲情。'盖犹隐系东山之望。"按，宝廷江山船妓事在光绪八年壬午，至九年癸未正月罢职，正式纳为妾，妾姓汪氏。据《先考侍郎公年谱》光绪八年（1882）四十三岁记："（五月）充福建乡试正考官。八月初四日，公在福建上疏。十二月，公在清江上疏，奉旨议处……十二月上途中买妾自行检举疏。"壬午九年癸未记："公四十四岁。正月，公罢职，纳妾汪氏。"此事在晚清民国诗话、笔记、小说中流传甚广，此不繁引，王培军《光宣诗坛点将录笺证》卷一"宝廷"引证綦详，可参看。

珠丛经眼追陈晁，翠墨铭●心继赵欧。
明史考证攟逸校，隋书韵检置新邮。

王苹卿太史颂蔚凤攟擅版本目录之学，且擅金石考证[一]。于晁公武、陈直斋、欧阳永叔、赵德甫四家著述，极深研几。所著《古书经眼录》《读碑记》，足与莫子偲大令友芝《宋元本经眼录》、方小东观察朔《枕经堂金石跋》并驾齐驱。且有《明史考证攟逸》之编订，视齐氏召南辈二十三史原考证，抑且胜之。《隋书经籍志韵编》，较之汪氏辉祖《史姓韵编》更专精竺实。前三书先后梓行，而《隋志韵编》稿本，则与同时发见之《周礼古注●旧疏合辑》诸书，统归上海图书馆。其目如下：曰《经文异同》四册、曰《佚书存拟●》四册、曰《习静斋金石记》一册、曰《写礼庼札记》二册、曰《两晋南北朝异事●掌录》十五册、曰《义类》四册、

● "铭"，原误作"名"，据勘误表改。
● "注"，原误作"之"，据勘误表改。
● "存拟"，即"存疑"，"拟""疑"通。见下笺证引王睿校补。
● "异事"，或作"遗事"。见下笺证引王睿校补。

曰《礼记音义》一册、《名迹录》二册、《楹❺书隅录》三册，并《隋书经籍志姓氏韵编》九册，总为《写礼庼杂著》四十五册云[二]。

笺证

[一]王芾卿太史颂蔚（1848—1895）：《民国吴县志》卷六十八上"列传六"："王颂蔚，字芾卿，号蒿隐，光绪庚辰进士，改庶吉士，散馆改户部主事，补军机章京。弱冠，就冯中允聘修郡志，与叶鞠裳、管申季最善，同为常熟瞿氏校定《铁琴铜剑楼书目》。通显后，撰《周礼义疏》及《明史考证攟逸》若干卷。尝慕朱蓉生、梁节庵为人，曰：'得居言路，吾愿足矣。终日抄写，直胥吏事耳。'后试御史第一，意谓素愿可偿矣，乃军机处以熟手奏留，不果，然敢言之志不衰。安御史晓峰劾皖抚阿克达春之贪黩，北洋购买兵轮之浮冒，疏稿皆出为手❻。性廉介，尝派工程监督差，厂商按例馈节省银两，不纳，曰：'陈稺亭先生官部曹，印给公项且不取，况此提工价之十一耶？我辈取与之间不可随俗浮沈也。'潘文勤、翁文恭为其座师，然非论学不轻造文勤。龙门高峻，独雅重颂蔚，奉讳归里时，尝曰：'吾家居读礼，敝门却扫。'蒿隐云：'何或得其书？'则曰：'蒿隐规我矣。'其见严惮如此❼。甲午中日衅起，会翁文恭入军机，乃进言曰：'枢府有总持军机之责，尤当先知战地情形。今军机处中并高丽地图而无之，每遇奏报军情地名，且不知所指，安有运筹帷幄，决胜千里之望乎？'于是枢府始令北洋进高丽地图，至则所图并不开方计里，疏略殊甚。继遇友人东游归，得日本报馆所有图，凡铁道港口电线一切皆罗列，乃叹曰：'敌人谋之非一

---

❺ "楹"，原误作"隅"，据勘误表改。

❻ "为手"，疑当作"公手"。

❼ 此段节自叶昌炽《奇觚廎文集》卷下《三品衔军机处行走户部湖广司郎中王君蒿隐墓志铭》，然与原文多有出入。

日，我乃临渴掘井，如何制胜？'既而王师失利，割地偿金，益悲愤恒恒，以乙未七月卒于京师，年四十八。有《写礼庼遗著》，凡《文集》《诗集》《读碑记》《古书经眼录》各一卷行世（《家传》参《奇觚庼文集》）。"

[二] 王颂蔚著作：《民国吴县志》卷五十七"艺文考三"："王颂蔚《明史考证攟逸》四十二卷（王睿校补：海粟楼藏刊本一、嘉业堂刊本一、海上涵芬楼百衲本《二十四史》附刻本附子季烈《补遗》一卷）、《古书经眼录》一卷、《读碑记》一卷、《写礼庼文集》一卷、《补遗》一卷、《诗集》一卷。"王睿校补："《佚书存疑》四册、《礼记》二册、《习静斋金石记》一册、《隋书经籍志姓氏韵编》九册、《名迹录》二册、《礼记音义》一册、《经文异同》四册、《楹书隅录》三册、《两晋南北朝遗书掌录》十五册、《义类》四册、《写礼庼词》一卷（《丙子丛编》排印本）、《周礼义疏校钞》（藏邑中回龙阁吴氏）。"又王睿《再补金石学录》卷一："王颂蔚，号芾卿，又号蒿隐，长洲人**⑧**，官至军机章京。以前人谱录金石皆致力唐宋以前，惟辽金元建都北方，南省闻见实远，纪载每多失实，思以金石纠正之，乃有志搜罗近畿金石，嘱碑贾四出搜集，先后得辽金元石刻打本凡数千种，著有《写礼庼读碑记》一卷（王季烈《先府君事略》）。"按，王颂蔚《明史考证攟逸》嘉业堂刊本，刘承幹《嘉业堂藏书日记抄》1916年（丙辰，民国五年）三月初三日："午后王君九（名季烈，苏州人，壬寅举人，甲辰进士，学部郎中，入民国不仕）、章一山偕来，因君九之父讳颂蔚号芾卿者（庚辰翰林，记名户部郎中），颇有文名，著有《明史考证攟逸》三十余卷，未经刊布，今春聚卿曾劝余授梓，是以君九特来过访耳，与谈良久而去。"顾颉刚《法华读书记（九）·王颂蔚稿本》："一九五三年回苏州，在琴

---

⑧ 按，王睿《再补金石学录》稿本目录作"黻卿，吴县"。

川书店见王颂蔚稿本一束，大部分为《周礼》分类及辑佚书，蝇头小字，足见其勤。索价四十万元，予力不能购，劝苏南文管会购之，不知能成事否。"后又添注："此稿今已由上海文管会以七十万元得之萃古斋书肆，归上海图书馆保存。"（《顾颉刚读书笔记》卷五）又《法华读书记（二〇）·王颂蔚遗稿》："五月莅苏，在琴川书店见王颂蔚遗稿一大叠，辑佚书占其三之二，余为《明史考证攟逸》原稿及所钞史料，索价仅四十万元。彼时苏南文管会拟购取，庆其所得，未与论价。顷接勤庐书云：'王芾卿遗稿曾送来文管会，不明何故，原物退还。今晨往琴川书店，则知已为沪客购去，至为失望。'从此人海茫茫，殆不可求矣（眉批：勤庐后来函，谓由上海常熟路萃古斋以十五万元购去。其后上海文管会以七十万购得之，书送上海图书馆储存）。王氏早年曾专力辑佚，晚乃专精明史。身后其妻王谢长达办振华女学，书籍文稿均寄存图书馆中。长达殁，其女王季玉任校长者三十余年。今该校改市立女中，季玉虽仍为校长而事权已不属，当事者又不了解，以为学校中无须乎此，亦不捐赠文管会，悉数售入市中。予亦购得其所评《唐六典》及《通德遗书所见录》。蹂躏如此，颂蔚死不瞑目矣。其他学校图书馆度亦有类似情形。例如上海南洋中学校长王培孙毕生集书，今春主校者厌其塞屋充栋，欲尽弃之，幸赖陈子彝君通知起潜叔，奔走文化局，请其移赠，乃得保存。险哉险哉！"（同上卷六）

天潢贵胄郁华阁，绝域[●]空碑阙特勤。
铁岭名贤冠一代，纳兰小令伯希文。

　　盛伯熙祭酒昱，一字伯希，有清宗室。简贵清谧，崇尚风雅^[一]，文

● "绝域"，清稿本作"绝城"。

誉满海内。精鉴赏，考订经史及中外舆地，皆精核过人。又熟谙清代掌故，有《意园文略》《郁华阁诗集》《雪屐❷寻碑录》[二]。先是，祭酒年十岁时作诗，据唐《阙特勤碑》证《新唐书》"特勒"为"特勤"之讹，由是显名[三]。有清一代，满洲文人自纳兰容若外，无能与比拟者矣。

笺证

[一] 盛伯熙祭酒昱（1850—1900）：狄葆贤《平等阁诗话》卷一："盛伯希祭酒（昱）宗室名贤，简贵清谧，崇尚风雅。"

[二] 盛昱及著作：王謇《再补金石学录》卷一："盛昱，字伯熙，宗室肃武亲王裔孙，隶镶白旗第三族。所居意园有亭林之胜，庋金石书画之室曰郁华阁，官至国子监祭酒。晚岁网罗金石，《郁华阁金文❸》以根据典礼流传古文，裨益经训为主。所著《雪屐❹寻碑录》为当世所推重（杨锺羲子晴《意园事略》）。家居十年，杜门谢客，考订古籍并三代秦汉彝器、法书名画以自娱乐，暇则出游。丁酉踏雪飞狐，戊戌浮渡徐水（缪荃孙《意园文略序》）。《阙特勤碑》在三音诺颜之哲里梦，志伯愚太守锐访得拓之，昱为之跋，以证新旧《唐书》作'勒'之谬（见集中《阙特勤碑跋》）。"按，王謇《再补金石学录》稿本目录："盛昱，字伯希，宗室，《阙特勤碑跋》〇藏《宴敦》《齐侯敦》《豆闭敦》《德基盘》《齐侯盂》《中姞鬲》《齐侯盘》。见《奇觚室吉金文述》。有《郁华阁金文》。"按，《阙特勤碑跋》载《意园文略》卷一。按，杨锺羲《雪桥诗话》卷十二："伯希以己亥十二月二十日下世，年五十。锺羲辑诗三卷，词一卷，为《郁华阁遗集》，刻之武昌；嗣得遗文十一篇，章奏

---

❷ "屐"，原误作"履"。《再补金石学录》卷一作"屐"，不误。《雪屐寻碑录》十六卷，收入《辽海丛书》第九集，据改。

❸ "金文"，原误作"经文"。

❹ "履"，当作"屐"。

十篇，议一篇，为《意园文略》，刻之江宁；并为辑《事略》，艺风前辈刻入《续碑传集》；复浼为《文略》作序，生平志事亦略备矣……伯希得讲官后，章疏凡四十余，上不自留稿，癸卯属王弢甫枢密钞葺，仅什之二三。其诗词家刻本中有率意酬应之作，余手写本未录，九原有知，亦当为印可。所藏经籍书画，近闻斥卖略尽，惟《雪屐寻碑录》副本尚在余行箧。"《雪屐寻碑录》后收入《辽海丛书》，前有金毓黻叙、仓石武四郎跋及杨锺羲《意园事略》，详载其事。

[三] 由是显名：《清史稿》卷四百四十四本传："宗室盛昱，字伯熙，隶满洲镶白旗，肃武亲王豪格七世孙。祖敬徵，协办大学士。父恒恩，左副都御史。盛昱少慧，十岁时作诗用'特勤'字，据唐《阙特勤碑》证《新唐书》突厥'纯特勒'为'特勤'之误，繇是显名。"

瞿昙绝业穷西域，舆地精图究北荒。
海日楼空词窈冷，遗书星散太凄凉。

沈子培方伯曾植，为学兼宗汉学，而尤深于史学掌故，后专事辽金元三史及西北舆地、南洋贸易沿革。著有《岛夷志略广证》《蒙古源流笺释》及《海日楼诗文》《曼陀罗窈词》。事详《清史稿》及我友王瑗仲蘧常●所著《沈寐叟年谱》[一]。

笺证

[一] 沈曾植（1851—1922）传见《清史稿》卷四百七十二。王蘧常《沈寐叟年谱》，商务印书馆1938年版。按，王氏另有《嘉兴沈乙庵先生学案小识》（见《民国人物碑传集》卷六）。

● 一　"蘧常"，原与前字号同，依例当作小号字。

胸罗二十有八宿，杂事刘家最有名。
青学斋中头白叟，考经辑佚稿纵横。

汪振民广文之昌，为胡绥之业师[一]。所著《青学斋集》，多辑佚考经之作，以《新序杂事证》最为特创[二]，时尚少陈氏士珂《韩诗外传旁证》一类著作也[三]。以海东佚书证群书者，当时更少，汪氏以原本《玉篇》及《玉烛宝典》引许注《淮南》文作为辑佚，亦为开风气之作。集三十六卷，其后人刻之[四]，学问门径略具矣。

笺证

[一] 汪振民广文之昌（1837—1895），为胡绥之业师：汪之昌生平，见《青学斋集》卷首章钰《新阳汪先生墓表》。胡绥之（玉缙），见本书诗传及笺证。《青学斋集》卷首胡玉缙《叙》："光绪戊子，贵筑黄子寿先生开藩吴中，创设学古堂于郡城可园，檄玉缙及章式之为斋长。时学长聘世丈雷深之先生，继之者年丈汪振民先生、业师袁瑰琚先生也。"

[二]《新序杂事证》：见汪之昌《青学斋集》卷二十三《新序杂证》，内有《杂事》篇。

[三]《韩诗外传旁证》：当作《韩诗外传疏证》，蕲水陈士珂撰，嘉庆二十三年刊（见孙殿起《贩书偶记》卷一"经部"）。

[四] 汪之昌著作：《民国吴县志》卷五十八下"艺文考七"："汪之昌《隋书经籍志考证》《唐书艺文志补》《青学斋文集》（昆山人）。"王謇校补："（《青学斋文集》）三十二卷，诗四卷。可园书库藏全集，海粟楼藏朱刻初印本。《孟子刘熙注辑佚》一卷，《裕后录》二卷（见《贩书偶记》）。"集三十六卷，其后人刻之：按，汪之昌《青学斋集》三十六卷，辛未夏新阳汪氏青学斋刊本。卷首胡玉缙《叙》："一日，

汪鹤舲同年赍尊甫振民先生《青学斋集》原稿及誊本属为编校。中有先生自定本三册，尚少讹字，余须一一将稿对勘。而其稿蝇头细字，涂改钩乙，不易辨识，间有舛误，并虫蚀，凡所援引，须检阅原书，未容草率。重以他务，不免作辍，如是者有年。兹幸编次已竟，计改正誊本数百处，校正原稿数十事。"后附高德馨跋云："新阳汪振民先生湛深经术，吾乡耆硕也……德馨曩游津门，哲嗣鹤舲观察出稿相示，堆案尺许，蝇头细楷，半为观察手钞，心焉敬之。迨甲子岁，再游沽上，则此稿已属胡绥之学部编校授梓矣。学部编次极审，凡篇中所征引，悉校原文，疑者阙之，误者删之，分说经之作及诗文杂著为三十六卷。厘然秩然，五年而始竣事。己巳岁，重游旧都，观察举全稿属为覆勘。"

姬刘二雅疏笺续，墨子三家补正编。
稽古新疆纂图志，陶庐丛刻枣梨镌。

王晋卿方伯树枏，河北新城人，自号陶庐。幼禀庭训，聪敏嗜学，以进士任甘兰知县，后任平度汪固兰道，升任新疆藩司[一]。编有《新疆图志》及录其金石文字为《新疆稽古录》，又著《墨子三家校注》[二]。

笺证

[一] 王晋卿方伯树枏（1851—1936）：尚秉和《故新疆布政使王公行状》："公讳树枏，字晋卿。其先明永乐时自小兴州迁保定雄县，至万历时再迁新城……公为东安公之次子，龆龄颖异，出语惊人。年十六，入邑庠。十七，补廪膳生。二十一，举优贡。朝考以教职候选。时直隶总督曾文正公聘隐斋先生都讲省城莲池书院，公随读院中。曾公闻其名，特召见，指示读书门径，诗古文义法，训勉奖励，逾两小时，其见重如此。后李文忠督直，见其文，谓为苏长公后第一人，即聘

充通志局修纂。光绪丙子，举于乡。公禀承家学，复从贵筑黄编修彭年游，为文华赡藻丽，诗出入于韩昌黎、李昌吉●二家，而博识强记，凡经书滞义，古籍错讹，训诂考订，精赅允当，突过前人。一时名宿睹所著，皆愿订交，而冀州知州吴公汝纶谓公经学为海内所罕有也，延请主讲信都书院。时通志局长黄彭年方恃公成书，执不允。吴公乃上禀总督，以去就争之。乃命公在志局、冀州各半月，以为调解。风声所播，士习丕变，由是冀州文学之盛，甲于畿南。光绪丙戌，成进士，用工部主事……光绪二十一年，甘肃回乱，陕甘总督征军火于两江，即以公运行。会总督陶模征人材于张公之洞，张公即荐公，由是官甘肃，入幕府，主折奏……三十一年，总督升允甘省贫瘠，固由极边，然每年税收只四十万金，深疑其弊，即奏调公兰州道……三十二年四月，超擢新疆布政使……公材力精强，自入仕，终日案牍，仍终日著书，既巡历穷边，凡山川风俗，草木鸟兽之奇形诡状，恣为歌咏，发为文章，门户开张，铿訇藻采，望而知为奇伟人也。而小学特精，常以《尔雅》《广雅》《夏小正》诸书订正经文，俾还旧字，博通淹贯，如数家珍。皆昔儒所未有。盖自宋元以来，能文章者笺注训诂或有所不逮，孜考据者文或拘促黯陋，不副其所学。唯公能兼而有之。自公东归，值国变，隐居僻巷，终日著书。三年，充清史馆总纂。十五年，赴日本文化会。十八年，主讲奉天萃升书院。二十五年二月卒，年八十又六。"（《辛亥人物碑传集》卷十四）按，王树枏之"枏"字亦可作"柟""楠"。"平度汪固兰道"，清稿本作"平度汪固兰州道"，此脱一"州"字。

[二] 王树枏及著作：王謇《再补金石学录》卷一："王树枏，新城人，著有《新疆稽古录》。其目有《汉博望侯残碑》、《汉李陵题字》、《汉裴岑纪功碑》、《汉沙南侯获碑》（即《焕采沟汉碑》）、《汉乌垒摩崖

● "李昌吉"，当作"李长吉"，即唐李贺。

石刻》(即《刘平国开道记》)、碑岭汉碑、喀什喀尔山洞石壁古画、六朝写经残卷、蠕蠕永康五年写经残卷、鞠氏所抄《三国志》韦曜华核残传、梁大同元年《金刚般若波罗蜜经》残卷、《唐姜行本碑》、唐上元二年买马私契、唐仪凤二年北馆厨牒、《张怀寂墓志》、唐武后时写经残卷、唐久视元年《弥勒上生经》残卷、唐造象碣、《唐两截碑》、唐天宝解粮残状、丁谷山石刻沙门题名、龙堂石刻、龙兴石刻、瀚海军唐碑、轮台唐碑、唐金满县残碑、唐回铜器文畏吾儿残字等刻。所录各品，均附考证(《梦碧簃石言》参《新疆稽古录》目)。"按，《新疆图志》，有《新疆国界图志》及《新疆山脉图志》两种；《新疆稽古录》，应是《新疆访古录》；《墨子三家校注》，应为《墨子三家校注补正》，清稿本有"补正"二字。均收在《陶庐丛刻》中。又按，尚秉和《故新疆布政使王公行状》后例举王氏著述甚详，文繁不具录。

扶桑访古搜经籍，劫火犹存秘笈三。
周易疏单论语义，魏何遗稿莫能探。

　　姚子梁文栋，一字东木，上海人[一]，寓南翔[二]，前清直隶候补道[三]。黎莼斋使日本[四]，薛叔耘福成使英国[五]，均为参赞。又尝为缅甸勘界委员，著有《云南勘界筹边记》[六]。家有昌明文社书库，藏十六万卷，以日本版本为最多[七]。内有秘笈三种尚存，余均毁于丁丑之乱[八]。三种者：一稿本《经籍访古志》[九]，为日本古书会编纂，操觚者皆其国藏书家、目录学家，黎氏《古逸丛书》即以此为根据而访求焉，凡中国流入日本之古籍，大都可考，现存陆渊雷处[十]；二唐写本《周易》单疏[十一]，宋以前疏与注单行，至宋始合刊，此唐写本可见单疏之真面目，现存上海图书馆；三皇侃《论语义疏》古钞本，现存南京图书馆[十二]。此外尚有日刊本之《论语》十数种[十三]，更有古今中外地理图

书若干种，与魏默深、何秋涛原稿，均付之一炬矣[十四]。见柳逸庐肇嘉●
《恒其德贞斋随笔》[十五]。

笺证

[一] 姚子梁文栋（1852—1929），一字东木，上海人：姚明辉《姚
文栋年谱》咸丰二年壬子（1852）："正月十八日，先府君生于上海西
门内祖宅。"（《近代史资料》总125号）许汝棻《景宪先生传》："景宪
先生者姚君文栋，字志梁，一字东木，江苏上海人也。"（《辛亥人物碑
传集》卷十四）

[二] 寓南翔：姚明辉《姚文栋年谱》光绪二十年甲午（1894）
四十三岁："归里到家，住南翔。"又曰："先是壬辰年，先妣周太夫人
为先府君买宅于人二十图东伐圩大寺南街为别墅，至是先府君以上海烦
嚣，住南翔宅。"又民国十八年己巳（1929）七十八岁："以上为先府君
晚年时代，茹节南翔，凡十八年。"按，《景宪先生传》云："方辛亥之
秋，国祸始作，君知事不可为，即奉母避世于南翔之别墅，闭户寂处，
不改正朔，不弃发，不废衣冠。……凡匿居南翔之别墅十有八年。"

[三] 前清直隶候补道：《姚文栋年谱》光绪十六年庚寅（1890）
三十九岁："先府君自光绪七年随使东西两洋，至此凡九年，历保至直
隶候补班前补用道，并加二品衔。"

[四] 黎莼斋使日本：《姚文栋年谱》光绪七年辛巳（1881）三十岁：
"九月，先府君奉钦差出使日本国大臣黎纯斋氏（讳庶昌）奏请，随带
出使。十二月二十六日抵日本东京。"同书："二月初十日，奉钦差出使
日本国大臣黎奏派，为驻扎东京使署随员。"

[五] 薛叔耘福成使英国：《景宪先生传》："十七年，随薛福成出使

● "肇嘉"，原与前字号同，依例当作小号字。

英、法、义、比等国。"

[六] 又尝为缅甸勘界委员，著有《云南勘界筹边记》：《姚文栋年谱》光绪十七年辛卯（1891）四十岁："正月，先府君在英国奉钦差出使英法义比大臣薛叔耘（讳福成）札委考察印缅商务，查勘滇缅界址，由欧洲到印度、缅甸，入野人山，历滇边各土司，抵云南，著有《印缅纪行》四卷、《印缅考察商务记》二卷、《云南勘界筹边记》二卷、《云南初勘缅界记前编》十卷、《云南初勘缅界记正编》十卷、《云南初勘缅界记后编》十卷、《滇缅之间道里考》一卷、《滇越之间道里考》一卷、《滇边土司记》三卷。又汇编各土司及滇边各县人士条陈边事文件为《集思广益编》八卷，又汇编所派查界各探子报告为《侦探记》二卷，又译著《英人吞缅始末》一卷。"

[七] 家有昌明文社书库，藏十六万卷，以日本版本为最多：薛明剑《上海藏书史料片断》："姚君文栋，字志梁，一字东木^二。咸丰二年生于西门祖宅。著述一百二十种，藏书十六万卷于南翔'昌明文社'，'一·二八'之役被毁。"（《上海地方史资料》五）按，"一·二八"事件发生于1932年1月28日。王謇《流碧精舍师友渊源录长编》："姚文栋，多日本刻本。日本随员。"

[八] 余均毁于丁丑之乱：按丁丑是1937年，上引薛明剑《上海藏书史料片断》谓姚文栋藏书毁于1932年之"一·二八"事件，此为误记。

[九] 稿本《经籍访古志》：《姚文栋年谱》光绪十一年乙酉（1885）三十四岁："先府君请准钦使督印《经籍访古志》一书（凡七卷），及晚年手识三订稿本云：'日本之有古书会由来已久，此书会中所辑，先后相承，出于众手，盖搜访勤则见闻日积，讨论密则来历益详。中土古本之流落外洋者，散而得聚，晦而得彰，胥于此书是赖。顾从来未有刻本

二　"木"，原误植为"本"。

亦无印本，但有传钞之本，各择其意所欲者，往往缺略不全。且其会中所称先进，都已不及见，曩所云后起者，亦皆垂垂老矣。且寥落若星辰，与之语，有后不见来者之慨。予忧此书将成《广陵散》，建议欲速印，适使署有活字机，躬自督工进行，徐星使与其弟乳羔太守亦乐观厥成焉。费绌纸昂，仅印四百部，是为临时校正本。老儒森立之负其责，年垂八十矣。其后，余居东又二年，岁月从容，得向山、黄村诸人为之助，复有三订本，较前详审明备。予归国时携全稿藏槎里。'"

[十]陆渊雷：柳和城《姚文栋其人和他的藏书》："陆渊雷（1894—1955），著名中医，曾执教于暨南、持志大学和上海中医学院等校。其藏书下落不详，未知此稿本今天还在人间否？"（《图书馆杂志》2003年第7期）

[十一]唐写本《周易》单疏：《姚文栋年谱》光绪十三年丁亥（1887）三十六岁，姚明辉所列姚文栋藏书目中，有关《周易》者有五种：日本大永享禄间钞本《周易王弼注》、日本元龟天正间钞本《周易孔颖达疏》十四卷、日本明应文龟间钞本《周易注》九卷、《纂图互注周易略例》一卷、日本古钞本《周易注》残本四卷。

[十二]皇侃《论语义疏》古钞本，现存南京图书馆：《姚文栋年谱》光绪十三年丁亥（1887）三十六岁："先府君奉书，而后觅得日本旧钞本一部呈进总署，呈文云：'梁皇侃《论语义疏》自南宋时已佚，国朝雍正初日本山井鼎等作《七经孟子考》，自称其国足利学中有此书写本，始知海外尚有流传。至乾隆时，新安鲍氏得之刊入《知不足斋丛书》中，为此书复入中华之始，浙江巡抚采进，《四库》已著录。文栋东渡后，访其足利学所藏写本，乃与鲍氏体例绝不相类，字亦间有异同，因复博寻耆儒，始知隋唐旧传惟存写本一部，山井鼎作考文时尚无副本。其后有根逊志者，始将此书授梓，然仿邢昺疏变更体例，并以己意增删，文字非复皇氏之旧。鲍所据者，即此刻本。卢抱经序称其'扶

微举堕之意，恳恳欲大其传，不为一邦之私秘'，而不知其淆乱旧章，已尽失庐山真面目也。文栋窃案：皇氏此疏采引卫瓘等十一家之说，汉晋经学托以绵一线之传，宋国史志已称其'博极群言，补诸书之未至，为后学所宗说'，六朝经书传于今者，几无完帙，独赖此岿然为灵光之存，乃伪本流传，百有余年，而真本犹晦藏于沧溟五千里之外。近来日本崇西学，蔑弃汉籍，诚有如服元乔所云'足利之藏不可保'。今而不传，后世恐复三失者，一发千钧，危亦甚矣。我国家怀柔丕冒，海隅日出，妄不率俾。文栋得附使差，睹兹瑰宝，伏念我皇上冲龄典学，经籍道昌，今当亲政之年，忽呈其奇于軺轩采风之余，若有神物抱诃，应运而出者。我高宗纯皇帝发其光于先，我皇上集其成于后，圣圣相承，表章经术，信非有前代所能及者矣'云云。明辉谨考：此书藏南京龙蟠里图书馆。"

　　[十三] 此外尚有日本之《论语》十数种：据前引《姚文栋年谱》姚明辉所列姚文栋藏书目中，有关《论语》者有八种：日本古钞宥后题名本《论语集解》十卷、日本古钞蝴蝶装本《论语集解》六卷、日本复刻古写手卷本《论语》残本一卷、日本天保八年刻石川之裦缩临管相手书卷子本《论语集解》十卷、日本正平甲辰刻本《论语集解》十卷、日本天文癸巳阿佐井野刊本《论语》十卷、日本文化辛未仙石政和复刻天文本《论语》十卷、日本刻清氏点本《论语》十卷。

　　[十四] 均付之一炬矣：即1932年之"一·二八"事件。

　　[十五] 柳逸庐肇嘉（1883—1960）：《流碧精舍师友渊源录长编》："柳逸庐名肇嘉，字贡禾，丹徒人。善诗词。"冒怀苏《冒鹤亭先生年谱》1952年（壬辰）八十岁三月注："[柳肇嘉] 一八八三——一九六〇，字贡禾，江苏镇江人，为柳翼谋从弟。曾任武昌、北京高等师范学院讲师，工诗词。"按，《姚文栋年谱》原题《景宪府君年谱》，其子姚明辉编撰，抄本藏上海图书馆，后附门人柳肇嘉等所撰《祭文》，则柳肇

嘉是姚文栋之学生可知。其所著《恒其德贞斋随笔》未见传本，王睿所据盖柳氏之未刊稿欤？另按，姚文栋生平资料，顾廷龙《跋日本抄本尚书》一文中多有罗列（《顾廷龙全集·文集卷》），可参看。又按，王欣夫《蛾术轩日记》第三册1928年1月28日："午时，应姚子梁先生之宴，众宾陆续到者为吴颖芝（荫培）丈、费仲深（树蔚）丈、邓孝先、汪幹卿、王君九（季烈）、蒋艻谷、王严士、陈彦通（方恪）、汪鼎丞（家玉）、吴伯渊（曾源）、张蛰公、赵学南、孙伯南、李敏斋（思慎）、王佩诤等四十余人，大半素识。"

小山轩筑桂之华，遗宅萧条有暮鸦。
诗品溧阳平等阁，必传之作一名家。

朱曼君刺史铭盘，以孝廉授官知州，早卒，故宦迹犹未能展其怀抱也。长于史地，尤长于诗文。著《晋会要》百卷、《朝鲜长编》四十卷及《桂之华轩诗文集》。见《清史稿·文苑传》[一]。溧阳狄平子著《平等阁诗话》，极称美之[二]。戊戌钩党中一隽才也。

笺证

[一] 朱曼君刺史铭盘（1852—1893）：《清史稿》卷四百八十六《文苑三·张裕钊》："裕钊门下最知名者，有范当世、朱铭盘。……铭盘，字曼君，泰兴举人。叙知州。其学长于史，兼工诗古文。著《晋会要》一百卷、《朝鲜长编》四十卷，及《桂之华轩诗文集》。"

[二] 狄葆贤（平子）《平等阁诗话》卷一："泰兴朱曼君孝廉（铭盘），家贫负逸才，放任不拘小节，类杜樊川之为人。工骈文，有《桂之华轩文集》。甲午夏，客死于旅顺，年四十许。有贤姬某氏携藐孤抱遗文归，张季直殿撰为之刊行。其诗亦清新博雅，则多散佚，近人于扇

头屏幅间稍稍传之。君与海州邱履平咸为吴武壮座上客，吴公子君遂主政尝述曼君赠履平一律云：'苦道欲归去，家山无寸田。谁能临碧海，长日对青天。相见亦无语，能饥恐得仙。不须论兵法，零落十三篇。'邱名心坦，即袁太常诗中所谓海州大侠者也。"

珠林珍秘鸥波舫，金薤琳琅翠墨园。
六代神髓书跋尾，石芝小印绛云存。

郑叔问内翰文焯，自号大鹤道人，精鉴赏，金石、书画、经籍，一经品题，人皆重之。藏家以得其一跋为荣[一]。平生与人往还尺牍，每朝达邮筒，夕付装池[二]。《赏延素心录》中物无可与比拟者。晚年隐居吴下，卜筑吴小城东之孝义坊[三]。校词读画，题识金石拓本，几成日课。著述亦极精博，金石而外，陶瓷竹木悉有记载[四]。身后遗稿悉为康长素有为取去。长素谢世，长物飘零，大鹤著述亦随之而散矣[五]。

笺证

[一] 郑文焯（1856—1918）及著作：王謇《流碧精舍师友渊源录长编》："郑叔问，名文焯。"《民国吴县志》卷七十九"杂记二"："郑文焯，字小坡，号叔问，别字樵风园客，晚号大鹤山人，一号鹤道人，又号老芝。光绪乙亥以名应乡试中式，旋得内阁中书。自言原籍高密郑氏，为康成后裔。癸未会试，呈礼部请加复本姓，报可。工诗古文辞，又喜考证金石，善倚声，兼通医理。精六法，人物、山水随笔点染，咸有生趣。著作甚富，落南三十年，筑石芝西堪于吴小城东，自云有终焉之志。金石文字中尤爱六朝碑刻造象文字，搜罗墨本至富，各加题记，征据要实，时出佳证。书体宕逸，陆离满纸。孙、赵二氏后，金石专学赖有补益（《寒松阁谈艺琐录》参《金石书画辑录余谈》）。"同书卷

五十八下"艺文考七":"郑文焯《汉魏六朝书体考》、《唐宋八家书人师承表》、《汉魏石师姓名略》附《书撰人记》、《魏明帝造新字考》、《楷法考原》、《广杜老行草非古说》、《隶变始末魏石考》、《官帖辨》、《八代碑骈类纂》、《汉魏编年补史录》、《大鹤山房读碑记》、《访碑录正续编校误》(与仁和褚德彝合纂)(以上均稿本,列目见文焯手批《补寰宇访碑录》原本。是本今藏闽侯林韵宫家,惟稿本归南海康氏后,今不知所在)。《石芝西堪读汉魏六朝碑记》二卷、《草隶辨》一卷、《南碑征存录》二卷、《读碑余事》四卷、《寰宇访碑录续补遗》一卷附《赵录订误》、《琴西老屋说瓷》一卷附《古粮罂考》一卷、《竹醉寮印话》四卷、《经义甄微》六卷、《说文转注旧艺》四卷、《独体字诂》一卷、《宋本广韵订》一卷(已刻,《条考上平声》一卷未见)、《泰西格致古学类征》十卷、《石芝西堪杂纂》(写定者五卷)、《千金方辑古经方疏证》八卷附《妇人婴儿方义》二卷、《大鹤山房诗文集》六卷附《拟奏》一卷、《南潜野史》四卷、《乐记古征》八卷附《管色图考》、《校宋本柳耆卿乐章集》二卷、《吴梦窗霜花腴卷补正》一卷、《白石歌曲编年录》二卷附《订误补调》一卷、《吴社和白石词》二卷、《鹤翁野言》四卷、《异撰》二卷、《墨子故》十五篇、《墨经古微》上下篇、《词谱入声律订》一卷、《词韵谐》一卷(以上稿本,见《风雨楼丛刊》郑文焯自订《高密郑氏所著书目录》)。《汉高丽平安好太王碑释文纂考》一卷(平湖朱氏经注经斋刊本)、《说文引群说故》二十七卷(已成《扬雄说故》一卷,家刊本)、《南献遗征》一卷(江苏书局原刊,顺德邓氏《风雨楼丛刊》重刻,范希曾为之笺,盋山中社刊本)、《医故》上下篇二卷、《词源斠律》二卷附《绝妙好词校录》一卷、《瘦碧词》二卷、《冷红词》四卷、《比竹余音》四卷、《苕雅》四卷、《樵风乐府》九卷(删集《瘦碧》《冷红》《比竹》《苕雅》四种而成。以上惟《苕雅》四卷系稿本,未刊,今藏吴兴刘氏嘉业堂,余均有刊本)。《校清真集》二卷附录一卷、《苕雅余集》

一卷（以上二种，归安朱氏无著盦刊本。字叔问，号小坡，高密人）。"
又同书卷七十九"杂记二"："郑文焯又有《石芝西堪笔记》（稿本，均
藏南浔刘氏嘉业堂）、《秦汉三国南碑石存录》一卷、《石佚录》一卷、
《舆地碑目唐前碑记》四卷、《舆地碑目现存诸石刻录》一卷（稿本，均
藏侯官林氏石庐）。"王謇《再补金石学录》卷一："郑文焯，字叔问，
汉军旗人，号大鹤，字小坡，别字樵风园客，晚号大鹤山人，一号鹤道
人，又号老芝、樵风客。落南三十年，筑石室西堪于吴小城东，自云有
终焉之志。精究小学，通医，工词，能书画，不轻为人作。嗜金石文字，
而尤爱六朝碑刻造象文字。搜罗墨本至富，各加题记，征据要实，时出
佳证。书体宕逸，陆离满纸。孙、赵二氏后，金石专学赖有补益（《风
雨楼金石书画辑录余谈》）。著有《汉魏六朝书体考》、《唐宋八家书人师
承表》、《汉魏石师姓名略》附《书撰人记》、《魏明帝造新字考》、《楷法
考原》、《广杜老行草非古说》、《隶变始末魏❶石考》、《官帖辨》、《八代
碑骈类》、《汉魏编年补史录》、《大鹤山房读碑记》，又与褚氏合纂《访
碑录正续编校误》。藏有唐开元□年《历城令皇甫诠写一字王咒佛座记》
（手批《补寰宇访碑录》稿本）、《梁宫玉造象》（自题《慧影造象》墨
迹）、《桑买妻造象》（自题拓本墨迹）。又著有《草隶辨》一卷、《南碑
征存录》二卷、《读碑余事》四卷、《寰宇访碑录续补遗》一卷、《汉高
丽平安好太王碑释文纂考》一卷、《琴西老屋说瓷》一卷附《古粮罂考》
一卷（叔问所著书目录）。"

　　[二] 平生与人往还尺牍，每朝达邮筒，夕付装池：按，王謇藏有
郑氏原藏词友书札多册，即所谓"石芝西堪同人赤牍"者。《陈乃乾日
记》一九二二年十一月十三日："下午访佩铮（诤），获观玄妙观石画
拓本及石芝西堪同人赤牍数百通，相与纵谈金石甚欢。"解放后欲割让

---

❶　"魏"，原误作"伪"。

予郑氏女婿戴亮吉（正诚），先生存有戴氏致王季点（琴西）一函可证："琴西老兄道几：承示佩诤先生函件，具悉一是。佩诤先生系弟旧友，拟以所藏叔问外舅原有词流藻翰割爱，意甚可感！惟弟自解放后即将家藏图书贡献政府，所存叔问外舅一切墨迹，均托西南人民图书馆保管，将来亦拟酌赠若干，已无心，亦无力再行收购。乞即婉谢佩诤先生。复查第七八册，吴重熹壹百九十一阙，谓系谈'庚子事变'史料，或可供现在文化机关研究之用。可转达佩诤先生，试与一商。此复，即颂文安。弟亮吉拜状。六月十九日。"又王季点妹王季常曾致王蘧一函，与戴氏致王季点函内容相关，并录如下："佩诤先生有道：前上二简，未知均尘记室否？颇念。今日得家兄来信，并附戴君原札（寄还目录专函附奉）。收到之后，乞惠复，以免悬系。据云戴君境况大非昔比，现依其婿女而居，俭约异常。苏地二三日来气候转热，未（知）上海如何，葵姊谅必安健。殊念念。即颂俪安。妹常叩。六月廿二日。"按，王季常，王蘧《流碧精舍师友渊源录长编》："王季常，字律素，季烈妹。善文。"又按，芷兰斋韦氏藏有王蘧致潘景郑一札，亦提及出让郑氏原藏词友书札事，略云："景郑我兄大鉴：顷韩君来，奉上大鹤山房尺牍及投赠诗词合装一册，价值不能过分低小，有端倪后，乞邮函示知，为感。"（《著砚楼清人书札题记笺释》）

[三] 晚年隐居吴下，卜筑吴小城东之孝义坊：戴正诚《郑叔问先生年谱（续）》光绪三十一年乙巳（1905）五十岁："先生于孝义坊购地五亩，建筑新居，秋初落成，即迁居其中，张筵庆五秩焉。从邓尉购嘉木名卉，杂莳屋之四周，颇擅林园之美。其东高冈迤逦，即吴小城故址。复作亭于城之高处，榜曰吴东亭，绕以竹篱，凭眺甚佳。城下一水潆洄，即子城濠，所谓锦帆泾也。先生自谓以五亩之居，刻意林谷，既拥小城，聊当一丘。泾之水又资园挽，可以钓游不出户庭，而山泽之性以适者，此也。"（《同声月刊》1942年第2卷第2号）

[四] 关于郑文焯书画金石、陶瓷竹木诸事之记载，可参看戴正诚《郑叔问先生年谱》中于郑氏五十九岁至六十一岁之相关记述。

[五] 身后遗稿悉为康长素有为取去。长素谢世，长物飘零，大鹤著述亦随之而散矣：康有为《清词人郑叔问先生墓表》："戊午正月，君以书来曰……越二月廿五日，君遂病卒，寿六十三岁……卒前一日弥留，属其子复培以后事托康有为。康有为乃纪其丧，问所藏书画古董，则已罄尽。"（《康有为全集》第十一集）按，张尔田于康有为所作郑氏墓表曾表不满，其致龙榆生札有云："其墓志康南海所作，彼本不稔大崔（引按，即"鹤"之古字），叙述颇为失实。大崔故国之感，乃竟一无所发明，可叹也。"（转引自张晖《龙榆生先生年谱》卷二，第31页脚注1）至于康氏死后其藏书去向，金天羽《天放楼文言遗集》卷三《大鹤山人传》："山人居吴下垂四十年，抚吴使者十九人，咸礼聘为上客。朝市既改，郁伊悲愤，壹寓于词。先生却清史馆、京师大学堂之聘，忍饥弦诵，声满大泽，行医作画，赡生无数。洎其殁，而平生金石文字之友南海康有为来吊，乃捆载其精校之书籍及骨董数事以去，为文表墓，微致嘲讽。越十年，康氏俎，诸所豪攫，等于财贿，流入厂肆，触手以尽。"伦明《辛亥以来藏书纪事诗》云康氏"其他图籍器物，则为女夫潘某所把持，尽散出矣"。然据徐信符《广东藏书纪事诗·康有为万木草堂》云康氏"身没后，遗书出售，归广西大学图书馆所藏，尚得称所焉"。

纯常枝语深宁学，云起诗词辛杜神。
落叶哀蝉环天室，满腔心事与谁论。

文芸阁学士廷式读《永乐大典》诸书[一]，削肤存液，著《纯常子枝语》十六册，其精博不在王伯厚《困学纪闻》下，世人崇古贱今，莫测识也。云起轩诗词惟杜老、辛幼安是师，名笔也[二]。曾重伯广钧●《环天室诗集·落叶哀蝉曲》[三]，世传为珍贵妃发，实则为其师发也[四]。故连类而及之。

笺证

[一] 文廷式（1856—1904）。

[二]《云起轩诗词》惟杜老、辛幼安是师：按文廷式词，时人多以为似"苏（轼）辛（弃疾）"，而诗则有谓似王维，有谓似皮日休、陆龟蒙，己则谓近李白（详见王培军《光宣诗坛点将录笺证》卷五"文廷式"引诸家说）。

[三]《环天室诗集·落叶哀蝉曲》：当作《环天室古近体诗后集·庚子落叶词（同李亦元王聘三作）》。

[四] 世传为珍贵妃发句：钱仲联《近百年诗坛点将录》："七律和李亦元、王聘三《庚子落叶词》十二首，最负盛名，狄葆贤所谓'摹玉溪之妍辞，继谢家之哀诔'，该为道珍妃而作。"（《梦苕盦论集》）孙雄《诗史阁诗话》："近世作清宫词者凡数家，以吴炯斋（士鉴）、文道希（廷式）、陶无梦（葆）三家为最著名。……文道希《清宫词》，均咏近三十年间事，最为雅瞻可诵。……道希文学优美，久居侍从清华之选，且珍、瑾二妃未入宫时，均受学于道希，故所见所闻，较为亲切。'东风不解伤心事，一夕齐开白柰花'二语，尤为世所传诵。此诗即咏珍妃投井，与炯斋之'宫并不波风露冷，哀蝉落叶夜招魂'，可称双绝。"（《民国诗话丛编》第二册）按，文道希《清宫词》，即文廷式《拟古宫词》〔汪叔子编《文廷式集（增订本）》卷三"诗录"〕。

● "广钧"，原与前字号同，依例当作小号字。

校书雪夜❶传图卷，独断疏笺更释名。
金石补编经籍跋，论衡序苑注当❷行。

胡绥之太史玉缙，以名孝廉官京朝，任礼学馆通礼纂修、北京大学经学教授。为学精深，践履笃实，长于三礼，得定海黄氏之传；于考订子史，辨章学术，旁及金石目录，有嘉定钱氏、青浦王氏之风。譬诸方寸瓴甓，皆从平地筑起，蔚为岑楼，诚不愧通儒之目。生平孜孜撰述，积稿等身，耄而不倦。岁庚辰六月，殁于邓尉山居，春秋八十有二[一]。见王欣夫❸大隆《征刻许君遗书启》[二]。《雪夜校书图题辞》，见章式之主政钰《四当斋集》[三]，列举所著书十四种：曰《说文旧文旧音补注》并《补遗》、曰《读说文段注记》、曰《释名补疏》、曰《独断疏证》、曰《新序注》、曰《说苑注》、曰《论衡注》、曰《四库全书提要补正》、曰《四库未收书目提要补正》、曰《四库未收书目续编》、曰《群书题跋》、曰《群书答问》、曰《金石萃编补正》、曰《金石续编补正》，凡若干卷，皆勒成定稿[四]。

笺证

[一] 胡玉缙（1859—1940）：按，胡氏生年据王欣夫《吴县胡先生传略》是1859年8月18日，卒年是1940年7月14日（《许廎学林》卷前）。

[二]《征刻许君遗书启》：当作"征刻许廎遗书启"，"许君"为"许廎"之笔误。按，卢弼《许廎遗书序》："余深虑老友辛勤笔耕，或有散失。绥之由苏来书云'年家子王欣夫力谋刊布'，闻之喜慰过望。未几，欣夫函告绥之已作古人，商集印资。余适鬻藏书，少竭棉力，复请先兄木斋相助。欣夫四方分筹，恶币骤落，时人多咎欣夫措置失当，欣夫一切不问，

---

❶ "夜"，原误作"衣"，据勘误表改。
❷ "当"，原误作"常"，据勘误表改。
❸ 清稿本"王欣夫"下有"君"字。

惟于戎马仓皇、历年兵火之际，保持绥之遗稿，如护头目。十余年中，编校缮写，心力交瘁，百折千回，始终不懈。今写定《许庼学林》《四库全书提要补正》《四库未收书目提要补正》《四库未收书目续编》《许庼经籍题跋》五种，陆续校印，匪特塞谗慝之口，庶几无愧于绥之，真有古君子之风矣！先兄木斋与姚彦长、周沈观同肄业经心精舍，相约后死者为逝者刊集。先兄印行《姚氏三种》，终践宿诺，友人王季芗刊印其师周伯晋《传鲁堂全集》，此皆可谓有功学术者。欣夫是举，视印行姚、周二氏书，困苦艰难，百倍畴曩，绥之有知，当亦含笑九京，秀野堂前，衣冠肃拜矣！"（《许庼学林》卷首）此句后，清稿本有"欣夫力任竟其事也"句。

[三]《雪夜校书图题辞》：见章钰《四当斋集》卷五《胡绥之雪夜校书图题词》。图为汪孟舒（希董）所绘，见顾廷龙《雪夜校读（书）图跋》〔《顾廷龙全集·文集卷（下）》〕。章钰，见本书诗传及笺证。

[四] 胡玉缙著作：《民国吴县志》卷五十六下"艺文考二"王謇校补："胡玉缙《说文旧音补注》一卷《补遗》一卷《续》一卷（南菁书院丛书本）、《读说文段注记》、《释名补疏》、《独断疏证》、《新序注》、《说苑注》、《论衡注》、《甲辰东游日记》一卷、《四库提要补正》、《四库未收书提要补正》、《四库未收书提要续编》、《金石萃编补正》、《金石续编补正》、《群书题跋》、《群书答问》、《许庼遗集》。以上存秀水王氏学礼堂。"又批云："胡玉缙《文选校释》，古籍出版社不日即将印行于世。"又王謇1958年所作《独断校释录要》识语略云："《独断》为东汉蔡邕撰，《四库简明目录》谓其考论旧制，综述遗文，与《白虎通德论》《风俗通义》，俱为讲汉学者之资粮。……同邑胡氏许庼遗著，经王欣夫教授为之编次印行，独《新序》《说苑》《论衡》及此书四注，尚丛残不易收拾。浅学如不才，而欲以是书为简练揣摩之资，徒见其冥涂摛埴而已。深冀欣夫教授之能从早董理许庼遗著也。戊戌谷雨，王佩诤识于澬上愚公谷之流碧精舍。"顾颉刚1953年11月《法华读书记（二十）·胡

玉缙遗稿》："胡玉缙绥之，吾苏经学家与校勘家也。毕生治学，而未将著述付梓，不为外人所知。一九三六年自北京旋里，居光福。抗战中逝世。所著甚多，闻存王欣夫处。王君不轻示人，不知其存若干种、佚若干种也。"后又添注云："近询过，只有文集一种，二十卷。"（《顾颉刚读书笔记》卷六）按，许庼遗著，后由王欣夫先生辑为《许庼学林》二十卷，1958年由中华书局上海编辑所出版。又《许庼遗集》十六卷，手稿本，王欣夫辑，详见《蛾术轩箧存善本书录》（下册）。另《四库未收书目提要续编》《许庼经籍题跋》《续修四库全书总目提要礼类稿》，由吴格先生辑为《续四库提要三种》，2002年上海书店出版社出版。又，王謇详列胡氏著作，并谓"皆勒成定稿"，然其中如《独断疏证》草稿犹存复旦大学图书馆所藏光绪元年崇文书局刻《独断》上，至今尚未誊成清本。详见林振岳《胡绥之题跋辑录（附〈吴县胡先生传〉）》（《中国典籍与文化》2015年第4期）。

冰清玉润木犀轩，绝品敦煌孰叩阍。
更有金刀玉刚卯，写经大典两家屯。

李木斋盛铎木犀轩藏书[一]，已见伦著《辛亥以来藏书纪事诗》。据刘文兴《鸣沙石室古写经自秘》见一九四六年八月一日上海《东南日报·文史周刊》载[二]，某氏者亦得敦煌写经百卷。所谓某氏，闻亦姓刘。又闻另一刘某，其祖辈典守史宬，占有《永乐大典》三百册，数诚惊人。何金错刀、玉刚卯之多，美人之赠耶？童子之佩耶？安得执莽大夫而一问之？又闻木犀轩之东床适官陇藩，所得亦多云[三]。

笺证

[一] 李木斋盛铎（1859—1934）：王謇《再补金石学录》稿本目录：

"李盛铎，木斋。辑刊《秦篆残石题跋》一卷。又有《李苞题名》《裴岑纪功碑》双钩刊本。"

[二] 刘文兴（1910—？）：字诗孙、诗苏，江苏宝应人。早年就读于无锡国专，后毕业于北京大学研究所国学门（参见陆阳《无锡国专》第六章"周旋"；又《唐文治年谱》1945年9月）。

[三] 又闻木犀轩之东床适官陇藩，所得亦多云：按，李盛铎女婿乃代理甘肃巡抚何彦升之子何震彝（1880—1916），字乿威，号穆忞，江苏江阴人。光绪甲辰进士，候补道。著有《鞻芬室词》。何震彝私吞敦煌写卷事经过，叶恭绰《张谷雏所藏敦煌石室图籍录序》："盖敦煌石室藏物之散出，可分为数类……四则清宣统二年由学部调取后付存今北平图书馆之九千余卷，其到京以后之中饱，诚如谷雏所闻，其时官中册报有卷数而无名称及行款字数，故一卷得分为二三，以符原数，其精英皆归李氏，次及刘幼云廷琛，李之亲家。又次及李之戚友，其得分惠二三卷至十数卷者亦不鲜。"又云："至李、刘、何三人所得，何早卒，除其生前赠友人者外，余闻亦归李氏，世佥知李、刘二氏多佛经以外之典籍，偶露鳞爪，难窥其秘也。"（《矩园余墨》"序跋补遗"）饶宗颐《京都藤井氏有邻馆藏敦煌残卷纪略》："友人张虹闻诸故京老辈云：何彦升于宣统二年官甘肃藩司，代理巡抚，当其任内，适学部咨陕甘总督调取敦煌经卷，着何氏收购到京。抵京后何氏先交其子乿威（名震彝）。时官中册数，报有卷数而无名称及行款字数，故一卷得分为二三，以符报清册之卷数。何乿威为李木斋之婿，故菁英多归李氏及何氏。李之亲家刘廷琛与其亲友亦分惠不少。"（《选堂集林·敦煌学卷》上册）又《敦煌卷子流散记》："运卷大车自敦煌至北京，沿途流失者甚多。到达北京后，没有直接开进学部的大院，而是进了代理甘肃巡抚何彦升之子何震彝的家里。何震彝叫来他的岳父藏书大家李盛铎，以及李的亲家刘廷琛、方尔谦等人，在私家宅第进行了一次认真的挑选，选出的精品收

入自家书房。"（甘肃省地方史志办公室《甘肃史地编研文选·史海钩沉》）另按，"玉刚卯"指刘姓。

文献通考严范孙，析津志乘严台孙。
元方季方难兄弟，媲美沙河马氏园。

严范孙修与介弟台孙，雅喜藏书。范孙藏书多实用者，已捐献[一]；台孙所蓄，则有关津市文献者为多[二]。

笺证

[一] 严范孙修（1860—1929）。藏书多实用者，已捐献：卢弼《慎园文选》卷三《清故光禄大夫学部左侍郎严公墓碑》："先生讳修，字范孙，姓严氏。先世由慈溪迁天津。……先生好学深思，老而弥笃，藏书数万卷，悉归文馆。天津图书馆编目，注'严捐'二字者，皆蟫香馆旧藏也。……先生生于咸丰庚申三月十二日，卒于中华民国十八年三月十五日，享年七十。"（《民国人物碑传集》卷五）严台孙：唐石父《天津文教界收藏家述略》："严侗，天津人，字仲尤，号台孙，范孙族弟。任天津图书馆馆长有年。喜收藏，留心乡邦文物，所集乡贤楹帖有沈云巢、张啸崖、李秋原、陈挹爽、金云溪、武秋岚诸家，小屏有何绣甫、魏芹舫、庞鹤舫、徐学樵等书屏画屏，及宋志良临褚书文皇哀册册子等。亦喜泉币，古泉、近代金银币，兼收并蓄。其新疆饷银多品，皆经南皮张海孙手拓，披露于《北洋商报》等画刊上。中华人民共和国成立初，与范孙先生幼女智如同教席，询及所藏，云久已星散。著有《理石山房印谱》。"（《唐石父文集》）

[二] 按，本诗传清稿本标明出处"见《海天楼随笔》"。

两汉专匈罗一室，湘帘棐几久忘园。
校书时时下签一，群书拾补疏证繁。

沈福庭按经锡祚●[一]，归安人，流寓我吴。勤于校勘，所校书下签密于雨后春笋，均根据古类书、古书、古注所引而极精审者。一九一六年归道山。所藏所校书数十箧，为其同乡某藏家亦寓我吴者所觊觎，诡称将移录校签以刊札记●。由朱古微祖谋作介，仅费一千四百元，囊括而去，既而不见●札记刊出。余一再为其家人请践宿诺，终不见报。后某藏家亦中落，书亦尽斥[二]。余从书肆钞得校记二十五种，然不及百一[三]。

笺证

[一]沈福庭按经锡祚（？—1916）：王睿《流碧精舍师友渊源录长编》："沈福庭，名锡祚。"

[二]清稿本文字较此为详，移录于此："改制丙辰归道山，所藏所校书数十箧，为其同乡流寓我吴者，以千四百余金豪夺去，其特约谓将移录校签以刊成札记。既而杳然。余为其家人请，不报。为其家人致书原作缘人朱古微侍郎祖谋代请，亦不报。余又为其家人将沈公事迹编入《邑志·杂记补遗》，而附其原致朱侍郎函于注中。函中且引魏稼孙先生尝言'为前人搜拾残剩文字，比之掩骼埋胔'，而赵撝叔先生则言'欲

● 江庆柏《考说》："题名'沈锡祚'，应为'沈锡祚'，各本均误，未予改正。"按，"祚"不误，不必改。《说文》有"胙"无"祚"，云："胙，祭福肉也。"引申为凡福皆言胙，经传多作"祚"，后人臆造作"祚"（详段玉裁注）。《国语·周语下》："天地所胙。"韦昭注："胙，福也。""胙"又有赐义，《国语·齐语》："反胙于绛。"韦昭注："胙，赐也。""赐"又可作"锡"，"锡胙"即赐福之义，江说失之。又按，王睿在其他文字中，有时亦写作"沈锡祚"，则另当别论。

● "移录校签以刊札记"，原作"移录镂签以刊札"，据勘误表增改。

● 原脱"见"字，补。

人弗见，令万马蹴平，世多有之'。我侪读《书岩剩稿跋》至此，未尝不悁悁悲之云云，亦无声息。后某藏家亦中落，书亦尽斥。余钞得沈公校记二十五种于书肆，然不及百之一也。久忘园为沈公所寓附近古迹，志乘中亦无稽考，早已积成土墩。外舅薛寲椽公允敏尝为余言之，亦不详其命名之义及事迹。若沈公之绩学耆年，而不闻于世，亦早成久忘园中人矣。余尝作《怀人感旧诗》之一曰：'两汉专陶旧室名，日思误字拥书城。阮卢黄顾今安在？更痛孤星曙后明。'盖纪实也。"按，此则文字不见于通行本，其中事迹，王謇于1919年第1卷第1期《东吴》发表之《双龙颜馆脞录》中"沈福庭藏书"条所述甚详，且揭出诗传所谓"同乡某藏家亦寓我吴者"及清稿本"同乡流寓我吴者"为许厚基（伯明）："归安沈福庭先生，早岁读律，而特喜流略之学。好古成癖，聚书数千卷，虽少宋椠元刊，然插架所及，皆康乾上驷。其购书务精刻，务初印，务名校刊，幕游足迹半天下，所至阅肆，见精本必收之，有不当意者，虽展转更易不惮烦。中年后，服官岭峤，公余则手一卷，通假并世收藏家善本，校勘异同，手签副叶，蝇❹书细楷，朱墨烂然。晚年侨寓吴中，所居豸冠坊北今曰遂成弄，结屋数楹，颇饶花木之胜。湘帘棐几，地无纤尘，吉金古磁，架以楠檀，斑剥陆离，与宝光霁彩相掩映，有叟在中，白须飘然，晏如也。卒改制后丙辰，年七十余。曙后孤星，茕茕弱息，遗眷斥其书，得千余金。书画金石之属，亦颇多散出。得书者为吴兴许博明厚基，允刊行其著作，卒卒未果。彊邨侍郎实为之介，其遗眷近致侍郎书，略云：'曩者先按经见背，楹书乏人典守，猥蒙高谊作缘，归之同邑许氏。许君席丰履厚，独能博古好学，洵今日之汪艺芸哉。而使先夫遗书所托得人，则皆先生之赐也。惟先夫一生，治书最勤，签校题识，累累盈简，许君当日曾亲许移写付刊，以广

---

❹ "蝇"原误植作"绳"。

其传。两年以来，梨枣尚无消息，悬悬曷已。氏虽不才，不能若芙初之于蓉镜，香修之于蕙楣，闺中校字，播为美谈，而于先夫一生刿心呕肝而著之《藏书题跋记》《群书校札》二种之流传，则耿耿不能忘怀。孤灯罢绩，辄为泪泫。魏稼孙先生尝言"为前人搜拾残剩文字，比之掩骼埋胔"，而赵㧑叔先生则谓"欲人弗见，令万马蹴平，世多有矣"。氏读悲翁《书岩剩稿跋》至此，未尝不悁悁伤之。昔潘文勤刻《士礼居藏书题跋记》成，艺林传为盛事。近徐氏友兰校印《群书拾补》，学者亦称之不去口。先夫著述，亦有得于荛翁、抱经之学者也。许君自藏之而自刻之，把残守阙之功，当益胜于潘、徐之于黄、卢也'云云。沈翁复有莽金错刀一，石勒丰货钱一，汉透影镜一，余为之作缘，以二十四番归之周仲芬大令德馨千镜万泉楼云。"又《民国吴县志》卷七十九"杂记二"引王謇《双龙颜馆胜录》与其文字大致相同，兹不赘述。许厚基（1896—1970，字博明，号怀辛），王謇《流碧精舍师友渊源录长编》："许怀辛，名厚基。善鉴别版本。"周子美《近百年来江南著名藏书家概述（上）》："外地侨寓苏州的藏书家也有两人……另一是吴兴许厚基氏，家富不甚识书，因好名之故收书也不少，曾请曹元忠氏替他看校本，这两家的书也都散了。"（《图书馆杂志》1982年第1期）潘景郑《著砚楼题跋·怀辛斋书目初稿不分卷（稿本）》所述许氏事迹甚详，摘要如下："博明姓许氏，名厚基，浙江吴兴之南浔镇人。祖某，起家货殖，卜居吴中高师巷，即明文衡山故第也。早丧父，弱冠驰骋乡里，征逐浮名，邑人利其多赀，亦乐与周旋。里中有所兴建言事，无不列名其间。有嘲之者曰：'是非读书种子，家无一卷之藏，而欲哆谈是非，多见其不自量耳。'博明闻而惭，遂发愤愿为藏书家。北走燕都，求识途之老马，获交艺风、藏园。悬金南北，广罗缥缃，所收宋元本皆缪、傅二公为之鉴定者。聚书十年，耗银十七万有奇，筑'怀辛斋'及'申申阁'。'怀辛'者，纪念母夫人抚畜茹辛之劳。又夫妇俱生丙申，复以'申申'名阁。遂延聘吾乡沈珊成先生修至其家,夫妇咸相授业。又复投贽于先师霜厓吴先生之门。惜居处无恒,好名心切,学剑学书,均无所成。尝斥巨资谋选国会议员,未遂。又纳粟为乌衣**五**县令,才赴任,适江浙战事起,逸归。由是悒悒不得志,纵情声色,家庭多故,妻子参商。丁丑战起,挟所储精椠若干种远走滇中,旅囊既匮,悉斥所携散售公私藏家。居数载,益失意,遂南归。检点所存,犹足自豪。迨戊子冬,悉举所遗售诸戴亮吉氏,由是廿年积聚尽付流水矣。其夫人周琢英,为沪上富商周渭石之女,颇干练,能持家政。既不相容,忧郁以死。博明既丧妻,益放浪淫佚,续娶二氏,鲜克始终。又误交匪类,再辱囹圄,迄今室庐荡然,子女五人,漠不相亲。卅年幻梦,邯郸未觉,为可痛焉。"(《历史文献》第十二辑)关于许氏类似之记载,屈爔《雉尾集》卷三有《吴兴许氏藏书之一瞬》一文亦可参看:"吴兴许君怀辛,本纨绔子。席丰履厚,雄于资材。初颇喜交文士,与曹君直、吴瞿安二先生游,得其化育,遂大购善本书籍。曹先生辄为之题跋考订。十数年间,宝藏满屋。论其声价,殆不下于汪氏艺芸精舍矣。未几,国难作,挟其精本,西入川滇,倾箧倒笥,尽以易钱。既而还吴,又逢家难。不数年间,插架俄空。昔岁余受商馆之托,向之借书,俾可印行,以广流通。许君慷慨诺之,开示出书目一纸,可八十种。余尽一日之长,从容展玩,既饱其眼,复果其腹,凡选借十余种。浩劫以来,其单犹存敝箧。设不见此,则已淡焉忘之矣。初不意许君藏书、亡书其变化乃如此之速耶?鸿飞冥冥,弋人何慕。是可伤已!"(《屈弹山全集》)又刘承幹《求恕斋日记》癸巳年五月初六日(1953年6月16日):"晴热。午后沈惺叔来还此间所垫季兴川资十万元。谈及许博明极窭,摆拆字摊,因未入工会,为同行所逐。"

　　[三]沈锡胙之著作,《民国吴县志》卷五十八下"艺文考七":"沈

五　"乌衣",疑当作"乌程"。

锡胙《藏书题跋记》《群书校语》。"原注："散见各书副叶书眉。字福庭，归安人。"王睿校补于两书名前均加"两汉专陶馆"，注明为两书全称，并注："书本均归吴兴许氏怀辛楼，近亦散出。海粟楼藏精钞，条校经典二十五种。"又按，王睿1958年所作《徐幹〈中论〉札记录要》识语略云："而丙子长嬴，山颓木坏，丁丑之秋，东邻肆虐，揭来海上，又得我乡流寓中巨人长德沈福庭先生锡胙《两汉砖匋室群书斠识》暨周耕厓先生《意林校注》，均有《中论》校语，又移录之，巾箱藏本，丹铅如蚁集。此后读伟长书者，或无触目虫沙之患矣。爰就汇录中集其大要，理而董之，借西郊师庠《集刊》，以贡诸世之同嗜者。或名言有谠论，足以启我神智者欤。企予望之矣。一九五八年三月谨识。"按，王睿《澥粟楼书目（中）》"子部·儒家类·考订之属下"中有："《秦汉专匋室群书校补》残存一册，归安沈锡胙撰。"

集韵考正十巨卷，经谊杂著一长编。
济阳义庄书库荒，清河寓邸遗稿燃。

丁泳之孝廉士涵[一]，承南园扫叶山庄陈硕甫奂学派，校《集韵》，以毕生之精力为之。所藏经小学、考据书数百箧，抗战以还，已不可问。《集韵》校稿[二]，其子孙犹世守之，或云寄存秀水王氏学礼堂，疑莫能明也[三]。许勉甫克勤，海宁人，寓吴。《经谊杂著》原稿较之刻出者多十倍以上[四]。身后遗书归张仲仁一麐。抗战兵兴，张氏吴门旧邸遭劫火，许君遗著不堪重问矣[五]。

笺证

［一］丁泳之孝廉士涵（1828—1894）：《民国吴县志》卷六十八下"列传七"："丁士涵，字泳之，庚午举人，官工部员外郎。幼受业陈奂，以

经学著名。同治甲子兵燹后，任采访节孝事，兴修王仁孝祠，办理长元学两旁先贤春秋祭祀。十余年积书数十万卷，闭门谢客，年六十余犹灯下著述不少衰。贵筑黄子寿方伯聘为学古堂山长，晋谒见拒，其高尚如此。著有《管子释文》《集韵（校正）》。从子有庚，丁卯举人，选授江都县教谕（采访稿）。"又陈奂《师友渊源记》："丁生士涵，字永之，元和庠生。其先人月波先生承父志建庄塾，塾规有训子弟先入言一说，合余向所言者，为文记之。先生喜名人墨宝，不惜重资购得焉。而永之独嗜经籍，藏书亦富。熟读《周官经》，而于《考工记》一名一物，时时走询。余教之先郑司农之说，谓内外朝五门制度最碻，而时祭间祭，后郑说亦未尝不同。又习读《管子》，以为尹知章注属空谈，刘绩补注亦疏漏，积数岁校雠之力成《管子案》若干卷。余向有校语一卷，亦录以备解。城陷后录副寄示，述叙要略，若注、若音、若逸文，曩余手定之本悉遗弃无存也。永之又专嗜许氏《说文》，尝编作义类，又兼涉刘成国《释名》。余谓《释名》与《毛传》《说文》不合，然可以讨汉末说经家之沿流者此耳。永之题余言。徐中丞有壬，字君青，湖州归安人，为余素识，治西汉学，最精步算。下车伊始，访问吴下通经之士，余以永之对。其兄小波士良守金坛城，升任四川潾水县❶，以女字余孙丙喜，缔姻焉。"陈奂又有《流翰仰瞻小传》，第十三册："丁秀才士涵，字泳之，元和人。治《考工记》，兼辑注《管子》。"（《流翰仰瞻：陈硕甫友朋书札》）按，丁士涵生年，江庆柏《考说》据丁士涵续纂《丁氏宗谱》卷二"世系"考为1828年，卒年未考出。瞿冕良《中国古籍版刻辞典（增订本）》记丁氏卒年为1890年，耿振东《管子学史》第三章"清代《管子》学（二）"记为1894年，然二氏皆未注明所据。陈鸿森先生《〈清代人物生卒年表〉订补（上）》据叶昌炽《缘督庐日记》卷七甲午二月十三日条记"得甘杞先生讣；又闻泳之丈归道山"

---

❶ 即邻水县。

考为1894年（《清代学术史丛考》上册）。今从陈说。

[二]《集韵》校稿：《民国吴县志》卷五十八上"艺文考四"王謇校补："丁士涵《集韵校正》《管子释文》，未刊稿藏于家（本志访册）。"又："丁士涵《集韵校正》十卷、《管子注》、《管子案》、《管子韵》若干卷、《释名疏证》若干卷、《类篇义类》、《一切经音义义类》。"潘景郑《著砚楼书跋·管子案稿本》："《管子案》残稿一册，存《形势篇》至《四称篇》，为乡前辈丁泳之先生手稿。先生名士涵，清元和庠生，为陈硕甫先生高弟。嗜经籍，藏书甚富，家素封，优游坟典。熟读《周官经》，而于《考工记》一名一物，考订周详。又习读《管子》，以为尹知章注属空谈，刘绩补注亦疏漏，遂遍摅义训，积十余年思力，成《管子注》《管子韵》《管子案》若干卷，硕甫先生为之手定。据自序云：'经兵燹仅存《管子案》一书，然亦未得刊行。'戴子高先生撰《管子校正》，曾采其说，殊多精义，惜亦鳞爪，未睹全豹也。晚年专治《集韵》，有《集韵校注》一书，属稿已具，未缮清本，闻其稿皆手自签注，不下数十万言。近岁遗书流入吴市，予倾囊收得遗稿如干种，中有韵稿数册，惜残蠹不具，无由董理。此《管子案》手稿一束，亦前后残缺，存不及半；幸序文犹在，略具梗概。深惜先生毕生精力，俱随流水，区区断简，虽未饱蟫鱼，余固掇拾装袭，殊惭梼昧，未能为之拾遗补阙，以垂名山耳。"按，关于戴子高（望）《管子校正》采《管子案》，江标《笘誃日记》第六册"光绪十二年丙戌六月十三日"所记径云为攘窃："元和丁咏之士涵，庚午举人，为陈硕夫先生高弟子，尝得陈先生说，成《管子案》六卷。据叔彦（引按，曹元弼）见丁君云，戴子高成《管子校正》皆取丁说，且有攘为己说者，丁氏之书，精华已尽去也。"（江标《江标日记》上册）

[三]或云寄存秀水王氏学礼堂，疑莫能明也：顾颉刚《融一斋笔记·丁泳之藏书》："丁泳之，名士涵，同光间人，藏书于洪杨之后。闻吾父言，书凡九楼九底，在悬桥巷丁氏家祠中。潘伯寅刻《广阳杂

记》，即由其家钞得。近闻其书已散出，不知归何所也。渠于《集韵》一书功力至深，闻其稿在复旦大学教授王欣夫君处。今欣夫死矣，不知此稿尚在否也？"（《顾颉刚读书笔记》卷四）按，"今欣夫死矣"以下是后补，王欣夫卒于1966年，则此补记写于此年及以后。

　　[四] 许勉甫克勤：《民国吴县志》卷五十八下"艺文考七"："许克勤《经谊杂著》一卷，《淮南子斠注》一卷（稿本，字勉夫，海宁人）。"王謇校补：《经谊杂著》旁注"海粟楼藏刊本"；《淮南子斠注》旁注"又藏稿本"。又于下补列许氏著述：《古均阁经解》不分卷一册（稿本藏海粟楼）；《读周易日记》一卷（光绪刊本）；《方言校》不分卷（张氏仪许庐藏钞稿本）。叶昌炽《缘督庐日记》戊子三月初十日："许勉夫来谈，方辑《蔡氏月令》，将为疏证。"四月十二日："访许勉夫，居委巷之中，陋室一椽，课蒙童四五自给。出示赵凡夫《皇明世典》稿本……勉夫云，旧为查氏得树楼所藏。归后，绥之来谈，亦极口勉夫之刻苦非人所能及。"

　　[五] 身后遗书归张仲仁一廖：潘景郑《著砚楼书跋·许勉甫手校〈白虎通疏证〉》："海宁许勉甫先生克勤，笃学嗜古，侨寓吴中，与吾邑学人考订经艺，为晚清存古学堂高材之一，惜身后遗著一无流传，为可慨也。曩年张丈仲仁语予，家藏勉甫先生校本甚富，盖其毕生精力，殚于校勘之业，思得移写成帙，亦艺林快事也。张丈并许发箧相示，不幸荏苒岁月，国难骤临，张丈远走滇、蜀，予亦久客沪滨，不复忆及前事矣。比郭君自苏收得许君校本《水经注》及《白虎通疏证》二书，知予搜罗乡贤手泽为勤，索六十金，损十金克谐。于是许君遗著，得藏箧衍，向所梦寐，为之释然。偶忆张丈所藏，已否流散，此书踪迹，何所从来，又不禁爽然若失矣。"顾廷龙《心太平室集题识》："右《心太平室集》，吾世丈张仲仁先生所撰诗文稿也。……丈与先人奕世通好，龙亦夙承奖饰。忆丁丑春，自燕假归，谒侍起居，知龙为《集韵》之学，访丁泳之先生士涵校订《韵》稿不可得，诏曰：'余斋有吴氏兔床骞校

藏本，后经丁氏及许勉夫克勤两家加校，堪资研习。'出以相假。携故都传写，未及还瓻而国难作，南北音讯暌隔，仓皇播迁，未敢失坠。越两年，来沪筹设合众图书馆，阅肆辄见丈题识之本，偶收一二，知藏书已为敌逆所攘，《集韵》其孑遗矣。因即庋之馆中，以留纪念。"（《心太平室集》）按，王欣夫《日记》1928年闰二月初一日亦记："谒张仲仁丈（一麐），缴前年所借先贤丁泳之（士涵）手校《集韵》，又假海宁许勉夫（克勤）校《赵注水经》，蝇头小字，密遍书眉，拟过录焉。"

负书草堂秘箧物，外家纪闻三世垂。
笕桥东畔小营巷，拔宅飞升乃失之。

余心禅大令一鳌，锡山人[一]。藏其外家杨蓉裳芳灿一门风雅稿本一箧，通行本数十箧[二]。哲嗣小禅，官司法，殁于京邸[三]。令媛琼斐女士扶榇南归[四]，任我吴东吴大学助教，思欲斥书营葬，苏书贾江某欲以八百金尽吞其藏。女士以目录示余[五]，余为之召滂喜斋后人辈，保存其中上驷若干种[六]，祖稿声明自保。已得巨金，女士亦适可而止。翌年，于归杭郡笕桥机校医师某君。值抗战之变，嫁奁中物未能悉携，祖稿一箧，亦忽忘诸。略为承平，托杭友踪迹之，虽老于骨董，太丘道广如石墨楼主人陈伯衡锡钧者[七]，亦无法追其踪迹。盖笕桥左近均弹弹地也[八]。惜哉！

笺证

[一] 余心禅大令一鳌（1838—1894），锡山人：据谈情《清代词人余一鳌诗词作品补遗及生平研究》称，余一鳌"曾从水师戎幕，官候选通判"（《无锡史志》2010年第1期），此称其"大令"盖误记，其祖余绍元曾任知县（大令）。余氏原籍为浙江开化，因其父献璋入赘于无锡杨氏，遂占籍锡山。孙其业所作《心禅居士生传》可证："居士姓余氏，

名一鳌，字成之，晚号心禅。系出浙衢开化县之六都。祖讳绍元，以嘉庆戊辰第二名乡举，大挑知县。历任四川云阳、荣昌、清溪等县，后补邻水，卒于官。……父讳献璋，开化庠生，四川松潘同知无锡杨萝裳先生讳英灿之第三女婿也。赘于锡，遂留家焉。"（转引自林玫仪《余一鳌与杨芳灿、顾翰、丁绍仪诸家亲族关系考》）

[二] 藏其外家杨蓉裳芳灿一门风雅稿本：按，王睿于《国学论衡》1933年第2期发表之《元嘉造象室随笔》中有"梁溪余氏负书草堂藏书"一则："梁溪余氏，世籍开化，红羊劫后，始迁锡邑。心禅老人余翁一鳌为杨蓉裳芳灿外曾孙，蓉裳昆仲极契重之，故杨氏一家稿本，均遗命余翁宝藏。有蓉裳《芙蓉山馆诗文词》，杨笏堂揩《双梧桐馆集》，杨荔裳搋《桐花吟馆诗稿》，均原刊精本。杨方叔抡《春草轩诗存诗余》四卷，杨谨堂廷锡《古欢堂文集》六卷，并蓉裳《芙蓉山馆尺牍》十六卷、《编年目录》一卷，杨萝裳英灿《云吟馆诗稿》一卷、《听雨小楼词稿》二卷，杨真松夒生《鲍园掌录》二卷，闺秀芳灿女秦承需室杨蕊渊芸《金箱荟说》八卷、《琴清阁词》一卷，杨凤祥《晓霞阁诗钞》一卷，夒生长女秦恩晋室杨佩贞琬《选云楼诗钞》一卷，顾敏恒女顾翰姊杨毓勋室顾羽素翎《苣香词钞》一卷，均精写原稿本。自《闺秀词》三家有南陵徐氏刊本外，余均人间孤本。现闻心禅子小禅亦归道山，其曙后孤星璚飞女士，将并丁杏舲绍仪所辑《国朝词综补》未刊稿十余册，严子寿栻手写词稿册页数十开，明嘉靖黄皮纸《龙江船厂志》二册，顾响泉、沈澹园、张熙河朱墨蓝笔合评杨笠湖潮观《吟风阁传奇》等秘箧十余事，静待善价而沽。吴中某鉴家已将此项秘箧书目鉴定，逐一平直，综计以万金为的云。"按，文中提及之《国朝词综补》，王睿《瀚粟楼藏书目（下之下）》"集部·词类·词选之属"："《国朝词综补续编》十八卷，丁绍仪辑。绍仪先辑《国朝词综补》五十八卷，刊行于世。此未刻稿为前书续编，藏无锡余氏心禅许，睿属人抄得之。"又《国朝词

人姓氏小传》一册，自注："睿从丁绍仪《国朝词综补》中录出。"文中又提及之《吟风阁传奇》，王睿《吟风阁传奇题辞评语跋》："杨笠湖先生著《吟风阁传奇》三十二折，有顾响泉、张熙河、沈澹园及署名梅花史者四先生朱笔合评本，旧藏梁溪余氏负书草堂，璚蚩女士笈携来吴，钱振彭世阮为余录成是册。乙亥大暑，瓠庐。"又文中"红羊劫后，始迁锡邑"，苏州大学图书馆藏有咸丰九年退思轩刻本蒋伊《臣鉴录》，首函夹书板有余一鳌题记："同治二年癸亥，予在长沙。九月，闻苏军庆捷，东下寻亲，将书箱乙口寄存陈少梅表姊丈处，阅今二十九年矣。烦承少梅于七月八日自湖南醴陵朝渌口分司署将书箱交使寄至上海张雪梅转寄至锡。启箧展视如见故人，不禁感慨系之。辛卯腊月二十五日心禅记。"（转引自薛维源《梁溪词人余一鳌及其藏书》）所述正可印证。又文中"吴中某鉴家"，系指杨寿枏（本书有诗传）。王睿于1934年所作《别振华女学校建国第一甲戌毕程诸女弟子》诗，其中写毕业学生杨氏后人杨志华诗云："芙蓉山馆郁奇华，风雅闺门名大家。写得梁溪灵秀集，一泓秋水净无暇。"注云："金匮杨蓉裳先生芳灿家一门风雅：蓉裳女秦承需室杨蕊渊芸，辑群书所载闺秀艺文掌故为《金箱荟说》八卷、《琴清阁词》一卷，杨凤祥《晓霞阁诗钞》一卷，夔生长女秦恩晋室杨佩贞琬《选云楼诗钞》一卷，顾敏恒（女）顾翰姊杨毓勋室顾羽素翎《苣香词钞》一卷，杨谨堂室秦琼《梅花吟草》一卷，并蓉裳昆季叔侄笏堂、荔裳、方叔、谨堂、萝裳、夔生诗文遗著未刊稿秘籍数十种，均藏萝裳外曾孙余字●负书草堂。近邑人杨味云先生寿枏，有为之刊行意，并愿酿巨金酬余氏后人，将真迹归入弘农家庙（杨志华女士）。"（《振华季刊》第1卷第2号）又得一证。

　　[三]小禅：名不详，余一鳌次子。余一鳌《秋梦词》中有《琴调相思引·忆亡儿》词小序云："庚辰九月三儿病殇，予所爱也。"眉批："大儿殇

●　"字"，疑当作"家"。

于己卯十月朔，三儿庚辰九月廿三也。大儿十一龄，三儿则六龄也。"（转引自林玫仪《余一鳌生平及作品资料辑校·之三》）据此可判断小禅为次子。

[四]琼斐女士：余一鳌孙女。王謇《流碧精舍师友渊源录长编》："余琼斐，祖心禅，父小禅。递藏负书草堂楹书。"按，余琼斐亦即前注引《元嘉造象室随笔》中之"璚飞女士"，本名文煐，顾颉刚《顾颉刚日记》卷三1933年8月24日星期四："到濂溪坊109号钱家桢律师宅选购余文煐女士家藏书，佩诤邀也。"

[五]女士以目录示余：余氏所藏杨氏一家稿本及藏书目录，后编为《负书草堂余氏秘籍书目》。王謇1952年所作《梵麓山房文稿跋》云："余尝为辛楣所藏善本编一简目，为及门叶生乐天假去，久未归还，幸草稿一束已赠潘景郑先生，可以覆案，而张氏亦有缮正原本也。叶生携去之目，后附装《负书草堂余氏秘籍书目》，已有《燕京周刊》本印行。"按，《燕京周刊》应是《燕京大学图书馆报》，即顾廷龙先生整理之《梁溪余氏负书草堂秘籍书目》，发表于该刊1935年9月第80期，其跋云："梁溪余氏藏书甚富，前年夏中散于吴市，龙侍父疾，未获往观。月前返里，从王佩诤先生所得见余氏所藏秘笈书目，虽非全豹，而载目多钞校稿本，甚为可贵；其中以杨氏一家之稿，尤为难得。盖今主人余某之祖庭名一鳌者，乃杨芳灿之外曾孙，芳灿昆仲极器重之，故遗命以稿本托其宝藏。余氏世籍开化，太平天国后始迁锡邑。一鳌字成之，别号心禅，尝助丁氏杏舲辑《国朝词综补》，工诗文。杨氏一门，才华葱郁，闺阁之中，亦皆善吟咏。杨芳灿字才叔，乾隆四十二年拔贡生。后知伏羌县，擢知灵州，寻入资为户部员外郎，与修《会典》及《四川通志》，卒于蜀。工诗及骈体文，才艳绝一时，与洪亮吉、孙星衍、顾敏恒齐名。女芸字蕊渊，适秦承祜，工词。子承宪，后名夔生，字伯夔，以雄县丞累擢知蓟州，亦有才藻，尤长于填词。孙女琬字佩贞，夔生出，适秦恩普，工诗。杨抡字方叔，乾隆四十三年进士，知浙江太平

县，有文誉。杨揆字同叔，号荔裳，乾隆四十五年南巡诏试，赐内阁中书，入直军机处，随大将军福康安征廓尔喀，累官四川布政使，卒于官。少工诗文，与兄芳灿同负才望。杨英灿字文叔，号萝裳，尝官松潘同知，抚蛮夷有法纪。杨廷锡字谨堂，号诚斋，配秦瑗字凤仪，皆擅诗文。顾翎字羽素，敏恒女，翰姊，杨敏勋室。杨氏知名士女可考者如此，所著均富，或刻或未刻，或传或不传，目中所有，皆未经刊行者也。即外此各著，亦无非名家稿本。余裔编写此目，求善价而沽之，他日各书将不识流落何所。录存副本，聊纪负书草堂蓄书之迹，与夫藏书家诗词家以资掌故也。二十四年九月七日顾廷龙记。"另，王謇自藏有一册《西溪余氏负书草堂秘籍书目》，详列书目，并标注作者、册数、版本，乃至售价。

[六] 余为之召滂喜斋后人辈，保存其中上驷若干种：按，王欣夫《蛾术轩日记》第九册 1933 年 8 月 22 日："归知佩诤有电话，又有手柬，约至濂溪坊钱氏观梁溪余氏大批藏书，据说旧刻名抄甚多，但潘氏昆仲等已先在检择矣。"23 日："午后至濂溪坊钱氏看书，佩诤又有函招也，皆极普通而不足取者，欲勉强应酬一二种，而定价奇昂，只得袖手。"薛维源《梁溪词人余一鳌及其藏书》："苏州大学图书馆现存余氏父子藏书，见有近二百余种，计千余册。此批图书，亦即王謇《续补藏书纪事诗》所言潘氏滂喜斋后人收购负书草堂之遗物，由曾任东吴大学教务长、副校长、江苏师范学院副院长的潘慎明先生（1888—1971）捐赠。"

[七] 太丘道广：《后汉书·许劭传》："劭尝到颍川，多长者之游，唯不候陈寔。又陈蕃丧妻还葬，乡人毕至，而劭独不往。或问其故，劭曰：'太丘道广，广则难周；仲举性峻，峻则少通。故不造也。'其多所裁量若此。"陈伯衡锡钧：《流碧精舍师友渊源录长编》："陈伯衡廷钧。淮阴人。长于鉴赏碑刻。"按，"廷钧"当作"锡钧"。王松泉《民国杭州藏书家·陈锡钧》："陈锡钧（1879—1963），字伯衡，江苏淮阴人，住杭州，室名'石墨楼'。曾任浙江寿昌县知事、绍兴酒捐局局长等职。

喜藏碑帖与金石书籍，罗致碑帖，声名籍甚，为研究碑版专家，识者及同好咸奉若祭酒，由是博得'黑老虎'魁首之雅谑，此喻虽欠雅驯，亦实至名归之定评。其所藏碑帖每种均亲自考证或题识，不下数千种……伯衡先生解放前任浙江通志馆编纂。1950年浙江省文物管理委员会成立后任常务委员，从事碑碣及拓本之鉴别整理。1953年转职任浙江省文史馆馆员：曾著有《碑版金石录》、《历代篆书石刻目录》（不分卷）以志心得，迄未付梓，甚为可惜。又著有《金石述阐》《枫树山房帖目补编》等。"（政协杭州市委员会文史委编《杭垣旧事》）

[八] 盖笕桥左近均弹弹地也：按，笕桥即杭州市区东北部笕桥镇。1937年8月14日下午，日军木更津、鹿屋航空队从台湾起飞，分批袭击中国杭州、南京等地机场。中国空军第四大队奉命从河南周家口机场调防杭州笕桥机场，与日机空战，击毁敌机三架，史称"笕桥空战"，亦称"八一四空战"（郑文翰主编《军事大词典》）。

许书丛刻庐仪许，精稿珍藏一箧探。
饮水思源溯先哲，碧城仙馆楸花盦。

张叔鹏孝廉炳翔[一]，我吴人。尝集清儒《说文》著述，刊《许学丛书》[二]，藏书百余箧。孝廉与陈云伯文述、小云裳之，叶调笙廷琯、香士道芬两家父子为至戚[三]，得其所藏遗稿遗书凡二百八十余册，投赠书简一大宗[四]，储以一巨箧。文孙辛楣督同曾孙熙咸编为《仪许庐所藏本书目》[五]。余颇为之参臆鉴定，故精本悉获见之[六]。经部有卢抱经、吴葵里两家校周苕岑春《尔雅补注》稿本、翁覃溪《佩觿校记》录本；史部有屈翁山《皇明四朝成仁录》精旧钞本、杨大瓢《金石志》稿本；子部有胡心耘、叶调生《石林燕语考异集辨》稿本、《嫩真子集证》稿本；集部有金星轺旧藏黄鞏《后峰集》蓝格皮纸明钞本，又有叶调笙手钞释澹归《遍行堂文录》、张瑶星《濯足堂文钞》。诸为《清代禁书总目》文字[一]档案中物，藏家所向未经见者，更仆难数。叶调笙《金文最例目》校本及《金文最拾遗》稿本二种，尤为名贵。而潘硕庭志万手辑《潘氏一家言》诗词二十二种，更多潘氏后人未见之佚稿[七]，余补撰吴郡《艺文志》即据以著录[八]，与潘麐生锺瑞手辑之《香禅精舍绝妙近词》著录吴中先哲流寓五十五种者[九]，称双绝云。

笺证

[一] 张叔鹏孝廉炳翔（1859—1934）：王謇《流碧精舍师友渊源录长编》："张炳翔叔鹏，多藏书，笔记著述甚富。通医药。孙辛楣，曾孙咸熙。"陶诒武《张炳翔事略》："张炳翔，号叔鹏，又号忍盦，苏州人，出生于清咸丰九年（1859），卒于民国23年（1934），享年75岁。幼年聪颖好学，青少年时博览群书，广涉训诂、医药、历史、方志等方面，但不囿于八股，因而入庠后迟至清光绪十九年（1893）才得中举人。他对仕途极其淡泊，仅捐一同知衔。长期在家以文会友，所交者皆苏之名门望族中意气相投之士，如潘锺瑞、雷甘溪、潘祖谦、胡玉缙等人。"（《苏州史志资料选辑》2003年）

[二]《许学丛书》：十四种六十三卷，长洲张氏仪许庐光绪刻本。

[三] 孝廉与陈云伯文述、小云斐之，叶调笙廷琯、香士道芬两家父子为至戚：陈文述著作，《民国吴县志》卷五十八下"艺文考七"："陈文述《道原录》、《西泠仙咏》、《西泠闺咏》、《画林新咏》、《颐道堂文钞》十三卷、《颐道堂诗选》三十卷、《颐道堂戒后诗存》十六卷、《颐道堂诗外集》二十四卷、《颐道堂诗集补遗》六卷、《碧城仙馆诗钞》十卷、《碧城仙馆文钞》、《秣陵集》六卷、《岱游集》一卷、《紫鸾笙谱》

● 一 "文字"，清稿本作"文字狱"，当是。

（钱塘人）。"王謇校补识语："张辛楣兄藏云伯稿本数种。应借藏书志补目。"叶廷琯著作，《民国吴县志》卷五十六下"艺文考二"："叶廷琯《吹网录》六卷、《鸥陂渔话》六卷、《感逝集》十卷（潘祖荫编为四卷）、《苔岑诗录》一卷、《劫余所见诗录》三十卷、《楸花盦诗》、《忆存草》、《劫存草》（《劫余所见诗录》据采访稿入录，《劫存草》刊入《滂喜斋丛书》）。"王謇书眉识语曰："邑张氏仪许庐藏叶调生父子稿本甚夥。"并校补书目："《石林先生两镇建康纪年略》一卷，道光叶氏刊本"、"《金文最叙例目录》一卷、《拾遗》一卷，叶廷琯撰（张氏《仪许小庐书目》）。"又："《石林礼说》一卷（叶调生从卫氏《集说》采录），《旧闻证误校记》（朱笔校、蓝格手钞本书眉），《海角畸人诗》一卷，《病中摘句怀人诗》一卷，《楸花盦忆存草》不分卷，《楸花盦劫存草》不分卷（附《杂诔诗》《浦西杂咏》各一卷），《碧羸山馆诗草》一卷（张氏仪许庐藏叶调生自撰手稿本），《叶氏湖山诗钞》不分卷、二册（叶调生手选、红格稿本），《金文最拾遗》一册（叶调生手辑本），又《金文最目录校》一卷。以上均张氏仪许庐藏。"潘景郑1940年所作《叶调生感逝集残稿》跋："乡先辈叶调生先生，选百三十家诗为《感逝集》，先从祖付诸枣梨。……调生先生遗书，均归张叔鹏表姑丈所藏。丈下世后，其后人曾悬目求售，今不知尚存否？"（《著砚楼读书记》）《张炳翔事略》："炳翔爱好藏书，他家与碧城仙馆主人陈文述与十如老人叶廷琯翁婿是至戚，得到他们的一批遗书遗稿。"张炳翔《叶调生先生传》："公姓叶氏，世居吴县洞庭东山，讳廷琯。行六，字爱棠，号调生，一号苕生，晚号十如老人。世为宋少保石林公之裔，代有闻人。父卓斋公讳楠，有五子，公为第五子也。族中例不以四行，故公以五行六。嘉庆壬申补县学生，己卯食饩，道光乙酉贡成均，咸丰己卯助饷，例得复设训导候选。生于乾隆五十七年十月十八日，殁于同治七年十二月十七日，寿七十七岁。八年冬，葬于长洲县西南乡渔庄桥，墓载府志。阅二十年，公令子道芬之内甥张炳翔始以所闻于公之故交，及所见公遗著各书，约略叙公生平行谊，乃为之传曰。"（叶德辉等《吴中叶氏族谱》卷五十二）

[四] 得其所藏遗稿遗书凡二百八十余册，投赠书简一大宗：《流碧精舍师友渊源录长编》："张辛楣，守其祖叔鹏先生陈颐道、叶苔生二家遗书及投赠尺牍。就中《潘氏一家言》，景郑兄即刻为《一门风雅集存》。"张炳翔藏书据陶诒武《张炳翔事略》云："张叔鹏藏书在其身后因乏人管理已大量散失。其收藏精品在抗战初雇车运往上海租界，路经唯亭竟被歹徒劫去大部。'文革'时张辛楣为避祸，由桃花坞私宅潜居准提庵，剩余藏书遂遭灭顶之灾。"按，此说不确，据孙中旺《也谈张炳翔》考证张炳翔著述稿本七十多部及藏书二十余箱近万册，现犹藏于苏州图书馆。

[五] 文孙辛楣督同曾孙熙咸编为《仪许庐所藏本书目》：《民国吴县志》卷五十六下"艺文考二"王謇校补："张炳翔，字叔鹏，著述綦夥，均系杂著笔记。藏其孙辛楣许。辛楣亦编有《仪许庐善本书目》《仪许庐丛书》《许学丛书校记》。"按，陶诒武《张炳翔事略》："嗣孙张辛楣是恂恂然的儒者，妻潘氏，有子二女一，均受高等教育。长子熙咸是蚌埠某玻璃厂高级工程师，次子熙载是锦州某高校教授。"陶诒武与张辛楣是表兄弟，张辛楣名家梁。

[六] 余颇为之参臆鉴定，故精本悉获见之：王謇1952年所作《梵麓山房文稿跋》云："《梵麓山房文稿》正、续、又续三集，各壹册，乡先辈王润甫（汝玉）撰。……润甫《梵麓山房笔记》六卷，王君补庵刊其未定本，其定稿则在张叔鹏前辈仪许庐，今其文孙辛楣犹能世守之。……余尝为辛楣所藏善本编一简目，为及门叶生乐天假去，久未归还，幸草稿一束已赠潘景郑先生，可以覆案，而张氏亦有缮正原本也。……仪许凿楹所藏，今犹在沪上，索直鹜奢，不易问津。特世守者为辛楣之长君，为余旧徒，可作识途老马，导往一观耳。……壬辰重九，瓠庐识。""辛楣之长君"即张熙咸。又"索直鹜奢，不易问津"，按，

张辛楣曾有善价出售祖藏之意。据王謇1937年致叶恭绰一函云："张辛楣之张瑶星、杨大瓢两集可代抄录，謇已托其着手。《林雪集》则伊愿以原本奉赠先生。又叶氏印章五十余方暨潘氏各稿本全部分，微窥其意，有善价亦可让去。公如欲得，容徐图之。便乞示之，为荷。"《蛾术轩日记》1937年8月2日："张叔鹏之孙辛楣近发祖庭遗书，延佩诤鉴定，稿本、抄本约三箱，均未见秘籍，如杨宾文集，张鉴《洞书》（即洞庭山志），胡珽《石林燕语辨正》《嫩真子》等。"

［七］而潘硕庭志万手辑《潘氏一家言》诗词二十二种，更多潘氏后人未见之佚稿：潘硕庭志万（1849—1899）：《民国吴县志》卷七十五上"列传·艺术一"："潘志万，字硕庭，诸生。字学颜柳，多藏碑版，晚年所书多金石气，著有《金石补编》四卷（采访稿）。"按，潘志万著作，同书卷五十六下"艺文考二"："潘志万《金石补编》四册（字硕庭，希甫孙）。"王謇校补：《笏庵初稿》六卷三册、《笏庵诗赋偶存》不分卷一册、《笏庵词》不分卷一册（张氏《仪许庐书目》著录）。《笏庵词》一卷、《笏庵笔记》二卷（一峄西草堂红格写本，题曰《笏庵随笔》；一红格稿本，题曰《资暇手录》），以上二种邑张氏仪许庐藏足稿。《笏庵杂钞》不分卷一册（凡经解考据文七篇，附《墨林今咏诗钞》一卷、《文节诗钞》一卷）。《笏庵集》（自选，《潘氏一家言》著录）。手辑《潘氏一家言》诗词二十二种，王謇亦作有详细补录："潘志万《潘氏一家诗》不分卷二册：《集虚堂草》（宗邺）、《三松堂集》（奕隽）、《听雨楼诗集》（奕藻）、《研香堂遗草》（奕兴）、《思补斋集》（世恩）、《草绿书窗剩稿》（遵礼）、《小浮山人诗钞》（曾沂）、《二十四琅玕馆诗钞》（遵颜）、《西圃集》（遵祁）、《小鸥波馆诗钞》（曾莹）、《陔兰诗屋集》（曾绶）、《花隐庵劫余诗存》（希甫）、《浮白小草》（雷）、《烂存诗钞》（霨）、《香禅诗钞》（锺瑞）、《桐西书屋诗钞》（介蘩）、《听香室诗存》（诚贵）、《郑盦诗钞》（祖荫）、《迦兰陀室诗存》（康保）、

《藕花香榭吟草》(介祉)、《笏庵集》(志万)、《燕庭遗稿》(志诒)。共二十二家。"另潘景郑1944年作有《潘氏一家诗跋》："族伯智庵公手辑《潘氏一家诗》稿本,经流散,闻归张叔鹏表姑丈所。余心仪久矣。癸未冬,晤张丈文孙辛楣,偶谈斯帙,慨然见假,留读数月,并得录副。原稿都二十二种,已刊者十种。余就录存之十二种,拟传诸墨版。内文勤公《郑庵诗草》一卷,已为别行,不复列入,综得十一种。又椒坡公《桐西书屋文钞》一卷,智庵公《词钞》一卷,则皆录自他处,谨附诗钞并行,而仍其旧名,俾后人得睹公搜辑之劳。转辗数十年,幸为传布,式昭清芬,不敢掠美,此予小子之志也。值兹世变未靖,物力孔艰,节衣食之资,缩印成帙,览者幸谅其恫款耳。至辛楣之克承祖训,善守楹书,不吝一瓻之惠,乐与家珍之传,其高谊尤不可及云。甲申六月,谨识于沪寓之陟冈楼,时年三十有八。"(《著砚楼读书记》)

[八]余补撰吴郡《艺文志》即据以著录:按,即上引《民国吴县志》卷五十六下"艺文考二",王謇对潘志万著作所作之校补。

[九]潘麐生锺瑞手辑之《香禅精舍绝妙近词》著录吴中先哲流寓五十五种者:《民国吴县志》卷六十八"列传六":"潘锺瑞,字麐生,号瘦羊,增贡生,太常寺博士。少孤力学,精篆隶工词章,究心文献,熟谙掌故,遇有关风化事,辄表章之。潘本吴中望族,而于祖功宗德尤惓惓致意,西圃、韡园、文勤诸公交相推重。性嗜山水,淡于荣利,所游诸名胜皆有记考证。所交皆当世知名士,非其人不屑也。三十丧偶,不再娶,光绪庚寅卒,年六十有八。著有《香禅精舍集》若干卷(采访稿)。"《民国吴县志》卷五十六下"艺文考二":"潘锺瑞《奉思录》四卷、《贞烈编》一卷、《金石文字跋尾》二卷、《游记》三卷、《鄂行日记》二卷、《歙行日记》二卷、《纪游草》四卷、《香禅词》四卷。"王謇校补:"选有《香禅精舍绝妙近词》,计五十一家,而藏未详。近墨迹在海上萃古斋书肆。"王謇另有补签,指明藏地并标注详目:"《香禅精舍

绝妙词选五十一家》不分卷八册（曾流入海上善钟路萃古斋书肆。现
归吴县潘氏著砚楼）：△吴县刘辰孙禧延《翠峰词》、△吴县朱和羲子
鹤《洞庭渔唱》、△长洲潘辇仲超《锦瑟词》、△元和盛树基艮山《艮山
词钞》、△元和顾世沅湘艇《湘艇词》、△吴县吴重熙廉甫《莲芬词》、
△吴县吴恩熙《涵秋听雨词》、△长洲金守正子则《墙东病稿》（一名
《秋灯迟梦词》）、△吴县徐诵芬红荃《赋秋声馆词》、△吴县顾荣达上
之《篋玉词存》、△吴县王寿庭养初《吟碧山馆词》附集外词、△平江
陈凝福厚夫《厚夫词》、△吴县汪藻鉴斋《绣蝶庵词》、△吴县潘曾绶黻
庭《蝶园词》、△吴县潘曾莹星斋《小鸥波馆词》、△吴县张鸿基仪祖
《传砚堂词录续录》、△长洲许赓飏虞臣《池上巢隐词》、△长洲秦云肤
雨《山抹微云馆词》、△长洲宋志沂浣花《梅笛庵词》、△吴县曹毓秀实
甫《沁芳词》、△吴县曹毓英子千《玉蕤词钞》、钱唐厉鹗太鸿《樊榭山
房词》、吴江郭麐瓶斋《销夏琴趣》、松江改琦七芗《玉壶山房词》、仁
和赵庆熺秋舲《香消酒醒词》、德清徐本立诚庵《荔园词》、宝山蒋敦复
剑人《芬陀利室词》，一字纯甫、江山刘履芬彦清《古红梅阁诗余》、山
阴张熙子和《三影楼劫余草》、宝山朱煮康伯《东溪渔唱》未刊稿、秀
水周闲存伯《范湖草堂词》、镇洋汪承庆馨士《兰笑词》未刊稿、嘉定
秦兆兰馨侯《听涛馆》未刊稿、宝山陈升东寅《搴红词》未刊稿、太仓
杨敬传艮生《眉影词》未刻稿、嘉兴张鸣珂玉珊《寒松阁词》、华亭张
鸿卓伟夫《绿雪馆词》、仁和高望曾《茶梦庵烬余词》、仁和许谨身金桥
《师竹轩词钞》、江宁杨长年朴庵《妙香斋词钞》、吴江凌其桢荫园《萍
游词钞》、荆溪储醇士丽江《安素轩萍寄草》、仁和许允臣❶湘涛《写香
楼词》、钱唐王彦起研香《净绿轩词》、吴县黄仁研北《研北词钞》、上
海王庆勋叔彝《沿波舫词》》、上海李曾裕瀛《持安山房词》、平湖贾敦

---

❶　"许允臣"应作"沈允慎"。

艮芝房《芝房词钞》、宝山印康祚印川《鸥天阁诗余》、宝山沈穆孙彦和《翠苔词^{（三）}》未刊稿。又无名氏词一家。共五十一家。"又王謇辛酉（1921）小除夕跋所藏《香禅精舍投赠小简六册》详言潘锺瑞生平著作，云："香禅精舍投赠小简六帙，均吴中同光间耆旧致潘麐生先生者。麐生名锺瑞，字瘦羊，又自号香禅居士，于潘郑盦尚书为从昆季。尝为文勤遍拓虎阜磨崖题名、造象、经幢、碑版之属，著录成编，颜曰《虎阜石刻仅存录》。又撰《香禅精舍金石文字跋尾》，中都吴中古刻考证，堪与瞿木夫《吴中金石志》、韩履卿《江左石刻文编》《宝铁斋金石文字跋尾》、顾艺海《吴郡文编》互相印证。与其从父兄弟硕庭先生志万所著《金石补编》多吴中碑版者，亦可分树一帜也。己未、庚申间，余修邑乘金石门，多采其说入录。麐生又著有《歙行》《鄂行》两日记。《苏台麋鹿记》《庚申噩梦记》《两山游记》《纪游诗草》《香禅精舍词》，都为《香禅精舍集》，而以王拙孙叔钊、张子上源达、王养初寿庭、潘遵璈子绣四家诗词附焉。又有文集、日记之属，裒然成帙，未刊。今其稿藏其门人汪君伯云许。投赠尺牍，余所得尚不止此，以朱渌卿贰尹康寿、袁景五诗人榴、石君方涷三家为最多。石札牛腰巨挺，纸墨精良，惜所谭多俗务。朱长流略之学，袁娴吟咏之事，然涂鸦恶札，拾纸不择精良。且朱札多托购局书，袁札更专言乞贷，无可存者。故特拔其尤者，潢治成六帙，而纪其得物之缘起如此。"

> 班氏艺文志经史，学林余事及儒医。
> 辽金古本传方术，文苑儒林两传遗。

曹揆一太史元忠^[一]，精版本，擅诗词，著有《笺经室遗书》。家传医学^[二]，阅书大内，自四库书及宋元版本而外^[三]，兼精辽金医学之

（三）　应作"苔翠词"。

长。亦自藏宋辽金元医书遗籍甚多，自著书本题跋，近世岐黄人物中一人而已 [四]。

笺证

[一] 曹元忠（1865—1923）及著作：王謇《流碧精舍师友渊源录长编》："曹元忠揆一，精医理及版本目录。"曹元忠著作，《民国吴县志》卷五十六下"艺文考二"："曹元忠辑《荆州记》一卷，《乐府补亡》一卷，《司马法笺注》一卷（王謇注：三卷、《音义》），《蒙鞑备录》，《笺经室宋元书跋》（王謇补：《笺经室所见宋元书跋》，卓观斋印本），《礼议》二卷（王謇注：刊本）。"王謇注："此目不尽，应照第三十七叶补正。"补正云："曹元忠《梅苑斠补》，稿藏秀水王氏二十八宿砚斋。《笺经室遗集》二十卷，秀水王氏学礼堂排印本。曹元忠《仓颉篇补本续》一卷。《纂要集本》一卷，梁萧绎撰。《桂苑珠丛集本补遗》一卷，隋曹宪等撰。《荆州记集本》三卷，宋盛宏之撰。《括地记补集本》一卷，唐魏王泰撰。《两京新记集本》二卷，唐韦述撰。《蒙鞑备录校注》一卷。《西使记校注》一卷。《司马法古注》三卷。《司马法音义》一卷。《治奇疾方集本》一卷，宋夏子益撰。《宋徽宗词集本》一卷。《乐府雅词校记》四卷。《丹邱生集集本》四卷，元柯九思撰。《礼议》二卷，《求恕斋丛书》本。《三儒从祀录》四卷。《凌波读曲记》一卷。《乐府补正》一卷。《凌波词》一卷。《云瓶词》一卷。以上稿存秀水王氏学礼堂。附《邓析子音义》《素女经集本》《刘涓子鬼遗方校补》。以上叙存文集似已成书。原稿散佚，尚待访求。"

[二] 家传医学：曹元弼《诰授通议大夫内阁侍读学士君直从兄家传》："兄讳元忠，字夔一，号君直，晚号凌波居士。姓曹氏，系出宋武惠王。……曾祖考敬堂公讳炯，医学至精，行为人师；祖考云洲公讳维坤，至仁恻隐，以医活人无算……云洲公四子：先君子居长；次叔父讳毓骏，年十一即遍读《十三经》及医书。不幸殇；叔父实甫公讳毓

秀，号春洲……兄实甫公长子也。"(《笺经室遗集》卷首）

［三］阅书大内，自四库书及宋元版本而外：《诰授通议大夫内阁侍读学士君直从兄家传》："乙巳入京供职，充玉牒馆汉校对官，并派检阅大库书籍，考订宋元旧椠。寻大库书归学部，宝瑞臣侍郎聘为学部图书馆纂修，竟其事。"

［四］近世岐黄人物中一人而已：《诰授通议大夫内阁侍读学士君直从兄家传》："我家世传医学，兄又多得古医书，深通其义。厉疾沉疴，治每立效。归隐后，同人为订医例助菽水资，然贫者辄不受酬。仁心恺恻，往往忘己之疾，以治人之疾。闻远尝疾笃，以俗医皆去发媚世之徒，不愿服其药。兄驰往松江治之，转危为安。多罗特文忠公升允寓青岛，病甚，诸遗老函请兄往诊。兄以公孤忠体国，而岛鲜良药，因裹药往治。公疾瘳，赠以诗曰：'正色立朝日，庞言乱政时。希文不为相，余技作良医。'盖约而当矣。"

嘗然一灶⚫三格子，不数书名小楷工。
万卷藏书填户牖，十三经注训蒙童。

曹叔彦太史元弼[一]，少时书卷子，一"灶"字占三格，人讥之曰"三眼灶"[二]。藏书万余卷，多稿钞校本[三]。笺注《十三经》，甚为世称。

笺证

［一］曹元弼（1867—1953）及著作：王謇《流碧精舍师友渊源录长编》："曹叔彦，名元弼，善经学。"《民国吴县志》卷五十六下"艺文考二"王謇校补："曹元弼《十三经学》（家刊本）、《经学文钞》三十册（存古学堂大

⚫　"灶"字繁体作"竈"，为上中下结构，曹元弼弱视，故书写时占三格。

字排印本）。"又："曹元弼《十四经学开宗》一卷、《周易学》七卷、《周易集解补释》十七卷（《条例》一卷）、《易学源流辨》一卷、《周易郑氏注笺释》十六卷（《正误》一卷《叙录》一卷《旁征》一卷）、《礼经学》七卷、《大学通义》一卷、《中庸通义》一卷、《孝经学》七卷、《孝经六艺大道录》（见《贩书偶记》）、《复礼堂集》十卷。"顾颉刚1951年8月《法华读书记（三）·曹元弼著述》："曹元弼之著述：《周易郑氏注笺释》《周易集解补释》《周易学》《礼经校释》《礼经学》《大学通义》《中庸通义》《孝经郑氏注笺释》《孝经校释》《孝经学》《经学文钞》《复礼堂文集》。曹氏在今日，为唯一之经学家。惟其学与清代学者不同。清代学者求知而已，固不求用。曹氏则受张之洞《劝学篇》之影响，必欲措诸实用；或亦受民族主义之影响，故以昌明圣学、恢弘文化自期。不知时移势易，一道用即不是。彼在学术上之地位，固不及其从兄元忠也。"（《顾颉刚读书笔记》卷五）

[二]三眼灶：郑逸梅《三眼灶曹元弼》："饮食所炊曰灶。《论语》'宁媚于灶'，可见灶之设置，已有悠久历史矣。我吴大家，砌灶辄三眼，甚至五眼。眼者灶穴也。三眼即三穴，而上列三镬，可以同时炊煮，如一烧饭，一烹肉，一炒蔬菜，咄嗟可备，甚为便利。五眼则于宴客尤宜。曹元弼，字叔彦，我吴之耆旧也。年逾古稀，乃续娶新夫人，华烛双辉，洞房春暖，一时传为佳话。曹有'三眼灶'之号。光绪廿一年乙未进士，与吴卓人同科，后赏编修。卓人尝告人曹目近视，其赴乡试也，文中用一灶字，试卷有格，而格扁隘，灶字笔画又多，曹以近视故，一灶"竈"字竟溢及三格，科场中人腾为笑柄，因以'三眼灶'呼之。及年迈，目力愈不济，故曹虽翰苑中人，而其法书，外间绝少见也。曹氏一门，人才鼎盛，长兄元恒，字智涵，即御医曹沧洲是；二兄元福❷，字再韩，光绪九年癸未翰林。民国七年，张勋复辟，伪谕为护

---

❷ "元福"，当作"福元"。

理河南巡抚。堂昆仲则有元忠，字君直，举人，版本专家；元森，为曹锟幕僚。"（《郑逸梅选集》第五卷）王大隆《吴县曹先生行状》："甲午，会试中式，以目疾未与廷试。乙未，补行殿试。时殿廷试竞尚书法，习以成风。先生自幼以用精太过，目疾甚，不能作楷。阅卷者既列二等矣，有御史熙麟参奏，奉旨提卷呈览。常熟翁文恭公方入直，面奏曹元弼虽写不成字，实大江以南通经博览之士。卒以字迹模糊，降列三等五十名，以中书用。文恭尝太息谓经生安能与时流争笔画之工哉！"（《民国人物碑传集》卷七）又顾颉刚1953年9月《法华读书记（十九）·曹元弼身后》："闻尹石公云：'曹先生目疾，据其自言，由点孙诒让《周礼正义》来。'此书卷帙繁重，而铅字排印，疏文奇小，点读一过，遂盲其目，伤哉！"（《顾颉刚读书笔记》卷六）

[三] 藏书万余卷，多稿钞校本：顾颉刚1954年2月《法华读书记（十九）·曹元弼身后》："曹叔彦先生于去秋逝世，十一月二十日得王欣夫来书曰：弟于前日返苏，叩奠先师灵帏，与师母长谈，知先师身后衣衾之费尚欠八十余万，无法筹措。族人送礼甚轻，无人照顾。拟在七内安葬先茔，费亦无着。所有藏书，苏文教厅及文管会早已派员检查。文管会共去三人，检阅甚细。据黼侯兄令郎鸣皋云：'绝无好书，只可作废纸论价，全部值价仅二百万元。'弟亦登楼一观，见堆叠凌乱，因屡次驻兵，损失不少；匆匆抢救，无暇整理。至书箱则均被借作别用，迄未见回。随手翻阅，多寻常经学书。其中是否有钞校善本，因限于时间，无法细查。文管会所云绝无好书，或者可信。因知先师四十年不买书，以目眚故，不能亲自校阅，著作稿本均系口授。况经摧残之后，尤难保无破损。但估计质量，即以斤论，似亦不止值二百万。故弟建议，必先整理钞一目录，然后可据以评价。师母颔首，允即请人整理，钞目后寄来。待寄到当即送上，再由沪会派员去看如何？昨与起潜兄谈及，解决目前丧葬困难问题，或联名撰启募赙。惟此事必得通过黼侯兄，并

由渠主持，而我侪协助之，已去函征求同意矣。一代经师，结果凄凉如此！想同此境况者当不少也。"（《顾颉刚读书笔记》卷六）刘承幹《求恕斋日记》癸巳年十月十五日（1953年11月21日）详述曹元弼丧失经过："午后……王欣夫来言，数日前至苏州吊曹叔彦之丧，其夫人柴亚兰女士（上虞柴簾之女）与之谈及叔彦逝世，其胞侄辅侯（智庵次子）及同居之侄崧乔（再韩长子），不独不来照料，并且不来行礼。亲族中全无人到。只柴夫人一人料理。辅侯托病不到，其妻来一转，云病势甚重，故不能来。实则叔彦无钱，丧事费用恐累及身，故男子无一到者。及欣夫至辅侯处商酌后事，又云出门前日大病，未及数日，忽而出门，其乃郎见面谓家境奇窘，几如不能举火神。气其实乃郎行医，业务尚好。如此托辞，其谁信之？无他，曹氏诸人均一文如命，不谓昔日忠孝传家，今日乃刻薄至此。闻之心痛（闻大殓之日，辅侯在外听书，并无疾病）。欲余与载如再各送六十万，伊送三十万，合为一百五十万，以应其急需。余本无不可，奈自己亦在极为难之时，只答以晤载如会商而去。"

艺文金石一家言，触角蜗蛮寄蜡●存。
学殖未荒图南去，丹霞山志墨留痕。

　　袁渭渔孝廉宝璜，中年久客南疆，著有《袁氏艺文金石录》，桐庐袁爽秋昶为刻入《浙西邨舍丛书》[一]。至于《寄蜡庐诗文集》若干卷，未知稿存何许。邑志据《家述》称"忠节公"，并为刻集，然流行本《浙西村舍丛书》无之，殆误传也。抗战前，余尝得有"寄蜡"藏印之释澹归《丹霞山图志》钞本，今犹存故乡箧衍中。同时又得有"寄蜡"藏印书数种，今不能举其名矣。

●　"蜡"，本诗传误作"蚝"。

笺证

　　[一] 袁宝璜（1846—1896）及著作：《民国吴县志》卷六十八下"列传七"："袁宝璜，字渭渔。举人泰生子，幼承庭训，受知于冯官允，纂修《苏州府志》。光绪壬辰进士，刑部主事，充日本出使大臣随员。甲午中日失和，随轺回国，主苏垣学古堂讲席。鉴于世界大势，谓变法当自书院始，以士为四民之首也，由是增'治事'一门。厥后，院生之应经济特科者入选之多，甲于他省，由宝璜提倡之。卒年五十一。著有《袁氏艺文金石录》二卷、《寄蝽庐诗文集》各若干卷。袁昶为刊入《渐西村舍丛书》中。"同书卷五十八上"艺文考四"："袁宝璜《寄蝽庐诗文集》。"王謇校补："《袁氏艺文金石录》，袁昶刻《渐西村舍丛书》本。"按，袁人凤、袁泽凤《赐进士出身诰授中宪大夫瑰禹府君行述》："府君讳宝璜，号瑰禹，别字寄蝽，江苏元和县岁贡生。……府君卒于光绪丙申十一月十四日，距生于道光丙午十月二十三日，享年五十有一。……府君书法北魏，兼工篆隶。性耽书画碑碣，收藏甚富。遗著有《袁氏艺文金石录》二卷，丁酉之秋，文凤谨加搜葺，袁爽秋先生鉴定，刊入《渐西村舍丛书》。其他著作及诗文集若干卷，尚待辑梓。"（袁熙沐等《吴门袁氏家谱》卷一）

　　辨机大唐西域注，长孺黑闼事略笺。
　　蓬莱轩中披图录，山经海志正续编。

　　丁益甫大令谦，仁和人。曾任处州学教授，卒辛亥后八年，藏舆地书颇富。生平雅善骈散体文，精究金石文字，著有《蓬莱舆地丛书》，浙江省图书馆为之刊行[一]。

笺证

　　[一] 丁益甫大令谦（1843—1919）：贾逸君《中华民国名人传》下

册"二、学术"："先生姓丁氏，名谦，字益甫，旧隶浙江仁和县籍，至其祖始迁嵊县。少孤，恃母蒋氏教养成才，禀资颖异，弱龄能文，年十七补杭州府学博士弟子员。清同治四年贡于乡。光绪七年大挑二等署汤溪县教谕。旋选授象山县教谕，在任三十载，士论翕服。十年中法之役，劝团防海有功，奏加五品衔。又以造士成绩，由督学使者张亨嘉奏闻，奉旨嘉奖。旋升处州府教授，以老不赴。至民国八年病卒，年七十有七。先生博览多通，藏书甚富，工骈散文，精医学，笃嗜金石，尤长于外域舆地考证。所著有《蓬莱轩舆地丛书》六十九卷，由浙江图书馆为鸠资刊行，风行于世，今所称《浙江图书馆丛书》第一二集是也。"杨家骆《民国名人图鉴》卷四："中有《大唐西域记考证》，日本崛谦德作《解说西域记》，多暗袭其说，然崛氏书亦有足补正谦所未及者；《穆天子传补注》，则除杭州本外，又载于《地学杂志》中；又著成而未刊者，尚有《元马哥博罗游记补注》一卷，亦刊载《地学杂志》中；宋徐霆《黑闼事略补注》一卷，张慰西云曾见其稿，今不知存否？宋谢灵运《山居赋补注》一卷、《元尤赤补传注》一卷，均有关地理之作云。"按，《蓬莱舆地丛书》《蓬莱轩舆地丛书》，全名应为《蓬莱轩地理学丛书》，浙江图书馆藏民国四年油印本。

一手洒沈复澹灾，龚黄朱尹不凡才。
述芳况有楚辞解，数典还能蒙漆该。

武次彭大令延绪，永年人[一]。治湖北京山久，人称循吏。塞堤抢救，游刃有余，剔弊兴仁，老吏断狱。著有《所好斋札记》，复能剖析《庄》《老》诸子，下逮《史公》《淮南》诸书，所言往往与乾嘉诸大儒冥合。已刊行者，有《楚辞》《庄子》两札记[二]。邵次公瑞彭为作家传，力称其吏才，盖通经而能致用者也。

笺证

[一] 武次彭大令延绪（1858—1917）：王树枏《陶庐文集》卷六《永年武次彭墓志铭》："丁巳正月二十六日，清封奉政大夫、湖北京山知县武君卒于永年里第，其子毓荃丙为志墓。府君，余旧识也，知之故详，敢不铭？案府君讳延绪，字次彭，号亦蝯，又自称铿道人，原籍山西之太谷。始祖文举，明洪武十八年己丑进士，官南京刑部主事。建文失国，从之滇南，业补锅糊口，年九十余北归，道卒。子宁迁永年，扶枢归葬于城西七级村，遂世为永年人；高祖大勇，武生；曾祖烈文，文生，俱赠通奉大夫。通奉公生河清，廪贡生，候选训导，赠朝议大夫。朝议公生用怿，字悦民，同治壬午举人，则府君之父也。四世皆以孝行著称。姚王宜人尤以节显，生子二人，府君独颖敏沈毅，耆读书，博浹能文章，尤擅为颜平原书，自为诸生时，即有声黉序间。光绪十一年乙酉，由选拔贡生举于乡。越八年壬辰，成进士，改翰林庶吉士。三年散馆，授湖北京山知县……以功累保戴孔雀翎，加同知衔，擢直隶州知州。二十八年，调充庚子、辛丑并科乡试同考官。明年，充癸卯乡试同考官。两充谷城、咸宁知县。宣统元年，署归州知州……辛亥武昌变作，告归里，家居侍母。六年，母殁，哀毁致疾，逾月而卒，享年六十。"

[二] 已刊行者，有《楚辞》《庄子》两札记：姜亮夫《楚辞书目五种》："《楚辞札记》二卷，武延绪撰。延绪，永平人。全书共二卷，民国二十二年癸酉家刊本《所好斋札记》之一。"黄锦鋐《庄子及其文学》"六十年来的庄子学·（三）札记"："武次彭（延绪）先生有《庄子札记》。是书据世德堂本引《庄子》文句摘要考据，间引王念孙、俞樾等说，自附按语，对异文错简多所订正，辄有发明。武氏为逊清光绪进士，学有根底，故是篇颇为当世治《庄》者所重视。在《所好斋札记》内，前有邵瑞彭作武氏传，由其子武毓荃校刻，有民国二十一年武氏所好斋刊朱墨印刷本。"裘开明《美国哈佛大学哈佛燕京学社汉和图书馆汉籍分类

目录》"哲学宗教类·诸子专著"："《庄子札记》三卷。武延绪字次彭（1857—1916），民国二十一年（1932）永年武氏家刊本一册。"

世间尚有薛家史，辑逸钩沈亦太痴。
识古汪伦月湖曲，负书彭祖屯溪湄。

丁少兰运史乃扬[一]，曾得歙人汪允中所藏宋本《旧五代史》[二]，少兰殁后，不知以何因缘归一彭姓者[三]。抗战前夕，彭姓负书去屯溪，遄返上海。据述吴湖帆万尝为作《千里负书图》，此事世人颇以为奇，而允中之自承，彭姓之自负，皆若确有其事者，姑为记之[四]。月湖精舍，丁氏祖先书斋名，有名曰诚者，尝刻《月湖❶精舍丛著》，劳季言格《读书杂释》为其❷中名品也[五]。

笺证

[一] 丁少兰运史乃扬：沃丘仲子《当代名人小传》："丁乃扬，归安人。仕于清末，有才名，积官至广东盐运使。宣统初袁树勋督粤，自以有宠载沣，务为刻核更张，实则庸妄不达政体，乃扬卑视之。每衔参议事，菲薄之意间露言表，树勋衔之，假事弹劾，遂开缺另候简用。时载泽掌度支，以其妻为孝定后妹，实权在监国。上知树勋久任江海关，饶货财，索重贿，弗至。乃扬知状，辇巨金投泽门。未几，树勋开缺，而乃扬内任顺天府府尹矣。以开缺运司遽尹京兆，清代所罕见也。以好作狎邪游，尝以万金纳妓为箩室，频为报纸所诋，载泽亦戒其敛迹。入民国，仍来往京津间，尝被命为参政暨公府顾问。素交冯国璋，丁巳、

---

❶ "月湖"，当作"月河"，则本诗"识古汪伦月湖曲"句，当作"识古汪伦月河曲"。
❷ "其"，原误作"某"，据勘误表改。

戊午间，屡欲畀以财饍政要职，以未得祺瑞同意中止。然乃扬饶智计，思以功名自见，且工运动，终当猎得腆仕焉。"

　　[二] 曾得歙人汪允中所藏宋本《旧五代史》：汪允中（1870—1955），名定执，号旷公，别号慕云，安徽歙县人（汪昭义、曹黎云《徽州教育文化研究：以雄村为例》第六章第三节；又朱则杰《〈清人别集总目〉零札（续）》，《清诗考证续编》第一辑"文献专书类·一"）。所藏宋本，当为金承安四年南京路转运司刊本。按，张元济1936年12月所作《景印吴兴刘氏嘉业堂刻本〈旧五代史〉跋》云："以余所知，明万历间连江陈一斋有是书。所记卷数与《玉海》合，见《世善堂书目》。清初黄太冲亦有之，见《南雷文定》附录《吴任臣书》。全谢山谓其已毁于火。陈氏所藏，陆存斋谓嘉庆时散出，赵谷林以兼金求之，不可得，则亦必化为劫灰矣。然余微闻有人曾见金承安四年南京路转运司刊本。故辑印之始，虽选用嘉业堂刘氏所刻《大典》有注本，仍刊报搜访，冀有所获。未几，果有来告者，谓昔为歙人汪允宗所藏，民国四年三月售于某书估，且出其《货书记》相示。允宗，余故人也。方其在日，绝未道及。然余读其所记，谓所藏为大定刊本（与上文所云承安，微有不合。然相距不远，或一为鸠工之始，一为蒇事之期）。题《五代书》，不作《五代史》。较今本不特篇第异同甚多，即文字亦什增三四，且同时记所沾书凡七种。书名、版本均甚详，知所言为不虚。乃展转追寻，历有年所，迷离惝恍，莫可究诘。……然余终望金南京路转运司刊本尚在人间，有出而与愿读者相见之一日也。海盐张元济。"（《张元济全集》第9卷"古籍研究著作"）另，张氏《校史随笔·旧五代史》有"歙县汪氏藏金刊本"条云："昔闻人言，歙县汪允宗（德渊）尝有是书，为金承安四年南京路转运司刊本。允宗，余故人也。方其在日，从未道及。余初未之信，嗣获见其《今事庐笔乘》数则，乃知所闻不虚。"并录汪允宗所撰之《今事庐笔乘》及《货书记》后曰："依是观之，则汪氏确有其书，而其书确已归于他人。余展转追寻，又似其书尚

在人间，惝恍迷离，莫可究诘，盖亦在若存若亡之际矣。"（同上）当时史学家多信之，若金毓黻《中国史学史》第六章"唐宋以来官修诸史之始末"："宋金亡后，南北统一于元，元承金制，《薛史》日湮。明成祖时辑《永乐大典》，悉采《薛史》入录，惟已割裂淆乱，非其篇第之旧。清乾隆中开四库馆，求《薛史》原本，已不可得，馆臣邵晋涵就《大典》中甄录排纂，其阙逸者，则采《册府元龟》等书之征引《薛史》者补之，仍厘为一百五十卷，其原书篇目，亦略可寻绎得之，设无《大典》，则《薛史》亡矣。《薛史》多据实录，故详赡过于《欧史》，而《欧史》后出，亦有可补《薛史》之阙遗者。故清代以二史不可偏废，遂并列于正史。或谓《薛史》原本尚未亡，初在皖人汪允中家，继归丁乃扬，乃扬珍惜孤本，不肯示人，世遂无有见之者。允中、乃扬，独不能效闻人诠覆刊行世，一旦付之劫灰，将奈之何，收藏孤本，秘不示人，等于窖金埋宝，有书亦等于无书矣。"然此事近辛德勇先生颇疑之，详见所撰《子虚乌有的金刻本〈旧五代史〉》一文（《困学书城》），洋洋洒洒，有理有据。

　　［三］少兰殁后，不知以何因缘归一彭姓者：按，此事郑逸梅于《〈百衲本二十四史〉独缺〈薛史〉》一文中揭出："溧阳人彭谷声，解放初写信给我，信中云：'《薛史》为海内著名孤本，先祖宦粤时所得，有鉴于《清明上河图》故事，从不轻示于人。抗战时期，弟亲自挑至皖南，始克保全。'（当时谷声曾请吴湖帆绘《千里负书图》以为纪念）谷声二十年前客死西陲，我曾写信给他的儿子长卿询及这事，得到长卿复信，大意说：'当时年幼，不知道这回事，或许父亲离沪时寄存戚友处也未可知。'但是经过查询，始终没有发现，成为一个谜了。"（《郑逸梅选集》第一卷）

　　［四］按，此亦存疑之态度。

　　［五］尝刻《月湖精舍丛著》劳季言格《读书杂释》为其中名品也：按，《月湖精舍丛著》当作《月河精舍丛钞》，《读书杂释》当作《读书杂识》。《月河精舍丛钞》为归安丁宝书辑，光绪四年至十二年（1878—

1886）吴兴丁氏刊本，收著作五种，其中以劳格《读书杂识》《唐尚书省郎官石柱题名考》《唐御史台精舍题名考》三种最精要。

> 栩栩蝶缘王太史，缥缃黄卷百箧存。
> 外孙庯臼受辛●日，论秤而尽辟疆园。

　　王胜之太史同愈，一字栩园，藏书百箧，有《栩园藏书目录》稿本[一]，余尝见之。就中王家齐●《金华金石志》稿本[二]，余所梦寐不忘者也。抗战以还，国中不靖，迭经忧患，遗书之存其外孙顾氏辟疆园者[三]，闻亦论秤而尽矣。

笺证

　　[一] 王胜之太史同愈（1855—1941）：王謇《流碧精舍师友渊源录长编》："王同愈胜之，多藏书，有《栩园藏书目》。" 王同愈《栩缘随笔》："余插架无多，然积年搜罗，亦略有七万余卷。旧刻精印之本，亦十有二三。斯架塞屋，需四五楹，始足分布行列。" 又："余蓄书六七万卷，率皆寻常板刻，惟取其备，不敢求其精，然已所费不资矣。"（《王同愈集》）传记详见顾廷龙《清江西提学使王公行状》及《王同愈先生事略》〔《顾廷龙全集·文集卷（下）》〕。

　　[二] 王家齐《金华金石志》稿本：按凌瑕《癖好堂收藏金石目》："《金华金石志》一册，王家齐。全文本有二卷，今只余目录而已。" 又《重修浙江通志稿》第四十五册"著述考"："《金华金石志目录》一卷，清王家齐撰。案：家齐，字无考，金华人。此书载《金华县志》，称有

● 原油印模糊，"辛"字，李本作空格，诗传本作"千"，误。按，"受辛"即"辤（辞）"字，典出《世说新语·捷误》之"魏武帝尝过曹娥碑下"条。

● "王家齐"，原作"王家斋"，据《癖好堂收藏金石目》改。

《金华金石志》二卷，未刻。"

［三］外孙顾氏：王同愈女王怀琬适顾瀚昌（见顾廷龙《清江西提学使王公行状》），子为我国著名化学家顾翼东（1903—1996），即王同愈外孙。

> 荆驼逸事众香国，草莽私编野史亭。
> 绝忆宿迁王观察，池东书库碧芸馨。

王果亭观察^{其毅}，宿迁人。藏明稗官野史甚多^[一]，有曰《明季野史汇编》者，有曰《明季稗野汇编》者，有曰《海甸野史》者，疑乃●搜集单行佚籍而综合之者，《禁书总目》无"汇编"之著录也；又有无撰人《今史存录》六卷，《劫灰录》六卷，闵予忱《枕函小史》五种四卷，明黄俣卿《倭患考原》一卷，明郭光复《倭情考略》一卷，不著撰人名氏《倭志》一卷，明许相卿撰《革朝志》十卷，钞本无撰人明《虐政集》一卷、《邪氛集》一卷、《倒戈集》一卷，三书尤为明季野史中异品。而明中叶及晚明●诗人僻集尤多，若旧钞本梁辰鱼《鹿城诗集》二十七卷，若陈道复《白阳集》十卷，文震亨《文生小草》一卷、《斗室偶和集》一卷、《一叶集》一卷，若僧豁堂老人《同凡草》九卷，若释法藏《三峰藏禅师山居诗》一卷，若江城释雁黄布衲吃雪大涵《黄山游草》^[二]，若李天直●《龙湫集》六卷附《明史弹词》一卷，与寒斋藏《昆山梁氏家谱》伯龙手稿，及潘晚香手校释晓青《碓●庵和尚山居诗》《杨柳枝词》^[三]，吴县顾氏燕营巢藏释晓青《高云堂集》^[四]，莫厘叶氏爱泽楼藏释敏膺《香域自求内外集》^[五]，吴县孙氏韑斋藏释德元《来鹤

● "疑乃"，清稿本无"乃"字，洪本"疑"作"拟"，是也。

● "晚明"，原脱"晚"字，据勘误表补。

● "李天直"，《瓠庐杂缀》作"李天植"，是。

● "碓"，原作"碓"，各本皆简体作"确"，当作"碓"。

庵诗稿》[六]，上海朱氏继日待旦楼藏今释《遍行堂集》[七]，南翔王氏南洋中学书库藏读彻《南来堂稿》[八]，南浔刘氏嘉业堂藏释南潜《丰草庵诗集》[九]，吴县叶氏治廥书库旧藏释纪荫《宙亭诗集》❺[十]，吴县张氏仪许庐藏释明印《听松窝诗钞》[十一]，可以互相印证者也[十二]。丁丑乱前，王氏尝总勒十间书屋所藏，专刻一簿录，曰《宿迁王氏池东书库目》[十三]，密行细字，书厚一寸许。抗战后❻，其书散入北地，有人见诸海王邨书肆中。闻已入某公藏，未知果确否？

笺证

[一]藏明稗官野史甚多：王謇《瓠庐杂缀·宿迁王氏池东书库所藏书》："宿迁王氏池东书库弆明季佚史綦夥：曰无撰人《今史存录》六卷；曰《劫灰录》六卷；曰闵予忱《枕函小史》五种四卷；曰明黄俣卿《倭患考原》一卷；曰明郭光复《倭情考略》一卷；曰不著撰人名氏《倭志》一卷；曰《明季野史汇编》二十九种；曰《海甸野史》二十八种；曰《明季稗野汇编》十一种；曰明许相卿撰《革朝志》十卷；曰钞本无撰人明《虐政集》一卷、《邪氛集》一卷、《倒戈集》一卷，三书尤为明季野史中异品。就中未著录入刊本，陈湖居士《荆驼逸史》及燕中海王邨坊刻《明季稗史汇编》中者必甚多，而明中叶及明季人诗文僻集尤夥：若旧钞本梁辰鱼《鹿城诗集》二十七卷，若陈道复《白阳集》十卷，若文震亨《文生小草》一卷、《斗室唱和集》一卷、《一叶集》一卷，若僧豁堂老人《同凡草》九卷，若释法藏《三峰藏禅师山居诗》一卷，若李天植《龙湫集》六卷附《明史弹词》一卷，与寒斋藏稿本《昆山梁氏家谱》，潘晚香手校《碓庵和尚山居诗》《杨柳枝词》，释敏膺

---

❺　原油印模糊，"宙亭诗集"，李本作"□斋诗集"，徐本作"□亭诗集"，诗传本作"窗亭诗集"，并误。按，释纪荫，字湘雨，号宙亭，康熙时僧人。

❻　"后"，原作"前"，据勘误表改。

《香域自求内外集》，均可互相印证。全藏数百簏，主人索直亿金，全国公私藏室之史遂无问津者，恐不数年后将尽饱蟫蠹之腹，亦可慨矣。予友张君令贻尝语予：王公名其毅，字果亭，曾任湖北道员。"（《江苏省立苏州图书馆年刊》1936年7月）

　　［二］江城释雁黄布衲吃雪大涵《黄山游草》：《民国吴县志》卷五十八中"艺文考六"王謇校补："大涵《黄山游草》六卷，宿迁王氏池东书库藏刊本。孙殿起《贩书偶记》作'江城释雁黄布衲吃雪释大涵'，康熙丙戌刊本。"

　　［三］潘晚香手校释晓青《碻庵和尚山居诗》《杨柳枝词》：《民国吴县志》卷五十八中"艺文考六"王謇校补："昆山潘晚香道根钞藏文稿一卷，题曰《碻庵文稿》。又《杨柳枝词》一卷，曾流入玉峰书肆。按'碻庵文稿'系安道陈先生'确庵文稿'之误；《杨柳枝词》一卷、《山居诗》一卷、《江雪压韵诗》一卷，则确为碻庵和尚著。余已着人至玉峰书肆购藏矣。"《琅琊王氏所藏吴中先哲遗书及掌故丛著目录》："《元宫词》一卷（毛晋子晋订）、《杨柳枝词》，碻庵晓青，精旧刊本，一册。"又："《碻庵山居诗》《江村压韵诗》，同上，一册。"

　　［四］吴县顾氏燕营巢藏释晓青《高云堂集》：《民国吴县志》卷五十八中"艺文考六"："晓青《高云堂诗集》六卷《文集》十六卷。"王謇校补："顾氏燕营巢藏刊本。王氏海粟楼藏刊本（近已散去）。"顾氏燕营巢，见本书"顾建勋"诗传及笺证。

　　［五］莫厘叶氏爱泽楼藏释敏膺《香域自求内外集》：《民国吴县志》卷五十八中"艺文考六"王謇校补："敏膺《香域自求内外集》十六卷。华山翠岩寺刊本，有御制诗题首。海粟楼藏精刊本，今归洞庭叶氏爱泽楼。"叶氏爱泽楼，见本书"叶承庆"诗传及笺证。

　　［六］吴县孙氏黉斋藏释德元《来鹤庵诗稿》：《民国吴县志》卷五十八中"艺文考六"："德元《来鹤庵诗稿》。"王謇校补："吴县孙氏

觐斋藏刊本。孙殿起《贩书偶记》作《来鹤庵诗草》四卷附《五峰诗草》一卷，康熙癸酉刊本。"孙氏觐斋，见本书"孙宗弼"诗传及笺证。

[七] 上海朱氏继日待旦楼藏今释《遍行堂集》：《民国吴县志》卷五十八中"艺文考六"王睿校补："今释《遍行堂集》十二卷《续集》十六卷。今释寓吴时与叶绍袁善，字澹归。南京图书馆藏《续集》十六卷，国学扶轮社即据以铅排行世。海粟楼藏《正集》十二卷，世极罕见；《文录》一册，张氏仪许庐藏叶调笙手写本；《诗录》一册，海粟楼藏绿格精钞本。册后有人朱书详考澹归和尚履历。"

[八] 南翔王氏南洋中学书库藏读彻《南来堂稿》：《民国吴县志》卷五十八中"艺文考六"："读彻《中峰苍雪诗文全集》四册（《明诗综》暨《感旧集》均作《南来堂稿》）。"王睿校补："《云南丛书》亦刊有《南来堂集》。南翔王氏据遂初堂残本新排印《南来堂稿本》。住持中峰寺。"按，详见王培孙民国二十九年所作《南来堂诗集》铅印本之《校辑缘起》。又姚光《南来堂诗集序》："今者，先生年跻七秩，适丁乾坤颓洞之会，同人欲为先生寿者，先生谢焉，爰出此校辑《南来堂诗集》相示，其意深远矣。同人乃付印流布于世，盖亦不第为先生遐龄之祝，而以永国脉无穷之传也。"叶景葵《卷盒札记》："王培孙七十生日，同学醵金为刻所辑注《南来堂诗集》，余曾赠以三十元，分得书三部。集为苍雪大师著，即梅村诗所称苍公，顺治间殁，且有关于明清之际文献，传本极稀。王氏此辑，颇有价值，非泛泛佞佛者比。"（《叶景葵集》中册）

[九] 南浔刘氏嘉业堂藏释南潜《丰草庵诗集》：《民国吴县志》卷五十八中"艺文考六"："南潜……《丰草庵诗集》十一卷。"王睿校补："卧龙街存古斋有《丰草庵诗集》原刊本。"

[十] 吴县叶氏治庽书库旧藏释纪荫《宙亭诗集》：叶昌炽《五百经幢馆藏书目录·集部》："宙亭诗集廿八卷，旧刻本，八册。"按，《民国吴县志》卷五十八中"艺文考六"王睿校补："释纪荫《宙亭诗集》

二十八卷。按吴县叶氏昌炽《缘督庐藏书目》载：'《宙亭诗集》二十八卷，旧刻本，未详撰人。计（一）明白庵草（二）镜清楼草（三）天山阁草（四）至（十）大中堂草（十一）双松草堂草（十二）南洲倦笔（十三）语鸥语（十四）九连阁草（十五）藏云室草（十六十七）甲子诗稿（十八）萍香草（十九）丁卯薄言、戊辰长语、己巳残吟（二十）雪椒松吹（廿一）宙亭寒籁（二十二）高梧轩草（二十三）得一堂随录（二十四）甲戌微吟（二十五）乘槎吟（二十六）冷酷斋稿（二十七）芋炉检稿（二十八）盘秋瘏言。'宙亭纪荫为卑牧式谦弟子，卑牧为弘储弟子。"

［十一］吴县张氏仪许庐藏释明印《听松窝诗钞》：《民国吴县志》卷五十八中"艺文考六"："明印《听松窝诗钞》。"王謇校补："张君辛楣仪许庐藏精刊本。明印，字九方，《听松窝诗钞》为其徒实暹等刊。"

［十二］按，王謇又有两跋可与以上所列诸僧集互参，并摘录于下。《香谷大师遗集跋》："《香谷大师遗集》，二册。明季忠义之士遁入空门，其善诗者曰澹归今禅师、宙亭纪禅师、香域膺禅师。澹归《遍行堂集》，法网既疏，粤中有嘉道刊本。膺禅师集，东山叶氏爱泽楼有藏本。独香谷纪禅师集少传本，余求之二十年始得之，可谓难矣。纪禅师集向不载我吴志乘中，五百经幢后人敝屣祖藏，始一见诸海上书林中，与膺、澹诸子可以并驾齐驱。香谷大师此作亦如骖之靳矣。丙申立夏，无诤。"《馆藏经籍跋文·灵岩纪略内篇二卷》："《灵岩纪略内篇》二卷，明白庵退翁储和尚述意，嗣席门人雪庵殊致辑。……宿迁王氏池东书库藏释大涵雁黄《黄山游草》六卷，邑孙氏鼒斋藏德元《来鹤庵诗稿》，邑顾氏燕营巢藏释晓青《高云堂诗集》六卷、《文集》十六卷，邑王氏海粟楼藏释敏膺《香域自求内外集》十六卷，皆与弘储有师徒谊而为明季遗老子弟中之矫矫者。正不仅石涛、渐江、髡残、八大山人辈寄忠愤之气于艺事之余已也。"

［十三］《宿迁王氏池东书库目》，全名《宿迁王氏池东书库简目》，四卷，王其毅编，有民国排印本。

幽愤读以调琴瑟，饥肉寒衣孤寂朋。
石莲闇主刘传审，秋井草堂鬼谷登。

章式之太史钰[一]，取宋尤延之"饥读当肉，寒读当衣，孤寂读当友朋，幽忧读当金石琴瑟"语，名其斋曰"四当"。已不甚藏精本书，而版本之学极精。海丰吴氏石莲闇所得许印林、李方赤校宋本《说苑》、嘉兴沈氏海日楼所得劳巽卿秋井草堂校宋本《鬼谷子》，均其经眼审定，集中有跋语也[二]。又有钱遵王《读书敏求记校注》、司马温公《资治通鉴宋本校记》两刻本，其大体可知矣[三]。

笺证

[一] 章钰（1865—1937）及四当斋：详见张尔田《先师章式之先生传》（《四当斋集》卷前）。

[二] 集中有跋语：即章钰《许印林李方赤校说苑跋》《劳巽卿校鬼谷子跋》两跋，载其《四当斋集》卷二。又顾廷龙《章氏四当斋藏书目》卷上之三"子部儒家类"及"杂家类"，分别录有章氏跋文。

[三] 清宣统元年上海国学扶轮社铅印本《龚定盦全集·原刻吴序》附有张公绂题记"章君式之据祝心渊"云云，王謇朱笔注云："章钰，吴县人，字式之，光绪进士。善校勘学，著有《读书敏求记校注》《通鉴宋本校记》《四当斋集》及《藏书目》，均刊行于世。"亦详见张尔田《先师章式之先生传》。按，《读书敏求记校注》当作《读书敏求记校证》，《通鉴宋本校记》全称《胡刻通鉴正文校宋记》。

云淙琴趣通词髓，宛委书丛衍巧心。
夏郑邵张四君子，耆儒宿学集题襟。

邵伯絅太史章[一]，承其祖位西懿辰之学，校刊位西所撰《四库简明

目录标注》[二]。善词，著有《云淙琴趣》，庚午●自刻之[三]。与江阴夏
孙桐润枝、高密郑文焯叔问、淳安邵次公瑞彭、钱唐张尔田孟劬友善。又
善书，京师城门擘窠榜书，其手笔也[四]。

笺证

[一] 邵章（1872—1953）。

[二] 承其祖位西懿辰之学，校刊位西所撰《四库简明目录标注》：
邵章子邵友诚1958年6月所作《增订四库简明目录标注编辑后记》：“先
曾祖邵懿辰撰《四库简明目录标注》二十卷，先父邵伯䌹于一九一一年
（宣统三年）刊板印行。”

[三] 按，庚午为1930年，清稿本作“改制十九年”即是。杨旭辉
《叙录》：“邵章《云淙琴趣》三卷，为民国十九年刊本，辽宁省图书馆
有藏，邵氏著作在解放后印行者为1953年油印《倬庵遗稿》不分卷，
复旦大学图书馆、南京图书馆有藏。《续补》油印本误将后者误作《云
淙琴趣》。”

[四] 又善书，京师城门擘窠榜书，其手笔也：巢章甫《海天楼艺
话·邵伯䌹》：“杭人邵伯䌹章，翰林中能榜书者，无出其右者。故京
宣武、崇文诸门额，皆出其手。门额字遥望不过径一二尺，其实则径
丈。氏之书此，当中年精力弥满时，今亦腕不济矣。氏又工词，与淳安
邵次公并称二邵。集曰《云淙琴趣》。旧京词人，推俞阶青姻丈齿最尊，
邵翁亦年逾古稀矣。”按，本诗传此处盖脱胎于巢氏。

● “庚午”，原作“解放后”，据勘误表改。

> 不豪而逸四公子，乃大有容一代真。
> 身后沧桑谁管得，松楸剪伐吊斯人。

吴君遂主政保初^[一]，为安庆吴壮武公长庆长君。与海丰丁叔雅惠康、义宁陈散原三立、顺德罗掞东惇曧，人称"清季四公子"^[二]。至性惇悫纯孝，朝鲜靖乱之役，武壮遘疾金州，君刲膺肉和药以疗。任秋审处帮办主稿，明法励职，不畏强御，不侮贫弱。三年俸满，得御史，以整朝纲，乃遇臧仓之阻。归里后，复出游京津，游鄂、游沪，竟卒于沪上，年四十有五耳。遗命乐此邦风土，不归葬，才葬于上海静安寺侧第六泉畔。著有《北山楼诗文词集》。见陈子言诗●《尊瓠室诗话》^[三]及康长素有为所为墓表。近以静安寺侧墓地征为公用，君墓亦迁徙矣。

笺证

[一] 吴保初（1869—1913）。

[二] 清季四公子：即"清末四公子"，然罗惇曧向不与其列，丁惠康时与陶葆廉相替，徐一士《一士类稿·陈三立》："当是时，散原共谭壮飞（嗣同，湖北巡抚继洵子）、陶拙存（葆廉，陕甘总督模子）、吴彦复（保初，故广东水师提督长庆子）以四公子见称于世，皆学识为一时之俊者，而陈、谭二公子之名尤著（丁叔雅惠康，故福建巡抚日昌子，时亦有名，四公子之称，或以丁易陶，原非固定也）。"伦明《辛亥以来藏书纪事诗》、汪辟疆《光宣诗坛点将录》卷四"吴保初"，亦以丁惠康、吴保初、陈三立、谭嗣同为四公子。下则"丁惠康"诗传笺证引姚梓芳《丁惠康传》亦以丁、吴、陈、谭为"四公子"。

[三] 陈诗《尊瓠室诗话》卷三"吴彦复师讳保初，号君遂，武壮

● "诗"，原与正文字号同，依例改作小号字。

公仲子也，至性悫殷。年十六，父遘疾金州，先生往省，剖膺肉和药以疗。武壮既卒，有司以闻。德宗念武壮朝鲜靖乱勋，悯先生纯孝，特授主事。服阕入都，分兵部学习。为闲曹，因得师事父执宝竹坡少宗伯（廷）讲论诗法，与宗伯子寿富为至友。所交皆一时名流，酬酢往还，饫闻故实，学术乃有根柢。岁乙未三月，补授刑部贵州司主事。引觐，赋诗纪恩，有'圣人南面终忧勤，神农憔悴舜霉黑'之句。既莅任，考律经年，得兼秋审处帮办主稿，明法励职，不畏强御，不侮寡弱。有豪贵宗室裕长、裕禄、裕德等，因争袭公爵，假钱债事，迫逐其从兄理藩院候补员外郎裕善客死于外，遗妾董氏携子如格来归，裕长等复讼而逐之。先生廉得其情，援律力驳，如格等乃得住京，不销旗档。丁酉秋，朝廷下诏求言，先生陈时事疏，略谓：'皇上宜亲贤正，远邪佞，乾刚独断，则万机咸理。若魁柄下移，则国非其国矣。'尚书刚毅恶其言切直，抑不代达。先生忿诟之，遂挂冠归。一时僚友赋诗饮饯，都门称盛。先生原志三年俸满，冀保升御史，一施弹劾，以整朝纲。今乃遭臧仓之沮，天也。先生九月归里，余于戊戌春亦由海上归，乃师事焉。先生旋出游鄂，游沪，游京、津，贫依故人为食客，终不复仕，自号瘿公。卒亥夏，以中风疾南归，卧床两载。癸丑上元后一日，卒于沪，年四十有五。遗命乐此邦风土，不归，葬于北郊静安寺侧第六泉畔。著有《北山楼诗文词集》。"

　　书楼艺海万余卷，牙将持符一但❶倾。
　　逆取顺传佳公子，斐然文采亦空楹。

　　海丰丁叔雅部郎惠康，为苏抚雨生中丞日昌长君。好学能诗，不失

---

❶ "一但"，清稿本作"一旦"，是。

为佳公子[一]。太平军义师既失利[二]，中丞首苞吴任。而我吴甫桥西街辟疆园顾氏艺海楼[三]，因曩聘鉴别家徐子晋康与太平军要人有旧，所藏图书彝器之属，尚翼蔽之而封锁无恙。讵怀璧其罪，太平军失利后，一日，忽有牙将、材官之属数十人，汹汹持令箭搜抄，名曰"惩通敌，封逆产"，而所封者，悉系雅物，田园屋宇之属不计焉[四]。顾氏先德为湘舟沅，所藏黄荛圃、顾抱冲故物而为顾千里所审定者，类皆宋元上驷及明清稿钞校刻之属。叔雅作故[五]，前后流落海王邨市肆者[六]，多有艺海楼藏印。上海涵芬楼得之以影印入《秘笈丛刊》之《姑苏名贤小纪》等[七]，其一鳞片爪也。而丁自辑之《持静斋书目》暨莫友芝邵亭代辑之《持静斋藏书纪要》[八]，且公然以有艺海楼藏印书自夸，亦奇异矣。艺海楼中下驷，当日丁氏以授藩司杭人吴春帆煦[九]。吴氏殁后，南翔王培荪植善以二万金得之[十]。有《吴郡文粹》正、续合编，再加补辑之《吴郡文编》八十册，每册约二百叶[十一]。王氏，忠厚长者也，重违我乡先辈孙伯南宗弼请，以均分原价之半银四百元廉让归顾氏后人[十二]，俾津逮我吴修志事业。惟《吴郡诗编》已不可踪迹，大约误入上驷，分归丁藏，而早散于京市矣。近年王氏藏书扫数捐入合众图书馆，其中黄梨洲宗羲《明文海》原稿最足本，远胜于上海涵芬楼所印四库珍本者，亦名品也。清季瞿、杨、丁、陆并称藏书四大家[十三]，叶著《藏书纪事诗》于丁氏独付诸阙如[十四]，有以❶也[十五]。

笺证

[一]海丰丁叔雅部郎惠康（1869—1909），为苏抚雨生中丞日昌长君。好学能诗，不失为佳公子：姚梓芳《丁惠康传》："光绪季年有以文学著称都下者，曰丰顺丁惠康，字叔雅，自号曰惺庵。父雨生先生，

---

❶ "有以"，原作"之可异"，据勘误表改。

由诸生起家至巡抚，历江苏、福建，有能名。去官后侨居揭阳，颇以图籍自娱熹，一时海内名流习与先生游者，多不远千里买舟造访，极文酒园林之乐。君时方垂髫，侍先生侧，未有头角标异，顾于一二巨人长德论学次第，已能默识其条理。先生既卒，君稍长，颇豪宕不自检，既而忽自痛悟，大刮磨豪习，闭户力学，尽发所藏书读之。自诸经外，周秦以下百家九流、训诂词章、金石之学，悉泛其涯间。或落笔为文，辄高异趣，寄幽远，风骨遒上，论者谓其有魏晋人风格。于世俗科第龌龊之习，觇之若无有然。积数年，遂斐然有述作之志。……平生所为诗文懒不自收拾，罗瘿公、姚君恳从君徒友搜辑之，得若干首，次为《丁征君遗集》。其他所欲著均未就。君学与才使天假之年，皆可至古人夐绝之境，览者自得之，兹不悉著云。……君以名公之子负淹雅才，名声流溢公卿间，世或以义宁、浏阳、庐江相比况，称四公子。君闻之大喜，厚自矜负，常不欲以小就自贬削。岂知其才既不见用于时，并其学之可以有成者，亦未必终有传于后。介甫有言'穷亦为之、夭亦为之'，今君亦然。悲夫！"（《丁叔雅遗集》卷首）陈衍《石遗室文集》卷二《丁叔雅征君行状》："君讳惠康，字叔雅，自号惺庵，广东丰顺人。父日昌，以诸生起家，官至福建巡抚，所至政绩有声。君其第三子。少豪宕不羁，然习闻庭训，学问皆粗知门径，忽翻然有悟，痛刮磨旧习，发箧陈书读之。时巡抚公已卒，家有园林，富图籍。相传同治初元，上海郁氏宜稼堂之书散出，巡抚公适官苏松太道。其旧椠名校、精钞，大半为所得。若宋刊世綵堂《韩文》、程大昌《禹贡论》、《九朝编年》、《毛诗要义》、《仪礼要义》、金刊《地理新书》等，或云十种，或云五十余种，均归持静斋，其最著者矣。君于经史、百家、九流、训诂、词章、金石之学皆泛其涯。落笔为文，有魏晋间人风格，人亦如其文。虽为邑诸生，不屑求科举。虽为部郎，未尝分部学习也。……与曾习经、陈衍、姚梓芳、吴保初、罗惇曧数人交最密。……遂以宣统元年四月晦日卒于京师。"(《陈石遗集》上册）又翁同龢《翁同龢日记》光绪二十二年丙申（1896）四月廿二日（6月3日）："丁惠康（号晋卿，行三，雨生之子也，年三十，其兄癸巳副榜）来见，具言其两弟皆殁，家世凋零，闻之闷叹。此人尚秀，口迟。"

［二］中丞首莅吴任：按，丁日昌莅苏任江苏巡抚时在同治七年（1868），九年（1870）由张兆栋接任。见《民国吴县志》卷六"职官表五"，又见卷六十四"名宦三"本传。

［三］甫桥西街辟疆园顾氏艺海楼：《民国吴县志》卷三十九下"第宅园林"："艺海楼收储金石书画书籍，摹勒古碑帖凡数百种。楼之前有传砚堂，为（顾）沅之曾祖济美开藩滇省，赐有端砚，子孙相传，因以名堂。又有吉金乐石之斋、金粟斋、吟香阁、白云深处心妙轩、据梧楼诸胜，为名士文讌之所；思无邪斋为子侄辈会文之所，并建苏文忠公祠于其中（互见'祠宇'）。咸丰庚申之乱，所藏书籍碑版均散失，园遂荒废，苏祠亦划入定慧讲寺，园址所存，不及其半（《表隐》参访稿）。"同书卷六十八上"列传六"："顾沅，字湘舟，济美曾孙。生有异禀，不事浮华，喜收藏宋元旧籍及金石文字，筑艺海楼储之，图书之富甲于东南。家故有辟疆园，饶泉石亭馆之胜，所交游多名流耆宿，赏奇析疑，日觞咏其中。姬侍亦皆能弦诵，工绘事，尝画《绣余读书图》，遍征题咏，风流文采著称于时。著有《元妙观志》八卷、《诗文集》若干卷，手辑《吴郡文编》二百四十六卷，校刊《赐砚堂丛书》百种。出家藏《五百名贤图》勒石沧浪亭。摹勒《秦东门关汉东海庙碑残字》《梁旧馆坛碑》，传于世（家述）。"叶昌炽《藏书纪事诗》卷六"顾沅湘舟"："吴下名园顾辟疆"诗传："昌炽案：湘舟辟疆园在郡城甫桥西街，庚申之劫，其所藏尽为丰顺丁中丞捆载以去。《持静斋书目》所著录，多其家书也。"王欣夫补正摘录艺海楼及顾沅生平资料甚详，又详见于潘锡恩《湘舟顾君小传》（载《吴郡文

编》第六册后）。

[四] 丁日昌掠夺艺海楼藏书，王同愈《栩缘文存》卷一《〈吴郡文编〉跋》："越三十四年，咸丰庚申，赭寇陷省垣，时先生（引按，顾沅）已归道山（先生生嘉庆四年，卒咸丰元年），嗣孙康如茂才，年尚幼，苍黄避地，金石图书之属，委而去之。同治癸亥冬，苏城克复，丰顺丁公日昌入城安抚，即驰赴先生园第（甫桥西街辟疆园），盖耳先生名，欲藉以一探琅嬛也。于是艺海楼之孑遗，悉为持静斋之珍秘，其漂散在外者，尚不知凡几（传钞秘阁本，为仁和朱氏所收居多，见《结一庐书目》）。比康如归，知敝庐无恙，翳惟丁公之力，遂亦不复他及。而先生之藏弆，既无簿录可稽，即遗著亦鲜有能举之者。"（《王同愈集》）按，丁日昌莅苏任江苏巡抚时在同治七年，此云同治癸亥（1863）冬，盖粗记之耳。"知敝庐无恙，翳惟丁公之力"，而本诗传则谓是徐康"与太平军要人有旧，所藏图书彝器之属，尚翼蔽之而封锁无恙"，未详孰是，俟考。

[五] 卒于宣统元年（1909）。

[六] 前后流落海王邨市肆者：按，持静斋书之散出，丁惠康远在京师，未必知晓。伦明《辛亥以来藏书纪事诗·丁日昌（一）》："中丞次子惠康，字叔雅，能文章，负志节，与妇不协，弃家出游。晚居京师，嗜青花磁及古琴，时亦购书。与余订南归观书之约，然叔雅实无归志，且不知持静斋之所有已成漏卮也。"又同书《丁日昌（二）》："持静斋书之散出，世人多不知其故，亦不知其始于何时。以余所闻，揭阳城内有书店多家，专伺丁书。书之出也，悉由婢仆之手，多少精劣全缺不一。久之又久，而书已尽。广州有华英书局者，亦分支店于揭阳，有所得，随寄广州。余所见最精者，有《禹贡图》《毛诗要义》，文与可《画絮》等。问其值，不觉咋舌。盖始得时所欲甚奢，既不谐，则之上海，值亦因时与地而递减。惟所见有《书目》以为宋本

而实明本者，如《唐文粹》之类，不能忆也。乙卯岁，华英挟《持静斋书目》板片归，遂不复去，书当尽于此时矣。后闻《禹贡图》归刘晦之，《毛诗要义》归李经迈，《画絮》未知流落何所。"又徐信符《广东藏书纪事诗·丁日昌·持静斋》："惟持静斋所藏，入民国后，悉已播散。揭阳城内，有书店多家，皆为北平、上海估客，专窥伺其书而设。其书之出，多由婢仆之手，宋元抄校，别无所择，俱以贱值辇载而去。"

[七]《秘笈丛刊》：即孙毓修编《涵芬楼秘笈》，全十集，于1916至1921年在上海商务印书馆印行。按，《姑苏名贤小纪》，《民国吴县志》卷五十八下"艺文考八"："文震孟《姑苏名贤小纪》二卷。"王謇校补："心矩斋蒋氏刊本。海禺瞿氏有钞本（王氏二十八宿砚斋同，北海书库藏万历原刻本）。"然《涵芬楼秘笈》未收入此书，其第七集有影印吴枚庵手写本清人徐晟《续名贤小记》一册，当系误记。

[八] 写作《持静斋藏书纪要》之经过，见莫友芝《郘亭文补》卷二《持静斋藏书纪要序》（《莫友芝诗文集》下册）。

[九] 吴春帆煦：按，"春帆"当作"晓帆"。江澄波《稿本〈吴郡文编〉》："吴煦（1809—1873），字晓帆，号荔影，清钱塘（今杭州市）人。历官江苏宜兴、吴江、嘉定等县知县。后署苏松太道驻上海，奉命向英美法等国借兵镇压小刀会起义及太平军，升署江苏布政使。喜藏书。"（《吴门贩书丛谈》下册）

[十] 南翔王培荪植善，见本书诗传及笺证。

[十一]《吴郡文编》八十册，每册约二百叶：《民国吴县志》卷五十八下"艺文考八"："顾沅《吴郡文编》二百四十卷，《诗录》一百卷（见陆长春《梦花室骈文稿·顾湘舟五十寿序》。原稿藏曾孙大荣许，作二百四十六卷）。"王謇校补："曾孙大荣藏手稿本八十册。"又云："《诗录》已佚。"按，此《诗录》应即指下文所谓"已不可踪迹"

之《吴郡诗编》，潘锡恩《湘舟顾君小传》："辑而未刻者，《吴郡文编》二百四十卷、《吴郡诗录》一百卷。"（转引自《藏书纪事诗》王欣夫补正）王同愈《栩缘文存》卷一《〈吴郡文编〉跋》："《吴郡文编》，长洲顾湘舟先生手辑，都二百四十六卷，装八十巨册，册百余叶，二十二行，行二十三四字不等，综其数当不下百万言。于郑、钱、吴三家外，多至三倍，备哉灿烂，洵三吴文献之渊海哉！书成于道光七年，以卷帙繁重，剞劂有待。而当时搜访甄采，传录校勘之勤，与夫舟车廪厨、灯火笔札之类，时历三载之久，更费浩穰，幸而成书，力亦殚矣。"按，"原稿藏曾孙大荣许""曾孙大荣藏手稿本八十册"，曾孙应为玄孙，大荣即顾翼东，顾翼东《〈吴郡文编〉的保存经过》："《吴郡文编》八十册，二百四十六卷，系我高祖湘舟公（名沅）所辑。"

　　[十二] 重违我乡先辈孙伯南宗弼请，以均分原价之半银四百元廉让归顾氏后人：王同愈《栩缘文存》卷一《〈吴郡文编〉跋》："又越五十余年，先生曾孙浩臣，余女夫也。以余粗知艺海故事，饫闻而心慕之，慨然思拾先人之坠绪，辟宅之西偏为艺海小筑以见志。荒摊冷市，不懈勤求，所得部帙，如《赐砚堂丛书》《元妙观志》等。鼎彝之属，廑于某家购获商祖癸角一器。岁戊午，孙君伯南于上海南洋中学校长王培孙许获睹是编，煌煌巨著，动色相告，浩臣惊喜欲狂，遽割五百金购归，庋之艺海小筑，曰：'庶几不虚此筑已，他长物可有无尔。'"按，浩臣，即顾瀚昌，王同愈长婿。《栩缘文存》卷一《方兰士山水长卷》："庚子秋八日，长女怀琬于归武陵顾氏，翌日偕婿浩臣来见，予赠以书卷两事。浩臣为湘舟先生之曾孙，先生精鉴藏，图书金石之富甲于三吴。庚申后，秘香阁劫余尽为丁禹生中丞辇载以去。予服官京师，犹时见小册短简有先生藏印。乃知漂散人间者亦复不少。……光绪辛丑二月栩缘补识。"顾翼东《〈吴郡文编〉的保存经过》："《吴郡文编》……书成于清道光七年（一八二七），于

同治二年（一八六三）散失（见我外祖栩缘老人所书跋），直至民国八年（一九一九），才由先父（浩成公，名瀚昌）购归，历时五十六年。"（顾沅《吴郡文编》第一册）潘景郑《著砚楼读书记·钞〈吴郡文编〉跋》："顾湘舟先生《吴郡文编》一书，网罗故实，征考文献，诚千古不朽之盛业。稿曾流散，其后人以重值收归，颇自矜秘。予曾见之，装订八十厚册，洋洋大观，洵奇书也。吾友王君佩诤，关心乡邑文献，曾写得其目。予转辗乞假录副，藏诸箧中。"孙伯南宗弼（1868—1933）：王謇《流碧精舍师友渊源录长编》："孙伯南名宗弼，善经学。"汪葆楫《孙伯南先生事略》："先生名宗弼，字伯南，号式甫，又号艵斋，又自署讱，号伯讱。汶民先生元子也。汶民先生名传凤，有《汶民遗文》一卷刊江氏《灵鹣阁丛书》中。先生光绪十八年（1892）岁试吴庠第二十四名。同治七年（1868）十月二十三日生，民国二十三年（1934）正月初六日卒，享年六十有六。"（《文史资料选辑》第 12 辑，1984 年）吴梅《瞿安日记》卷七甲戌年正月初八日（1934 年 2 月 21 日）："午间得仲培函，知伯南于初六日去世。"《民国吴县志》卷五十六下"艺文考二"王謇校补："孙宗弼《小汶民诗文钞》。"

[十三] 清季瞿、杨、丁、陆并称藏书四大家：蔡贵华《校补》："清季藏书四大家为瞿镛、杨以增、丁丙、陆心源。'丁'并非指丁日昌、丁惠康父子的持静斋，原著者王謇误。"诸伟奇《书城掌故 嘉惠学林》："其实，'清季藏书四大家'，依据藏书数量、质量和影响，习惯上是指杨氏海源阁、瞿氏铁琴铜剑楼、陆氏皕宋楼和丁丙、丁申的八千卷楼。丁氏持静斋虽雄富，然与此四家尚差一头。《藏书纪事诗》于丁丙、丁日昌皆有记述（分别见卷七、卷二），佩翁恐忽略了。"（《古籍整理研究丛稿》）

[十四] 叶著《藏书纪事诗》于丁氏独付诸阙如：按，叶昌炽《藏

书纪事诗》并未阙丁氏，卷二"周文襄忱"附有"国朝丁日昌禹生"："丁中丞名日昌，字禹生，广东丰顺人。同治间，开府吾吴，御吏严而爱民如子。身后谤誉参半，实则精明慈惠。文襄之后，能福吾吴民者，公其一也。藏书极富，其为上海道时，宜稼堂郁氏宋元旧本，都归插架。有《持静斋藏书目》五卷。"徐雁、谭华军《续补藏书纪事诗传》："王謇《续补藏书纪事诗》以为叶昌炽《藏书纪事诗》无丁氏诗、传，误。清季四大藏书家之'丁'氏乃丁丙、丁申兄弟，非丁日昌；况叶氏《藏书纪事诗卷》卷二有'国朝丁日昌（禹生）'诗、传甚详，并无贬词，且以丁日昌中丞为'能福吾吴民者'。"

[十五]按，王謇另有《重印玄妙观志跋》，可与本诗传互参："《玄妙观志》为乡先辈顾湘舟明经撰。湘舟劬著作，富藏弆，所居艺❸海楼，左图右史，既充牣箧笥，复得同时藏书家黄荛圃、汪阆源辈互相通假，故纂述益富，所著有《吴郡文编》百余卷、《吴郡诗录》百卷、《吴郡金石志》二十四卷及《吴郡名贤图赞》《韩蕲王祠墓志》《苏亭小志》等不下十余种。叠见同邑叶鞠裳先生《藏书纪事诗》自注、归安陆氏长春《梦花室骈文体稿·顾湘舟五十寿序》及湘舟自撰《沧浪渔父小传》石刻。叶著有元和江氏灵鹣阁刻初稿本、家刻校正足本二种，陆著南浔刘氏嘉业堂近为刊行，石刻今陷定慧寺西廊壁间，原文具在。湘舟所藏金石经籍书画，洪杨之乱，尚历劫未磨，苏城克复，竟为丰顺丁氏遣材官持军符豪夺去。今《持静斋书目》著录各书，多称有艺海楼藏印，其明证也。其下驷，则以归诸吴晓帆方伯煦。清季吴氏中落，所藏归南翔王培孙先生植善，湘舟子孙复从王氏赎还。《吴郡文编》稿本，密行细字，计八十厚册，就康熙《府志》以前，连太仓区域按志乘集文总目编次，《自序》有'专备后之修志者有所稽考'之语。然子孙竟什袭珍藏，绝

---

❸"艺"，原误作"藏"。

不轻以示人。《诗录》《金石》两书久佚。《名贤图赞》及《韩墓》《苏亭》两志，间有传本。《玄妙观志》传本更尠……"

> 七言律句西江体，一代耆英南阁尊。
> 雒诵散原精舍集，弘文星海亦探原。

陈伯严进士三立[一]，为义宁陈右铭中丞宝箴长君。早岁即为南皮张香涛之洞所器重，晚年自号"散原老人"，著有《散原精舍诗文集》。所著碑铭传状之属，为●当世所重。诗宗西江，亦与光宣间盛行一时之"冷宋诗"味别盐酸也。令子衡恪，工六法，擅刻印；寅恪博闻强识，精史学；方恪，能诗，并有声于时[二]。

笺证

[一] 陈三立（1853—1937）。

[二] 关于此诗传之漏略，陈声聪《兼于阁诗话》卷四"瀣粟楼藏书纪事诗"："又陈伯严一条，在清光绪十九年，其父陈右铭官湖北提刑时，借湖北杨惺吾在日本所得宋本《黄山谷内集》及朝鲜活字本《外集》《别集》刊于湖北，越七年始蒇事，散原实董其役。此皆是书林中胜事，亦漏而未说……"

> 尉迟瘝臂针罗什，老病死生苦历经。
> 欧公再世伶官传，应许伊川侠者型。

罗㧑东部郎惇曧[一]，与袁寒云克文为至友，而不以项城帝制为然，被

● "为"，原误作"极"，据勘误表改。按，清稿本作"极为"。

命辄辞。贫病交迫，受注射极夥，其绝命前诗句，有"吞针一钵如罗什，袒臂瘢痕似鄂公"语。黄晦闻节序谓"瘿公与世可深而不求深于世"，于瘿公品性昭然若揭。名演员程砚秋初露头角时❶，瘿公顾曲无虚日，延誉不绝，作曲极致其力。身后，程为经纪其丧，盖亦古之人也[二]。

笺证

[一] 罗惇曧（1880—1924）。

[二] 按，清稿本此诗传末标明"见郑逸梅《近代野乘》"，即《近代野乘》中之"罗瘿公之最后绝笔"条，然此条似又本自黄濬《花随人圣庵摭忆》之"罗瘿公之死状"条。又陈声聪《兼于阁诗话》卷二"顺德二罗"条，略述"瘿公病状最苦"，亦可参看。罗惇曧与程砚秋关系，汪辟疆《光宣诗坛点将录》卷六"罗惇曧"及王培军于二人交谊之笺证甚详，可参看。

明史考证攟逸补，孤本杂剧提要工。
遏云古调兰陵王，铜琶铁板大江东。

王君九季烈[一]，莘卿太史之哲嗣[二]。承其先业，著有《明史考证攟逸补遗》。又著《元明孤本杂剧提要》，上海涵芬楼为印行之。自藏曲本亦多。善昆曲，作正净腔，每发音，遏云绕梁，作霸王鞭、霹雳鸣。戏曲考证家谓，《兰陵王·入阵曲》为大面之滥觞。大面者，吴俗称"正净"也，吴人士柔弱，少能之者。幼时仅闻一尤姓设汤溲圆糕餐肆者娴此技，后此在曲局中者即不甚称职，太史洵昆曲中净角之后劲矣。太史又与刘凤叔编订《集成曲谱》[三]，自撰《螾庐曲谭》，皆可传之作也。

---

❶ 此句前原有"瘿公为"三字衍文，据勘误表乙去。

笺证

［一］王季烈（1873—1952）及著作：王謇《流碧精舍师友渊源录长编》："王季烈君九，善词曲。弟季点，字琴希。"又："王君九，名季烈，善骈文，兼善度曲。弟琴希，名季点，善究词律去上。"《民国吴县志》卷五十六下"艺文考二"王謇校补："王季烈《螾庐曲谈》《螾庐文存》《明史考证攟逸补》。"

［二］"莕卿"亦作"芋卿"，即本书之王颂蔚。

［三］王謇《瀞粟楼藏书目（下之下）》："《集成曲谱》三十二册，王季烈、刘富孙编，涵芬楼石印本。"按，此书三十二卷，民国十四年商务印书馆石印本。编者刘富孙当作刘富樑。

词腔细谱万红友，韵本重雕菉斐轩。
千里泽民今不作，清真去上孰钩玄。

王琴希季点[一]，君九太史之介弟也。留学日本，攻工科，大学毕业于日本。历任国内工业学校校长。又能填词，熟谙宋人律吕家去上声精义，见诸著作[二]。盖取诸大家所作谱，絜短衡长，以折衷壹是者。

笺证

［一］王季点（1879—1966）事迹略见上"王季烈"笺证。其又曾介绍王謇出让所藏郑文焯原藏信札与戴亮吉，见本书"郑文焯"诗传笺证。

［二］熟谙宋人律吕家去上声精义，见诸著作：按，指王季点《宋词上去声字与剧曲关系及四声体考证》。该著有王季点自印油印本，其封面"内容概要"云："证明上声、去声字在歌曲内之区别，始有宋词中柳永、周邦彦等创作调，而在接近句末叶韵处及拗句，尤为重要。详举词内用去声字各通则，且知上、去声字须交互配用，两上声字不宜叠

用，去声字特别发调等，多与曲律符合，南北曲及现行剧曲上、去声字之区别，殆以宋词为基。又四声体始自柳永、黄庭坚等偶然之作，为词中特别体裁，与诗词和韵、集句及回文体等相类，并由白石集旁谱及词源结声等，辨证词之歌法音谱，与四声体无关系。本编考证各项大半为著者新发见，他书不载，向未被人注意者也。"

藏书绝句征鸿博，李代桃僵作望堂。
不有之江守藏史，朱张夷逸孰评量。

王季芗教授葆心^[一]，曾撰《藏书绝句》^[二]，辨别版刻源流，与我乡叶鞠裳昌炽《藏书纪事诗》之征溯藏弆源流者，可称两绝。文艺家有论诗、论词、论曲诸绝句，美术家有论书、论画、论印、论琴诸绝句，目录版本家不可无此两作也。上虞罗子经振常印此作于上海蟫隐庐书林，误作者为杨惺吾守敬^[三]，若无人揭季芗名氏于《文澜学报》"文献专号"^[四]，则郑笺《诗》而郭注《庄》，究为何人，无人知之，而季芗之名遂永不见于经传矣。

笺证

[一] 王季芗教授葆心（1868—1944）：王延杰《王葆心先生家传》："王葆心，字季芗，号晦堂。是同我父亲共祖父的嫡堂兄弟。晚年迁居于青垞垸，自署青垞老人。……老人距生于前清同治七年戊辰十二月初七日，卒于民国三十三年二月十一日，终年七十七岁。卜葬于罗田大河岸滚石坳的南山。"（《湖北文史资料》1992年第3辑）

[二] 王葆心所撰《藏书绝句三十二首》，最初分载于《文史杂志》1913年第2、3、5期，仅刊出十九首。冯汉骥《藏书绝句的著者》："案《文史杂志》为民国二年时文史社所编辑。……当《文史杂志》出版之

初，该社曾向王葆心先生征稿，先生即以所著之《历朝经学变迁史》《藏书绝句》《天完徐氏国史》《近世事笺》等稿以应之。而《藏书绝句》即登载于该杂志之第二、第三、第五等期。第一期（引按，当作第二期）只登其叙文，及诗四首，署曰晦堂。晦堂为先生之别号，其所著书曰'晦堂丛书'。第三期诗八首，第五期诗七首。后因该杂志停版，故未登完。"（《武昌文华图书科季刊》1929年第1卷第1期）

［三］上虞罗子经振常印此作于上海蟫隐庐书林，误作者为杨惺吾守敬：上海古典文学出版社在1957年版《藏书绝句（外三种）·出版说明》："《藏书绝句》一，清宜都杨守敬撰。计诗三十二首，一九二三年左右上海蟫隐庐铅印本。先是，一九一三年三月二十日所创刊的《文史杂志》月刊，曾于第二期起第五期止，共披露三十二首中的十九首，具名为'晦堂'或'王葆心'，疑是杨氏的'化名'。"又1927年上海中国书店亦有排印本（《中华图书馆协会会报》1927年第3卷第2期《新书介绍》）。按，《藏书绝句》蟫隐庐本、上海中国书店本及上海古典文学出版社本序言末有"时光绪廿有七年岁次辛丑夏四月，宜都杨守敬序于两湖书院"款，并有默庵识语，皆以为杨守敬所作。然《文史杂志》1913年第2期发表之首篇并无杨氏署款及默庵识语，则此当为书估伪造，假杨守敬大名以射利。凡此种种，今人多有辨证，如冯汉骥《藏书绝句的著者》、刘铁铮《〈藏书绝句〉的作者是谁》（《江汉学报》1962年第11期）、谈瀛《〈藏书绝句〉确为王葆心先生所作》（《图书情报工作》1987年第4期），三人皆与王葆心有旧，并能力辨非王葆心所作之诬者也，亟宜参看。

［四］若无人揭季艻名氏于《文澜学报》"文献专号"：按，此《文澜学报》，应即《浙江图书馆馆刊》。谈瀛《〈藏书绝句〉确为王葆心先生所作》："至1934年6月《浙江图书馆馆刊》第三卷第三期载有《〈藏书绝句〉著者之疑问》一文，虽经引据《文史杂志》，认为显属王氏的

作品，却又自相矛盾，竟怀疑'王葆心'或'晦堂'都是杨守敬'不欲
露名扬己，故弄玄虚'的化名，这虽不值识者一哂，却无端地给事情添
上一层烟雾。"

满洲老档搜奇史，瓜圃丛刊著异闻。
刘劭^一独传人物志，珠林秘殿录烟云。

金息侯秘监梁，满洲瓜尔佳氏^[一]。所印《满洲老档》^[二]《瓜圃丛
刊》^[三]，当世知之者綦多。又作《当代人物志》^[四]《盛京故宫书画录》，
则流传较少^[五]。

笺证

[一] 金息侯秘监梁（1878—1962），满洲瓜尔佳氏：金梁《瓜圃丛
刊叙录·瓜尔佳氏节孝忠义合传序》："瓜尔佳氏，满洲巨族也，为国
初八大家之一。尝考《通志》，瓜尔佳以部为氏，原作夹谷，或作加古，
又作古里甲，钦定始改正为瓜尔佳。惟官书未能尽改，有时瓜写为关，
亦写为高；古写为顾，亦写为胡，亦写为古、汪，是以有关、高、顾、
胡、汪姓之瓜尔佳。……瓜尔佳族最繁，而以关之一派为尤著，世继簪
缨，日益光大，当时有关满朝之称，何其盛欤！又考瓜尔佳有新旧族之
别，在关外者为旧族，在关内者为新族。新族入关，总有九族，族约百
户。大宗既著籍于京旗，其余八族分调驻防，今迁浙者为小宗三族，与
迁楚之小宗四族本为兄弟。生养日繁，户口百倍，盖自国朝定驻防之
制，八旗子弟京外分迁，而瓜尔佳之族满天下矣。又考杭州之瓜尔佳亦

<hr>

一　"刘劭"，原作"刘邵"，杨本注释："应作'刘劭'，字孔才，三国时魏广平邯郸人。魏文
帝、明帝时均任朝官，后赐爵关内侯。著有《人物志》一书。"据改。按，清稿本不误。

分二派，有迁自京城者，有调自楚防者，而我族实为小宗三族之一。先自京迁杭，继调乍浦，继复归杭州，前后二百余年，传至今凡九世。今一门长幼已七十余人，我瓜尔佳之族之盛不更可见耶？夫瓜尔佳氏在满洲为巨族，论八旗氏族者必首数之，今则南北各省凡设驻防之地，无不有我瓜尔佳氏之尺籍，考其约数，当居满洲全族之半。"

[二]《满洲老档》：金梁辑，即《满洲秘档》，原名《满洲老档秘录》。《瓜圃丛刊叙录·满洲老档秘录序》："盛京故宫旧藏满洲老档一百七十九册，分纪天命、天聪、崇德朝事，多《三朝实录》《开国方略》《东华录》所不载，见所未见，闻所未闻，诚三百年本来之秘史也。原本为无圈点体满文，字近蒙古，与通用满洲文字不同，翻译至难。经满汉文学士十余人之手，费时二载，今始脱稿。当分编百卷，以卷帙过多，校刊非易，遂择要摘录，名曰《满洲老档秘录》。"

[三]《瓜圃丛刊》：金梁辑，全称《瓜圃丛刊叙录》。该书目录后有其子金关东识语云："家父所刊丛书，以关于掌故者为多，原拟名《国故零刊》，瓜圃为龙湫故园名。先曾祖父别号瓜亭，著有《瓜亭杂录》，先祖父偶亦自署瓜山。家父曾于盛京东陵辟地种瓜，用故园名，自号瓜圃老人，遂以改题所刊丛书曰《瓜圃丛刊》，皆取义于瓜尔佳也。"

[四]《当代人物志》：当作《近世人物志》。

[五]按，王謇《元嘉造象室随笔》中有"选印库书中之金息侯赤牍"一则，记述金梁于影印《四库全书》事，录此参考："日来教部选印《四库》未刊书，朝野上下意见纷歧。金息侯亦有函致海上某君，述前数次计划景印历史甚详，而主张尤求其平。其辞曰：议印库书，前后四次，余皆预闻。第一次东海当国，余首上书请印，尤重续修。后叶玉虎自欧归，亦发此议，遂派朱桂莘督办，曾印样本一套，分赠海国，卒以款巨而止。此一阻也。第二次商馆用文津阁本缩印，四叶合订及单叶袖珍样本二种，又以当局别有争执，啧起烦言而止。此二阻也。郑苏戡

请以文渊阁本付商馆印行，装箱起运，又以政府出阻而止。此三阻也。第四次愚在沈阳，用文溯阁本校印，并议续修，兼采选印之法。样本既出，海内外分电定购，筹款亦妥，又以他故中搁，仅成《续修总目》，为伦哲如所辑之一万余种。及选印要目，为熊亦元所拟之二百余种而止。此四阻也。今议选印，轻而易举，各方所持，亦片言可解，余意无所用其争也。一阁本之争，余曾举现四阁本并勘。文渊缮写最整，文津校正较多，文溯间有抽校，文澜半出钞补。渊、津二本，要之皆可应用，但能附以校勘，不必争也。一善本之争，平馆所主，众论佥同，惟商馆既有并行之说，不妨先任印行，另与订约，别印善本，度不能辞，至罕传未刊，无关大体，更不必争也。一选目之争，此为最要，然合观二目，实无大异同。如今商馆多增数种，当亦不致坚执，亦不必争也。以上三端，皆不难一言而决。版权云云，更无谓矣。余所痛心者，四次议印，皆垂成而败。此次余虽未预其事，而乐观厥成，尤虑中变。所望诸公平心静气，为发扬文化，委曲求全，合力以共策之，庶几事得迁就，勿使迟阻。一面务其大者远者，则幸甚矣。"（《国学论衡》1933年第2期）

谁云盾鼻无余沈，应识数根获借方。
握算持筹名将帐，擘经译史大儒堂。

徐固卿绍桢[一]承其父仲远大令灏之学派[二]，能通许学，布算亦能深入畴人堂奥[三]。所著《学寿堂丛书》[四]，可与戴、孔、段、王相出入，而复有梅定九文鼎以及徐、林、李、华诸家之长，近世军人中无第二人矣。

笺证

[一]徐固卿绍桢（1861—1936）：徐承庶等《徐绍桢行述》："先

府君讳绍桢，字固卿，先世籍浙江钱塘，自十世祖可圃公游幕于粤，十一世祖琢斋公继之，遂迁广东，为番禺人。曾祖春田公为粤诸生，祖子远公以经师兼名幕，粤省疆吏凡有大政，必咨而后行。其为学博涉多通，自经说小学诗古文词，以至天算声律，皆有撰著传世。先府君幼禀庭训，通汉宋儒之学，尤究心于经世之务。年十九，以刑名就柳州府怀远县聘，此后粤东、西府县争聘之。旋中式光绪甲午科广东乡试举人。入桂藩游子大、张光宇、李勉林诸方伯幕府。勉林方伯升任赣抚，约至赣，遂入仕途……及廿五年九月五日，偶撄痢疾，医治罔效，以十三日卒于上海蒲柏路吉益里寓庐。春秋七十有六。呜呼痛哉！先府君自少受先大父所教学寿之道，晚乃自号学寿老人。生平惟以达观任运为养生之原则，于服食导引之方，无所屑意。五鼓即起，习以为常。日必有记，终身行之，未尝间断。治事之隙，即手一编，有以节劳劝者，弗顾也。……尝谓所得修脯，当以日计，若一日不事事，即素餐矣。在桂林时，随宦子弟纷来请业，因立学会，逢九之日，辄聚诸子于一堂，为论说经史文艺，兼及政事，诸子退而记其所闻，或即席互为问答，而先府君定其是非得失。所积卷帙甚繁，先取论算学者授梓人，附入《学寿堂丛书》，又别编有《学寿堂问答初阶》若干卷。先府君自少至老，虽公务鞅掌，而撰述不废，弱冠即著有《四书质疑》《孝经质疑》《三国志质疑》诸书，复有《勾股通义学》《一斋算课草学》《一斋勾股代数草》《后汉书朔闰考》《六书辨》《说文部首述义》《大学述义》《道德经述义》《学寿堂文集》《学寿堂诗说》《学寿堂诗集》，及《丙寅》《丁卯》《戊辰》《己巳》《庚午》日记等。其稿成待刊，或未定稿者，尚有若干种。"（《辛亥人物碑传集》卷六）

[二] 承其父仲远大令灏之学派：《宣统番禺县续志》卷二十一"人物志四"："徐灏，字子远，自号灵洲山人，原籍浙江钱塘，先世游幕留粤，遂占籍番禺。父继铭，府学廪生，为督学姚文僖公文田所赏识，

生平研精三礼之学，陈澧铭其墓，以为'优于文而不遇于时，丰于德而不永其年，宜造物者独报之以贤子也'。灏生有异禀，十岁而孤，哀毁过成人，事母孝，戚党交誉之。读书读律，皆有深识。年十八，佐南海县幕，敏断过于老吏，由是迭佐名郡大邑，皆有能名。……光绪五年卒，年七十。……灏少好为诗古文辞，弱冠后精研经训、诸史百氏，博涉多通。以小学为治经根柢，尤深致力，先著《说文部首考》《象形文释》，晚就《说文段注》加以笺释，成《说文注笺》二十九卷。……凡生平著述盈百卷，多刊入《学寿堂丛书》中。子九：绍植、绍枢、绍榆，皆以刑名佐幕。绍樾，四川巡警道。绍桢，中光绪二十年举人，江苏苏松镇总兵，署江北提督，陆军第九镇统制。绍枚、绍朴，早卒。绍穗，江苏特用道。绍桓，光绪二十九年举人，广西直隶州知州。"

　　[三]能通许学，布算亦能深入畴人堂奥：上引《徐绍桢行述》中所列之《六书辨》《说文部首述义》，即可见其"能通许学"；所列《勾股通义学》《一斋算课草学》《一斋勾股代数草》《后汉书朔闰考》，则可见其"布算亦能深入畴人堂奥"也。按，《宣统番禺县续志》中述其父徐灏亦善算学，固亦有家学矣。

　　[四]《学寿堂丛书》：徐绍桢撰辑，清咸丰至光绪间番禺徐氏学寿堂刻本，十二种。

世间有有必有无，蒙庄达观资楷模。
粥❶及借人真细事[一]，恢宏大度非局隅。

　　方地山尔谦，号无隅，扬州人。好蓄书，而宋版乃仅得一部，戏号"一宋一廛"[二]。尝有咏海王邨绝句云："十年厚价收书惯，列肆交称不

---

❶　"粥"，同"鬻"。

似贫。渐觉盛名难副实，相逢温语逼闲人。"[三]又《有有诗序》曰："无隔有书百余箧，七八年国中不靖，叠罹干戈水火苦。移居屋渐小，转病书多。忆易安《金石录·后序》云，拉杂为书。因吾叔叕好古，同病相怜，喜其助余太息也。"诗曰："十年生聚五车书，有有须知必有无。粥及借人真细事，存亡敢说与身俱？畀予犹有此区区，何日相逢还旧居。空锁扬州十间屋，渡江能得几连舻？"[四]

笺证

[一]按，方尔谦此诗，为巢章甫邮示王謇者。见本书"金天翮"诗传。

[二]方尔谦（1872—1936）。戏号"一宋一廛"：闵尔昌《方地山传》："君姓方氏，讳尔谦，字地山，一字无隔，江都人也。……喜聚书，嗜博览，名椠旧钞，高价购求，曾不少吝。尝得宋本《舆地广记》数帙，以黄绍武旧有'百宋一廛'之名，武进某氏人谓之'百廛一宋'，乃曰吾今可称'一宋一廛'矣。……君体素弱，晚岁貌加丰，第不善摄养，竟以胃疾卒。实二十五年十二月十四日，春秋六十有五。著有《钱谱》《联语》各若干卷。"（《民国人物碑传集》卷九）

[三]据巢章甫辑《方地山楹联·大方遗纂》题作《海王邨杂诗》（巢章《海天楼艺圃》附）。

[四]按，方尔谦此诗及序录文有脱误。据巢章甫辑《方地山楹联·大方遗纂》此诗题作《有感》，《序》云："无隔有书百余箧，七八年来国中不靖，迭罹兵戈水火之苦。移居屋渐小，转病书多。偶忆易安《金石录·后序》云，拉杂为诗。因吾叔叕好古，同病相怜，冀其助余太息也。"又周一良《再记联圣大方》亦录有此诗及序，较为确切，移录对勘："又有一扇书云：'十年生聚五车书，有有须知必有无。鬻及借人真细事，存亡敢说与身俱？''畀余犹有此区区，何日相逢还旧

居。空锁扬州十间屋，渡江能得几连舻？'无隅有书百余簏，七八年国中不靖，迭罹兵戈水火之苦。移居屋渐小，转病书多。偶忆易安《金石录·后序》云云，拉杂为诗。因吾叔叕好古，同病相怜，冀其助余太息也，聊复书之。"（《周一良集》第5卷《杂论与杂记》）按，本诗传清稿本标明出处"见《海天楼随笔》"。

公河毋渡公偏渡●，天与诗人采石矶。
遗稿遗藏百许篋，词律补杳超辰虚。

朱梁任锡梁，一字央高，娴词律，精天算，又识古文字，著有《甲骨文释》《草书探原》《词律补体》诸书[一]。尝于清网密时，偕南社诸子招国魂于吴中狮子山，世以"谢皋羽后身"目之。今犹有人保护其招魂旛，黑地白文，大书四字，曰"魂兮归来"[二]。一九三二年夏，甪直唐塑罗汉陈列馆落成[三]，君与长公●天乐同往观礼，返时，舟子不慎，舟覆，父子俱遭灭顶[四]。家人斥其遗篋，四大著作之遗稿均不可得。惟《词律补体》底稿草创，书堆絮园原刻上者●，抗战后曾一见诸沪市，议价未谐，不知何属。《甲骨文释》，余颇闻其绪论。《草书探原》，余虽向未致力于是，然亦耳熟能详。至于《历算超辰》，即生公说法，余亦作顽石之不灵矣。遗书斥尽于流离之际，亦不知其所藏何书也。惟闻有集帖一篋，极精旧[五]。梁任初丧，其及门吴子深华源，即以千金赎其家，

● 此句李本改作"公毋渡河公偏渡"，作"公河毋渡"非不通，故不必改。按，"公毋渡河"乃汉乐府歌辞名，又作"公无渡河"，即《箜篌引》。

● "长公"，李本补"子"字。按，不必补，长公即长公子，本书"吴梅"诗传"长公怀孟，凤有心疾，次公肪玉辈，均奔走衣食，楹书几乏人典守"可证。清稿本作"长公"，洪本原有"子"字，后抹去。

● "书堆絮园原刻上者"，李本"上"后臆添一"海"字，实未解朱梁任《词律补体》乃补辑清人万树所辑之《词律》，而将草稿书于堆絮园原刻《词律》之上。

请携归保存^[六]，即其家人号称"宋拓大观楼帖"者，不知其是否天水毡槌也。

笺证

[一]朱锡梁（1873—1932）及著作：王謇《流碧精舍师友渊源录长编》："朱锡梁梁任。著有《超辰表考证》《甲骨文十干十二支说》《词律补体》。"《民国吴县志》卷七十九"杂记二"："朱锡梁有《商文十干说》一卷，《词律补体》一卷，《草书法》一卷（稿藏于家）。"又同书卷五十六下"艺文考二"王謇校补："朱锡梁《草书一得》《词律补体》《甲骨文字管见》《超辰表考正》《金石丛说》。"《商文十干说》，按金天羽《天放楼续文言》卷四《苏州五奇人传》："于是奂彬先生（引按，叶德辉）自长沙避地返于苏，见梁任而赏之。梁任感激知己，乃写其所为《商文十干天文说》请諟正，奂彬赠以诗，致推重焉。"又《词律补体》，王謇《瀞粟楼藏书目·集部（下之下）》："《词律》二十卷《拾遗》一卷《补遗》一卷，万树。《拾遗》徐本立，《补遗》杜文澜。光绪二年杜文澜刻本。謇按，朱梁任先生锡梁尝遍翻词谱，于《拾遗》《补遗》外又得三十余首，颜曰《词律补体》，未刊。"

[二]尝于清网密时，偕南社诸子招国魂于吴中狮子山：查旭《朱梁任先生事略》："朱梁任先生，讳锡梁，一字央高，江苏吴县人，清武进士小汀公长子。幼读书学剑，倜傥自喜，既而究心经世之学。走日本，挈比政治得失，慨然自任以天下之重。会孙中山先生始设同盟会于东京，先生致身为会员。潜归，与江南子弟言革命。以士习僿陋，与吴江陈去病、柳亚子先生等立南社，结文字交，罗英俊千百人，声气西迄川陕，南至滇粤。值清太后万寿，苏吏举庆典，先生白衣冠而往哭之，曰：'嗟我汉族子孙乃甘为奴，何不肖一至于此？'吏执而讯之，先生抗辩不屈，大吏谩以为狂，斥之去。又招同志十八人登狮子峰招国魂，

放歌痛哭，事闻当道者，恝之甚，卒无如之何也。"（《苏州朱梁任父子葬事募捐册》）陈去病《书吴郡狮子山招国魂纪事后》："右《招国魂》诗文一卷，系吴郡诸同志于逊清光绪之二十九年十月一日，同登狮子之山，招祖国之魂，而祈求光复之词也。维时四夷交侵，国权陵替，中原豪俊莫不愤然崛起，攘臂以图御侮之计。而虏廷上下，犹复拒谏饰非，宴安鸩毒，若睡狮之沉酣醉梦，不之猛醒。呜呼！此吾吴中义士之所由痛心疾首，呼黄帝之灵，而企图革命也。曰海上观潮老生者，关中举人梁柚隐积樟也。曰妫汭礽孙者，吴县胡友白如玉也。曰而山者，吴县杨韫玉绶绅也。曰黄帝之曾曾小子、曰君雠者，吴县朱梁任锡梁也。曰包山者，吴县包天笑朗笙也。梁君年最尊，光复后回长安，不知所终。杨君亦早世。今惟友白、梁任、天笑在耳。其他相与来会者若干人，姓氏已不可晓。予恐数十年后，吴下青年不复知有革命之举，与当时兴会之烈，因刊而志之，备当世作民国史者采焉。中华民国十九年二月，吴江陈去病。"（《陈去病全集·序跋集》）

[三] 一九三二年夏，甪直唐塑罗汉陈列馆落成：按，"夏"应作"冬"，时在1932年11月12日。

[四] 父子俱遭灭顶：《天放楼续文言》卷四《苏州五奇人传》："初，吴县昆山间甪直镇有保圣寺，存唐宋塑阿罗汉像若干躯，为希世珍。番禺叶恭绰号于海内，始鸠资新之，因设古物馆。馆成，壬申十一月十二日，折柬觞宾，梁任挈其子世隆往，距甪直十许里，舟覆，遂及于难。梁任少尝访余同川，以怪特忤市人，市人噪，欲群殴之，跳而免。归乃发愤，得太公为守备时材官某，娴技击，属教其子女。子女幼，皆能舞剑楯，世隆长而拳捷。方舟覆时，船窗闭，世隆力破得出，已知梁任犹蜷舱下，号泣复入水拯其父，遂与俱死。梁任年六十，世隆则三十尔。事闻，远近皆为流涕。其与梁任父子同死者，有傅子文。"查旭《朱梁任先生事略》："上年十一月，甪直唐塑委员会设保圣寺古物

馆，邀先生挈天乐偕。舟行至半途覆溺，先生死之。天乐自水中旁行出覆舟，知先生未出，复入求之，亦溺焉。当时情形凄惨已极。"《申报》1932年11月13日《甪直保圣寺古物馆昨开幕·苏昆间覆舟肇祸三人惨毙》："江苏吴县、昆山两县所属甪直镇保圣寺古物馆，系教育部保存甪直唐塑委员会所计划建造，历时三载，今始告成。昨日行开幕典礼，京、沪、镇、苏各地参加观礼者甚众，颇极一时之盛。惟由苏开甪载客之小轮，在途中倾覆，乘客三人惨遭灭顶，实属不幸。兹将各情分志如次……覆舟肇祸：昨日开幕礼中有一事颇为不幸，当十一时许，由苏载客至甪之源兴轮突在中途沉覆。源兴系柴油小轮，轮中共十四人，计水巡队队士四人，苏籍文学家朱梁任及其子世隆，上海新闻社特约记者傅子文及苏地各记者等。源新与致和小轮等三艘，贯一索作直线而驶，源兴居中，当时三轮各开机前进，前轮过速而后轮较迟，转弯时遂致索突然转侧，源新（引按，应是"源兴"）当即覆没。时风势侵骨，轮窗均闭，致朱氏父子及傅，均行淹毙。其他由巡舰救出受伤者，即送苏治疗。朱曾教授于东大诸校，年六十八。其子世隆，现任教职于苏之成烈体育学校。傅方于前日返苏，代表苏考古家金松岑赴甪，不意亦于昨日惨遭灭顶。"

[五] 遗书斥尽于流离之际句：《民国吴县志》卷七十九"杂记二"："朱锡梁，藏宋辽金元碑拓，精而且富。"按，王睿《金源金石目跋》："我友朱梁任先生（锡梁）藏辽金元碑版拓片萃聚，均集宝斋碑友孙伯渊乃翁念乔所收稼孙旧物也。与是书之作环点墨识者相副，必有可以互相印证之处。壬申冬，甫里唐塑保存所落成，梁任父子竟遭没顶，展此益增人琴之痛。谔公又记。"潘景郑《著砚楼读书记·跋苏州五奇人传》："梁任先生则弱冠后于客座中晤聚颇多，闻其习殷墟文字，颇有采获，请益不肯授人，疑其秘守所学。壬申殁后，藏笈散入市廛，余力求其遗稿，迄无所得。今只存传中所举若干释解，借窥其能事而

已。"查旭《朱梁任先生事略》:"先生治学博涉,顾喜考据,古文字之在龟甲兽骨者,一览辄精辨之,生平购藏书籍碑帖甚富,东南学者莫不善先生。"

[六]吴子深:王謇《流碧精舍师友渊源录长编》:"吴子深,善山水。"按,王謇与朱梁任为至交,吴梅《瞿安日记》卷三壬申十月十六日(1932年11月13日)记有朱梁任父子遭难经过,并及吴子深、王謇与朱氏交谊:"午后阅报,知用直保圣寺唐塑罗汉,由教部设立古物保管会,妥为护存,定昨日开幕。先由叶誉虎(恭绰)出帖邀请,余亦接有请帖,京、苏、昆、沪往观典礼者,不下百余人。余以来京不满一月,懒于出行。而苏州老友朱梁任(锡梁)及其子天乐(世隆)参与盛仪。三船并出,朱船居中,道过车坊镇,风浪大作,中船倾覆,朱父子同罹于难。教部次长段锡朋,适立船唇,倾覆入水,攀援而上,直立船背,得不死,亦云幸矣。余初见此事,尚未深信,即函询王佩诤(謇)、吴子深(华源),王为梁任至交,吴则其弟子也。入晚见沪上各报,皆载此事,而《时报》尤详,不禁潸然。余与梁任三十年交情,不愧久敬二字。中大同事又及一年,死于非命,并及胤嗣。江文通云'人生到此,天道宁论',信矣。梁任喜论革新,而口吃不能畅其辞,治小学金石学垂四十年,搜罗碑碣造象至富,晚好甲骨文。尝谓余罗叔言(振玉)所出各书,皆王静庵(国维)为之捉刀,而静庵诣力亦未深。曾就罗书《待问编》中,解释考订,得数十字,皆罗、王所未及者也。其自信如此。生平工大篆,诗不多作,亦有独到处,又爱读宋人词,顾不轻作也。性俭朴,无华服,不御车,独行通衢,虽隆冬无裘,晏如也。独嗜饮。余冬夏假沐,君间一日必至,坐云则坐,食云则食,曾不吝情去留。或日暮就市肆饮,君亦必偕,一尊相对,诙谐杂出,顾期期艾艾,听者不待辞毕,辄为解颐。晚岁就馆吴氏。吴为吾乡巨富,子深、似兰,执贽门下。君素贫,至是稍稍乐逸矣。今岁九月,良儿毕姻,君来晚餐,

及儿北还，又赠以书籍，又岂知小别即长离耶！君子天乐，亦成立，同日并命，斯为奇惨。眷念孤寡，我辈事也，行当与佩诤、松岑、子深、似兰诸子商之。入晚小饮，心滋不乐。"又十一月初一日（11月28日）："接子深书，为梁任父子，慨助千金；傅君紫文，亦助五百。此真慷慨豪举，风义有足多者。末世而有斯人，吾不禁叹服焉。"关于朱锡梁"素贫"，《张元济日记》1919年5月24日记叶焕彬（德辉）之言曰："有朱梁任名锡梁者，校勘学颇佳，可聘用。王诤家境颇好，恐不乐出任事云。"（引按，"王诤"应即"王佩诤"）另按，与朱梁任之交情，王謇《苏州五奇人传跋》自云："绥郑、摩西两师，謇亲炙有年，而敏斋、梁任两君，尤謇所敬惮，居之于师友之间者也。"

神京庚子遭浩劫，文敏旧物已式微。
幼子偶得艺芸书，苫箧藏弃不翼飞。

王汉章崇焕，廉生祭酒幼子。先世所蓄，多失于庚子拳乱，复为其侄所败。汉章辛苦所积，得汪阆源士钟旧藏宋本数种，秘不示人，今春贫而疾笃，仍不忍以易粟。故后，亲友为理遗箧，终未发见，不知究何籍也[一]。

笺证

[一] 按，据古现东村志编纂委会《古现东村志》载王崇焕生于1892年，卒于1953年，本诗传云"今春贫而疾笃"，又云"故后"，则可知本条诗传写于1953年后。按，本诗传清稿本标明出处"见《海天楼随笔》"。

雪堂校刻留书录，三代吉金著证笺。
敦煌经卷流沙简，书库大云叙佚编。

罗叔蕴振玉，上虞人。搜罗三代吉金、殷墟书契、流沙汉晋木简、敦煌经卷，成《三代吉金文存》《殷墟书契文编》《敦煌木简文字考释》等。又有《大云书库藏书叙》及所藏书目。所刻书有数百种，晚清一名著家也[一]。

笺证

[一] 罗振玉（1866—1940）及著作：王簪《再补金石学录》稿本目录："罗振玉，上虞，今人，字叔言，一字叔蕴。著有《雪堂金石文字跋尾》四卷、《海外吉金录》一卷、《海外贞珉录》一卷。"又："补罗振玉著《梦鄣草堂吉金图》三卷、《续编》一卷、《矢彝考释》一卷、《汉两京以来镜铭集录》一卷、《镜话》一卷、《四朝钞币图鉴考释》一卷、《玺印姓氏征》二卷、《补正》一卷、《蒿里遗文目录》十六卷、《补》一卷、《续编》一卷、《补遗》一卷、《读碑小笺》一卷。"《大云书库藏书叙》，当作《大云书库藏书叙录》。

不乐竟夭崔亭伯，当歌对酒亦藏书。
百城烟水补吴乘，文献乡邦斗室储。

钱彊斋崇固，吴江人，自严太史崇威弟也[一]。一九一七年后任省议长[二]。时寒家老屋适空锁东院内舍，彊斋顾而乐之，来作伯鸾赁庑[三]。两家亲密无间，二十年如一日。身后萧条，费韦斋树蔚任募款[四]，余任治丧，挽以联云："处浇漓而独守清廉，嘴爪逐群难，不乐竟夭亭伯寿；化悲悯之极为冷淡，醇醪拚醉死，自戕终丧信陵身。"阿兄太史公见之，泣不可仰，谓为"数百联中最能道出予季心事者"。彊斋尝久任律师，不受非法请托，不受脱辐反目、劫杀血手及一切显见理曲之事，世称之曰"三不接"。时军阀用事，君不亢不卑，不激不随，而又隐副之以不屈不挠。凡以政治获遣者为营救之，故志士家属感之入骨髓。生平喜藏乡邦掌故，发其遗箧，善本纂夥。《百城烟水》^[五]《吴门补乘》^[六]、卢腾龙《郡志》诸精品^[七]，由太史公为之保存。惟新钞《吴都文粹续编》一百二十卷，盍山写官资之以得两年膏火者，余为之介于苏州图书馆陶小泚馆长惟坻，以高价收入沧浪亭省图书馆●^[八]，盖犹不及移录时彊斋酬出劳金之半数^[九]。其生平济人之急，皆此类。感之者不一人，故韦斋登高一呼而巨万立集云。

笺证

[一]钱彊斋崇固，吴江人，自严太史崇威弟也：王謇《流碧精舍师友渊源录长编》："钱自严崇威，吴江人。善书法。"又："钱崇威士严。善书及诗文，弟崇固。"按，钱崇固（1881—1928），字彊斋。光绪二十八年震泽县学附生，宣统二年日本法政大学专门部法律科毕业生，同年法政科举人。1912年国民党苏支部总务科干事，1913年江苏省议会第一届副议长，1918年江苏省议会第二届代理正议长，1922年当选吴县律师公会会长。住颜家巷（夏冰《苏州士绅》附录"苏州士绅履历汇编"）；钱崇威（1870—1968），字自严，别号慈念，吴江松陵镇人。著名书法家。光绪十六年肄业南菁书院，三十一年进士，授翰林，三十二年日本法政大学法科毕业。宣统二年回国，任江苏省咨议院咨议、翰林院编修。民国初任江苏省高等检察厅检察长。1914年任上海律师公会主席，1918年任青岛实业银行秘书长，因病辞职，居沪养

● "馆"字原脱，据勘误表补。

疴，后返乡，以书画自娱。解放后被评为开明士绅，任苏南行署参事、江苏政协委员，1954年被聘为江苏省文史馆馆长（参考政协吴江市委员会文史资料委员会《吴江近现代人物录·钱崇威》，《吴江文史资料》第13辑）。又钱今昔《水乡的大学梦——最后的翰林钱崇威》："'文革'时期的祖父是国家保护人物，1968年去世，终年九十九岁。"（《花与微笑——钱今昔文存》第3辑）

[二]一九一七年后任省议长：按《申报》1918年10月13日："南京电：省会选举，钱崇固得八十四票，当选议长。"又14日"苏会议长平稳产出"："今日（十二日）下午四时，顷苏议会居然以对于一百三十八之八十四票，钱崇固氏当选为议长。"

[三]寒家老屋：王謇苏州颜家巷故居。钱崇固租赁事，又详见本书"金天翮"诗传。

[四]费韦斋树蔚任募款：费树蔚《韦斋文钞》有《为钱君彊斋乞赙启》："彊斋钱君昔以圣童奋发于孤露，家贫力学，有经世之志。胜清之际负笈东游，时同盟会初树风声，应求未广，君恫念国危，实为先觉，颠济无恤，慷慨请从。学成归国，武昌事起，尽力国事，奉扬天声，桑土绸缪，厥功尤伟。未几，被选为省议会副会长，力持大体，绰有英猷。癸丑，义师传檄江左，举事未成，钩党方急，以君清流，亦被名捕，望门投止，复壁见容。江海飘蓬，夷然啸咏，值帝纲高张之日，有我行何适之嗟；冥鸿欲飞，腐鼠仍吓，值钩天之梦醒，寻旧社以归迟；议郎首席，无以易尧，再被推抢，遂难摆落；以墨子之兼爱，为鲁连之解纷。风议优游，国人所敬；其时旅囊久空，称贷以活，雍容坛坫，蕴藉衣缘，清恐人知；义无苟取于节府，无私谒于州郡；绝干请，平同曹，门户之争，置酒辄为调人；邦畿水旱之厄，捐金等于富室。以是子钱日积，儋石长空，文难送穷，鬼为拊掌，人见为太邱道广，而不知阮籍之途穷也；抚时感事，一醉浇愁，得钱即送酒家，荷锸以求死

所。三年瓜代，四壁锥无，退为律师，羞言阿堵，停辛伫苦，不以告人，醉后天真叹唏而已。亲旧怜其萧索，相与图维，与九百之粟动色，而辞营什一之方，巽言为谢。安邑作客，耻以猪肝累人；正字致斋，肯假羊裘自暖。形神益瘁，风格弥高。方诸先民，讵有惭德？属贞元肇启，天日重光，举天下以为公，乃后来之居上。君以甘陵旧籍为石湖退士，心无物竞，口似碑衔，端忧促其天年，行路皆为雪涕。死者已矣，生者如何？儿才胜衣，女亦未嫁，瘦妻善病，归榇何资？树蔚等追念生平，谋为赙助，因念海内贤豪多与钱君雅故，脱骖之赠，倘有同心，不使巨卿独为死友。麦舟五百不为多，生刍一束不为少，岂为营斋营奠，妥彼英灵，庶几知死知生，全其大事，不求冥报，但尽吾心。毫发之施，邱山自积，敢援苏子瞻为章李乞赙之例，聊抒王濬冲过嵇阮游处之悲。谅交道之有终，敢顿首以为请。是为启。"（《费韦斋集》）

　　[五]《百城烟水》：《民国吴县志》卷五十八下"艺文考八"："徐崧《百城烟水》九卷（张大纯同撰）。"王謇校补："吴江钱氏静园、邑沈氏所居在廉让之间斋、邑吴氏奢摩他室均有刊本。可园书库亦有刊本。"

　　[六]《吴门补乘》：《民国吴县志》卷五十八下"艺文考八"："钱思元《吴门补乘》十卷（是书补《乾隆志》之阙，只载郡城三邑故实，与王世贞《苏志备遗》统纪一府者不同）、《吴门轶记》、《吴门轶事》（今刻本钱思元《吴门补乘》九卷，钱士琦《吴门补乘续编》一卷，因思元原撰中已缺去一卷，故补足之，无《吴门轶记》《轶事》二种）。"王謇校补："可园书库及顾氏燕营巢、沈氏所居廉让之间斋均有藏本。"此未及钱氏静园。

　　[七]卢腾龙《郡志》：《民国吴县志》卷五十八下"艺文考八"："卢腾龙《苏州府志》八十二卷。"王謇校补："刊本，藏吴江钱氏静园及所居在廉让之间斋沈氏。"

[八]《流碧精舍师友渊源录长编》："陶惟坻小沚，善文。"

[九]《吴都文粹续编》：《民国吴县志》卷五十八下"艺文考八"："钱穀《续吴都文粹》六十卷（《四库总目》五十六卷、《补遗》一卷，《静志居诗话》云：仿郑虎臣《吴都文粹》辑成续编，其子功甫继之，吴中文献赖以不坠）。"王睿校补："可园书库藏钞本。"按，《吴都文粹续编》即《吴都文粹续集》，钞本，《苏州图书馆藏古籍善本提要·集部·总集类》著录："《吴都文粹续集》五十六卷《补遗》二卷。明钱穀辑。清末钱崇固钞并批校本。六十二册。书高二十九·三厘米，广十八·二厘米。十行二十字。无序跋。书内钤有'钱崇固'正方阴文印。"《提要》谓"清末钱崇固钞"不确，当为民国钱崇固出资请人钞写者。

读遍古尊❶宿语录，搜穷纪胜地舆书。
藏之名山传其人，悠者❷神其游太虚。

王培荪❸植善，嘉定人[一]。邃于古学。辛亥后，见我吴孙伯南宗弼为购明本《古尊宿语录》于书友杨馥堂鸣琴室，余始知其名。后闻以二万金得杭垣吴春帆方伯煦十间书屋藏本[二]，所储益富。陈子彝华鼎言培荪佛学甚深邃，所藏语录甚多，凡大藏内外者悉有之[三]。山经地志，则与南海叶氏埒[四]，而可以相互裨补者甚多。亦间有向未见于著录之晚明史籍。时正陈列于南洋学舍日晖楼书库，因往瞻仰，果如所言。学舍书库，均培荪独力捐设者也[五]。后培荪年臻大耋，命尽其所有，捐入叶揆初景葵创设之合众图书馆，公之于世。部署既毕，培荪即行辞世[六]，其真有宿根者欤？

---

❶　"尊"，原误作"遵"，据勘误表改。
❷　"悠者"，清稿本作"悠哉"。
❸　"王培荪"，字培荪，后改作"培孙"。

笺证

[一] 王培荪植善（1871—1952），嘉定人：周邦道《王培孙先生传略》："王植善，字培孙，晚岁以字行，江苏上海人。清同治十年辛未十月初十日生。"（《广清碑传集》卷十九）又王氏在世时，陈子彝曾为其作有《王培孙先生传略》，收录于上海市南洋中学编《王培孙纪念文集：纪念王培孙先生诞辰一百卅五周年》，较周邦道所作简略。

[二] 此事亦见本书"丁惠康"诗传。

[三] 培荪佛学甚深邃，所藏语录甚多，凡大藏内外者悉有之：《王培孙先生传略》："八年，忽撄目疾，致一目失明。于是顿悟人生无常，游心法界，沈潜释典，积年所聚经藏，过于丛林巨刹。"

[四] 山经地志，则与南海叶氏埒：《王培孙先生传略》："民国初年，地方志乘未为时尚，售价极廉。培孙赁居于织呢厂街，广收方志，精于鉴别抉择。而后南洋中学图书馆方志独多，盖颣于此。"又王植善与方志，王謇稿本《海粟楼丛稿》内有致吴县志局一函，述志局与王植善互借吴中方志事，附此参考："王君培孙处吴中志书，已由其友吴君广涵郑重携来（率索謇出收证，当即出据与之），容謇迅录'金石''艺文'后，即缴局补出正式收证耳。《开元》《光福》《邓尉》三志，前蒙惠许互借，王君知局中已用毕，拟即假一钞，属吴君携申，尤为妥洽。乞属拙卿先生将三书检交来伻，为祷。"同稿本又有致王植善一函，记王植善通过王謇借地方志事："培孙先生大鉴：日昨接奉大札，并《河套志》四册、《邓尉志》二册。其《河套志》已送往（太湖水利局）金松岑师处矣。取有收证，附呈达览。至《邓尉志》已交还吴县志局所有，《开元寺志》四册留存尊处，尽可从容钞录，不必亟亟也。稿中《光福志》俟各分纂缴齐到局，即当借奉。《钧天乐序》首叶钞附，乞察收。此复，即请撰安。"

[五] 均培荪独力捐设者也：《王培孙先生传略》："荟萃四十年家中

所收存，友好所赠送，及设利川书店时趸购故家藏书，图书馆规模并时沪校望尘莫及也。"

　　[六] 王植善捐献藏书与合众图书馆情况及去世：《王培孙先生传略》："四十一年，适南洋中学主事者议以图书馆改充校舍，遂举所藏佛典、方志、史乘、词典等珍籍七万六千六百余册，捐赠于上海合众图书馆。是年十二月十七日，卒于上海，年八十有二。无子嗣。以布袈僧服殓于万国殡仪馆。逾月，及门诸子殡之苏州木渎灵岩山五龙第一公墓。"又顾廷龙 1953 年 5 月作《检理王培孙先生藏书记》颇可参考，略云："上海王培孙先生好收藏图籍，曾以四十年之积聚，储之南洋中学图书馆，内容之丰富，素为海内所仰重。先生湛深史学，一以网罗放佚旧闻为主，故所收多罕见之典籍。其分类，一扫《四库》旧习，以学术系统为指归。陈君乃乾尝佐先生编目，于民国八年刊行书目。丁丑之乱，几经播迁，或失或增，已非旧贯。迨一九四五年乱平，乃请陈君子彝别编新目，整理三年，功已垂竣，以费绌而止。先生尝曰：'我力薄不能得古椠，顾志愿所在期于多得有用书。历史记往，事镜将来，历代官书专制君主所为一面之辞，率不足据，其遗闻逸事可以考证当时事实及表见社会风俗者，莫如野史，我收罗当力。集部汗牛充栋，望洋兴叹，而明末忠节诸臣以及遗民，其忠义悲愤往往发见于诗文，读之懔懔有生气，我爱之重之，亦力致之……先生蓄书之方针于此可见一斑。一九五二年夏，学校当轴拟改书楼为礼堂，以旧文化图书非中学生所切需，将使藏书发挥更大之作用，征得先生同意，决定呈献政府。复经陈君子彝建议，谓先生藏书与合众图书馆所储性质相类，最宜同度，以便学者参考，因于呈献上海市人民政府文化局时，请拨交本馆保管，当荷照准。遂于一九五二年十一月十二日下午开始移运，翌午而毕，计三百七十篓，但以为时迫促，后先凌乱，本馆极四十日之力，检理甫竣。其后陆续有所补送，即次第收存而整理之。廷龙检理之余，综核先

生所藏，以史籍为最富，亦最有裨于实用。次为方志，又次为佛经。而明末清初别集与词曲、杂剧，亦颇多珍本。先生治学之径途，亦于此可征。……本馆检理粗竣，即在先生藏书七万六千七百余册中，选取善本二百种，陈列两室，于一九五二年十二月二十九日举行展览会，简邀专家鉴定。出席者有江庸、柳诒徵、汪旭初、吴眉孙、尹石公、王佩诤、陈乃乾、郭绍虞、赵景深诸君，及上海市人民政府文化局图书馆科科长张白山、上海市人民图书馆汪岳年、鸿英图书馆李寅文、南洋中学同仁魏行之、徐镜青、顾因明、陈子彝诸君。一时宾朋荟止，相与评赏，以为明本之中，如焦竑《献征录》、陈子龙《经世文编》、徐学聚《国朝典汇》、沈节甫《纪录汇编》、陈祖绶《职方地图》、张国维《吴中水利全书》、嘉靖《山东通志》、万历《湖广总志》、贯华堂《水浒》、李卓吾评《三国演义》、容与堂刻《玉簪记》、金陵唐氏刻《双杯记》；清本之中，如陈济生《启祯两朝遗诗》、方孝标《光启堂文集》、潘江《龙眠风雅》、曾灿《过日集》；稿本之中，如不著撰人《同书》、何如璋《管子析疑》；批校本之中，如江沅《诗音》、侯敝《颂天胪笔》；钞本之中，如魏齐贤《五百家播芳大全文粹》、黄宗羲《明文海》；佛经之中，如《楞严妙指毗婆沙论》，最为珍贵。余于先生心仪已久，未遑造谒。此次检理藏书，拟待葳事之后，抠衣请益，不幸先生遽归道山，缘悭一面，殊为遗憾。因记先生献书经过，以附传略，用告关怀先生之藏书者。"（《顾廷龙全集·文集卷》）

维扬蒙兀镇南裔，万卷缥缃贡玉●堂[一]。
今日向歆父子学，当年群季弟兄光。

冒疚斋广生[一]，为元维扬镇南王后裔[二]，自明以来，世居如皋。

● "玉"，原误作"王"，据勘误表改。

《永乐大典》之纂修也，驰使征书，所贡特多，为东南世家之首。明季，巢民先生辟疆❶以文章气节见重于世，大江以北言人文者，更首推冒氏。先生起家孝廉，早饮香名，服官清要，扬历中外。迭经沧桑，息影上海，绚烂之后，归乎平淡。犹复老而好学，扶病著书，文集、词论既已编就，所校《管》《晏》《韩非》《陆贾新语》《贾子新书》《春秋繁露》，亦行将就绪，嘉惠后进，不遗余力[三]。不佞近岁退老校书，时时造访，得益之多，匪言可喻[四]。令子孝鲁[五]，通俄文，又复渊深国学，颇好藏书，和顺积中，英华发外，德门之兴，正未有艾。孝鲁室陈夫人又雅善绘事[六]。一门风雅，恍如我吴明中叶赵凡夫家"寒山千尺雪"，高隐气象，似灵均、文俶端容夫妇能续名父翁也[七]。

笺证

[一] 冒疚斋广生（1873—1959）：王謇《流碧精舍师友渊源录长编》："冒鹤庭广生，如皋人。著《诸子校勘记》。"

[二] 元维扬镇南王后裔：冒广生《小三吾亭文甲集·如皋冒氏得姓记》："淮南氏族冒为之望，自夏氏《奇姓通》、凌氏《万姓统谱》始见著录。家谱所载，始祖致中，尝为元两淮盐运司丞，元亡不仕，而运丞以上不详。故老相传以为元丞相脱脱之后，或曰元后，'其'字与'胄'形相近，表其为天家贵胄也。或曰'冒'者，盖取'明'字而倾侧之，以示不臣妾于明也。兹二说者，义皆穿凿。实则吾冒氏为元镇南王脱欢之后，而非丞相脱脱之后。盖有五证，《元史》世祖第九子脱欢封镇南王，出镇扬州。欢薨，子老章袭。老章薨，弟脱不花袭。脱不花薨，子孛罗不花幼，欢第四子帖木儿不花袭，天历中复还位于孛罗不花。欢之子孙在扬州者三世，椒聊之实，蕃衍必多，运丞殆其支庶欤。

---

❶　"辟疆"，原与正文字号同，依例径改作小号字。

脱脱生平未至扬州，扬州安得有其子孙？……吾始祖曰冒致中，而二世祖曰冒思中，其初三字皆蒙古音，其后乃断之为姓耳。《元史》诸王表有茂海大王，亦作卯罕大王，蒙古译音本无一定，使译作冒海、冒罕亦无不可也。又明季时，江阴缪氏尝与先巢民先生联谱，谓两家兄弟，洪武初始各变姓，夫冒与缪亦对音也。诸侯以字为谥，因以为族，此古法也。"

[三] 冒广生著作：《民国吴县志》卷五十八下"艺文考八"王謇校补："冒广生《贾谊新书校记》不分卷（稿本），《春秋繁露校记》不分卷（稿本），《新序说苑校记》《新语校记》均不分卷（稿本），《四声钩沈》不分卷（原稿寄存泰县谢氏孝苹许，谢携赴北方宦游，久假未归），《疚斋词论》不分卷（曾印入《同声》杂志，原稿今亦寄存泰县谢氏孝苹许），《小三吾亭诗文词集》不分卷、《词话》不分卷（刊本），《疚斋杂剧》一卷（刊本），《晏子春秋校记》不分卷（清稿，在如皋管劲丞许，久假未归，草稿存家），《管子校记》（稿本，并前列稿草，存海上摩凡陀邨寓邸），《疚斋杂著》不分卷两巨册（约百余页）均系考据文。"

[四] 王謇与冒广生之交往，略可见以下之记载：冒怀苏《冒鹤亭先生年谱》一九五二年三月："王佩诤（名謇）来借先生所校《颜氏家训》而去。"同年农历三月十五日，冒广生八十生日，"陈颂洛、王佩诤各赋诗"。十月"王佩诤以所钞先生外祖周季贶《藏书志残稿》见诒，'此谊永为铭感'"。十一月，冒广生拟将王謇补入上海文史馆馆员名单。1953年11月，冼玉清将南归广州，冒广生嘱王謇为冼玉清题吴湖帆绘《修史图》（见本书"冼玉清"诗传笺证）。按，王謇1959年所作《颜氏家训校释序》略云："流寓海上二十年，获交如皋冒先生，以杖国杖朝之年，犹奖借后进，不遗余力。弥留前一月，访之于医院，犹谆谆以博观慎取见教。师友渊源，略见一斑矣。……岁在己亥重九，吴县王佩诤叙。"又1960年为宝山金其源《读书管见再续编》所作序云："余来海上，觉离群索居，无可与语，嗣得见如皋冒先生。冒先生以杖国杖朝之年，

穷老著书，校贾、董、韩、颜书，论词曲流别。嗣闻于极峰，弓旌之召首及之，亦可谓极文人之荣矣。"又稿本《韩诗外传十家校注补疏》上册题识："冒鹤老欲赐校稿，事见下册书面。其休休盛德，大可与服子慎以《诗经注》付高密散入《笺》中媲美。予岂敢作郭子玄之昧心攘善，谨志于此，以志鹤老盛德，兼以明我微衷耳。瓠庐。"下册题识："建国辛卯冬，集《韩诗外传》九家校注，拟作补疏。削草未竟，谒冒鹤亭丈于摩凡陀邨寓邸。鹤老出《韩传》校稿，欲以见赐，因思郭象攘书，千秋讥评，遂决将鹤老校稿参入为十家。仍拟遵其体例，补所未备。而十家校注补正疏证事业，则后生小子之责也。书此以为异日券。佩诤王謇。"

[五]冒孝鲁（1909—1988）：王謇《流碧精舍师友渊源录长编》："冒孝鲁景璠。善苏俄文字，兼善国学。"

[六]孝鲁室陈夫人：误，当作"贺夫人"。陈声聪《兼于阁诗话》卷四"潏粟楼藏书纪事诗"有辨误："其《纪事诗》为未定稿，死后由友人集资印行。略检颇多疏脱错误处。如'冒疚斋'一条，鹤亭之外祖周季贶之书钞阁藏书，得自福州陈氏带经堂者，曾依中郎、仲宣故事，悉以归鹤亭，文中并未一述。其长君孝鲁之夫人为蒲圻贺履之（良朴）女，乃误称陈夫人，实为失检。"陈诗《凤台山馆诗续钞》卷上《冒瓯隐兄命子妇贺翘华女士（颐家）绘鹤柴图见贶赋此奉谢》有所述："冒侯命子妇，为绘鹤柴图。崖木何葱郁，如在孤山隅。一鹤放水次，意态闲且愉。女士氏曰贺，六法守前模（尊公履之叟善绘事）。颇诧鄂中秀，绝似恽清於。时当远行役，随夫赴俄都。冒郎字孝鲁（时年二十五），早岁耽诗书。书记固翩翩，家学腹笥腴。感君笃世谊，贶我山泽臞。彼此各耄耋，式好终不渝。纪时曰甲戌，长夏沪渎居。还当示孙子，宝此侔琼琚。"又冒效鲁与贺翘华，冒怀康撰有《冒效鲁与贺翘华的婚姻》一文，更有详细记述（载《水绘集——冒鹤亭晚年诗稿》）。又陈声聪所记"鹤亭之外祖周季贶"，名星诒（1833—1904），其著作目见《民国吴县志》卷五十八下"艺文考七"：

"周星诒《勉熹词》,《莽镜释文》(字季贶,祥符人)。"王謇校补:"周星诒《书钞阁行箧书目》(乌程张氏适园藏原稿本),又《书钞阁题跋》(沧浪亭可园书库藏原稿本)。"又:"《传忠堂书目》(上海蟫隐庐石印,罗振常重编本),《瓻横日记钞》三卷 (秀水王氏二十八宿砚斋刻入《乙亥丛编》),《瓻横诗质》(如皋冒氏刊本)。"王謇《馆藏经籍跋文》又有《书钞阁题跋跋》详述,载1936年《江苏省立苏州图书馆年刊》。

[七] 本条可与本书"补遗"《续辛亥以来藏书纪事诗》互参。

郊寒岛瘦清其相,顾校黄钞拔厥尤。
说苑虞阳两丛刻,斯人实继旧山楼。

丁初我祖荫,常熟人[一]。席丰履厚,而瘦骨峻峋●若寒士。收虞山诸旧家藏书,以旧山楼尤多[二]。刊有《虞山丛刻》[三],周同谷《霜猿集》、钱牧斋《吾炙集》、毛子晋《隐湖题跋》诸书均在其中。又刊《虞阳说苑》[四],则翁孺安《虞山妖乱志》,钱牧斋、柳如是遗事俱在焉[五]。晚年筑室郡城淮张宫苑废基勾玉斜北[六]。嗣子号剑峰者,不悦学如原伯鲁[七],书簏尘封。上海涵芬楼所印《元明孤本杂剧》,士礼居旧物,旧山楼递藏,藏丁氏家亦久,而初我生前从未语及之。或有咄咄逼人而问之者,仅言曾见之而已[八]。所藏顾校、黄钞甚多,他书亦称是。抗战之变尽失之,亦不知究何所属也。《元明孤本杂剧》既已分流入救荒摊及货郎担中,乃骨董商集宝斋主人结合之者[九]。噫,异矣!

笺证

[一] 丁初我祖荫(1871—1930):王謇《流碧精舍师友渊源录长

● "峻峋",疑当作"崚峋"。

编》："丁祖荫芝生，常熟人，富藏书。"《民国吴县志》卷五十八下"艺
文考七"："丁祖荫《一行小集》（字芝生，常熟人）。"王謇校补："海
粟楼藏排印本。"按，王謇藏有《丁芝孙先生（祖荫）赴告》，见其稿本
《邑志拾遗》。又《琅琊王氏所藏吴中先哲遗书及掌故丛著目录》："《一
行小集》不分卷，丁祖荫初我，民国三年刊本，一册。"张一麐《心太
平室集》卷三《常熟丁芝荪先生墓志铭》："虞为言子故里，生其乡者，
类皆讲道德，能文章，秀异甲他邑。若夫丁阳九百六之会，以文学通乎
政事，岿然为一方坛坫所宗，则丁君芝荪其人也。君状貌清癯，恂恂无
疾言遽色，而闻一善，见一义，则奋迅趋赴如不及，同辈咸推重之。邑
有大政，咨而后行。自为诸生，以劬学博览闻于时，不沾沾为科举业。
用高第选入南菁书院，出定海黄元同、丹徒丁叔衡诸先生之门，与院中
高才生相切劘，其学益进。尤留心当世治乱之故，不以笃旧自矜。……
尤精于目录校雠之学，见有佳书，必搜讨钞录。于乡邦文献，刻意旁求，
寒暑弗渝，丹黄不辍，所刊《虞山丛刻》，皆表章先哲，昭示来兹。为
韩公校《海陵丛书》、为瞿君良耜校刊《先哲遗著》，精审绝人。所著有
《一行集》若干卷，《常熟县志》已印者十五卷、未印者十余卷，《日记》
若干卷。去岁以其子就学苏垣，遂移孥迁苏，流连文酒，时相过从，谈
谑甚欢。春间忽患肺疾足瘇，一似有不释然者，君顾不以为意。卒之前
一日尚赴公园品茗，眩晕扶归，不料其越夕即奄然物化也。其可哀也已！
君生于同治辛未某月某日，没于民国庚午七月二十二日，年六十。……
剑峰肄业上海持志大学，奉母命将于二十年某月日卜葬于虞山北麓陆店
先茔，来请铭。"

　　[二] 收虞山诸旧家藏书，以旧山楼尤多：潘景郑《著砚楼读书
记·丁氏书目稿本》："海虞藏书，自牧翁倡导，遵王踵美，而毛氏汲
古阁骎骎乎几驾前贤而上之。清乾、嘉以还，斯风未泯，瞿氏铁琴铜
剑楼崛起，为海内巨擘，同时如陈氏稽瑞楼、赵氏旧山楼秘笈亦复不

少，身后流在市廛，吉光片羽，并为世珍。瞿氏名德未绝，百年后犹未易姓，为难能矣！故人丁初园（引按，丁祖荫又号初园）先生，早岁浸淫簿录之业，尽窥瞿氏珍秘，于目录板片鉴别至精，尝为瞿氏撰《书影题识》，条例井然。毕生所蓄图籍至富，然颇珍秘，不以示人。予识初园在丁卯、戊辰间，时独山莫氏书散，精钞名校散入市廛，君故多资，倾囊搜罗数十种，阮囊羞涩，望尘莫及焉。洎后与君时得过从，赏析之乐，忝辱忘年。不数岁而君下世，遗书键钥，不复得见。丁丑之难，君遗书狼籍市肆，盖经僮奴窃取殆尽矣。市侩居奇，残简断编，零落不可收拾。予自更沧桑，不复有收书之志，而君之遗物，时复寓目一二，对之徒增慨叹而已！……当❷闻先生得旧山楼藏书居多，此目未录，意所收当在癸丑以前矣。"

[三]《虞山丛刻》：民国常熟丁氏刊本。约刊于民国四年至九年（1915—1920），分甲乙丙三集（罗志欢《中国丛书综录选注》上册"汇编·郡邑类"）。

[四]又刊《虞阳说苑》：民国虞山丁氏初园排印本。凡三十二种，三十七卷，分甲乙两编。甲编二十种，二十五卷，民国六年（1917）刊；乙编十二种，十二卷，民国二十一年（1932）刊。所收为明清之际虞阳（今江苏常熟）人之著述，内容涉及杂史、杂传、地理、小说等。其中以小说、地理居多（罗志欢《中国丛书综录选注》上册"汇编·郡邑类"）。

[五]则翁孺安《虞山妖乱志》，钱牧斋、柳如是遗事俱在焉：此句众本皆标点作"则翁孺安《虞山妖乱志》、钱牧斋《柳如是遗事》俱在焉"，不确，其中有二事须辨。"翁孺安《虞山妖乱志》"，按，翁孺安作有《素兰集》，《虞山妖乱志》则为冯舒（己苍）所撰。《虞山妖乱志》记张汉儒攻击钱谦益、瞿式耜事，先从翁孺安家事说起，则"翁孺安"

---

❷ "当"，疑"尝"之讹。

似当在"《虞山妖乱志》"书名后，作"则《虞山妖乱志》，翁孺安、钱牧斋、柳如是遗事俱在焉"。此或为王謇一时误记；若标作"钱牧斋《柳如是遗事》"，则钱谦益死于柳如是前，何能预为柳如是作"遗事"耶？况钱谦益本无作有《柳如是遗事》。另按，丁祖荫亦辑有《河东君轶事》。《著砚楼读书记·丁初园手辑河东君轶事》："此《河东君轶事》稿本一册，虞山丁初园先生手辑者也。余识初园在丁卯之春，每遇书林，辄纵谈今古，赏析奇书。时余年才弱冠，而先生则皤然一老，忘年订交，不自知其为固陋也。先生家饶于资，时独山莫氏书散，精本归者颇多。余以绵薄，力不能致，徒兴望洋而已。后数岁，先生捐馆，寂寞书林，赏析之乐不复可得矣。自去冬战祸波及吾邑，闻先生遗书，筐衍狼藉，此册亦流在市廛。余经乱之后，衣食困迫，无复购书余力，此册重为先生手泽，斥饼金得之。按先生于虞邑文献掌故表彰无遗，生前刊成《虞山丛刊》及《虞阳说苑》二书，征文考献，有光邑乘。此《河东君轶事》为手辑待刊之稿，搜罗详赡，纤屑靡遗。河东君才艺卓绝，行事或且不羁，遭口横议，其来有自。先生审于去取之间，于毁柳之辞，屏为附录，而识其后云：'此意存诋辱，多所附会，编纂佚事，当删之'云云。盖贤者忠恕之道，不欲传信传疑，贻讥后来耳。今先生墓木已拱，而此稿几付蜡车覆瓿，余何幸得之。展对故人遗泽，历历前尘，记忆宛然，不啻东京梦华之感矣！"

[六] 郡城淮张宫苑废基勾玉斜北：在今苏州市民治路，称皇废基。

[七] 不悦学如原伯鲁：《左传》昭公十八年："往者见周原伯鲁焉，与之语，不说学。"

[八] 上海涵芬楼所印《元明孤本杂剧》：即《古今杂剧》。《著砚楼读书记·丁芝孙〈古今杂剧〉校语》："丁丑之难，吾吴文物备极蹂躏，故家藏弆流散市廛者不知凡几。如故人丁芝孙先生藏笈，生前殊珍秘不肯示人，即一二知好，亦莫测其精奥。犹忆丁卯、戊辰间，与芝孙

角逐书林，偶见一奇帙，辄相争取，而书贾从中居奇，互相射覆，芝孙所得为多。于时吾吴藏书家，如邓丈孝先，宗丈子岱，晨夕过从，获闻绪论，余方弱冠，而诸公皆皤然耆彦，不弃鄙愚，引为忘年之交，赏析奇文，曾几何时，而老成雕谢，此乐不可复得矣。此册盖芝孙先生手录《古今杂剧》校语，原书为也是园故物，辗转流入士礼居、艺芸书舍、旧山楼。芝孙得之赵氏后人，禁秘垂三十年，绝不示人。晚年精构别业于城中公园路，殁未数载，骤罹兵祸，遗箧星散。大华书店唐君，先得《杂剧》之下半部，索值二百元，未有问津，适先兄博山以事返里，诧为秘帙，如值携归沪上，相与赏析者累旬。未几，集宝斋主孙君伯渊，与来青阁主杨君寿祺，亦访得是书之上半部，先兄屡谋剑合，二君居奇不肯让。如是者年余，吾友郑西谛先生为商归公之计，往返集议，久而克谐。先兄度不能剑合，亦以归公为最宜，其后得价九千元，而此书遂成完璧，皆西谛之力也。此书旋由商务印书馆流传……兹册余盖得诸丁书丛残中。芝孙先生博稽杂剧传本，考其异同存佚，手写成帙，并题四绝于后，其致力之勤，可见一斑。顾撰跋语刊诸《北平图书馆月刊》，有云：'时促不及详录，匆匆归赵，曾题四绝句以志眼福。云烟一过，今不知流落何所矣。掷笔为之叹息不置。'今检册中并无此跋，知其矜秘，特为布兹迷阵，亦贤者之过也。"又陈乃乾《陈乃乾日记》一九三八年五月二日："午后，耕余约观《古今杂剧》六十四册共二百四十种，内刻本六十九种。刻本为两残本，皆万历刻，初印。一中缝题《古今杂剧》者，似为陈与郊刻本。一中缝无书名者，不知为何书，当是臧晋叔刻本所从出也。其余钞者，皆竹纸无格（间有数种有格者更旧）。清常道人全部手校，每种后或署年月姓名，前有荛翁手写总目及跋。此书为《也是园书目》著录之物，黄荛翁得之以自夸'词山曲海'者也。近年由赵氏旧山楼归丁芝孙，十年前芝孙曾撰一长跋，登入某杂志，但不肯认为己物。余曾屡询之，皆不肯承，盖终身秘置箧中，未曾举以示人也。自芝孙去世，藏书时有散失。去年之劫，乃全为鼠窃囊括以去，可哀也。"十八日："与振铎、伯祥午餐于一家春。午后，同往伯渊处取《古今杂剧》。"六月三日："与振铎、率平及开明同人，饭于吉升栈旁之酒肆，购元人杂剧之事遂定。"四日："与振铎、率平同午餐于一家春，继至伯渊处签约，订购《古今杂剧》六十四册，价九千元，先付定洋壹千元，约十五日内付款取书。"按，陈氏谓"芝孙曾撰一长跋，登入某杂志"者，即民国十八年十月《国立北平图书馆月刊》第三卷第四号所刊之丁祖荫《黄荛圃题跋续记》。又章蒐荪《记脉望馆钞本〈古今杂剧〉》："常熟旧山楼，万历前后，藏书至富，主人赵氏用贤（官至吏部尚书，谥文毅），其子琦美，号清常道人，父子皆喜聚书，清常校勘尤精，有《脉望馆书目》。清常卒，其书悉归钱氏（牧斋）绛云楼。民国二十七年间，常熟丁氏初我（祖荫），避寇氛居沪渎，出售家藏古书籍，而脉望馆钞本《古今杂剧》与焉。事为郑振铎君闻悉，电告卢君冀野汉上，乃商承教育部当局，同意以万金收购国有。……斯编何以归有丁氏，不得其详。初我先生曩与吴师（瞿安先生）友善，冀野既获佳讯，比闻吴师湘潭（时避寇迁流止此），师复书谓初我异时未言及藏有此编。其珍秘可知。"（《斯文半月刊》1942年第2卷第22期）按，《古今杂剧》今藏国家图书馆，递藏源流，详见郑振铎《跋脉望馆钞本〈古今杂剧〉》（《西谛书话》）、孙楷第《述也是园旧藏〈古今杂剧〉》及陈红彦《脉望馆抄校本〈古今杂剧〉》（陈红彦主编《善本古籍掌故·二》）等。近吴真撰《脉望馆钞校本〈古今杂剧〉发现史之再发现》（《文献》2019年第5期），考辨至详。

　　[九] 集宝斋主人：马承源主编《上海文物博物馆志》第四编"人物"第一章"人物传略"五十一："孙伯渊（1898—1984），江苏苏州人。出生于装裱篆刻世家。其父孙念乔善于镌刻碑石，擅长鉴定碑帖，且开设'集宝斋'小作坊。父亡，他继承家业。从事刻石拓碑，对碑帖书画

鉴定有较深造诣，徐森玉、刘海粟等推崇他为碑帖鉴定专家。抗日战争爆发后，他宁弃一切，而将珍藏的书画、文物由苏州转移来沪，以防战乱损失。解放后，他先后将金石碑文4000余件捐献给上海市文物管理委员会；将颜真卿多宝塔、欧阳询皇甫君碑、李北海岳麓寺碑等宋拓法帖10种捐献给北京故宫博物院；将高攀龙书札卷捐献给苏南文管会（现由南京博物院收藏）；将书画文献资料捐献给南京博物院；宋拓张长史郎官石记、宋拓米芾方圆庵记、宋刊竹友集、吴历葑駱会禽图卷等碑帖、书画23种捐献给上海博物馆。他还为国内文物单位鉴定过大批书画文物。"

宜州家乘龙川略，杭客云山味水轩。
恨煞绛云遭一炬，书神错怨懒长恩。

陆颂尧鸣冈，世居上海，专收郭天锡而下尽明清迄辛亥初之私家起居注，在日记一类，可谓上下古今，真知笃好者矣。寓邸曾遇祝融，楚人一炬，六丁悉数收去[一]。人谓书神无灵，实则陋规积习，救火警士未遂所欲，则坐视不救。已允总犒五千金矣，而中夜无从支付现钞，遂使名家稿钞校本、日记真迹火炎昆冈，玉石俱焚矣，可胜浩叹！《宜州》《龙川》两著，不以日记名，却为自序而作。郭氏《客杭》《云山》两书暨紫桃轩《味水》一编，则日记权舆也。

笺证

[一]陆颂尧鸣冈（1902—?）：王睿《流碧精舍师友渊源录长编》："陆颂尧，上海人。曾收藏历代名人日记，几乎应有尽有。后寓斋毁，真成绛云一劫。"陆鸣冈生年，据关赓麟癸巳（1953）重编《咫社词钞》前载《咫社同人姓名年齿录·社外词侣》："陆鸣冈，颂尧，陇梅，江苏，五十二。"逆推知其生于1902年。

甘泉乡人祖遗稿，棠湖诗集景印传。
先哲批校倘发藏，檇李遗书三续编。

钱新甫骏祥，嘉兴甘泉乡人孙●[一]，收书专重乡先哲批校本，家藏宋岳珂《棠湖诗稿》，曾印行传世，孤本也[二]。

笺证

[一] 钱新甫骏祥（1848—1930）：章钰《四当斋集》卷八《翰林院侍读嘉兴钱公墓志铭》："公讳骏祥，字新甫，晚号聩叟。世系备详先世传志及恭勤公传志。恭勤公子五，公其仲也。为恭勤公元配许夫人出。时甘泉先生司训海昌铎署，高闲以课孙为乐，未十岁即毕诸经，后侍恭勤公江宁，得闻诸老绪论，器识日高。未冠，入邑庠，旋食廪饩。困于秋赋，历优贡、副贡，至乙酉始捷北闱。己丑成进士，改庶常。年四十有二矣。……上距生道光戊申四月己巳，寿八十有三。"

[二] 家藏宋岳珂《棠湖诗稿》句：《棠湖诗稿》一卷，收岳珂《宫词》一百首，南宋临安棚北大街陈宅书籍铺刻本，民国时期有影印本，后有钱骏祥过录其从祖钱仪吉（甘泉乡人）跋云："余家旧藏宋本《棠湖诗稿》一卷，凡《宫词》一百首。"又钱骏祥跋于此书流传所记甚详："宋岳倦翁《棠湖诗稿》旧藏叔曾祖云岩先生处，卷首有先生小印，从祖衍石先生有跋载《记事稿》中。咸丰末，从父徐山先生携之蜀中，为姑夫江右萧苧泉丈假录重刊，遂留萧氏，迄今殆六十年。今春，表弟仲穆昆季以是书为吾家故物，畀余藏弆。自赭寇之乱，海内藏书家大半散佚，宋元刊本之流传于世者日亡日少，是书仅见于毛氏《汲古阁书目》，在盛时已为孤本，弥足珍贵，而萧氏昆季反璧之谊尤可感已！因敬录先

● "孙"字原脱，据勘误表补。按，"甘泉乡人"钱泰吉号，钱骏祥之祖。

给谏跋于卷后，并略述颠末，以示后人，可不宝诸？岁在己未立秋前一日，嘉兴钱骏祥识于春明客邸。"按，此本今藏天津图书馆。按，本诗传清稿本标明出处"见《海天楼随笔》"。

云在山房丛书刻，云薖漫录记前朝。
宋本景印孟东野，真面已胜方柳桥。

杨味云寿枏●[一]，号云薖，所著有《云在山房集》[二]，并刊《云在山房丛书》[三]，颇收佳籍。其宋本《孟东野集》，曾付景印[四]。巴陵方功惠柳桥曾以朱墨色套印《孟东野诗》[五]，然以方体翻刻，非复宋本真面目也。

笺证

[一] 杨味云寿枏（1868—1948）：顾颉刚《法华读书记（二十一）·〈吴郡通典〉之铅印本》："（1954年）五月十五日晚记此，翌晨王佩诤先生来，以此书询之，渠曰：'书有铅印本，修文堂书店即有一册，杂诸残书中。'闻之甚喜，挽与偕行，果得之。……惜此书及身未刊，殁后四年始由某君（王式通序中云'味云同年'，不知为谁）。"眉批："佩诤云：'味云为杨寿梅，寿枏弟，好书画。'又云：'此书殆为其门客所校，故多误文。'"（《顾颉刚读书笔记》卷六）又《顾颉刚日记》卷七一九五四年五月十六号星期四（四月十四）："佩诤来，与之同到修文堂阅书，与孙实君谈。……久欲读吴昌绶《吴郡通典》而不知其刊出与否。今日与佩诤言之，渠谓此书有铅印本，修文堂即有一册。大喜，

● 一 "枏"，李本、杨本作"柟"，二字为同一字之正俗二体，今通作"楠"。然细案油印本及清稿本俱作"枬"，古同"梬"，非。

即与同往，以五千元购之。予欲作《苏州史》，得此当有助也。"按，此"味云为杨寿梅，寿枏弟"，是王謇一时误记，"味云"即杨寿枏。又，杨寿枏尝以巨金购同邑杨芳灿一门稿本欲行刊印，事见本书"余一鳌"诗传笺证。

[二]《云在山房集》：应是泛称，即《云在山房类稿》，无锡杨氏民国十九年铅印本。

[三]《云在山房丛书》：无锡杨氏民国十七年铅印本，收黄体芳《醉乡琐志》、杨寿枏《云蔼漫录》、汪曾武《外家记闻》、徐沅《檐醉杂记》、顾思瀚《竹素园丛谈》、侯毅《洪宪旧闻》、李步青《春秋后妃本事诗》、丁传靖《明事杂咏》、姚朋图《扶桑百八吟》、杨寿枏《贯华丛录》、丁传靖《福慧双修庵小记》、冒广生《云郎小史》、章廷华《论文琐言》、李放《八旗画录》十四种。

[四]以上文字，清稿本标明"见《海天楼随笔》"。

[五]朱墨色套印《孟东野诗》：当为方功惠碧琳琅馆光绪六年刻朱墨套印本《孟浩然诗集》。

猛惊一弹弹重楼，百箧墙身碎不收。
柔能胜刚书无恙，泥沙扑去莫须修。

王慧言保譿守其先人紫翔大令祖畬楹书[一]，抗日战争时，两遭寇弹，箧版多碎，而书尚无恙[二]。惜身后乏资，家人出以易粟，散失垂尽矣。就中太仓乡先哲遗著稿本特多[三]，程迓亭穆倩●《梅村诗注》稿本[四]，其上驷也。又有荆石山民吴镐未刊稿。闻有《水浒传考证》未刻稿甚精，而未详撰人[五]，一九二九年左右，有自署"瞻庐"者，登

───────────

● 按"穆倩"当作"穆衡"。"穆倩"乃程邃字。

《水浒传考证》稿于《新闻报·快活林》[六]，征引宋人稗野极多，不类此君向来文笔，疑即从此本出也。君藏书时见诸沪市，而精本杳然，不知黄鹤客何处去也[七]。

笺证

[一] 王慧言保諴（1890—1938）：唐文治《茹经堂文集四编》卷七《王君慧言家传》："君生于清光绪庚寅岁九月十八日，以戊寅九月五日卒，享年四十有九。"江澄波《民国时期苏州地区民间刻印图书概述·王氏溪山书屋》："王保諴（1890—1938），号慧言，太仓人。父祖畬，光绪进士。藏书甚富，保諴继承藏书事业，增益甚多。又喜刻书。并与昆山赵诒琛发起集资编印《甲戌丛编》等。日寇侵华，战火中藏书损失十分之三。卒后，藏书由其夫人编目庋藏，尚有数万卷。后散出。"（《吴门贩书丛谈》上册）

[二] 抗日战争时，两遭寇弹，箧版多碎，而书尚无恙：当在1931年（辛未）淞沪抗战时。王保諴《壬申被难琐记》详记其事："辛未十二月十六日，余自苏校寒假回里。越一星期，淞沪战事起，相持至一月，二十九路军败退。日兵由七鸦、杨林两口登陆。先数日，即有飞机旋绕太城……日兵于正月二十五日登陆，城中军队纷至，商店罢市，消息阻隔，但闻炮声隆隆，以为军队来太防御，当在七鸦、杨林间作战也。二十六日，风声益急，传说不一。余以闭门枯坐，益无闻见，乃出行街市，见鹿鸣楼茶肆尚开，因入小坐。未几，见日机三架盘旋于上，成品字形。忽闻橐橐数声，同坐者皆惊起而走，曰'开始掷弹矣'（后悉有保卫团丁在文笔峰向日机开枪，于是掷弹）。余目睹响声发处距吾家不远，家中人必大受惊惶，亟奔归。至致和桥，闻途人云'弹落青云顶王宅，房屋皆毁'，余骇极，则见熊儿奔至，亟问伤人乎？曰未也，心稍安。至家则面厢房全毁，其他墙屋亦无完者……西厢房藏书数十箧，别无他物。余视箧皆

压坏，书则未损（炸力能破铁石之坚，而不能伤书，足见以柔制刚之理）。
然一时无法检出，且以阖家生命不知如何，亦听之而已……自掷弹后，居
民纷纷出城……乃将前后门坚闭。老少凡六人，并携灶妪陶妈，由宅东祠
堂出……同出北门。时已午后二时许……越日，有入城探视者，知日兵在
陆渡桥，十九路军在防御东门外，时已停战议和，城中秩序稍安，惟念
家中无人，深恐复遭兵匪剽掠，文昌庙即在宅西，炸弹再及，亦未可知。
余所耿耿于心者，尤以书籍在瓦砾中。一遇天雨，则同归于尽矣。因于二
月一日，偕内子步行入城，差幸门户依然扃闭。文昌庙全毁，其与余家接
壤之园墙亦倒，中间尚隔隙地一亩余，故未波及。时居民已渐有回城者，
就近雇得三人，将书尽数检出，分置各室，覆以油纸。并发现弹壳一截，
圆锥形，长尺余，质如钢铁，中空，外傅四翼，系以铁鍊，长二尺许。留
一宿，仍至滕泾。明日即大雨，书籍之获全，若有天意焉……至四月初撤
兵，归家修葺墙屋，所费五百余元。其全毁之西厢房，以无力重建，夷为
隙地。统计损失盖在千元以上。而人口无恙，藏书未损，尤为不幸中之大
幸。"〔《溪山小农暂存稿（乙亥至丁丑四月）》〕

　　[三] 就中太仓乡先哲遗著稿本特多：王睿《流碧精舍师友渊源录
长编》："王保諟慧言，太仓人。藏太仓先哲遗书甚多。"南京图书馆藏
王保諟《信札底稿·与佩诤》一札中有云："附呈《太仓图书馆书目》
二册，如有尊处欲钞者，请记出之，但恐无甚珍秘耳。"

　　[四]《梅村诗注》，当作《梅村诗笺》，吴伟业撰，程穆衡笺，十二
卷诗余一卷首一卷，抄本六册，今藏南京图书馆。按，南京图书馆藏王
保諟所辑《溪山草堂书目》及《书目底本》两种中未见著录此书，此处
盖为误记。

　　[五]《水浒传考证》未刻稿甚精，而未详撰人：按程穆衡撰有《水
浒传注略》，上下卷，清道光二十五年王氏听香阁刻本，题"太仓程穆
衡迂亭著同里王开沃半庵补"。此书稿本原为郑振铎所得，见其《劫中

得书记》。此《水浒传考证》，疑即《水浒传注略》之误记？然颇疑此书非王保諲所藏，其丙寅年（1926）四月所撰之《程迓亭先生著述录自序》云："程迓亭先生以乾隆丁巳成进士，令榆社二载罢归。年正强仕，闭户读书，至九十三而殁。盖孜孜矻矻，潜心笃志者五十余年。著述等身，晚近莫与并焉。……综先生所著，大抵若存若亡……遍访里中，不闻复有所藏，而缪氏旧藏者，若《夏小正注疏》《李空同诗集评注》《陈检讨诗集笺注》《水浒传注略》及《鸟吟集》全帙，今皆不得复见，重可惜矣！"〔《溪山小农暂存稿（乙丑五月始已巳六月止）》〕另王氏所辑《溪山草堂书目》及《书目底本》两种中未见著录此书，则王保諲似未曾藏有《水浒传注略》稿本也。此处盖为误记。

　　[六]一九二九年左右，有自署"瞻庐"者，登《水浒传考证》稿于《新闻报·快活林》：按，检1919年7月22日《新闻报·快活林·谐著》有瞻庐《水浒传补遗》，而时间非在1929年，且非《水浒传考证》。另1923年之《半月》杂志载有程瞻庐《水浒传图像考证》。《水浒传补遗》乃续补《水浒传》之文学创作，非学术文字，《水浒传图像考证》则属学术考证文字，盖王睿凭记忆有所混淆。又程瞻庐与王睿为江苏省立苏州图书馆同事，故能有"不类此君向来文笔"之说。郑逸梅《逝者如斯》"四、程瞻庐"："君讳文抶，字观钦，一署望云。早岁卒业江南高等学堂，与叶小凤、王莼农有同砚之雅。执教鞭有年，尤以担任苏州景海女学国文讲习为时最久。善以冷眼观世，奔竞卑劣诗张为幻之状，乃摭取之以入小说。常啜茗于吴中饮马桥头之锦帆榭，成《茶寮小史》，脍炙人口。李涵秋死，《广陵潮》与《镜中人影》未及终篇，均由君妙笔赓续之。生平著述甚夥，尚有《众醉独醒》《新旧家庭》《滑稽春秋》《快活神仙传》《雨中花》《葫芦》《湖海英雄传》《唐祝文周四杰传》《情茧》《情血》《原谅》《废妾》《依旧春风》等巨著。君课余喜听说书，遂揣摩之，成《藕丝缘》《孝女蔡蕙》《哀梨记、明月珠》《同心柜》五弹

词，悉由商务印书馆椠行。事变起，君意兴索然，不再操觚，直至今春，以困于经济，又复为冯妇，著《簪缨会》，只两回，全书未竟，而君以胃疾遽尔逝于吴中，同文无不悼惜。"(《〈永安月刊〉笔记萃编》)

[七]按，王保譿生平及藏书诸端，江庆柏先生《近代江苏藏书研究》第六章"近代苏州地区藏书·王保譿与溪山书屋藏书"有详述，兹不赘焉。

挥洒天然倒好嬉，鼎尝一脔味先知。
寒笺翠墨平生乐，挟蟹避焚世所奇。

王季欢修，长兴籍[一]，寓沪上。嗜吉金乐石如生命，作字每倒书，如古人钤印书倒●好嬉者然[二]。曾印金石书画摄片曰《鼎脔》，曲高和寡，数十期后绝版矣[三]。汇编三帙，世多有藏弄者。嗜酒，尤嗜持螯，一夕蟹熟，家人忙于救火，则挟蟹赴酒家矣[四]，其诙怪如此。藏精本数十箧，编有《诒庄楼书目》[五]，及身已散失几尽矣[六]。

笺证

[一]王季欢修（1898—1936）：王睿《再补金石学录》稿本目录："王修，长兴人。有《汉安甀甒专录》，不分卷。"《澥粟楼书目（中）》"史部·金石类·文字之属"："《汉安甀甒专录》一卷，长兴王修，排印大字附图本。"王松泉《民国杭州藏书家·王修》："王修（1897—1936）原名福怡，字季欢，一字修子，号杨庵，浙江长兴人。尝任财政部金事。素好金石。宦游燕京时，搜购古籍甚勤，所得宋元明椠及钞稿珍本甚夥。此外又专收日韩两国之刊本。……著有《杨庵诗存》《长兴先哲遗征》

● "倒"，原误作"侧"。

《绥州金石略》，皆不分卷。……王夫人温匋亦喜藏书，夫唱妇随，为民国藏书界佳话。"（政协杭州市委员会文史委编《杭垣旧事》，2001年）

[二]作字每倒书，如古人钤印书倒好嬉者然：《民国杭州藏书家·王修》："工书，善饮，不轻易为人挥毫。或求其墨宝，须伺其豪饮兴酣时，则命笔一挥而就，如惊鸿，如游龙，真是神来之笔，气势磅礴，有力透纸背之劲。其作书，能自下向上拔，结构自然，停匀得体，是亦别有天聪也。亦善画梅。"按，"倒好嬉"，叶盛《水东日记》卷七"张云门书印谱后"载张绅跋朱珪《印谱》："子行（元吾丘衍）尝作小印，曰'好嬉子'，盖吴中方言。一日，魏国夫人作马图，传至子行处，子行为题诗，后倒用此印。观者曰：'先生倒用了印。'子行曰：'不妨。'坐客不晓。他日文敏见之，骂曰：'个瞎子，他道倒好嬉子耳。'"《香艳丛书》本无名氏《荻楼杂抄》："赵魏公夫人管道升善书画，吾竹房尝题其所画竹石。竹房有一私印，是'好嬉子'三字，即以此印倒用于跋尾。人皆以为竹房之误，魏公见之曰：'此非误也，这瞎子道妇人会作画倒好嬉子。'"

[三]曾印金石书画摄片曰《鼎脔》句：《申报》1948年3月31日俞剑华《怀黄宾虹先生》："余之识黄宾老在二十年前，时民国十五年，故友王季欢办王家印刷所于威海卫路张家花园附近，出版《鼎脔》美术周刊，余在济南出版《翰墨缘》半月刊，并曾投寄画幅刊诸《鼎脔》。"《民国杭州藏书家·王修》："季欢先生又曾在上海主辑《鼎脔》周刊，凡数十期，并自办印刷所。周刊内容以书画金石图版文字方面为多，如《分宜清玩籍》《鹿胎仙馆杂录》《铸梦庐篆刻学》《关中金石古逸考》，金为有价值之作品，惜以曲高和寡，亏蚀过巨而辍业。"

[四]家人忙于救火句：《民国杭州藏书家·王修》："季欢先生藏书，大部分在抗日前的一次家中失火时被焚。烬余之书，由其家属在解放后赠送浙江图书馆。"

[五]《诒庄楼书目》：《民国杭州藏书家·王修》："民国19年（1930

年）编有《诒庄楼书目》八卷，铅印出版，计装四册（曰诒庄者，以壬戌时在燕京，该地厂贾以其七世祖笠云知蒙城任时所刻《古蒙庄子》见诒也，故取室名'诒庄楼'）。书目所载之书，均系宋元明及高丽、日本罕见之善本。季欢先生祖上七代直至其本人之收藏，均不收清朝刻本，即使目有所载，亦必有名人批校或为清代作者手稿，从而可知其目内所载之书，皆属稀见善本，实为近代藏书家所别出一格者。季欢先生每以藏书万卷，读书千卷，著书百卷而自诩自豪。……季欢先生早年受业于鹤道人郑文焯为师，为其师辑有《鹤道人题跋》一卷。其师过世后，郑文焯生前批校之书，部分赠给季欢，故《诒庄楼书目》内载有郑文焯先生批校书甚多。"

　　[六] 清稿本标明出处"事见郑逸梅《人物品藻录》"。按，《人物品藻录·王季欢之啖蟹趣史》："浙东名士王季欢，殁世已多年，其人善书法，挥写时往往倒逆为之，既成，不误一字。闲作山水，亦苍莽有致。曩在沪上，主辑《鼎脔》周刊，凡数十期，且自办印刷所以承印。周刊多书画金石图版文字方面，如《分宜清玩籍》《鹿胎仙馆杂录》《铸梦庐篆刻学》《关中金石古逸考》《古器物学录》《红树室琐记》《说玺堂金石经眼录》等，皆极有价值之作。惜以曲高和寡，亏耗过巨而辍止。……又相传王尚有一吃蟹笑史。王一日持蒸蟹累累至酒肆就食，肆伙谓不如带活者来，可以代煮，乘热进之，不较腴美耶？王曰：'不然。我本拟在家中啖酌，奈忽不戒于火，火势熊熊，家人惶急不知所措，有失侍奉，故特带来以图一饱耳。'"

庐墓孝子尝高隐，东道我逢李邺侯。
插架卅年历乱处，深藏人海忆之否？

　　李印泉根源^[一]，腾冲籍，流寓吴中，筑阙园以养太夫人，盖在抗战前十余年已敝屣簪缨矣。太夫人殁，葬郡西小王山^[二]，印泉庐墓，有终焉之志。搜寻吴郡名胜，作《吴郡西山访古记》。余时正从乡先辈张仲仁一麐修邑志[三]，反从印泉请益，见印泉口讲指画吴中四乡名胜古迹、吴郡名贤遗闻佚事，历历如数家珍，每心折之。印泉在城，余无日不往阙园，与当世●贤豪长者谭道讲艺，上下其议论。四方名流竞集吴会，余亦未尝不获见。在乡庐墓，余一往辄信宿六七日，诗酒之会，酣嬉淋漓而不厌也。"东道我逢李邺侯"，即当时赠公句也[四]。抗战之变，印泉不获已而返故乡[五]。解放后，始一乘公车南来，旋即北上[六]。年将大耋，艰于步履，未知重来何日。吴门城乡流寓两老屋，尘封空锁，插架历乱矣。

笺证

[一] 李根源（1879—1965）及著作：王謇《流碧精舍师友渊源录长编》："李根源印泉，善金石古器物学。"《民国吴县志》卷五十八下"艺文考七"王謇校补："李根源《腾冲青齐李氏宗谱》五卷、《叠水河李氏家谱》一卷、《阙茔石刻录》一卷、《虎阜金石经眼录》一卷、《明滇南五名臣遗集》六种六卷（校刊）、《景邃堂题跋》一卷、《雪生年录》一卷、《明雷石庵胡二峰遗集合刻》二种二卷、《洞庭山金石》二卷、《九保金石文存》一卷。"又同书卷五十八下"艺文考八"校补附《传记补遗（一）》："李根源《李希白先生年谱》一卷（李学诗遗事、刊本），李根源《雪生年录》三卷（李根源自订生谱、刊本）。"王謇《再补金石学录》稿本目录："李根源，今腾冲人。《阙茔石刻录》、《河南图书馆藏石目》一卷、《九保金石文存》一卷、《洞庭山金石记》二卷、《虎阜金石经眼录》一卷。"

[二] 李根源母墓在苏州城西小王山，曰"阙茔"，中有王謇《李母阙太君茔题记》摩崖题字，云："苍洱遥拱。李母阙太君墓侧岩石峥嵘，质秀而美，敬书四字，以慰令子印泉孝思。己巳维夏，吴县王謇。"（《阙茔石刻录》）按，原石今犹存。

● 此句原脱"世"字，据清稿本补。李本"当"下增"代"字，作"当代"。

[三] 余时正从乡先辈张仲仁一麐修邑志：张仲仁，又名一麐，号公绂。详见本书"金天翮"诗传及笺证。修邑志，即纂修《民国吴县志》，王謇《民国吴县志校补》上有题识，略述与张仲仁事："改制二十年左右，追随乡先达张公绂（一麐）辈整理修志事。謇奉命总校艺文、舆地、金石诸考，凡不入列传者皆属之，列传则属之郭君随庵。余颇觉列传及诸考中脱佚可补者甚夥颐，因乘机补入杂记门中。二十年来，复觉艺文门阙佚倍蓰曩昔，因分补书眉，异日将整录一通，为《吴县艺文志补正》一卷，与志中向未著录年谱一门计一卷合印一通，以偿夙愿。然拾遗补阙，即照自订凡例，已非易于蒇事也。癸巳重阳，瓠老人。"又："往余少时，尝随诸乡先辈复网罗乡邦文献，并及放失旧闻，成《艺文志》八卷、《金石志》四卷、校勘《舆地考》四十卷，惟《列传》数十卷则属诸郭随庵先生。附识于此，以存鸿爪。瓠叟。"张一麐《吴县志序》："君（引按，孔昭晋）以一麐粗知梗概，具牍前县长黄公云僧，令主其事。乃添李君印泉、吴君鼎丞与原在局中之孔君暨王君佩诤、施君济众、张君壬士为委员会，并聘郭君随庵为总编校，商酌体例，略有增损，而不离其宗。"

[四]"东道我逢李邺侯"，即当时赠公句也：句出李根源编《松海》所收王謇《松海步月呈印老阁揆》一诗："葛巾野服揭来游，谁识东陵一故侯。依约寥天山夜碧，寒林明月皎如秋。寒林松海月中游，东道来逢李邺侯。万壑龙吟胜梁父，隆中各自有千秋。"另有二首亦能反映二人此时交往之情形，并录于下。《丙子四月初十日挈八儿震民谒印老阁揆于阙莹村舍，值蚕事即登，大烹以饷诸教师。酒阑客散，信宿山庄，见梁间乳燕初飞，饶有生机，深羡隐居之乐，因即事呈句》："斗酒烹羊效功日，称丝分茧话桑麻。旧时蔀屋茅檐燕，飞入山中宰相家。"《松海呈印老阁揆用影观师韵》："风谡山中相，山深人更深。万松云海处，自有老龙吟。"按，前诗纪年"丙子"，民国二十五年（1936），诗传谓"在乡庐墓，余一往辄信宿六七日"者，即此时。徐澂《春在山中宰相

家》对当时情景，即有详细描写："（一月）二十七日的下午，又同了瘦鹃兄和他的世兄伯真，取道灵岩，到留村住了一夜。明天下午，我们刚到阙茔村，不一会印老和章师母、奇弟、惠心可兄，都从木渎到来。晚班轮船到善人桥的时候，范烟桥、金寿楣两兄弟全到了。真巧，还有王佩诤、薛颐平二君，也在这时来游。于是阙茔村客堂中，灯光下面，坐满了一屋子人。印老满面笑容地忙着招待，高兴极了，因为他老人家向来好客，是个主张'座上客常满，樽中酒不空'的人。自从章师母在松海口占了那'应有蛰龙吟'的一首诗，于是印老和上一首，佩诤见了技痒，就也来上一首云：'风谡❷山中相，山深人更深。万松云海处，何必有龙吟。'郑梨村兄、诸祖耿兄又各先后和了二首，郑是'山色隆中好，烟云岭上深。苍松千万树，浩浩起龙吟'；诸是'春枕涛声大，照庭山翠深。百灵奔走处，风雨护龙吟'。佩诤主张将来征和多了，可以刻成一部《松海龙吟集》。"（《松海·穹窿杂写》）

　　[五]抗战之变，印泉不获已而返故乡：按，李希泌《我父亲李根源和苏州·吴下二老》："1937年秋冬之交，日本侵略军突破我淞沪防线后，向纵深侵入，苏州岌岌可危。工兵总指挥马崇六奉命炸毁通向南京的公路桥梁，以阻敌军。马知我父亲和张仲老都还住在小王山，特地开了小汽车到小王山接两位老人迅速离开苏州。张仲老以难民尚有数万未疏散，坚决不走。我父亲只得和他告别，乘马之小汽车去南京，转往武汉，接着飞新疆。……1938年，张仲老从苏州脱险，经香港到昆明看望我父亲。这时，我父亲已从新疆扶病回云南，在安宁温泉养病。"

　　[六]李根源1949年后之情况及其收藏，李希泌《我父亲李根源和苏州·重返苏州》有较详细之叙述："1949年12月，云南起义。次年5月，中央人民政府邀请我父亲到北京参加全国政协第一届第二次会议。会议

---

❷　"谡"，原误作"稷"。

结束后，朱德总司令希望我父亲到北戴河小住，但我父亲要求回苏州一趟。6月初，我跟父亲到达苏州。苏州市长王东年与谢孝思同志到车站迎接我父亲。休息几天后，即驱车赴小王山。……因西南军政委员会订于8月1日在重庆召开第一次会议。我父亲是该会委员，遂从小王山经赴上海，拟溯江而上至重庆。迨到上海后，始知一时无上水船只。其时，西南军政委员会刘伯承主席亦来电报，望我父亲不必冒盛暑兼程入川，可暂住华东休息。9月初，我父亲由上海又回苏州，暂住于苏州市人民政府在张家巷准备的一幢楼房内。10月，搬回十全街旧居。……苏州市文管会在谢孝思同志的主持下，对保护文物古籍做了很多工作。我父亲为使他生平所收藏的文物古籍，托付得所，将曲石精庐（我父亲的室名）所藏汉砖、魏碑、唐墓志九十三方（其中有唐代著名诗人王之涣墓志）、唐代名将泉男生与黑齿常元墓中出土的唐三彩马俑和碑拓以及图书数万册，悉数捐赠苏州市文管会。……1951年初，我父亲因西南军政委员会召开第二次全体会议，离苏经沪入川参加会议。他原拟会议完毕仍回苏州居住。但事与愿违，他在重庆病倒了。朱德总司令接他到北京就医，以后便长住北京。1965年7月6日，我父亲在北京病逝。全国政协按照他的遗愿，把他的骨灰送到苏州安葬在吴县善人桥藏书公社小王山我祖母的墓侧。"

石林再隐凤❶池乡，捐尽山经浦石仓❷。
才选四千近词集，还搜五季旧文章。

叶遐庵恭绰[一]，石林老人后裔，自浙绍迁南海者数世矣[二]。挂冠后，流寓春申江上选清词[三]，以寒家瀣粟楼与顾巍成建勋家燕营巢藏清

---

❶ "凤"，原误作"凤"，据勘误表改。
❷ "浦石仓"，应作"蒲石仓"，即传文所言叶景葵所设之合众图书馆之址，上海蒲石路也。

词略多^[四]，遐庵展两家目，知为公私藏所未收者尚有百八十余种，介吴湖帆万来见。借词之日，即蒙一见，如旧相识^[五]。嗣后，苏、浙、沪先后开文献展览会，遐庵俱任高等顾问^[六]，余与陈子彝华鼎、陈子清晋湜辈亦无役不从^[七]。北京中国营造学社卢工程师奉璋❸来吴^[八]，随遐庵详测吴中古建筑，余亦无处不乡导以往。后遐庵购得我吴汪甘卿太史锺霖十亩园^[九]，即颜之曰"凤池"，以石林流寓吴门居凤池乡^[十]，纪祖德也。抗战后，余犹数数见遐庵于上海。后复远赴香港，遄返羊城。解放后赴京，犹蒙函询起居。相见无期，梦寐之思，其何能已！《全五代文》者，遐庵曾得旧人辑本《五代文钞》而扩充之^[十一]，余为集前贤所著各地五代金石文目饷之，遐庵亦不以为不可教，时犹未见杨殿珣《石刻题跋索引》也。《清词钞》已集成者四千余家，承以油印目录简历见赐，封面手书题识，犹谆谆以拾遗补阙为属^[十二]。所藏地志山经之属数千册，尽捐入上海蒲石路畔叶揆初景葵所创设，顾起潜❹廷龙所主持之合众图书馆^[十三]，平生行谊，足风世矣。

笺证

　　[一] 叶遐庵恭绰（1881—1968）：王謇《流碧精舍师友渊源录长编》："叶玉甫恭绰。善金石古器物学。"

　　[二] 石林老人后裔，自浙绍迁南海者数世矣：叶恭绰《凤池精舍图跋》："余固吴人也。先石林公籍吴之凤池乡，今故居之址犹在乘鱼桥西。余数典不敢忘祖，亦犹世系之南阳云尔。"（《遐庵汇稿》中编"诗文"）按："乘鱼桥"似当作"鱼城桥"。乘鱼桥在苏州古城西北隅，鱼城桥在东南隅，即吴承议桥。清稿本有考，云："王文恪《正德姑苏志》载：

---

❸ "奉璋"，原误作"秦璋"，据《流碧精舍师友渊源录长编》改。
❹ "潜"字原脱，据勘误表补。

石林流寓吴门，居凤池乡，政和中，居鱼城桥。鱼城桥者，朱梁任君锡梁考为即《宋平江图碑》之吴承议桥，音近而讹耳。"王謇《宋平江城坊考》卷三"东南隅"："吴承议桥……卢《志》：'叶少蕴旧宅，在凤池乡，前有鱼城桥。政和中，寓布德坊。'《宣统吴县志稿》案语云：'少蕴故宅，在今唐家巷，门前有小桥，即元陆友仁《研北杂志》所引《石林总集》之鱼城桥，而《平江图》作吴承议者也。门前尚存石础三。'"

[三] 挂冠后，流寓春申江上选清词：《叶遐庵先生年谱》民国十四年己丑（一九二五）先生四十五岁："十一月辞执政府交通总长职。"十九年庚午（一九三〇）先生五十岁："居沪。……五月十五日，在暨南大学演讲《清代词学之撮影》。先生拟汇辑清一代之词为《清词钞》，搜集凡数千家，露钞雪纂，不辞劳累，应该校之请，因发其凡。"《全清词钞·例言》："是编工作始自一九二九年，倏逾廿载。其间采访、选录，以迄编次校订，多赖同好诸君之力。自彊村先生以次，如……王佩诤（謇）……敬表谢忱。"

[四] 以寒家瀣粟楼与顾巍成建勋家燕营巢藏清词略多：顾巍成建勋，见本书诗传。《江苏省立苏州图书馆年刊》1936年6月载王謇（署名谔公）先生《平湖葛氏所藏清人精本词目跋》："南海叶遐庵先生操《清词钞》选政，遍搜海内藏家，得清人词集四千余种。其数已超乎王兰泉、黄韵珊、丁杏舲诸家而上之。即就吴中论，寒家海粟楼所藏词，汰其与各地重出者，亦得罕见本三百余种，而燕营巢顾氏所藏罕见本百八十余种，尚不在此列也。颇闻东莞伦氏藏清人词七百种，而绝不易见之孤本居十之一。此目为平湖葛君咏莪祖遗秘笈，汰其习见之本，犹得近八十种，可与东莞并称双绝。两君达人，当不吝一瓻之借。附志于此，以告遐公。"又王謇曾赠嘉兴项之淳《清啸集》二卷精刊本、无撰人《此君草堂词选》二册稿本、无撰人《谦益堂词选》一册稿本于叶氏（《瀣粟楼藏书目·下之下》"集部·词类·词选之属"）。《清词钞》，即《全清词钞》，

王謇于叶氏之选编工作亦有建议，其致叶恭绰函："退庵先生赐鉴：吴门枉顾，诸多简慢，歉罪至深，惟贤者鉴谅为幸。《清词钞》选法以十首为率，尊见诚是。窃有贡议于左右者：十首以施之中才，至名大家，则不妨略多。而名姓翳如者，略选一二首，以存其名可矣。顾名思义，非择之至精，似亦无当于词林文蔌也。尊见以为何如？知必有以教之也。"（《信稿》稿本）今存上海图书馆之叶恭绰友朋尺牍，王謇致叶氏函札中于《全清词钞》多有讨论；他则如叶恭绰致吴湖帆书札中，亦颇有言及向王謇借清人词集等事。兹略摘录：一一七札："外词目一束祈代致佩诤先生为幸。"一二三札："王佩诤藏词目可由台从带沪。"一三七札："又：王佩诤处弟三函去，不得覆，望一询之。"一六〇札："弟欲集此届选词诸公小照，共绘为一图，现先征集摄影，祈向仲清、佩诤、巍成、瞿安各索一六寸照片，并请兄亦赐一照，至托至托。"（梁颖整理《退庵书札（续二）》）又上海图书馆藏张茂炯1932年间致叶恭绰七札近来亦有公布，其中颇涉叶氏向王謇借清人词集等事，且与叶氏致吴湖帆书札可互证，如第二札："佩诤因保古事，贤劳特甚。巍成亦以教务，仆仆苏中间，故于词钞事均未能着手，现在巍成藏词已由炯担任抄录，已十得八九。闻湖帆月内将来苏，届时拟仍托其带上也。佩诤藏词亦当代任一部分，以副盛意。"（丁小明、赵友永《张茂炯致叶恭绰信札七通考释》）

［五］借词之日，即蒙一见，如旧相识：郑逸梅《近代名人丛话·叶恭绰的收藏》："此后吴中王佩诤著《续补藏书纪事诗》，把恭绰也列入藏书纪事诗中了。原来恭绰收罗清词，知佩诤家藏清词较多，乃由吴湖帆作介，向佩诤借词书，彼此才相稔熟。"按，郑氏所记全据本诗传而来。

［六］按，吴中文献展览会于1937年2月19日开幕，20日开展，地点在苏州沧浪亭对面之可园。王謇《吴中文献展览会出品目录叙例引言》："发扬文化，推进学术，首重保存文献。而保存文献，则自各地方文化机关群策群力保存乡邦文献始。本馆同人有鉴于此，爰有搜集吴

中掌故丛著、先哲遗书之举。比年以来，征购所及，无虑千余种，而散见各丛书之数十百种，尚不在其列。……而计画举行此展览会，南海一老，首为之倡，恳斋公孙、滂喜群从子姓，更如骖之靳。用是海内公私藏家，竞出所储，光兹盛举。不崇朝而缥缃黄卷，蚁聚云屯；异物奇珍，蜂起泉涌；雪钞露纂之编，则书左校文，瘁于奏笔；筐笪笈簦之移，则骀从舆儓，疲于奔命。懿欤休哉，于斯为盛。"（《吴中文献展览会特刊》）"南海一老"即叶恭绰。

[七] 余与陈子彝华鼎、陈子清晋湜辈亦无役不从：《中华图书馆协会会报》1937年第12卷第4期《吴中文献展览会消息》："江苏沧浪亭江苏省立图书馆筹备之吴中文献展览会，自经鉴审委员会商决进行办法后，已确定二月二十日开幕。……现闻该馆馆长蒋吟秋、主任陈子彝、王佩诤，于日内分赴各地，征取大批名贵出品外，上海方面则由该馆典藏部主任陈子清前往接洽……"陈华鼎，见本书诗传。陈子清晋湜（1896—1946）：王謇《流碧精舍师友渊源录长编》："陈湜子青，吴县人。善山水、花卉。"赵善昌《拙斋纪年》卷二民国元年："晋湜，字子清，更名灏。后以书画篆刻名沪苏间。"按，《苏州女子中学月刊》1929年第1卷第1号《中央区立苏州女子中学校教职员一览》："陈灏，子青，三四（岁），吴县，男，国画教员。江苏私立职业女子中学高中部国文教员兼教务主任。苏州迎枫桥弄二号。"陈子清1929年虚三十四岁，则其生当为1896年，其卒年据郑逸梅1946年3月26日发表于《铁报》之《艺人陈子清之死》，知卒年为1946年。另俞剑华《中国美术家人名辞典》据《宝凤阁随笔》记陈氏生年不详，卒年亦在1946年。

[八] 卢奉璋（1900—1955）：《流碧精舍师友渊源录长编》："卢奉璋，善表扬古建筑。"按，卢奉璋，名树森，浙江桐乡人，生于上海（生平详见赖德霖主编《近代哲匠录：中国近代重要建筑师、建筑事务所名录》107条）。中山陵藏经楼为其设计建造，《叶遐庵先生年谱》民

国廿年辛未（1931）先生五十一岁："（九月）与林主席子超筹建陵园藏经楼。林主席因以其国民政府内经费结余未用之款，有三十余万元，欲以之在陵园建一藏经楼，托先生代为筹画，先生因介卢工程师奉璋担任设计监工，先生复从中指导一切。卢君殚精从事，成一伟大壮丽之建筑，才三十余万元，见者皆不之信也。"

[九] 汪甘卿太史锺霖十亩园：《流碧精舍师友渊源录长编》："汪锺霖甘卿，善诗，有十亩园。"

[十] 凤池乡：王謇《宋平江城坊考·附录（乡都·长洲县）》："凤池乡澄胥里，管图三。（亨字一、二，利字一）旧志：凤池乡厉坛，在钱都衙桥北首。卢《志》叶石林旧宅，在凤池乡，前有鱼城桥。政和中居布德坊。《宣统吴县志稿》案：'少蕴故宅，在今唐家巷，门外有小桥，即陆友仁《研北杂志》所引少蕴总集之鱼城桥，而《平江图》作吴承议桥者也。门前尚存石础三。'案：此说发自朱梁任君锡梁。"按，叶恭绰所购苏州之宅名"凤池精舍"，1937年夏吴湖帆为其绘《凤池精舍图》，1946年初秋王謇用吴梦窗韵作《凤池吟》词题之。原图现藏苏州博物馆（见《苏州文物菁华》）。叶恭绰1944年作《凤池精舍图跋》略云："余即弃吴门寓园之明年，属吴湖帆图其景物。越三年图成。园故未定名也，乃名之曰《凤池精舍图》。……客曰：'然则曰凤池精舍也，何居？'曰：'余固吴人也。先石林公籍吴之凤池乡，今故居之址犹在乘鱼桥西。余数典不敢忘祖，亦犹世系之称南阳云尔。……他日志平江坊巷者，谓吴中曾有是园，即以斯图为证可也。"（《遐庵汇稿》中编"诗文"）又叶恭绰《忆吴门所居凤池精舍》小序："凤池精舍地属丽娃乡，邻张士诚女投井殉难处，祠井犹在。余曾刊小印曰'丽娃乡客'，以此也。《池上篇》，白乐天作，凤池精舍有小池，余浚辟之，拟名以'玉钩'，象形也。"又《见案上灵芝盆供感赋》小序："余曩以石林公本吴籍，宅址犹在今苏州葑门叶家埭，因购汪甘卿宅为归老计，增莳花木，拟颜曰'凤池精舍'，

以石林公籍凤池乡，示不忘本，又以别于明之凤池园。"（同上）

[十一]《全五代文》者，遐庵曾得旧人辑本《五代文钞》而扩充之：叶恭绰《五代十国文序》："余自髫年即有意于此，及于武昌任历史教学时，感根柢与资料之不足，遂欲发愤为之。中年从政，昕夕劳顿忘寝食，因而阁置，一九二八年以后，闲居沪渎，方始从事。家有钞本《五代十国文》八卷，不知何人所辑，其所集较简，亦无体例，审其情况，似嘉道间人所为，封面有'三槐堂'字，其人盖王姓也。余以此为基础，广搜志乘、总集、专集、笔记、碑碣，以迄敦煌、秦、豫新出土之文字，由八卷扩为四十卷。为期凡十年，迄一九三七年抗战失利，上海沦陷，余即日只身避之海外，仅以全稿寄存友人家。嗣香港沦陷，余为日军押送上海羁管，病中念死丧无日，乃属王君以中重加厘订，期成定稿，阅一年粗有端绪。抗战胜利后，余因不愿居沪，又回广州，全稿遂寄存合众图书馆，今又阅数年矣。其间新发现之五代十国文字尚不多，余老病颓唐，终欲见此编之成，遂暂告结束。余维世宙更新，一切以往之历史观念，将完全扭转，即历代之史籍，亦将拆散重编，但事实仍是事实，不能歪曲附会和否认，因此资料之搜采转属必需。此编之辑，谓之文编也可，谓之史料，似亦无不可，因略加整理，待上之学府，以补历朝断代各文总集之阙，备众览焉。其有错漏，惟诸同志是正之，幸甚。时一九五三年十二月。"（《矩园余墨》"序跋第一辑"）《叶遐庵先生年谱》民国三十三年甲申（1944）先生六十四岁："先生往岁所辑《清词钞》及《五代十国文》《清代学者象传》仍陆续从事，且请陆君（维钊）、王君（庸）、潘君（承弼）、顾君（廷龙）为助。"沈津《顾廷龙年谱》一九四三年四十岁引顾氏一月十七日日记："一月十七日，访叶恭绰，言渠拟编撰三书，曰《全五代文》《清代学者像传二集》《清词选》。……《清词选》，拟请王睿，先生应允王与潘景郑合作，俟其将拟目送来再细酌定之。"黄苗子《再记誉老》："他还有一部长期纂辑整理的《全五代

十国文》十卷，倩人精抄待刊，迟迟未果。'文革'期间，怕遭劫难，存其友人陈君处，陈亦不久逝世，其后不知下落。"（《世说新篇》）

[十二]《清词钞》已集成者四千余家，承以油印目录简历见赐：按，王睿遗藏中犹存有叶恭绰《清词钞人名索引》油印本一册，中有先生朱笔补识多处。封面叶氏题："册中有无错误及遗漏，切盼指正。佩诤仁兄。绰上。"即所谓"封面手书题识，犹谆谆以拾遗补阙为属"者也。又叶氏《全清词钞·例言》："是编初就南京、北京、天津、杭州、苏州、广州、上海七地，着手搜集单行词集，就地选钞汇寄，以上海为总汇。自各图书馆以至私家藏本，悉加访求。继复搜集罕见之总集、选本，加以采录。然后再就附见各书之词及通行选本，复加搜补，大体可云略备。其中亦有因复核而落选者。故初选得四千余人，而成编只得三千一百九十六人焉。仍恪守彊村先生之旨。不敢徒侈广博也。此外拟编清词存目一书，与此编相辅而行，凡清代词家皆为著录，庶免挂漏。"

[十三] 叶恭绰捐献地志山经与合众图书馆，事在1943年5月1日（见柳和城《叶景葵年谱长编》下册）。顾廷龙《番禺叶氏退庵藏书目录序》："本馆筹设于抗倭之际，旨在保存国粹，联合气谊相投之友，各出所藏，以期集腋。吾友叶君退庵自港返沪，力予赞助。一九四三年五月即举所藏地理类书籍相赠，空谷足音，良可善慰。君宏才硕学，五膺阁席。凡交通、经济、文化、教育诸大业多所建树，即以藏书一端而言，系统分明，博搜精鉴，其尤为专嗜者盖有三类。当年掌领交通，周咨乡邑，整理古迹，瞻礼梵言，因收名山、胜迹、寺观、书院、乡镇之志，蔚成大观，是即捐赠本馆之一部分也。……一九四八年八月一日，顾廷龙。"上海蒲石路畔：叶景葵《卷盦札记》："新居在蒲石路七百五十二号。余捐入合众图书馆十五万元，以其半为馆置地二亩，今年建新馆已告成，与租得馆地九分，营一新宅，订期二十五年，期满以屋送馆。余

与馆为比邻，可以朝夕往来，为计良得。昔日我为主，而书为客，今书为馆所有，地亦馆所有，我租馆地，而阅馆书，书为主，而我为客，无异寄生于书，故以后别号书寄生。"（《叶景葵文集》中册）

韩国万言吃公子，汝南八顾滂功曹。
一编明季遗书目，沧海横流付浊涛。

柳亚子弃疾[一]，辛亥革命元老，文采斐然。早岁即遇延熹钩党[二]，不屈不挠❶，我行我素。家藏清初禁书集部蓁夥，近闻已携赴首都寓邸。而所著《怀旧集》中著录所藏明季遗书一大宗[三]，几与《禁书总目》相埒者，则抗战时失于香港之变，杳不可踪迹矣[四]。

笺证

[一] 柳亚子弃疾（1887—1958）。

[二] 早岁即遇延熹钩党：东汉桓帝延熹九年（166）宦官使人诬告李膺等人笼络太学生，交结门徒，结成朋党，毁谤朝政，败坏风俗。桓帝震怒，逮捕党人，牵连二百余人，史称"党锢之祸"。当时名士有"八顾""八厨"等目，互相标榜。名士汝南功曹范滂为"八顾"之一，因触怒宦官被逮（见《后汉书·党锢列传》），此喻柳亚子入同盟会，清吏端方欲加逮捕，复与陈去病、高天梅创南社，以文学提倡革命，被目为"南社中厨顾"。陈去病《高柳两君子传》："高字慧云，号天梅，别号钝剑，金山人。柳字安如，号亚卢，别号人权，吴江人。而天下多称之为高剑公、柳亚子，或曰高柳云。高以诗词鸣，柳则以文。高年稍长，柳较少。高意气傲岸，自负弘远，喜饮酒，长于雄辩，

---

❶ "挠"，原误作"据"，据勘误表改。

醉辄侵其座人，或戏为联句，不则自捉笔为诗歌，缠绵数十百言立就。柳貌恂恂，如十八九好女儿，而口甚吃，性复卞急，语辄缪纠不可吐，人多意解之。……当是时，高方与孙中山创同盟会于江户，回国号召。柳与之遇，遂共设机关部于海上新八仙桥，诡其名曰'夏寓'。又设健行公学于西门宁康里，以培植年少。又为《醒狮》《复报》，以指斥当世。虏吏端方闻之，心弗善也，乃发侦骑，将按名逮捕。而两君子挥金亦垂罄，乃散其众归于家，然其梦想共和求光复固如故。至丁未冬，复与余结南社于海上，而天下豪俊咸欣然心喜，以为可藉文酒，联盟好，图再举矣。粤东倡义，吾社之士，即联袂趋赴，期得一当。及武汉克而东南未定，黄兴、宋教仁、陈其美等奔走规画，日夜不休，卒以其力恢复上海，并下苏杭，皆社中厨顾也。"(《民国人物碑传集》卷十一) 又柳氏《柳亚子五十七岁自传》："二十岁，再至上海，以高天梅、朱少屏、陈陶怡之介，加入中国同盟会。时蔡元培已先介绍入光复会矣。主讲健行公学，并办《复报》，始谒国父孙总理于轮舶中。旋遭端方名捕，遁归故乡，与夫人郑佩宜结婚。二十三岁，偕陈去病、高天梅发起南社，以文学提倡革命，与同盟会相犄角。先后主持十余年，刊集至二十册，社友达一千一百余人，多海内知名之士。若黄克强、宋遁初、陈蜕庵、宁太一、陈勒生、陈英士、苏曼殊、吴又陵、张溥泉、于右任、居觉生、戴季陶、叶楚伧、邵力子、狄君武等，皆其尤著者也。"(同上卷二)

　　[三]《怀旧集》中著录所藏明季遗书一大宗：柳亚子《怀旧集》，(上海)耕耘出版社1947年版。"著录所藏明季遗书"者，当指其中《还忆劫灰中的南明史料》《续忆劫灰中的南明史料》《羿楼旧藏南明史料书目提要》三篇。

　　[四] 抗战时失于香港之变，杳不可踪迹矣：按，柳亚子在香港之藏书及手稿，其初以为已成"劫灰"，后终璧还，20世纪50年代捐献于

北京图书馆。经过详见耿素丽《国家图书馆藏〈南明史料书目〉述介》
（《历史文献研究》总第22辑）。

藏书复壁孔丛子，劫火曾经犹不磨。
小绿天庵一家物，花园坊底恣摩挲。

　　孙留庵毓修藏有宋元明三朝监本《十七史》诸书[一]。其长君贵定，
犹能世守之。抗战之役，藏之中国银行保险库中，敌人以电火灼之，不
能启。乱平后取出，余犹得在其上海花园坊寓邸纵观之。今贵定下世，
遗物恐不堪问矣[二]。先是，远在抗战前，留庵故后，其家人斥其所藏
之部分展转以入我吴百双楼书店[三]，余得《锡山安氏一家言》数种，
诗文咸有之[四]。褐来上海，迁徙无常，竟至遗失。后闻由沪贾收得[五]，
售诸专收锡山先哲遗著之锡邑寓公某。某后以不励气节败，书闻已入公
家矣[六]。

笺证

　　[一] 孙留庵毓修（1871—1923）。

　　[二] 今贵定下世，遗物恐不堪问矣：王謇1952年所作《梵麓山房
文稿跋》："《仪凤小筑所藏曲目》，箧中尚有余为徐君编目时草创本，
《小绿天盦孙氏鬻存书目》则无别本。留庵哲嗣贵定又物故，不堪复问
矣。……壬辰（1952）重九，瓠庐识。"

　　[三] 百双楼：邹绍朴百耐、屈燨伯刚两人合开于苏州护龙街。见
本书"屈燨"笺证。

　　[四] 余得《锡山安氏一家言》数种，诗文咸有之：1936年7月《江
苏省立苏州图书馆年刊》载王謇《瓠庐所见经籍跋文》卷一《胶山安
氏文集》不分卷《诗集》不分卷《文集外篇》不分卷《诗集外篇》不

分卷，四册（诗集，乾隆中安国刊本，封面有孙留庵毓修题跋、裔孙某跋。目后并有旧补各人选本以外诗文集。《文外》《诗外》，均安吉手钞本）："《胶山安氏诗文集》并集外不分卷四册。惟《诗集》系乾隆中安吉刊本，余均安吉手钞本。癸酉冬月，东人肆虐，扰我海疆，涵芬楼书库所藏焚毁殆尽。一二子遗流落人间者，亦狼藉不复成品。是书中刊本《诗集》一部，有小绿天庵主人孙留庵（毓修）跋语，疑为留庵故物。今年留庵后人刊目衔售家藏，则是书另有一刊本在目中。始知是书中之刊本《诗集》，非涵芬故物，即沪地藏家与留庵熟识者之藏品也。甲戌春阅肆景德寺前，得诸书友唐耕余手。是岁之夏阅肆卧龙街，得安吉手钞本《文外》《诗外》于弹子巷口存古斋。近见小绿天庵刻目，复有《文集内篇》，索价十羊，无成色谐价余地，以一篑功亏，姑购之以成足本，合以旧藏安吉《十二山人集》定稿乌丝阑写本，《安氏一家言》渐次汇集。余虽非有力之强，然物聚于所好，则欧子之言，不我欺也。小绿天庵藏本安国《桂坡❶游记》，为我邑潘博山、景郑昆季所得。桂坡所著《游吟小稿》见《锡金合志》著录者，小绿天庵藏明嘉靖刊本，又《天全堂集》《胶东山水志》，安希范手稿本，均无人问津，实则均精品也。时难年荒，大有手无寸斧奈龟山何之慨。希范所著尚有《涉隐漫录》《养心日札》《读书日笺》《名山纪游》四种。安绍芳有《西林集》《白榆阁集》。安璿有《先贤语录》《续丙丁龟鉴》《畺画楼诗文集》。安吉有《夏时考》一卷、《说文谐声韵征》《十二山人文稿》。均见《锡金合志·艺文门》。"按，"惟诗集系乾隆中安吉刊本"，当指《胶山安氏诗合刻》二册，安吉辑，清乾隆五十八年刻本。另，安念祖辑有《胶山安氏诗补编》二卷，清嘉庆二十三年刻本。

---

❶ "坡"，原误作"波"。

　　[五] 后闻由沪贾收得：沈津《顾廷龙年谱》一九四〇年三十七岁引顾氏十一月四日日记："潘景郑昨在来青阁获见《安吉文集稿本》，查似未有刻本。王蓉于安氏一家著述收罗甚备，电话询之，谓仅诗集，文集未见刻过。景郑再往来青阁，书已无踪迹。"按，"沪贾"盖即来青阁。

　　[六] 书闻已入公家矣：今上海图书馆藏有安念祖辑《安氏家集》稿本十册、佚名辑《胶山安氏文集汇抄》抄本一册。

经校残编束高阁，铭传小录有善斋。
闻道曾藏宋元本，碑友太原谓致佳。

　　刘晦之体智[一]，庐江人，与乃兄会之体乾自少即沈浸于版本、金石之学。家有小校经阁，藏蜀石经孤本。余少时即闻吴中征赏斋碑友王吉园言[二]，其为刘氏搜集古器物外，兼及宋元版本。吉园仅言其所藏宋元版本致佳，老于沪上者，必能知其所藏何书也。又言尝教吉园以寻宋讳、究纸帘纹诸鉴别法❶，惜吉园不能文墨，否则笔之于书，亦《藏书纪要》之类矣。晦之又以收藏甲骨、铜器名于世，所藏《雒阳韩君墓属钟》尤为著名。《善斋彝器图录》，容庚希白为之考释，燕京大学印行之[三]。《善斋吉金录》分礼器、乐器、兵器、度量、符牌五门[四]，鲍扶九鼎为之编次[五]。所藏甲骨，郭沫若为之考释，在《殷契萃编》中。

笺证

　　[一] 刘晦之体智（1879—1963）。

---

❶ "法"后原复衍一"法"字，据勘误表乙去。

[二] 吴中征赏斋碑友王吉园：按当作"黄吉园"。黄吉园生卒年不详，设征赏斋于苏州明珠寺（今景德路）前，从事古籍、金石书画之贩卖，并能刻碑，辑有《征赏斋古铜印存》五卷。

[三]《善斋彝器图录》，刘体智藏，容庚编，燕京大学哈佛燕京学社民国二十五年（1936）五月影印本。

[四]《善斋吉金录》，刘体智撰，民国二十四年（1935）庐江刘氏影印本。

[五] 鲍鼎（1898—1973）：王謇《流碧精舍师友渊源录长编》："鲍扶九鼎，丹徒人。"唐兰《"商鞅量"与"商鞅量尺"》："合肥龚心钊氏景张藏商鞅所作量，马衡氏以其铭及拓本考之，疑其所用尺当与'刘歆铜斛尺'同。二十四年二月，兰以审查铜器滞沪上，因刘晦之先生之介，并鲍扶九先生之导引，乃得观其量于龚氏后人，用'刘歆铜斛尺'度之，其结果适如马氏所推断。"（《唐兰全集》第二册《论文集上编二》）陆九皋《我与博物馆三十年》："鲍扶九先生是对古文字很有研究的学者。1957年他在上海某药厂工作时蒙受冤屈回到镇江，陆小波先生将他推荐给我，到藏书楼管书。当时他还戴着'反革命'的帽子。我到公安局、派出所去说项，以其所长而得到允许。鲍先生自1961年到藏书楼后直到1966年'文革'，五年时间之中，他将藏书楼的九万册古籍图书，分类编目，并编了善本书目；同时还对京江画派的画家作了卡片。这是其他人所难做到的。他编的书目也十分精确，今天藏书楼能够给查阅者提供方便，这就不能不怀念鲍扶九先生的贡献。1980年上海市静安区法院为他平反昭雪，以慰其九泉之魂。"（《镇江文史资料》第17辑"文化教育专辑"）按，鲍鼎为柳诒徵表弟（见柳曾符、柳佳编《劬堂学记》"论柳诒徵诗"附二《柳诒徵致鲍扶九论作诗书》编者注）。

书目汇刻续补录，寰宇访碑校勘编。
丛著印行直介堂，桐城文学考变迁。

　　刘十枝声木，亦庐江群从昆季行。校勘孙氏《寰宇访碑录》、续补顾氏《汇刻书目》，层出不穷，识者重之[一]。所刻《访书目》，僻涩险奥，无应征者[二]。晚年景遇较窘，思欲以书易米，而冷集居多，亦尚少问津者。自述可以折售，而真请折售，又觉书本繁重，高年精力无以应付。余拟得其小品数十种，大都为考据经小学暨金石、目录、版本者。属我友尹石公同愈●询之[三]。石公往访●还言，刘公答以年高力衰，实难按目选别，余乃废然而止。所著《桐城文学考》[四]，为丛著中隽品，目录、金石，不过取其僻冷而已。

笺证

　　[一]刘十枝声木（1876—1959）：王謇《再补金石学录》稿本目录："刘声木，字十枝，今庐江人。著有《寰宇访碑录校勘记》十一卷、《补寰宇访碑录校勘记》二卷、《再续寰宇访碑录》一卷、《续补寰宇访碑录》二十五卷，《直介堂丛刻》排印。"续补顾氏《汇刻书目》，即《续补汇刻书目》，三十卷，庐江刘氏《直介堂丛刻》之一，民国十八年铅印本。

　　[二]所刻访书目：即《直介征访书目》，一卷，为庐江刘氏《直介堂丛刻》之一，民国十八年铅印本。

　　[三]尹石公同愈（1888—1971）：王謇《流碧精舍师友渊源录长编》："尹石公炎武，搜集江浙故家书籍，归诸公家。"《民国吴县志》卷五十八下"艺文考八"王謇校补："尹炎武《叚借庵诗文集》。仪征

●　原作"尹同愈石公"，依例字当在名前，据勘误表乙正。
●　"往访"，原作"往访访"，衍一字，据勘误表删。

人。稿藏北京西路联华公寓寓邸。字石公。"

[四]《桐城文学考》：《桐城文学渊源考》，十三卷，庐江刘氏《直介堂丛刻》之一，民国十八年铅印本。

> 玩世不恭秦曼倩，孙枝忽又变云烟。
> 蜀冈一老今何在[一]，慈鬓●丰姿忆昔年。

秦曼倩更年，江都人，敦夫太史玄孙也。服务银行界，擅诗文，好收古书与稀见近刻及碑帖泉币。著有《汉延熹西岳华山庙碑续考》三卷、《婴闇诗存》四卷、《婴闇题跋》四卷、《婴闇杂著》[二]。

笺证

[一]蜀冈一老：秦更年高祖秦恩复（敦夫）。龚自珍《己亥杂诗·晤秦敦夫编修》："蜀冈一老抱哀弦，阅尽词场意惬然。"王睿《鬼谷子跋》："《鬼谷子》前人有误以为阴阳家者，今细按之，均纵横家言，去五行生克说极远。甚矣，人之好怪也。诸本以秦景刻述古堂钞本为最，《道藏》中秦已校出，有缺至四百余字者，故蜀冈一老（蜀冈在扬州，见龚定厂《己亥杂诗》咏秦敦夫事中）不惮烦而重刻也。诸名本惟戴子高本，明知尚存而不得见。明本佳处，大约秦氏均校录及之矣。丙申惊蛰后十日，吴中瓠老人识于海上愚公谷之流碧精舍。"

[二]秦曼倩更年（1885—1956）：《婴闇题跋·婴闇居士自序》："婴闇居士者，质直人也，通脱无拘检，意谓世之人无不可坦怀相与，即入世不相中，亦终不易其度焉。生平足迹半天下，吴楚燕赵，百粤三湘，皆尝一再至，且交其胜流，以诗词相倡和。喜治目录版本之

● "鬓"，原作"鬓"，据勘误表改。

学，得钱辄市书，历三十年，得万余卷。趣尚雅近叶石君，凡名人旧
藏有其批校题记者，虽断编零卷，亦宝之如头目。所为诸书跋尾，同
好每传录之。旁及金石，自彝器款识以及汉魏以来石刻，遇旧拓即收
之，累累满箧笥。以款识之多伪刻也，撰《金文辨伪》一卷。以汉碑
奥博不易悉解也，撰《汉碑集释》，发凡起例，一仿群经义疏，积稿
已盈尺许。先以所辑《华山碑》考证出于阮文达《华山碑考》外者，
次为《续考》四卷，行于世。近岁客海上，始蓄泉，意在研索历代制
作文字，贵精不贵奇，而去伪务尽，所购迄未盈千。……居士氏秦，
名更年，字曼青，亦曰曼卿，江都人。"按，秦氏此自序题下小注云：
"此序乃二十年前所作，录自丁福保《古泉大辞典·拾遗》中。"又秦
曙声识语："先君子于学无不窥，于书无不蓄，自经史百家，以及稗
说，亦无不藏弄而掌录之也。其所笃好，尤以流略版本、金石目录为
最。其见于作者，有《西岳华山庙碑续考》，有《婴闇题跋》《婴闇诗
词》，有《姚黄集辑》，有《研史简端记》；其与人雕版合印者，有校
元刊本《韩诗外传》；其选工影写锓木者，有宋刊《友林乙稿》；其
修版补刻取足者，有黄奭《汉学堂丛书》；其与人搜讨而结集汇印者，
有《江都汪氏丛书》；其修补原版而监印者，有《三唐人集》暨《京
本通俗小说》；又搜访遗稿而开版者，有陈若木《一鸥吟馆选集》；
其为人开版而监印者，有李子钧《鸿轩诗稿》；又有石印原刻屠琴坞
《是程堂集》。综上群书，只《西岳华山庙碑续考》手自勒成，流布
最早，而《姚黄集辑》《研史简端记》虽有定本，亦未发表。至若群
书题跋，大率写在封面或副叶前后，亦有写在简笺或断片上，夹在书
中，更有书非己有，或为人审定，或瞥记留稿，散诸箧衍，未知所系
者。至于诗词，只民国三年手订《婴闇诗存》一卷，余皆零星碎纸，
随手杂厕，未再续录。兹就几案之上，箧衍之内，橱柜箱椟，无不搜
索务尽。荏苒年余，掇拾排比，始得题跋三百篇，成《婴闇题跋》四

卷，诗词亦三百余首，成《婴闇诗词》四卷。至其一题数稿，一稿数改，涂抹钩乙，回易越行，往往拟议弥纶，张皇文句，罔敢写定。重承吴眉孙、尹石公两丈指示义据，财得共理相贯，而袁佐良、吴仲珺、梅鹤孙、周迪前诸老钞示佚文，拾遗正误，所获良多。又荷老友程勉斋一行十目，冥心雠校，始告断手。自维末学，于先人遗书多所未喻，若非吴、尹两丈首倡集稿，诸君子往复策厉，宁有杀青之望？此则梼昧之惧与纫感之情，惕然与斯编俱积者也。一九五八年中秋，嗣子曙声谨识。"又尹石公《婴闇题跋序》："《婴闇题跋》四卷，吾友江都秦曼青先生遗稿，哲嗣曙声搜辑蚕丛，衷合而成编者也。迹其诋正群书，审定版刻，则取法钱遵王、钱警石；其博收兼本❷，竺嗜旧椠，则矜尚黄荛圃、顾千里；其辨章学术，沿流讨源，则私淑汪容甫、阮伯元。盖淹有考订、校雠、收藏、赏鉴四家之胜，而一以贯之。至于金石之学，尤平生精力所萃，自翁正三下逮罗叔言之所纂著，无不扬榷而掌录之。其中于张叔未、陈簠斋，尤深契焉。至于评骘墨妙，隽上简古，则渊源于《惜抱轩法帖题跋》为多，间亦浸淫王虚舟（《竹云题跋》）、姜西溟（《湛园题跋》）两家。汪研山、吴平斋以下，则无论矣。思维扬州学派，寖已陵夷，婴闇晚出，实为大殿，五十年中，罕与抗手。然非得曙声劬劳结集，即其书满家，孰得而见之。昔昌黎所谓'莫为之后，虽盛弗传'，岂不信哉？写印既竣，属记缘起。不辞荒落，辄申肤末如右。若夫每立一说，繁称博引，有似秦近君之说《尧典》，则承乾嘉以来朴学家实事求是之师法，愧不能一二其详，庶有达者，自览其切也。一九五九年一月尹石公识于上海之假借居。"

---

❷ "本"，疑当作"采"。

藏书盈库兼仓富，续补可嗣四库书。
安得群儒策群力，提要远追逊代初。

伦哲如明●，广东东莞驻防旗籍人[一]。久寓北京，藏书极富[二]，占新旧粤东两会馆屋储书，尚嫌不足，自题其居室曰"续书楼"，作有记文，曾载某杂志[三]。续书楼者，盖欲续《四库全书》作为提要，以补其不足者也[四]。因见叶鞠裳昌炽《藏书纪事诗》尚有可续补者，乃作《辛亥以来藏书纪事诗》[五]，载天津《正风》杂志[六]。拙诗之作，盖由先生启之也[七]。

笺证

[一] 伦哲如明（1878—1944）。

[二] 久寓北京，藏书极富：邓之诚《邓之诚文史札记》1946年12月13日："通学（斋）书估来言：伦哲如书决定由北平图书馆出资收买，价由图书馆组织'评价委员会'定之，等于发官价而已。其书装大木箱三百余，皆有清一代文集。富哉！"同书1947年3月11日："通学（斋）雷（梦水）估来言：'伦哲如藏书近年以一万万元归北平图书馆。'此价在平世不及万元，得值仅十之一耳！无异掠夺。"

[三] 作有记文，曾载某杂志：徐雁、谭华军《续补藏书纪事诗传》："王睿所撰伦明藏书诗传中提及伦氏曾为续书楼'作有记文，曾载某杂志'。经查，记文为《续书楼藏书记》，载于《图书馆学季刊》第三卷第四期（1929年），自述续书楼藏书故事甚详。"按，《续书楼藏书记》全文载《辅仁学志》1929年第1卷第2期，《图书馆学季刊》仅据以作摘要而已。

● 原作"伦明哲如"，依例当字在名前，据勘误表乙正。

[四] 伦明《续书楼藏书记》略云："续书楼者，余钤书所自署也。余居京师二十年，贫无一椽之栖，而好聚书，聚既多，室不足以容，则思构楼以贮之。其所聚书，尤详于近代，意谓书至近代始可读。自乾隆朝命儒臣纂四库书，撰提要，哀然大观矣，由今视之，皆糟粕耳。则思为书以续之，此续书楼所由名。然而楼未成也，书亦不备，志之云尔。……余续书之志，发于甲子，乡人胡子俊者，大连富商也。一日谈及四库书，余曰：'此书宜校、宜补、宜续，而续最要，且最难。'胡曰：'谁能为者？'余曰：'今海内不乏绩学士，但苦无凭借，独我能为之耳。有岁给我三千金者，将屏绝人事，致力于此，计五年可成。'胡慨然自任。已而营业失利，款不时至，事遂中缀。岁乙丑，当轴者以各国退还庚款，限用于文化事业，于议决影印四库书后，曾议及续修提要，决交内教两部核办。时余在河南，拟《刍议》一篇寄刊报上。尔后时局纷扰，无复有过问者，余所拟条例，断自顺治元年始。凡书成在顺治元年后者，或书成在顺治元年前，而其人死在顺治元年后者；又或其人其书，皆在顺治元年前，而编辑校刻在顺治年后者，皆收之。"又孙耀卿口述、雷梦水整理《伦哲如先生传略》："先生拥书数百万卷，分贮箱橱凡四百数十只，书房非有十楹屋宇，不得排列。耀卿每入其书斋，无踏足之地；至其廊下，历年不断堆书。至则流连摩挲，恋恋不能舍。其所储藏，杂取古人著书，《四库全书》中已见者什之二三，其未见者什之七八，多属初刻原本，大部丛书不收。先生藏书大旨，最重于搜集续修《四库全书》之资料，自颜其斋曰'续书楼'，即续修四库之意也。"

[五] 因见叶鞠裳昌炽《藏书纪事诗》尚有可续补者句：伦明《〈辛亥以来藏书纪事诗〉自序》："长洲叶鞠裳提学《藏书纪事诗》六卷，元和江建霞刻于《灵鹣阁丛书》中。其后鞠裳自为改订并增一卷，自刻之，时宣统二年也。其书自四卷以下皆清人，七卷《附录》中有清人

十一，都三百二十九人。余读而少之，为益数十人。辑录粗就，尚待润色，例依叶书，大抵据志乘说部别集信而有征者。"

［六］载天津《正风》杂志：郑逸梅《珍闻与雅玩·书册续》："伦明著有《辛亥以来藏书纪事诗》，闻曾载某报，我没有看到，仅见叶恭绰的《矩园余墨》附录一部分，非其全豹。幸同乡王佩诤录有完整稿，苏继庼向之借抄，我看到了喜不自胜，再由苏家转录。苏本经范祥雍、陆丹林校阅，丹林熟知伦明其人，附记伦明设书铺，以珍籍运销域外，颇多丑诋。苏认为毁之逾分，把它删去。按伦明，字哲如，广东东莞人，精版本目录学，辟续书楼校书其中，自题检书图，有'千元百宋为吾有，眼倦灯昏搁笔初'之句。徐信符的《广东藏书纪事诗》详述其人。"按，郑氏所谓"曾载某报"者，即此所谓之"《正风》杂志"，该杂志准确应称为《正风》半月刊。徐信符《广东藏书纪事诗·伦明·续书楼》："（伦明）返粤，隐居故乡。辟'续书楼'以庋南携之古本，日校群书其中。自题《校书图》有'千元百宋为吾有，眼倦灯昏搁笔初'句。孜孜然雌黄，于字里行间可睹梗概，校余仍吟咏不辍。著有诗文集及《辛亥以来藏书纪事诗》，惜未梓而逝，时民国三十一年壬午❷也。"又雷梦水《辛亥以来藏书纪事诗校记》："《辛亥以来藏书纪事诗》为伦哲如先生所著。所记多近五十年事，于近代藏书之渊源具备矣。先生一生致力于搜书与藏书，亦喜读书，过录批校，耗去一生精力。适吴柳隅君主编《正风》半月刊，以重金征文。先生遂记述近代藏书家逸事，而系之以诗投之。因连载数期，即此作也。后吴君逝世，《正

---

❷ 徐氏记"惜未梓而逝，时民国三十一年壬午也"，按，民国三十一年壬午乃1942年，然据孙耀卿口述、雷梦水整理《伦哲如先生传略》云："一九四三年夏，耀卿将北归，视其疾加剧，步履艰难，甚忧之。……一九四四年春，先生哲嗣绳叔润荣忽接噩耗，惊悉先生已于客岁十月某日疾终里第，享年七十一岁。"（《辛亥以来藏书纪事诗》附）1944年之客岁则为1943年，则徐氏所记有误。

风》停刊，诗亦终止。"徐雁、谭华军《续补藏书纪事诗传》："《辛亥以来藏书纪事诗》原刊于天津《正风》半月刊（序刊于1935年9月，载第一卷第20期至第二卷第3期、第5期）问世以来颇为学林注目。"按，所刊期数当为1935年第1卷第20至24期、1936年第2卷第1至3期，即雷梦水《辛亥以来藏书纪事诗例言》所谓："此书曾载入吴柳隅主编之《正风》半月刊第一卷——二四期至第二卷——三期止。未曾印有单行本。"又按，巢章致王謇函略云："《正风》较冷僻，抄手亦不易觅，已托书店及友人留意。倘能买或借得原本，当奉寄或由章写寄。惟恐不获速偿斯愿耳。北地藏书家，章所知有限，恐伦先生多已罗入，姑稍待再写呈。"又一函略云："幸乞垂示《正风》，此间迄无所得。南中移写，想得其全？伦君之著，亟思一读，想不吝惠假耳？（南中抄写之润如何计算？此书共几许字？所费几何？并乞示及。）"又王謇《澥粟楼书目（中）》"史部（下）·簿录·考订之属"："《辛亥以来藏书纪事诗》一册，不分卷，伦明。精钞本。"先生遗藏中今尚有钞本《辛亥以来藏书纪事诗（一续）》六叶，即《正风》半月刊1935年第1卷第21期所载者。

　　［七］此句清稿本作"拙著《再补续藏书纪事诗》，盖由先生启之也"。

饾饤有味道之腴，前有续书后餐秀。

倘编一部艺文志，自有书目无其厚。

　　陈守中餐秀簃，专收小部僻书，所藏品种繁富，数量庞大，如编成藏书志，亦足别树一帜，与伦氏争胜[一]。

笺证

　　［一］陈守中：王謇《流碧精舍师友渊源录长编》："陈（程）守中，

徽州人。藏僻书极多。”又王謇《流碧精舍谭艺璞录》稿本封背有识记
一条：“张祖昌（绚甫，吴县人）《粤游草》，有吴翌凤手评，武林陈书
友得自吴兴包子庄家，陈（程）守中君购去。”郑振铎《劫中得书记·古
今名公百花鼓吹》：“抱经堂从杭州携来一批书，余得万历版《乐府先
春》，为其中白眉。数日后，至中国书店，又在乱书堆中获见《百花鼓
吹》及清人某氏之《百花词话》，亦为抱经堂物，闻已售之北平文殿阁。
余渴欲得《百花鼓吹》，即取归。明日再过之，则《百花词话》已为程
守中先生所得。”（《西谛书话》）又周连宽《海上书林杂忆（一）》：“西
谛于中国书店购得万历戊申梁溪九松居士（王化醇）尊生斋刊本《古今
名公百花鼓吹》，而《百花词话》却被程守中购去，我早闻程守中之名，
海上收购宋版书最多者，莫如潘明训，其次则推程守中，他藏有宋版书
四五十种，某次，由郭石祺介绍以黄金百三十两购得宋尤延之刻《文
选》一部，石祺得佣金五千万，后又介绍他购得宋刻《挥麈录》一部，
共值黄金九两半，石祺仅得佣金二千万，书林中咸谓守中为人刻薄难与
交易。”（《广东图书馆学刊》1985年第1期）程守中有《程守中所藏弹
词目录》一卷，国家图书馆藏民国钞本。

吾日三省我之身，冲和淡泊是其思。
群经诸子作新证，吉金还录双剑誃。

　　于思伯省吾，海城人[一]，曾任开府记室，后拥皋比于辅仁大学[二]。
精钟鼎甲骨文字，即以斯学训诂●群经诸子及文史群书。著群经诸子群书
新证。已刊行者，群经有《易》《诗》《书》三种[三]，诸子有《老》《庄》
《管》《晏》《墨》《荀》《韩》《吕》《淮南》《子云》十种[四]，成稿者有

● “诂”，原误作“话”，据勘误表改。

《穆天子传新证》一卷，又印行《双剑誃吉金文选》《图录》二种。解放后，藏书有稍出以易米者，余托海王邨通学斋书友孙耀卿殿起商购其藤县苏时学《爻山笔话》、闽侯叶大庄《偕寒堂读书记》[五]，厥直几埒嘉靖本，大致尚求善价而沽，不至太窘迫也。

笺证

[一] 于思伯省吾（1896—1984），海城人：刘绍唐主编《民国人物小传·于省吾》："于省吾，字思泊，号泽螺居士、双剑誃主人，晚号夙兴叟，斋名未兆庐、双剑誃、泽螺居，辽宁海城人，清光绪二十二年十一月十九日（一八九六年十二月二十三日）生于海城县西十五里之中央堡。"（第十二册）

[二] 曾任开府记室，后拥皋比于辅仁大学：《民国人物小传·于省吾》："九年（1920）春，任西北筹边署文牍委员。……十八年（1929），兼北平辅仁大学讲师，自是年起，至三十八年（1949）止，历任辅仁大学讲师、教授，燕京大学名誉教授，北京大学兼职教授，均讲授古文字学。"

[三] 群经有《易》《诗》《书》三种：《双剑誃易经新证》（1936）、《双剑誃诗经新证》（1935）、《双剑誃尚书新证》（1934）。

[四] 诸子有《老》《庄》《管》《晏》《墨》《荀》《韩》《吕》《淮南》《子云》十种：即《双剑誃诸子新证》，包括《老子新证》（1937）、《庄子新证》（1939）、《晏子新证》（1938）、《墨子新证》（1938）、《荀子新证》（1937）、《韩非子新证》（1938）、《吕氏春秋新证》（1938）、《淮南子新证》（1939）、《法言新证》（1938）。

[五] 海王邨通学斋书友孙耀卿殿起（1894—1958）：孙殿起《琉璃厂书肆三记·通学斋》："孙殿起，字耀卿，冀县人，于民国八年开设，在南新华街东。民国二十年影印《二洪遗稿》，二十三年印行《丛书目

录拾遗》，二十五年印行《贩书偶记》。"（《琉璃厂小志》第三章"书肆变迁记"）藤县苏时学《爻山笔话》、闽侯叶大庄《偕寒堂读书记》：王謇《澥粟楼书目（中）》"子部·儒家类·考订之属下"："《爻山笔话》十四卷，古藤苏时学，同治中家刊本；《偕寒堂读书记》十卷，闽叶大庄。叶氏所著书，一名《退学录》，光绪中闽县叶氏玉屏山庄刊本。"

辽金元明都城考，洛阳伽蓝记钩沈。
偶闻天咫渤海志，龙溪精舍亦知音。

唐元素晏，本旗籍。所著书除本诗中历举者外，尚有《香奁集发微》《国朝书人辑略》《两汉三国学案》《海上嘉月楼诗钞》❶《涉江文集》《涉江词笔记》等，潮州郑氏龙溪精舍延刻丛书，几尘落叶，本非易事，世已称为善本矣[一]。

笺证

[一] 唐元素晏（1857—1920）：王重民《唐晏传》："唐晏字元素，号涉江道人，又号漯川居士，原名震钧，字在亭（一作载亭），号悯庵，姓瓜尔佳氏，满洲镶黄旗人。入民国，改今名。……授读龙溪郑氏，为校刻《龙溪精舍丛书》百二十册，间亦为刘承幹襄校役。……一九二〇年夏以痢卒，年六十有四。先生涉阅极博，著述谨严。与端方、盛昱、杨锺羲，同为满洲文学之后劲。唐渤海大氏，建国三百年，载记不传，先生乃网罗放失，整比旧闻，援《大金国志》《契丹国志》之例，撰《渤海国志》四卷（一九一九年刻入《求恕斋丛书》）。又世

---

❶ "海上"，原误倒作"上海"，据勘误表乙正。蔡贵华《校补》改正，江庆柏《考说》从之，并云："此书准确的书名为《海上嘉月楼诗稿》（封面亦题《涉江诗稿》），有1921年铅印本。"

居京师，习闻旧事，自先生之生，经庚申、甲申、甲午、庚子四役，世风丕变，乃追《梦华》《梦粱》二录之前踪，寓以国家身世之感慨，撰《天咫偶闻》十卷（光绪三十三年甘棠转舍刻本）。又辑清代善书者八百四十八人，仿张氏《诗人辑略》之例，各系籍贯官阀，博稽载籍，胪举评骘，以便参考，成《国朝书人辑略》十二卷（光绪三十四年金陵刻本），又校注《洛阳伽蓝记》为《钩沈》五卷，纂《石鼓文》为《集注》一卷，读《香奁集》为《发微》若干卷。又辑《孔门学案》若干卷、《两汉三国学案》十一卷、《十篆斋金石跋尾》若干卷。《钩沈》与《两汉三国学案》已刻入《龙溪精舍丛书》中。遗文有《涉江先生文钞》《海上嘉月楼诗稿》各一卷，一九二一年，门弟子张志沂等，为铅印行世。"（《冷庐文薮》下）

班昭续汉玄黄际，语业西樵一大家。
况有月蝉飞笔露，经师人表拜灵娲。

冼玉清女士，南海人，家西樵山[一]，多藏理学、美艺书。尝副纂通志，与修国史。能诗文词，善鉴别书画，且雅能考证乡邦掌故。教授岭南大学，经师人表，通儒硕学，兼而有之，著有《理学笔记》。冒鹤亭广生命余题吴湖帆万为女士所绘《修史图》[二]，余填《水龙吟》一阕，用稼轩韵，词云："十年野史亭荒，班昭续汉玄●黄际。黎岐炎徼，拾闻搜逸，祖风高髻。锦缲牙旗，金章铁券●，抚循蛮子。尽八纮译纪，两朝剥复，女南董，知斯意。为道西樵语业，旧文章，等身编未。月蝉笔露，鹅湖鹿洞，宋髓元气。万竹秋寒，摩挲翠袖，传人惟此。问何时

● "玄"字原脱，据勘误表补。
● "券"，原误作"卷"，据清稿本改。

瞻拜，西窗剪烛，损蜡红泪。"盖隋高凉冼夫人奉诏镇抚寒方[三]，赐锦缴金印，仪制如刺史者，女士远祖也。《西樵语业》[四]，宋杨济翁词名，兹假为理学家语录。《月蝉笔露》，则明侯元汸理学笔记也[五]。鹤老见首两句，大为击节，谓真得稼轩神髓❸云。

笺证

[一] 冼玉清（1895—1965）女士，南海人，家西樵山：王睿《流碧精舍师友渊源录长编》："冼玉清，南海人。善诗词，能书画，精研理学。"庄福伍《冼玉清先生年表》1895年1岁："1月10日（农历甲午年十二月十五日），先生生于澳门。原籍广东南海西樵简村乡。"1965年70岁："10月2日，先生因癌病医治无效逝于广州。"（《冼玉清论著汇编》下）

[二] 冒鹤亭广生命余题吴湖帆万为女士所绘《修史图》：事在1953年，冒怀苏《冒鹤亭先生年谱》1953年："十一月，冼玉清将南归，赴先生寓所辞行。此前，先生曾嘱唐云、孔小瑜合画冼玉清小像一帧，又嘱请叶蒲荪、王佩诤等题其《修史图》，亦作对后辈人才之奖掖。"按，《修史图》全称《琅玕馆修史图》，图为吴湖帆1950年所绘，现藏广东省文史研究馆。原件上王睿题《水龙吟》词，文字与本条诗传有出入，盖后有所修改。兹转录如下："十年野史亭荒，班昭续汉玄黄际。吴英百越，拾闻搜逸，祖风高髻。锦缴牙旗，金章铁券，抚循蛮子。尽乡邦征献，逊朝掌故，女南董，知斯意。为道西樵语业，旧文章，等身编未？困知居业，近思今录，宋儒元气。万竹秋风，摩挲翠袖，传人惟此。问何时瞻仰，西窗剪烛，损蜡红泪。调寄《水龙吟》用稼轩韵奉题玉清女师《琅玕馆修史图》。癸巳重阳，佩诤王睿。"（据杨权《〈琅玕

---

❸ "髓"，原误作"体（體）"，据勘误表改。

馆修史图〉题咏笺释》。又梁基永《一卷琅玕翠墨馨——记冼玉清先生
〈琅玕馆修史图〉》一文可参看，载《岭南文史》2011年第2期）又按，
巢章致王謇函略云："尊题《修史图词》典雅之极，无怪疚斋老之击节
也。冼君大嫂当即勒函，倘获题词，必录呈以报。"

　　[三]隋高凉冼夫人：传见《隋书》卷八十《谯国夫人传》。

　　[四]《西樵语业》：一卷，宋杨炎正（字济翁）词集。

　　[五]侯元泛：即侯玄泛（1614—1677），字记原，号秬园，嘉定人。
明崇祯十五年（1642）顺天乡试副榜，入清后弃功名，不求仕进。《月
蝉笔露》为其理学著作。

古松泼墨画盘龙，苦忆莺啼词兴浓。
翠袖摩挲三小印，款镌月色照溶溶。

　　蔡哲夫有守，善考古，藏金石书极多[一]。又富才艺，尝绘滇南盘龙
山古松丈幅，以黏❶木版束挺远邮吴中征题[二]。余为填《莺啼序》一
阕。未几，哲夫损书❷致谢，且媵❸以谈月色夫人溶手镌余姓名表字小
印二，"元嘉千叶莲堪"小印一[三]，以予赠哲夫寒家所藏刘宋"元嘉千
叶莲华造象"原石拓本也[四]。惟余之词稿草创，失之倭寇流离中[五]，
当时沾沾自喜者，事后不无耿耿于怀。今哲夫墓有宿草，冀月色夫人见
此诗注❹，能录❺以见还，则予心斯慰矣！

---

❶　此字原作"木"旁加"黏"，检字书未见，应即"黏"字。

❷　"损书"，原作"捐书"，《文选》载刘琨《答卢谌诗序》："损书及诗，备辛酸之苦言。"清
　　稿本作"损"，后旁用钢笔改为"捐"，盖不明"损书"乃受人书信之敬辞。此径改。

❸　"媵"，原误作"媵"。按，"媵"赠送也，因改。

❹　"注"，原误作"汪"，据勘误表改。

❺　"录"，原误作"缘"，据勘误表改。

笺证

[一] 蔡哲夫有守（1879—1941）：王謇《流碧精舍师友渊源录长编》："蔡哲夫，名有守，南海人。精犟考古学，善画。"

[二] 蔡有守绘滇南盘龙山古松丈幅，今不知何在，然谈月色1937年绘《蟠龙墨梅通景》犹存，上有王謇题跋，徐畅《于画书诗三绝外冶金石玉一炉中——女金石家谈月色的生平与成就》略记其事："谈师最显赫著名的绘画是1935年画的《蟠龙墨梅通景》（一丈见方，四轴），为其生平得意之作。……至1937年在画上题跋的知名人士有蔡元培、于右任、章太炎（篆书'盘龙古香'）、冯玉祥（隶书'此是春风第一枝'）、李根源、张继、程潜、柳诒徵、汪东、张默君、王灿时、张光、关赓麟、柳亚子、林损、金天翮、金元宪、王謇、张祖铭、徐英、李小缘、郑岳、萧娴等五十余人，成为民国时期著名书画家墨迹集锦。"（林亚杰、朱万章主编《岭南书学研究论文集》，徐恺《谈月色〈蟠龙墨梅通景图〉及其它》，《收藏·拍卖》2005年第3期）

[三] 谈月色夫人溶（1891—1976）：《流碧精舍师友渊源录长编》："谈月色，蔡哲夫室，善篆刻。南海人。"

[四] 元嘉千叶莲华造象：又名"杨谟造象"，王謇所藏。《民国吴县志》卷五十九"金石考一"："洞庭西山华山寺徐州刺史杨谟造象（元嘉三年，藏邑中王氏）。"王謇校补："案，华山寺杨谟造象，清季同时出土二躯，知长洲县滇南苏品仁得之。后人斥售遗物，叶柳邨古玩肆得其一，即后藏王氏者；修竹庐古玩肆得其一，后为灵岩崇报寺住持妙真所得。"又同书卷第三十九上"舆地考·第宅园林"王謇校补："刘宋：会稽内史张裕宅在洞庭西山龙头山，事应炎甚，谨感池产千叶莲，因名院曰'华山'，请于朝而立焉。见宋释怀深《圆通殿记》。徐州刺史杨谟为造千叶莲华观音象二躯，以志其异。象一藏邑中王氏，则清季知长洲县苏品仁家鬻出；一藏灵岩崇报禅寺住持妙真许，则修

竹庐古玩铺得而售之者也。"又王睿《瓠庐杂缀·刘宋杨谟造象》："石
遗老人八十初度，余拓寒斋刘宋杨谟造象以寿之。其跋尾云：'南朝造
象稀如星凤，见于著录者，仅蜀中绵州天监造象、石门维卫尊佛、粤
中李尹桑茗柯所藏陈宝齐及李笙渔嘉福慧影造象而已。至元嘉造象，
则自诸城王氏从匋斋后人购还之□熊造象而外，仅有此品，而造象人、
车马卤簿，足补南史《舆服志》。考《徐州府志·职官表》，均辑自金
石刻辞，而元嘉二、三年独付阙如，得此更可弥其阙憾。洞庭山池中
生千叶莲花，事与《吴郡志》所载华山寺宋僧惟深❻《圆通殿记》合。
石旧藏流寓圆峤巷之滇南苏氏，改制后，始归寒斋。乙亥浴佛日，瓠
庐记。'案是象，余尝以示蜀考古巨子杨君啸谷，啸谷谓直可巨万。时
难年荒，武健严酷之吏，竭泽而渔，叫嚣隳突，甚于永州，安得一鬻
此石，以预储十年税耶？"又苏州博物馆藏该造像拓片，王睿跋："宋
元嘉三年洞庭山寺千叶莲华造象（石藏吴县王氏瀣粟楼，补陀落迦长
乐沙弥獉端）。《吴郡志》载宋释怀深《圆通殿记》云：洞庭山华山观
音院者，本在西湖之北❼。宋元嘉中，会稽内史张裕请于朝而立。感池
产千叶莲，名院曰华山。隋大业间毁废，唐开成四年始迁于此。《姑苏
志》：华山寺在洞庭西山之龙头山。初为院，宋元嘉二年安禅师所见，
在胥湖北。唐重玄寺僧契元迁于此。所言多与此象题刻相合，今华山
寺犹存。此象出土之地为胥湖北。胥湖北，抑为今寺地？不可知。特
超然尘劫之外，历千四百年而后显于世，不可谓非宇内瑰宝矣。建国
丙子春仲，王睿。"又跋："《徐州府志·职官表》亦自金石辑来，刺
史独缺元嘉二、三年，得此足弥其憾。亭林先生'金石可以阐幽表微，
补阙正误'之说，信不我欺。沈约《宋书》无《舆服志》。汪梅邨《南

---

❻　"惟深"，《吴郡志》卷三十四'郭外寺·观音院'作"怀深"。

❼　按，"西湖"，《吴郡志》卷三十四"郭外寺"作"胥湖"，此系笔误。

北史补志》亦付阙如。此图服牛乘马、随从行李、卤簿服御之品，与北齐、北周、东西魏诸造象迥异，为续《南北史补志》者裨益不少。莲叶阴阳向背极显，人物画象生动飞舞，神采奕奕，极见唐宋以前画苑中递衍递嬗之迹。微特为寒藏冠，恐海内亦遂无第二品。诸城王氏藏有元嘉又一象，为浭阳端忠敏豪夺去，今已物归故主，亦未足与此刻颉颃也。瓠庐又记。"再跋："自裴松之以谀墓奏禁立碑，南朝石刻遂稀如星凤。诸城王氏一象而外，《瘗鹤》、《葛祚》、萧梁石阙、绵州造象、天监井阑，以及边远之《爨龙颜》《刘猛进》，中原之《刘怀民》，荒裔之高勾骊《新罗真兴王巡狩碑》而已。洛南新出之《吕超》，就时地论，均有多可疑者在。此刻图画上通武梁祠，文字复可与《刁遵》《皇甫度》墓志造象媲美，冶古今南北于一炉。后有著述者，从此可以洞明书画源流。同日謇又识。"

[五] 惟余之词稿草创，失之倭寇流离中：按，《民国吴县志》卷五十六下"艺文考二"王謇校补所列己著目录中有《海粟楼词存》，今佚。

雪松书屋继卧雪，拾经楼续观古堂。
长沙自有传家业，小叶小袁孰比量?

袁伯夔思亮，长沙人。寓上海[一]，筑雪松书屋，藏宋元本极多，若正德本、活字本《太平御览》等数种已不称上驷矣。其从子帅南[二]，于二十年前往香港，尽携雪松书屋书以行[三]。叶定侯启勋，长沙叶焕彬德辉从子，与其弟东明启发●[四]，皆幼承家学，好搜购古书[五]。定侯撰有《拾经楼紬书录》三卷，所收之富，自袁氏卧雪楼以后，实首屈一指[六]。所藏宋椠，如北宋小字本《说文解字》[七]、宋刻《宣和书谱》[八]、宋衢州小

● 原作"启发东明"，依例字在前名在后，据勘误表乙正。清稿本亦作"启发东明"。

字本《古史》[九]、宋乾道本《韵补》[十]、宋扬州本《梦溪笔谭》[十一]，皆人间瑰宝[十二]。

笺证

[一] 袁伯夔思亮（1879—1939），长沙人。寓上海：李国松《湘潭袁君墓志铭》："君讳思亮，字伯夔，别自号蘉庵，湘潭袁氏。考讳树勋，历官至山东巡抚，署两广总督，有子六人，君其长也，其世次，义宁陈先生所为总督公碑文具矣。君弱冠补学官弟子，光绪癸卯举于乡，一试礼部不第，而朝廷罢科举，乃援例为道员候选。寻以斥资兴学，赐冠服一品。农工商部立，奏调除郎中、丞参上行走，监督农事试验场。亲贵某掌部，尝使人微讽君，即有所馈，当得迁擢，君义不可，逊辞拒之。国体既更，其乡人有柄政者，颇收集时彦自助，强起君为印铸局长。已而筹安会兴，诵言帝制，君曰：'吾岂能更事二姓哉！'即弃官归奉母唐太夫（人）侨上海，遂终其（身）不复出。……体故丰硕，食兼人，至是衰赢。常被疾病，以己卯岁十二月十日卒，年六十有一。乌呼！其可谓文行兼茂，卓尔树立之君子者矣。夫人歙县徐氏，故四川雅州府知府、署成绵龙茂道景轼之女，前卒，所生两女，皆殇，无丈夫子，以仲弟子荣栋嗣。"（《民国人物碑传集》卷二）

[二] 其从子帅南（1907—1976）：袁孝儒等《先府君行述》："府君讳荣法，字帅南，号沧洲，一号玄冰，一署晤歌庵主人，以字行。晚自署玄冰老人。先世本贯安徽寿州，明季有官茶陵卫者，曰扶桑公，始家于湘潭，遂占籍。历世隐曜，服其先畴。曾王父海观公，讳树勋……王父仲龙公，讳体乾……民国二十三年毕业于上海持志学院法律学系，授法学士。执律务于上海，膺选为上海律师公会执行委员。二十八年，日寇入侵益炽，乃不涉世事，居家侍王母。其时，南京有所谓'伪中央政府'，群争相贵，或欲以牵率府君，逞舌百端。府君

正色严斥，日埋首整理伯祖伯夔公藏书，成《刚伐邑斋藏书志》，以遣其忧。时自靖之思，日寇既降……府君将奉王母避兵台湾，治装未竣，王母猝病脑溢血弃养。府君以哀毁之身，先携眷来台，再归沪营葬事。嗣张晓峰先生长教育部，聘为《中华丛书》委员会委员，编订学术刊物，其中美术图集三巨册，府君用力最深；及陈辞修先生之长行政院，府君入机要室，治文书。旋调参议，兼'国防研究院'修订《清史》编纂委员……府君依年定退公职，应私立东吴大学之聘，任教授，以《词选》教诸生，口授指画，毫无倦容。盖府君自壮及老，性耽学术，于古文诗词悉有造诣。又所接多胜流，春秋佳日，社集讨论，片言微旨，开悟奥窍，传诸后生，无所隐惜。府君体素健硕，少疾病……突患咳嗽，苦痰塞，入台北中心诊所，医云'病在肺'。十五日为施手术后，府君犹能倚榻书数言谢医师，翌晨竟不起。呜呼恸哉！……府君生清光绪三十三年二月二十五日……"（袁荣法《湘潭袁氏家集》卷前）

　　[三] 于二十年前往香港，尽携雪松书屋书以行：按，据袁孝儒等《先府君行述》所记"避兵台湾"，袁思亮藏书为袁帅南携往台湾，非香港。另载帅南携袁思亮藏书精华赴台时在1948年，1984年捐藏台北"中央图书馆"（龚笃清《湘人著述表》二）。

　　[四] 叶定侯启勋，长沙叶焕彬德辉从子，与其弟东明启发：叶启勋（1900—1972），字定侯，叶德辉胞弟叶德炯次子；叶启发（1905—1952），字东明，叶德炯三子（据叶运奎《长沙叶氏后人考·德炯公后裔》，王逸明、李璞《叶德辉年谱》附2"相关资料传记"）。

　　[五] 皆幼承家学，好搜购古书：叶启勋《拾经楼紬书录序》："余幼承家学，性喜蓄书，十数年间，聚书十万卷有奇。凡先世父观古堂中所无者，辄以重值得之。丁卯春月，世父被难，典籍颇多散亡，而余嗜书成癖，固未因之稍衰也。庚午春月，湘乱又作，较丁卯为尤烈，

余举室避地申江，行箧所携，大都秘笈。沪滨米贵，居大不易，不得不以质之。虽自我得之，自我失之，亦复何憾！唯余而立之年，半以书相依如命，流离颠沛，伴侣皆书，嗜之笃、缘之悭，两相及也。旅中岑寂，既发箧，就所存者撮其大要而记之。乱定南旋，犹时时购补数十种，因并述版刻之源流，以志眼福。部居厘比，析为三卷，非敢问世，以示椠书之世守耳。其有续得，列为《后编》云。丁丑春月，更生居士叶启勋自序。"叶启发《华鄂堂读书小识题识》："余兄弟嗜书成癖，藏书之所命名'华鄂'，即本斯意。"叶运奎《长沙叶氏后人考·德炯公后裔》："启藩、启勋、启发兄弟继承家学，自幼受德辉公教诲，尝随侍左右，为校勘、缮写、督办其刻印诸书。又师从长沙名士雷恺、雷恪、雷悦兄弟，学习书法、绘画、治印诸艺。启藩擅长珠算，曾为德辉公著述题有跋记若干，惜未编辑成册。启勋擅长篆书，著有《拾经楼紬书录》，为《续修四库全书提要》经部撰文百余篇，又为日本《汉学杂志》及南京金陵大学《国学图书馆季刊》撰稿。启发擅长丹青、治印，著有《华鄂堂读书小识》。兄弟三人均受德辉公影响，酷爱藏书，惜大部分藏书毁于1938年长沙大火。所幸提前转移出清乾嘉以前版本二十箱，近两万卷，1951年由后人全部捐献湖南图书馆。其中北宋本《说文解字》被称为湖南图书馆'镇馆之宝'。"按，叶运奎又有《怀念父亲叶启勋》可参看（王逸明、李璞《叶德辉年谱》附2"相关资料传记"）。

　　[六]所收之富，自袁氏卧雪楼以后，实首屈一指：叶启发《华鄂堂读书小识序》述其家藏书甚详："有清咸同之际，太平军兴，海内腾沸，十有余年，兵氛始戢。湘中适当冲要，庐户荡然，田园荒废，故家所藏典籍，更无论已。其时先曾祖由吴避乱来湘，先世父考功君以湘潭籍成进士，官京曹者数年。性甘恬淡，谒选归田，致力于考据板本目录之学，尤嗜收蓄旧本书籍。适县人袁漱六太守芳瑛卧雪庐旧藏散出，而

历城马竹吾大令国翰玉函山房储籍亦为估人捆载南来。袁书出于孙忠愍
祠堂，马书来自王文简书库，先世父兼收并蓄，充栋连楹，于是观古堂
之藏书蔚为湘中大观矣。……世父逝世，藏书为从兄鬻于估人，数十年
之所聚，散如云烟。间有先世父举赐之书，则余兄弟什袭珍藏，不敢或
失也。自后仲兄及余搜访旧籍之心益切，仲兄既以拾经楼为庋书之地，
余则以华鄂堂为插架之所，时从厂肆故家获得善本，分别藏之。庚午，
湘乱又作，余兄弟举室避居申江，行箧所携，半是秘笈，困于资斧，割
损什之二三。乱定返湘，仍事购集，道州何氏藏书散出，宋元名本尽入
余兄弟箧笥之中，大兴朱氏、翁氏，平定张氏，诸名家批校抄本、稿
本，更指不胜屈焉。……逾二年，中日战起，东北沦亡，继而苏、皖、
鄂、赣先后丧失，长沙日有锋镝之警，舟车阻塞，避地无方，余兄弟未
得尽举藏书移置乡野。迄至十月，湘垣大火，拾经楼、华鄂堂均成灰
烬，典籍之未携出者，同罹浩劫。余兄弟避居邑之河西农家，矮屋三
椽，藏书数箧，论辨缀述，不敢或辍，盖余兄弟有书淫之癖，虽在兵戈
扰攘之中，结习未能改也。……忆吾家自宋代以还，子孙笃守先训，以
读书藏书为乐，先世吴中所藏，悉毁于兵难，迁湘以后，所蓄又罹于互
市之灾。盖藏书未有聚而不散者，余兄弟则守阙抱残，一本素愿，虽厄
难之至不以时，而余兄弟聚书之志亦无已时也。己卯清明，东明自序。"
按，李日法《湘潭袁氏卧雪庐藏书聚散考》："卧雪庐藏书售于李盛铎
木樨轩的部分，后转归北大图书馆；为叶德辉购去藏于观古堂的部分，
大部流入日本，小部分藏于湖南图书馆；为丁丙购去藏于八千卷楼的部
分，后转归南京图书馆；为蒋汝藻购去藏于密韵楼的部分，后被张元济
先生购去藏于涵芬楼，部分毁于'八一三'泸淞抗战，也还有一部分
流散在民间，少量流入海外，藏于美国国会图书馆等处。"（《图书馆》
1993年第3期）王欣夫《蛾术轩日记》第七册1932年2月28日："叶君
定侯函寄所刻其世父奂彬先生所撰《说文籀文疏证》，桂未谷、何子贞

《隶释隶续评校》，又钞示未刻莼圃题跋五种，为《诗外传》十卷（校元本）、前后《汉纪》各三十卷（明黄省曾本）、《石门集》二册（旧抄本）、《杨东里诗集》三卷（明正统本）、《巽隐集》四卷（明嘉靖本），皆其所自藏。闻叶君收藏甚富，多得袁漱六、何子贞两家书，知余有续辑莼跋之举，故录以见示，与矜得自秘者有间矣。"

[七] 北宋小字本《说文解字》：见《拾经楼紬书录》卷上。

[八] 宋刻《宣和书谱》：见《拾经楼紬书录》卷中，《华鄂堂读书小识》卷三。

[九] 宋衢州小字本《古史》：见《拾经楼紬书录》卷上，《华鄂堂读书小识》卷二。

[十] 宋乾道本《韵补》：见《拾经楼紬书录》卷上，《华鄂堂读书小识》卷一。

[十一] 宋扬州本《梦溪笔谭（谈）》：见《拾经楼紬书录》卷中，《华鄂堂读书小识》卷三。

[十二] 皆人间瑰宝：按，叶启发《华鄂堂读书小识题识》旁附小注云："家藏宋刻以《宣和书谱》为压卷，《说文解字》次之，《韵补》《古史》又次之。"按，以上北宋小字本《说文解字》诸书购藏经过，叶运奎《怀念父亲叶启勋》有详述。

南北第一天春园❶，山经地志不胜繁。
贡诸中秘道山去，老仆有识冰玉魂。

任振采凤苞，宜兴人。专收集方志，以数十年之精力，所积孤本甚

---

❶ "天春园"，原误作"天香园"，清稿本亦误。江庆柏《考说》："任凤苞编《天春园方志目》不分卷《后编》1卷，有1936年天春园刻红印本。"据改。

多，为南北第一。有《天春园方志目》^[一]。去秋悉以捐献天津市文化局^[二]，时任氏年八十二矣。未几，即归道山^[三]。任氏有老仆为司典籍，于方志版本颇能辨别，每至书肆，娓娓而谭，闻者多目为学者^[四]。

笺证

[一]《天春园方志目》：不分卷，四册，任凤苞编，民国二十五年（1936）任氏天春园刻本。

[二] 去秋悉以捐献天津市文化局："去秋"指1952年。任凤苞捐献所藏方志之意愿，始于1951年12月。原拟捐献北京图书馆，后由周叔弢等社会名流联络商洽，经天津市文化事业管理局协调，改由天津市第二图书馆收藏。《天春园方志目》卷首衬叶有无名氏墨笔题识二行云："天春园所藏方志在日军举津时觊觎甚久，旋将全书移庋中南三楼，卒获保全勿失。五二年秋举以献诸政府，藏于天津市人民图书馆。"又《任振采先生捐献地方志过程》："一九五一年十二月，任振采先生原拟将天春园所藏方志二千五百部、二万六千八百一十二册捐献北京图书馆（今国家图书馆）。当时天津市第二图书馆华凤卜、姒兼山闻讯后，通过社会名流徐世章、张重威联络疏通，最后由周叔弢先生出面洽商，任振采先生慨允无条件捐献给天津市地方文化部门。经天津市文化事业管理局协调，改由天津市第二图书馆接受，直接点交给第二图书馆，即今天的天津图书馆前身。以上为原天津市文化局五十年代初期工作人员云希正提供。"〔转引自李国庆编著，周景良校定《弢翁藏书题跋·年谱（增订本）》一九五一年六十一岁注释6〕

[三] 时任氏年八十二矣。未几，即归道山：按，任凤苞生于1876年，卒于1953年，享年七十八岁，此云"八十二"，当出于推算错误或误记。江庆柏《任凤苞与地方志收藏》："任凤苞，字振采，生于光绪二年（1876），任锡汾长子，后出嗣锡汾族兄锡璋。监生，光禄寺署正，

候选郎中，江西补用道，直隶候补道，邮传部路政司行走丞。1953年卒于天津。其简历见《宜兴里任氏家谱》卷五之十一。"（《中国地方志》1999年第4期）任凤苞捐献所藏方志在1952年，1953年卒，故云"未几，即归道山"。

　　[四] 按，本诗传清稿本标明出处"见《海天楼随笔》"。

又一藏家呈中秘，汉皋佩解即升仙。
中有文柯旧藏在，稿刻校钞得天全[一]。

　　徐行可恕[二]，号强誃，武昌人。在汉皋有祖遗资产，故一生惟以收书为事。与徐积余、伦哲如交好，并皆以目录学名于时。所藏积至七百余箧，文廷式、柯逢时二家精本多归之。遇友好藏有名校钞本，必商借录副，而己之所有，亦不惜借●人过录[三]。晚年犹往来京、沪等处收书[四]。闻其即世前，已以所藏三分之一输归公家[五]。殁后，其子遵遗志全部捐献[六]。

笺证

　　[一] 此句清稿本本作"稿刻校钞散若烟"。
　　[二] 徐行可恕（1890—1959）。按，徐氏家族向湖北省图书馆捐赠古籍信函："湖北省图书馆：家父徐君行可，不幸于月之九日，以胃溃疡症病逝。我辈遘此闵凶，终怀罔极之痛。伏念家父毕生精力尽瘁于读书买书，辛辛勤勤，无间寒暑。节衣缩食，乐此不疲。常谓'不以货财遗子孙。古人之休德，书非货财，自当化私为公，归之国家'，解放以还，屡申所愿。生前曾以五百余箱捐赠于科学院。亦素心之实践也。我

――――――――――

●一　"借"字原脱，据勘误表补。

家尚存书册，家父在世之日，久拟选择所藏，继续公诸乡邦。累因疾病侵寻，理董无力，不幸遽尔逝世，虽死难安。我辈秉承遗志，欲尽未遂之业，择选遗藏，公之国家。敬求惠予接纳。使书得尽其用，且慰死者之心。则不胜感戴之至。谨布所怀，并致敬礼。（家属姓名略）共启。一九五九年七月十五日。"（照片，见于王倚平《捐赠义举　惠泽流长——记一代收藏大家徐行可》，《书法丛刊》2016年第3期）据此知徐氏去世于1959年7月9日。

[三] 而己之所有，亦不惜借人过录：王韶1958年作《盐铁论校录后案》稿本题识，记有徐恕曾慨借其陈尊默稿本事："会川东王君利器以新著《校注》属海上古典文学社为之付印，社同人谬以不才为识途之老马也，命为参订文字，因又得见所引黄季刚、陈尊默、杨树达、郭鼎堂，以及杨沂孙简端记、孙蜀丞校记。而武昌徐君行可亦介吴兴徐君鸿宝以采用陈尊默全稿见嘱。猥以《札记》行将印成，后见者不克列入，重违其意，特条缀件附之著为《后案》，拟借杂志以流行。颇闻季刚稿存孙蜀丞先生许，极望孙先生能为流布全文也。戊戌五月，王佩诤。"又此文初稿所记尤详："会蜀东王君利器，以新著《校释》嘱海上古典文学社为之印行，社同人谬以不才为识途之老马也，命为参订文字。因又得见所引黄季刚、陈尊默两家言，均有裨于桓次公书者也。武昌徐君行可，以徐森老介，纤尊来见，亦谓尊默经明行修之士，亟宜为之传之后人。未几，且以原稿全文寄海上睿寓，猥以《札记》行将印成，不克列入，乃为之每则条缀数语，著为《后案》，投《集刊》为之流传。季刚为本师章公门下渊骞游夏萃于一身之俊才，其全文必大有可观者在，亦望孙、王二君能为之流布全文也。戊戌五月，王佩诤。"

[四] 晚年犹往来京、沪等处收书：按，此句后清稿本及洪本并有"数次"二字。可知徐行可晚年至京、沪访书不止一次。徐氏曾于1957

年11月至1958年6月间，在沪上造访过王謇。详见拙文《徐行可与王佩诤的一次交往》（《徐行可研究论集》）。

[五]闻其即世前，已以所藏三分之一输归公家：徐氏女孙徐力文《怀念与传承》："一九五六年，他将五百箱约六万册私藏捐献中科院武汉分院。而后以科学院给的部分奖金在北京购得《武英殿聚珍丛书》六百三十多卷，补充赠书内容。"（《书法丛刊》2016年第3期）

[六]殁后，其子遵遗志全部捐献：徐行可之子徐孝宓（1926—1994），曾任湖北省图书馆副馆长，版本目录学家。顾颉刚《顾颉刚日记》卷三一九六〇年三月九号星期三："到湖北省图书馆，晤崔祥衍、孔宪凯，由徐孝密（宓）导观其父藏书。……徐行可一生好书，所得稿本、批校本、钞本、明本书甚多，数年前以其半售与科学院。去年七月身故，其子孝密（宓）尽出所藏，捐与省图书馆。今日往观，甚多佳本及鲜见书，惜以时促未得多览。"徐孝宓之女徐力文《怀念与传承》："一九五九年祖父去世后，北京图书馆、北京大学图书馆、北京师范大学图书馆、北京古籍书店、上海古籍书店都纷纷前来以高价访求其遗藏古籍。父亲徐孝宓及其兄弟姐妹'秉承其遗志，欲尽未遂之业，择选遗藏，公之国家'。父亲在促成祖父所遗藏珍贵古籍四万册、文物七千八百余件无偿捐赠湖北省图书馆、湖北省博物馆方面起了至关重要的作用。徐家当时提出的唯一要求即编辑徐氏捐藏古籍、文物目录。湖北省文化厅、湖北省图书馆等致函高度肯定了徐家将私藏无条件捐献给国家的爱国主义精神。后来，在时任湖北省委宣传部副部长密加凡的亲自关心下，在新中国成立后任湖北省图书馆馆长，后任湖北省文化局局长、历史学家方壮猷及孙式礼馆长的极力促成下，于一九六一年将中科院的徐氏藏书拨归湖北省图书馆。至此，徐氏所藏十万册古籍终于合二为一归属省图书馆了。"

输金刊书毋昭裔，析津方志供资材。
惟君为富亦为仁，不与世接何伤哉？

金浚宣●钺[一]，天津人。家富有，不与世接，惟收津市文献，更传刻之。往岁重修津志，浚宣供资材、助刻费为最多[二]。

笺证

[一] 金浚宣钺（1892—1972）：伦明《辛亥以来藏书纪事诗》："天津金浚宣钺，性喜聚书，尤好搜集乡贤遗著。选录刊传，有《屏庐丛刻》十五种，《续刻》三种，《金氏家集》四种，《天津文钞》。自著有《天津县新志》《天津政俗沿革记》《天津诗人小集》十二种，其他尚有若干种。"按，《天津县新志》为高凌雯纂，《天津政俗沿革记》为王守恂总纂，非金钺所著。金氏仅保管版片而已（见下注引王襄《纶阁文稿》第三册《记金浚宣赠图书馆书版事·壬辰》）。

[二] 金钺传刻天津人文献及重修天津方志：高凌雯《志余随笔》卷五："天津有藏书之家，无刻书之人，近惟浚宣喜为此。网罗旧籍，日事铅椠，十余年来未尝有闲。由其先人撰述，推及乡人著作，已刊行二十余种，大率零星小部，括而充之，不难为定州王氏之继也。"巢章甫《海天楼艺话·屏庐学人》："津门金十五浚宣，名钺，自号屏庐学人。幼体至弱，独好诗书，平生淡雅无所营求，独谋校刊典籍，不遗余力。先世遗编而外，傍及乡里文献，《新天津志》即君出资刊刻者也。最善王守恂仁安老人著述，杂诗文书札，数岁为一集，皆君谋付梓为祝寿，真文人雅事也。君擅画竹，亦自著题竹诗句为集。近年久不晤，其年当周甲矣。"王襄《纶阁文稿》第三册《记金浚宣赠图书馆书

● "浚宣"，本处与下文原并误作"复宣"，清稿本亦误，盖抄手涉原稿"浚"与"复（復）"形近而误。

版事·壬辰》："公元一九五一年十月，金浚宣君钺举所藏书版四十八箱，尽赠天津市第二图书馆，滕以《魏皇甫驎》《齐乞伏保达》志石。王君鹏九宝先后之事出，吾乡之创可记也。君博读群书，架藏大富，苦购求之不易，始专力刻书：明小学，刻《说文提要》，校订《说文约言》《许君疑年录》；修方技，刻《广瘟疫论》《补注瘟疫论》；述先德，刻《黄竹山房诗钞》《善吾庐诗存》；传朋旧，刻《王仁安全集》《志余随笔》《曝书亭词拾遗》；刻自著之书有《屏庐文稿》《屏庐题画漫简》《偶语百联》。迨见天津修志局所征乡人遗著，更刻《天津文钞》、天津诗人集十二种、《屏庐丛刻》、《黔行水程记》。若《天津县新志》半部、《天津政俗沿革记》版非君刻，仅保管而已，并以归之。亦民有归民，得事理之宜。"（王襄《王襄著作选集》下）按，本诗传清稿本标明出处"见《海天楼随笔》"。

渭南严氏孝义塾，建德周家师古堂。
相台刻经传弈世，天禄石渠今对扬。

渭南严氏孝义家塾，刻《音韵丛书》，又刻《孝义杂缀》。建德周氏师古堂，为叔弢族人刻书、藏书之所。叔弢重版本，师古堂专求裨益实学，备家塾戚友浏览者[一]。今已捐献政府。

笺证

[一] 师古堂专求裨益实学，备家塾戚友浏览者：周学熙《周止庵先生自叙年谱》民国十四年乙丑六十一岁："居天津。……又建师古堂藏书楼于支祠之西，占地二十余亩，略具园林之胜，刻先公法书嵌于墙壁。余撰规约记及规约，颁示群从子弟，使之遵守规定，凡悫慎公支下子孙之在北方者，皆属于支祠，岁时举行祀典，集议合族之事，分任值

年，轮流经管，余任事务长。又订支祠矜恤章程及藏书楼章程等，以垂久远。嗣后每年议案，其重要事件，有关家法世范者，皆余所亲撰，以昭慎重。"同谱民国十九年庚午六十六岁："居北平。……秋，成立师古堂刻书局。余既屡谕子弟以读书为要，因进行刻书以备家塾之用。夫中国数千年文化，以道德为主，历代圣贤，载籍具在，士人读书当知所择拣，悫慎公生平笃信程朱，《负暄闲语》中谆谆以义理垂训。今世学校科学过繁，学生限于日力精力，骛其末而忽其本。故自今年起，就北平寓所附设书局，以师古堂名义，延聘宿儒，从事编辑校刻。取古人最纯正之书，博观约取，以子弟日力精力所能及，读之可以淑身、可以淑世者为标准，用款由余独立担任。"按，本诗传清稿本标明出处"见《海天楼随笔》"。

双南华馆久名斋，又一南华宋木牌。
莎士比亚恣搜弄，西人输尔架床排。

周叔弢暹[一]，安徽建德人。收宋元本，为世所知，昔年以"双南华"名馆，盖藏两宋本《庄子》也[二]。抗战时，复收一部[三]。其藏书今悉捐献[四]。世多知君藏古籍之富与刊印之精，而不知其所收西籍之有关沙氏乐府者，亦复联床盈架[五]。

笺证

[一] 周叔弢暹（1891—1984）。

[二] 昔年以"双南华"名馆，盖藏两宋本《庄子》也："双南华"第一本为杨氏海源阁旧藏宋本《南华真经》十卷十册。周叔弢《历年收得杨氏海源阁旧藏善本目录·一九三一（辛未）以前》："宋本《南华真经》从文在堂魏子敏处买来，此是收得海源阁书第一部。"至于第

二本，有两种意见：有认为是《壬辰重改证吕太尉经进庄子全解》，亦有认为是《分章标题南华真经》。前者亦是海源阁旧物，1934年春从杨敬夫手中购得。周氏于杨保彝编《海源阁宋元秘本书目》书衣题识云："甲戌（一九三四）春，《庄子全解》归我。"〔转引自李国庆编著，周景良校定《弢翁藏书题跋·年谱（增订本）》民国十九年（一九三〇）庚午四十岁注释21〕按，此本旧以为宋刻本，实为金刻本。《周叔弢所得海源阁书（一）》"宋本"中著录此本，下又添注"金本"（《周叔弢古书经眼录》下册），当是周氏后所添改；后者《分章标题南华真经》十卷四册，宋刻本，原非海源阁藏。《古逸丛书三编·影印宋刻本南华真经注说明》及程佳羽《周叔弢与"双南华馆"》〔陈红彦主编《善本古籍掌故（二）》〕认为"双南华馆"系由此本与《南华真经》而得名，而王绍曾则认为是金本《壬辰重改证吕太尉经进庄子全解》（《订补海源阁书目五种》之《楹书隅录》卷三及《后记》）。

[三] 抗战时，复收一部：巢章甫《海天楼艺话·双南华馆藏书》："双南华馆主人建德周叔弢丈，藏书至富，抉择之精、爱护之至，时流殊难望其项背。昔年所藏有宋本《庄子》二种，故以双南华名其馆。近年又得一部，则以所藏明刊百种，转辗易来，世间《庄子》善本，殆悉聚于此矣。"按，周叔弢"以所藏明刊百种，转辗易来"者非第三种宋本《庄子》，而先是1942年春三月"为衣食计"将"所藏明刊百种"售与陈惟壬，后又从王富晋手购宋本《礼记注》也（详见本书"陈惟壬"诗传笺证）。

[四] 其藏书今悉捐献：李国庆《弢翁藏书题跋·年谱（增订本）》一九五二年六十二岁："八月，向北京图书馆捐献历代古籍善本凡七百十五种，共二千七百六十二册。"

[五] 而不知其所收西籍之有关沙氏乐府者，亦复联床盈架：《海天楼艺话·双南华馆藏书》："又旁及西文图籍，其关于莎士比亚之书

籍，盖居世界各图书馆，亦渺出其右者矣。"周珏良《自庄严堪藏书综述》："他（引按，周叔弢）的藏书中还有很多的英国文学书籍。他和我说过他曾有一部类似《书目答问》的英文书，文学书就是依照那本书购置的，具体的书名已不可考。他对莎士比亚很有兴趣，买了不少他的著作和研究他的工具书、评论著作等，就本世纪二三十年代水准而言是颇为完备的。这一批书中包括弗内斯（Horace Howard Furness）父子编纂的巨著《新会校会注评本莎士比亚全集》（*The New Variorum ShakesPeare*），阿波特（E.A.Abbott）著至今仍不可少的《莎士比亚文法》，《牛津大字典》主编之一恩宁斯（C.T.Onions）编的《莎士比亚词汇》，当时是标准著作的希得尼·李（Sidney Lee）的《莎士比亚传》，罗莱（Walter Raleigh）著的《莎士比亚评传》，巴莱特传（John Barlett）的名著《莎士比亚作品索引》。评论则有至今仍不能废的牛津大学诗学教授勃莱德莱（A.C.Bradley）的《莎翁悲剧论》，哈佛大学教授倍克（George Pierce Baker）的《戏剧家莎士比亚》等等，其中许多现在已经过时，但在当时还是重要著作。此外还有许多如教学用的莎士比亚全集注释本。"〔载李国庆编著，周景良校定《弢翁藏书题跋·年谱（增订本）》〕按，本诗传清稿本标明出处"见《海天楼随笔》"。

三国世系旁❶午表，汉郡省并纵横书。
梨园史料亦网罗，笔记争传几礼居。

　　周志辅明泰[一]，叔弢从弟，专收有关戏剧文献。著有《三国世系表》[二]《汉郡邑省并表》[三]《几礼居笔记》等[四]。

---

❶ "旁"，原误作帝，据勘误表改。李本、杨本沿误未改。

笺证

[一] 周志辅明泰（1896—1994）。

[二]《三国世系表》：全称《三国志世系表》，民国十九年（1930）《玞社丛书》排印本，开明书店《二十五史补编》据以收录。

[三]《汉郡邑省并表》：当作《后汉郡邑省并表》，民国十八年（1929）《玞社丛书》排印本，《二十五史补编》据以收录。

[四] 按，本诗传清稿本标明出处"见《海天楼随笔》"。

> ### 深闺文笔六百卷，榴花入梦鼓子词。
> ### 小说珍本复孤本，牛腰巨挺箧藏之。

周绍良[一]，叔弢族侄。专收小说，孤本珍本为多。近所收《榴花梦》鼓词[二]，为嘉庆间一女子所著，写本凡六百卷[三]。

笺证

[一] 周绍良（1917—2005）。

[二]《榴花梦》：周启晋《五世书香（四）——忆先父绍良先生》："先父藏书颇丰，然最突出者当属以小说、宝卷、红学、文献以及'明代大统历'。其所藏小说数千卷中不乏孤本珍本，现存天津图书馆。所藏以中国最长篇幅著名的弹词《榴花梦》现存国家图书馆。"（《藏书家》第16辑）

[三] 按，本诗传清稿本标明出处"见《海天楼随笔》"。

> ### 石埭龙门货殖传，买书残断价廉贪。
> ### 明刊精本种盈百，换去南华宋第三。

陈一甫惟壬，石埭富翁也。初不甚收书，所买以册计值，取其廉，断残不拘也[一]。既而周叔弢欲斥所藏明刊精本百种，以易第三宋本《庄子》，一甫遂收之[二]。嗣是颇收书。今一甫已故，其书捐献北京图书馆。

笺证

[一]陈一甫惟壬（1869—1948）：陈惟壬，字一甫，安徽石埭人。藏书家。自署其室曰居敬轩，又曰恕斋。初不甚收书，所买以册计值，取其廉，断残不拘。后并收名人书画。藏书数万卷，不斤斤于宋元精椠，期于可读。1942年收得弢翁转让之明版书百余种。其书后捐北京图书馆〔详《陈一甫先生六十寿言·陈一甫先生事略》，转引自李国庆编著，周景良校定《弢翁藏书题跋·年谱（增订本）》民国三十一年（一九四二）壬午五十二岁注释5〕。

[二]周叔弢欲斥所藏明刊精本百种，以易第三宋本《庄子》，一甫遂收之：所谓"第三宋本《庄子》"，盖即指本书"周叔弢"诗传之"抗战时，复收一部"者，亦即巢章甫《海天楼艺话·双南华馆藏书》所谓"近年又得一部，则以所藏明刊百种，转辗易来"者也（见"周叔弢"诗传笺证引）。按，此处似袭巢章甫误说。周叔弢欲斥所藏明刊精本百种，所易者起初仅为"衣食"而已，非书也，而将所藏明刊精本百种售与陈惟壬。周氏《弢翁藏书题识·齐乘六卷》："壬午（引按，1942年）春三月余为衣食计，以明本书百余种售之陈丈一甫，去书之日，中心依依，不胜挥泪宫娥之感。迩日为检一故实，拟得《齐乘》以供缮够，乃乞于陈丈，以三百元赎回此本，比之去年，其值约高一倍有半。"又同书《礼记注》二十卷云："余时绌于为生，方斥去明板书百数十部，尽归陈一甫丈，既得钱，乃不遑复计衣食，急持与王某成议，惟恐弗及。"（《自庄严堪善本书影》）周氏《历年收书目》于此亦有记载：1941年《历年收书目·辛巳新收书目》周叔弢年末识语："见宋蜀本《庄子》、大字本李注《法言》、余仁仲本《礼记》，为财力所限，皆不能

得。《礼记》更交臂失之，古缘不厚，无可如何耳。十二月二十三日弢翁记。"（《周叔弢古书经眼录》下册）至翌年（1942）年初，《历年收书目·壬午新收书目》识语尚云："今年财力不足于衣食，岂能收书？恐成虚愿耳。正月十七日，弢翁记。"然相隔仅一月，三月间，其即将去年"交臂失之"之余仁仲本《礼记》三本，从王富晋手上以一万元购得："此书去岁为友人所误，失之交臂。今岁售明本书百种易钱收之，其值昂于去岁者二倍也。"（《周叔弢古书经眼录》下册）同年8月28日，其致赵万里信中又述及此事："暹春间为衣食计，拟斥卖明本书百余种（庚丈处有目录，皆极精整）。适王富晋自沪携示余仁仲本《礼记》，遂以卖书之钱买书，结习难除，亦复可笑也。"〔周叔弢遗著，周一良整理《弢翁遗札》，张舜徽主编《中国历史文献研究（一）》；孟繁之《周叔弢致赵万里函笺注》，《国学学刊》2018年第2期〕《礼记注》汉郑玄撰，唐陆德明音义，宋余仁仲万卷堂家塾刻本，则周氏售卖明本书百余种与陈惟壬后，所得之钱终未"为衣食计"，而用于购买此宋刻本《礼记注》也。故"以易第三宋本《庄子》"，实为以易宋本《礼记注》。按，本诗传清稿本标明出处"见《海天楼随笔》"。

复性书院刊拟目，彻底澄清道学家。
书读孤山穷四库，生也有涯知无涯。

马一浮浮[一]，会稽人。尝寓杭州，遍读文澜阁《四库全书》。往在西南主持复性书院[二]，有拟刊书目，纯属义理一门，后刊印多种行世。公既以宋学为宗，又复读书万卷，盖能籍●词章、考据补义理之不足者也。博观广收，实事求是。

● "籍"，当作"藉"。

笺证

[一]马一浮浮：王松泉《民国杭州藏书家·马浮》："马浮（1883—1967）字一浮，又字一佛，早名耕余，幼名福田，笔名圣湖居士，号湛翁，晚号蠲叟、蠲叟老人，室名'委宛山堂'。祖籍绍兴，生于四川，后定居杭州。"（政协杭州市委员会文史委编《杭垣旧事》）

[二]复性书院：《民国杭州藏书家·马浮》："抗战时西南成立复性书院，为院长。民国29年（1940）辑成《复性书院丛书》，每种书名由先生亲自书写扉页，共计四十六册。"

一曲思凡水磨调，浅斟低唱影摇红。
词林逸响碎金谱，过眼云烟过耳风。

徐镜清凌云[一]，绍兴籍，生长吴中。善度曲，能订谱，得俞粟庐宗海之传授[二]。藏曲数十种，均明清精本。长君韶九[三]，编藏曲目，以冀世守。有《南宫谱》《词林逸响》《吴骚合编》诸精品，卒亦散入吴市。余在上海来青阁见数种，已非上驷，非所谓"坏劫"欤[四]？

笺证

[一]徐镜清凌云：按，本书目录作"徐凌云镜清"，然徐镜清非字"凌云"，徐凌云字亦非"镜清"，此乃误合二人。徐镜清（1891—1939），即王睿《流碧精舍师友渊源录长编》所记"徐镜清，藏曲甚多，能自填谱"者是也。又，高仓正三《高仓正三苏州日记》昭和十四年（1939）十一月十五日："接着再拜访朱造五和潘厅长。潘确实是位博学多才的人，他的苏州话讲得实在高尚而又优雅。到苏州以来首次感到心情是这么地舒畅。他告诉我道和俱乐部现已变成茶会，徐镜清已于六月去世。"此"绍兴籍，生长吴中"之徐镜清也；而徐凌云（1885—

1965），字文杰，浙江海宁盐官人，居上海。为海上名园徐园主人徐棣山子，师从俞粟庐学昆曲，与溥侗有"北溥南徐"之称（郑逸梅《徐园主人徐凌云》，《郑逸梅选集》第四卷）。将二人误合为一，盖皆以擅昆曲也。本书目录作"徐凌云（镜清）"，似本诗传原为记述徐凌云事，而又误以为即徐镜清耶？

［二］俞粟庐：《流碧精舍师友渊源录长编》："俞粟庐，名宗海。善北碑。度曲千余折，人称'曲圣'。门人张紫东锺来。"

［三］长君韶九：徐韶九（1916—？），徐凌云子。按，赵景深为陆萼庭《昆剧演出史稿》所作《序言》中引李蔚刚《曲集源流》，提及1922年徐韶九时年七岁。

［四］坏劫：佛教有成、住、坏、空四劫。

杂钞大典孤来鹤，疴次随缘双桂寮。
天上有声野趣画，楼空百匦够魂销●。

庞青城，为莱臣孝廉介弟［一］。富藏书，虽乏宋雕元椠，而稿钞校孤本极多。抗日变后，北京图书馆密●派员收书上海，得青城全藏。余见其目于钱君存训许［二］。最令人注目者，为费西墉锡章《来鹤堂笔记》原稿十册，与《纯常子枝语》相似，多录《永乐大典》资料。《枝语》有刊本，此则未刊隽品。又有《双桂寮疴次钞》十三册，匆促未录撰者，恐犹为未竟之绪耳。《野趣有声画》，为文澜阁钞本，杨叔明公远撰，则已入《四库》矣。见书目时，余任教于上海东吴大学，青城介弟襄城淑媛贵英来就学，尝咏《杂事诗》云："绿柳宜作两家居，差幸金箱

● "够魂销"，清稿本、洪本作"换金貂"。
● "密"，杨本改作"秘"。按，《集韵·质韵》："密，秘也。"不必改。

学有余。凄绝楼空人去后，米船名画直斋书。"[三]盖余家世居吴中凤池乡，莱臣亦筑室于是。抗战后，莱臣吴寓书画闻有劫之者，而青城书亦散出[四]，故发此感慨。今则虚斋亦架上一空矣！世事茫茫难自料，又何从而太息之耶？

笺证

[一]庞青城，为莱臣孝廉介弟：庞莲《忆父亲庞青城》："我父亲名元澂，字清臣，号渊如，生于1875年6月13日，卒于1945年7月31日。浙江吴兴南浔镇人。祖父云皋，从事商业起家，为人慷慨好义。《南浔镇志》人物有传。祖父生两子，长子元济，字莱臣，前清举人，以收藏古画著名，著有《虚斋名画录》。父亲行居次，少时亦举茂才。"（《湖州文史》第9辑，1991年）

[二]抗日变后，北京图书馆密派员收书上海，得青城全藏。余见其目于钱君存训许：按，钱存训当时在设于上海之北平图书馆上海办事处任职。张宝三《访钱存训教授谈中国书籍史之研究及治学方法》载钱氏答云："1932年大学毕业后，我由校方推荐到上海交通大学图书馆担任副馆长，在馆长杜定友先生指导下，学习到一些图书管理和技术方面的知识。五年后，我应北平图书馆馆长袁同礼先生之聘，改就北图南京工程参考图书馆主任……但是当我到馆后没有几天就发生了七七事变，不久战火延烧到华中，北平总馆南迁长沙，再迁到昆明，南京分馆也奉命疏散，我被改派到上海办事处工作。那时上海分馆设在法租界的中国科学社内，由北平迁来的全套西文科学及东方学期刊约1万多册存放在那里。另有善本古籍约5000多种，6万余册，以及敦煌写经9000多件和金石碑帖数百件，则存放在公共租界的仓库内。"（钱存训《中国纸和印刷文化史》附录二）

[三]青城介弟襄城淑媛贵英来就学，尝咏《杂事诗》：按王睿任

教上海东吴大学（慕尔精舍）时撰有《慕尔精舍乙酉杂事诗》稿本，其中咏庞美丽诗与本诗同，其诗传云："余世居吴中颜家巷，南林庞君虚斋尝来流寓，遂卜邻焉。然君子之交淡如水，每来吴辄不数数见。丁丑之变，余流转四方，闻虚斋留吴法书名画颇遭劫夺。近年复见虚斋介弟青城君藏书亦有散佚在外者：何义门手批碛砂僧《三体唐诗》，朱墨烂然；荻溪章紫伯明经绥衔所藏费氏锡章《来鹤堂杂记》手稿，多载《永乐大典》中所记遗书佚文者，尤为剧迹。《大典》失传，是书益可宝爱，近闻已入旧都中秘，尚觉差强人意。美丽女士为襄臣学长淑媛，而虚斋、青城两君近支也。超宗之后，殊有凤毛。金箱荟说，异日必有哀然成集者，企予望之矣。"知"美丽女士"，即本诗传之庞贵英。

　　[四]而青城书亦散出：庞青城之藏书先由其子售与上海同济大学文学院，后入藏复旦大学。庞莲《忆父亲庞青城》："后来父亲身体日趋衰弱，故很少出来应酬，终日在家写字刻章，又喜欢碑帖及翻阅他所珍藏的古书，古书有数万卷，题名为'百柜楼'以自娱。到晚年时，父亲精神不正常，所有百柜楼的藏书，全部由我大弟卖给了上海同济大学文学院（上世纪50年代院系调整时并入复旦大学），所有碑帖，也被大弟卖了。在我十多岁时，父亲要我为他抄这批古书的目录，这事一直印在我的脑海中，到现在也忘不了。"

蓄姬方朔饥欲死，卖赋相如孰与钱？
校钞辛苦成底事，换得袁氏头八千[一]**。**

　　吴眉生庠，丹徒人。喜收书，善校书，藏前人校钞本极多[二]，遇人极谦恭正直。顾境遇艰窘，所藏以八千金尽售与书贾，世多惜之[三]。

笺证

　　[一] 此句清稿本作"蕞尔八千袁氏币，校刻稿钞尽化烟"。按，本书"汪鸣銮"诗"蕞尔八千袁氏币，万宜楼闭宋元论"。

　　[二] 吴庠（1878—1961）：吴树文《遗山乐府编年小笺代后记》："先父吴眉孙，别号寒竽，生于清光绪四年戊寅十二月二十八日，即公元一八七八年一月二十七日，镇江府丹徒县人。先父光绪三十四年毕业于前上海南洋公学，民国四年在北京交通银行任职，后随总行迁上海，民国二十六年又迁往香港，旋回上海修行史。香港沦陷，总行迁重庆，电招前往，先父终以年老多病未入川，遂于民国二十九年退老。迨人民政府成立，应上海市长陈毅聘请，为上海文史馆馆员，一九六一年十一月七日病故，终年八十四岁。"王蘧《流碧精舍师友渊源录长编》："吴庠眉孙，丹徒人。善骈散文、诗词。"《民国吴县志》卷五十八下"艺文考七"王蘧校补："吴庠《宋金元人词校记》稿本，藏沪上张园福如里寓邸。石门徐益藩珏庵藏传录本。"按，徐益藩见本书诗传及笺证。又王蘧为金其源《读书管见再续编》所作序言："余来海上（引按，1937年），觉离群索居，无可与语。……又十四年，而识丹徒吴先生。吴先生手校《世说新语》《洛阳伽蓝记》诸书，高可隐几，鄙儒小拘且不识焉。"是知其与吴庠初识约在1951年。

　　[三] 吴庠藏书散出，吴氏《沁园春·卖书》云："自我得之，自我失之，何用慨然？况天荆地棘，时忧兵火，桂薪玉粒，屡损盘餐。秉烛微明，巾箱秘本，能得余生几度看？私自喜，喜未论斤称，不直文钱。也知过眼云烟。只晨夕相依五十年。纪小妻问价，肯抛簪珥，骄（娇）儿开卷，解录丹铅。良友乖违，宫娥惨对，此别销魂最可怜。还自笑，笑珠亡椟在，旧目重编。"（《寒竽阁词》）《遗山乐府编年小笺代后记》："先父去世后，儿孙辈不懂旧学，加之天灾人祸，卖余藏书及日记、手稿散失殆尽。近年来整理书箧，搜得零星字迹便条及诗词手稿本，归为

一箧，不及整理，亦无力整理，愧甚。"按，邓之诚《邓之诚文史札记》（下册）1956年9月30日："（麻估）言：来熏阁近自上海买得吴庠所藏许楗刻书多种，不胜向往。"

> 外家纪闻祖庭记，密点精批巨篋传。
> 自幼即通校雠学，名园谁结勘书缘。

屈伯刚燨[一]，为学承其祖庭师竹吉土绪余[二]，又得其外祖潘蔚如霨●批校精本[三]。服官北方时，即设书肆于京师，曰"穆斋"[四]。南归后，又与邹百耐绍朴合设书肆于卧龙街，曰"百双楼"[五]，皆为收书也。先后得精本甚多，有时亦且以之易米[六]。抗战前，见其校《水经注》甚精，大约据吴兴刘氏嘉业堂藏沈文起钦韩《疏证》稿而旁参及于诸家者；又有《老子校记》，亦精绝。惜均写入上海涵芬楼影印《丛刊》本上，遂至售《丛刊》时不及拆●出。余深可惜之，因为作缘归诸前振华女学图书馆。余每思亲往移录之，尚不果也。故乡沦陷时，伯刚尝以精本十余篋寄存寒家瀣粟楼，闻中多荥阳投赠诗词、往还手札、道咸同光名人墨迹。我家邻近弹弹，屋瓦为震，雨后长物多有屋漏痕，差幸无伤大体。承平后，伯刚黄壤河头新屋落成，早已收还矣。

笺证

[一] 屈燨（1880—1962）及著作：屈燨《望绝自纪》："小子初名文煜，光绪二十一年易名燨。入邑庠，后改名疆。"（《弹山全集》）又："相传吾家三世祖讳震，以防倭故，奉命自金山卫移驻乍浦。时在明宣

● "霨"，原误作"霹"，据勘误表改。
● "拆"，清稿本及洪本作"析"，是也。

德年间。平湖初设县也，嗣后遂为平湖人。明清之交，移居邑城。我支先寓仓桥之东。继迁治西大街。最后祖考听鼓吴会，遂以此屋售于族人。迨我母来归，奁赠中有房屋一所，在吴市护龙街与北织局之间，巷名'大井'，《志》称'大酒'。吴音'井''酒'多误，犹'四酒务巷'之称四井巷也。"（同上）王謇《流碧精舍师友渊源录长编》："屈伯刚，王謇《流碧精舍师友渊源录长编》："屈伯刚，名爔，平湖人，自署弹山一民。有《弹民诗钞》，善鉴别古书。"《民国吴县志》卷五十八下"艺文考七"王謇校补："屈爔《弹山诗存》《群书校记》。字伯刚，晚年改名曰彊，平湖人，寓大酒巷。"按，屈爔诗集今见有1940年铅印本《弹山诗稿》，不分卷一册，其后有陈慧远跋云："吾师平湖屈伯刚先生，工吟咏。辛未之冬，寓居沪渎，诗稿毁于兵火。先生不忍尽弃，搜之滕匧，重复写定。五六年来，稿又盈寸，始于光宣之际，迄于丁丑之夏。编录未竟，旋逢大难，流离颠沛，惧终散佚。今岁先生年六十矣，慧远念无以为先生寿，乃怂恿付印，而力任校雠之役。原册名《劫余小稿》者二卷、《忧患集》者一卷，兹则汇录一编，分赠友好。若夫阳九以后，哀吟苦诵，益有缠绵悱恻之思，先生雅不欲以示人，则续集之刊，俟之异日可也。庚辰仲春，弟子慈溪陈慧远谨记。"按，上海图书馆藏有《屈弹山全集》，内有《弹山诗稿》四卷（《劫余剩稿》《忧患集》《锄菜集》《望湖集》及《补遗》各一卷）、《弹山管学二种》、《雉尾集》等。

[二]为学承其祖庭师竹吉士绪余：按，吉士为屈爔祖屈泰清，师竹为其父屈承栻，此误合并颠倒。屈氏《望绝自纪》述其世系云："祖考吉士公讳泰清。咸丰元年入郡庠，廪贡生；先考师竹公讳承栻。光绪三年入庠邑，贡生。"又《先考事略》："先考讳承栻，字景轩，取景仰张南轩先生之意，号师竹，别号圣痴。浙江平湖县人。为先王父吉士公次子……先考幼承庭训，博览群籍，光绪三年，年十七，受知于善化黄

侍郎倬，入邑庠。既而奉先王母省视晓莲公于鄂桌任，留读衙斋。时外王父吴县潘伟如中丞公讳霨任藩司，一见器赏，遂订昏媾……先考生于清咸丰十一年十二月十四日，殁于民国九年五月初七日，享寿六十岁。"

[三]外祖潘蔚如霨：《望绝自纪》："余生于鄂之抚署。时外王父潘公讳霨，方官湖北巡抚。……余生后，以早慧称，未晬，能辨认'屈''潘'二字，与香山识之无同。此吾母之所言也。"

[四]服官北方时，即设书肆于京师，日"穆斋"：《望绝自纪》："光绪以来，吾家复兴，稍稍购置书籍，辛亥后，约有三四十箧。余供职京师，不便携带。吾父养疴吴下，一日，偶欲取书读，则箧衍已空。穷治，得仆役私窃状。诉之官，追还什二三。中有《携李诗系》全帙，不可多得之书也。时余大喜购书，熟于海王村情形，遂赁一廛自设书肆，日'穆斋鬻书处'。家中剩本尽携至北，不欲者去之，自用者留之，延一冀县人马君理其事，樊樊山、金鞏伯两公为书两榜。一时京师士流，往来纂众，胡适之、钱玄同、马夷初诸公，皆座上客也。然此事殆近嬉戏，非真视为一业也。不数年，余南下，遂归之马君。"屈爨《弹山诗稿》收有所作《初游京师》一首，然未明年月。《望绝自纪》："先是，民国七年春，国务总理以统计局佥事有缺，将余荐补。令下之日，适为我母六十诞辰，亲友纷来道贺。然余本参、佥并用，今补佥事，则参无望矣。九年夏，自甬回吴，省视父疾，未旬日，竟弃养。……余呈报丁忧，新例仅给假百日，无庸开缺，假满仍回京。时临海使君已罢鲁长矣。自此以后，余生计大窘。先厄于国币之不兑现，继则俸不常给，或一月二三成，或二三月一成，职员之鼓噪于库藏司居仁堂者屡矣。至民国十二年，我局积欠俸金，已达二年。先是，余于十年春三年俸满，例得以简任职升用，至是余遂呈请开缺。一日谒汪伯唐总理，告以故，汪曰：'君真解事人也。'于是杭县陈仲恕世丈，为函苏省长韩紫石国钧，请以简任职调苏任用。韩诺之，余遂在苏省作听鼓人员矣。遗

缺为陈仲恂所补，盖已晚余六年，同而进，不同而退也。然余在局犹挂一参事上任事之名，但未取得一钱耳。嗣后京师官吏，欠俸多者至数万以上，一时有'灾官'之称。迨国民政府成立，从前积欠，概不予以承认。此事《西游记》小说上唐玄奘所经历之国有之，然彼仅寓言，此乃实事，诚史册记载所尟有者也。"据此知屈氏"服官北方时"在1918年至1923年间也。又刘承幹《嘉业堂藏书日记抄》民国十一年壬戌十月二十三日小注："屈伯刚名燨，平湖人。现为国务院总稽局参事。"则又一旁证也。

　　[五]又与邹百耐绍朴合设书肆于卧龙街，曰"百双楼"：邹百耐（1896—1959），《流碧精舍师友渊源录长编》："邹百耐，名绍樾❸。为咏春太史福保子，善鉴别古书。"据1937年编《铁道部湘黔铁路工程局职员录·总务课（地亩股）》："课员兼地亩专员：邹百耐，以字行，男，四二，江苏吴县。"知邹氏生于1896年。其卒年，郑逸梅《艺林散叶荟编（二）》114条云邹氏"停业后来沪，入文史馆，旋即中风去世，年六十有三"，可知其卒于1959年间。又王欣夫《蛾术轩日记》第二十五册1959年6月6日云"接百耐函"，则进一步知邹氏卒于此年6月6日后也。其与屈燨合开百双楼，据其《云间韩氏藏书题识汇录自序》言，始于1927年（丁卯）冬："丁卯冬，家居无俚，挈楮书为易米计，与远近通人往还探讨，经眼既多，随谙甄别。"屈氏《望绝自纪》记云："邹君百耐者，芸碧侍讲之子也。楮书甚富，约余同设肆于吴下，余力助之。时吴人多开仓征租，余题曰'百双楼书仓'。或不解'百双'二字意，有言书册精美如白璧百双然，有言取放翁诗'买书安得黄金百，觅句如得白璧双'句意，余一笑置之。营业故不恶，同行为之嫉妒焉。未几，余有他就，邹独任之，遂易他名。后余在吴无聊，忽又兴至，复设一肆，

---

❸　按，"樾"当作"朴"。

颜曰'国学小书堆'，章太炎、邓孝先两公为书榜。规模虽不具，而门外多长者车辙。盖知余之小隐于市，为不合时宜者流也。三年而余又倦矣，收拾残余，留有用书，犹可五六十箧。"按，百双楼书店，王欣夫于日记中载兴衰其始末最详，其《蜗术轩日记》第三册1933年2月25日载："百双楼将迁居，改易牌号。其伙张石生已辞职，此店将不能久支矣。百双设立至今已六七载，其始邹百耐与屈伯刚合作，邹出其先人咏春侍讲所藏书，屈则颇精鉴，且一以世家，一以文士，故交游甚广，营业极盛，唯一老店之来青阁，亦将收歇以避之，一时名震遐迩，皆知吴下书林有百双楼矣。嗣屈作宦游，邹遂专主店务，初则尚能支持，卒以经验不足，不敢收货，如独山莫氏铜井文房、吴县冯氏校邠庐之书散出，其目皆先入邹手，价均极廉，占利至少在六七倍以上，乃因循观望，坐失良机，终为来青所得，而百双令誉遂至颠蹶。嗣后旧家书散，皆归来青，而百双无与焉。即偶有挟往，如价在百番以上，书虽精美，已不敢独收，必转售与来青，或与合伙，甘为附庸，不复有独树一帜之想矣。其门市所收亦时有佳书，率以极廉之值为人拾去。记有明初黑口皮纸初印《墨子》，六十元；元刻《梦溪笔谈》，有叶菊裳题，四五十元；劳季言密校《世说新语》，十六元；高丽翻宋《汉书》百余元；泰峰郁氏藏《津逮秘书》，全书初印，百元。皆为沪估购去。高丽翻《宋文选》，又《龙龛手镜》，百余元；吕无党手抄庄廷鑨《明史稿》节本，三元；《顾栋高文集》手稿，三元。皆为潘北山昆仲购去。旧抄本《大唐传载》等三种，劳季言手校，二元，为集宝斋购去。诸如此类，时有所闻，兹之所记，仅百之一二。又有绝秘之书为人购去、秘不告人者，更不可屈指。或乃以碔砆为宝玉，视康瓠为周鼎，平常习见之本每标高价。亦有新收小品，惶惑周顾，不敢定价，日置案头，默察顾客之注意，凡一书而三数人手触，即视为奇货，或竟秘藏不售，然亦不过寻常之书，真真奇秘者固无有焉。他若衬订

也，割裂也，诸凡书估恶习，初所公言评骘者，亦渐躬自蹈之。至是
而百双书库，有视为利薮者，有视为畏途者，更有通函谯让者，有谥
为'小琉璃厂'者，固与初设店时大相径庭矣。余素好阅肆，爱拾奇
零，与邹、屈皆有姻连，且属友好，因时往盘游。当初设店时，邹将
家藏之书携至店中，先邀余往其家为检视，则乱书堆中有袁绶阶校元
本《逸周书》，黄荛圃手跋并补录首序，李香子、龚孝拱手校《金石萃
编》，龚孝拱手校《韩诗外传》诸书，杂置其中，皆将贬价出售矣。余
亟为一一检出，属为珍藏，因感余不欺，且许为能识古书者。然卒以此
而凡余所欲之书，虽普通局板亦必重视，且必概照标价，绝无通融，盖
以余为识者，其所欲之书自必罕见而价廉者也，故六七年来，余终未尝
有廉值精品之获焉。其伙张石生，常熟人，人尚朴实，故顾客往往不欲
与店主交易，而独愿从张。近数年之尚堪支持，实赖其左右之，今亦
有鉴于前途之无望，故毅然去职。枝叶已剪，根本可危矣。余因详记
始末，直言无讳，以俟将来考吴门书林掌故者有所取资也。"邹百耐与
屈燨合作至1933年，分业后，百双楼改名曰百拥楼，潘景郑《刘泖生
校钞本墨史》："此册为吾邑邹咏春先生芸碧巢故物，藏印可证。咏春
先生哲嗣百耐，与余夙有契好，曩年曾设书肆于吴中，曰百拥楼，余
旦暮过值，一鳞半爪，时有所获。"（《著砚楼读书记》）韦力《百年辉
煌 终归消歇：苏州旧书肆》："对于这位邹百耐，我与之还有间接的因
缘。前些年，补白大王郑逸梅的收藏散出，我购得一册潘景郑赠送给他
的清代文人手札集册。潘先生对这些手札颇为宝爱，将此裱为一册，并
且对每通手札都做了按语。这些手札中，有一通乃是邹福保写给陈倬
者，对于该通手札，潘景郑在按语中首先称：'巢隐手简一帧，即吾吴
邹咏春先生福保之别署。先生登清光绪十二年榜眼，授编修，累迁至侍
读学士，旋即归隐终老。哲嗣百耐，壮岁入政界，后归里，即于其所
居塔倪巷门首设百拥楼书肆，尽出先人遗笈，弃儒习贾，间亦往来故

家，居间牟利。吾族香雪草堂藏弆悉为所得，出入利润倍丰。'"（《书肆寻踪：古旧书市场之旅》）屈则另设，曰国学小书堆，其于《国学论衡》1933年第2期刊登广告云："'国学小书堆'旧书店广告：开设苏州城中五卅路北首言桥南。流通经史子集各旧本书籍并高价收买。本书店电话一一四二二号。"至1934年第4期上期，广告词未变，电话号改"二三〇四号"。1936年又迁至护龙街（今人民路），《国学论衡》1936年第7期刊登广告云"苏州'国学小书堆'：现迁移护龙街一百九十号。经售各种国学书籍。并高价收买"。陈衍《石遗室诗话续编》卷二："屈伯刚设书肆于苏州言桥南。在古人则陈思、陈起，近人则钮匪石、席氏扫叶山房之类，文林中一佳话也。"屈氏《弹山诗稿》有《设书肆于阊桥南戏占二绝》，云："废基犹有再兴时，文学今荒言子祠。墨古书棚谁记得，剩怀嘉道老儒师。"自注："王府基旧有周姓墨古堂书肆，见《菉圃题跋》。"又："谢家矮屋傍桥边，门限曾经踏履穿。四十年来寻旧梦，读书种子几薪传。"自注："桥东侧临流小屋，系紫阳书院书吏谢小卿故居。昔年交卷看案及领取膏火，悉住其家。吴地老生犹能耳熟阊桥名也。"邹、屈二人合而又分，从事旧书业者每乐道之，夏淡人《姑苏书肆忆旧》："百双楼书店。开设在护龙街怡园隔壁，是邹百耐、屈伯刚两个读书人合开的，两人家中都有较多藏书，各人搬出一些书来。用张石生当经理，还带二名学徒：李光皓（在复旦大学），华开荣（在市图书馆）。这家书店，虽不专靠营利，但营业较好，也收集些他们喜欢的书，把不需要的家里藏书搬来店中出售，这个办法是很好的。后来二人分开了，屈在干将坊言桥开设'国学小书摊'，邹将店回到塔倪巷里自己家门口，把招牌另名'百拥楼'，两家书店都搬进了小巷，从此营业大减。不长时间，屈即专业当教师了，邹之书店转业为'百双礼堂'，专供给结婚户的租用。"（《文史资料选辑》第9辑，1982年）江澄波《苏州古旧书业简史·辛亥革命后的古旧书业·百双楼书店》："初开设在护龙街怡园北面。系周●绍朴（伯耐）、屈燨（伯刚）两人合资开设，并请张石生当经理。还收有学徒李光皓和华开荣。后因意见不合而分开。屈在五卅路言桥堍开设国学小书摊，王云甫为经理。周（邹）则把书搬回塔倪巷自己家中，招牌改为百拥楼，曾编辑过《思适斋集外书跋》一册行世。抗战以后两家先后停业。"（《吴门贩书丛谈》下册）

　　[六]先后得精本甚多，有时亦且以之易米：《望绝自纪》："余生平嗜好有五，曰籍、帖、笛、屐、弈。籍，言书籍也。三次设肆，秘笈多以易米。又劫火，插架俄空矣。"

峭帆屋烬空留景，又满楼荒孰咏怀。
真赏斋中群宅相，建霞不作稼秋埋。

　　赵学南诒琛[一]，承其先人静涵孝廉元益之后，藏稿钞精校本极多[二]。一九一三年之役，以所居上海峭帆楼逼近高昌庙，致遭焚如，图书悉烬[三]。学南回忆所得，编为《峭帆楼书目》刻之[四]，亦犹虞山钱蒙叟之撰《绛云楼书目》也。其后●三年，流寓我吴，性之所好，节衣缩食，又得书若干箧，黄颂尧钧赠以诗，有"万卷藏书又满楼"之句。学南喜甚，乃刻《又满楼丛书》，并重刻《峭帆楼丛书》[五]。嗣又约不佞刊《艺海一勺》[六]，多花谱、石赞之属，为其后偕王欣夫大隆刊甲戌（一九三四）●迄辛巳（一九四一）《丛编》之先声。身后萧条，家人斥其书，以一角银一册书为墇的，虽曰薄乎云尔，然犹胜于论秤而尽也[七]。建赧为江师许太史标。稼秋为朱南一[八]，善算术，兼长哲学，亦善文艺。余以天放师介，为剡诸东吴大学授国学，亦潦倒不得志以终。建赧、稼

　●　按，"周"，当作"邹"。
　●　"其后"，原作"辛亥"，据勘误表改。
　●　原作"一九二四"，甲戌为"一九三四"，径改。

秋与学南三人，皆锡山鹅肫荡口华篴^四秋大令翼纶外甥^[九]。

笺证

[一] 赵诒琛（1869—1946）及著作刻书：王謇《流碧精舍师友渊源录长编》："赵学南，名诒琛，善版本鉴别。"《民国吴县志》卷五十六下"艺文考二"王謇校补："赵诒琛《顾千里年谱》一卷，金山姚氏复庐排印本。"又同书卷五十八下"艺文考七"王謇校补："赵诒琛《峭帆楼善本书目》一卷，《顾亭林先生年谱》一卷。"又："赵诒琛《峭帆楼丛书》（重刻其父元益原刊、原版毁于高昌庙之役），《又满楼丛书》（十六种二十六卷、自刻），《又满楼所刻词》（四种四卷、自刻）。"又同书卷五十八下"艺文考八"校补附《传记补遗（一）》："赵诒琛《顾千里先生年谱》一卷（顾广圻遗事，金山姚氏复庐排印本）。"另按，赵诒琛生卒年，今有作生于1862年，卒于1941年者，据夏冰对赵氏孙女赵大源（生于1928年）之采访，确定为1869年至1946年（夏君见告）。赵氏生平经历概况，朱琴《赵诒琛藏书、刻书述略》（《山东图书馆学刊》2010年第5期）有较详细之叙述。

[二] 承其先人静涵孝廉元益之后，藏稿钞精校本极多：缪朝荃《诰授奉政大夫同知衔候选知县光绪戊子举人赵君静涵暨配孙宜人合葬墓志铭》："新阳赵君静涵于光绪壬寅殁于都门锡金会馆，其孤诒琛迎柩归。……君讳元益，静涵其字，世居新阳县之信义镇。……考讳之骥，道光甲午举人，大挑知县，分发东河补用。妣陶氏，继华氏，生丈夫子二，长讳元临，次即君，华所出也。华为金匮望族，居荡口镇。君生八岁，遭父丧，即依母居外家，从师读书，皆赖母教，而君之外王父母暨舅氏以君之少孤也，尤爱护之，年二十，补博士弟子

---

^四　"篴"字清稿本、洪本原皆空缺，为"笛"之古字。据江庆柏《考说》补。

员。无何，粤寇东窜，苏常沦陷，随同舅氏篆秋太守移家沪上，而君仍往来其间，于流离颠沛中复遭母丧，哀痛倍切。时苏城旧家避寇荡口镇者鳞次栉比，故凡珍异之物，如黄荛圃士礼居、汪阆源艺芸书舍所藏宋元板本及名人钞校本，咸集于市。君素好书籍，不惜典质以购之，辇致沪寓，厘次卷帙，分别部居，悉心校读，每至夜分不休。洎克复回里后，同治己巳就江南制造局之聘，入翻译馆……壬寅冬初，由京都函邀君往接译竣事，乃抵京寓，不及匝月，遽以腹泻之疾，于十一月二十五日猝捐馆舍，距生于道光庚子六月二十八日，年六十有三。……子二：长诒琛，嗣君兄元临后，继君就翻译馆事。君藏书甚富，诒琛保守勿替，且增益之，可以慰君于地下矣。"（《新阳赵氏清芬录》卷二）

[三] 一九一三年之役：即"二次革命"，1913年7月22日至28日，上海讨袁军屡攻江南制造局，赵诒琛峭帆楼在邻近，当兵火要冲，两世藏书尽毁。陈洙《峭帆楼丛书序》："出沪城经斜桥而南，沿制造总局之西，龙华马路之侧，当前清光宣间，有楼七楹，环以深树，琳琅万轴，充乎其中，江帆点点，如飞鸟之出没檐际。斯盖赵子学南藏图史、傲梅鹤之地，所谓昆山赵氏之峭帆楼者也。赵子藏书甚富，自其先德静涵世丈，搜罗美备，得黄荛圃、汪阆源诸家旧钞秘籍甚繁；刊《韩集考异》《草莽私乘》《音分古义》《野古集》《吴选国朝诗》诸书，为《高斋丛刻》行世。赵子守先泽，绳绳继继，不懈益勤，轮奂既新，乃刻意流布古籍，以承先志，于是亦有丛书之刻，历二三年，成《东观集》《红雨楼题跋》《懿安后外传》数种。方逐渐搜刻以成巨帙，会癸丑六月之乱，以屋近制造局，当战线冲，君挈眷仓卒避沪北，乱定，则君家图书板片随室庐全烬。君乃迁之珂乡真义镇，取已刻书中一二种重上板，复增《通鉴补正》《云间三子诗》《顽潭诗话》等若干种以成丛书，而属序于余。"叶德辉《峭帆楼丛书序》："癸丑再乱，吾避地来上海，时官

寇争军械局，鏖战旬日不休，赵氏居与局邻，遂为殃及，举先世所藏
椠书秘笈，一扫而付之劫灰。二三知好，走相惊叹，以为静涵先生一
生嗜好之所积聚，不毁于辛亥，而毁于今日，事之不幸，殆有出于人事
之外者。屈指江浙藏书，陆氏皕宋楼散之于前，丁氏八千卷楼散之于
后，至是又弱一个，为太息久之。"（《峭帆楼丛书》）又叶德辉《观古
堂诗集·还吴集（丙辰）·题赵学南诒琛辑清芬录》中有"海内藏书传
是楼，玉山相望各千秋。今日高斋成宿草，当年横海有归舟"诗句，自
注："尊公静涵先生营居沪渎，藏书甚富，所刻书名《高斋丛书》，癸丑
毁于兵火。"（《叶德辉诗集》）

　　[四] 编为《峭帆楼书目》刻之：《峭帆楼藏书目》四卷，赵诒琛
编，见顾建勋《峭帆楼藏书目录序》（载《赵氏家乘》）。按，国家图书
馆有民国十五年（1926）赵氏铅印本《赵氏图书馆藏书目录五卷补遗一
卷新钞书目一卷峭帆楼善本书目一卷》。

　　[五] 黄颂尧钧赠以诗：《又满楼丛书》总目后附黄钧《赠学南先
生》："烽火频年壮志休，春申江上放归舟。闲中课子常摊卷，劫后藏
书又满楼。剩有田园供啸傲，偶居城市得朋俦。丛编雕就争摹印，已
足传名五百秋。"赵诒琛识云："余刻《峭帆楼丛书》成，吾友黄颂尧
赠诗有'劫后藏书又满楼'句，余蘧然兴曰：'吾又刻《又满楼丛书》
矣。'即择罕见小种陆续付梓，自庚申迄今已阅六年，仅成十有六种，
爰编总目，印行传世。黄君原作附刻目后，为他日书林佳话焉。乙丑
冬十月十有三日，昆山赵诒琛识。"吴梅《霜崖诗录》卷二《学南以
〈又满楼丛书〉见赠远寄京师赋此声谢》略云："学南好藏书，辛苦历
三世。搜罗逾万卷，艰难得一第。所惜峭帆楼，竟作绛云继。赁屋居
吴皋，铅椠勤编缀。缥缃又满楼，此言差得意。"自注："黄颂尧赠诗
有'此日藏书又满楼'之句，因以又满题额。"黄颂尧，见本书"黄
钧"诗传及笺证。

　　［六］嗣又约不佞刊《艺海一勺》：王謇《瓠庐杂缀·艺海一勺》："余近与鹿城赵学南先生诒琛辈，集资以聚珍法印行莳花谱录及金石书画词曲小丛书六百部。王补庵先生大隆为署总名曰《艺海一勺》，其目曰闵廷楷贡甫《养菊法》，曰顾禄铁卿《艺菊须知》，曰杨锺宝瑶水《巩荷谱》，曰吴传澐升之《艺兰要诀》，曰评花馆主《月季花谱》，曰郑文焯叔问《古玉图考补正》，曰冯京第簟溪《兰史》《兰易》，曰金恭寿人《玉尺楼画说》，曰❺赵执信《砚林杂说》，曰张鸣珂公束《寒松阁金石跋》，曰黄绍箕仲弢《广艺舟双楫评》，曰无撰人《王孙谱》，即《蟋蟀谱》。均系美艺小种，计费不逮番佛百尊而成书可十余种，且大有裨于尔雅之林也。"（载《东吴》，1933年第1卷第3号）又赵诒琛1933年所作《艺海一勺·弁言》述缘起经过："今年夏，余与王君佩诤商榷印行小种书籍，如金石，如论画，如花谱等类，以佐刻版所不及。佩诤欣然从之。于是纠合同好，搜集稿本，陆续付印。余与佩诤再三校雠，以免亥豕。自秋徂冬，始告厥成。王君欣甫题曰'艺海一勺'，盖言其微也。计书若干种，目列于后，并列助资诸君姓名、籍贯，以期览者兴起，同声相应，庶几前哲遗书不致湮没，由一勺而成巨浸。是则余所深望也夫。癸酉冬月，昆山赵诒琛。"按，王欣夫《蛾术轩日记》第四册1928年9月16日："访学南，交《兰蕙镜》《艺菊简易》二书，托与佩诤商付排印。"吴梅《瞿安日记》卷六癸酉年闰五月十六日："饭后王佩诤来……佩诤又言，学南与彼将排印小丛书，每人月费十金，印书二、三种，作为一集，发坊出售，计一岁不过一百二十金，而能流通书籍数十种，殊为佳事。余亦赞同。因取两家所藏零碎小种，为从来未刊行者，如舒铁云《论诗绝句》、无名氏《私史案》、孙麟趾《长啸轩诗》等，约

---

❺　"曰"字前原有"珂公束"三字，当为排印时将后文"张鸣珂公束"之"珂公束"三字误窜。

略录出，已有二十种光景，益以学南所藏养花、莳鱼等秘钞，可成极妙小丛刊，驾《檀几丛书》而上之矣。"

　　[七] 赵诒琛偕王欣夫刊《丛编》及身后萧条之情况：王欣夫记赵氏藏清徐枋钞本《郑桐庵先生年谱》有述及："盖学南学问人品，殊类桐庵。生平嗜书若命，尤好表彰潜德，刊印遗著，汲汲若不及。所刻《峭帆楼》《又满楼》《对树书屋》三丛书，已名著书林。晚岁偕余辑印《丛编》至八集，而君之力为多，乃身殁未久，藏书悉散。一孙又愚骏，其所遇又何酷也。"（《蛾术轩箧存善本书录》庚辛稿卷二）又顾颉刚《题起潜先生贻王湜华之艺海一勺》亦述及赵氏身后情况："此《艺海一勺》，凡搜罗金石、书画、刻印、养花及文房用物之小品著作二十三种，昆山赵学南、吴县王佩诤两先生之所为也。先是，学南筑室于吴淞江岸，广罗古籍其中，而樯帆林立于下，极优游之乐事，因选择孤本，刊为《峭帆楼丛书》行世。无何，日寇淞沪，是楼烬焉，遂迁居苏州。继续购书，又满一楼，于是又刊《又满楼丛书》。其于祖国文化，深嗜笃好为何如也。佩诤为清季诸生，家素封，任职于苏州图书馆，所见无非书者，坊间每得一孤本，未尝不知，知则或公或私，两可搜罗。既与学南定交，更有志于剞劂，《艺海一勺》其初步也。……两先生既于癸酉（一九三三）冬集资刊此，翌年遂集资编刊《甲戌丛编》，爬梳逸帙，年成四册，期于周一甲子，成为二百四十册之巨书。孰意未及五稔，倭寇已陷苏州，乃移至上海出版。洎蒋政权下通货恶性膨胀，百业停顿，无可措手，仅得八编而止；然已搜罗宏富，胜于吴省兰之《艺海珠尘》矣。余于一九四六年自蜀返苏，其时学南已逝，其子不肖，设肆于家，尽数售出。又不计版本，一册书悉为伪币千元，综其实尚不及银币一角。其父辛苦积来之'又满楼'复成飘风之扫落叶，闻之惟有叹息而已。"（《宝树园文存》卷五"文化编"）按，顾颉刚此谓峭帆楼为

"日寇淞沪，是楼烬焉"，误，当是1913年讨袁之役。

[八] 稼秋为朱南一：东吴大学《老少年》1933年第10卷第3期《哲学教授朱稼秋先生逝世》："朱稼秋先生年高德劭，学问渊博，任本校教授垂二十载。春风化雨，桃李盈门，于上月忽染微疾，竟致不起。春秋七十又三。老成凋谢，岂特我校之不幸哉。"按，朱南一（1861—1933.4），名汝杰，字南一，号稼秋。清光绪四年（1878）入吴县县学，廪贡生。江阴南菁书院肄业，上海广方言馆毕业生。东吴大学哲学博士。光绪三十三年（1907）河南永城县官立中学堂教员。唐家巷中西小学及木渎两等小学教员，东吴大学哲学教授。住燕家浜（夏冰《苏州士绅》附录"苏州士绅履历汇编"）。

[九] 建霞、稼秋与学南三人，皆锡山鹅肫荡口华篯秋大令翼纶外甥：华翼纶（1812—1887），字赞卿，号篯秋，世居无锡析县金匮之荡口镇。道光二十三年（1843）中顺天乡试副榜，次年恩科中正榜举人。选江西永新县知县。同治元年（1862）后，以同知分发补用，加知府衔。长子蘅芳、次世芳。所著书十余种，有《荔雨轩文集》梓行（薛福成《知府衔分发补用同知前知江西永新县华君家传》，《庸盦文别集》卷六）。按，此所举三人，江标（建霞，1860—1899）为华翼纶外甥可确信。叶昌炽《江标建霞事实》："建霞童时读书外家舅氏华篯秋先生名翼纶家。"（《清代碑传全集》下册）又唐才常《前四品京堂湖南学政江君传》："母华太夫人授以经史大义，过目辄不忘。"（《广清碑传集》卷十八）江标母为华翼纶堂弟华启运胞姊（江标朱卷，《清代朱卷集成》第62册）；至于朱稼秋（南一）与华氏之关系不明，《江标日记》中屡有提及，俟考；而云赵诒琛亦为华翼纶外甥则误。按，前引缪朝荃《诰授奉政大夫同知衔候选知县光绪戊子举人赵君静涵暨配孙宜人合葬墓志铭》云"随同舅氏篯秋太守移家沪上"，又《新阳赵氏清芬录》卷二有华翼纶《光绪癸未正月十一赵静涵甥移家至沪诗以送

之》《寄怀赵静涵甥》二首，并可证赵诒琛之父赵元益乃华翼纶外甥。华翼纶朱卷履历中即载其胞姊："适新阳甲午举人，庚子誊录，大挑知县分发东河，赵名之骥。"（《清代朱卷集成》第99册）即赵诒琛祖母为华翼纶姊，赵诒琛为华翼纶甥孙明矣。另按，王謇稿本《海粟楼丛稿》中有《学南先生属题令似经式山水画帧》诗一首，缀录于此："我闻鹅湖滨，华氏故门间。缥缃与黄绢，卷轴富藏储。宅相有天水，外家幼群居。耳濡兼目染，画意悟徐徐。家亦富藏弆，峭帆积异书。云烟虽历劫，掇拾复盈车。画学证心印，非书其何咀。荆关与董巨，王李其权舆。南宗北派分，入主奴其余。判若一线泓，俦克沟其渠。赵子振奇士，子弟学不疏。椽笔何淋漓，丹青习课余。见示尺幅素，妙法足启予。命我题新诗，秉笔趑且趄。佛头惭著粪，盗声固纯虚。诗成尘赵子，幸勿笑墨猪。"

鼠壤余蔬恣咀嚼，蟫窠破纸足腾翻。
人琴顿杳云烟散，肠断萧街❶独学轩。

黄颂尧钧[一]，居我吴萧家巷，家世医术，祖传吴中乡先哲医学秘稿极多。王新之铭盘即据其所藏，并征集诸家藏书志目，编成《十三科医学本草书目》百卷[二]。新之殁后，稿即佚去，疑后出之《医籍考》，即据此以成其骨干也。颂尧少从白蚬桥桑熹❷亭[三]画人士逸学画，又从其侄复顾❸明经锡骧学《文选》，得见桑氏祖辈所藏荆、关剧迹及校钞精本，遂识书画鉴赏及书本校勘门径。性喜求救荒摊丛残古书[四]，累积既多，更大通目录版本学。叶郋园吏部德辉自长沙来吴[五]，一见奇之，

---

❶　"萧街"，清稿本及洪本均作"萧家"。
❷　"熹"，原作"喜"，据勘误表改。
❸　"顾"，各本均形误作"顾"。

及见顾巍成建勋与不佞，亦复如是，曰："我尚友古人，见两王、黄、顾，论交当世，又得一王、黄、顾矣。"两王、黄、顾者，船山、梨洲、亭林及莲泾、尧圃、碉䞉也。余据江山刘氏古红梅阁景宋刊本钞《邓析子》，颂尧为余编校守山阁所据诸旧本暨《意林》《治要》《御览》《书钞》诸书，撰为校记，今犹存上海寓所流碧精舍，每一展对，辄老泪盈眶也[六]。

笺证

[一] 黄钧（1880—1934）及著作：王謇《流碧精舍师友渊源录长编》："黄颂尧钧，吴县人。著有《邓析子校记》《独学轩诗文》。"《民国吴县志》卷五十六下"艺文考二"王謇校补："黄钧《独学轩诗文集》，稿藏于家。字颂尧，长洲诸生。长金石目录之学。"关于黄钧之生卒年，江庆柏《考说》据沈修《未园集略》卷首目录后吴梅识语考得黄钧卒年为1934年，不误，而生年不详。按，1934年黄氏铅印本《（黄颂尧）讣闻》："不孝同义等罪孽深重，不自殒灭，祸延显考。清授奉直大夫五品衔候选训导、长庠优行附贡生颂尧府君痛于民国二十三年八月二日，即夏历甲戌六月二十二日巳时，疾终正寝，距生于清光绪六年庚辰七月初十日戌时，享年五十五岁。"清光绪六年庚辰，公元1880年，则黄氏生于是年。又《艺浪》1934年第2卷第1期载秋（蒋吟秋）所撰《黄颂尧先生略史》，云："二十三年八月二日忽以无疾卒年五十五。"同刊1936年第2卷2、3期《沧浪时贤传》中有曹元鼎《黄颂尧先生传》，云："易箦之日为民国二十三年八月二日春秋五十有五。"皆得逆推。

[二] 王新之《十三科医学本草书目》：《民国吴县志》卷五十八中"艺文考四"有王新之《历代医学书目》不分卷。

[三] 桑熹亭：《民国吴县志》卷七十九"杂记二"引王謇《瓠庐杂

缀》:"桑士逸,字喜亭,家住白蚬桥,藏法书名画绝夥,甚且有荆浩、关同之作。濡染所及,遂能绘事,淡墨敧毫,特为清隽。"又王謇《邑志拾遗·吴县志列传补遗目》:"桑士逸,喜亭,长山水。"又从其侄复赓明经锡骧学《文选》:《(黄颂尧)讣闻·哀启》:"哀启者:先严天性沉静,体质坚强,少时聪颖绝伦,七岁入塾,师授以书,一经成诵,终身不忘。操觚为文,即楚楚可观。学作试帖诗,便有警句。业师桑馥卿先生亟赏之,以为不凡材也。"

[四]性喜求救荒摊丛残古书:《(黄颂尧)讣闻·哀启》:"明年,膺上海电报总局文牍之职。任事以后,小心谨慎,案无留牍,十一年如一日。公余则游于豫园,豫园为沪城繁华之市,百货并臻而书肆林立,先严顾而乐之,必选购数册以归,归则篝灯夜读,漏三下不止。自此习以为常,遂有志于考据词章之学矣。"

[五]叶郎园吏部德辉(1864—1927):《流碧精舍师友渊源录长编》:"叶焕彬德辉,长沙人。著有《观古堂所著书》、书目、诗文集。珍藏法书名画极多。"叶氏自长沙来吴,始自1916年(丙辰),金天羽《叶奂彬先生六十寿言》:"(叶)先生居长沙,未尝一至吴会……丙辰夏,天羽方闭门养疴,先生忽挟其宗人印濂,排闼登我堂……"(《天放楼文言》附录)叶德辉《观古堂诗集》中之《还吴集》即始于是年。其与王謇之关系,金天羽《叶奂彬先生传》:"(叶)居苏六年……与韦斋、梁任、佩诤交最密。"(《天放楼文言遗集》卷三)又王謇稿本《海粟楼丛稿》中有《致叶奂彬吏部(德辉)书》,可略见二人之交谊,略云:"奂彬先生侍者:阳和布令,斗柄聿悬。遥谂经师人师,年弥高而德弥劭,颂祷之忱,匪可言喻。溯自大旆言旋,倏逾数月,企慕之殷,无时或释。凤仰先生主持清议,为人敬惮,定卜不激不随,潜移默化,砥柱中流,造福桑梓也。……大著《书林清话》《观画绝句》二稿,謇嗜之最笃,知梨枣已藏,如蒙邮赐印本,或交

咏韶转寄，以润渴见，尤所感盼。专此奉恳，顺请道安。诸维推爱，不一。后学王謇肃拜。"按，叶德辉居苏时租住于苏州阊门外曹家巷泰仁里六号（王逸明、李璞《叶德辉年谱》下卷"民国五年丙辰1916五十三岁"）。

[六] 按，黄钧另撰有《四库未收书目版本考》，铅印本一册，后王謇于1935年秋在封叶上作题识及悼亡诗二首，可与本条诗传互按，并录于此："独学轩主人黄颂尧先生，长刘《略》、班《志》之学，藏明清以来残本，多至不可胜数。身后其家人以银饼二十，举而畀诸琳琅阁书贾陈水泉。水泉载之五车，可惜也。颂尧遗物中尚有手钞叶郎园藏宋本《毗陵集》、张公束《吕晚村诗后注》未刻稿等，可宝之至。此稿作草时，与余商榷处甚夥，曾留海粟楼数月，每一展对，辄深人琴之感。乙亥秋，謇。""古老萧家闲贵堂，回墙九曲拟回肠（萧家巷，一名九曲墙巷。闲贵堂，萧氏双节事也）。剧怜老去黄菀圃，掇矗搜蕈校旧藏。那堪斗酒哭黄垆，鲍鼻郎中合号苏（公患湿疮，两颊如重枣，终年不绝）。凄绝楹书乏典守，论秤负负痛徒呼。乙亥中秋后九日，检校重题。"潘景郑《著砚楼读书记·寒松阁全集稿本》："嘉兴张公束先生遗稿盈箧，所刊《寒松阁全集》，选录未尽先生之能事。遗稿身后俱归吾吴黄颂尧氏，黄固寒儒，生前以教读为业，力不足为先生传布，书生饿眼，仅珍此为压库物耳。黄氏殁后，书亦流在市廛间，吴儿居奇，不肯轻易换钱，先生一生精神，遂令散布南北藏家，益复不可掇拾，可为忾叹矣！"

望齐台下燕营巢，五百清词稿校钞。
更有师门龚氏子，卢熊苏志付浑淆。

顾巍成建勋，藏清人词五百余种，与寒家瀣粟楼略相埒[一]。叶遐庵恭绰撰《清词钞》，遍借海内外公私藏，撷取我两家，即居其十之一，则为公私藏家所向未著录者也[二]，可以自豪矣。巍成藏书，经史考据亦间有之，集部亦与词相俪，而子部较少，余则特多札记书耳。巍成身后默然无闻，不知散去否也？其师子龚彦威则重，亦守其父书，有卢熊《苏州府志》，洪武十三年刊本也[三]。抗战之役，屋漏沾湿，不可揭开，大约已薰返魂香，充还魂纸矣。"燕营巢"，巍成书斋名，言得书之难，如燕泥之艰于衔成也。

笺证

[一] 顾建勋（1881—1949）及著作：王謇《流碧精舍师友渊源录长编》："顾巍成建勋，吴县人。著有《苇丞诗文词稿》、《燕营巢书目》。"《民国吴县志》卷五十六下"艺文考二"王謇校补："顾建勋《燕营巢诗文集》稿藏于家。《燕营巢藏书目》未刊。"（按，王謇于"顾建勋"旁画圈，并注"至要至要"）关于顾建勋生卒年，《苏州女子中学月刊》1929年第1卷第1号载《中央大学区立苏州女子中学教职员一览》："顾建勋，巍成，四八，吴县，男，国文教员，前清吴庠生，江苏存古学堂最优等毕业，上海民立女子中学国文教员，文治大学国文教授。苏州齐门路。"夏冰考为1881至1949年（《苏州士绅》附录"苏州士绅履历汇编"）。

[二] 顾建勋助叶恭绰编《清词钞》事，可参本书"叶恭绰"诗传及笺证。

[三] 卢熊《苏州府志》，洪武十三年刊本：据《民国吴县志》卷

五十八下"艺文考八"著录为洪武十二年（1379）刊本，是也。清稿本、
洪本亦作"十二年"。

溯源甲骨兼吉金❶，攻治尚书老伏生。
南北藏书卅万卷，安车徙载到京城。

顾颉刚以治古史著称[一]，于《尚书》致力尤深，博稽群籍，证以
地下实物，爬梳沟通，务求得当，历年既久，创获遂多。藏书甚富，比
年应科学院约，特为专定车厢，载书俱行❷[二]。

笺证

[一]顾颉刚（1893—1980）：王睿《流碧精舍师友渊源录长编》：
"顾颉刚，长于史学。其叔廷龙，字起潜。"

[二]特为专定车厢，载书俱行：按，顾颉刚藏书于1954年7月，
分上海、苏州两批装运至北京，兹据《顾颉刚日记》将其运送细节摘
录如下：卷三一九五四年七月十号星期六："上海所装书箱共百八十
件，其中小箱六十，大箱五十八。每一小箱以三百册计，约一万八千
册。每一大箱以五百册计，约二万九千册。然则予在上海之书已近五万
册矣。家具、行李总共一百〇四件，包一节火车，为二百八十万元。为
防止浪费计，如装置不满则为六百万元。又须押运员一人，否则须逐
件估价。国家机关运物尚如此艰难，何况工商界哉！"七月十一号星期
日："科学院派人来，运去书箱廿一件。"七月十三号星期二："今日铁
路营业处将所包装物件一起运走。"七月十四号星期三："上海运书箱费

---

❶　"吉金"，于韵未叶。清稿本、洪本作"金吉"，是。
❷　"特为专定车厢，载书俱行"，原作小号字，似注文，各本皆转为同号字，是也。

三百四十七万七千七百元。包车费四百七十六万七千六百元。此外客票、包扎、搬运等费二百廿七万六千五百元。三共一千万〇五十二万一千八百元。"七月十五号星期四："到（苏州）文学山房，与江氏父子谈，请其代理包书运物工作。"七月十六号星期五："江学诗来，带数人同打箱捆木器。……苏州车站必须有迁出证始可当行李运，包车价三百七十余万元。如无迁出证，则当作货物运，货便至七百余万元。虽有科学院公文，不生效力。不得已，嘱毓蕴报迁出，随同到京游玩一次。此次整理书箱家具，由文学山房江学诗主持其事，臧炳辉、谢延孙及木匠潘君等二人为之。"七月二十号星期二："今日苏州携京物件整理完毕，计书箱一百〇七箱，家具一百十八件，与上海不相上下。予之书籍向无统计，兹合沪苏两方凡二百廿五箱，大箱可容六七百册，小箱容二百册，平均以四百册计，已九万册矣，如抗战时不损失，胜利后不捐赠，则十二万册矣。以予清贫尚能如此，可见作事不间断，必有厚积无疑也。"七月廿一号星期三："江澄波、学诗来谈运物事。……今日运物至仓库，明晚可装车，后日可办手续。……上海运物已到（北京），寓中有鸿钧、义安、士耀三人整理物件。"七月廿三号星期五："书籍、家具今日下午装上四十吨车，适满一车。予来苏任务完毕矣。"又，顾氏于本年六月三十号星期三日记后，附有此次搬运书籍至京之回顾总结："一九五四年七月，准备北行，整理书籍装箱，到各处辞行。""八月廿日，予与又安同赴北京，廿二日下午到，即入干面胡同新寓。到处访友，并整理书籍，至九月杪始理讫。"

橐囊书若裹餱粮，架阁床头或别藏。
怅绝兰皋穆天子，病中久要不教忘。

王瑗仲蘧常[一]，嘉兴人，为太仓唐蔚芝文治高弟子[二]，与同邑唐立庵兰[三]、常熟钱仲联尊孙[四]、北流陈柱尊❶齐柱名[五]。唐以考古之学著，《洛阳韩君墓屬羌钟考释》《寿县楚大库铜器考略》，其名著也；钱以诗文考据著，沈子培方伯曾植《海日楼诗注》《梦苕盦诗》，其杰作也；陈以诸子之学著，《墨子刊误》《公孙龙子集解》，其佳制也。瑗仲则以诗文宏博著，所著《抗兵集》，诗文出入《史》、《汉》、李、杜，读者重之，与仲联称"江南二仲"。余于柱尊，仅沈勤庐维钧❷介，于抗战最初一往修谒，未测高深也。立庵则未获一见。仲联之函札著述，在吴丕绩处所见极多[六]，颇服膺其细密精审，而于《海日楼诗注》之博大宏深，更钦佩之，视为神交。尝著《怀人感旧诗》，咏王、钱两君曰："江南二仲洵天才，章草唐碑各别裁。海日诗笺寐叟谱，抗兵有梦苕华开。"盖瑗仲尝著《沈寐叟年谱》，与仲联诗注相得益彰也。瑗仲遇余特厚，余著《汉魏两晋南北朝群书校释》，尝向之乞假金匋丞蓉镜刻郝懿❸行兰皋遗书以外本《穆天子传注》，瑗仲于自藏中遍检不得，虽病肝阳，血沸高张[四]，犹为致函遍询金氏昆季从子辈。余见金氏子弟覆函始知之，为之歉憾不置[七]。好书者推己及人，至于如此，是可风已！

笺证

[一]王瑗仲蘧常（1900—1989）：王謇《流碧精舍师友渊源录长编》："王蘧常瑗仲，善章草，能诗文。嘉兴人。"

[二]唐蔚芝文治（1865—1954）：《流碧精舍师友渊源录长编》："唐文治蔚芝。长于宋儒理学。"又："唐蔚芝名文治。善理学、诗文。"

---

❶　"柱尊"，原误倒作"尊柱"。

❷　原作"沈维钧勤庐"，依例字在前名在后，据勘误表乙正。

❸　"懿"，原误作"愸"，据勘误表改。

❹　"张"，诸本改作"涨"，按，"高涨"亦可作"高张"，不必改。

[三] 唐兰（1901—1979）。

[四] 钱仲联（1908—2003）：《流碧精舍师友渊源录长编》："钱仲联萼孙，常熟人。著《萝花盦诗存》。"

[五] 陈柱（1890—1944）：唐文治《广西北流陈君柱尊墓志铭》："君讳柱，字柱尊，晚年别号守玄。……初师事本省苏寓庸先生，继游学江苏，从福建陈石遗先生及余受学，得闻道要。尊柱大喜，举凡群经诸子，靡不心维口诵，淹贯无遗。发愤纂述，著有《中庸通义》《墨子间诂补正》等书，不下十余种。顾落拓不自收拾，旋作旋弃，用是草稿散佚，鲜有传本。晚岁延名师者争聘之，余于国学专修学校设特别讲座，月必讲演二次，间出新义，听者多倾倒悦服。好饮酒，能引数巨觥，与余同席，辄歌诗诵文，余戏以'陈惊座'呼之。丁丑以后，蒿目时艰，郁伊痛哭，人咸讶以为狂。然卒伤于酒，甲申岁四月，得中风症，医家戒其勿饮酒、勿用心，柱尊颇韪其言。然病根既深，是岁九月再中风，则不可救矣。遂以十月一日卒。"（《茹经堂文集六编》卷六）

[六] 吴丕绩（1910—1972）：《流碧精舍师友渊源录长编》："吴丕绩，华亭人。善诗、骈文。"按，吴丕绩原名丕悌，号伟治，笔名糕兄、斐尔，上海松江人。毕业于大夏大学，曾任震旦大学、无锡国专等校讲师、教授。著有《鲍参军年谱》《江淹年谱》《四益宦骈文稿》等〔王运天《王蘧常教授学谱》一九四八年（民国三十七年）戊子四十九岁〕。

[七] 王蘧常为王睿借金蓉镜刻郝懿行《穆天子传注》事，有其致函可证，略云："佩诤吾兄先生惠鉴：拙庋旧书，虫蠹大作，不得不扫穴犁庭，拟贱体略好，须人助理。金刊《穆传》如能发现，当即驰奉。此书乡老信已问过，金日无之。近阅顾实《穆传讲疏》，后附《知见书目提要·穆天子传六卷下》云：'郝懿行补，光绪戊申金蓉镜刊本，实

案丁卯岁余于叶观古堂藏书目中见此书，遍托友人访借不得。后某友数诺借阅，终靳而不与。已巳九月，仅得于金甸丞先生所著《集解》（此书弟亦未见）稿本中见之。'金谓'亲受之于郝氏，仅印二百部赠人，故不易觅购，而己所著《集解》中已尽量录入'云。据此，则甸老在时，已甚难得矣。旧书目录云云，弟未知之究何人主持，何人着手？"（王学雷《此笔方今更有谁——读几件王蘧常的中年信札》，《书法杂志》2004年壹期）又，王欣夫《蛾术轩日记》第七册1932年12月11日："子美言吾乡金甸丞（蓉镜）任湖南郴州知州时，僚属有栖霞郝兰皋后人，以未刻遗稿多种赠甸丞，中有《穆天子传注》一种，最为完善，甸丞即在郴梓印，适遇改革，甸丞挂冠归里，仅携样本一部，板则不可复问。前年陈乃乾创中国学会以影印书籍，甸丞即以印本及其他未刻稿与之，至今迄未印出，亦不还璧，竟为乾没。顾惕生（实）为《穆天子传考释》，知有是书，移书甸丞告借，甸丞即以手录郝书精要数则与之。甸丞殁后，其手录者存其兄戬孙（兆蘩）许。甸丞以流传先儒著述为志，始终不懈，而所托非人，竟攘为己有，秘为枕宝，人之贤不肖如此。"

乐府补题弦外响，月泉吟社镜中花。
奇文倘得共欣赏，何必其书满一家。

王巨川铨济[一]，解放●前尝偕江翊云庸[二]、瞿兑之宣颖辈结非社[三]，诗酒之会无虚月。藏书盈一室，亦颇有僻本，上海书林时见其踪迹。近则授课远方，不常返沪[四]，收书无此清兴矣。

● "解放"，原作"辛亥"，据勘误表改。

笺证

[一] 王巨川铨济：王睿《流碧精舍师友渊源录长编》："王巨川，名铨济。尝结非社诗酒之会。"

[二] 江翊云庸（1878—1960）：《流碧精舍师友渊源录长编》："江翊云，名庸。善诗，叔海先生（瀚）子。闽侯人。"

[三] 瞿兑之宣颖（1894—1968）：《流碧精舍师友渊源录长编》："瞿兑之，名宣颖，善化人。著有《方志考稿甲编》《社会风俗谈》。"

[四] 近则授课远方，不常返沪：指王铨济1958年后任教于合肥师范学院。详见李军《王铨济与〈两忘宦诗存〉》（《秋山集：故纸谈往录》）。

屡受大儒托遗稿，请刻名家著作书。
安得人人逢君手❶，流传孤本馈经畬。

王欣夫大隆，与其兄荫嘉大森均喜藏书。欣夫又喜刻书，曹揆一、胡绥之诸前辈俱以著作托之[一]。曹集早已刊行，胡著亦次第付印，而陈培之倬手稿藏君所尚多[二]，行见逐渐流传也。企予望之。

笺证

[一] 王大隆（1901—1966）、王大森（1892—1949）及印行曹、胡著作：王睿《流碧精舍师友渊源录长编》："王欣夫大隆、荫嘉，吴县。校印甲戌至辛巳丛书。集资印行《笺经室遗集》，计划印行胡玉缙《许高遗著》。"亦见本书"曹元忠""胡玉缙"诗传及笺证。王大隆及王大

---

❶ "手"，原误作"子"，据勘误表改。

森著作，《民国吴县志》卷五十六下"艺文考二"王謇校补："王大隆
《黄荛圃年谱》一卷，自刊本。"又同书卷五十八下"艺文考七"："王
大森《二十八宿砚斋藏书目》《古泉杂志》《王大成考古日札》。"1937
年夏，王荫嘉作《二十八宿砚斋善本书录序》："今春吴中文献展览会
征集出品之时，予方卧病，无能为役。顾念累世居吴，乡邦遗迹收罗至
夥，安忍听其湮灭。王君佩诤索予所藏目录，自愧因循，实未尝有，辞
不获命。姑就向所录一鳞片爪，与文献相涉者供备参考，犹未及三之一
也。其体例则不贤识小，凡原书序跋之有关于板本者节录之，名家题
跋、朱记以见授受源流者悉录之，间附校勘及拙跋，皆未成之草，无关
宏旨。将易地疗养，匆遽就道，舛误草率，不暇覆勘，阅者谅之。丁丑
长夏殷泉记。"

　　[二] 陈倬（1825—1881）及著作：《民国吴县志》卷六十八上
"列传六"："陈倬，字培之，少熟《文选》，能背诵，好讲明古人制
度，师陈奂教以吉禘、时禘之辨，殷学、周学之分，路寝太庙与昭
穆太庙不当合一制，遂作《禘祫宗庙学校诸大典》数篇，奂以为然。
咸丰壬子，次场题《勿士行枚，行枚作行微解》，从奂疏说，主司沈
兆霖知此说，爰举于乡。己未成进士，后官至户部郎中，著有《隐
蛛盦文集》（家述）。"同书卷五十八上"艺文考四"："陈倬《敩经笔
记》、《读选笔记》、《日余笔记》、《今有古无字》、《今韵正义》十卷、
《蛛隐●盦杂记》、《蛛隐盦诗文集》、《外集》、《词集》。"按，《蛛隐
盦诗（文）集》、《外集》、《词集》，王謇校补："全稿藏其孙洊雷字
震百许，今归潘氏宝山楼。秀水王氏《庚辰丛编》刻词集一种，曰
《香影余谱》。"又补："《汉书十志颜注疏证》，集三刘以下说汇解颜

●　此与后"蛛隐"二字，皆当作"隐蛛"。

注，较王氏《补注》为尤密。稿藏吴县管氏愚谷迂琐之斋。"按，《庚辰丛编·香影余谱》王大隆跋云："右《香影余谱》一卷，清陈倬撰。倬字培之，江苏元和人，咸丰己未进士，官至户部郎中。著述甚富，惟《敩经笔记》一卷刊行。受经于陈硕甫先生，为入室弟子，故学有渊源。时同郡雷深之（浚）、丁泳之（士涵），咸以通经硕学名，得培之而三焉。是以举吴下经师有'三之之目'。雷氏书悉已刊行，丁氏则著述零落，而《敩经笔记》亦在若隐若没之间。大隆求之其孙济雷，得此手稿，亟借付印。"（《八年丛编》）

烟树苍茫罟里邦，废池乔木亦难论[一]。
高斋空锁尘封日，凄绝长恩欲断魂。

瞿凤起熙邦[二]，铁琴铜剑楼后人。抗战之役，世守藏书毁于兵燹，而行箧精品尚有存者。解放后●，以平直贡诸北京图书馆，得所归矣。

笺证

[一] 此句清稿本及洪本作"烟树苍茫说旧邦，回春乔木亦难论"。

[二] 瞿凤起熙邦（1908—1987）：王謇《流碧精舍师友渊源录长编》："瞿凤起，名熙邦，常熟人。良士先生第三子，善版本鉴别。"按，瞿凤起尝为王謇手钞《龚定厂手校庄著甲乙篇》，封面题识有云："此册为瞿凤起兄为余钞得者，挚谊可感。"

● "解放"，原作"抗战"，据勘误表改。

少饮香名静虚斋，天然清福早安排。
老来偶立藏书约，中秘进呈不介怀。

孙伯绳祖同，籍山阴，寄籍虞山。绮年即能诗，刊有《虚静●斋诗集》[一]。同学东吴大学时，已有籍籍名矣[二]。日寇劫后来沪，斥书画，购版本，有明本一百二十种，编藏书目、志各一册。嗣后得宋刻孤本《花间集》[三]，又得宋医书一、元椠一。而祖遗旅社业不振●，负重债，拟粥●书以救燃眉，北京图书馆闻之，以近亿金购之去，架上空而心中泰然矣[四]。

笺证

[一] 孙祖同（1894—1970）及著作、收藏：王謇《流碧精舍师友渊源录长编》："孙伯绳祖同，藏北宋《花间集》暨明本书甚多。著有《虚静斋书目》。"民国《吴县志》卷五十八下"艺文考七"王謇校补："孙祖同、俞啸琴《唐律疏议考证》三十卷（稿本，藏孙氏沪寓）、《干禄字书考证》不分卷（同上）、《列子札记》（同上）。"孙树棻《上海滩风情·"甲午同庚千龄会"》："我的父亲孙伯绳生于1894年，便是发生中日甲午战争的那一年。"

[二] 同学东吴大学时，已有籍籍名矣：孙祖同1962年编《李义山诗话汇录》，王謇序："余交孙君伯绳，先后凡五十余年。余甫弱冠，君方成童，就学我吴东庄，同庠序同班级，而君已以诗著名，不数年而《虚静斋诗初稿》已以梨枣问世。暌隔数十年，聚首沪滨，白首欢然。读其诗稿，得力于玉溪生者益深。一日，出所辑唐宋以来论玉溪生诗

● "虚静"，原误倒。
● 原"旅社"后"振"前衍一"其"字，据勘误表删。
● "粥"，清稿本作"鬻"，同。

者，成《李义山诗话汇录》一帙。读其采撷书目，所搜览书几二百余种，其用力可谓勤矣。……壬寅立夏王佩诤。"

[三] 孙祖同《虚静斋宋元明本书目》："《花间集》十卷。宋绍兴戊辰晁谦之刻本。收藏有'王宠履吉'白文方印、'席鉴之印'两白文两朱文方印、'席玉照氏'朱文方印、'颜仲逸印'白文方印、'筠'朱文圆印、'灵石杨氏墨林藏书之印'朱文方印、'朱锡庚印'白文方印、'结一庐藏'隶书朱文椭圆印。其余印记甚多，不备录。"

[四] 架上空而心中泰然矣：按，孙祖同编《虚静斋宋元明本书目》1960年油印本后记云："六载聚书，弃之一旦，虽云烟过眼，终未能去怀。然披览之余，辄随手札录，四部略分，居然成帙，书纵不存，存此亦借以志往云尔。庚子六月，孙祖同后记。"

田园杂兴诗千首，不数陶公五柳●家。
野鹤闲云欵欵者，诡恢幽默味无涯。

胡石予蕴，昆山蓬阆镇人。喜作田园杂兴诗，又往往不先命题，而效法古人以首二字为题，冲和恬澹，人皆以王、孟、韦、柳目之。任教于草桥第二中数十年。抗战之役，避寇铜陵，竟于此●物故。先是，石予以课余来兼振华女学教科[一]，余适以校主考察外洋，权代其职[二]，以与公为老友，且慕生公说法可为后辈典型，因诣末座聆教，藉观摩得益。石予误解其意，适授课文为《鲁仲连义不帝秦》，因假辛垣衍讽鲁仲连"玉貌不去围城"一节而衍其义曰："我辈皆有求而来，鲁先生则闲云野鹤，尽可不必事事，何必来此围城中耶？"在石予固游戏出之，

● "五柳"，原误倒作"柳五"，据勘误表乙正。
● "竟于此"，原误作"意以此"，据勘误表改。清稿本作"竟以此"。

语妙天下，而余则啼笑皆非^[三]。

笺证

　　[一]"任教于草桥第二中数十年"此段，清稿本作"拥皋比于草桥学舍数十年。丁丑之役，避寇铜陵，竟以此物故。先是，石老以课余来兼瑞云学舍教科"。又胡蕴生卒年，杨本所作小传为1868—1939年，郑逸梅《南社丛谈：历史与人物》记载为1868年戊辰3月16日生，1938年8月28日卒。又《申报》1938年12月13日载报道《前南社巨子胡石予作古（享年七十一）》："南社为同盟会会员所组织之革命文社，每年在上海举行雅集，并刊有诗文集。江苏胡石予先生，为该社努力分子，其诗文散见于南社丛刊者特多，平时提倡俭约，终身不穿绸衣，故自号胡布衣，以诗画鸣于吴中，当时尝与名士叶楚伧、柳亚子、陈去病、高吹万、金松岑等诸先生唱和。昔年掌教吴门草桥中学、紫阳师范、及苏（州）女学、振华女学等校，门下士几及千人，昨悉先生已病殁安徽铜陵旅次，享年七十有一，老成凋谢，至堪悲悼。其第三子胡叔异，服务云南教育厅，第四子胡敬修，服务四川《万州日报》，均因道路遥远，分别在滇、川，成服守制云。"

　　[二]余适以校主考察外洋，权代其职：事应在1926年间，《申报》1927年9月6日《苏州振华女学校之改进》："苏州振华女学校，自去年校长孟荷尔揄理硕士王季玉，出席太平洋国民会议，并历赴欧美考察教育归国以来"云云，可证。

　　[三]此段事迹，郑逸梅《我对于听课和观摩教学的看法》："我担任语文课教学，约有四五十年，资格总算较老的了，但有人来听课，便觉得很不自然，课就上不好，效果大大地打了个折扣，所以我是不欢迎有人来听课的，犹忆先师昆山胡石予诗人，他授课于苏州草桥中学，又兼振华女学的文史课。一次，他正在聚精会神讲《鲁仲连义不帝秦》，而代理校长王佩诤突然走进教室来听课，石予老师因借课文中辛垣衍讽

鲁仲连玉貌不去围城一节，而演衍其义：'我辈皆有求而来，鲁先生则闲云野鹤，尽可不必事事，何必来此围城？'佩诤出以语人：'石予先生固游戏出之，语妙天下，而我啼笑皆非了。'可见前辈授课，也是不欢迎课堂中，既有学生的对象，再有听课的对象的。"（《郑逸梅选集》第六卷）按，郑逸梅早年就读于苏州草桥中学，胡蕴讲《鲁仲连义不帝秦》事在振华女学校，郑氏所记当来源于本诗传，而非亲历。

石庐曾结神交契，二十年来讯渺茫。
望断细林桥畔路，山公依旧得康彊。

林石庐耽癖翠墨[一]，搜罗极富，又多藏金石书，大都为缪艺风故物，以三千金得之于缪氏后人，成《石庐金石书志》数十卷[二]。二十年前，猥承以印本见赐。抗战以来，余常旅居上海，久不得石庐讯，闻人言已赴赣城山中隐居矣[三]。削草此诗竟，石庐忽自福州来书，且縢以藏镜目[四]，二十年望眼欲穿者，乃得如亲謦欬，喜可知矣。其所藏金石书，闻已归科学院考古研究所[五]。

笺证

[一] 林石庐（1892—1972）：王謇《再补金石学录》稿本目录："林钧，字石庐，今闽侯人。著有《石庐金石书志》十二卷。"按，应为二十二卷。另按，《箧书剩影录》油印本上下二卷，分线装三册，封面及扉页分别为陈叔通、叶恭绰题签，前有顾颉刚、王襄、顾廷龙、潘景郑、萨兆寅序及自序，内署"左海林石庐亚杰撰"，版心下刻"宝岱阁金石丛刊"，约刻蜡于1962年。《总目》后附有《石庐所辑书目》〔一九六二年一月附钞（通讯处）福州市潭尾街七十四号二进〕，详列其本人平生所撰辑作品，于了解林氏生平撰述甚有价值，因照录如下：

石庐金石书志二十二卷版片藏本市东街福建省图书馆可径函商印

八闽金石著作名家考略一卷

箧书剩影录二卷

金石书汇目二十四卷

宋代金石书存佚考一卷

清代金石书著述考八卷

三万金石文字室文物琐纪五卷

宝岱阁金石跋尾甲编八卷

石庐杂文剩稿四卷

竟文集录初编四卷

石庐古竟目一卷

闽中古物集萃一卷

鼓山题名石刻录二卷

泰山秦刻考一卷

泰山秦刻墨影一卷

琅琊台秦刻石东面释文一卷

南昌大安寺铁香炉考一卷

石庐题画记六卷

西汉前唐北宋三木刻文字三卷

三山古迹小志三卷

辛亥革命前后杂忆四卷

乐石小榭盆山璩话四卷

石庐校碑散记五卷

石庐印草二卷

石庐印存十二卷

宝岱阁主手篆毛主席送瘟神诗句印草一卷

[二]《石庐金石书志》数十卷：《石庐金石书志》二十二卷，中分十二类，民国十二年（1923）江西南昌宝岱阁刻本。其《自序》详述编写缘起及经过，略云："余年十八，肇治斯学，家贫弗能网致。辛亥以还，辄有所遇，食指繁剧，力又不给。乃叹有力者不尽好古，好古者又拙于力。无力而好古，鲜有不自苦如余者。丙辰以后，所入稍丰，百计购求，先后得四部数万卷，金石搨本二万余通。而四部之中，尤以金石著作为余性之所近，故所积特多。已未于役燕京，道出浙苏齐鲁，舟车所经，勤加搜访，所得益宏。而四方书估知余所好，纷投靡已。穷年兀兀，不以为疲，故四明卢氏文弨、云间钱氏熙祚、海宁吴氏骞、钱塘黄氏易、江都秦氏恩复、曲阜桂氏馥、海虞顾氏湘、仁和顾氏广圻、日照许氏瀚、东武刘氏喜海、乌程张氏鉴、潍县陈氏介祺、江山刘氏履芬、归安吴氏云、河间庞氏泽銮、独山莫氏友芝、上海徐氏渭仁、汉阳叶氏志诜、嘉兴徐氏士燕、归安凌氏霞、仁和韩氏泰华、会稽张氏寿康、吴县吴氏大澂、贵筑黄氏彭年、天津王氏鹄、高密郑氏文焯，以及吾闽梁茝林（章巨）、李兰卿（彦章）、杨雪邨（浚）、冯筿軿（缙）、龚少文（易图）诸前辈累年藏弄（他如五砚楼、授经楼、戴经楼、琅環山房、一般园、小停云馆、看云馆、蝴蝶草堂、得复斋、洗心斋、步玉山房、味经书屋、敬原堂、听鹂山馆、百城楼、十四间书楼等，不及备举），竟辗转而为吾斋所得。辛酉四月，再上都门，比返申江，适艺风先生藏书出赍，冒雨趋购，尽得金石书百数十种。客囊良窘，贷千金于友以足之。其中稿钞之本十有五六，朱黄殷驳，多经勘校。余与艺风先生同在访碑团，交游有素，橅摩遗编，倍增太息。捆载数篋，庸压归舟。友人周君雨渔（愈）为作《风雨载书图》以纪兹胜。海内同好闻余所得，频书索目，苦乏以应。夏日董理藏书，以金石一门别庋于宝岱阁，并辑一目。新刻旧椠，以及名家孤传之稿，共有九百六十有九种，都四千二百三十三卷。尝考《四库提要》以及各家书目、藏书志，所载

至多，难愈数十，殊堪怅惘。曩拟仿各家藏书志之例，别辑一编，人事乖午，因循不克就者岁将两周。迄者柴门索居，屏绝他务，感吾生有涯之言，遂发各书，竭三月之力，勉勒兹编，凡二十有二卷。按籍编目，略详大旨，刺取各家断制，益以管见所及，为权同异，非敢妄议前人，故暴其短，并举题跋印记于后，盖重流转也。纲举类别，计十有二……是志脱稿于今夏六月下浣，值余三十初度。私心怦怦，别有枨❶触。……辛酉六月二十有八日闽侯林钧亚杰序于三万金石文字室。"按，林钧晚年又作《箧书剩影录》，其1957年《自序》亦可互证，略云："丙辰以后，俸入少丰，益勤收购。典衣缩食，曾弗顾恤。搜访遍及宇内，传钞几尽藏家。先后得四部数万卷，金石拓本二万余通。又以酷嗜金石，所积特多。虽素愿少偿，而恨吾母之不及见也。辛酉北上，归道淞滨，适值江阴缪氏艺风堂藏书出贳。艺老下世不久，后人弗守，所藏流散，迹其收藏，实为近代巨擘。肆主居奇，索价甚苛，曲尽措筹，以重金收得金石书及四部善本二百五十余种。如获至宝，捆载归舟。畴昔与公从事访碑，不以后进菲弃，忝辱忘年，缅怀故人毕生积聚之勤，与夫数载缩纻之谊，幸获遗泽，什袭珍藏，不禁山阳邻笛之感！海内同好闻余所得，佥来索目，苦乏以应，非自矜秘笈也。是岁之夏，董理藏书，以金石一门专辑一目，新椠旧刻，以及名家孤传之稿，共有九百六十有九种，都四千二百三十三卷，仿《四库提要》并参各家藏书志之例，辑成《金石书志》一编，凡二十有二卷。壬戌客赣，未将是稿携置行箧，末（未）由得隙整理。于时中原多故，战事频兴，军阀割据，闽粤交闹，予家城南，逼近兵区，家人竭力护持，得不散失，厥稿亦赖以无恙，亟速家人赍来旅次，力窃军书余闲从事勘校。旋携初稿求教南海康先生（有为）于津门，先生语予曰：'子矜持不敢问世，固属虚怀，即昔贤述

---

❶　原作"㡌"，是"枨"之形误。

作，其中纰漏亦在所不免。以金石专类辑录论，自当以此志为嚆矢，纵他日受人指摘，亦不能不认为创著也。'叨公敦敦启诱，始于癸亥，毅然镌版于南昌，历两祺始获杀青。谬承海内同好推许，风行颇广，东瀛竟销数百部，欧洲考古家亦曾重译来求。当时日本东京图书馆多方欲谋吾书，饵以重金，即海内藏家亦时来索让，予均拒却。中日战事爆发，榕垣行将陷敌，尽室流亡，悉捐长物，仅将善本图书盈箱溢箧，专轮转移，庋梅溪，直至癸未始行运归。"

[三] 闻人言已赴赣城山中隐居矣：按，《石庐金石书志自序》云"中日战事爆发，榕垣行将陷敌，尽室流亡，悉捐长物，仅将善本图书盈箱溢箧，专轮转移，庋梅溪，直至癸未始行运归"，则抗战期间林氏所隐居地在福建闽清县之梅溪，"赴赣城山中隐居"盖为误传？

[四] 藏镜目：即《石庐藏镜目》，民国十八年闽侯石庐铅印本，线装一册。

[五] 其所藏金石书，闻已归科学院考古研究所：《箧书剩影录自序》："今春（引按，1957年春）京沪各地书估接踵来榕，虽指名而索，犹不愿待贾而沽。同时又得中国科学院考古研究所频函，征及拙藏，旋复派员南下，详加审检。亦认为宇内独一之专类藏书，精而且富。先是，一再筹思拙藏有关祖国学术需要，奚容自私巾笥？乃命儿辈重加检点，始谂其间有当年运往闽清失落者、有于移居时紊乱缺帙者、有蠹蚀残蠹者、有同好借阅传钞未及收回者，综计约达数十部，而善本稿钞完整，俱存寒斋。数十稔搜罗煞费苦辛，抗战时期家况困屯（顿），胜利以后更濒窘迫，然予宁斥小庐，清偿夙逋，仍保藏书，不令废坠，虽无世守之念，只以余年述作有资参检，所以几度不思出让，以是为娱，将终老焉。复思景迫颓龄，已成著述犹未续梓，疋不愿再事铅椠，徒增覆瓿，更加儿辈致力科学，对于考古向无问津，果予一旦身先朝露，所藏势亦沦替，焉得长护？尤悚于抗战军兴，各地文物惨遭损失，或劫往扶

桑，或爇以供爨。向者不无疏于保护，或镕作纸浆，或裁供包裹，予家所藏幸未罹厄，差足自慰。矧予卜居南台之达道，仅逾册载，两度大火，虽未波及，追溯厥情，犹有余悸。庚寅徙居左近，数楹木屋杂处阛阓之中，更非藏书福地，故决完整归公，克获永保，不特少慰抱残守阙之素忱，亦为无数名著求一得所耳。终感贫不能守，鬻以继炊，既不能步士礼居晚年去刻留钞，竟以次第割爱，殊违生平爱好初衷。满腔戚戚，筬以加兹。拙《志》近岁以还，久告停刊，各方纷索，无以应求。春间已将全《志》版片捐献于福建省立图书馆，赓续印行，不特少弥吾憾，尤喜得与藏书并获归宿。曾忆丁丑秋仲，拔可李公（宣龚）商就拙藏各家未刊稿本，遴尤汇成丛书，涵芬❷楼允为分集梓行。予乃详加审酌，以冀快睹士林。……勒成《宝岱阁金石丛刊甲集》。……李公以印费剧巨，金石书销路不闳，有所考虑，往返协商，历时颇久。行将定议，而‘九一八’事变发生，涵芬楼毁于兵燹，虽先哲遗编，弗克付诸剞劂，以广传布。然各家稿本未共劫灰，洵属至幸。但予传古宿愿，顿成泡影，偶一思及，仍感遗憾。唯有寄望于考古研究所有以成之，俾昭盛业，亦艺林所翘首共期也。……公元一九五七年农历丁酉端午节后二日，左海林石庐序于三万金石文字室，时年六十又六。”

　　叶赫纳兰编年谱，报恩塔院修志书。
　　非诗人诗冰玉集，换得凤求凰曲无。

　　张惠衣尝检纳兰容若《通志堂集》以下书七十有二种，成《纳兰容若年谱》。检张宗子《陶庵梦忆》以下书数十种，成《金陵大报恩寺塔志》。又辑集部笔记中所载非诗人诗近千首，取东坡居士“贩夫佣妇皆

---

❷　“芬”，原误作“芳”。

冰玉"❶之意，颜曰《冰玉集》[一]。又藏陈玉蟾《凤求凰》曲，海内孤本，有吴瞿庵师、卢冀野前跋尾[二]。丁丑之春，自金陵❷邮苏，属为作缘，以二十金斥去之。时已略有风鹤警，势难售去。余虽阮囊羞涩，然意以惠衣如此割爱，必有要需，急如数汇去，曰："已售之矣。"揭来上海，值囊窘时，屡欲斥去，然往往无成。余他书之来，类此者亦多，岂以略有一线义愤，长恩有灵，不欲弃我而去耶？最近是书始以稍善价脱去[三]，而他书犹是也。噫，异矣！

笺证

[一]张惠衣（1898—1960）及著作：王謇《流碧精舍师友渊源录长编》："张惠衣任政，著有《纳兰容若年谱》《金陵大报恩寺塔志》。"又："张任政惠衣，著有《纳兰容若年谱》《金陵报恩寺塔志》。编有《冰玉集》，作有《灵璈轩诗》。"《民国吴县志》卷五十八下"艺文考七"王謇校补："张任政《灵璈阁诗》不分卷❸（印本），《纳兰容若年谱》一卷（印入北京大学《国学季刊》），《金陵大报恩寺塔志》（史地学会印本），《冰玉集》一名《历代平民诗存》（印本）。字惠衣，海宁硖石乡人。又撰《瑞云峰小志》，印入《振华女子中学校刊》。"按，张惠衣著作以《纳兰容若年谱》（引按，原名《纳兰性德年谱》，载《国学季刊》1930年12月第2卷第4号，后改名《纳兰容若性德先生年谱》，1981年由台湾商务应书馆印行）及《金陵报恩塔志》二书最著，王謇《瓠庐杂缀》有"惠衣著述二种"条："海宁张惠衣先生任政，博雅好古。著有《纳兰容若年谱》及《金陵报恩塔志》二书。《年谱》参考书至七十有四种，以容若弟揆叙《益戒堂集》为最难得，仅一见之于海上涵芬楼。倭寇肆虐，同付

---

❶　此句出苏轼《书林逋诗后》，原作"佣奴贩妇皆冰玉"。
❷　"金陵"，原误作"陵陵"，据勘误表改。
❸　按，《灵璈阁诗》民国三十三年铅印本实分二卷。

一炬，向之匆匆著录者，竟欲再一覆案而不可得，惠公每引为憾事，然犹幸原书之得入著录也。《报恩塔志》则自欧美各国百科辞典而外，征引祖国近代僻书凡近百种，其同邑谈孺木《枣林杂俎》、大兴刘献廷《广阳杂记》、山阴张宗子《陶庵梦忆》等，无不罗入珊网。两书之成，驰驱于南北两都者，有车瘏仆痡之概，亦云勤且劬矣。"同书"金陵报恩塔"条引述张氏研究心得："惠衣先生尝语予云：金陵报恩塔，建自明成祖永乐十年六月十五日，至宣德六年八月十五日完成，费时九年。金七千余两，银二千四百七十余万两，地址在南京聚宝门外。共九级，高三百二十九尺九寸六分，用琉璃瓦砌成其寺周围九里十三步。以木炭朱砂作底，顶上相轮下之圆铁钢，费涂金二千两。地下亦藏金四千两，茶一万担，明雄一百斤。有灯一百六十四盏，每日费油六十四斤。有大珠五，夜明，能避风雨及一切灾厄。为世界七大奇观之一，由工部侍郎黄立泰督造。自来我华建筑之伟大，莫逾于是。"（原载《东吴》，1933年第1卷第3号）另按，张氏《金陵大报恩寺塔志》卷九"杂缀"亦引有王睿《瓠庐杂缀》一则，照录参考："往余幼从吴梦鞐师恩同游，告余曰冯景亭官詹桂芬，曾告以克金陵时，官军得明成祖御制碣于报恩塔座下。其文略谓成祖生母为翁吉剌氏，翁故为元顺帝官人，生成祖，距入明室仅六阅月许耳。明制：官人入官，七阅月内生子者，须受极刑。马后仁慈，遂诏翁以成祖为马后所生，实则成祖生日，距懿文太子之生，仅十阅月稍强也。翁自是遂抑郁而殁。易箦前，以己之画象一帧，授成祖乳母，且告以详，命于成祖成年就国后告之。成祖封燕王，乳母如命相告。于是成祖始知己之来历，乃投袂奋起，而靖难之变作矣。"又按，张惠衣《冰玉集》又名《历代平民诗集》，其"凡例"云："本书作者，俱出工艺负贩隶下之流。"又云："本书分四卷：唐五代、宋元为一卷，明一卷，清一卷，不详作者时代及附传无诗者合一卷。原名《冰玉集》，取苏子瞻'佣奴贩妇皆冰玉'之句，兹以付印之故，改易今名。"按，吴梅《瞿安日记》卷十五丙子十一月初九日（1936年12月22

日）："张惠衣赠《历代平民诗集》，以平民名书，太投时尚，不禁失笑。"又十三日（26日）："早张惠衣、常任侠来，谈张新选《平民诗集》。"王謇与张惠衣结交盖于1932年，是年张氏由章炳麟介绍往苏州振华女中任教（张劲能《张惠衣》，《海宁人物资料》第1辑），《灵璪阁诗》卷一有《正月同佩诤、露华探梅邓尉，先一日宿广福。拂晓行五里，抵山麓。一路置身香海，偶成十二韵，总忘收录。今岁过吴下，缀诵数过，遂得之》《壬申初夏同石遗、松岑、佩诤诸先生赴盛泽丁氏燕集木澜洲之约。由姑胥道出吴江，过莺脰湖、唐湖，一路水乡，独饶幽胜。至盛湖水阔浪涌，为之神骇。成四绝句得湖字》二首，皆是年所作。又，1934年《振华季刊》创刊号载有张惠衣（署名苇伊）《瑞云峰小志》，王謇为其序，略云："张君惠衣，海昌世儒，尝编《纳兰容若年谱》《金陵大报恩寺塔志》，考核精博，既蜚声于尔雅之林，复以余力编为此志，寒家溷粟楼庋藏近人著述略备，张君辄于课余之暇纤道见访，发箧启扃，爬罗剔抉而出之。我乡如王山人停云者，窭巷僻居，几有名姓翳如之憾，张君独能赏鉴于牝牡骊黄之外，露钞雪篆，以实斯小志，其阐潜表幽之功，更不可后。则斯志也，不将与斯石永炳寰宇也哉？改制甲戌仲春，佩诤王謇谨序。"

[二]有吴瞿庵师、卢冀野前跋尾：《凤求凰》全称《评点凤求凰》，二卷，明澹慧居士陈玉蟾撰，明刻本，今藏国家图书馆。封面吴梅题签："《凤求凰》（全）玉阳仙史撰，霜厓书耑。"下钤"吴梅私印"白文方印。跋见目录叶最后两行："余旧藏曲中有此种，壬申之春为倭寇毁去二十八种，此传亦与焉。惠衣见示此帙，如对故人，不禁凄黯。癸酉七月霜厓居士吴梅题记。"下钤"瞿安"朱文长方印。卢前跋文见末页末行："玉蟾与陈与郊当系二人。此记笔墨类玉茗堂，眂玉阳又异矣。苇伊兄假读经年，诵之已熟。《怜才》一折，心窃好之。惠公其赏此弦外之音乎？前记。"下钤"金陵卢六"白文方印。此本上又有"冀野过眼""张任政""惠衣"诸印。

[三] 张惠衣托王謇代售《凤求凰》曲之经过与结果，清稿本有"朱仰周"诗传，云："革新癸巳，余托书友出让二十年前张君惠衣见让之《凤求凰》曲，为阳羡陈玉蟾撰，海内外孤本。"又云："代余售书友谓，有一朱姓者得去，给直现币百有六十。且云，彼亦知公，故尊重是书如此。余闻之，感且愧，因此益知朱君之为人焉。"按，"革新癸巳"即1953年，"丁丑"为1937年，所谓"二十年前张君惠衣见让之《凤求凰》曲"，盖约略言之，实仅有十六年耳。其间，1942年5月2日，王謇曾携此书往顾廷龙处托售，顾氏未应，沈津《顾廷龙年谱》一九四二年三十九岁五月二日引顾氏日记："王佩诤来，携有《凤求凰传奇》一册、《衍说山海经》一册，称友人托售者，索价各五百元，不如多收年鉴、统计报告之类。"或即所谓"竭来上海，值囊窘时，屡欲斥去，然往往无成"，然此事之经过与结果，由此得到落实。又张惠衣《灵璪阁诗》卷二有《卖书》一诗云："怅触无端别绪萦，依依难尽主人情。久经世乱成残帙，未定吾踪负此楹。忍爱竟同余物舍，课闲足遣有涯生。年来自要归平淡，坐对衡门月色迎。"此诗作于1940年，所述当即出售所藏《凤求凰传奇》等藏书之心境。王謇稿本《澥粟楼藏书目（下之下）》"集部·曲类·传奇之属"："《凤求凰传奇》二卷，澹慧居士编，考为阳羡陈玉蟾编，旧藏碛川张氏。有张任政印、金陵卢六印、冀野过眼印，霜厓师跋语、卢冀野跋语。"按，原稿此条为朱笔书，后划去，并旁注"让出"，是亦一证。又按，此书今藏国家图书馆，上有吴梅、卢冀野跋语。另按，王謇亦曾得张惠衣帮助，《高丽史·乐志》稿本，先生跋云："是书为《高丽史》第七十卷，《志》卷第二十四，名朝鲜郑麟趾撰。麟趾官正宪大夫、工曹判书、集贤殿大提学、知经筵春秋馆事、成均大司成，时当有明中叶。原书百四十卷，有朝鲜印本，我国流行旧钞本。此从首都盋山书库钞得，张惠衣先生任政、黄驾吾❹先生焕镳

---

❹　按，"黄驾吾"当作"王驾吾"。

两君力也。上卷高丽乐，下卷唐乐。其论乐曲源流，与源光圀《日本国史·礼志》乐曲类、《日本故事类苑·乐律门》所载，有可以互相补苴之处，足补凌次仲廷堪《燕乐考原》、王观堂国维《唐宋大曲考》及拙辑《古剧曲钩沈》之阙。乙亥冬，瓠庐跋于可园书库。"另1940年元旦，王睿向顾廷龙索阅《朝鲜文献通考·乐律》，《顾廷龙年谱》一九四〇年三十七岁元旦引顾氏日记："午后，王睿来，索阅《朝鲜文献通考·乐律》一类。"又同年2月16日，《顾廷龙年谱》引顾氏日记："将王睿托钞《东国文献备考》中《乐考》十一页寄去。"当是在做相关之研究。

书林别话饮虹簃，全宋词存词说垂。
曲论曲谐勤矞辑，更从曲海细沙披。

卢冀野前[一]、任二北讷[二]、唐圭璋章[三]，为瞿安师门下三杰。冀野征集散曲，刻《饮虹簃曲丛》[四]，又深得刻书之法，作《书林别话》[五]；圭璋辑诗话、词话暨地志、山经中宋词为《全宋词》，又辑诸家词说为《词话丛编》；二北亦征集散曲，兼集诗词曲话及笔记说部关于散曲故实，撰为《曲论》，又择其突梯滑稽者编为《曲谐》，以其中之琐屑资材，甄集合之为《曲海披沙》，总名《散曲丛刊》及《新曲苑》。两家著述，皆以饮虹簃先刻为根柢，而扩充之以南北公私书库所藏，集词曲之大成矣。诸书成而三家所藏之钞校底本亦复沈沈夥颐，则又为别开生面之藏书家也。

笺证

[一] 卢冀野前（1905—1951）：王睿《流碧精舍师友渊源录长编》："卢前冀野，辑有《饮虹簃散曲丛刊》。"

[二] 任二北讷（1897—1991）：《流碧精舍师友渊源录长编》："任讷仲敏，江都人。著有《新曲苑》，辑有《散曲丛刊》。"王睿稿本《汉

魏两晋南北朝群书校释录要》一"盐铁论散不足篇札朴百一录·连笑"：
"佩诤按连笑为滑稽之尤者，据《史记·滑稽列传》，主文谲谏属优人者
居多，战国成相，后世连相，疑均从此出。观荀子所著《成相辞》，毛
奇龄所拟辽《连厢词》，渐化而为严肃矣。成、连双声，魏晋之苍鹘击
参军，此一变也。后世如吴梅村诗所称之雪面参军舞鸲鹆，即唐人之假
官，今人之跳加官也。此又一变也。成都大学任二北教授，为吴霜厓师
门下吾党小子渊骞游夏中首届一指之才，近由撰《唐声诗》《唐戏弄》
史实，而溯及两汉先秦。尝移书畅论此旨，二北亟叹余为知言，承采臆
说入册，且多方揄扬之。不日行世，附此志感。"（《华东师范大学史学
集刊》1958年）又任讷1958年2月23日致王謇函："佩诤老学长道席：
十二日手教敬读，深为快慰。大著三种，均有问世之期，尤足喜庆。命
序《董词校释》，本不应辞，奈弟因于'鸣放'中犯了错误，并《唐戏
弄》稿尚须另用笔名，方能印行，何足为他人立言乎？《教坊记笺订》
稿已搁一年以上，杳无消息。以视尊况，迥不如也。《声诗》三稿，已
竣其二，更不知前途如何？惟仍自限暑间毕工，不稍怠也。东归更无希
望，惟有诵乐天句'归去诚可怜，天涯住亦得'，聊以自遣。玉照敬领，
三十年前风采，犹可凭想，真不胜其感慨。匆匆不尽，敬颂春釐。弟敏
拜。二月廿日。戊戌新正三日，涂'多生欢喜'四字，遥祝康宁。敏。"
按，函中"因于'鸣放'中犯了错误，并《唐戏弄》稿尚须另用笔名，
方能印行"云云，邓杰《任中敏先生年表》记："1958年（62岁）。著
作《唐戏弄》由北京作家出版社出版，为回避政治方面的嫌疑，署名任
半塘。'半塘'亦寓意从词曲研究转向隋唐五代文艺研究。"又按，此函
中提及之《教坊记笺订》，任氏《弁言》云："此稿曾得杭州任心叔先
生、吴江●王佩诤先生、岳池龙显明先生校阅，多所指正……"

● 按，"吴江"当作"吴县"。

[三] 唐圭璋章（1901—1990）：《流碧精舍师友渊源录长编》："唐圭璋，江宁人。编有《词话丛刊》，辑有《全宋词》。"

[四]《饮虹簃曲丛》：当系《饮虹簃所刻曲》。

[五]《书林别话》：1947年铅印本。

海昌今有两学者，南辕北辙去家园。
恂恂儒雅陈仲子，虎虎生气赵王孙。

陈乃乾[一]、赵万里斐云[二]，均海宁人。乃乾主持南洋中学图书馆[三]，精目录版本之学，更自设书肆以搜集之[四]。先后景印《慎子》●《刘子》诸僻本[五]，津逮学者不浅。其为人也和平中正，休休有容。万里佐理北京图书馆，宋椠元刻，如数家珍。二十余年前来苏，主瞿庵师家[六]，见其入门下马，行气如虹，头角峥然，睥睨一切。师设宴，命余陪座。余性迂琐，蜷倦座隅，竟席未敢通一语。后读万里所著《说苑斠补》[七]，见其出入宋元精本，挥斥诸校勘家不遗余力，乃幡然曰："学问之道，其如是耶？"

笺证

[一] 陈乃乾（1896—1971）：陈伯良、虞坤林《陈乃乾先生年谱简编》1896年（清光绪二十二年丙申）一岁："12月3日（农历10月19日）●出生于浙江省海宁州（今海宁市）硖石镇祖居。"（《陈乃乾文集》下册）

[二] 赵万里斐云（1905—1980）：赵芳瑛、赵深《赵万里先生传略》："1905年出生。5月7日（农历乙巳年四月初四日）出生于浙江省

● "慎子"，原误作"真子"，据勘误表改。

● 陈乃乾应出生于农历10月29日，原误。

海宁县城（今海宁市盐关）的啸园。"（《赵万里文集》第一卷）

[三]乃乾主持南洋中学图书馆：陈乃乾任南洋中学图书馆主任，据《陈乃乾先生年谱简编》前后有三次，分别在1920、1928、1930年。

[四]更自设书肆以搜集之：《陈乃乾先生年谱简编》1924年（民国十三年甲子）二十九岁："是年冬，原由杭州人陈立炎（陈琰）开设的'古书流通处'发生困难，决意歇业。先生得友人金颂清资助，买下'古书流通处'的存货，在西藏路口大庆里，另设'中国书店'，担任经理。"

[五]先后景印《慎子》《刘子》诸僻本：《慎子》，指中国学会于1928年影印出版陈乃乾所校之《慎子三种合帙》（《陈乃乾先生年谱简编》）；《刘子》，指1924年季夏海宁陈氏中国书店影印之《刘子袁注》（刘勰撰，林其锬、陈凤金集校《刘子集校》"集校所用版本及书目提要·二三"）。

[六]二十余年前来苏，主瞿庵师家：吴梅《瞿安日记》卷一辛未十一月二十七日（1932年1月4日）："晴。早起欲改静之诗，适东南大学旧徒赵万里自北京至沪，过苏见访。是日为词社第二集，由余作主，遂留午饭。词社共十四人，除前次十一人外，新加者为黄晓圃（思履）、吴湖帆（翼燕）及万里也。……傍晚人散，余亦未出。万里于酉初即去，云访许博明看书。"按，"前次十一人"指日记同月十六日之词社集会："十六日。晴。将昨诗寄示博明，并拟词社题，又寄校件于姜毓麟，遂赴邓孝先（邦述）词课之约，盖消寒词集，至今复举也。集者计十一人，孝先作主外，为蔡师愚（宝善）、家伯渊叔（曾源）、陈公孟（任）、杨楞秋（俊）、林肖蝓（戬桢）、亢宙民（惟恭）、张仲清（茂炯）、顾巍成（建勋）、王佩诤（謇）及余也。就席时以齿为序，孝先年最长，佩诤最少，亦四十四岁，余尚未居殿也。"赵万里来苏当指此时。

[七]《说苑斠补》：载1928年《国学论丛》第1卷第4号。

元明杂剧搜孤本，梅茁金瓶图书文。
一举冲天复入地，宛如焦土一时焚[一]。

　　郑西谛振铎收藏元明剧曲[二]、小说、民歌、鼓子词等，联床盈架。虞山丁氏秘藏元明孤本杂剧二百余种，抗战后已散入吴市救荒摊及货郎担中，使延津复合，得以保存者，西谛之力也[三]。解放后，奉使国外，飞机失事焚殁，可悼也！

笺证

　　[一] 此诗"元明杂剧搜孤本""一举冲天复入地"两句谓郑振铎；而"梅茁金瓶图书文""宛如焦土一时焚"两句似无所指，则谓周越然。按，清稿本郑振铎诗传后附有周越然诗传，云周氏藏有《金瓶梅图》，又云"日寇侵华，周室竟化焦土"，藏书遭焚毁，此二句即指此。

　　[二] 郑西谛振铎（1898—1958）。

　　[三] 虞山丁氏秘藏元明孤本杂剧二百余种，详见郑振铎《跋脉望馆钞本〈古今杂剧〉》（《西谛书话》）。又可见本书"丁祖荫"诗传及笺证。

无所不收见闻博，无所不赠亦达观[一]。
晚明史籍作专考，遗民著述集丛残。

　　谢刚主国桢[二]，原籍●武进，亦籍安阳。于书无不收[三]，尤致力于明清笔记之搜罗。著有《晚明史籍考》《清开国史料考》等。

　　● "籍"字原脱，据勘误表补。

笺证

[一]"无所不赠",清稿本作"无所不卖"。

[二]谢国桢（1901—1982）。

[三]于书无不收:清稿本作:"于书无所不收,亦无所不卖,谓之
藏书家可,谓之贩书家亦可（见《海天楼随笔》)。"

读到人间未见书,千元百宋一廛居。
感他冷雪盦中主,拾补潘江王缪遗。

李文裿于己巳●后辑印《士礼居题跋补录》[一]。是书早有潘、江、
缪、王四辑本,递相补益:潘郑庵祖荫初编,有滂熹斋自刻本;江建
霞标续编,有灵鹣阁自刻本;缪筱珊荃孙初辑《士礼居藏书题跋记再续
编》,有风雨楼印行本,继又汇章式之钰辈续辑之跋,合潘、江所辑,
统编为《荛圃藏刻书题识》,有云轮阁自刻本;王欣夫大隆又辑补之,
有学礼堂自刻本。文裿承四家之后,搜罗较难,而能蔼然成册,非易
事也。

笺证

[一]李文裿（1901—?）:原写作"李文𥛔",杨家骆《图书年鉴》
第三编《全国图书馆概况·十二北平·国立北平圕》同,云:"李文𥛔,
字翰章,河北大兴人。永久通讯处为北平安定门郎家胡同十一号。年
二十九。历任北平市立商业学校教务主任兼教员、北平财政商业专科
学校教员、河北省督学、省立实验乡村民众教育馆馆长、省教育厅民
众教育委员,现以馆职兼北平圕协会执行委员、《圕学季刊》编辑。辑

● "己巳",原作"辛亥",据勘误表改。

有《漱玉集》《士礼居藏书题跋补录》《续梅苑》；编有《北平学术机关指南》《冷雪盦知见印谱录目》《民众教育书目》；著有《社会教育视察纲要》《河北省立实验乡村民众教育馆概况》。编纂委员会委员，兼西文编目组组长。"然据李氏之出版物自署，皆作"李文裿"，如所编《士礼居题跋补录》（民国十八年《冷雪盦丛书》排印本）、《漱玉集》之《再版弁言》及其中《易安居士年谱》（冷雪盦再版印行，民国二十年北平平明出版社排印本）等，皆署"大兴李文裿"。此据改。又李文裿生年，杨家骆《年鉴》出版于1935年，谓李氏时年二十九，据此则其出生于1907年。然苏健、赵晓虹《国家图书馆学人著述目录（1909—1949）》记为1901年："李文裿（1901—？），又名文绮（亦以行）。字翰章，笔名冷、冷衷、文、章、雪庵、梅、梅心、梅子、紫、慕紫、绮、绮生、翰、飞归、引玉，室名冷雪庵。河北大兴（今北京大兴）人。1918年11月到京师图书馆工作，曾任目录课录事、馆员，文书科科员。1926年转到北京图书馆（后改名北平北海图书馆）工作，任采访科科员，1929年8月起先后任国立北平图书馆编纂部中文编目组组员、期刊部中文期刊组组长、阅览部阅览组组长。其间曾借调河北省教育厅，任督学兼省立实验乡村民众教育馆馆长。1935年7月，由北平社会局借调到北平市第一普通图书馆任馆长，并兼中华图书馆协会事务所编辑。1936年4月辞平馆职务。1942年9月，辞去北京特别市公署第一普通图书馆馆长职务。著述有《四库全书目录类小序注》《诗人徐志摩评传》等，与人合编有《北平市立第一普通图书馆图书总目》。"按，1918年11月到京师图书馆工作，若出生于1907年，仅十二岁即参加工作，不合常理。其生年当在1901年，十八岁参加工作，则合情合理也，兹从之。

> 乡邦文献所维系，兀兀穷年往哲编。
> 撰得郡西古迹志，寒山蔓草久荒烟。

潘圣一利达●[一]，家我吴玄妙观后牛角浜。尝襄理主持上海涵芬楼及沪江大学图书馆[二]，又主我吴东吴大学图书馆守藏[三]，于乡邦掌故用力专勤。尝得赵凡夫宧光《寒山蔓草》孤本，因修《寒山志》及《支硎山志》，索余藏书供参稽。余于乡先哲遗书搜访有年，至是乃倾筐倒箧而出之。寒家邃雅斋，圣一尝假以为露钞雪纂地，今三十年矣，犹忽忽若前日事[四]。余作《怀人感旧诗》曰："寒山蔓草已荒烟，千尺谁听飞雪泉。吴下学人凋落尽，赖君秃笔表先贤●。"盖实录也。"千尺雪"为凡夫园林胜处。凡夫一门风雅[五]，有陆师道令嫒卿子以为配，著有《考槃》《玄芝》两集。子灵均著《寒山金石林时地考》，媳为文待诏女孙端容俶，善虫鱼花鸟。萃三吴秀气于一家，无怪圣一梦寐不忘也。

笺证

[一] 潘利达（1892—1972）及著作：清稿本："潘圣一先生，一名唯曾，一字贯之。"王謇《流碧精舍师友渊源录长编》："潘圣一，吴县人。长版本目录学。"《民国吴县志》卷五十六下"艺文考二"王謇校补："潘圣一《可过桥边旧隐居藏书志》《寒山蔓草校记》。以字行，通欧罗巴文，任海上涵芬楼外文主任、东吴胶庠书库主任。"

[二] 尝襄理主持上海涵芬楼及沪江大学图书馆：上海涵芬楼图书馆即东方图书馆，潘利达于1926年任该馆西文部主任。《申报》1926年5月1日《东方图书馆明日开幕》："东方图书馆为商务印书馆所设立，馆址即在该馆宝山路总厂对面，高楼五层，用钢骨三和土建筑，所费计

● 原作"利达圣一"，依例字在前名在后，据勘误表乙正。
● "先贤"，清稿本作"前贤"。

八万余金。楼之下层为商务印书馆出品陈列室，二层为自由阅览室、阅报室及办公。……该馆之管理设董事五人，现任者为张菊生、高翰卿、鲍咸昌、高梦旦、王岫庐诸君。馆长一人由王岫庐君兼任；副馆长一人，为江伯训君；中文图书主任一人，为翟孟举君；西文图书主任一人，为潘圣一君。此外尚有保管员、庶务员、办事员等十余人。该馆经费全由商务印书馆担负。"沪江大学图书馆：上海图书馆协会1930年版宋景祁等编《中国图书馆名人录·目录》十五画："潘圣一上海沪江大学圕。"

　　[三] 又主我吴东吴大学图书馆守藏：刘湛恩、潘文安编《升学指南·中等学校之部·私立东吴大学苏州附属中学》："重要职员姓名：潘圣一（图书馆主任）。"又民国二十三年（1934）《全国文化机关一览》八画："东吴大学图书馆（民国二十三年二月调查）[地址] 苏州葑门内天赐庄（分馆：上海昆山路一四六号法律学院内）……[职员]（主任）潘圣一。"苏州大学博物馆藏聘书："敬聘先生为本校（图书馆主任）担任（　）按月致送薪金国币（捌拾）圆。自本年（七）月（一）日起，至（二十三）年（六）月底止。附上应聘书一分，敬祈察取。并希签名盖章交下为荷。此致（潘圣一）先生。私立东吴大学校长（杨永清）。……中华民国（二十二）年（六）月（　）日。"

　　[四] 此段事迹，王謇1934年作《金源金石目跋》所记可互证："此仁和魏稼孙大令（锡曾）绩语堂旧藏钮匪石先生（树玉）手稿本也。改制己未、庚申间得诸嘉鱼坊北灵芬馆书友徐玉麐许，其翁明甫得诸魏氏后人者也。原有稼孙手书夹签'钮匪石送来'五字，置诸箧中，竟佚去，恐后此遂无人知也，因疏记其来历如此。甲戌仲冬，欣赏斋书友徐浩亭为余瞫治，并縢以粉笺四幅。余以其二幅装治门下小史王志青影钞明本韩公望（奕）《易牙遗意》，而以其二附是书以传，古色古香，弥可宝爱。韩著明本原刊藏潘圣一先生家。圣一治流略雕版源流学极勤，寓天庆观后可过桥畔，藏有赵凡夫《寒山蔓草》，因发愿辑支硎、天平、

寒山志，就余家借录乡先哲三山题咏。余举溯粟楼所藏倾筐倒箧而出之，圣一尽录以去，刻挚君子也。《易牙遗意》钞成，属小史移写叶缘督手录《寒山志》以报之，庶几聊足酬其雅意乎！甲戌冬至前三日，瓠庐。"作此跋后三日冬至，王謇又作《易牙遗意二卷跋》："是书为明省曾黄氏撰，周履靖《夷门广牍丛书》伪题元韩奕撰，《四库存目》未之知也。邵半岩《四库简明目录标注》，始著于篇。是书蓝本从潘圣一先生处假来，圣一居天庆观后可过桥畔，藏赵凡夫《寒山蔓草》等孤本精品蓁夥，露钞雪纂，无时或懈，与相城姚方羊先生极相类。方羊业贩缯而手不释卷，尝钞王伯毂《吴社编》《丹青志》畀余，余亦为之钞《逃虚子集》于盍山书库❸。书此以志契合。……是书与钮匪石《金源金石目》，均为书友徐君浩亭贉治。浩亭与铜井文房莫氏、群碧楼邓氏往还极密，故治书极精。圣一极似王莲泾，方羊极以（似）周青士，世无竹垞、莬圃，谁为赏音？于以知锺期云亡，伯牙绝操者，为有由也。是册为门下小史王志青钞录。……甲申（戌）冬至，瓠庐。"（《苏州明报》1936年4月16日）

[五]凡夫一门风雅：王謇《瓠庐所见经籍跋文》卷一："《寒山志》一册不分卷。明太仓赵宧光撰。叶鞠裳据潘智庵藏钞手写，卷首有光绪丁亥正月智萁自题'赵凡夫所著，向无刻本，叶鞠裳年友录有副本，因得借钞'云云。寒山在天平西北，西连龙池山，与华山相接，石壁峭立。宧光凿山引泉悬石壁而下，飞瀑如雪，号千尺雪。旧有阁未署名，乾隆十六年南巡，临幸其地，赐名听雪。山半有云中庐，取王维诗'入云中兮养鸡'语意。又有弹冠室、惊鸿渡，皆宧光别业旧址。后改法螺庵、空空庵，今皆废。宧光字凡夫，太仓人。少入资为国子生，豪华自喜，中岁折节读书，不肯蹈常袭故。庐居寒山，亲墓旁，手辟荒秽，疏

---

❸ "书库"，原误作"诗库"。

泉驾壑，俪如图画。所著书几数十种，尤专精字学，《说文长笺》，其所独解也。篆书亦精绝。妻陆卿子，博学能诗文，娴妇德，或比之鹿门偕隐，而词章翰墨，遂出夫上。子灵均，从父传六书之学。又从燕山僧授大梵字，并诸字母。父子自相讲习，遂得其精。见《邑志》引文文肃所撰传。沧浪亭图书馆藏陆卿子《考槃集》，松江韩氏读有用书斋藏《寒山记》《寒山后记》《归复华山记》，邑人潘君圣一藏宦光《寒山蔓草》，太仓冯君北海藏《寒山留绪》，又见沪市有《寒山家乘》，均与此书相得益彰者也。北海又言太仓赵氏有赵氏大小宗谱，兼携示赵藏《归复华山记》，并云《寒山后记》及《玄芝集》亦可假得。当拭目以俟。"按，余友人卜君若愚所藏洪驾时为潘圣一抄《考槃集》六卷一册，中夹潘氏蓝墨水签条一纸云："胡君文楷，昔日商务印书馆同事，及余任职苏州省图书馆，来信属为录副馆藏《考槃集》，因衰弱多病而拒之。后托其亲属邵君写寄，重加誊清再邮。圣一细加校对，遂成善本。今洪君驾时又写一部赠余，遂得凡夫、卿子夫妇遗著延津剑合，而存文献于垂绝之秋。"卷后录胡文楷跋云："明代闺秀徐陆并称，徐媛《络纬集》，北平图书馆、古（故）宫博物院及叶退庵均藏其书，独陆卿子《考槃》《玄芝》等集，各家藏目均无著录。丁亥（1947）仲夏，阅《省立苏州图书馆特藏书目》有《考槃集》六卷，大喜过望，亟欲借钞，而无其人，闻旧友潘君圣一在馆中，恳其代钞，潘君体弱多病，力不从心。适姨甥邵献图肄业东吴大学，因以相托，匆促移录，脱误殊多，字迹草率，难以辨认，再三覆校原书，颇费心力，迁延半载，始竟厥功。原缺序文二叶、卷三第八九两叶，检阅《名媛诗归》，补得《妾薄命》后半首、《西湖行》一首，而《秋霖谣》一首、《丽人行》前半首，则无从补全也。因识始末，以明是书之珍贵也。昆山胡文楷。"

累累古明器图录，巍巍楚大库孤堆。
拙政园荒典藏史，回春岂独一枝梅❶。

　　沈勤庐维钧[一]，吴兴双林镇人，生长吴中。历任前古物保管会干事、社会教育学院教授。著有《中国明器》，印行于世。寿春楚考烈王大库所谓"李三孤堆"者发掘后，迻出古物，君曾至皖北，购得楚铜器数件，后捐献公库，闻者美之。解放后，沧浪亭省图书馆迁拙政园侧，君主典❷藏编目。苏州文管会成立，君为专职委员。

笺证

　　[一]沈维钧（1902—1971）及著作：王謇《流碧精舍师友渊源录长编》："沈勤庐维钧，吴县人。著有《中国明器》。"《民国吴县志》卷五十六下"艺文考二"王謇校补："沈维钧《中国明器》《古器物学》。"《考古》1935年第3期"考古学社第二期社员名录"："沈维钧，号勤庐，浙江吴兴人，年卅四岁。金陵女子大学特别讲座、苏州美术专科学校教授、中央古物保管委员会干事。通讯处南京内政部、苏州桃花桥岫云里。著有：《寰宇贞石图目》，省立苏州图书馆，三角（引按，与陈子彝合著，见《江苏省立苏州图书馆馆刊》1930年第2号）；《中国古器物学讲义》，苏州美术专科学校；《汉画石刻研究》，同上；《中国明器》，与郑德坤合著，哈佛燕京学社，一元。"同刊1936年第5期"考古学社第三期社员名录"："沈维钧，号勤庐，浙江吴兴人，年三十五岁。国

----

❶　此诗及传，正文抄脱，原抄写者于勘误表前补识云："沈维钧（勤庐）一首。漏钞，应次于第三十四页潘利达（圣一）一首后。"李本、杨本俱"有目无文"，为未见勘误表所致。因据目次置于此。杨旭辉《叙录》："此条不见于李希泌先生整理本，油印本该条附录于勘误表前，此二页系在书成后添补散页。殆李本所据之底本此页已散失，故而遗之。"

❷　"典"，原误作"曲"。

立清华大学研究院毕业，现任安徽大学教授。通讯处安庆安徽大学。"

扶桑蓬岛曾经历，洱海苍山亦旧缘。
过眼云烟焚笔砚，儒书且弃证心禅。

　　陈子彝华鼎，昆山陈墓镇人。长于篆刻，善识钟鼎甲骨文字，兼长汉碑、南北朝书，临名碑数十种，均能逼真。能诗文，精鉴别碑刻版本。三十年来，家园就荒，藏本散尽，以避寇，橐笔来沪上。会有不敦气节之浙人与之同姓名者，余每于大庭广众语才士，必数君，必称我吴有气节之陈某，以别于夫己氏。闻者为我危，弗顾也。子彝曾●授课云南大学，性好西竺教义，研几唯识极精，盖行将焚笔研而证心禅者也[一]。

笺证

　　[一]陈华鼎（1897—1967）著作：王謇《流碧精舍师友渊源录长编》："陈华鼎子彝，著有《中国纪元表》。"《民国吴县志》卷五十六下"艺文考二"王謇校补："陈子彝《心经显诠》《宝汉楼诗》《寰宇贞石图编目》《历史纪元甲子表》。"按，"不敦气节之浙人"陈子彝抗战时曾任伪油粮统制委员会主任委员、伪上海市食油业同业公会理事长，后被认为有汉奸嫌疑而受起诉。《申报》1946年8月7日载《陈子彝顾焕章等已正式提起公诉》："〔本报讯〕伪油粮统制委员会主任委员陈子彝，现由高检处侦查终结，正式提起公诉。日内即将在高院公开审讯。"8月31日《陈子彝等定罪》报道："〔本报讯〕伪油粮编制委员会主任委员，伪上海市食油业同业公会理事长陈子彝，昨由高院判处有期徒刑二年六月，褫夺公权二年。全部财产除酌留家属必需生活费外没收。"又《申

●　"曾"，据勘误表补。

报》1944年12月13日载有《泉唐陈子彝介绍吴门陈子彝族嚚书治印》润例一则，云："子彝宗兄系出吴趋，为云南大学、东吴大学文史教授，与余同姓同名复同旅沪渎。同耽吟咏，而君尤精八法，正草篆隶，各擅胜场。行书更潇洒如其人。治印探周秦两汉之骊珠。叶誉虎、吴湖帆、吴子深诸氏咸推许之。兹以订润问世，借联翰墨因缘，从此一席书名，江南独占，遮莫姓氏误传，添艺林之佳话焉。敬志数语，以俟鉴家。甲申孟冬泉唐陈子彝识北京路一百三十号。"此"泉唐陈子彝"又曾为"吴门陈子彝"写润例，亦一趣事也。

文选书录盈一卷，版本答问近百条。
急公好义如己事，寇来携箧藏山椒。

蒋吟秋镜寰主持吴中沧浪亭江苏省立图书馆。尝著《文选书录》《版本答问》，登之《集刊》[一]，学者称善。东邻肆虐，得徐湛秋治本助[二]，密藏善本于洞庭东、西山中。胜利返诸管库之士，不爽毫发，其忠于职守如此[三]。

笺证

[一] 蒋镜寰（1897—1981）著作：王謇《流碧精舍师友渊源录长编》："蒋镜寰吟秋，著有《文选书目考证》。"按，当作《文选书录述要》，载《江苏省立苏州图书馆馆刊》1932年第3期；《版本答问》，载《江苏省立苏州图书馆年刊》1936年6月。

[二] 徐治本：《流碧精舍师友渊源录长编》："徐湛秋治本，吴县人。善南北朝书法。"

[三] 事详见蒋吟秋《护书记》（《江苏文史资料选辑》第17辑，1983年）。

滂熹斋溯收藏富，金薤琳琅旧雅园。
渊博当今刘子政，玄著超超七略存。

潘景郑_{承弼}[一]，为伯寅尚书后人。家富藏书，与兄博山_{承厚}复增益之[二]。撰有《著砚楼书跋》，为当世所尊重。其姊婿顾起潜廷龙[三]，为侠君太史裔孙[四]，长吉金甲骨文字，亦富藏书。比年主持上海图书馆，裨益公家甚多，世人咸钦服之。

笺证

[一]潘承弼（1907—2004）及著作：王謇《流碧精舍师友渊源录长编》："潘景郑承弼，吴县。保存攀古钟鼎彝器、滂喜斋宋元版本，归诸公家。"按，王謇《滂熹斋藏书记三卷跋》："同邑潘文勤公藏书自称百宋分廛，千元移架，较之万宜楼汪氏、灵鹣阁江氏辈，尤为宏富，正与其攀古楼所藏《盂鼎》《克鼎》之高于愙斋吴氏之《邢人钟》《大克鼎》者相埒。仲午比部刊而未及印行，博山、景郑两兄始付刷印以弥其缺憾，盖见贤子姓之不可及也。甲午大雪，瓠庐。"《民国吴县志》卷五十六下"艺文考二"王謇校补："潘承弼《盦庵书跋》《金石跋》不分卷。"又："潘承弼《日知录补校》一卷，《版本略考》一卷（民国三十六年排印本）。"

[二]潘承厚（1904—1943），传见叶景葵《吴县潘君博山传》（《叶景葵文集》上册）。

[三]顾廷龙（1904—1998）及著作：《流碧精舍师友渊源录长编》："顾廷龙起潜，吴县。保存仁和叶氏书籍，赞襄成立书库，公诸同好。"《民国吴县志》卷五十六下"艺文考二"王謇校补："顾廷龙《古陶文香释》十四卷、《唐鹣庵藏书考略》、《读汉铜器小记》。"又同书卷五十八下"艺文考八"校补附《传记补遗（四）》："顾廷龙《吴愙斋先生年谱》

一卷，燕京大学排印本。"另按，王謇抄录补正孙蜀丞《抱朴子校补》稿本副叶有1953年所作诗及识语咏顾氏云："海滨蒲石如丝韧，结得三生翰墨缘。深交何待一瓻赠，借到盐城此一编。起潜大兄以孙蜀丞先生《抱朴子校补》见假，俾予《汉魏南北朝群书校释》中又增楚材。欣喜何如！拙著于近人著述须采录而迄不可得者，以行唐尚秉和教授《焦氏易诂》及是书为最所切望。安得首都故友，为假尚教授书录与相俪耶？癸巳端午，谔公记。"又首叶题识云："是书与寒藏蜀丞先生《论衡举正》二册行款印法悉同，南中竟不易购得。起潜大兄惠而好我，允予一瓻之借，录成是本。予亦得将本书朱校补各节录入浮签，黏诸蒲石书库本眉上。而起兄复不以我为不可教，欣然保存入藏。故人厚我，感何可言！附诸于此，异日有续叶、伦两家《藏书纪事诗》者，或许其与于大雅之林，则非所敢望矣。改制癸巳，四友斋主人记。时土润溽暑，大雨时行，每对新雨，辄念旧雨。"

　　［四］为侠君太史裔孙：沈津《顾廷龙年谱》一九〇四年一岁："先生讳廷龙，字起潜，号匋誃，又号隶古定居主人、小晚成堂主人，笔名路康。江苏苏州人。十一月十日，即农历清光绪三十年甲辰十月初四卯时，生于苏州混堂巷旧宅的一书香门第家中，属龙，系出三国吴丞相醴陵侯顾雍后，世为吴人。……先生为顾嗣立之八世从孙。嗣立，字侠君，一字心坚，别号奇庵，清康熙三十八年（1699）举人。康熙五十一年（1712）●会试，特赐进士，改翰林院庶吉士，以疾归。性嗜书，博学工诗，享有盛名。轻财好与，家日贫，而风流文雅，照映一时。家居苏州城内，构有草堂，取宋苏轼《独乐园》句，颜曰'秀野'，水木亭台之胜，实甲吴下。招邀四方宾朋，觞咏其中，一时朝野名士、文彦硕儒莫不与之交游。康熙六十一年（1722）卒，年五十四。辑有《元诗

●　康熙五十一年为公元1712年，原误作1711年。

选》。著有《昌黎先生诗集注》《温飞卿诗集校注》《闾丘辨囿》《诗林韶护》《秀野草堂诗集》等。"

书目近传粹芬阁，帖目祖传鸣野堂。
海上书林成主领，能名不愧世传芳。

沈芷芳知芳[一]，主持上海世界书局[二]，而性喜藏弄。又缅怀祖德复粲鸣野山房藏帖藏书之盛，酷喜收书，刊有《粹芬阁藏书目》●[三]。

笺证

[一] 沈知芳（1882—1939）：或作沈知方，字芷芳，浙江绍兴人。按，沈氏卒于1939年无异议，其生年有1882及1883年两说。据《申报》1939年9月12日："报丧：沈知方先生于民国二十八年九月十一日戌时，寿终沪寓正寝。择于九月十三日下午二时，在海格路中国殡仪馆大殓，特此报闻。沈公治丧事务处谨启。"又13日《书业巨子沈知方作古》："沈知方先生，原籍浙江绍兴，于本月十一日下午八时，因患胃癌谢世，享年五十有八。闻于十三日下午二时，假海格路中国殡仪馆大殓。按沈氏旅沪多年，为书业界巨子，曾与夏粹芳君经营商务印书馆，陆费伯鸿君组织中华书局，旋又创办世界书局，自任总经理。以目光远大，魄力过人，不数年即与商务、中华鼎足而三，尤以所出各级学校教科书著闻于世，风行一时。迨民国二十三年秋，因体力渐衰，不胜繁剧，乃向董事会辞去总经理职务，但仍被聘为监理，以资借重。晚年对于慈善事业亦颇多赞助，如道德总会、世界红卍字会等救难工作，无不尽力参加。总计沈氏一生，致力文化，服务社会，今忽遽返道山，闻者莫不悼惜。"

● 一　原脱"目"字，据勘误表增。

其享年五十八（虚岁），则其生年当在1882年。

[二] 主持上海世界书局：沈知芳《语译广解四书读本刊行序》："余幼读《四书》，仅能上口，圣贤微言大义，无从窥见其一二。辍学经商，在上海与夏萃芳先生办商务印书馆；又与陆费伯鸿先生创办中华书局；未几又创办世界书局。四十年中，无不与书业为缘。……民国二十八年四月粹芬阁主人，绍兴沈知芳序。"（蒋伯潜《语译广解四书读本》）

[三]《粹芬阁藏书目》：即《粹芬阁珍藏善本书目》，民国二十三年上海世界书局铅印本。沈知芳自序："家本世儒，有声士林，先世鸣野山房所藏，在嘉道间已流誉东南。而霞西公之昆季藏书之富，尤冠吾越。"

集帖三家隽永目，晋斋复粲马秋韶❶。
论衡交臂竟失之，孙黄精校宋元雕[一]。

范祥雍苦老向学❷，通文艺，喜购书。得吴眉孙介弟静庵旧藏仁和赵氏晋斋、沈氏复粲、惠氏有壬三家帖目，隽品也。祥雍为人朴实深厚，尝在上海传薪书店见通津草堂《论衡》，虽钞配首册，而有过录孙潜夫蓝笔校、宋黄琴六朱笔校❸爱日精庐藏元刊本。既谐价鬻定矣，翌日持款往，则讹言已售他人，徒呼负负而已。余作怀人感旧诗云："绝学穀梁范武子，人间游戏汞丹烧，恢乎游刃辟雍入，负薪织帘青史标。"

---

❶　"韶"，原误作"韵"，据勘误表改。徐本作"诏"，诗传本复作"韵"。按，作"韶"是，与后"雕"字叶韵。

❷　此句原作"范祥雍一身苦老向学"，"一身"衍，据勘误表乙去。

❸　诗传本整理者注："'黄琴六朱笔校'，误。疑以宋诗人、书法家黄庭坚（1045—1105）同清藏书家黄廷鉴（琴六）相淆。琴六精校勘，曾代张金吾爱日精庐等校所藏书。"按，"宋"字自是衍文，不必详作考证。

盖祥雍少时清寒失学，习化炼术，炼碱制皂，而能劬❹于学术，都讲大
庠，故方之以古人云❺^[二]。

笺证

[一] 范祥雍（1913—1993）致《续补藏书纪事诗传》作者函云：
"此书系初印本，因当时条件关系，草草完事、急于流通，其中谬讹不
少。即以我个人的一首诗而言，有好几个字抄错。初读简直看不懂，经
过仔细思考，才知为抄写者所误。"（徐雁、谭华军《续补藏书纪事诗传
前言》）按，本诗及传校记所揭示者，应即范氏所言"抄写者所误"。

[二] 王謇逝后，范祥雍作《哭王佩翁二首》以悼之，其二云："耆
儒星散落，犹忆识公初。说项情何重（余初以文字贽见翁，报书有'到
处逢人说项'之语），注颜愿竟虚（翁尝约合注《颜氏家训》，余以赴豫
章讲学未果）。知风谢海鸟，触祸慨池鱼。此老终成古，无人问箧书。"
（《养勇斋诗钞》，《范祥雍文史论文集》）又《范祥雍自传》："我从书铺、
书店中结识了一班前辈朋友，同声相应，同气相求，不但增加了版本知
识，丰富了买书经验，也提高了自身学问。这些前辈不仅是朋友，也是
我后来逐渐掌握专业知识，走上文教岗位的导师。这里略忆及几位先
生，以志感念。……另外尚有冯翰飞、陈乃乾、王佩铮（诤）、潘伯鹰
和沈剑知诸先生，都是当时知名学者，我们常聚一起共同切磋学问，这
些都是我永志不忘的。"（同上）范邦瑾《编年简表》1946年三十三岁：
"是年，与友人共建泰山肥皂厂，任常务董事兼会计主任。此后，经济
状况有所改善，开始收藏善本古籍，与书商郭石麟❻熟悉。先后结识书

---

❹　"劬"，原误作"敏"，形近而讹。徐本作"叩"，盖缘"叩""敏"一字而失察。

❺　"都讲大庠，故方之以古人云"，原作"□都任教，方之以古云"，不通，据勘误表改。李
本未改。

❻　郭石麟，当作郭石麒。

友有：顾颉刚、陈子展、章巽、苏继庼、冯翰飞、陈乃乾、王謇、潘伯鹰和沈剑知等。"（《范祥雍先生诞辰百年纪念集》）

> 本草衍义宗奭寇，伤寒名论仲景张。
> 辑逸钩沈若治经，医家渊海千金方。

范行准购求医书不遗余力[一]，集医家著述编缀成书，我国之丹波丸也。与祥雍品性极相似，称"上海二范"。

笺证

[一] 范行准（1906—1998），名适，浙江汤溪（今属金华）人（生平详见金芷君《中医古籍与藏书文化》下编第三章第二节"二、近代江南中医药藏书家"）。

[二] 购求医书不遗余力：《申报》1942 年 4 月 10 日《中国药物展览会》："中国历代善本《本草》书籍，最多数是一位范行准先生捐览的，范氏收集研究医书的专家，但他并不悬壶，据他本人表示：做了医生，就于看病，无闲研究书籍，这是实话，然而现在还有'七代儒医'作为医生的'资格'的，令人失笑。"江庆柏《考说》："范行准藏书以医籍为最多，曾编有《栖芬室架书目录》1 册，分为本草、医经、明堂、脏象等二十类，著录约千种。王謇诗注云：'集医家著述编缀成书，我国之丹波丸也。'即指此而言。"

> 多庋吴中小方志，特殊姚子喜藏书。
> 期颐耄耋人尊敬，万卷搜罗却有余。

姚方羊，少学丝织业[一]，性好学，藏吴中人物志为多，均不经见之小方志^[二]。人皆重之。享颐年，可见仁者自有寿也。

笺证

　　[一] 姚方羊（1891—1968，名乃尚）与丝织业，《申报》1929年7月24日载"组织消费合作社"报道："苏地各业工会，发起联合组织消费合作社。二十二日假工整会开第一次会议，公推姚方羊主席议决定名；苏州消费合作社推定姚方羊、祁介宏起草章程，范君博草拟宣言，选定华俊人、姚方羊、祁介宏为常务委员，范君博为秘书，卞寿鹏经济兼庶务。"按，友人曹彬君藏有姚方羊自撰求职履历一纸，概述其生平："姚方羊，住乔司空巷五十五号。年六十一岁，苏州人。一八九一年二月十八日出生，一八九六年（六岁）在私塾读书。一九〇五年，应前清科举考试，未曾录取。一九〇七年（十七岁），改习商业，在阊门内西中市老人和绸缎店内为学徒。四年期满，即为该店职员。一九二七年，绸缎业组织工会，被推为候补执行委员。一九二八年第二届，被推为宣传委员。一九三四年，老人和绸缎店闭歇。一九三五年（四十五岁），集股在阊门外上塘街开设大华绸布店。一九三七年，遭日寇来侵，货物损失，幸留部分迁至湖州双林镇。一九三八年，货物运回苏州阊门内设摊营业。一九三九年（四十九岁），重行添股，在阊门内西中市老人和原址开设，改用老人和牌号，推为协理。一九四〇年，经理辞职回乡，即由股东推为经理。一九四六年，绸缎业同业公会聘任为总务课文书。一九五〇年（六十岁），老人和绸缎店因营业清淡，资本短少，申请工商局批准停业，于五月底结束闭歇，因而失业，请求登记。本人除在绸缎业四十余年之经历外，性好本国文学，并能整理书籍板本、研究书法，会写各种大小字体，如篆隶正草等。此次目的，不一定要得到在绸缎业衰落之门市部任事，希望在图书馆及文化宫等，做一小职员，或其他文化职司。"曹君另藏有姚方羊死后，吴县火化坊开具之《收款凭证》

一纸,时间为1968年5月18日,则姚氏卒年亦可知之矣。另按,曹君犹藏姚氏《双声室诗稿》,首页题下署"平江方羊姚乃尚著",据以知姚方羊名乃尚(参考曹彬《平江姚方羊先生年谱稿》,未刊稿)。

[二]王睿1934年作《易牙遗意二卷跋》略云:"是书蓝本从潘圣一先生处假来,圣一居天庆观后可过桥畔,藏赵凡夫《寒山蔓草》等孤本精品摹鈔,露钞雪纂,无时或懈,与相城姚方羊先生极相类。方羊业贩缯而手不释卷,尝钞王伯毂《吴社编》。《丹青志》畀余,余亦为之钞《逃虚子集》于盍山书库。书此以志契合。……圣一极似王莲泾,方羊极以(似)周青士,世无竹垞、菱圃,谁为赏音?于以知锺期云亡,伯牙绝操者,为有由也。……甲申(戌)冬至,瓠庐。"(详见本书"潘利达"诗传笺证)按,苏州图书馆藏有姚方羊辑《吴中琐事》,稿本不分卷,四册(详见《苏州图书馆藏古籍善本提要·子部·杂家类》)。又,友人曹彬君藏有潘圣一1965年(乙巳)手抄明莫旦《苏州赋》,后有潘氏朱墨笔题识两则,墨笔云:"乙巳二月望日写毕,吴中潘圣一(时年七十又四岁)。"朱笔云:"又于月之十八日,假老友姚方羊氏抄本校读一过。"

天然清福诗书画,亦尝坐拥百城居。
达观岂悔南华读,得失由来皆自余。

徐沄秋澂,善书诗画[一],太炎师门下旧侣也。敏而好学,少时尝得徐孝先《西京职官印谱》,渐复失之,不介怀也[二]。一切藏品,均作如是观。

笺证

[一]徐沄秋澂(1908—1976):王睿《流碧精舍师友渊源录长编》:

"徐沄秋，著有《沄秋诗存》，善山水。""书诗画"，清稿本作"诗书画"。

　　[二]清稿本、洪本，此句作"敏而好学，吾党称为'智者少师'。尝得徐孝先《西京职官印谱》，渐复失之，不介怀也"，而此作"少时"盖"少师"之音讹，而又脱前"吾党称为智者"数字，遂臆改作"少时"，复与下文"尝得徐孝先《西京职官印谱》"相属也。实则，太炎门下誉其为"大师"，因同门目徐澄为"智者"，乃以此"少师"假喻之也。

林泉结契山居乐，杂佩秋园韵石谭。
小万卷斋祖庭广，湘蘋拙政恣沈酣。

　　朱犀园，泾县人，生长吴中。其祖德兰坡，有小万卷斋，以藏书著称当时。犀园复雅擅山水[一]，且善园林建筑，一丘一壑，饶有意境。前苏南文管会●主任陈毅岑延以修葺拙政园[二]，识者称善。《林泉结契》，王质撰。《秋园杂佩》，陈贞慧撰。《韵石斋笔谭》，姜绍书撰。拙政园，清初属海宁陈相国之遴，夫人徐湘蘋著有《拙政园诗余》。

笺证

　　[一]朱犀园：王睿《流碧精舍师友渊源录长编》："朱犀园，善山水。侄女蕴清。"瑞云《驼聚牯岭记》："犀园富有收藏，似米家船。自工绘事，今日与会不多言，惟于《骆驼画报》称美者再。称美驼所办之报，无不美者。青萍结缘，薛卞当之，美驼乐哉。"（《申报》1928年4月25日）

　　[二]前苏南文管会主任陈毅岑延以修葺拙政园：吴雨苍《陈毅岑

● 原"苏南文管会"，脱"会"字，据勘误表补。

先生和苏南文物管理委员会》："前江苏省立无锡师范学校校长陈纶，字穀岑，原籍江阴，解放前长期从事教育工作，是无锡很有声望的老教育家。一九四九年十月担任苏南文物管理委员会主任委员以后，对抢救、保护和整理苏南地区的文物、图书工作，又作出了贡献。苏南文管会初设筹备处于无锡中市桥巷秦宅。……文管会于一九五一年从无锡迁到苏州。……正值文管会积极开展工作，陆续举办各种专题展览之际，苏州市领导向文管会提出迅速设法修复拙政园和留园，以利开放游览的要求。这是根据周恩来总理的指示提出的。于是陈老便派我和范放同志负责规划，而实际上都是由范放同志和苏州市的几位热心园林建设的地方人士共同具体进行的。由于拙政园长期为机关、学校等单位所占用，已弄得面目全非；而留园在抗日战争期间曾被日军充作养马之用，墙坍壁倒，破坏严重，几成废墟。陈老决心先将拙政园的广阔荷池彻底疏浚，然后按照明人文徵明《拙政园图册》，次第恢复原来建筑，并与西部张月阶宅的'补园'协商，在两园接界处开一月洞门相通，把两园合而为一；同时将东部荒芜的'归田园'整顿，按照吴湖帆先生捐赠的明人柳遇《兰雪堂图卷》规划恢复兰雪堂，建成复廊，与中部拙政园打成一片。汪星伯、朱犀园两位老先生在这方面精心设计，因此，拙政园不久先行开放，留园、狮子林也在地方人士大力协助下相继修复开放。"（《无锡文史资料》第12期，1985年）

太湖先哲征遗著，玉轴牙签爱泽楼。
半部莫厘文鉴志，苦无踪迹可寻求。

叶乐天承庆世居东洞庭山^[一]，爱护乡邦先哲遗著，征求搜访，不遗余力。以三十载之功，积聚吴中掌故丛著暨先哲遗书数千册，颜其藏库曰"爱泽楼"，颇多僻本。尝因余之介，得元和邹芸巢递藏释文鉴洞庭东●山莫厘古志稿本，后为人借失。先是，芸巢后人百耐尝假余录副^[二]，而钞胥书写不精，抗日事变前，曾托人携出缮正，寻亦蹉跎失去。惟莫厘某氏曾向乐天借钞半部^[三]，迄未毕工，今惟此半部存耳。乐天所得故乡志乘遗书既多，又复网罗旧闻、征集新事，辑成《乡志类稿》一书^[四]，于民生物产，三致意焉。

笺证

[一] 叶承庆（1899—1956），后改名奕钦，字俊杰，别号乐天，苏州洞庭东山人。早年毕业于东吴大学。著有《爱泽楼随笔》《乡志类稿》《雨花庵小志》等，编有《爱泽楼洞庭两山书目》一卷（详见李军《玉轴牙签爱泽楼——吴中藏书家叶乐天事迹稽存》，《书目季刊》第44卷第4期，2011年）。叶氏为王謇门生，先生1952年所作《梵麓山房文稿跋》云："余尝为辛楣所藏善本编一简目，为及门叶生乐天假去，久未归还，幸草稿一束已赠潘景郑先生，可以覆案，而张氏亦有缮正原本也。"

[二] 百耐：邹百耐。见本书"屈爔"诗传笺证。

[三] "莫厘某氏"，清稿本则言及姓氏，作"莫厘归氏"。

[四]《乡志类稿》：民国三十三年（1944），叶承庆应洞庭东山旅沪同乡会之约编写而成。刊载于《旅沪同乡会三十周年纪念特刊》。其书分十类，曰方舆、建置、湖防、官政、食货、风俗、人物、学校、艺文丛录。每类之中，又分子目若干条，共计总类十、子目六十二，缺总类一、子目二十七，留待续纂（李军《玉轴牙签爱泽楼——吴中藏书家叶乐天事迹稽存》）。

● "东"后原复衍一"东"字，删。

校释翻书九十二，珍藏手稿即名师。
奔波南北云烟散，全目难忘辑古诗。

陈奇猷，曲江人[一]。夙从陈援庵垣、余季豫嘉锡、高阆仙步瀛●、孙蜀丞人和诸大师游[二]。渐染既久，绠汲益修。褐来上海，都讲大学，历有年数。尝撰《韩非子集解》[三]，遍考公私所藏善本，下逮考证、札记之属，积稿盈尺，时历二十年，精博为所著书冠。以卷帙繁重，撷其精华，用成《删要》●，蜕九存一，弥觉精湛。稿定即获展读，余尝题诗云："高贤往哲溯韶州，余韵流风孰与俦。金鉴一编成绝业，后先辉映足千秋。"又云："法家衰举吃公子，论议洋洋纚纚然。斟补疏通百万字，长沙旧业美难专。"奇猷曾钞储皖峰所藏杨惺吾守敬补正严铁桥可均原辑《上古三代秦汉三国两晋南北朝隋先唐诗目》[四]，与《文录》可以相俪。全目十巨册，均注出处，辑补原文，如按图索骥。于抗战期间，曾寄存后九册于辅仁大学书库，不知尚存否？

笺证

[一]陈奇猷（1917—2006）：王謇《流碧精舍师友渊源录长编》："陈奇猷，广东曲江人。著有《韩非子校释》。"又："费采霞，陈奇猷室，著有《毛诗笺证》。"陈奇猷《自述》："我，1917年农历五月出生于广东韶关。父亲陈业龄，字鹤筹，是前清的秀才，以教书为生。我出生后，祖母给我取乳名为'天才'，父亲给我取学名为'奇猷'。我原籍实际是广东始兴县，远祖欧仰公传至十二代孙，我祖父经富公，他经商韶关，遂入籍于韶关。"（《晚翠园论学杂著》附录二）

[二]陈奇猷《自述》："1936年考入北京辅仁大学中国文学系，

● "瀛"，原误作"嬴"，据勘误表改。
● "删要"，清稿本作"要删"。

次年即遭'七七'事变。九月初，我拜谒孙蜀丞（人和）先生于其
东受禄街寓所，纵谈乾嘉以来整理四部之成绩，整理经史集部者多
而子部少。孙先生鼓励我整理先秦诸子，选定《韩非子》《吕氏春秋》
《庄子》《淮南子》为对象。目标既定，不久又拟订出整理计划，于
是按计划进行。经四十余年不懈的努力，先撰成《韩非子集释》，于
1958年出版。……又多得陈垣、沈兼士、余嘉锡、高步瀛、唐兰、
赵万里、容庚诸老师之教导，通达经史子集、目录版本、文字音韵
训诂之要。"陈奇猷受业陈垣，王謇1956年2月6日致陈垣函，略云：
"援庵先生赐鉴：十年前陈君奇猷南来共事女震旦，每语师承，必首
从者。嗣是恒值集刊、报章有大作，必雒诵往复，不忍释手。……
教弟王謇佩诤鞠躬。一九五六年二月六日。"〔陈智超编注《陈垣来
往书信集（增订本）》〕

　　[三]《韩非子集解》：当为《韩非子集释》，1958年中华书局出版。
《韩非子集释自序》云："丙子秋，余负笈北京辅仁大学，从孙蜀丞师
（人和）治诸子，孙师勖余撰《韩非子集释》。自是以还，搜集版本，
采撷诸书引文及前儒校说，日有所积。于时，并从陈援庵师（垣）受
史学，从高阆仙师（步瀛）受经学及《文选》学，从沈兼士师受小学，
从余季豫师（嘉锡）受目录之学；从而得以经考源，以史明事，以小
学释文，以目录征书，以《选注》综合名物训诂典章制度之大要。三
年，《集释》初稿成，即以之就正于师长。高师复以古稀高龄，夜以继
日，手为删订。大学卒业，继入辅大文史研究所，课余之暇，常加检
校，时有增删，又写定二次稿。癸未秋，应上海震旦女子文理学院聘，
南来执教。于是沪、宁、苏、杭等地之公私藏弆得以从容披览，所辑
资料及阐微发难之处，视前又增倍蓰，再写定三次稿；并以就正于冒
鹤亭（广生）、王佩诤（謇）、王瑗仲（蘧常）、顾颉刚诸先生，亦多获
订正。另录出若干条，名曰《韩非子集释删要》，载之《辅仁学志》第

十五卷。其后读《老》《庄》《管》《墨》《吕览》《淮南》诸书，有涉《韩子》，辄条录书眉，又益百有余条。去年春，理董全稿，遂成今本，都七十余万言。溯自创稿迄今，历时念载稿经四易，多得名师硕儒之渐染，深知著书之不易也！是编限于学植，舛误难免，但或有裨于治《韩》书，幸海内外学者匡而正之。一九五八年元旦，曲江陈奇猷自序于沪。"

[四] 奇猷曾钞储皖峰所藏杨惺吾守敬补正严铁桥可均原辑《上古三代秦汉三国两晋南北朝隋先唐诗目》：蒋鳘《全上古三代秦汉三国晋南北朝隋先唐文编目》卷一"总例"，王簪眉批："按先生（引按，指严可均）后亦编《全上古迄隋诗目》，藏宜都杨氏，惺吾先生复补苴之，稿藏储皖峰教授家。我友陈君奇猷抄得之，后九册失于倭寇之役。首一册，赵丽文女士已据目辑成草稿，存余处。"按，赵丽文《古逸诗辑存》，今存，蓝色钢笔稿本，封面王簪跋云："《古逸诗辑存》（南海赵丽文女士辑）。《全两汉三国两晋南北朝隋先唐诗》，无锡丁仲祜福保已有辑本。此集严铁桥可均已有拟目，宜都杨惺吾守敬更辑佚文而补其所缺。于是拟目更益精密。丽文女士更为之旁搜远绍，遍检群书以著录其原文，可为严、杨两家之功臣矣。丁亥孟夏，吴中瓠老人识。"

胥山瘿人起居注，马墣授畴律绝丛。
屈宋衙台吴季子，玉珂小阁忆回龙。

吴慰祖[一]，世居金阊亭下回龙阁，任台省❶秘书[二]。性喜治乡邦掌故，为乡前辈所器重。所藏以何义门焯稿本《唐人分韵诗》十余

---

❶ "台省"，原误作"台湾省"，据勘误表改正。诸本皆沿而未改。

册为最著。又藏英人戈登致恭亲王函一通，言愿重来中国，克复伊犁，乃得之隆福寺书肆者[三]。忆抗战前夕，慰祖曾来沧浪亭省立图书馆，示以元和王朴臣炳燮《毋自欺室日记》原稿残卷四册、马授畴墣❷《厄斋诗钞》七律七绝残卷二册，拟归诸公家，而当事者以丛残视之，未与商让。时余囊空如洗，未能代为保存，至今悔之。朴臣，邑志有传。太平天国时❸，避地木渎，与金兰、沈渊辈结碧螺吟社，自称"胥山癯人"[四]。厄斋，一字厄园，治经术，善诗古文，与纂《图书集成》，以荐授兴平仓监督，岁余报罢。贫甚，依长芦盐运使程学田于津门[五]。老且病伛而著述，竟客死。其全集在学田所。见拙藏厄斋《陶诗本义》大兴吴肇元会昭所为序言。昔年修邑志，未为立传，并志于此。

笺证

[一] 吴慰祖（1905—？）及所藏书：王謇《流碧精舍师友渊源录长编》："吴慰祖，以字行。熟水利书，并搜集乡邦文献。"又王謇《瓠庐杂缀·吴慰祖所藏王元之兰雪堂集未刻稿》："吴君慰祖，居金阊回龙阁，劬学嗜古，尤孳孳于乡邦文献，为人亦敦笃纯厚，叔季之世所不数数见者也。吴君隐人海中，任河渠署记室，屈宋衙台，自昔已然矣。尝得明王元之先生心一《兰雪堂集》未刊稿，与可园馆藏刻本互校，得溢出文十八篇：曰《寿许思田征君序》、曰《寿陈子文先生六十序》、曰《寿陆母沈夫人七十序》、曰《寿汪母程太君七十小序》、曰《寿谦山翁殷太公八十序》、曰《王老年伯母宋太夫人八十序》、曰《孙尔式选云锦小引》、曰《孔文忠公崇勋录叙》、曰《祭毛太座师》、曰《祭畲母》、曰《祭郭斗旸广文》、曰《祭吴介庵文》、曰《与龚紫珍同祭周以宁文》、曰《祭郭承

---

❷ 马授畴，名墣，原误作"马授（畴墣）"，诸本皆沿误。杨本更误"墣"为"璞"。

❸ "时"，原作"间"，据勘误表改。

萱文》、曰《祭梧州府二守杨玉苍太公文》、曰《祭顾母》、曰《祭徐母蒋硕人文》、曰《题曹小轩小象》。诗未及校，以理推之，溢出者恐尚多也。吴君又藏乡先哲长洲马公璞《厄斋诗钞》二册，较寒藏《陶诗本义》尤为可珍。昔李东阳初未识卢梗枏，尝云：'有一卢梗枏而不能知，遑论选诗？'余虽不及东阳万一，而吴君之敬恭桑梓，已不啻诗人中之有卢梗枏，忍令其投闲置散作班孟坚之佣书耶？"（《江苏省立苏州图书馆年刊》1936年7月）又南京图书馆藏本《小园纪年》书衣上有王謇题识，略及《厄斋诗钞》与吴慰祖事，亦可与本诗传互参："此彭文敏公手订年谱也。可园书库藏彭芝庭相国《历年纪略》誊稿本，亦绿格纸，且有横格，鱼尾下方有'食旧斋稿'四字，笔迹正与此本同，特此本工楷，彼为行楷耳。食旧斋及此本格心'慎慎斋'，可补邑志第宅园林门之缺。可园《历年纪略》佚首一叶及次叶一角，得回龙阁吴君慰祖藏钞本乃补足。吴君藏先哲遗著绝鲜，以马授畴（璞）《厄斋诗钞》为最精。隐于典籍，薄宦犹抱残守阙，孳孳不倦，屈宋衙台，至足惋惜。瓠庐。"邓之诚《邓之诚文史札记》1956年4月20日："吴重晖（慰祖）来，午饭后去，言所藏钞本集部有徐骏《右帆集》、俞场《旅农书屋集》、马璞《厄斋诗钞》。"

　　[二]吴慰祖"任台省秘书"，即清稿本之"任水利台省记室"，据民国二十七年（1938）经济部编《经济部职员录·水利司》载："办事员：吴慰祖，重晖，三四，江苏吴县，重庆县庙街十二号。"知其生于1905年。又谓"近闻在首都任外事处职"，苏继庼尝与王謇一函略言及吴慰祖（重晖）在北京之情况："佩老著席：上周趋候，得聆教益，至为快慰。吴重晖现居北京郊区，其通信处见后。弟以重晖留心乡邦文献，适于去冬，以所藏与长洲周庄镇文献有关之《贞松辑萃》一书（二册）寄赠之。……重晖收到回信，言彼从来未知有此书，可见此书亦一罕见之本也。辱注顺闻。手此，敬颂俪祺。弟苏继庼谨启。五月九日。吴慰祖通信处：北京朝阳区呼家楼北区16号楼四单元101号。"

　　[三] 吴慰祖所藏以何义门焯稿本《唐人分韵诗》及藏英人戈登致恭亲王函一通事，清稿本眉上浮签："先生藏有校钞本甚富，稿本以何义门之《唐人分韵诗》十余册为最著名。此外，收有同光时名人尺牍多至十万通以上，其中以徐梧生旧藏为主要。又有一通英人戈登致恭亲王信一通，言愿重来中国，助清军攻俄国，收复伊梨。此信得之隆福寺旧书肆中，帝国主义侵掠者之一铁证也。"按，"得之隆福寺旧书肆中"，据雷梦水《琉璃厂掌故拾零》云："1925年隆福寺文奎堂书店，及琉璃厂待求书社、晋华书局、三家以银46000元购得定兴徐枋字梧生家藏书，运至京后，名噪全市，当时癖书者群相争购，但三店议定各书经编目后再行出售，延至数月之久。书目未曾编竟，而待求、晋华两家之购书款，皆系以高利贷借于银号者，因行息所迫，故改议出售，当即通知各顾客及诸同业等，但是顾客购书兴趣已大减，三书店只得廉价出售，将近一载，所得之利皆被行息用去，仍要亏款若干，两家小店亏累倒闭矣。"又云："临清徐梧生，以藏书之富闻于世，平居矜惜，不轻示人。殁逾十年，丁卯（引按：1927年）秋悉为北京文奎堂、晋华书局、待求书社三家所得，凡数千种，其中善本居多。"（载《中国典籍与文化》1992年第3期）雷氏所记前后相差两年，吴慰祖所得盖在期间欤？

　　[四] 王炳燮：《民国吴县志》卷六十八上"列传七"："王炳燮，字朴臣，先世歙籍，为元和诸生。喜儒先性理及一切经世之学，事母单极孝。粤军方盛，迁居木渎，与金兰、沈渊辈结碧螺吟社，自号'胥山瘿人'。事平还郡，领同治甲子乡荐。冯中允议减赋，炳燮与有力焉。其上《李抚军状》论省城善后事宜，《上曾侯相书》论外交换约事，深识远虑，洞若著蔡。辛未补知县，李公留办赈济及北河工程。光绪丙子进士，官邯郸知县，有政声，卒。著有《毋自欺室文集》《闇然居诗钞》（行状参本集）。"按，《毋自欺室文集》卷八有《胥山瘿人传》。又按，吴慰祖跋王炳燮抄本《朱文公诗赋全集》："予所得乡先达元和王璞臣

手迹殊夥，其杨光先《不得已》一书尤为个中翘楚。昔年中社假付景印，固已化身亿千矣。曩尝以先生手书文若干篇赠庋盎山，而吾乡无预焉。可园诸执事稍稍留意乡贤遗迹，则此一编尤宜付之珍藏，弥此缺憾也。二十五年二月，乡后学吴慰祖识。"（《苏州图书馆藏善本题跋·集部》）江苏省立苏州图书馆《本馆最近入藏书目·丛书》有吴慰祖赠《王璞臣先生朱文公诗赋》一册（《江苏省立苏州图书馆年刊》1936年7月）。原书封面王睿题签"吴仲愉君见赠"，则吴慰祖亦字"仲愉"。

　　[五] 依长芦盐运使程学田于津门："程学田"，清稿本作"陈学田"。按，盖当作"陈学田"为是。清代任"长芦盐运使"之陈姓者，有康乾时期之陈时夏，检《清史稿》卷二百九十四本传："陈时夏，字建长，云南元谋人。康熙四十五年进士，考授内阁中书。……（雍正）二年，迁湖北按察使，以在开归道任封丘生员罢考，坐不能弹压夺官。三年，授直隶正定知府。四年，迁长芦盐运使，加布政使衔，署江苏巡抚。……（乾隆）三年，卒。""学田"或为陈时夏号欤？又清稿本谓其籍贯为湘潭，而《清史稿》作云南元谋人，俟考。又按，长芦盐运司即设于天津府（见《清史稿》卷五十四"地理志·直隶天津府"），马璞往依者应即陈时夏也。

人间我见冯煖❶者，海上平添苏季卿。
云岫楼❷输蒲石库，斜川集庋燕京城。

　　冯翰飞雄[一]，久任上海涵芬楼编纂。精究水利，游踪甚广。喜藏书，以在中州、西蜀所获为多，俱不经见之小品书。又喜考古发掘，居蜀时曾发现当地县志未著录之碑碣多种，与刻有汉代年号之岩墓一处。著有

---

❶ "煖"或作"谖"，"冯暖"即冯谖，见《战国策·齐策四》。清稿本亦作"冯煖"。
❷ "云岫楼"，当作"景岫楼"，江庆柏《考说》："诗'云岫楼输蒲石库'诗注：'著有……《云岫楼读书志》。'按：冯雄藏书处名景岫楼，作'云岫楼'误。"

《蜀中金石志》《云岫楼读书志》[二]。解放前❸，余屡见之于沪西秀州书店，旋闻调南京水利局供职，将全部藏书捐赠合众图书馆馆址在旧蒲石路，可为❹达观者矣。苏季卿，又名继顷，安徽人[三]。与冯翰飞同事涵芬楼，曾主编《东方杂志》有年，亦多藏书。近闻就职首都，已挟书北上矣。

笺证

[一] 冯翰飞雄（1900—1968）：萧新祺《我与史学家苏继顷先生的交往》："水利科学院南通冯翰飞先生，曾作过商务编辑，藏书颇多，亦精鉴别。喜收水利及乡邦文献，所收古籍中多名人抄校本，在明代刻本中有些罕见的残本孤本。另外藏有汉魏石刻六朝墓志等拓片很多，其藏书印文曰南通冯氏景岫楼。"（《北京文史资料》第65辑，2002年）

[二] 《云岫楼读书志》："云岫楼"当作"景岫楼"。

[三] 苏继顷（1894—1973）：吴铁声《怀念苏继顷先生——并记石涛〈画谱〉的出版》："苏先生生于1894年6月16日，原籍安徽省太平县。他父亲曾任淳安知县，因此幼年寄居浙江。原名锡昌，字继顷（继卿）。毕业于北京大学商学院，曾任上海中国公学教席。1924年由徐新六介绍，经考试进商务印书馆，历任编辑、编审、编审部部长、《东方杂志》主编等职。……不幸于1973年11月23日病逝于上海静安区中心医院，终年七十九岁。"〔《商务印书馆九十年——我和商务印书馆（1897—1987）》〕萧新祺《我与史学家苏继顷先生的交往》："继老原籍安徽太平人，名锡昌，字继顷。早年毕业于北京大学商学院，在商务编审部工作数十年。在馆主编《东方杂志》，任编审部长等职。"石坤林《忆商务老编辑苏继顷先生》："除书稿外，苏先生还要管《东方杂志》的编辑工作。"〔《商务印

---

❸　"解放前"，原作"辛亥后"，据勘误表改。
❹　"为"，清稿本当作"谓"，是。

书馆九十五年——我和商务印书馆（1897—1992）》]按，《苏继顄先生遗墨——访书所见录》："《西儒耳目资》残本一册，明天启间刻本，寒斋去岁所收。近闻王佩诤先生昔年收有残本两册，如是本为佩老所无有，当归王，俾其又成全帙也。"（萧新祺辑录，《学林漫录》12辑）又，苏继顄向王謇借抄伦明《辛亥以来藏书纪事诗》事，见本书"伦明"诗传笺证。

不重珍本重善本，湘潭杨氏号潜庵。
书入其手多批校，阅肆翻检恣讨探。

杨潜庵昭隽，湘潭人[一]。收书重善本而不重珍本。每入书肆购一书，辄逐叶翻检而后论价，书估厌之。书入其手，辄多批校[二]。

笺证

[一] 杨潜庵昭隽，湘潭人：按，"隽"亦作"儁"，二字通。关于杨昭隽生卒，李洣《书林清话校补》："《四库全书简明目录标注》案是书近有邵章家刻本，刊成于己未年。其署宣统辛亥十月竣工，盖避言国变耳。再案是书初印本首叶栏外有'杨昭儁督印'朱文长方印。昭儁字潜盦，湘潭人，家梅庵丈弟子，工篆法。时为平政院掾吏。未几，客死京师，年才三十也。"（《书林清话》附录）按，谓杨昭隽死时才三十岁有误。齐白石1917年为杨昭隽三十七岁初度作有梅花立轴（见朱良志、邓锋主编《陈师曾全集·诗文卷》陈师曾《题齐白石梅花轴》诗注），可知杨氏生于1881年。郑伟章、姜亚沙《湖湘近现代文献家通考·杨昭隽》："杨昭隽（1881—？），字奉贻，号潜盦，署潜叟、潜居士、阿潜，湖南湘潭县人，居县城。生于清光绪七年（1881），至1947年已67岁，卒年不详。……18岁丧父后，初托于辰州榷舍，旅客汉阳、樊城。宣统二年以移奖知县，分发江南。辛亥九月革命军起，避地上海。民国三年，应王闿运（湘绮）师

诏入都，充国史馆秘书，同时兼任平敬院书记官。自此浮沉宦海三十有余年，均职司翰墨，不废博览。"刘叶秋《艺苑丛谈·潜庵牡丹诗》："湘潭杨潜庵丈（昭隽）为王壬秋（闿运）弟子，精文字训诂之学。……解放初，余在琉璃厂见丈藏书散出，知已前卒。"〔《学林漫录（二集）》〕是皆可证杨昭隽非三十而卒也。又李洤谓杨氏为梅庵（李瑞清，1867—1920）弟子亦不甚确，当是朋友关系。易宗夔《新世说·巧艺》："日者偶过法源寺僧寮，遇一能书者曰杨潜庵，询其渊源，则幼承庭训，学书从钟鼎篆隶入门，而尤得力于郑道昭，复与李梅庵、曾季子相往还，商确碑拓，其论书每有独到处。"杨氏书法自有家学，未必以梅庵为师耳。

　　[二] 书入其手，辄多批校：郑伟章、姜亚沙《湖湘近现代文献家通考·杨昭隽》："辛巳冬日寇攻湘，四、五两弟殉难，94岁老母忧愤而死，无法南下奔丧。遂先后裒集昔年所撰残稿，有《净乐宦题跋稿》六卷本、《汉书笺遗》十二卷稿本、《吕氏春秋补注》一卷、1942年铅印本《净乐宦刻印留痕第一辑》等。"按，杨氏大部分著述收入北京大学图书馆藏《净乐宦丛著》（稿本，十一种）中。按，本诗传清稿本标明出处"见《海天楼随笔》"。

夷坚述异搜神怪，杂事秘辛问诺皋。
万卷珍藏文梓簏，云烟过眼逐波涛。

　　汪瞻华祖遗古小说沈沈夥颐[一]。抗战乱后，敌寇军阀蹂躏之余渐就散佚，深为可惜。瞻华幼从先达王心竹游[二]，已植经史根柢，后复从陈栩园栩讨论●诗文义法[三]，颇能深造有得，而谈吐中复休休有容，谦卑自牧，君子人也。

● 一　原"论"后复衍一"讨"字。

笺证

[一]汪瞻华生平未详,作有《鸳鸯帕传奇》(刊于《天虚我生小说菁华》,上海时还书局1925年9月版)、《阳台梦》(苏州永昌祥印刷所1926年3月初版)。

[二]王心竹(1846—1930):王謇《流碧精舍师友渊源录长编》:"王镛,字心竹。善诗文。"生卒年据夏冰《苏州士绅》。

[三]陈栩(1879—1940):字蝶仙,号栩园,笔名天虚我生、太常仙蝶等,浙江杭县人。郑逸梅《逝者如斯》"一、陈蝶仙":"余杭人,讳栩,别署天虚我生。主编《申报·自由谈》,及《游戏世界》《女子世界》诸杂志,又创栩园编辑社,与其哲嗣小蝶、女公子小翠及友李常觉、吴觉迷等共同译著。著作等身,长篇小说有《泪珠缘》《黄金崇》《玉田恨史》《鸳鸯血》《满园花》《红丝网》《娇樱记》《芙蓉影》《琼花劫》《双花冢》《郁金香》《薰莸录》《柳暗花明录》《红蘩蕗别传》《嫣红劫》《姘媸镜》《间谍生涯》《二城风雨录》,以及《潇湘影》《自由花》等弹词,杂著有《文苑导游录》《栩园诗话》《文艺丛编》《栩园丛稿》《湖楼集》《半亩园集》《耳顺集》。君早岁豪于饮,日尽十余斤,晚年以惠泉自酿酒,名曰惠诗客,偶意得则倾饮数觥以为常。卒于民国二十九年之春,临卒,谓其女公子曰:'吾生平为名士,中途不幸涠堕工商界,遂为名人,今还吾干净,仍为名士去矣。'年六十有二。其传殊简,如云:'生为月湖公第三子,钱塘优附贡生,两荐不第,而科举废,遂以劳工终其身。夙擅诗文词曲,而不自矜,生平但以正心诚意必忠必信为天职。凡事与物,莫不欲穷其理以尽其知,故多艺,然不为世用,因自号曰天虚我生。所著书署名曰栩,字曰蝶仙,姓陈氏,相传为舜裔,故能敳屃功名,一家兴让,殆亦遗传性欤?娶于朱,有子二人,长曰蘧,字小蝶,次曰次蝶,女曰璂。时人誉之者辄比为眉山苏氏云。'"(薛玉坤、李晨整理《〈永安月刊〉笔记萃编》)

华宗牒溯有巢氏，逸气踪追邴曼容。
掩骼埋胔人或有，解衣推食世难逢。

巢章甫章，喜为生存人刻集，至少则誊写油印焉[一]。余往尝读赵
㧑叔《书岩剩稿跋》，谓搜集前人残剩文字，比诸"掩骼埋胔"[二]。余
谓流传今人著述吟咏，方之"解衣推食"[三]。前者容有，而后者绝无，
君洵为人所不能为也。而议者犹以君之孜孜兀兀向人索稿，为太尽人之
忠，竭人之欢，则真不与人为善矣[四]。章甫又藏清人笔记及近代人诗
词极富。

笺证

[一] 巢章甫章（1910—1954）：王謇《流碧精舍师友渊源录长编》：
"巢章甫，名章，武进人。喜搜罗师友诗词，为印行传世。"按，巢章赠
王謇民国丙子年文安邢氏后思适斋红印本《明湖顾曲集》副叶上巢氏致
函中述及"《顾曲集》及《海天楼读书序》，并呈博笑"，此书中即夹有
油印陈邦怀《海天楼读书图序》及邵锐诗一纸，述巢章事迹甚详。全录
如下：

　　海天楼读书图序集洪北江句　　丹徒陈邦怀保之
　　层楼千尺，披图一朝薄，焉观之，海若输灵，而鸿蒙之
响，万劫不停。高惟见天，而惝恍之形，六时屡变。茫茫混混，
寄思无联。洵人外之奇观，而莫穷浩渺之概。子公之染指，移
而作图；庄辛之握手，因而出句。或驰骋乎百言，或该综乎数
韵。何其盛也，美矣君哉。以视膳之暇，为著书之期；以凌虚
之才，而用之于实。有信古之美，而阙其所疑。积学若虚，染
翰终日。成一家之言，高二尺之牍。规石为砚，窒于三易之余；
裁缣作笺，价逾十倍之上。画则顾恺一厨，书则荀勖四部。蛮

纸万幅，有沈约手钞之书；隃麋两螺，为李尤自制之墨。夫人之知力有限，或悬心于贵势，或役志于高名，君不以彼易此也。又生擅奇福，中闺雍睦；轻尘既净，矮几徐设。相与拈毫构思，挥笔振纸。证之君子，或有同心；贻于后人，实非小裨。似此乐者，亦罕矣。今仆之交君，非一日矣。每与相对，辄至历时。忻罗狂谈，乐说旧事；雅同臭味，辄得佳趣。吾辈好尚既符，是曰气谊之交。今之援笔作此者，后成故实云尔。

吾友章甫先生，系出有巢，籍贯武进，而侨居津门历数十年。其读书处曰海天楼，张子大千尝为写图卷，题者盖亦众矣。章甫网罗文献，于乙丁两部所获为多，近顷并有自著之稿，写为《海天楼丛书》如干卷。纂辑之勤，比拟孙氏岱南阁，无多让焉。一昨出视此卷，爰集洪稚存骈体文以为图序，掇拾陈言，藉藏浅薄。纪事叙实，不涉铺张。稚存所谓"成一家之言，高二尺之牍"者，言著书之富也，读者当能审之。癸巳岁秋，丹徒陈邦怀。

杭州邵锐著生

群飞海水，出天地于波涛；特起楼台，傲王侯于书史。苍颜阅世，黄孈消闲。一阕酒边，拟草堂之别调；半生林下，挹匋父之高风。门外桃花，不知何世；堂前燕子，对立斜晖。十日一山，托情毫素；千牌万蕴，插架缥缃。咀嚼前贤，次袁方之遗著；津逮后学，搜何闵之逸诗。义薄云天，信澈穹壤。此尤文苑所难能，艺林所仅见者矣。锐忝附神交，窃同微尚。此日摛词遥寄，聊抒蚁慕之忱；他年撰杖亲承，再读龙威之秘。

［二］掩骼埋胔：《礼记·月令》："（孟春之月）掩骼埋胔。"郑玄注："骨枯曰骼，肉腐曰胔。"此据杨峒《书岩剩稿》赵之谦跋引魏稼孙语，赵跋云："益都杨君书岩，以朴学著称，与曲阜桂大令、栖霞郝户部交善。余游山左，曾求其著述不可得，偶从厂肆见残稿十余纸，半有户部

题识。亟携归，编为一卷，以存其文。友人魏鹾尹锡曾尝言，为前人搜拾残剩文字，比掩骼埋胔。余谓：欲人弗见，令万马蹴平，世多有矣。异时当即节缩衣食，尽与刊行，庶有封树置防护。姑记此为之券。同治六年，岁在己巳九月丁丑，会稽赵之谦书。"

[三] 解衣推食：《史记·淮阴侯列传》："汉王授我上将军印，予我数万众，解衣衣我，推食食我。"

[四] 而议者犹以君之孜孜兀兀向人索稿，为太尽人之忠，竭人之欢，则真不与人为善矣：按，巢章曾向王謇索稿，并又有为其著作抄写录副，其事可从以下其致王謇两函中见得：巢章赠民国丙子年文安邢氏后思适斋红印本《明湖顾曲集》副叶上书函略云："手教并宫词稿均拜到，文字尔雅，考证详博，必传无疑。所惜法书草草，多不易辨识处。顷已一一录于素楮，旦夕卒业，即并原稿一并邮上，敬乞就抄本一一校正，排定序次。续稿及旧稿又有检得者，并乞赐录于后，再行寄下。章当大写一分，以为永宝。此次抄本仍可奉寄，以备存留作副。"又巢章朱笔题于转赠李宏惠所编述《说朝鲜与中国关系历史》油印本封面及内封书函略云："春幸稍苏，力疾将大著先录一草副，昨交邮寄呈。敬乞一一削定后寄下走工录之，而以草副奉献也。数旬来以病未肃函，而驰仰弥切，亦久不奉教，度著述之富，又复数焉，不胜向往。"

精校雕龙黄量守，细笺鸣鹤邵环林。
语溪徐氏传家集[一]，贫病交煎终绝音。

徐钰庵益藩[二]，劬于词章[三]，尝见过校邵环林渊耀●《鸣鹤余音》、吴眉生庠《山中白云词》诸集[四]，密行细字，旁行斜上，遍布书眉书

● "渊耀"，原与前字号同，依例当作小号字。

根。蕲春黄季刚侃有校本《文心雕龙》，全过录之。贫病交迫，竟以易粟[五]。解放后，授课金陵，终以不乐损年[六]，伤已！

笺证

[一] 语溪徐氏家传集："语溪"为浙江崇德之别称。徐益藩乃汇辑徐氏祖上三代诗集为《语溪徐氏三世遗诗》，收自益藩高祖徐克祥及曾祖宝谦、福谦、著谦，至祖辈多鏐、多鉁、多绶、多绅三世八公诗二百首。民国二十九年（1940）上海商务印书馆铅印行世。

[二] 徐钰庵益藩（1915—1956）：王睿《流碧精舍师友渊源录长编》："徐益藩，字珏庵。著有《越绝考》。过录名家专集、词评极多。曾为予补正《两浙闺秀词人征略》。"按，"徐钰庵"，准确言当作"徐珏巢"，且"珏巢"其号，非其字也。《永安月刊》1942年第40期载有其所撰《珏巢证因图记》，颇可证缘由："益藩自号璞斋有年矣，始未知钱唐诸迟鞠先生可宝尝署之也。三十年夏，娶于闽侯梁氏，妇名曰璆，与璞同从玉，爰榜新居曰珏巢。翌岁春，偶得先生与其继配金匮邓夫人诗词合刻（《璞斋诗》六卷、《捶琴词》一卷、《清足居诗》一卷、《蕉窗词》一卷），亟共读之，余韵犹存，夙因顿悟。凡有数证，可得而言：先生生于道光廿五年，太岁在游蒙。夫人先先生二年生，太岁在昭阳。益藩与璆之生，各后先生与夫人七十年，岁次岁差皆同，此一证也；夫人名瑜，字慧珏，璆小名慧钗，二名各暗合者半，及名巢以珏，又适同于夫人，此二证也；先生之号璞斋，以屡试春官不第，而致慨于荆山双刖，其年已逾三十矣，益藩则年十九，一夕冥思而偶得之，时方游学于先生之乡，此三证也；先生虽不得志于有司，而博学多才艺，益藩无能为役，抑学而不厌，耽考据而旁及词章则略同，此四证也；夫人年廿三时，始署其室曰清足居，自云取梅圣俞'十分清意足'诗意，其诗词之境界如之，璆则年廿三甫学为诗词，而取径立言，多相仿佛，此五证

也；先生与夫人唱和，尝自比于秦徐，朋辈尤致其艳羡，益藩夫妇虽不能至，亦以切磋为乐，此六证也。夫人《病中感怀书》示先生十绝句，其卒章云：'今生缘分前生定，聚散来生岂易知。未必秦楼同跨凤，愿教奉倩莫情痴。'今则来生竟重聚而复为伉俪矣，安在缘定之不易知，情痴之不能必耶？夫人又有《落梅诗》云：'惟愿将身化胡蜨，孤山飞遍证前因。'兹即刺取'证因'二字以为图而记之如是。附《书后》一首，闽侯梁璆颂笙：痴心悟得眼前身，历历秋星幻即真。比目为鱼栖绿藻，双翼化蝶枕红茵。蕉窗敲韵缘犹在，梅屿看花迹可循。情到深时天亦许，来生更证此生因。"至于"璞斋"一号，徐益藩早在其中学时代即已自署，故其言"益藩自号璞斋有年矣"。《之江附中学生自治会会刊》1935年"创刊号"中有《璞斋甲稿》《璞斋乙稿》暨署名"一帆""一飘"者，皆徐益藩也。又《会刊》载其《黉墙杂记》云"余生于乙卯岁之孟冬"，知其生于1915年。又按，王睿藏有徐益藩所赠道光刻本王昙《烟霞万古楼诗选》，右阑下侧钤有"珏巢"白文方印一枚，中有徐氏卷前识语及批语，识语云："此本三十一年夏，得之杭州汇古斋，有旧印三家，兹特考得'小魁纪公'者（引按，此白文方印钤于卷首右下），为近人山阴樊氏漱圃（镇），尝辑其先人唐谏议（绍述先生）集注，得八家。更汇录他人之事之言，涉及其先人者，为《拜魁纪公斋丛书》三十五种四十八卷。钱唐孙康侯善其举，称以'小魁纪公'，属叶品三治印赠之，当即此也。'绵绛书屋'者（引按，此白文方印钤于卷首右下），当取'绵绛守居之泽'义。翌年春，璞斋记。"下钤"璞斋徐"朱文长方印。所撰《越绝考》，载《文澜学报》1937年第3卷第2期。徐益藩生平，沈惠金《近代词曲大师吴梅的弟子徐益藩》一文记之较详，略云："徐益藩，字南屏，又字一帆，小名松生，1915年出生于崇德县城（今崇福镇）。其曾祖徐福谦（1829—1903），诗名卓著，他的组诗《语溪十二景》至今广为传诵。其祖父徐多绅（1854—1930），颇有文名，与张元济等名流交往很深。其大伯父徐受孚（1886—1925），毕业于浙江法政专门学校，曾任浙江省参议员。其父徐受咸（1891—1929），北京大学毕业的商学士，曾任崇德县立乙种商业学校校长。著名南社诗人徐自华、徐蕴华是他父亲的堂姐妹，徐益藩称呼她们寄尘姑妈、小淑姑妈。……1936年，徐益藩考入南京中央大学，当时的中央大学拥有文、理、法、教育、农、工、医7个学院34个系。益藩所在的中国文学系聚集着国内一流的大师级人物如黄侃、吴梅、胡翔冬、胡小石、汪东等，还有一个松散的学生文学社团潜社。潜社成立于1926年，是东南大学（1928年易名为中央大学）爱好词曲的学生在吴梅教授指导下组成的业余学术团体。潜社活动11年，先后参加的达70余人，多是东南大学和金陵大学的历届学生。日后风云中国词坛的唐圭璋、王季思、程千帆、沈祖棻等蜚声海内外的著名学者，都曾先后是潜社的骨干社员……"（《桐乡文艺》2007年第2期）按，徐益藩入中央大学在1935年，非1936年（见下注引徐氏《师门杂忆——纪念吴瞿安先生》）。徐益藩学识，友人孙功炎（1914—1996，字玄常）1946年11月28日致柴德赓函有云："弟近总羁尘事，罕能玄览博诵，所喜海上诸君子如钱锺书、顾廷龙、徐益藩诸公衡文论学，颇得他山之助。"1947年5月19日致函云："弟在此近识崇德徐南屏益藩君，博雅好古，著有《典略魏略考》，颇为时贤所赏。"1948年2月24日致函云："大著当遵嘱赠与顾廷龙、徐益藩二先生，益藩力学好古，惜病肺不健，去秋有《黄梨洲吕晚村得澹生堂书平议》载中央图书馆刊第三号，不知足下见之否？"（柴念东编注《柴德赓来往书信集》）又徐氏为女诗人徐自华之侄，浙江崇德（今属桐乡）人，郑逸梅《人物品藻录·语溪徐自华之遗诗》："语溪徐自华寄尘女士，以南社清流，为秋侠死友。于民国二十四年夏殁于湖上。春秋六十有三。遗有《听竹楼诗》手稿本未刊。《忏慧词》列入吴江陈氏《百尺楼丛书》中。皆至辛亥而止。民国以后，所作不自收拾。散见南社诗词集中。大夏同事徐君益藩，自华女士之侄也。遗稿即藏于益藩处。"

[三] 劬于词章：徐益藩《珏巢证因图记》自谓"耽考据而旁及词章"。

[四] 按，《鸣鹤余音》为元彭致中所编，《山中白云词》为宋张炎词集。此句意为徐益藩过录校正邵渊耀所藏校之《鸣鹤余音》及吴庠所藏校之《山中白云词》。又按，吴庠，见本书诗传及笺证。徐益藩尝拜吴庠为师，郑逸梅《艺林散叶荟编（一）》2768条："徐益藩拜吴眉孙为师，吴不受贽敬，只收领火腿一，谓如此始符合束脩之古例，脩者肉也。"另按，徐益藩为吴梅中央大学学生，其撰《师门杂忆——纪念吴瞿安先生》："二十四年（1935）秋，益藩试入中央大学，始受业于先生。先生自东南大学时，即率诸弟子为潜社，酌酒弦词于淮之上，中绝者再，而先生兴不衰。"（王卫民《吴梅和他的世界》附录）又程千帆《桑榆忆往·黄季刚老师逸事》："抗战初期，瞿安老师流寓湘潭、桂林，我和祖棻则在长沙、重庆，一直和老师通信。老师当时的病况、生活和心情，来信都说得很清楚。可惜这些信都在'十年浩劫'中被毁了，以致无从引证。但同门徐益藩、梁璈夫妇曾录有副本。益藩先生虽殁，梁璈夫人还健在，希望她能将这些有关瞿安老师生平的材料公布出来，如果没有遗失的话。"（《程千帆全集》卷十五）又按，本诗"语溪徐氏家传集"句，乃指徐益藩编《语溪徐氏三世遗诗》，民国三十年（1941）九月刊于上海。

[五] 贫病交迫，竟以易粟：按，邓之诚日记中有名徐一凡者，即徐一帆，作"一帆"之同音读也。《邓之诚文史札记》1955年日记7月至9月间正记徐一凡卖藏书及抄书事：7月9日："得南京徐一凡书，欲将所藏关于顾亭林之书寄我，并将北来观光，下榻我处。突如其来，亦近来始有之事。"7月12日："晨，徐一凡突兀来临，自云：货其藏书，为北来资斧。多言而好动，大约不知世务书痴，而非奸黠也。出示亭林塑像及只履照像，又黄节《亭林诗注》，强辞尚气，非能著述者，留饭

而去。"犹为邓氏抄书取酬,同书7月15日:"晨,徐一凡来,阻雨,饭后始去。"7月20日:"徐一凡来,托其钞幽光阁本《亭林诗稿》,先赠十元。"8月3日:"得一凡信。"8月17日:"徐一凡来,交所钞《亭林诗稿》第三卷。与言:本以二十元为钞《全集》之酬,今仅钞成一半,不得已,再予以十元,以后不再给酬,无力故也。彼允八月底钞齐。"9月1日:"徐一凡寄所钞《亭林诗》卷五来,属二弟复一明信片。"9月6日"徐一凡来交所钞《亭林诗稿》第六册,此书已钞毕矣!与之结算钞费,因用潘、徐注,邵孙校本合钞,故定酬每万字五元,十万字五十元,前已送三十,今又补二十元,戒其不必再至我处。"(下册)

[六]解放后,授课金陵,终以不乐损年:"授课金陵"当是任职中央图书馆。按,沈津《顾廷龙年谱》一九五〇年四十七岁:"(1月18日)孙家晋电话属先生以徐益藩介绍于南京图书馆。先生即作书致缪镇蕃代馆长。"终以不乐损年:北周庾信《小园赋》:"崔骃以不乐损年,吴质以长愁养病。"徐蕴华《重阅双燹零星诗稿哀感不胜挥泪书后》:"一飘于解放后,服务南京中央图书馆,前年客死北京,友人从其遗匣中,发现瑞文为余所写之旧稿,辗转寄沪归赵。……1959年2月浙江崇德双韵词人徐小淑注时年76岁。"(周永珍编《徐蕴华、林寒碧诗文合集·徐蕴华文集》)梁瑳《鹧鸪天》小注:"南屏心疾难医,百计不能改其固僻,相对索然,今生其已矣乎?"(林葆恒《词综补遗》卷五十二)可见徐氏当时心境。按,上引孙功炎1948年2月24日致柴德赓函中有云"益藩力学好古,惜病肺不健",肺病与情绪相互影响,徐蕴华尝有《杂感示一帆》一首加以开导:"欲全所乐在人和,负却韶华似掷梭。岁俭难存风俗古,春寒奈听雨声多。文求寄托心常苦,事必吹求论太苛。鹦鹉不知卿意绪,朝朝弄舌待如何?"(周永珍编《徐蕴华、林寒碧诗文合集·徐蕴华诗集》)徐益藩卒于1956年2月13日,其夫人梁瑳1957年1月30日所作《百字令·旧历除夕》:"人间岁转,又声声花爆,唤君

归也。天上凄清烟雾锁，何处停鞭驻马？瘦骨禁风，狂态滞酒，双袂难重把！娇痴儿女，天涯分散犹且。幽咽羁思期年，凝眸望处，雪满燕山下。旅病心声残腊报，知有千言难写。神定灯前，梦回枕上，猛可泪如泻。而今只问，骨灰谁为收者？"小注："去年旧历除夕，益藩去世前二日也。是日犹有书到告病。从此遂绝矣！骨灰不在，真假常疑，岂真梦寐也耶？人生如是耳！"（转引自彭云《梁璆的婚礼贺联》，载《彭云的博客》）柳亚子《记忏慧词人复葬孤山第二碑》："顷者词人犹子益藩以笺来。"小注："按：益藩嗜古诗文，卒业中大后，从事著作，与柳先生、冒鹤亭、李拔可诸老，订忘年交。不幸1956年早逝。"（徐蕴华《记忏慧词人徐寄尘》收录，周永珍编《徐蕴华、林寒碧诗文合集·徐蕴华文集》）沈惠金《近代词曲大师吴梅的弟子徐益藩》："1950年秋，徐益藩辞去上海南屏女中的教职，举家迁往南京。经友人介绍，徐益藩供职南京图书馆任编辑。梁璆也先后执教于华东水利专科学校、南京师范学院附属中学。徐益藩患有肺病，身体状况一直欠佳，到南京后感到身心疲惫，情绪变得有些消沉。1955年末，徐益藩要去北京拜访孙玄常、郑振铎等老朋友，梁璆劝阻不住，带着儿女依依惜别于南京下关车站，不想，这一别竟成了永诀。1956年2月，徐益藩不幸逝于北京某招待所。消息传到南京，梁璆悲痛欲绝，因执教在身又拖带着四个子女无法脱身，只得全权委托北京好友代办丧事。文化部副部长郑振铎作为朋友主持为徐益藩料理了后事，骨灰存于北京某公墓，后骨灰竟不知去向。"沈惠金提及之北京某招待所，可能即是德胜门外农民服务所。邓之诚《邓之诚文史札记》1955年7月31日记："徐一凡来，佳客不来，奈何！云：住德胜门外农民服务所。是之谓巧立名目，其实鸡毛店之进步者也，一榻一宿费一角五分，并饭食，月需三十金。问何以维持，不能答也。此辈濒于绝食，而不忧生，吾服其胆。"沈惠金所云"1955年末，徐益藩要去北京拜访孙玄常、郑振铎等老朋友"事，孙玄常《瓠落斋诗词钞·题旧作

〈赚兰亭图〉卷》小序："乙丑（1949）暮春，居上海围城中，为蝶庵摹仇实父《赚兰亭图》，南屏、次园并有题咏。其后人各一方，不复常聚。南屏入都，旋即下世。丙申（1956）九月，蝶庵自正定来，复携此卷，与次园同集寒斋，乃感而赋此。"（王以铸等《倾盖集》）

滇南小志茶花辑，香雪霏霏一树梅。
西碛⬤山房收足稿，远来千里贡兰台。

方树梅[一]，滇南名士。曾辑《茶花小志》，天放师为之印入《国学论衡》[二]。又介李印泉根源将所得吴中先哲蔡复午《西碛山房》足稿未刊本十六卷，四倍于刊本，慨让与沧浪亭省图书馆[三]。

笺证

[一] 方树梅（1881—1968）。

[二] 曾辑《茶花小志》，天放师为之印入《国学论衡》：《茶花小志》，全名《滇南茶花小志》三卷，方树梅辑，民国十九年（1930）晋宁方氏南荔草堂刊本。又分载于民国二十二年（1933）、二十三年（1934）金天羽主编《国学论衡》第三期、第四期。

[三] 出让《西碛山房》足稿事，王謇《馆藏经籍跋文·西碛山房诗稿十六卷》："《西碛山房诗稿》十六卷，吴县蔡复午中来撰……是稿晋宁方瞿仙树梅，于改制丁卯得诸昆明市摊，属曲石阁揆售诸吴中公书库或其后人，得直即以助滇乡先达流寓我吴之李鹤峰学政因培后人嘉穀学费。本馆前馆长陈渭士先生，以国币六十元得之。核诸馆藏刊本，计多四之三。刊本为中来门人吴韵皋慈鹤所刻。韵皋曾任滇南学政，此书

⬤ "碛"，原误作"蹟"，径改。

必韵皋携以入滇者。乃百余年后，仍能物归旧地，不可谓无神灵为之呵护也。"按，跋中之"嘉穀"即李嘉穀，字继鹤，方树梅于《北游搜访滇南文献日记》1935年1月22日，记有莅苏见李嘉穀及李根源、王謇等事："上午八时，由沪到北火车站，京浦路车十二时到苏州。乘人力车入平门，到葑门十全街五十四号，李印泉先生已扫榻以待矣。见面握手言欢，廿年阔别，一旦相见，其乐不可言状。昨日金铸九来视，印泉留饮，并邀章太炎先生。在座介绍通姓名，询余由滇到苏途程略情，一一详答，并述北游搜访文献任务，谬蒙嘉奖。金松岑先生闻余至，来访。午后五时邀饮，先生特仿烹福建菜六味，并邀鹤峰先生六世孙李继鹤嘉穀来陪。嘉穀高中毕业，已任高小学校教师，气清而纯，见面以乡长称，余数年关心，得印泉栽植，今则释然矣。在座有王君佩诤，博雅能文，先生嘱为开一关于滇省文献书目，可按图索骥，先生之用心良厚矣。七时归，与印泉谈文献时许而寐。"又24日："偕李继鹤世兄访王佩诤（謇）、诸祖耿（介夫）、徐沄秋，祈沄秋为题《龙池校书图》。佩诤精考据，介夫擅经学，皆今日苏州文学之表表者。"按，"开一关于滇省文献书目"，王謇曾以谬公之笔名，于1936年6月之《江苏省立苏州图书馆年刊》中刊有《西南特种民族研究书目》，或即由此而促成欤？又王謇编《琅琊王氏所藏吴中先哲遗书及掌故丛著目录》："《西碛山房诗录文录》，蔡复午中来，约乾嘉间刊本，一册。"

鬼遗方传刘涓子，今方乃传自外洋。
登科录与黄家历[一]，生面别开作作芒[二]。

杨易三允吉，业医，勤于购藏，所储名人墨迹甚夥。亦尝得明《登科录》与万历、天启历书，藏家别品也。

笺证

［一］黄家：从五行学说指土德。然传文说杨氏藏万历、天启历书，明代为火德，亦有认为是土德。

［二］作作芒：光芒四射貌。《史记·天官书》："作作有芒国其昌。"

> 得时则驾宁蓬累●，故史兰台佛一龛。
> 钞遍乡邦旧文献，钱罄室与吴枚庵。

洪驾时[一]，浙东慈溪人。生长我吴，久居张家菜园后之佛兰巷，颜其室曰"佛兰草堂"。性淡泊，任职沧浪亭省图书馆。凡见有稿本或罕觏旧刻涉及此邦掌故者，辄假归录存，无间寒暑，习以为常。比来上海，见同邑叶氏五百经幢馆后人箧中有其先人所藏卢雍《石湖志》，竟全录之。遇友好思欲录副，亦乐于无偿代钞。如为余录《陆卿子诗集》、陈仲鱼鳝《恒言广证》、胡文英绳崖《吴下方言考》诸书[二]，坚不受酬，使余耿耿于怀。

笺证

［一］洪驾时（1906—1986）：王謇《流碧精舍师友渊源录长编》："洪驾时，酷爱缮录者，书有吴枚庵之风。"又："洪驾时介如，吴县人。喜钞书，搜集乡邦文献不遗余力。"王煦华《合众图书馆董事会议事录跋》："还有一位以前曾任职江苏省立苏州图书馆、当时在上海自行车厂工作的洪驾时先生，多年来业余为合众钞了很多罕见的旧刻本和钞、校、稿本。《合众图书馆丛书》中的一些书和合众图书馆藏书目录中的一些目录，都是他手写石印和刻蜡纸油印的。还有顾颉刚先生

● "累"，原作"蕓"，据勘误表改。

的《西北考察日记》《浪口村随笔》《上游集》、刘厚生先生的《张謇传记》、王謇的《续补藏书纪事诗》等最初问世的油印本，也都是他刻的蜡纸。"（《历史文献》第7辑，2004年）生卒年据沈津先生《顾廷龙年谱》一九八六年八十三岁："是年：五月十九日，洪驾时卒，年八十一岁。"又见麦群忠、朱玉培主编《中国图书馆界名人辞典》。顾诵芬《追思往事感念前贤——纪念上海私立合众图书馆创办70周年》："到了长乐路新馆，（顾廷龙）又请了商务印书馆的编辑胡文楷先生，以后还有原苏州沧浪亭图书馆的洪驾时先生，他们都在周末来图书馆做抄录工作。"（《顾诵芬文集》）

　　[二] 王謇遗藏中，现尚有洪驾时手钞朱丝栏佛兰草堂稿纸《吴下方言考》十二卷四册。又先生《新序跋》："戴子高、周季贶、蒋芗生、叶菊常四先生递藏之虞山曹彬侯旧藏明嘉靖本，子高先生校宋真迹，为治𤸷室后人鬻余书之一，洪君驾时为余假得钞录之。"又洪驾时抄本《弘决外典钞》上有先生1958年两跋："《弘决外典钞》，日本具平亲王集录之于正历之初，时正我国北宋雍熙之始。沙门光荣又刊行之于宝永朝，则康熙四十九年也。澥上蒲石书库有此书，为南翔王氏古德语录室旧藏。培孙先生于弥留之际，以七万卷舍库本中之二册也。尽培公所藏，视此为三万五千倍蓰过之。培公可为吾党小子师法矣。诩赞其议者为鹿城陈子彝先生，想见贤主宾师相得益彰之善；驾时大兄以三余之一为抄是本，良友之惠，没齿不忘；起潜馆长、景郑主任之力助是举，更可感焉。戊戌立夏，无诤居士谨识。""番舶求书，海瀛考古，恍若凉风当暑。金蹀牙签装仿旧，助我磬鱼箫鼓。倭名源顺新笺，狩谷西京，经营惨淡兼齐楚（《弘决外典钞》注为北宋时日本具平亲王撰。《倭名类聚钞》亦为日本明僧源顺著，清日僧狩谷望之笺注）。况有佛兰名翰，乌丝碁路（洪君驾时自号佛兰草堂主人，为予精钞嘉惠，所不敢忘）。嘉定小印猩红，涅槃断肠（南翔王培孙先生弥留时以是书并丁部本七万卷

献蒲石书库），日晖书库储处。伴蝉盫、白莲犹在。侣潢治、狮庵同去（慧琳《音义》，日本狮谷白莲社并希麟续本，以我华《径山藏》本覆刻，弄去古今字）。净土典、三经充宇。湛然音义沈檀炷（仁和叶氏卷盦藏日僧乘恩《净土三经音义》，潭州罗氏十瓣同心兰室旧藏高丽本信瑞《三经音义》，远胜上虞罗氏吉石厂本，今归吾友潘君景郑著砚斋中，堪称双绝）。问滂喜梅仙，钩沈辑香相同否（吴县潘氏滂喜斋、江都张氏梦梅仙馆均有《辅行记》，《弘决外典》辑述与此三本所采资料各各不同，可贵也）。右调《八宝妆》，用李景元韵。戊戌立夏，无诤居士题于澥上瓠楼。时苦雨三月矣。"

厂肆书业称三王，神妙犹推玉藻堂❶。
如是我闻建德言，宋本眼界推雨苍。

王雨苍❷子霖，原名连雨[一]，玉藻❸堂主人也[二]。"厂肆书业称三王"，子霖、晋卿、富晋是❹[三]，而周叔弢则推子霖辨别宋元本眼力为最高[四]。

笺证

[一] 王雨苍子霖（1896—1980）："王雨苍"，应只作单名王雨，号子霖。姜洪《王子霖先生传略》："子霖先生出生于'戊戌变法'的第二年，即1896年。当年农历五月，初夏的冀州大地突降暴雨，连续七天不间断，实为罕见。就在这样的暴雨中，子霖先生来到这个世间，因此以'连雨'为名。后子霖先生自改名为王雨，号子霖。子霖先生的降

---

❶ "玉"，原误作"王"，据勘误表改。清稿本作"藻玉堂"，是。
❷ "苍"字原脱，据勘误表补。
❸ "玉藻"，原误倒作"藻玉"，据勘误表乙正。然作"藻玉"不误。
❹ "是"，原作"浩亭"，据勘误表改。

生地，为河北省深县西留曹乡张丘村。"按，戊戌变法在1898年，此云"第二年，即1896年"，误。王书燕《我的祖父》："我的祖父生于1896年农历五月十四，卒于1980年正月初一丑时，享年84岁。"是也。王玉哲《怀念雨叔》："我本家远房的一位叔父名'王雨'，原名双字'连雨'，字'子霖'。他在北京琉璃厂从事古旧书行业生意，是同行业的版本鉴定专家。"（《王子霖古籍版本学文集》第三册附）

　　[二] 按，"玉藻堂"当作"藻玉堂"。孙殿起《琉璃厂书肆三记·藻玉堂》："王雨原名连雨，字子霖，深县人，于民国□年开设，在翰茂斋刻碑铺之西隔壁小门内。在二十□年迁徙迤西路南保古斋旧址。于十□年，在天津劝业场开设有分号。"（《琉璃厂小志》第三章"书肆变迁记"）雷梦水《琉璃厂书肆四记·西琉璃厂路南·一〇八号·藻玉堂》："王雨，字子霖，河北深县人，颇识板本，所藏多古本、精钞、家刻之书。曾得杨氏海源阁藏书一批。又于一九五八年得会稽姒兼山先生藏书，约数千种，其中以清刻罕见本及有关会稽乡邦文献著述居多。王氏曾撰《古书版刻图书源流》一卷，已由中国书店编印于《古籍板本知识》一书内。"（同上）堂名为梁启超所起，姜洪《王子霖先生传略》："如果说1911年是子霖涉足版本书籍的开始，那么，1915年便是他在这事业中自立门户的开端了。这一年，年仅19岁的子霖决定自己创业，赴天津向梁启超说明情况后，梁氏借付了三千银元资助开业，此款是从北京浙江银行支取的。……从此便开设了藻玉堂书店，店名是梁任公所起，匾上的字也是梁氏亲笔撰写的。"

　　[三] 厂肆书业称"三王"：姜洪《王子霖先生传略》："到了二十世纪三十年代中期，在琉璃厂书业界，王子霖、王晋卿和王富晋已并称'书界三王'，而子霖先生又为'三王'之首。当时的大藏书家都与'三王'，特别是子霖先生保持着密切的联系。傅增湘、周叔弢是当时藏书界的魁首，而这两位大藏书家都与子霖先生有着不解之缘。"

按，王晋卿和王富晋，孙殿起《琉璃厂书肆三记·富晋书社》："王富晋，字浩亭，冀县人，先于民国元年开设在杨梅竹斜街青云阁内。至二十四年，迁徙琉璃厂弘道堂旧址，多版本书。于十□年，购得扬州测海楼藏书，在上海三马路开设分号。"雷梦水《琉璃厂书肆四记·西琉璃厂路南·一九三号·富晋书社》："王富晋，字浩亭，河北冀县人。一九一二年开业于杨梅竹斜街青云阁内，一九三五年迁至琉璃厂。多藏版本书及各省地方志。经售上虞罗振玉所刊金石考古书籍，以及上海各书局珂罗版书帖、字画等，获利丰厚。因多资本，常积存大部头书，如《四部丛刊》《四库珍本》《图书集成》等。一九四一年左右曾购贡位三先生宋本《十三经》一部，一九五七年售价三千元，归军事图书馆。"孙殿起《琉璃厂书肆三记·文禄堂》："王文进，字晋卿，任丘县人，著有《文禄堂访书记》刊行。于民国十五年设，在东南园路北。二十二年，迁徙琉璃厂路南。三十一年，又迁厂甸路南。经营凡十余年，近聘孔繁山管理。"雷梦水《琉璃厂书肆四记·东琉璃厂路南·甲二○六号·文禄堂》："王文进，字揖卿，河北任丘县人。王氏对宋刊、元刊、蜀板、闽板辨识均精，其经手售出之宋元明本及名家钞本、校本甚夥，最著者如：一九四一年由上海收得宋板《庄子南华经》一部，为王氏生平最得意的一种，闻此书售出后，王氏在梦中思念不忘，故自号'梦庄居士'。王氏著有《文禄堂访书记》五卷，辑有《明毛氏写本书目》一卷（印于周叔弢先生六十生日纪念论文集内）、《文禄堂书影》一卷，未刊者有《明代刊书总目》二十六卷。"

[四] 周叔弢与王雨之关系：姜洪《王子霖先生传略》："周叔弢先生当年是一位实业家，同时又是一位热心藏书事业的社会名流。从二十世纪二十年代末起，叔弢先生就与子霖先生相识、交往。叔弢先生对海源阁的遗书情有独钟，一心收集。从现在的记载来看，他收到了57种，仅次于曾任北洋政府国务总理的潘复（字馨航）的92种（此92种全部

为子霖先生经手），而其中重要的书籍大部分为子霖先生之力。有一部《汤注陶诗》更是藏书史上的一段佳话。……弢翁与子霖先生互引为知己，这种友情跨越了新旧两个社会，到'文革'前他们还一直往来交游。"按，本诗传清稿本标明出处"见《海天楼随笔》"。

> 奇哉论衡有宋本，眼福乃轶周季翁。
> 又得残宋牧斋跋，卓尔弇雅复宏通。

闻某工商家得宋椠《论衡》足本，周季贶《书钞阁题跋》中所谓平生未见者也[一]。又得钱牧斋跋残宋本书，非易事也。其姓氏事迹行谊●未详，当再周咨博访之。

笺证

[一] 周季贶《书钞阁题跋》：稿本，今藏苏州图书馆。王謇《馆藏经籍跋文·书钞阁题跋》："《书钞阁题跋》不分卷一册，祥符周季贶先生手稿本，仁和魏氏绩语堂旧藏。魏氏物故，归郡城卧龙街灵芬阁书贾徐明甫许。明甫次子玉麐，以归本馆，直饼银五。季贶名星诒，祥符籍，流寓山阴。……是书星诒原夹附一笺，题曰'书钞阁藏书求价簿'，则书钞阁为星诒斋名明甚，故属陈君子彝篆'书钞阁题跋'五字于卷首。星诒自跋谓'此诒昔年所纂藏书目录手稿之一册也，竭两月余之力，创稿两册，其前一册为宋板诸经注疏及诸史宋元本跋，只十五六。书中载文字与今本不同处甚多，不知何时失之。此则子部居多，亦仅十数种，每跋一书，必一二日功，草稿不厌繁芜，拟清出后乃删定也。时苦贫，即无相佐之人，复无力雇写官，垂老体弱，取一书出入往反，大以为

● "谊"，原误作"宜"，据勘误表改。

苦。次年有粤行，遂不更此事。'然虽寥寥数跋，颇多人未道语也。又云：'其中有采之古书者，备作跋时料，非己定也。'又云：'藏书志必如此方详。然成一跋，非两三日不可，仪顾不免假手于人，何能如此细检耶？'其自负如此。是书得时，《北梦琐言跋》以上原装成一册，《周易兼义跋》以下，则散叶夹附册中，殆即星诒所谓又一册之一鳞片爪也。"（载《江苏省立苏州图书馆年刊》1936年）。冒广生《外家纪闻》："季贶先生喜收藏异书，丹黄杂遝，手自理董，抱经、荛圃未之或过。尝得明临宋本《北堂书钞》，海内所称'千金本'者是也，遂名其阁曰'书钞阁'。"

补　遗

《三续藏书纪事诗》之一[一]

方壶斋额瀛洲数，谁识清河旧隐居。
曙后孤星亦零落，凿楹百叹旧藏书。

王则先先生长庚，为小方壶斋寿萱大令锡祺后人[二]，故家乔木，沦落飘零。战前来苏，即舍于寒家[三]。予愧非皋伯通，而则先伉俪视梁孟犹过之。余橐笔春申，叠谬拥皋比于大庠，延则先为佐斧削。伯鸾未久即云亡，心常耿耿。今遗属将斥其藏书公诸文苑，喜所藏之得其所也。为撰一诗以补我《三续藏书纪事诗》之阙。世有真赏，当知超宗之后，凤毛所余，虽砂砾亦珠玑也。

据苏州博物馆藏《江左石刻文编》钞本所夹散叶辑补

笺证

[一]《三续藏书纪事诗》：王謇手订《澥粟楼书目（中）》著录："《三续藏书纪事诗》三卷三册，佩诤自撰稿本。"

[二]王则先先生长庚，为小方壶斋寿萱大令锡祺后人：王謇《流碧精舍师友渊源录长编》："王长庚则先，淮阴。"王锡祺（1855—1913）：吴涑《王瘦扁别传》："君讳锡祺，字寿萱，晚号瘦扁，淮安清河人，侨居山阳。……尝编辑山经地志为《舆地丛钞》，分类别部，一续再续，都百十万言。又别采前人未刊著述印行之，统曰《小方壶斋丛书》。海内识字者莫不知有《小方壶》，小方壶之名与知不足斋、粤雅堂

圬。"王则先为王锡祺侄。李军《不知他们是琴人》一文于王则先事迹略作发覆(《秋山集:故纸谈往录》)。

[三]战前来苏,即舍于寒家:上海图书馆藏萧蜕《皋松六十岁前诗》稿本扉页后有王则先1938年观记云:"戊寅首夏,南清河晚学王长庚则先敬读一过。时赁居苏城颜家巷王氏粟海楼前玉兰小院。"按,"海粟楼"误作"粟海楼"。

《续辛亥以来藏书纪事诗》

碧山旧庐著书之一

管晏校成复陆贾,艳趋引乱考宫商❶。
少行人继周家业,鞮狄象胥擅北荒。

冒广生疚斋　子景璠孝鲁

《中国文化界人物总鉴》:"冒广生字鹤亭,江苏如皋人。光绪甲午科举人,刑部郎中。改制而后,历官瓯海、镇江关监督,兼温州、镇江交涉员。"[一]按,冒公早年编刊《五周先生集》,撰《外家纪闻》;中年编刊《永嘉诗人祠堂丛刻》十四种、《楚州丛书》二十三种。又著《小三吾亭诗文词集》及《词话》;晚年著有《疚斋杂剧》《疚斋词论》暨《乐曲考证》诸书蓁黟。又著《京氏易表》,校有《管子》《晏子春秋》《贾子新书》《陆贾新语》《春秋繁露》诸书。除《管子》校语录入戴子高《校正》刊本书眉,为乡旧射钩后人久假不归而外,削稿均存海上摩凡陀邨寓邸。年臻上寿,犹耄而好学,扶病丹铅,手不释卷。余自少即闻黄摩西先师(人)言:冒公外祖周季贶先生星诒通儒硕学,冒公乃其替人。心仪五十年。丁丑之变,遁迹海上,始得旧友介往修士相见礼,

---

❶ 此原为后两句,前原有"水绘园荒历海桑,于今犹见鲁灵光"句,后被划去。

一见如旧相识。知正从事校释汉魏群书，即欲以所著《韩诗外传校释》稿草慨然见赠。我心虽感服子慎之垂青郑君，却不敢作郭子玄之盗窃向氏，因婉言辞谢。拟明标著者姓名，列入拙著所采《韩诗集释》十大家之一。公后授以所撰《颜氏家训校记》，亦尽录入拙著《颜训集释》所采二十家校记中。公子景璠畅通鄂罗斯文字，历任莫斯科使馆参随诸职，旧学商量，亦能邃密。尝以所藏郑子尹《颜氏家训校记》见假，余携归移录，刻日还瓿，从此无一月不造问字亭。有生以来，师友渊源，自余杭、松陵、虞山、百嘉四大师；曲石、宣室、郎园、群碧四老友而外，未有若如皋乔梓者也。诸师友事迹，伦哲如教授原多已著录者，兹述藏家，以公父子衺然举首，藉著与诸师友同致钦仪之忱耳[二]。

据《辛亥以来藏书纪事诗（一续）》钞本后附叶辑补

笺证

[一]《中国文化界人物总鉴》：日本桥川时雄编纂，中华法令编印馆1940年版。

[二] 本条可与本书"冒广生"诗传互参。

附录一 《续补藏书纪事诗》清稿本合校

续补藏书纪事诗卷一

流碧精舍海上丛著之一

两汉专陶罗一室，湘帘棐几久忘园。
校书时时下签一，群书拾补疏证繁。

沈福庭按经锡祚，归安人，流寓我吴。勤于校勘，所校书下签密于雨后春笋，均根据古类书、古书、古注所引而极精审者。改制丙辰归道山[一]。所藏所校书数十箧，为其同乡流寓我吴者以千四百金豪夺去，其特约谓将移录校签以刊成札记。既而杳然。余为其家人请，不报。为其家人致书原作缘人朱古微侍郎祖谋代请[二]，亦不报。余又为其家人将沈公事迹编入《邑志·杂记补遗》，而附其原致朱侍郎函于注中。函中且引魏稼孙先生尝言"为前人搜拾残剩文字，比之掩骼埋胔"，而赵㧑叔先生则言"欲人弗见，令万马蹴平，世多有之"。我侪读《书岩剩稿跋》至此，未尝不悁悁悲之云云，亦无声息。后某藏家亦中落，书亦尽斥。余钞得沈公校记二十五种于市肆，然不及百之一也。久忘园为沈公所寓，附近古迹，志乘中亦无稽考，早已积成土墩。外舅薛窻椽公允敏尝为余言之[三]，亦不详其命名之义及事迹。若沈公之绩学耆年而不闻于世，亦早成久忘园中人矣。余尝作《怀人感旧诗》之一曰："两汉专匋旧室名，日思误字拥书城。阮卢黄顾今安在？更痛孤星曙后明。"盖纪实也。

校理

［一］"改制丙辰"，油印本作"一九一六年"。

［二］朱祖谋生卒年，页下注："生咸丰七年丁巳，卒民20年辛未，年七十五岁。"

［三］外舅薛寨橡公允敏：薛允敏（1864—1921），字少泉，号寨橡，王睿岳丈。生平事迹见金天羽《天放楼文言》卷九《薛少泉墓志铭》（《天放楼诗文集》中册）。

> 烟树苍茫说旧邦，回春乔木亦难论。
> 高斋空璅尘封日^[一]，凄绝长恩欲断魂。

瞿凤起学博熙邦，寓虞山罟里村。丁丑之变，世守藏书毁于兵燹。革新以来，行箧精品亦以平直贡诸九州大库，以登天禄石渠。赐书、献书今古同荣，凤起今日贡书，异日偃武修文，旌功酬庸，或膺赐书之典，而赐以斡罗斯文，塍以马恩列著，惠施多方，其书五车，则去来今实事求是。今日承命晋献之伏胜、安国，即他年拜嘉受赐之桓荣、班彪，企予望之矣。

校理

［一］"璅"，同"鏁"，又同"琐""锁"。

郑西谛^[一]

校理

［一］此见于眉端，示意将"郑西谛"移至"瞿凤起"后。

泰山北斗忽倾颓，廿载楹书久未开。
痛煞重闱大家老，令威鹤化不归来。

余杭大师章本师之丧[一]，举国痛之。楹书百余箧，多古本尊宿语录，多扶桑旧精本古医书，多清儒说经稿，多明季稗官野史。廿载尘封，蟫蠹生矣。影观汤大家国梨睹物思人，不轻启视，尝于沪寓示以近作一绝，题曰《梅不花》，诗曰："楼外梅花著意栽，楼头鹤去不重来。天寒岁暮谁相守，独抱冬心冷不开。"读其诗可以知其志矣。且诏小子辈曰："我将焚笔弃砚，以静暮年身心。"盖愿我党小子，勿再以笔墨劳其高年颐养也。弦外之音，可以知矣。

校理

[一] 章炳麟生卒年，诗下添注："清同治八年己巳一八六九——民廿五丙子，六九岁。"

负书草堂秘箧物，外家纪闻三世垂。
笕桥东畔小营巷，拔宅飞升乃失之。

余心禅大令一鳌，锡山人。藏其外家杨蓉裳芳灿一门风雅稿本一箧，通行本数十箧。哲嗣小禅，任官司法，殁于京邸。令媛琼斐女士扶榇南归，任我吴东庄大庠助教，思欲斥书营葬，苏贾江某欲以八百金尽吞其藏。女士以目录示余，余为之召潜喜斋后人辈，保存其中上驷若干种，祖稿声明自保。已得四千五百余金，女士亦适可而止。翌年，于归杭郡笕桥机校医师某君。值丁丑之变，嫁奁中物未能悉携，祖稿一箧，亦忽忘诸。略为承平，托杭友踪迹之，虽老于骨董，太丘道广如石墨楼主人陈伯衡先生锡钧者，亦无法追其踪迹。盖笕桥左近均弹弹地也。惜哉！

许书丛刻庐仪许，精稿珍藏一箧探。
饮水思源溯先哲，碧城仙馆梣花盦。

张叔鹏孝廉炳翔，我吴人。尝集清儒《说文》著述，刊《许学丛书》，藏书百许箧，以一巨箧为最精。盖孝廉与陈云伯文述、小云裴之，叶调笙廷琯、香士道芬两家父子为至戚[一]，得其所藏遗稿遗书凡二百八十余册，投赠书简一大宗，储以一巨箧[二]。文孙辛楣督同曾孙熙咸编为《仪许庐所藏本书目》。余颇为之参臆鉴定，故精本悉获见之。经部有卢抱经、吴蒉里两家校周苕兮春《尔雅补注》稿本、翁覃溪《佩觿校记》录本；史部有屈翁山《皇明四朝成仁录》精旧钞本、杨大瓢《金石志》稿本；子部有胡心耘、叶调笙《石林燕语考异集辨》稿本、《嬾真子集证》稿本[三]；集部有金星轺旧藏黄鞏《后峰集》蓝格皮纸明钞本，又有叶苍生手钞释澹归《遍行堂文录》、张瑶星《濯足堂文钞》。诸为《清代禁书总目》文字狱档案中物，藏家所向未经见者，更仆难数。苍生《金文最例目》校本及《金文最拾遗》稿本二种，尤为名贵。而潘硕庭志万手辑《潘氏一家言》诗词二十二种，更多潘氏后人未见之佚稿，予补撰吴郡《艺文志》即据以著录，与潘麐生锺瑞手辑之《香禅精舍绝妙近词》著录吴中先哲流寓五十五种者[四]，称双绝云。

校理

[一]"道芬"，原作"道生"，洪本未改。

[二]"箧"，洪本作"籍"，误。

[三]"嬾"，原作"懒"，后改，洪本未改。

[四]"麐生"，原作"麐孙"，后改，洪本未改。

黄金鬼市神州脔，筑室梨烟复石匋。
释藏道书搜神异，十行一目老英豪。

　　黄摩西本师讳人，初名振元，字慕韩，虞山人。先世江夏黄氏。幼读书即喜小说家言，于神奇光怪之书，致力尤挚。弱冠后，读书释老之宫，取梵箧道书遍读之。行文辄作《法苑珠林》《云笈七签》语。吾党小子虽日受耳提面命，仍莫测识也。又喜谈晚明史籍，负剑辟呀，所诒皆《荆驼逸史》《小腆纪年》纪传中语[一]。于同姓中慕石斋道周、陶庵淳耀，一字蕴生、梨洲宗羲、九烟周星之为人，颜其书斋曰"石匋梨烟室"。予小子侍师久[二]，明遗民、清学者事迹最为耳熟能详。亦慕我同宗而农夫之之奋志于翊赞义师、瓠园澐，一字胜时之耿耿不忘故国、仲瞿县之不屈志于异族、湘绮闿运之不阿一代煊赫之曾涤生，颜其所居小阁子曰"农瓠瞿绮楼"，师颇首肯之。师寓吴中，客室悬一联云："黑铁脔神州，盘古留魂三万里；黄金开鬼市，尊卢作祟五千年。"鄙儒小拘来见之，往往舌挢然而不能下。海禺张隐南鸿《摩西词序》所谓"毵毵短发，披拂项背，常负手微吟于残灯曲屏间。"金鹤望师《天放楼文言·五奇人传》之一所谓"观书如电扫，常尽夜不寐，数日不食，独游山中，夜趺坐岩树下。友朋促席剧谈累宵昼，客倦仆，君滔滔忘时日"者，最能绘影绘声，白描我师状貌。所著诗曰《石匋梨烟室诗存》，词曰《非相非非相天中人语》，均有定稿。及门中有莘塔凌君景埏者假之其后人，而携赴燕京大库，拟为移录印行，值沈阳变局，关内震惊，忽促号邮归其故宅[三]，竟至浮沈。安得执驿吏邮卒，而其原委耶[四]？文人末路，乃至心力所萃，化为浮尘，荡为太虚，卅载心丧，恨不号咷一哭，以泄此愤。所冀君移录本旧事重提[五]，能成问世耳[六]。师病狂易而卒，卒前有《金缕曲》一阕，犹记其警句曰："骏马美人成一哭，茫乾坤无我飞扬路。"勃不得发之怨愤，溢于词气，呜呼痛矣！

校理

[一]"诣",洪本同,当从油印本作"语"。

[二]"予",洪本作"余"。

[三]"忽",洪本同,原应作"忽",即"匆"。

[四]"而"下盖脱"问"字,洪本同。

[五]"所冀君",油印本作"所冀凌君"。

[六]"能成问世",油印本作"能印成问世"。

前门蒲老后双林,腹痛过车泪不禁。
曲海词山百嘉室,弹丸海上最伤心。

吴瞿安本师讳梅[一],一代词宗,我吴故家乔木晴舫殿撰锺骏之玄孙也。藏明嘉靖善本多种,颜所居曰"百嘉室"。丁丑之役[二],东邻肆虐,海上涵芬楼弹一烧夷巨弹,化为灰烬。师适与楼主持海盐张菊生太史元济立约印行《奢摩他室曲丛》,《红纱》《绿纱》诸孤本二十八种,悉燔焉[三]。是时,师砥砺气节,退居滇南李旗屯,殁于旅次。长公怀孟,夙有心疾,次公子防玉辈[四],均奔走衣食,楹书几乏人典守。革新后,始由郑君振铎介其精者入中秘。尝见师手写《百嘉室藏书目》,有元刊温公《切韵指南》、欧阳公《文集》、杨朝英《太平乐府》等三种,明永乐经厂巨本佛曲、弘治本《参同契》等八十余种,清内府套印本《钦定曲谱》等五十余种[五],别有元、明、清本曲目一百二十九部,四百七十六种,均百嘉室上驷。盖如明富春堂精刻[六]、清万红友堆絮园、唐蜗寄古柏堂、蒋心余红雪楼、黄韵珊倚晴楼等,一部均不止一种,甚且一部有十余种乃至数十种者,故"部"与"种"当分别著录也。

校理

[一] 吴梅生卒年，眉注："生光绪十年甲申，卒民廿八己卯，五十六岁。"

[二]"之役"，洪本作"之后"。

[三]"熠"，洪本误作"潜"。

[四]"子"，后加。

[五]《钦定曲谱》，洪本"曲"误作"典"。

[六]"堂"，洪本误作"当"。

> 杂钞大典孤来鹤，疴次随缘双桂寮。
> 天上有声野趣画，楼空百匦换金貂[一]。

庞青城先生[二]，为莱臣孝廉介弟。富藏书，虽乏宋雕元椠，而稿钞校孤本极多。丁丑变后，北海书库密派员收书海上，得青城全藏。余见其目于钱存训先生许[三]。最令人注目者，为费西塘锡章《来鹤堂笔记》十册原稿，多录《永乐大典》资料[四]。《大典》存者仅百之二，即二万册中之四百册也。此《记》与文芸阁学士《纯常子枝语》录之最多，《枝语》有刊本，此则未刊隽品。又有《双桂寮疴次钞》计十三册，匆促未录撰者，恐犹为未竟之绪耳。《野趣有声画》，为文澜阁钞本，杨公远撰，则已入《四库》矣。见书目时，适余拥皋比于慕尔精舍，青城介弟襄城淑媛贵英来就学，尝咏《杂事诗》，所谓："绿杨宜作两家居，差幸金箱学有余。凄绝楼空人去后，米船名画直斋书"者是也。盖予家世居吴中凤池乡，莱臣寓吴亦筑室于是。丁丑之变，莱臣吴寓书画闻有劫之者，而青城书亦散出，故发此感憾[五]。今则虚斋亦架上一空矣！世事茫茫难自料，又何从而感慨之耶[六]？

校理

[一]"换金貂",油印本作"够魂销"。

[二]原作"庞君青城","先生"后加。

[三]原作"钱君存训","先生"后加。

[四]"资料",原作"资材",洪本原作"资料",复改作"资材"。

[五]"感憾",油印本作"感慨"。

[六]"感慨",油印本作"太息"。

郊寒岛瘦清其相,顾校黄钞拔厥尤。
说苑虞阳两丛刻,斯人实继旧山楼。

丁初我大令祖荫,海禺人。席丰履厚,而瘦骨峻岣若寒士[一]。收拾虞山诸旧家藏书,以旧山楼尤多。刊有《虞山丛刻》,史忠正公可法姬人周翰西《霜猿集》[二]、钱牧斋《吾炙集》、毛子晋《隐湖题跋》诸书均在其中。又刊《虞阳说苑》,则翁孺安《虞山妖乱志》,钱牧斋、柳如是遗事均在焉。晚年筑室于郡城淮张宫苑废基勾玉斜北。嗣子号剑峰者,不悦学如原伯鲁,书籍尘封。海上涵芬楼所印《元明孤本杂剧》,士礼居旧物,旧山楼递藏,藏丁氏家亦久,而初我生前从未语及之。或有咄咄逼人而问之者,仅言曾见之而已。所藏顾校、黄钞甚多,他书亦称是。丁丑之变尽失之,亦不知究何所属也。《元明孤本杂剧》既已分流入救荒摊及货郎担中,而骨董商集宝斋主人结合之者。噫,异矣!

校理

[一]"峻岣",疑当作"峻岣"。

[二]按,周翰西为史可法幕僚,此处谓为"姬人",误。

经师人表宾朋满，天放楼高处士家。
痛哭山隤梁木坏，卅车徙载到清华[一]。

金鹤望本师天翮[二]，吴江人。经师人表，嘉惠后学，不遗余力。曾出山，一任督办太湖水利工程总局秘书长，三年，见事不可为，即废然归隐，卖文课徒，学程以群经、诸子、四史、《文选》为经，而以《通鉴》《文献通考》《读史方舆纪要》三书为纬。故来学之士，出而问世，均能即时通经致用。又集四方英俊，设国学会，编印《国学论衡》《文艺捃华》，名士如邵君潭秋、靳君仲可、夏君瞿禅辈数十人，咸愿为特约撰述。吾党小子编稿者，遂不嫌寂寞。又因太炎师亦隐吴中，编印《制言》杂志、《章氏学会会报》，当世学者遂视为国内学术两大重望，以来吴得见两大师为三生有幸，而著述益为世重。时腾冲李印泉阁揆根源、南海叶遐庵铁长恭绰，均寓苏台，吴江费韦斋肃政树蔚亦来郡城，先达张公绂教长一麈亦挂冠归隐[三]，均与两家有旧。四方宾客之来吴者，亦无不专谒此六家。而钱彊斋省议长崇固适主余家，先后历二十年，亦无日不宾从如云。彊斋主予东院，内舍拜许师郑室暨邃雅斋两室最与之近，余特辟以假之为延宾地。虽彊斋生平臣心如水，而余则因之而臣门如市矣。今珂里老屋虽告无恙，而此景此情，不可复得。读神交巢君章甫邮示我方君地山生前曾有"空琐扬州十间屋"一诗，为之触怅者累日[四]。梦影前尘，不禁感激系之矣[五]。师归道山，门人私谥曰"贞献先生"，王君欣夫建议也。潘君光旦仅于先一年南来执弟子礼一见，闻遭心丧，即言诸清华园大庠当局，携四千金赙其遗属，而专车北上，保存其遗书，真当世之君子人也。

校理

[一] "卅车"，洪本"车"作"舟"。

[二] 金鹤望生卒年，眉注："生同治十一年壬申，卒民卅六年戊子

卒，七十五岁。"

　　[三] 张公绂生卒年，眉注："张仲仁，生同治八年己巳，卒民卅四乙酉年，七十七岁。"

　　[四]"怅"，洪本同，油印本作"柽"。

　　[五]"感激"，洪本同，油印本作"感慨"。

不乐竟夭崔亭伯，当歌对酒亦藏书。
百城烟水补吴乘，文献乡邦斗室储。

　　钱彊斋议长崇固，为吴江望族，自严太史崇威弟也。改制六年后任省议长。寒家老屋适空锁东院内舍，彊斋顾而乐之，来作伯鸾赁庑。周夫人凤君亦当代孟德耀，本与山荆友善，至是望衡对宇，倍益亲密如姊妹。愚夫妇不及皋伯通、翁媪万分之一，而钱氏贤伉俪，实视梁、孟犹远过之。自来我家，二十年如一日，讵料歌哭于斯，张老之善颂祷毫，再显于世。身后萧条，费韦斋先生任募款，余任治丧，挽以楹联曰："处浇漓而独守清廉，嘴爪逐群难，不乐竟夭亭伯寿；化悲悯之极为冷淡，醇醪拚醉死，自戕终丧信陵身。"阿兄太史公见之，泣不可仰，谓为"数百联中最能道出嗟予季心事者"[一]。彊斋尝久任律师，不受非法请托，不受脱辐反目、劫杀血手及一切显见理曲之事，世称之曰"三不接"。时军阀用事，君不亢不卑，不激不随，而又隐副之以不屈不挠。凡以政治获谴者为营救之，故志士家属感之入骨髓。生平喜藏乡邦掌故，家发其遗箧[二]，善本綦夥。《百城烟水》、《吴门补乘》、卢腾龙《郡志》诸精品，由太史公为之保存。惟新钞《吴都文粹续编》一百二十卷，盍山写官资之以得两年膏火者，余为之介于陶小泚馆长惟坁，以高金收入沧浪省库，盖犹不及移录时彊斋酬出劳金之半数。其生平济人之急，皆此类。感之者不一人，故韦斋登高一呼而巨万立集云。

校理

[一]"嗟予季心事者"，应作"予季心事者"，洪本亦有"嗟"字。

[二]"家"后疑脱"人"字，作"家人发其遗箧"。

公河毋渡公偏渡，天与诗人采石矶。
遗稿遗藏百许箧，词律补杳超辰虚。

朱梁任教授锡梁[一]，一字夬高[二]，娴词律，精天算，又识古文字，著有《甲骨文释》《草书探原》《词律补体》诸书。尝于清网密时，偕南社诸子招国魂于吴中上方山上[三]，世以"谢皋羽后身"目之。今犹有人保护其招魂旛，黑地白文，大书四字，曰"魂兮归来"。壬申夏[四]，甪直唐塑罗汉建室珍藏落成甪直者，吴、昆各半属古甫里也。陆天随隐此，当名"陆宅"。世传书"甪直"，方志仍之，以为古甪里先生隐此，未详其审。君与长公天乐同往观礼，当返时，舟子不慎，父子俱遭灭顶。家人斥其遗箧，四大著作之遗稿均不可得。惟《词律补体》底稿草创，书堆絮园原刻上者，丁丑乱后曾一见诸沪市，议价未谐，不知何属。《甲骨文释》，余颇闻其绪论。《草书探原》，余虽向未致力于是，然亦耳熟能详。至于《历算超辰》，即生公说法，余亦作顽石之不灵矣。遗书斥尽于流离之际，亦不知其所藏何书也。惟闻有集帖一箧，极精旧。梁任初丧，其及门吴子深画人华源，即以千金购其家，请携归保存，即其家人号称"宋拓大观楼帖"者，不知其是否天水毡槌也。

校理

[一]朱锡梁生卒年，眉注："朱梁任，一八七三—一九三二，同十二癸酉—民廿一，年六〇岁。"

[二]此为后加。"一字"，洪本作"又字"。

[三]"上方山"，油印本作"狮子山"，是。

[四]"壬申夏"，油印本作"一九三二年夏"。洪本作"甲戌夏"，为1934年，误。

校书雪夜传图卷，独断疏笺更释名。
金石补编经籍跋，论衡序苑注当行。

胡绥之太史玉缙[一]，以名孝廉官京朝，任礼学馆通礼纂修、北京大学经学教授。为学精深，践履笃实，治礼长于三礼，得定海黄氏之传；于考订子史，辨章学术，旁及金石目录，有嘉定钱氏、青浦王氏之风。譬诸方寸瓴甓，皆从平地筑起，蔚为岑楼，诚不愧通儒之目。生平孜孜撰述，积稿等身，耄而不倦。岁庚辰六月，殁于邓尉山居，春秋八十有二。见王欣夫君大隆《征刻许君遗书启》，欣夫力任竟其事也。《雪夜校书图题辞》，见章式之主政钰《四当斋集》，列举所著书十四种：曰《说文旧文旧音补注》并《补遗》、曰《读说文段注记》、曰《释名补疏》、曰《独断疏证》、曰《新序注》、曰《说苑注》、曰《论衡注》、曰《四库全书提要补正》、曰《四库未收书目提要补正》、曰《四库未收书目续编》、曰《群书题跋》、曰《群书答问》、曰《金石萃编补正》、曰《金石续编补正》，凡若干卷，皆勤成定稿[二]，可付削人。

校理

[一]胡玉缙生卒年，眉注："咸丰八年戊午，生一八五八。卒一九四〇年，民国廿九年庚辰，年八二。"按，胡氏生年据王欣夫《吴县胡先生传略》是1859年8月18日，卒年是1940年7月14日（《许廎学林》卷前），当以《传略》为确。

[二]"勤"，洪本同，当从油印本作"勒"是。

曹揆[一]

校理

[一] 此见于眉端，示意将"曹元忠"移至"胡玉缙"后。

艺文金石一家言，触角蜗蛮寄蛞存。
学殖未荒图南去，丹霞山志墨留痕。

袁渭渔孝廉宝璜，中年久客南疆，著有《袁氏艺文金石录》，松江袁忠节公昶为刻入《渐西村舍丛书》[一]。至于《寄蛞庐诗文集》若干卷，未知稿存何许。邑志据《家述》称忠节公并为刻集，然流行本《渐西村舍丛书》无之，殆误传也。丁丑变前，余尝得有"寄蛞"藏印之释澹归《丹霞山图志》钞本，今犹存故乡箧衍中。同时又得有"寄蛞"藏印书数种，今不能举其名矣[二]。

校理

[一]"蛞"，此及洪本、油印本皆误，当作"蛞"。
[二] 按，袁昶非松江人，当从油印本作"桐庐"。

幽忧读以调琴瑟，饥肉寒衣孤寂朋。
石莲阁主刘传审，秋井草堂鬼谷登。

章式之太史钰[一]，取宋尤延之"饥读当肉，寒读当衣，孤寂读当友朋，幽忧读当金石琴瑟"四语，名其斋曰"四当"。已不甚藏精本书，而版本之学极精。海丰吴氏石莲阁所得许印林、李方赤校宋本《说苑》、嘉兴沈氏海日楼所得劳巽卿秋井草堂校宋本《鬼谷子》，均其经眼审定，集中有跋语物也[二]，集中类是者尚多。而又有钱遵王《读书敏求记校注》、司马温公《资治通鉴宋本校记》两刻本，其大体可知矣。

校理

[一]章钰生卒年，眉注："光绪二十九年二甲十四名进士。生同治四年乙丑，卒民廿六年丁丑，年七十三岁。"

[二]"物"字衍。

订许稿编十四卷，未园集刻百余篇。
凿楹书痛无人守，每忆师门一泫然。

沈绥郑本师修，承陈硕甫先生奂南园扫叶山庄之绪，教授门弟子必以硕甫先生《诗毛氏传疏》为主，而参之以王石臞《广雅疏证》、郝兰皋《尔雅义疏》、段茂堂《说文解字注》三书。不才束发受书，即粗识考据门径[一]，实由先生启之。时尚未拜余杭大师门下，著弟子籍也。师萃毕生之力，撰《说文订许》十四卷，实则订诸家注许书耳。竖儒不解标题，见之不免舌齚。王氏荣商订颜注之非，而曰《汉书补正》，同一义也。稿现存拙政园省公书库。《未园集》诗文百余篇，奥衍宏深，学者比之樊宗师、孙樵、刘蜕、李长吉，而恝然置之，实则师之诗文非可以语浅人者。（《未园集略》集款印行，款未齐，迟延时日。及款齐备，请黄颂尧先生校刊，书校及半，忽遭中疯而没。再请顾巍成先生校刊，而顾先生又遭中疯，几未校全。最后吴瞿安先生校完后，付临顿路上艺斋刻字铺石印，书未印就，该铺遭回禄之灾，原稿亦遭火烧四周，几及正文。印就后，寄存苏州图书馆，不幸适遭丁丑日寇大难，全书百部竟未能流行外间。）[二]后起无人，楹书乏守，悲夫！

校理

[一] 此段原见于眉上浮签，兹据文意补于此。洪本无。

外家纪闻祖庭记，密点精批巨篋传。
自幼即精校雠学[一]**，名园谁结勘书缘。**

屈伯刚先生爔，为学承其祖庭师竹先生吉士绪余，又得其外祖潘蔚如先生霨批校精本。服官北方时，即设书肆于京师，曰"穆斋"。南归后，又与邹君百耐绍朴合设书肆于卧龙街，曰"百双楼"，皆为收书也。先后得精本甚多，有时亦且以之易米。抗战前，见其校《水经注》甚精，大约据吴兴刘氏嘉业堂藏沈氏文起钦韩《疏证》稿而旁参及于诸家者；又有《老子校记》一本，亦绝精。惜均写入海上涵芬楼影印《丛刊》本上，遂至售《丛刊》时不及析出。余深可惜之，因为作缘归诸瑞云学舍书库，今犹无恙。余每思亲往多录之[二]，尚不果也[三]。故乡沦陷时，伯刚尝以精本十余篋寄存寒家瀡粟楼，闻中多荥阳投赠诗词、往还手札、道咸同光名人真迹。我家邻近彈弹，屋瓦为震，雨后长物多有屋漏痕，差幸无伤大体。承平后，伯刚黄壤河头新屋落成，早已收还矣。《湖楼勘书图》，金山钱雪枝大令熙祚事。

校理

[一]"精"，油印本作"通"为当。若屈爔自幼即精于校勘，实在是过甚其辞。

[二]"多录"，应作"移录"，洪本亦未纠正。

[三]"不果"，洪本作"未果"。

峭帆屋烬空留景，又满楼荒埶咏怀。
真赏斋中群宅相，建��不作稼秋埋[一]。

赵学南学博诒琛，承其先人静涵孝廉元益之后[二]，藏稿钞精校极多。癸丑之役，以所居海上峭帆楼逼近高昌庙，致兆焚如[三]，图书悉烬。学南据回忆所得，编为《峭帆楼书目》刻之，亦犹虞山钱蒙叟之撰《绛云楼书目》也。改制后三年，寓我苏，性之所好，节衣缩食，又得书若干箧，黄君颂尧赠以诗，有"万卷藏书又满楼"之句。学南喜甚，即重刻《峭帆楼丛书》，续刻《又满楼丛书》。就民抄董宦事实载于松江，乡人焚毁董香光老屋，并毁迁宗庙重器，观之民气之盛，津桥杜鹃，已见端倪矣。嗣又约不佞刊《艺海一勺》，多花谱、石赞之属，为其后偕王君欣夫刊甲戌迄辛巳《丛编》之先声。身后甚萧条，家人斥其书，以一毫银一册书为埻的，虽曰薄乎云尔，然犹胜于论秤而尽也。建��为江师许太史标，其事已见叶著《藏书纪事诗》自注；稼秋为朱君南一，善算术，兼长哲学，亦善文艺。余以天放师介，为剡诸东吴大庠授国学，亦潦倒不得志以终。建��、稼秋与学南三人，皆锡山鹅肫荡口华篴秋大令翼纶外甥[四]。

校理

[一]"��"，油印本作"霞"，同。

[二]"先人"，原误作"先生"，后改。洪本未改。

[三]"兆"，洪本同，油印本作"遭"。

[四]"篴"字油印本与洪本原皆空缺，为"笛"之古字。

王欣夫[一]

校理

[一]此见于眉端，示意将"王欣夫"移至"赵诒琛"后。

鼠壤余蔬恣咀嚼，蟫窠破纸足腾翻。
人琴顿杳云烟散，肠断萧家独学轩。

黄颂尧茂才钧，居我吴萧家巷，家世医术，祖传吴中乡先哲医学秘稿极多。王新之医师铭盘即据其所藏本，并征集诸家藏书志目，编成《十三科医学本草书目》百卷。新之殁后，稿即佚去，拟后出之《医籍考》[一]，即据此以成其骨干也。颂尧少从白蚬桥桑熹亭画人土逸学画，从其侄复顾明经锡襄学萧氏《文选》，得见桑氏祖辈所藏荆、关剧迹及校钞精本，遂识书画鉴赏及书本校勘门径。性喜求救荒摊丛残古书，累积既多，更大通目录版本学。叶郎园吏部德辉自长沙来吴[一]，一见奇之，及见同里顾巍成茂才建勋及不佞，亦复如是，曰："我尚友古人，见两王、黄、顾，论交当世，又得一王、黄、顾矣。"两王、黄、顾者，船山、梨洲、亭林及莲泾、荛圃、磵蘋也。余据江山刘氏古红梅阁景宋刊本钞《邓析子》，颂尧为予编校守山阁所据诸旧本暨《意林》《治要》《御览》《书钞》诸书，撰为校记，今犹存海上寓所流碧精舍，每一展对，辄老泪盈眶也。

校理

[一]"拟"，洪本同，然当从油印本作"疑"。

[二]叶德辉生卒年，眉注："叶奂彬，生同治三年甲子，卒民十六年丁卯，年六十三岁。"

望高台下燕营巢[一]，五百清词稿校钞。
更有师门龚氏子，卢熊苏志付浑淆。

顾巍成茂才建勋[二]，藏有清人词五百余种，与寒家瀞粟楼略相勒[三]。叶遐庵先生撰《清词钞》，遍借海内外公私藏，撷取我两家，即居其十之一，则为藏库藏家所向未著录者也，可以自豪矣。巍成藏书，经史考据亦间有之,集部亦与词相俪,而子部较少,余则特多札记书耳。巍成身后默然无闻,不知散去否也?其师子龚彦威则重,亦守其父书,有卢熊《苏州府志》,洪武十二年刊本也。丁丑之役,屋漏沾湿,不可揭开,大约已薰返魂香,充还魂纸矣。"燕营巢",巍成书斋名,言得书之难,如燕泥之艰于衔成也。

校理

[一]"望高台",洪本同,油印本作"望齐台",是也。本稿"叶恭绰"诗传有"与望齐门内顾巍成君建勋家燕营巢"句,"望齐"原作"望高","高"字朱笔改作"齐"。

[二]"茂才",后加。

[三]"勒",洪本同,油印本作"坿"。

猛惊一弹弹重楼,百箧墙身碎不收。
柔能胜刚书无恙,泥沙扑去莫须修。

王慧言讲师保譿,守其先人紫翔大令祖畬楹书,乙亥、丁丑两遭寇弹,箧版多碎,而书尚无恙。惜身后乏资,家人出以易粟,渐告罄矣。就中太仓乡先哲遗著稿本特多,程迂堂穆衡《梅村诗注》稿本[一],其上驷也。闻有《水浒传考证》未刻稿精甚,而未详撰人,民国十八年左右,有自署"瞻庐"者,登《水浒传考证》稿于《新闻报·快活林》,征引宋人稗野极多,不类此君向来文笔,疑即从此本出。闻又有荆石山民吴镐未刻稿。书渐见沪市,而精本杳然,不知黄鹤客何处去也。

校理

[一]"程迂堂穆衡",按"堂"当作"亭"。

　　乡邦文献所维系，兀兀穷年往哲编。
　　撰得郡西古迹志，寒山蔓草久荒烟。

　　潘君圣一先生[一]，名唯曾，一字贯之。家我吴玄妙观后牛角滨[二]。尝襄理主持海上涵芬楼及杨树浦胶庠两书库，亦任我吴东吴大学守藏史。平日读史，尤孜孜兀兀于乡邦掌故。尝得明名人赵凡夫宧光《寒山蔓草》孤本，因修寒、华两山志，颜其室曰"寒木春华之馆"，索余藏书供参稽。余藏先哲遗书搜访有年，至是乃倾筐倒箧而出之[三]。寒家邃雅斋，圣一尝假以为露钞雪纂地，今三十年矣，犹忽忽若前日事。余作《怀人感旧诗》曰："寒山蔓草已荒烟，千尺谁听飞雪泉。吴下学人凋落尽，赖君秃笔表前贤。"[四]盖实录也。"千尺雪"为凡夫园林胜处。凡夫一门风雅，有陆师道令媛卿子以为配，著有《考槃》[五]《玄芝》二集。子灵均著《寒山金石林时地考》，媳为文待诏女孙端容俶，善虫鱼花鸟。萃三吴秀气于一家，无怪圣一梦寐不忘也。

校理

　　[一]"先生"后加。
　　[二]"牛角滨"，油印本作"牛角浜"，是。
　　[三]"筐"，洪本误作"箧"。
　　[四]"前贤"，油印本作"先贤"。
　　[五]"著有"，原作"亦著"，后改，洪本未改。

　　少饮香名静虚斋，天然清福早安排。
　　老来偶立藏书约，中秘进呈不介怀。

　　孙伯绳学长祖同，籍山阴，寄籍虞山。绮年即能诗，刊有《虚静斋诗集》。同学东吴大庠时，已有籍籍名矣。倭寇劫后来沪上，斥书画，购版本，有明本一百二十种[一]，编藏书目、志各一册。嗣得宋刻孤本《花间集》，又得宋医书一、元椠一。而祖遗旅社业不甚振，负重债[二]，拟鬻书以救燃眉，北海书库闻之，派员以近亿金购之去，架上空而心中泰矣。然与余交最厚[三]，因作二十八字以慰之。

校理

[一] 洪本作"余种"。

[二] "债"，原作"税"，后改，洪本未改。

[三] "架上空而心中泰矣。然与余交最厚"此句"矣"字补于"泰"字下，油印本作"架上空而心中泰然矣"，而无后句。洪本无"而"字。

叶赫纳兰编年谱，报恩塔院修志书。
非诗人诗冰玉集，换得凤求凰曲无。

张惠衣古物保管委员会委名任政[一]，检纳兰容若《通志堂集》以下诗七十有二种[二]，成《纳兰容若年谱》。检张宗子《陶庵梦忆》以下书数十种，成《金陵大报恩寺塔志》。又辑集部笔记中所载非诗人诗近千首，取东坡居士"贩夫佣妇皆冰玉"之意，颜曰《冰玉集》。惠衣所藏陈玉蟾《凤求凰》曲，海内孤本，有吴瞿庵师梅、卢冀野学长前跋尾。丁丑之春，自金陵邮苏，属为作缘，以二十金斥去之。时已略有风鹤警，决无售理。余虽阮囊亦羞涩，然意以惠衣如此割爱，必有要需，急如数汇去，函中曰："已售之矣。"暨来海上，值囊窘时，屡欲斥去，然往往无成。余他书之来，类此者亦多，岂以略有一线之义愤，长恩有灵[三]，不欲弃我而去耶？最近是书始以稍善价脱去，而他书犹是也。噫，异矣！

校理

[一] "古物保管委员会"为后加。洪本未改。

[二] "以下诗"，油印本作"以下书"。

[三] "恩"，洪本误作"思"。

螺瘿闇室起居注，马璞授畴律绝丛。
屈宋衙台吴季子，玉珂小阁忆回龙。

吴慰祖先生[一]，我乡金昌亭下回龙阁世居。任水利台省记室有年，近闻在首都任外事处职。衙台屈宋，自古有之，不足异也。君治乡邦掌故，勤奋亦如潘君圣一，购觅藏钞，不遗余力，在乡为陈君子彝、沈君勤庐所器重；寓沪为顾君起潜、潘君景郑所激赏。忆丁丑之前来沧浪书库，示以乡先哲元和王朴臣炳燮《毋自欺室日记》原稿残卷四册，其文立的示程，有若道家功过表格，有"阅读游览""省身克己"诸条款，理学心传，严于自治，相彼瞿昙，当入律宗。余至今犹牢记之不能忘，二十年来犹愧未能奉之以为金科玉律也[二]。又尝携示乡先哲马授畴璞《厄斋诗钞》七律七绝残卷二册，余以藏有厄斋《陶诗本义》，故能知其审。君于两书颇有热忱归诸公家，然当事者则以丛残视之，未与商让[三]。值余亦受军阀掊克，囊空如洗，未能代为保存，至今悔之。不知流离之余，两书犹无恙否也？朴臣有干才，邑志以《行状》参本集，亟称之。授畴诗学极深，于其注陶评陶见之，均不可不保存之名作也。朴臣当粤军方盛时迁居木渎，与金兰、沈渊辈结碧螺吟社，自称"胥山瘿人"[四]。见《邑志》本传。厄斋，一字厄园，治经术，善诗古文，与纂《图书集成》，以荐授兴平仓监督，岁余报罢。贫甚，朱邸多招致之，抗礼无所屈。宗室塞侍郎字晓亭者，遇之尤善。晓亭，名塞楞额，姓瓜尔佳氏，官至兵部侍郎，后任湖广总督，以孝贤皇太后大丧百日内违制薙发，赐自裁。见

《清史稿》列传。大兴吴肇元会昭因访蒲城屈悔翁征君，复于湘潭陈学田所识之，见厄园周规折矩，动引礼法，謦笑无少苟。《陶诗本义》为肇元与余姚邵南江晋涵校订刊行，其全集则在学田所。后学田为长芦盐运使，厄园往依之。老且病伛而著述，竟客死津门。肇元仅钞得古文辞数十篇，见肇元撰《陶诗本义序言》中。呜呼！如此名贤而邑志名姓黟如，以此例他未知者[五]，我侪秉笔者之罪擢发难数矣！余搜罗此类事迹颇多，拟条例为《邑志补正》，以赎前愆，以尽后死者之责。然微吴君，孰启予哉？（先生藏有校本钞本甚富，稿本以何义门之《唐人分韵诗》十余册为最著名。此外，收有同光时名人尺牍多至十万通以上，其中以徐梧生旧藏为主要。又有一通为英人戈登致恭亲王信一通，言愿重来中国，助清军向俄国收复伊梨。此信得之隆福寺旧书肆中，帝国主义侵掠者之一铁证也。）[六]

校理

[一] 原作"吴君慰祖"，"先生"后加。

[二] "愧"，洪本误作"忆"。

[三] "商让"，洪本作"商议"。

[四] "瘿"，洪本误作"癯"。

[五] 洪本"知"下衍一"志"字。

[六] 按，此段原见眉上浮签，原稿上有省略号，意即补于此。洪本无。

宜州家乘龙川略，杭客云山味水轩。
恨煞绛云遭一炬，书神错怨懒长恩。

陆颂尧学博鸣冈，别号陇梅，世居海上，为春申江头故家乔木。专收郭天锡而下尽明清而迄改制之初私家起居注，在日记一类，可谓上下古今，真知笃好者矣。寓邸曾遇祝融，楚人一炬，六丁悉数收去。人谓书神无灵，实则藩街积习，救火警士未遂所欲，则坐视不救。已允总犒五千金矣，而中夜无法支付，且勒索现钞，遂使名家稿钞校本、日记真迹火炎昆冈，玉石俱焚矣，可胜浩叹！苏黄《宜州》《龙川》两著，不以日记名，却为自序而作。郭氏《客杭》《云山》两书暨紫桃轩《味水》一编，则日记权舆，更显于苏黄矣。

　　　　又一藏家呈中秘，汉皋佩解即昇仙。
　　　　中有文柯旧藏在，稿刻校钞散若烟[一]。

　　徐恕先生字行可[二]，号强誃，武昌人。以在汉皋略有祖遗资产，故一生惟以收书为乐事。与积学斋主徐积余、伦哲如交好，并皆以目录学名于时。所藏积至七百余箧，文廷式、柯逢时二家精本多归之。遇友好藏有名校钞本，必商借录副，而己之所有，亦不惜借他人过录。晚年犹往来京、沪等处收书数次。然闻其世前，已以所藏三分之一输归公家。殁后，其子依其遗志全部捐献。

校理

　　[一]此句，油印本作"稿刻校钞得天全"。
　　[二]原作"徐恕字行可"，"先生"后加。

　　　　藏书盈库兼仓富，续补可嗣四库书。
　　　　安得群儒策群力，提要远追逊代初。

　　伦哲如教授明，广东东莞驻防旗籍人。久寓北京，藏书极富，占新旧粤东两会馆储书，尚嫌未足，自额其居室曰"续书楼"，作有记文，曾载某杂志。续书楼者，盖欲续《四库全书》，作为提要，以补其不足者也。因见叶鞠裳先生昌炽所著《藏书纪事诗》尚有可补续者，乃作《辛亥以来藏书纪事诗》[一]，拙著《再补续藏书纪事诗》，盖由先生启之也。先生所著仅见于天津《正风》杂志，无单行本。拙著则并未刊行也，一俟修正问世，当先以油印试之。

校理

[一] 三处"纪事诗"，"纪"均写作"记"，径改。

续补藏书纪事诗卷二

流碧精舍海上丛著之一[一]

校理

[一] 此条原稿朱笔划去。

荆驼逸事众香国，草莽私编野史亭。
绝忆宿迁王观察，池东书库碧芸馨。

王果亭观察其毅，宿迁人。藏晚明稗官野史甚多，有曰《明季野史汇编》者，有曰《明季稗野汇编》者，有曰《海甸野史》者，疑搜集单行本佚籍而综合之者[一]，《禁书总目》无"汇编"之著录也；又有无撰人《今史存录》六卷，《劫灰录》六卷，闵予忱《枕函小史》五种四卷，明黄俣卿《倭患考原》一卷，明郭光复《倭情考略》一卷，不著撰人名氏《倭志》一卷，明许相卿撰《革朝志》十卷，钞本无撰人明《虐政集》一卷、《邪氛集》一卷、《倒戈集》一卷，三书尤为明季野史中异品。而明中叶及晚明诗人僻集尤多，若旧钞本梁辰鱼《鹿城诗集》

二十七卷，若陈道复《白阳集》十卷，文震亨《文生小草》一卷、《斗室偶和集》一卷、《一叶集》一卷，若僧豁堂老人《同凡草》九卷，若释法藏《三峰藏禅师山居诗》一卷，若李天植《龙湫集》六卷附《明史弹词》一卷，与寒斋藏《昆山梁氏家谱》伯龙手稿，及潘晚香手校释晓青《碻庵和尚山居诗》《杨柳枝词》，吴县顾氏燕营巢藏释晓青《高云堂集》，莫厘叶氏爱泽楼藏释敏膺《香域自求内外集》，吴县孙氏赵斋藏释德元《来鹤庵诗稿》，海上朱氏继日待旦楼藏今释《遍行堂集》，南翔王氏龙华日晖书库藏读彻《南来堂稿》，南浔刘氏嘉业堂藏释南潜《丰草庵诗集》[二]，宿迁王氏池东书库自藏江城释雁黄布衲吃雪大涵《黄山游草》，吴县叶氏治鹰书库旧藏释纪荫《宙亭诗集》[三]，吴县张氏仪许庐藏释明印《听松窝诗钞》，可以互相印证者也。丁丑乱前，王氏尝总勒十间书屋所藏，专刻一簿录，曰《宿迁王氏池东书库目》，密行细字，书厚一寸许。乱后，其书散入北地，有人见诸海王邨书肆中。闻已归入某公藏，未知果确否也？

校理

　　[一]"疑"，洪本作"拟"，是也。

　　[二]"丰草庵"，洪本作"丰草堂"。

　　[三]"亭"，洪本误作"宇"。

　　　墓庐孝子尝高隐[一]，东道我逢李邨侯。
　　　插架卅年历乱处，深藏人海忆之否？

　　李印泉阁揆根源，腾冲籍，流寓吴中。盖在丁丑前十余年已敝屣簪缨矣。阙园之筑于吴中也，以养其太夫人。太夫人殁，即葬我吴小王山，印公庐墓，有终焉之志。搜寻吴郡名胜，作《吴郡西山访古记》。时正从乡先辈张公绂先生一麐修邑志，反从印公请益，见印公口讲指画吴中四乡名胜古迹、吴郡名贤遗闻佚事，历历如数家珍，每心折之。印公在城，余无日不往阙园，与当世贤豪长者谭道讲艺，上下其议论。四方名流竞集吴会，余均未尝不获见。在乡庐墓，余一往辄信宿六七日，诗酒之会，酣嬉淋漓而不厌也。"东道我逢李邺侯"，即当时赠公句也。丁丑之变，印公不获已而返故乡。胜利四年未来东南，革新后始一乘公车来南中，极峰即速之北上，受三为祭酒之养。年将大耋，艰于步履[二]，未必能长来南中，吴门城乡流寓两老屋，尘封空锁，插架历乱矣。

校理

[一]"墓庐"，洪本同，油印本作"庐墓"。

[二]"艰"，原作"难"，后改，洪本未改。

石林再隐凤池乡，捐尽山经蒲石仓。
才选四千近词集，还搜五季旧文章。

叶遏庵铁道部长恭绰[一]，为石林老人后裔，自浙绍迁南海者数世矣。挂冠后，流寓春申江上选清词，以寒家瀣粟楼与望齐门内顾巍成君建勋家燕营巢藏清词略多，遏公展两家目，知为公私藏所未收者尚各有百八十余种，介吴湖帆公孙来见。借词之日，即蒙一见，如旧相识。嗣后，苏、浙、沪开文献展览会者三次，遏公无一次不任高等顾问，余与陈君子彝华鼎、陈君子清晋湜辈亦无役不从。北京中国营造学社卢工程师秦璋来吴[二]，倩遏公导游，详测吴中古建筑，唐殿宋塔，余亦无处不乡道以往。后遏公购我吴汪甘卿太史锺霖十亩园，即颜之曰"凤池"，纪祖德也。王文恪《正德姑苏志》载，石林流寓吴门，居凤池乡，政和中，居鱼城桥。鱼城桥者，朱梁任君锡梁考为即《宋平江图碑》之吴承议桥，音近而讹耳[三]。抗战后，余犹数数见遐公于春申江上，后复远赴香港，遄返羊城。革新后赴京受三为祭酒养，犹蒙通函询起居。近亦年高多病，不能时时南来矣。梦寐之思，其何能已！《全五代文》者，遐公曾得旧人辑本《五代文钞》而扩充之，余为之集前贤所著各地五代金石文目饷之，遐公亦不以为不可教，时犹未见杨君殿珣《石刻题跋索引》也。《清词钞》已集成者四千余家，承以油印目录简历见赐，封面手书题识，犹谆谆以拾遗补阙为属。所藏地志山经之属数千册，尽捐入海上叶揆初孝廉景葵所创设，顾起潜乡台廷龙所主持之蒲石书库，平生行谊，足风世矣。

校理

[一]"铁道部长"，原作"铁长"，后补。

[二]"秦璋"，当作"奉璋"，详见笺证。

[三]"吴承议桥"，详见笺证。

读遍古尊宿语录，搜穷纪胜地舆书。
藏之名山传其人，悠哉神其游太虚。

王培荪居士植善[一]，南翔人[二]。邃于古学。改制之初，见我吴乡先辈孙公伯南宗弼为购明本《古尊宿语录》于书友杨馥堂鸣琴室，余始知其名。后闻以二万金得杭垣吴春帆方伯煦十间书屋藏本，所储益富。后闻陈君子彝言培公佛学甚深邃，所藏语录甚多，凡大藏内外者悉有之。山经地志，则与南海叶氏埒，而可以相互裨补者甚多。亦间有向未见于著录之晚明史籍、文艺。时正陈列龙华学舍日晖楼书库，因往瞻仰，果如所言。学舍书库，均培公独力捐设者也。后培公年臻大耋，命尽其所有，捐入叶揆初孝廉景葵创设之合众书库[三]，公之于世。部署既毕，培公即入涅槃，其真有宿根者欤？

校理

[一]"荪",原作"生",后改,洪本未改。

[二]油印本作"嘉定人"。

[三]"合众书库",原作"蒲石书库",后改,洪本未改。

潘景郑[一]

校理

[一]此见于眉端,示意将"潘景郑"移至"王培荪"后。

珠<u>丛</u>经眼追陈晁,翠墨铭心继赵欧。
明史考证攟逸校[一],隋书韵检置新邮。

王荣卿太史颂蔚凤擅版本目录之学[二],且擅金石考证。于晁公武、陈直斋、欧阳永叔、赵德甫四家著述,极深研几。所著《古书经眼录》《读碑记》,足与莫子偲大令友芝《宋元本经眼录》、方小东观察朔《枕经堂金石跋》并驾齐驱。且有《明史考证攟逸》之编订,视齐氏召南辈二十三史原考证,抑且胜之。《隋书经籍志韵编》,较之汪氏辉祖《史姓韵编》更专精竺实。前三书先后梓行,而《隋志韵编》稿本,则与同时发见之《周礼古注旧疏合辑》诸书,统归海上市书库。其目如下:曰《经文异同》四册、曰《佚书存拟》四册、曰《习静斋金石记》一册、曰《写礼顾札记》二册、曰《两晋南北朝异事掌录》十五册、曰《义类》四册、曰《礼记音义》一册、《名迹录》二册、《楹书隅录》三册并《隋书经籍志姓氏韵编》九册,总为《写礼顾杂著》四十五册云。

校理

[一]"证"，原作"征"，据《明史考证攟逸》书名改。

[二]王颂蔚生卒年，眉上注："光绪六年二甲七十四名进士。道光戊申生。"又："生道光28戊申，卒光绪21乙未，年四十八岁。"又注："妻谢长达，咸丰元年辛亥，卒民初年。"按，谢长达生于1848年，卒于1934年。

姬刘二雅疏笺续，墨子三家补正编。
稽古新疆纂图志，陶庐丛刻枣梨镌。

王晋卿方伯树枏[一]，河北新城人，自号陶庐。幼禀庭训，聪敏嗜学，以进士任甘兰知县，后任平度汪固兰州道，升任新疆藩司。编有《新疆图志》及录其金石文字为《新疆稽古录》，又著《墨子三家校注补正》《管子札记》《尔雅说诗》《广雅补疏》《费氏古易订文》《尚书商谊》《大戴礼孔注补正》诸书。晚年任清史馆总纂，卒改革后三十五年。

校理

[一]王树枏生卒年，眉上注："生咸丰元年辛亥，卒民廿五年丙子，年八十六岁。"

海昌今有两学者，南辕北辙去家园。
恂恂儒雅陈仲子，虎虎生气赵王孙。

陈乃乾先生、赵万里先生斐云[一]，均海宁人。其学沈博绝丽，其文惊采侧艳，与之遇，恍如观元大画家钱舜举《锦灰堆图》也。乃乾主持南翔王氏龙华学舍日晖楼书库。见闻既博，更自设书肆以搜集之。先后影印《慎子》《刘子》诸僻本，津逮学者不浅。然其为人也和平中正，休休有容。万里佐理北海书库，宋椠元刻，如数家珍。二十余年前来苏，主吴瞿庵先师家，见其入门下马，行气如虹，头角崭然，睥睨一切。师设宴，命余陪座。余性迂琐，蜷倦座隅，竟席未敢通一语。然读赵君所著《说苑斠补》，见其出入宋元精本，挥斥诸校勘家不遗余力，乃幡然曰："学问之道，其如是耶？"

校理

[一] 原作"陈君乃乾、赵君万里"，"先生""斐云"后加。

橐囊书若裹餱粮，架阁床头或别藏。
怅绝兰皋穆天子，病中久要不教忘。

王瑗仲教长蓬常[一]，为太仓唐蔚芝侍郎高弟子，与同邑唐立庵兰、常熟钱仲联萼孙、北流陈柱尊柱齐名。唐以考古之学著，《洛阳韩君墓屬羌钟考释》《寿县楚大库所出铜器考略》，其名著也；钱以诗文考据著，沈子培方伯《海日楼诗注》《梦苕盦诗》，其杰作也；陈以诸子之学著，《墨子刊误》《公孙龙子集解》，其佳制也。瑗仲则以诗文宏博著，所著《抗兵集》，诗文出入《史》、《汉》、李、杜，读者重之，余更梦寐不能忘。陈、钱不拘小节，瑗仲、立庵则敦厉气节，抗颜希古，故世视"唐门四杰"，亦觉如别酸盐。称王、钱为"江南二仲"，亦知其各分涂术也。余于柱尊，廑沈君勤庐介，于抗战最初一往修谒，未测高深也。立庵则未获一见。仲联之函札著述，在吴君丕绩处所见极多，颇服膺其细密精审，而于《爱日楼诗注》之博大宏深[二]，更钦佩之，视为神交。尝著《怀人感旧诗》，咏王、钱两君曰："江南二仲洵天才，章草唐碑各别裁。海日诗笺寐叟谱，抗兵有梦苕华开。"盖言瑗仲尝著《沈寐叟年谱》，与仲联诗注相得益彰也。瑗仲遇余特厚，岁时相见，欢若平生。

余著《汉魏两晋南北朝群书校释》，尝向之乞假金甸丞蓉镜刻郝兰皋遗书以外本《穆天子传注》，瑗仲自藏中遍检不得，虽病肝阳，血沸高张，犹为致函遍询金氏昆季从子辈。余见金氏子弟复函始知之，为之抱歉憾不置。好书者推己及人，至于如此，是可风已！

校理

[一] 教长：王蘧常1942至1949年任上海无锡国学专修学校教务长（见王运天《王蘧常教授学谱》）。

[二]《爱日楼诗注》，当作《海日楼诗注》，洪本亦误。

校释翻书九十二，珍藏手稿即名师。
奔波南北云烟散，全目难忘辑古诗。

陈奇猷硕士，以曲江望族为旧都俊秀，复从陈瑗庵垣[一]、余季豫嘉锡、高阆仙步瀛、孙蜀丞人和诸大师游綦久，譬诸甘露惠风，夕泫其条而晨零其柯，渐染既久，绠汲益修，因之著作等身，教授有方。揭来海上，都讲大庠，历有年数，皋比抗颜，恢恢乎游刃有余。往尝注吃公子书，遍考燕都中秘暨藏家善本，下逮考证、札记之属，计书九十有二种，露钞雪纂，字臻八十万，时历二十年，精博尤为所著书冠。猥以清风两袖，不克杀青，撷其菁华，用成《要删》，蜕九存一，弥觉精湛。将以就正南中名流，猥承不弃，稿定即获展读。嗣是，每有所见，即加校语，非敢立异，冀作净臣。老夫耄矣，愧不能及昌黎公万分之一，而陈君之视两区生，则倍蓰遇之矣[二]。余尝题其《韩非子集释删要》云："高贤往哲溯韶州，余韵流风孰与俦。金鉴一编成绝业，后先辉映足千秋。"又云："法家衰举吃公子，论议洋洋洒洒然。斠补疏通百万字，长沙旧业美难专。"又作《怀人感旧诗》云："九龄而下世无伦，江曲书庄第二人。斠补法家吃公子，洋洋洒洒万言新。"奇猷夫人费籥雅女士采霞，四明旧籍^[三]，早孤，老祖设肆，业仓公药笥以养之。冰水青蓝，特过我曹。余作《怀人感旧诗》，因奇猷而连类及之，云："家传仓笥雷公赋，学富毛诗郑氏笺。嫁得名流有令子，词人五福降中天。"盖女士尝《诗毛诗郑笺疏证》^[四]，而又擅诗词。长次两君，如翠竹碧梧，韩公所谓"称其家儿"^[五]，故云然也。奇猷曾钞储皖峰教授所藏杨惺吾补正严可均原辑《上古三代秦汉三国两晋南北朝隋先唐诗目》，与《文录》可以相俪。全目十巨册，均注出处，辑补原文，如按图索骥。沦陷时去燕都，寄存后九册于辅仁大庠书库。改革频仍，恐已佚去。每怀靡及，辄呼负负。惟首一册携去，曾授赵丽文女士辑其原文成书，一稿自存，两稿例归公家。其一则赵女士以赠余，藏海上寒寓流碧精舍。韩非子口病蹇吃，不道说而善于著书，见《史记》本传。吃，音蛤，后人以音近，借为喫字，而即读如喫，误矣。

校理

[一]"瑗"，当作"援"。

[二]"倍蓰遇之"，"遇"当作"过"。洪本同。

[三]"四明"，洪本误作"四则"。

[四]"尝"后似当有一动词。

[五]"称其家儿"，韩愈《殿中少监马君墓志》："退见少傅，翠竹碧梧，鸾鹄停峙，能守其业者也；幼子娟好静秀，瑶环瑜珥，兰茁其牙，称其家儿也。"

韩国万言吃公子，汝南八顾滂功曹。
一编明季遗书目，沧海横流付浊涛。

柳亚子先生弃疾^[一]，革命元老，文采斐然。早岁即遇延熹钩党，不屈不挠，我行我素。家藏清初禁书集部綦夥，近闻已携赴首都寓邸。而所著《怀旧集》中著录所藏明季遗书一大宗，几与《禁书总目》数量相埒者，则抗战时失之香港之变，杳不可踪迹矣。

校理

［一］柳亚子生卒年，眉注："生光绪13年，一八八七年丁亥，一九五八年卒，67岁。"

简又文与罗尔纲，太平天国尽哀扬。 鲁迅专修小说史，阿英亦善搜洪杨。

简又文先生与罗尔纲先生，专搜太平天国佚事^{［一］}。周树人先生鲁迅藏小说史资料著于世^{［二］}。钱稻孙先生阿英则于小说资料外^{［三］}，亦收太平天国遗书。伟哉，四君子也！

校理

［一］原作"简君又文""罗君尔纲"，"先生"后加。按，简又文（1896—1978）。1937年5月5日《逸经》第二十九期刊简又文《太平文献：吴中文献展览会中之太平文物》："吴中文献展览会继续浙江文展而开于苏州。会期由二月一日起至三月一日；会场在沧浪亭可园之省立图书馆……余于二月廿八日特赴会参观，于各室陈列品，真如'走马看花'未及一一欣赏及研究，所独注意者乃在第六、七两室所陈之历史革命文献中之太平天国文物耳。承馆长蒋吟秋及馆员王佩诤、徐湛秋诸先生之特予便利及格外襄助，余因得将其中太平文物九品一一摄影及细加研究。'如入宝山得宝回'，归来趣成此篇，以告有同嗜而未获一饱眼福者。"又同年6月20日《逸经》第三十二期刊简又文《太平

文献·常熟访碑记》："余二月廿八日在苏州文献展览会中，得见常熟太平天国报恩牌坊碑拓本后……同日即由王佩诤先生介绍往一书店购得初拓精本数张。"

　　[二] 原作"周君鲁迅"，"树人先生"后加。

　　[三] 原作"钱君阿英"，后改作"钱稻孙先生阿英"。按，此误甚，钱稻孙名恂，阿英即钱杏邨，为两人，后云"四君子"，则钱稻孙不当与焉，应是将"钱杏邨"误作"钱稻孙"。

　　辨机大唐西域注，长孺黑闼事略笺。
　　蓬莱轩中披图录，山经海志正续编。

　　丁益甫大令谦，仁和人。曾任处州府学教授，卒改制后八年，藏舆地书颇富。生平雅善骈散体文，精究金石文字，著《蓬莱轩舆地丛书》，武林书库为之刊行。

　　吾日三省我之身，冲乎淡泊是其思。
　　群经诸子作新证，吉金还录双剑誃。

　　海城于思伯教授省吾，曾任开府记室，后拥皋比于北京法兰西人所设之辅仁胶庠。精钟鼎甲骨文字之学，即以斯学训诂群经诸子及文史群书，颜曰"群经诸子群书新证"。已刊行者，群经见《易》《诗》《书》三种，诸子见《老》《庄》《管》《晏》《墨》《荀》《韩》《吕》《淮南》《子云》十种。群书成稿者有《穆天子传新证》一卷，又印行《双剑誃吉金文选》《图录》二种。己丑革新后，藏书有稍出以易米者，余托海王邨通学斋书友孙耀卿商购其藤县苏时学《爻山笔话》、闽侯叶大庄《偕寒堂读书记》[一]，厥直可埒明嘉靖本，大致尚求善价而沽，不至太窘迫也。

校理

　　［一］"闽"，洪本误作"阁"。

华宗牒溯有巢氏，逸气踪追邴曼容。
掩骼埋胔人或有，解衣推食世难逢。

　　巢章甫先生章，喜为生存人刻集，至少则油印焉。余往尝读赵㧑叔《书岩剩稿跋》，谓搜集前人残剩文字，比诸"掩骼埋胔"。余谓流传今人著述吟咏，比之"解衣推食"。前者容有，而后者绝无，君洵为人所不能为也。而议者犹以君之孜孜兀兀向人索稿[一]，为太尽人之忠、竭人之欢，则真不与人为善者矣。巢君又藏清人笔记及近代人诗词极富。

校理

　　［一］"犹"，原误作"猛"，后改，洪本未改。

班昭续汉玄黄际，语业西樵一大家。
况有月蝉飞笔露，经师人表拜灵娲。

　　冼玉清女士，南海人，家西樵山，多藏理学、美艺书。尝副纂通志，与修国史。能诗文词，善鉴别书画，且雅能考证乡邦掌故，又著有《理学笔记》。教授岭南大学，经师人表，通儒硕学，兼而有之。冒鹤亭老命余题吴湖帆公孙为绘《修史图》，余填《水龙吟》一阕，用稼轩韵，云："十年野史亭荒，班昭续汉玄黄际。黎岐炎徼[一]，拾闻搜逸，祖风高髻。锦缬牙旗，金章铁券，抚循蛮子。尽八纮译纪，两朝剥复[二]，女南董，知斯意。为道西樵语业，旧文章、等身编未。月蝉笔露，鹅湖鹿洞，宋髓元气。万竹秋寒，摩挲翠袖，传人惟此。问何时瞻拜，西窗剪烛，损蜡红泪。"

盖言隋高凉冼夫人奉诏镇抚寒方，赐锦缴金印，仪制如刺史，女士远祖也。《西樵语业》，宋杨济翁词名，兹假为理学家语录。《月蝉笔露》，则明侯元汸理学笔记也。鹤老见之第一二两句，大为击节，谓真得稼轩神髓云。

校理

　　[一]"岐"，洪本作"歧"，误。按，"黎岐"即黎族地区。

　　[二]"剥"，原作"制"，后改，油印本未改。按，"剥复"为《周易》二卦名。

古松泼墨画盘龙，苦忆莺啼词兴浓。
翠袖摩挲三小印，款镌月色照溶溶。

　　蔡哲夫先生有守，善考古，藏金石书籍极多[一]。又富才艺，尝绘滇南盘龙山古松丈幅，以黏木版束挺远邮吴中征题[二]。余为填《莺啼序》一阕。未几，哲公捐书致谢[三]，且媵以谈月色夫人溶手镌余姓名表字小印二[四]，"元嘉千叶莲堪"小印一，以予赠哲公寒家藏刘宋"元嘉千叶莲华造象"原石拓本也。惟余之词稿草创，失之倭寇流离中，当时沾沾自喜者，事后不无耿耿于怀。哲公墓有宿草，冀月色夫人见此诗注，能录以见还也。则予心斯慰矣！

校理

　　[一]"籍"字后加，油印本、洪本均无。

　　[二]"黏"，此字原作"木"旁加"黏"，检字书未见，应即"黏"字。"木版"，洪本作"本版"，误。

　　[三]"损书"，"损"旁钢笔字改作"捐"，油印本亦作"捐书"，盖不明"损书"乃受人书信之敬辞。辨见油印本本诗传脚注。

[三]"塍"，原误作"賸"。按，"塍"赠送也，因改。

扶桑访古搜经籍，劫火犹存秘笈三。
周易疏单论语义，魏何遗稿莫能探。

姚子梁先生文栋[一]，一字东木，上海人，寓南翔，前清直隶候补道。黎莼斋使日本，薛叔耘使英国，均为参赞。又尝为缅甸勘界委员，著有《云南勘界筹边记》。家有昌明文社书库，藏十六万卷，以日本版本为最多。内有秘笈三种尚存，余均毁于丁丑之乱。三种者：一稿本《经籍访古志》，为日本古书会编纂，操觚者皆其国藏书家、目录学家，黎氏《古逸丛书》即以此为根据而访求焉，凡中国流入日本之古籍，大都可考，现存陆渊雷处；二唐写本《周易》单疏，宋以前疏与注单行，至宋始合刊，此唐写本可见单疏之真面目，现存顾起潜处[二]；三皇侃《论语义疏》古钞本，现存南京盋山图书馆。此外尚有日刊本之《论语》十数种，更有古今中外地理图书若干种，与魏默深、何秋涛原稿，均付之一炬矣。见柳逸庐肇嘉《恒其德贞斋随笔》。

校理

　　[一]姚文栋生卒年，眉注："生咸丰二年壬子，卒民十八年己巳，年七十八岁。"

　　[二]油印本作"现存上海图书馆"。

一手洒沈复澹灾，龚黄朱尹不凡才。
述芳况有楚辞解，数典还能蒙漆该。

永年武次彭大令延绪，治湖北京山久，人称循吏。塞堤抢救[一]，游刃有余，剔弊兴仁，老吏断狱。著有《所好斋札记》，复能剖晰《庄》《老》诸子，下逮《史公》《淮南》诸书，所言往往与乾嘉诸大儒冥契。已刊行者，有《楚辞》《庄子》两札记。邵次公瑞彭为作家传，力称其吏才^[二]，盖通经而能致用者也。

校理

[一]"塞"，洪本作"寒"，误。

[二]"吏才"，洪本作"史才"，非。

<blockquote>
谁云盾鼻无余沈，应识数根获借方。
握算持筹名将帐，擘经译史大儒堂。
</blockquote>

徐固卿军长绍桢承其父仲远大令灏之学派，能通许学，布算亦能深入畴人堂奥。所著《学寿堂丛书》，可与戴、孔、段、王相出入，而复有梅文穆公以及徐、林、李、华诸家之长，近世军人中无第二人矣^[一]。

校理

[一]按，洪本此条为浮签，朱笔识曰："写在马一浮前。"

<blockquote>
复性书院刊拟目，彻底澄清道学家。
书读孤山穷四库，生也有涯知无涯。
</blockquote>

马一浮浮，号蠲叟，会稽人^[一]。（早岁曾留学国外，并在此际获读马克思《资本论》，实国人研究马克思书之最早者。惟先生归国后，则专治理学，居蜀西时，并重刻有理学书多种。尝）^[二]遍读孤山文澜阁《四库书》，伊古来自纪文达公而外，无第二人。往在西南主持复性书

院，印行拟刊书目，纯属义理一门。公既读书万卷，为能藉词章[三]、考据补义理之不足，似决以宋学为可以皋牢万有、卢牟六合者也。于以知桐城末流之文字可以不作，而桐城初祖之精神终不可废，非有所好于桐城也。博观广收，实事求是，为学之道当如此耳。

校理

[一] 原作"马一浮先生（浮）"。"号蠲叟，会稽人"，后加。又眉注："卒1967年6月二日。"

[二] 按，此段原见浮签。并有"会稽人……"之标识，意即此段插入正文。洪本无。马浮与《资本论》，沙孟海《马一浮遗墨序》："一九四九年夏天，我从上海经杭回甬，谒马先生于郭家河头寓居。谭次请问他对共产党革命的看法。他告我：'早年试读马克思《资本论》，当时无中译本，用的是德文本，我是当作诸子百家的一家学说来阅读的，远远不够深入。'"〔《沙孟海序跋（手迹释文本）》十一〕最后又添有一"尝"字，似欲与正文相属，作"尝遍读……"。

[三] "藉"，油印本、洪本作"籍"，非。

通儒越缦日知录，小志萝庵游赏编。
一卷白华绛柎阁，䌹川花隐小词笺。

李莼伯大令慈铭[一]，为文沈博绝丽，诗尤自成一家，词复超出一代。性狷介，又口多雌黄[二]，服其学者好之，憎其口者恶之。日有课记，每读一书，为求所蓄之深浅，致力之先后而评骘之，务得其当，后进翕然大服[三]。著有《越缦堂文集》十卷、《白华绛柎阁诗》十卷、《䌹川花隐词》二卷、《萝庵游赏小志》一卷、《越缦堂日记》六十余册，弟子著录者数百人。《日记》中尚缺数册，闻中有诋毁樊樊山语[四]，为樊山所知，向其后人假归，阅毕果然，遂冲冠一怒而付诸丙丁云。

校理

［一］李慈铭生卒年，眉注："生道光九年己丑，卒光绪20年甲午，年66岁。"洪本眉注："初名模，字式甫，后更名慈铭，字悫伯，号蓴客。"

［二］洪本无"口"字。

［三］"大服"，洪本作"大限"，误。

［四］樊增祥生卒年，眉注："樊樊山年八十六岁，生道光廿六年丙午，卒民廿年。"

八旗宗室真名士，诗付隐囊欹帽纱。
文采风流今在否，西施唐突美人麻。

宝竹坡侍郎廷与黄漱兰提学［一］、张香涛协揆辈主持清议，有大政必具疏论其是非。典试福建，归途经浙江江山，纳榜人女为妾［二］，还朝自劾罢。工诗，好饮，家极贫，香涛济以资，到手即沽饮，或以赡更贫者。后中酒病卒。有《偶斋诗草》内外集。尚书持平自劾前方事之殷，忌者欲中伤之，作联布之京师，云："宗室八旗名士艸，江山九姓美人麻。"以"竹"为"艸"，美而偏麻，谑而近于虐矣。

校理

［一］宝廷生卒年，眉注："生道光20年庚子，卒光绪16年庚寅，年五十一岁。"

珠林珍秘鸥波舫，金薤琳琅翠墨园。
六代神髓书跋尾，石芝小印绛云存。

郑叔问内翰文焯，自号大鹤道人，精鉴赏，金石、书画、经籍，一经品题，人皆重之。藏家以得其一跋为荣[一]。平生与人往还尺牍，往往朝达邮筒，夕付装池。《赏延素心录》中物无可与比拟者。晚年隐居吴下，卜筑吴小城东之孝义坊。校词读画，题识金石拓本，几成日课。著述亦极精博，金石而外，陶瓷竹木悉有记载。雅人深致，自不成于凡俗也。身后遗稿悉为万木草堂主人康长素取去。长素颓坏，长物亦飘零无存，大鹤著述亦随之而散矣。

校理

[一] 郑文焯生卒年，眉注："生咸丰6年丙辰，卒民七年戊辰，年62岁。高密人。"

纯常枝语深宁学，云起诗词辛杜神。
落叶哀蝉环天室，满腔心事与谁论。

文芸阁学士廷式读《永乐大典》诸书[一]，削肤存液，著《纯常子枝语》十六册，其精博不在俊仪《困学纪闻》下[二]，世人崇古贱今，莫测识也。云起轩诗词惟杜老、辛幼安是师，名笔也。曾重伯广钧《环天室诗集·落叶哀蝉曲》为珍贵妃发，实则为其师发也。故连类而及之。

校理

[一] 文廷式生卒年，眉注："光绪十六年一甲二名进士。生咸丰六年丙辰，卒光绪30年甲辰，年四十九岁。江西萍乡。"

[二] "俊仪"即"浚仪"，南宋王应麟，字伯厚，自号"浚仪遗民"。

天潢贵胄郁华阁，绝城空碑阙特勤[一]。
铁岭名贤冠一代，纳兰小令伯希文。

盛伯熙祭酒昱[二]，一字伯希，有清宗室。简贵清谧，崇尚风雅，文誉满海内。精鉴赏，考订经史及中外舆地，皆精核过人。又熟谙清代掌故，有《意园文略》《郁华阁诗集》《雪履寻碑录》。《雪履寻碑录》刻《辽海丛书》第九集中[三]。《文略》《诗存》，有杨雪桥锺羲金陵刊本。先是，祭酒年十岁时作诗，据唐《阙物勒碑》证《新唐书》"纯物勒"为"特勤"之讹[四]，由是显名。有清一代，满洲文人自纳兰容若外，无能与比拟者矣。

校理

[一]"绝城"，洪本同，油印本作"绝域"。

[二]盛昱生卒年，眉注："生道光30庚戌，卒光绪25己亥，年50岁。"

[三]"雪履"，当作"雪屐"。详见笺证。

[四]"纯物勒"，洪本作"阙物勒"，均应作"特勤"。

不豪而逸四公子，乃大有容一代真。
身后沧桑谁管得，松楸剪伐吊斯人。

吴君遂主政保初[一]，为安庆吴壮武公长庆长君。与海丰丁叔雅惠康、义宁陈散原三立、顺德罗掞东惇曧，人称"清季四公子"。至性惇恳纯孝，朝鲜靖乱之役，武壮遘疾金州，君刲膺肉和药以疗。任秋审处帮办主稿，明法励职，不畏强御，不侮贫弱。冀三年俸满得御史，以整朝纲，乃遇臧仓之阻，孟子之所谓"天"也。归里后，复游京津，游鄂、游沪，竟卒于沪上，年四十有五耳。遗命乐此邦风土，不归葬，葬于西北郊静安寺侧第六泉畔。著有《北山楼诗文词集》。见陈子言诗《尊瓠室诗话》及康长素有为所为墓表。近以静安寺侧墓地征为公用，君墓亦迁徙矣。

校理

[一] 吴保初生卒年，眉注："生同治八年己巳，卒民二年癸丑，年四十五岁。"

七言律句西江体，一代英耆南阁尊。
雒诵散原精舍集，弘文星海亦探原。

陈伯严先生三立，为义宁陈右铭中丞宝箴长君[一]。早岁即为南皮张文襄所器重，晚年自号"散原老人"，著有《散原精舍诗文集》。所著碑铭传状之属，极为当世所重。诗宗西江，亦与光宣间盛行一时之"冷宋诗"味别盐酸也。

校理

[一] 眉注："陈宝箴，生道光28，卒民24，年88岁。"按，此有误。陈宝箴生道光十一年辛卯（1831），卒光绪二十六年庚子（1900）。

尉迟瘢臂针罗什，老病死生苦历经。
欧公再世伶官传，应许伊川侠者型。

罗揆东部郎惇曧，与袁寒云为至友，而不以当涂帝制为然，被命辄辞。贫病交迫，受注射蓁夥，其绝命前诗句，有"吞针一钵如罗什，袒臂瘢痕似鄂公"语。黄晦闻一序谓"瘿公与世可深而不求深于世"，于瘿公品性昭然若揭。见郑逸梅《近代野乘》。瘿公为程研秋伶官作曲[一]，极致其力。身后，程为经纪其丧，盖亦古之人也。

校理

[一]"程研秋"，当作"程砚秋"。

书楼艺海万余卷，牙将持符一旦倾。
逆取顺传佳公子，斐然文采亦空楹。

丁叔雅部郎惠康[一]，为苏抚海丰雨生日昌长君。好学能诗，不失为佳公子。太平军义师既失利，中丞首莅吴任。而我吴甫桥西街辟疆园顾氏艺海楼，因曩聘鉴别家徐子晋处士康与太平军要人有旧，所藏图书彝器之属，尚翼蔽之而封璨无恙[二]。讵怀璧其罪[三]，太平军失利后，一日，忽有牙将、材官之属数十人，汹汹持令箭搜抄一空，名曰"惩通敌，封逆产"，而所封者[四]，悉系雅物，田园屋宇之属不计焉。顾氏先德为湘舟处士沅，所藏黄荛圃、顾抱冲故物而为顾千里所审定者，类皆宋元上驷及明清稿钞校刻之属。叔雅作故，前后流落海王邨市肆者，多有艺海楼藏印。海上涵芬楼得之以景印入《秘笈丛刻》之《姑苏名贤小纪》等[五]，其一鳞片爪也。而丁氏自辑之《持静斋书目》暨莫氏友芝代辑之《持静斋藏书纪要》，且公然以有艺海楼藏印书自夸，亦奇异矣[六]。艺海中下驷，当日丁氏以授藩司杭人吴春帆煦。吴氏殁后，南翔王氏植善以二万金得之。有《吴都文粹》正、续合编[七]，再加补辑之《吴郡文编》八十册，每册约二百叶。王氏，忠厚君子也，重违我乡先辈孙伯南宗弼请，以均分原价之半番佛四百尊廉让归顾氏后人，俾津逮我吴修志事业。惟《吴郡诗编》已不可踪迹，大约误入上驷，分归丁藏，而早散于京市矣。近年王氏藏书扫数捐入合众书库[八]，其中有黄梨洲宗羲《明文海》原稿最足本，远胜于海上涵芬楼所印四库珍本者，亦名品也。清季瞿、杨、丁、陆并称藏书四大家，实有势利之见，叶著正编《藏书纪事诗》于丁氏独付诸丘盖阙如之列^[九]，则其史笔可知。伦氏补之，拟人不于其伦矣。

校理

[一] 丁惠康生卒年，眉注："生同治八年己巳，卒宣统元年己酉，年四十一岁。"

[二]"璅"，洪本同，亦作"鏁"，同"锁"。

[三]"璧"，原误作"壁"，径改。洪本"罪"前衍一"罢"字。

[四]"者"，原作"书"，后改，洪本仍作"书"。

[五]《秘笈丛刻》，当作《秘籍丛刊》。

[六] 洪本"自夸"前衍一"目"字，"亦"作"而"。

[七]《吴都文粹》，当作《吴郡文粹》。

[八]"合众书库"，原作"蒲石书库"，洪本作"蒲石书库"。

[九]"诸"，洪本作"诗"，误。

小山轩筑桂之华，遗宅萧条有暮鸦。
诗品溧阳平等阁，必传之作一名家。

朱曼君刺史铭盘^[一]，以孝廉授官知州，早卒，故宦迹犹未能展其怀抱也。长于史地，尤长于诗文。著《晋会要》百卷、《朝鲜长编》四十卷及《桂之华轩诗文集》。见《清史稿·文苑传》。溧阳狄平子著《平等阁诗话》，极称美之。戊戌钩党中一隽才也。

校理

[一] 朱铭盘生卒年，眉注："泰兴人。生咸丰二年壬子，卒光绪19年癸巳，年四十二岁。"

瞿昙绝业穷西域，舆地精图究北荒。
海日楼空词窈冷，遗书星散太凄凉。

沈子培方伯曾植^[一]，为学兼宗汉学，而尤深于史学掌故，后专以辽金元三史及西北舆地、南洋贸易沿革。著有《岛夷志略广证》《蒙古源流笺释》及《海日楼诗文》《曼陀罗窈词》。事详《清史稿》及我友王瑗仲教授蘧常所著《沈寐叟年谱》。

校理

[一] 沈曾植生卒年，眉注："光绪六年三甲九十七名进士。生道光卅年庚戌，卒民廿二壬戌，年七十三岁。"按"民廿二壬戌"，此"廿二"当指1922年，岁在壬戌，应写作"民十一"。

藏书绝句征鸿博，李代桃僵作望堂。
不有之江守藏史，朱张夷逸孰评量。

王季芗教授葆心，曾撰《藏书绝句》，辨别版刻源流，与我乡叶鞠裳太史昌炽《藏书纪事诗》之征溯藏弆源流者^[一]，可称两绝。文艺家有论诗、论词、论曲诸绝句，美术家有论书、论画、论印、论琴诸绝句，目录版本家不可无此两作也。上虞罗子经处士振常印此作于海上蟫隐庐书林，定作者名为杨惺吾守敬，论者犹绳之以《春秋》责备贤者之义，藉微人布季芗名氏于《文澜学报》"文献专号"，则郑笺《诗》而郭注《庄》，究为何人，无人知之，而季芗之名遂永不见于经传矣。

校理

[一] 叶昌炽生卒年，眉注："叶鞠裳。生道光27年丁未，卒民6年丁巳，年七十九岁。"

挥洒天然倒好嬉，鼎尝一脔味先知。
寒笺翠墨平生乐，挟蟹避焚世所寄^[一]。

王季欢处士修，长兴籍，寓沪上。嗜吉金乐石如生命，作字每倒书，如古人钤印书倒好嬉者然。曾印金石书画摄片曰《鼎脔》，曲高和寡，数十期后绝版矣。汇编三帙^[二]，世多有藏弄者。嗜饮酒，尤嗜持螯，一夕蟹熟，屋焚，家人忙于救火，季欢则挟蟹赴酒家矣，其诙怪如此。藏精本数十箧，编有《诒庄楼书目》，及身已散失几尽矣。事见郑逸梅《人物品藻录》。

校理

[一]"寄"，洪本同，油印本作"奇"，是。
[二]"帙"，原误作"佚"，后改，洪本未改。

满洲老档搜奇史，瓜圃丛刊著异闻。
刘劭独传人物志，珠林秘殿录烟云。

金息侯秘监梁，长白山人，瓜尔佳氏。喜谈曼珠一朝掌故，所印《满洲老档》《瓜圃丛刊》，当世知之者綦多。又作《当代人物志》《盛京故宫书画录》，则流传较少。亦铁岭人士中有心人也。

维扬蒙兀镇南裔，万卷缥缃贡玉堂。
今日向歆父子学，当年群纪弟兄光^[一]。

冒疚斋大师广生^[二]，为大元维扬镇南王后裔，自明以来，世居如皋。《永乐大典》之纂修也，驰使征书，所贡特多，为东南世家首屈一指。又自明季清初，巢民先生辟疆以文章气节见重于世，大江以北言人文者，更首推冒氏。先生起家孝廉，早饮香名，服官清要，扬历中外。迭经沧桑，息景海上，煊烂之后，归乎平淡。以杖国杖朝之年，受民主建国三老五更之养，犹复耄而好学，扶病著书，文集、词论既已编就，所校《管》《晏》《韩非》《陆贾新语》《贾子新书》《春秋繁露》，亦行将就绪，而嘉惠后进，亦不遗余力。不佞近岁退老校书，时时造访，得益之多，匪言可喻。令子孝鲁君，通俄罗斯文，曾随星轺聘问上国，国侨季札非异人任。又复渊深国学，颇好藏书，和顺积中，英华发外，德门之兴，正未有艾。孝鲁君正室陈少夫人又雅善绘事。一门风雅，恍如我吴明中叶赵凡夫家"寒山千尺雪"，高隐气象，灵均、端容夫妇，亦能续名父翁也[三]。

校理

[一]"纪"，洪本同，油印本作"季"，是。

[二]冒广生生卒年，眉注："光绪甲午举人，生光绪七年辛巳1881，卒一九五九年己亥，年七十八岁。"按，冒广生当生于同治十二年乙酉（1873），卒于1959年，年八十七岁。

[三]"亦能续"，原作"亦能似续"，"似"字衍，后划去，洪本仍衍。

田园杂兴诗千首，不数陶公五柳家。野鹤闲云欻欻者，诡恢幽默味无涯。

胡石予先生，昆山蓬阆镇人。喜作田园杂兴，作诗时又往往不先命题[一]，而效法古人以首二字为题，冲和恬淡，人皆以王、孟、韦、柳目之。拥皋比于吴中草桥学舍数十年。丁丑之役，避寇铜陵，竟以此物故。先是，石老以课余来兼瑞云学舍教科，余适以校主考察外洋，权代其职，以与公为老友，且慕其生公说法可为后辈典型，因诣座末聆教，藉资观摩得益。先生误解其意，适授课文为《鲁仲连义不帝秦》[二]，因假辛垣衍讽鲁仲连"玉貌不去围城"一节而衍其义曰："我辈皆有求而来，鲁先生则闲云野鹤，尽可不必事事，何必来此围城中耶？"在先生固游戏出之，语妙天下，而余则啼笑皆非，姑隐忍之，亦不汲汲自辩。以凡事真面目终有水落石出时也。"幽默"见《九歌》"眴兮杳杳，孔静幽默"；"欤欤"音虚翕切，见《世说新语》"王绪、王国宝好弄人"节。原文"弄"字误分为"上""下"二字，盖六朝别字以"上""下"为"弄"字耳。

校理

[一]"时"字后加，洪本无。

[二]"秦"，洪本作"泰"，误。

滇南小志茶花辑，香雪霏霏一树梅。
西碛山房收足稿，远来千里贡兰台。

方树梅先生[一]，滇南名士。曾辑《茶花小志》，我师金贞献公为之印入《国学论衡》。又介李印泉阁揆将所收吴中先哲蔡公复午《西碛山房》足稿未刊本十六卷，较之刊本四倍之者，慨让我吴公书库。不朽之盛事也！

校理

[一]原作"方君树梅"，"先生"后加。

太湖先哲征遗著，玉轴牙签爱泽楼。
半部莫厘文鉴志，苦无踪迹可寻求。

叶乐天处士承庆，为余初教东庄大庠以册年契友。世居东洞庭山，爱护吴中先哲遗著，征求搜访，不遗余力。尝集吴中掌故丛著暨先哲遗书数千册，颜其藏库曰"爱泽楼"[一]。曾得元和邹氏芸巢递藏释文鉴洞庭东山莫厘古志稿本，为人借失。先是，芸巢后人百耐君尝假予录副[二]，而门下小史书写不精，丁丑变前，余曾托人携出缮正，寻亦蹉跎失去。惟莫厘归氏曾向乐天借钞半部，迄未毕工，今惟此半部存耳。

校理

[一]"爱泽楼"，洪本误作"爱日楼"。

[二]"予"，洪本作"余"。

名隐黄裳容鼎昌，范睢张禄孰评量？
不妨奔月文身累，小跋居然题一方。

黄裳又名容鼎昌，鲁人。服务沪《文汇报》。常好收书，惟亦时以转售所获古椠名钞。除捺有朱记累累外，又必于书之原有末页题跋数行，藉永留鸿爪云。

校理

[一]按，此则又见于本书最末，当移后。为存稿本原貌，不删。

雪松书屋继卧雪，拾经楼续观古堂。
长沙自有传家业，小叶小袁孰比量？

叶事见《澹水小筑谭艺琐录》[一]。袁寓沪上，一雪松值十万袁头币。思亮，字伯夔，有宋元本极多，若正德木活字本《太平御览》等数种已不称上驷矣。其从子帅南，于二十年前往香港，尽携雪松书屋书以行。

叶启勋，字定侯，长沙叶焕彬德辉之从子，与其弟启发东明，皆幼承家学，好搜购古书。定侯撰有《拾经楼绅书录》三卷，所收之富，自袁氏卧雪楼以后，实首屈一指。所藏宋椠，如北宋刻小字本《说文解字》、宋刻《宣和书谱》、宋衢州小字本《古史》、宋乾道本《韵补》、宋扬州本《梦溪笔谈》，皆为人间瑰宝。

校理

[一]《澹水小筑谭艺琐录》，不详。

玩世不恭秦曼倩，孙枝忽又变云烟。
蜀冈一老今何在[一]，慈鬘丰姿忆昔年。

秦更年先生[二]，字曼青，亦曰曼卿，江都人。服务银行界，擅诗文，好收藏古书与稀见近刻及碑帖泉币。著作有《汉延熹西岳华山庙碑续考》三卷、《婴闇题跋》四卷、《婴闇杂著》不分卷、《婴闇诗存》四卷。

校理

[一] 此句下有小字注"敦夫太史为曼倩高祖"。
[二] "先生"后加。

续补藏书纪事诗卷三

流碧精舍海上丛著之一^[一]

校理

[一] 此条原稿朱笔划去。

> 胸罗二十有八宿，杂事刘家最有名。
> 青学斋中头白叟，考经辑佚稿纵横。

汪振民广文之昌，为胡绥之业师。所著《青学斋集》，多辑佚考经之作，以《新序杂事证》最为特创，时尚少陈氏士珂《韩诗外传旁证》一类著作也。以海东佚书证群书者，当时更少，汪氏以原本《玉篇》及《玉烛宝典》引许注《淮南》文作为辑佚，亦为开风气之作。集三十六卷，其后人刻之，学问门径略具矣。

校理

[一]“淮南”，洪本脱“淮”字。

> 人间我见冯煖者，海上平添苏季卿。
> 云岫楼输蒲石庐^[一]，斜川集庋燕京城。

冯雄字翰飞^[二]，久任海上涵芬楼编纂。精究水利，（游踪甚广，公余喜藏书与考古发掘。所藏多属不经见之刊本。以在中州与西蜀所获最多。居蜀时发现有当地县志未著录之碑碣多种，与刻有汉代年号之岩墓一处。著作有《景岫楼读书志》《蜀中金石志》等。）^[三]家有岫云楼，藏小品书甚多^[四]。戊子、己丑间^[五]，余尝屡见之于海上西摩路秀州书店，旋闻将调南京水利局供职，将全部藏书捐入蒲石书库[六]，可谓达观者矣。

苏君季卿先生者，又名继顾[七]，安徽人[八]。向与冯君同事涵芬楼，曾主编《东方杂志》有年[九]，亦多藏书。近闻就职首都，已挟书北上矣。

校理

[一] 按，"云岫楼"当作"景岫楼"。详见笺校。

[二] 原作"冯君翰飞"。

[三] 按，此段原见眉上浮签，原稿"精究水利"后作省略号，意为将此段补入。洪本无。

[四]"岫云楼"当作"云岫楼"，并"景岫楼"之误。洪本误同。

[五] 戊子、己丑：1948、1949年。油印本作"解放前"。

[六]"藏"字后加，洪本无。

[七] 洪本无此四字。

[八] 洪本无此三字。

[九]"曾主编《东方杂志》有年"，此句洪本无。

云淙琴趣通词髓，宛委书丛衍巧心。
夏郑邵张四君子，耆儒宿学集题襟。

邵伯纲太史章[一]，承其祖位西先生懿辰之学，校刊位西所撰《四库简明目录标注》。善词，著有《云淙琴趣》，改制十九年自刻之。与江阴夏孙桐闰枝[二]、高密郑文焯叔问、淳安邵次公瑞彭、钱唐张尔田孟劬友善。又善书，京师城门擘窠榜书，其手笔也。

校理

[一] 眉注邵章："光绪二十九年二甲三十四名进士。"

[二]"闰枝"，油印本作"润枝"。

> 辽金元明都城考，洛阳伽蓝记钩沈。
> 偶闻天咫渤海志，龙溪精舍亦知音。

唐元素先生晏，本旗籍。所著书除本诗中历举者外，尚有《香奁集发微》《国朝书人辑略》《两汉三国学案》《海上嘉月楼诗钞》《涉江文集》《涉江词笔记》等。见《中国文化人物总鉴》[一]。清人中之矫矫者也。潮州郑氏龙溪精舍延刻丛书，几尘落叶，本非易事，世已称为善本矣。

校理

[一]《中国文化人物总鉴》，即《中国文化界人物总鉴》，日本桥川时雄编纂，中华法令编印馆1940年版。

> 经校残编束高阁，铭传小录有善斋。
> 闻道曾藏宋元本，碑友太原谓致佳。

刘晦之观察体智，与乃兄会之体乾自少即沈浸于版本、金石之学。家有小校经阁，藏蜀石经孤本。余少时即闻吴中征赏斋碑友王吉园言[一]，其除代为搜集古器物以外，兼搜集宋元版本。老于沪上者，必能知其所藏何书也。吉园又言其所藏宋元本致佳，尝教吉园以寻宋讳、究纸帘纹诸鉴别法，惜吉园不能文墨，否则笔之于书，亦《藏书纪要》之类矣。晦之又以收藏甲骨、铜器名于世，所藏《雒阳韩君墓属钟》尤为著名。《善斋彝器图录》，容庚为之考释，燕京大庠印行之。《善斋吉金录》分礼器、乐器、古兵器、度量、符牌五门者，鲍扶九君鼎为之编次。所藏甲骨，郭沫若为之考释，在《殷契萃编》中。

校理

[一] 王吉园，当作黄吉园。详见笺证。

书目汇刻续补录，寰宇访碑校勘编。
丛著印行直介堂，桐城文学考变迁。

刘十枝先生声木，亦庐江群从昆季行。校勘孙氏《寰宇访碑录》、续补顾氏《汇刻书目》，层出不穷，识者重之。所刻《访书目》，僻涩险奥，无应征者。晚年景遇较窘，思欲以书易米，而冷集居多，亦尚少问津者。自述可以折售，而真请折售者，亦觉书本繁重，高年精力无以应付。余拟得其小品数十种，近乎考据经小学暨金石、目录、版本者。属我友尹君石公询之。尹君往访还言，刘公答以年高力衰，实难按目选剔，余乃废然而止。其晚境亦可怜矣。所著《桐城文学考》，为丛著中隽品，目录、金石，不过取其僻冷而已。

集韵考正十巨卷，经谊杂著一长编。
济阳义庄书库荒，清河寓邸遗稿燃。

丁泳之孝廉士涵，承南园扫叶山庄陈硕甫先生奂学派，校《集韵》，以毕生之精力为之[一]。所藏经小学、考据书数百箧，丁丑乱后，已不可问。《集韵》校稿，其子孙犹世守之，或云寄存秀水王氏学礼堂，疑莫能明也。许勉甫先生克勤，海宁人，寓吴。《经谊杂识》原稿较之刻出者多十倍以上[二]，并遗书身后书归张公绂先生一麐。抗战兵兴，张氏吴门旧邸遭劫火，许君遗著不堪重问矣。

校理

　　[一]"精力"，洪本脱"精"字。

　　[二]《经谊杂识》，洪本同，当作《经谊杂著》。

　　　栩栩蜣缘王太史，缥缃黄卷百箧存。
　　　外甥齑臼受辛日[一]，论秤而尽辟疆园。

　　王胜之太史同愈[一]，一字栩园，藏书百箧，有《栩园藏书目录》
稿本，余尝见之。就中王家斋[二]《金华金石志》稿本，余所梦寐不忘者
也。抗战以还，国中不靖，迭经忧患，遗书之存其外孙顾氏辟疆园者，
闻亦论秤而尽矣。

校理

　　[一]"甥"，当作"孙"，典出《世说新语·捷误》之"魏武帝尝过
《曹娥碑》下"条。

　　[二]眉注王同愈："光绪十五年二甲二十二名进士。"

　　[三]按，据凌瑕《癖好堂收藏金石目》作"王家齐"，是。

　　　老槐树巷四皇甫，杨柳阊门旧比邻。
　　　蕞尔八千袁氏币，万宜楼闭宋元沦。

　　汪柳门侍郎鸣銮善篆书[一]，虽不甚留意收藏，而门生故吏书帕之馈，
宋元本间亦有之，特非所好而已，亦不以之挂齿，自亦不藉藉于人口。归
道山后，遗书扫地以尽，值项城袁氏所铸币八千，或云售诸日人[二]，

或云售之书贾，疑莫能明也。然其价尚不及所值百分之一耳。明吴中四皇甫，为冲、汸、濂、涍。杨柳阊门，见《梦窗词集》。

校理

[一]眉注汪鸣銮："同治四年二甲十四名进士。生道光十九年己亥，卒光绪33年丁未，年69岁。"

[二]"日人"，洪本作"日本"。

郑堂札记子史集，谁其刊者嘉业堂。
藏弄经部朱善旂，易类跋尾菽花艻。

周信之先生中孚，别号郑堂，乌程人，嘉庆拔贡。长于目录之学，考诸史艺文、经籍，著《读书记》，条最篇目，甄叙卷部，更旁罗其钞椠得失，最数十万言。继主海上李筠嘉家，又为之斠订藏书。道光初，举副贡，卒。著书甚富，多散佚，存者惟《郑堂札记》，见《湖州府志》。后南浔刘翰怡承幹得其《读书记》遗稿刻之。我友范君祥雍先生谓朱茮堂为弼集中《郑堂读书记易类跋》[一]，是经部首段，在茮堂家也。

校理

[一]"范君祥雍先生"，"先生"后加。

世间尚有薛家史，辑逸钩沈亦太痴。
识古汪伦月湖曲，负书彭祖屯溪湄。

丁少兰运史乃扬，曾得歙人汪允中所藏宋本《旧五代史》，少兰殁后，不知以何因缘归一彭姓者。丁丑之变，彭姓负书去屯溪，遄返海上。据述吴湖帆公孙翼燕尝为作《千里负书图》，此事世人颇以为奇，而允中之自承，彭姓之自负，皆若确有其事者，姑为记之。月湖精舍，丁氏祖先书斋名，有名曰诚者，尝刻《月湖精舍丛著》，劳季言格《读书杂释》为其中名品也[一]。

校理

[一]按，《月湖精舍丛著》当作《月河精舍丛钞》，《读书杂释》当作《读书杂识》。详见笺证。洪本无"也"字。

藏书复壁孔丛子，劫火曾经犹不磨。
小绿天庵一家物，花园坊底恣摩挲。

孙留庵先生毓修藏有宋元明三朝监本《十七史》诸书，其长君贵定犹能守之。丁丑之役，藏之中国银行保险库中，敌人以电火灼之，不能启。乱平后取出，余犹得在其花园坊寓邸纵观之。今贵定下世，遗物恐不堪问矣。先是，远在丁丑前，留庵故后，其家人斥其所藏之一部展转以入我吴百双楼，余得《锡山安氏一家言》数种，诗文咸有之。揭来海上，迁徙无常，竟至遗失。后闻由沪贾收得，售诸专收锡山先哲遗著之锡邑寓公某。某后以不励气节败，书闻已入公库矣。

石庐曾结神交契，二十年来讯渺茫。
望断细林桥畔路，山公依旧得康彊。

林石庐先生耽癖翠墨[一]，成《石庐金石书志》数十卷，其所藏之多可知矣。二十年前，猥承以印本见赐。抗战以来，余常旅居海上，久不得石庐讯，闻人言已赴赣城山中隐居矣。削草此诗竟，林君忽以书来，且縢以藏竟目，二十年望眼欲穿者，乃得如亲謦欬，喜可知矣。（所藏金石书以三千金得之于缪艺风后人，今已尽售与北京科学院考古研究所。林本人今居福州。）[二]

校理

[一]原作"林君石庐"，"先生"后加。

[二]按，此段原见眉上浮签，原稿"可知矣"后原有省略号，意为补于此。洪本无。

精校雕龙黄量守，细笺鸣鹤邵环林[一]。
语溪徐氏传家集，贫病交煎终绝音。

徐珏庵教师益藩，劬于词章，尝见过校邵环林渊耀《鸣鹤余音》、吴眉生庠《山中白云词》诸集，密行细字，旁行斜上，遍布书眉书根。蕲春黄季刚侃有校本《文心雕龙》，全过录之。贫病交迫，竟以易粟。革新后，授课金陵，终以不乐损年，伤已！

校理

[一]"笺"，原误作"夷"，后改，洪本未改。

天然清福诗书画，亦尝坐拥百城居。
达观岂悔南华读，得失由来皆自余。

徐沄秋先生名澂[一]，善诗书画，太炎师门下旧侣也。敏而好学，吾党称为"智者少师"[二]。尝得徐孝先《西京职官印谱》原稿，渐复失之，不介怀也。一切藏品，均作如是观。盖有得于蒙漆园叟之学者也。

校理

[一]原作"徐君沄秋","先生"后加。

[二]"少师",洪本同。油印本作"少时",误,详见笺证。

林泉结契山居乐,杂佩秋园韵石谭。
小万卷斋祖庭广,湘蘋拙政恣沈酣。

朱犀园先生[一],泾县人,生长吴中,善绘山水,且善园林建筑,一丘一壑,饶有意境。倪云林、朱泽民而后一人也。陈君毅岑延以修拙政园[二],有识者称善。君祖辈富藏书,世称"小万卷斋",即与梁茞林太守辈倡和于沧浪亭,蔚然成集,人谓之"兰坡朱先生"者也。《林泉结契》,宋王质撰,在《学海类编》中。《秋园杂佩》,陈贞慧撰,在《粤雅堂丛书》中。《韵石斋帚谈》[三],姜绍书撰,在《知不足斋丛书》中。拙政园为徐湘蘋之外子陈相国之遴所居,故湘蘋有《拙政园诗余》。

校理

[一]原作"朱君犀园","先生"后加。

[二]"修",洪本作"修葺"。

[三]《韵石斋帚谈》当作《韵石斋笔谈》。

文选书录盈一卷,版本答问近百条。
急公好义如己事,寇来携箧藏山椒。

蒋镜寰馆长吟秋主持吴中沧浪亭前江苏省图书书库[一]。尝著《文选书录》《版本答问》,登之《集刊》,学者称善。东邻肆虐,得徐湛秋先生治本助[二],密藏善本于洞庭东、西山中。胜利返诸管库之士,不爽毫发，其急公好义如此。

校理

[一] 原作"蒋瀚澄馆长（镜寰）"，"先生"后加。"前江苏省图书"亦后加。

[二] 原作"徐湛秋君（治本）"，"先生"后加。

> 扶桑蓬岛曾经历，洱海苍山亦旧缘。
> 过眼云烟焚笔砚，儒书且弃证心禅。

陈子彝先生[一]，昆山陈墓镇人，名华鼎。长于篆刻，善识钟鼎甲骨文字，兼长汉碑、南北朝书，临名碑数十种，均能逼真。能诗文，精鉴别碑刻本。卅年来[二]，家园就荒，藏本散尽，以避寇，囊笔来沪上。会有不敦气节之浙人同姓名者，余每于大庭广众中语才士，必数君，必称我吴有气节之陈某，以别于夫己氏。闻者咸为我危，弗顾也。子彝授课胶庠，性好西竺教义，研几唯识极精，盖行将焚笔弃研而证心禅者也。

校理

[一] 原作"陈君子彝"，"先生"后加。

[二] "卅"，洪本、油印本作"三十"。

> 累累古明器图录，巍巍楚大库孤堆。
> 拙政园荒典藏史，回春岂独一枝梅。

沈勤庐先生维钧[一]，浙吴兴之双林镇人，生长我吴，进修燕京大学研究所。历任中央古物保管委员会干事[二]、国立社会教育学院图书博物馆学系教授[三]。著有《中国明器》，印行于世。楚考烈王寿春大库所谓"李三孤堆"者发掘后，迻出古物，君曾至皖北，购得楚铜器数件而以捐献公库，闻者美之[四]。革新后[五]，吴中沧浪亭书库迁拙政园，君主典藏编目[六]。苏州文管会成立，又聘君为专职委员[七]，精鉴不磨，当局敬礼有加焉。

校理

[一]原作"沈君勤庐，名维钧"，"先生"后加。

[二]"历任"原作"曾任"，洪本同。"干事"后加，洪本作"工作"，后有"又主持皖中书库"，划去，洪本仍之。按，沈维钧任"中央古物保管委员会干事"及"曾至皖北（任安徽大学教授）"，详见笺证。

[三]此句后加，洪本无。

[四]此句原作"迻出古器，君避寇寓皖，泥细君拔金钗以易古物而归诸公库。如是者数四，闻者美之"，洪本同。

[五]原作"近年"，洪本同。

[六]"主"，原作"任"，洪本同。

[七]此句后加，洪本无。

沈知芬[一]

校理

[一]此见于眉端，示意将"沈知芬"移至"沈维钧"后。

得时则驾宁蓬虆，旧史兰台佛一龛[一]。
钞遍乡邦旧文献，钱罄室与吴枚庵。

洪君驾时，祖籍浙慈溪人[二]，而生长我吴，居张家菜园后之佛兰巷，颜其室曰"佛兰草堂"。性喜钞书，任沧浪亭前省立苏州图书馆[三]，公余必录乡邦掌故书。比来海上，见同邑叶氏五百经幢馆后人箧中携其先人所藏卢雍《石湖志》，竟全录之。比年任事工厂，为予录《陆卿子诗集》[四]、陈仲鱼《恒言广证》、胡文英《吴下方言考》诸书，酬以金钱，不受；酬以衣物，亦不受。令余耿耿介怀，如重负不能释，盖今世鲜见者也。

校理

　　[一]原作"浙东人"，洪本同。
　　[二]此句原作"投笔从戎亦所甘"，洪本同。
　　[三]原作"任沧浪亭书库记室"，洪本同。
　　[四]"予"，洪本作"余"。

书林别话饮虹簃，全宋词存词说垂。
曲论曲谐勤耄辑，更从曲海细沙披。

　　卢冀野先生前[一]、任二北先生讷[二]、唐圭璋先生章[三]，为瞿安师门下三杰。冀野征集散曲，刻《饮虹簃曲丛》，深得刻书之法，作《书林别话》；圭璋辑诗话、词话暨地志、山经中宋词为《全宋词》，又辑诸家词说为《词话丛编》；二北亦征集散曲[四]，兼集诗词曲话及笔记说部关于散曲故实，撰为《曲论》，又择其突梯滑稽者编为《曲谐》，以其中之琐屑资材，甄集合之为《曲海披沙》，总名《散曲丛刊》及《新曲苑》。两家著述，皆以饮虹簃先刻为根柢，而扩充之以南北公私藏书库，集词曲之大成矣。诸书成而三家所藏之钞校底本亦复沈沈夥颐，则又为别开生面之藏书家也。

校理

[一] 原作"卢冀野君（前）"，洪本同。"先生"后加。

[二] 原作"任中敏君（讷）"，洪本同。"中敏"后改"二北"，"先生"后加。

[三] 原作"唐圭璋君（章）"，洪本同。"先生"后加。

[四] "二北"，原作"中敏"，洪本同。

> 一曲思凡水磨调，浅斟低唱影摇红。
> 词林逸响碎金谱，过眼云烟过耳风。

徐镜清先生，绍兴籍，生长吴中。善度曲，能订谱，得俞粟庐先生宗海之传授极多。藏曲数十种，均明清精本。长君韶九，编藏曲目，以冀世守。有《南宫谱》《词林逸响》《吴骚合编》诸精品，卒亦散入吴市。余在海上来青阁见数种，已非上驷，非所谓"坏劫"欤[一]？

校理

[一] 按，油印本将徐镜清与徐凌云误合为一人。徐凌云从俞宗海学，徐韶九为凌云子，与徐镜清皆无涉，故此诗传误甚。详见笺证。

> 明史考证擳逸补，孤本杂剧提要工。
> 遏云古调兰陵王，铜琶铁版大江东[一]。

王君九太史季烈著《明史考证擳逸补遗》[二]，盖承其先业也。又著《元明孤本杂剧提要》，海上涵芬楼为两印行之。自藏曲本亦多。善昆曲，作正净腔，每发音，遏云绕梁，作霸王鞭、霹雳鸣。戏曲考证家谓，《兰陵王·入阵曲》为大面之滥觞。大面者，吴俗称"正净"也，吴人士柔弱，少能之者。幼时仅闻一尤姓设汤溇圆糕餈肆者娴此技，后此在曲局中者即不甚称职，太史洵昆曲中净角之后劲矣。太史又与刘凤叔编订《集成曲谱》，自撰《螾庐曲谭》，皆不朽之盛事也。

校理

[一]"版"，应作"板"。

[二]眉注王季烈："光绪三十年二甲一百十名进士。"

词腔细谱万红友，韵本重雕蓉斐轩。
千里泽民今不作，清真去上孰钩元[一]。

王琴希教授季点，士食旧德之名氏，工用高曾之规矩，四美具，二难并，盖茞卿太史之哲嗣，而君九太史之介弟也。以肄习工科，大学毕业于日本，而历任国内工业校长。又能填词，熟谙宋人律吕家去上声精义，见诸著作。盖取诸大家所作谱，絜短衡长，以折衷壹是者。较诸海上名士死填某家一调[二]，为尽去上之能事者，有上下床之别矣。蓉斐轩句，樊榭成语[三]。

校理

[一]"钩元"，油印本改作"钩玄"。

[二]"调"，洪本作"词"。

[三]蓉斐轩句，樊榭成语：厉鹗《樊榭山房集》卷七《论词绝句十二首》："去上双声子细论，荆溪万树得专门。欲呼南渡诸公起，韵本重雕蓉斐轩。"自注："近时宜兴万红友《词律》严去上二声之辨，本宋沈伯时《乐府指迷》。予曾见绍兴二年刊《蓉斐轩词林要韵》一册，分东、红、邦、阳等十九韵，亦有上去入三声作平声者。"

夷坚述异搜神怪，杂事秘辛问诸皋。
万卷珍藏文梓箧，云烟过眼逐波涛。

汪瞻华先生祖遗古小说沈沈夥颐[一]。文体有历史、章回、故事、歌曲之分，内容有侠义、艳情、学术、文艺之异。丁丑变后，敌寇军阀蹂躏之余，渐就散佚，深为可惜。君幼从先达王心竹先生游，已植经史根柢，后复从天虚我生陈君讨论诗文义法，颇能深造有得，而谈吐中复休休有容，谦卑自牧，君子人也。

校理

[一]原作"汪君瞻华"，"先生"后加。

冰清玉润木犀轩，绝品敦煌孰叩阍。
更有金刀玉刚卯，写经大典两家屯。

李木斋木犀轩藏书[一]，已见伦著《纪事续诗》。惟改制三十五年八月一日上海《东南日报·文史周刊》载刘君文兴《鸣沙石室古写经自秘》，言某氏者亦得敦煌写经百卷，抑余又闻之某氏之姓适与文兴君同，特籍贯异耳。颇闻又有某氏者，其祖辈典守太史宬，文学侍从之臣也[二]，有《永乐大典》三百册，其数惊人，闻亦与文兴君同姓而籍贯又异。何金错刀、玉刚卯之多，美人之赠耶？童子之佩耶？安得执莽大夫而一问之？又闻木犀轩之坦腹东床者适官陇藩，闻所得亦多。其姓则可人如玉，其字则辇路秋风也[三]。

校理

[一]眉注李盛铎："光绪十五年一甲二名进士。生咸丰九年己未，

卒民廿五年丙子，年七十八岁。”按，李盛铎卒于民国二十三年甲戌（1934），年七十六岁，而非卒于民国二十五年丙子。

［二］其姓则可人如玉，其字则辇路秋风也：即指李盛铎之婿何震彝（1880—1916），字鬯威。详见笺证。

集帖三家隽永目，晋斋复粲马秋韶。论衡交臂竟失之，孙黄精校宋元雕。

范祥雍先生苦老向学[一]，通文艺，兼通化炼术，制器尚象[二]，少有赢余，即喜购书。余作《怀人感旧诗》有云：“绝学穀梁范武子，人间游戏汞丹烧。恢乎游刃辟雍入，负薪织帘青史标。”注云：范君祥雍少极清寒，以不获竟学为憾。继习烧炼术，作皂脂，制烧硷，日就余裕，遂一意购书。余遇诸海上西摩路秀州书社，喜其朴实浑厚，而劬于学术，因与订交[三]。与范君行准均出我吴文正公后[四]，而学亦同，洵乎君子之流泽，历百世而犹新焉[五]。录之以当参稽。范君行准事迹详本书。得吴眉孙先生介弟静庵先生所藏仁和赵氏、魏氏[六]、沈氏复粲、惠氏有壬三家帖目。一日，在海上传薪书店见通津草堂《论衡》，虽钞配首册，而有过录孙潜夫蓝笔校、宋黄琴六朱笔校爱日精庐藏元中[七]。既谐价鬻定矣，翌日持款往，则已为伙友讹售他人，徒呼负负而已。

校理

［一］原作“范君祥雍”，“先生”后加。

［二］“制器尚象”，“制”旁标有问号，此四字义不明，恐有讹。

［三］洪本作“因此与订交”。

［四］洪本无“公”字。

［五］“而犹新”，洪本作“而后犹新”。

［六］原作"静庵君","先生"后加。"仁和赵氏、魏氏"，按，当作"仁和赵氏（魏）","氏"字衍，赵魏字晋斋。油印本不误。

［七］"宋"字衍。"元中"，油印本作"元刊本"，是。洪本亦误。

鬼遗方传刘涓子，今方乃传自外洋。
登科录与黄家历，生面别开作作芒。

杨易三医师允吉，勤于购藏，所储名人墨迹甚夥。亦尝得明《登科录》与明万历、天启历书，为藏家别品也[一]。

校理

［一］"为"字后加，洪本无。

饾饤有味道之腴，前有续书后餐秀。
倘编一部艺文志，自有书目无其厚。

程守中先生餐秀簃，专收一二册僻书，其体积极宏大，倘编成藏书志，则专藏数十百册之书若《通志》《通考》《通典》《通鉴》《二十四史》《十三经注疏》，以及各种巨本类书若《图书集成》《太平御览》《册府元龟》之流者，必望而却步矣。东莞伦哲如教授明有续书楼，藏书甚富，寓京寄满、粤东西两会馆。"续书"云者，自傲能以独立续修四库也。

校理

［一］原作"程君守中","先生"后加。"程"，原误作"陈"，后改。

本草衍义宗爽寇[一]，伤寒名论仲景张。

辑逸钩沈若治经，医家渊海千金方。

范行准先生搜集医家著述，编缀成书[二]，购求医书亦不遗余力，我国之丹波丸也。与范君祥雍品性极相近，人称"海上二范"云[三]。

校理

［一］《本草衍义》，北宋寇宗奭撰。

［二］原作"范君行准"，"先生"后加。

［三］"云"字后加，洪本无。

不贪夜识金银气，爰有朱君号仰周。

小说还偕戏曲本，鱼湌熊掌泂兼收。

朱仰周先生[一]，业五金商[二]。所藏多小说戏曲珍本孤本，沈沈夥颐。革新癸巳[三]，余托书友出让二十年前张君惠衣见让之《凤求凰》曲[四]，为阳羡陈玉蟾撰，海内外孤本。瞿安师题跋谓：十九路军抗战前，师奢摩佗室亦有之。东邻肆虐，弹弹海上涵芬楼，适是书为假印《曲丛》之一，亦燔焉。郑西谛君振铎藏弹词、戏曲最精最多，目中即无之，真孤本矣。代余售书友谓，有一朱姓者得去，给直现币百有六十[五]。且云，彼亦知公，故尊重是书如此。余闻之感且愧，因此益知朱君之为人焉。

校理

［一］原作"朱君仰周"，"先生"后加。

［二］业五金商：1947年沈雷春主编《中国金融年鉴》第一章八

"保险公司"及1948年联合征信所调查组编《上海金融业概览》，载朱仰周任国泰物产保险公司董事。

　　［三］革新癸巳，即1953年。"二十年前"，实为"丁丑"，即1937年，相距仅有十六年，盖约略言之耳。

　　［四］张惠衣出让《凤求凰》曲予王睿之事，详见笺证。

　　［四］"给"，洪本作"结"。

奇哉论衡有宋本，眼福乃轶周季翁。
又得残宋牧斋跋，卓尔弇雅复宏通。

某工商家得宋椠《论衡》足本[一]，周季贶先生星贻《书钞阁题跋》中所谓平生未见者也[二]。又得钱牧翁跋残宋本书，非易事也。君姓氏事迹行谊未详，定稿时当再周咨博访之。

校理

　　［一］"椠"，后加，洪本无。

　　［二］"星贻"，洪本同，当作"星诒"。

乐府补题弦外响，月泉吟社镜中花。
奇文倘得共欣赏，何必其书满一家。

王巨川学长铨济，革新前尝偕江君庸[一]、瞿君宣颖辈结非社，诗酒之会无虚月。藏书盈一室，亦颇有僻本，海上书林时见其踪迹。近则授课远方，不常返沪，收书无此清兴矣。

校理

［一］"庸"，洪本作"镛"。

读到人间未见书，千元百宋一廛居。
感他冷雪盦中主，拾补潘王江缪遗[一]。

李文裿先生于改制十八年辑印《士礼居题跋补录》[二]。是书早有潘、江、缪、王四辑本，递相补益：潘郑盦祖荫初编，吴县潘氏滂熹斋自刻本；江建霞标续编[三]，元和江氏灵鹣阁自刻本；缪筱珊荃孙初辑《士礼居藏书题跋记再续编》，继汇章式之主政钰辈续辑之跋，连潘、江辑，统编为《荛圃藏刻书题识初辑》再续本，顺德邓氏风雨楼印行本、《汇编》本、江阴缪氏云轮阁自刻本；秀水王欣夫大隆又辑补之，为学礼堂自刻本。李君承四家之后，搜罗较难，而能衺然成册，非易事也。

校理

［一］"潘王江缪"，油印本作"潘江王缪"。

［二］原作"李君文裿"，"先生"后加。"裿"，眉上朱笔标作"旖"。

［三］眉注江标："江建霞，生咸丰十年庚申，光绪廿五年己亥，年四十岁。"

瞢然一灶三格子，不数书名小楷工。
万卷藏书填户牖，十三经注训蒙童。

曹太史元弼，字叔彦，少时书卷子，一"灶"字占三格，人讥之曰"三眼灶"。藏书万余卷，多稿钞校本。笺注《十三经》，甚为世称。

多庋吴中小方志，特殊姚子喜藏书。
期颐耄耋人尊敬，万卷搜罗却有余。

姚方羊先生[一]，少学丝织业，性好学，藏吴中人物志为多，均不经见之小方志。人皆重之。享颐年，可见仁者自有寿也。

校理

[一]原作"姚君方羊"，"先生"后加。

续补藏书纪事诗卷四

流碧精舍海上丛著之一[一]

校理

[一]此条原稿朱笔划去。

山中宰相厨顾及，鹁鸽岭下筑瓶斋[一]。
从孙枝茁家之喜，黄批顾校自然佳。

翁叔平相国以"戊戌政变"遭钩党放归[二]，筑室虞山鹁鸽岭，颜曰"瓶斋"。书画经籍金石拓本，搜罗极精。从孙之熹，为斌孙弢夫子，多藏顾批、黄校，今入石渠天禄矣。见《虚静斋脞录》《海天楼随笔》。"八厨""八顾""八及"，见《后汉书·党锢传》。

校理

[一]"鹁鸽岭"，洪本同，油印本作"鹁鸽峰"。

[二]眉注翁同龢："生道光十年庚寅，卒光绪三十年甲辰，年七十五岁。"

顾颉刚[一]

校理

[一]此见于眉端，示意将"顾颉刚"移至"翁同龢"后。

输金刊书毋昭裔，析津方志供资材。
惟君为富亦为仁，不与世接何伤哉。

金钺先生字复宣[一]，天津人。家富有，不与世接，惟收津市文献，更传刻之。往岁重修津志，复宣供资材、助刻费为最多。见《海天楼随笔》。

校理

[一]"先生"后加。金钺字应为"浚宣"，洪本、油印本并误作"复宣"。详见笺证。

无所不收见闻博，无所不卖亦达观。
晚明史籍作专考，遗民著述集丛残。

谢国桢先生[一]，字刚主，籍武进，亦籍安阳[二]。于书无所不收，亦无所不卖，谓之藏书家可，谓之贩书家亦可。见《海天楼随笔》。刚主又集明遗民及清代人著述，作《晚明史籍考》《清开国史料考》。

校理

[一]"先生"后加。
[二]"亦籍"，洪本作"籍亦"。

渭南严氏孝义塾，建德周家师古堂。
相台刻经传奕世，天禄石渠今对扬[一]。

渭南严氏孝义家塾，刻《音韵丛书》，又刻《孝义杂缀》。建德周氏师古堂，为叔弢族人藏书、刻书之所。叔弢重版本，师古堂专求裨益实学，备家塾戚友浏览者。今已献政府[二]。见《海天楼随笔》。

校理

[一] 眉注："严式诲。"
[二] 洪本后有"矣"字。

双南华馆久名斋，又一南华宋木牌。
莎士比亚恣搜弄，西人输尔架床排。

周叔弢先生暹[一]，安徽建德人。收宋元本，为世所知，昔年以"双南华"名馆，盖藏两宋本《庄子》也。抗战时，复收一部。其藏书今悉捐献。世多知君宋元之富[二]，刊印之精，而不知其所收西籍之有关莎氏乐府，亦复联床盈架，足与世界图书馆争胜也。见《海天楼随笔》。

校理

[一] "先生暹"后加。
[二] 此句，油印本作"世多知君藏古籍之富"。

三国世系旁午表，汉郡省并纵横书。
梨园史料亦网罗，笔记争传几礼居。

周志辅先生为叔弢先生从弟[一]，专收有关戏剧文献。著有《三国世系表》《汉郡邑省并表》《几礼居笔记》等。见《海天楼随笔》。

校理

［一］两"先生"为后加。眉注："周，名明泰。"

深闺文笔六百卷，榴花入梦鼓子词。
小说珍本复孤本，牛腰巨挺箧藏之。

周绍良先生为叔弢先生族侄[一]。专收小说，孤本珍本为多。近所收《榴花梦》鼓词，为嘉庆间一女子所著，写本凡六百卷。见《海天楼随笔》。

校理

［一］两"先生"为后加。洪本无"为"字。

瑶光秘记采菲录，文情茂美遍地传。
风流罪过遭缧绁，有子干蛊书成烟。

姚君素，字灵犀，专收粉色小说，尝著《采菲录》及《瑶光秘记》[一]，文情并美，流传人口。胜利后，坐是有伤风化入狱，其书遂绝迹市间。所著所蓄，复为其子付诸一炬，氏亦莫可如何也。见《海天楼随笔》。

校理

［一］《采菲录》，姚灵犀（1899—1963）所编关于中国妇女缠足史料。详见来新夏《姚灵犀与〈采菲录〉》（载《博览群书》2011年第6期）；《瑶光秘记》，署名"灵犀"，初载于其主编天津《南金杂志》1927至1928年各期。后又续写127篇，发表于《风月画报》1935至1937年各

期。《风月画报》1935年第6卷28期姚灵犀开篇题记云："作者前撰《瑶光秘记》，刊于《南金杂志》中，文字香艳，脍炙人口，其事共为三则，所记志昙尼事，已于前篇告一段落，今标题仍旧，而结构甚新，哀艳之处，或且过之，爰为介绍，请阅者观其后文。"

祖荣祖裕不可知，调和鼎鼐是其师。
我友巢父语未详，夏五郭公姑记之。

赵元芳为清显贵荣禄或裕禄孙[一]。藏书甚富。我友巢君章甫语焉不详，属访其师沈君羹梅于海上[二]，姑先记其名，以待周咨博访。——不数日，巢君又以书来告，谓碻知赵君系荣相国孙，乃复作诗曰："初讶王孙天水碧，后知贵胄瓜尔佳。为校杜集来香海，合以佞宋名其斋。"注云"赵君元芳，为长白瓜尔佳相国荣禄后人，且为沈羹梅编纂兆奎入室弟子，长于校勘之学。近闻以校宋本杜诗，崻来海上[三]，亦可谓好学不倦者矣"云云，合附注于此。最后读余氏《四库提要辨证》，始知君为礼部尚书荣庆之孙[四]。

校理

[一]赵元芳（1905—1984）：通作"赵元方"，名钫。其祖先为蒙古人，祖父荣庆为清末协办大学士，入掌军机。辛亥后，废去蒙古姓氏，以蒙古姓氏之音译，改姓赵。早年供职天津中南银行。常居天津，亦时归北京。解放后，被聘为中国人民银行参事室参事。酷嗜旧籍，兼及文玩，为近代著名藏家。其详细生平见陆昕《祖父陆宗达及其师友》及白淑春《中国藏书家缀补录》。又郑振铎《一九四三年蛰居日记》三月五日："闻雨声淅沥而醒。十时，赴徐处。同访赵元方，彼为荣庆之孙，甚懂版本，专收钞校。"（《郑振铎日记》上册）

　　[二] 我友巢君章甫语焉不详，属访其师沈君夔梅于海上：按，沈夔梅亦赵元方之师。陆昕《祖父陆宗达及其师友》中录有赵氏1960年为陆宗达所写之六十寿文，其中有"陆子以朱虞世卿之介，来学文词于吾师吴江沈夔梅先生，一见欢然，颇同取舍"之语可证。然沈夔梅谓赵元方为荣禄孙，出于误记。又按，沈夔梅之生平，1954年清明，王謇于吴江沈氏怡园刊本《南方草木状》副叶上写有《流碧精舍怀人感旧诗》一首："一片晚椴红似火，霜腴枫落冷吴江。神交君子淡如水，倾盖何须语幻嗁。"自注："沈夔梅先生兆奎，为吴江沈文定相国桂芬公孙，以吴江人士寄籍宛平。革新回南，任职海上文物保管。昨岁一见之于前辈徐森玉先生座上，虽交谈未多，一望而知为休休有容之君子。人际此软红十丈中，何幸得一见之。因反洪舜俞咨夔'敛卷惊嗟语幻嗁'诗句，以追溯此盛事，即书此以志鸿爪。甲午清明，老瓠。"王謇《流碧精舍师友渊源录长编》："沈应奎夔梅，吴江人。多藏书，刻有秫舍《南方草木状》。"按，此沈夔梅字兆奎作"应奎"，伦明《辛亥以来藏书纪事诗》亦作"应奎"。然考傅增湘《藏园群书经眼录》卷一《经部·书集传残本》后小注："吴江沈夔梅兆奎藏书，庚午十月持以相示。"又张宗祥《铁如意馆碎录·齐白石》："予友沈夔梅（兆奎）之父任湖北某府知府。"（《张宗祥文集》第一册）又沈氏《无梦盦遗稿》卷首载卢慎之（弼）《沈君夔梅事略》："沈君夔梅，讳兆奎，世为吴江望族。清谥文定、讳桂芬，世称贤相国者，君伯祖也；历官湖北宜昌、郧阳、德安三府，讳文，世称贤太守者，君考也。君以名公子，从名师陈苍虬游，学益进，名益盛。名法家沈家本荐其才，入法曹掌文书，擢参事。治学不辍，方舆、典礼、音声、训诂，无不各造其极。尤精于簿录，与当时名流考核精详。膺北京、河北诸大学聘，主讲席，遭时多难，不恒其业，南北转徙，颠沛流离。以乙未秋逝于上海，春秋七十有一。子美之秦川、蜀道，有同慨焉。大丈夫不得于时，不能出其所学，肩天下之

重任，所业又不得传播于方来，亦人世之可悲者，文人末路，大抵如斯。弟子张重威编辑遗稿，乞余为文以张之，留此区区于天壤间，亦足以慰君矣。一九六三年癸卯秋日，沔阳卢慎之书于津寓，时年八十八。"当作"兆奎"是，"应奎"盖涉明代万历乙酉举人沈应奎而误也。沈兆奎（1885—1955）生平及著述，详见朱则杰先生《清人别集总目》零札（续）》（《清诗考证续编》第一辑"文献专书类·一"）。

[三]"岜"，洪本作"专"。

[四] 最末此句为王睿后以朱笔补记，是对之前误以赵元方为"荣禄或裕禄孙"之纠正。则本诗"祖荣祖裕不可知"句为空陈矣。此句洪本径接前文，非之后补记。余嘉锡《四库提要辨证》中记赵元方为荣庆之孙，见该书卷二十一"集部二·元丰类稿五十卷"："宋刊《南丰曾子固先生集》，近年自伪满洲国宫内散出，为礼部尚书蒙古荣庆（鄂卓尔氏）之孙赵元方所得，余尝借观。"

> 文献通考严范孙，析津志乘严台孙。
> 元方季方难兄弟，媲美沙河马氏园。

严范孙先生与介弟台孙先生[一]，亦雅喜藏书。范孙藏书多实用者，已捐献；台孙所蓄，则有关津市文献者为多。见《海天楼随笔》。

校理

[一] 台孙后"先生"两字为后加。眉注："严范孙，生咸丰九年己未，卒民元年壬子，年七十一岁。"按，严修生于清咸丰庚申三月十二日，卒于中华民国十八年三月十五日，享年七十。详见笺证。

厂肆书业称三王，神妙犹推藻玉堂。
如是我闻建德言，宋本眼界推雨苍。

王雨苍先生[一]，字子霖，藻玉堂主人也。"厂肆书业称三王"，子霖、晋卿、富晋是，而周叔弢以子霖辨别宋元本眼力为最高。见《海天楼随笔》。

校理

[一]"先生"后加。

宋本楼钥攻媿集，嗟哉泥沙杂珠玑。
岂真卖菜求益也，一喜一悔是耶非。

吴颂平先生[一]，其父为某商行之经理也[二]，藏有宋本《攻媿集》[三]，不知其可贵，杂他书中，将论斤估之，适为友人所见，介售书店，得金若干，大喜过望，旋闻书估数倍其利，则又悔之。见《海天楼随笔》。

校理

[一]"先生"后加。
[二]"其父为某商行之经理也"，原作"其父洋行买办也"，洪本未改。
[三]"藏"字后加，洪本无。

商报社长王镂冰，中文杂志巨室登。
东邻肆虐全失之，云烟过眼世事恒。

王镂冰先生，昔任《商报》社长[一]，时辟一巨室，专收中文杂志，更设书摊于市场，亦为此也。所集至富。抗战起，王氏走后方，悉失之。见《海天楼随笔》。

校理

[一]"先生"后加。"昔任《商报》社长",吴微哂《天津〈商报〉》："1928年,原《庸报》经理王镂冰因与社长董显光不和,遂脱离《庸报》,另办《商报》,王自任社长,聘王芸生为总编辑。办报经费来自当时天津的'宁波帮',王镂冰考虑到《商报》初办,无法与其他大报竞争,因此决定以经济新闻争取读者,每日以一整版刊登市场行情等新闻消息,争得了一部分读者。以后《商报》又以更大的力量报道赌马的情况,不但出版马表专刊,还预测比赛结果,使该报销路大增。此外,《商报》为了争取更多读者,除刊登一些重要政治新闻外,也登一些迎合小市民趣味的社会琐闻以及言情小说等。《商报》初办时编辑力量较强,如采访部吴秋尖、副刊部王小隐等,当时都属新闻界之上乘。以后王芸生因与王镂冰在办报观点上有分歧,而转入《大公报》,《商报》未再明确总编辑人选,而由张镜湖、姜希杰编发政治要文。此后《商报》每况愈下,主要编辑不断易人。该报从创刊至天津沦陷前夕,日销售量始终未超过四千份。"(《天津文史资料选辑》第46辑,1989年)

> 甘泉乡人祖遗稿,棠湖诗集景印传。
> 先哲批校倘发藏,携李遗书三续编。

钱骏祥先生,字新甫[一],嘉兴人,甘泉乡人孙,收书专重乡先哲批校本[二],家藏宋岳珂《棠湖诗稿》,曾印行传世,孤本也。见《海天楼随笔》。

校理

[一]"先生"后加。

[二]"收书专重",洪本作"收书画",误。

不重珍本重善本，湘潭杨氏号潜庵。
书入其手多批校，阅肆翻检恣讨探。

杨昭儁先生[一]，字潜庵，湘潭人。收书重善本而不重珍本。每入书肆购一书，辄逐叶翻检而后论价，书估厌之。书入其手，辄多批校。见《海天楼随笔》。

校理

[一]"先生"后加。

神京庚子遭浩劫，文敏旧物已式微。
幼子偶得艺芸书，荩箧藏弄不翼飞。

王崇焕先生，字汉章，廉生祭酒幼子。先世所蓄，多失于庚子，复为其侄所败。汉章辛苦所积，得汪阆源旧藏宋本数种，秘不示人，今春贫而疾笃，仍不忍以易粟。乃故后，亲友为理遗箧，终未发见，不知究何籍也。见《海天楼随笔》。

校理

[一]"先生"后加。

石埭龙门货殖传，买书残断价廉贪。
明刊精本种盈百，换去南华宋第三。

陈惟壬先生[一]，字一甫，石埭人，富翁也。初不收书，所买辄以册计值，取其廉，断残不拘也。既而周叔弢欲斥所藏明刊精本百种，以易第三宋本《庄子》，一甫遂收之。嗣是颇收书。今一甫已故，其书捐献北京图书馆。见《海天楼随笔》。

校理

［一］"先生"后加。

世事有有必有无^{［一］}，蒙庄达观资楷模。
粥及借人真细事，恢宏大度非局隅。

方尔谦先生，字地山^{［二］}，号无隅，扬州人。好蓄书，而宋版乃仅得一部，戏号"一宋一廛"。尝有咏海王村纪句云^{［三］}："十年厚价收书惯，列肆交称不似贫。渐觉盛名难副实，相逢温语逼闲人。"又《有二诗序》曰^{［四］}："无隅有书百余簏，七八年国中不靖，叠罹干戈水火苦。移居屋渐小，转病书多。忆易安《金石录·后序》云，拉杂为书^{［五］}。困吾叔弢好古^{［六］}，同病相怜，喜其助余太息也。"诗曰："十年生聚五车书，有有须知必有无。粥及借人真细事，存亡敢说与身俱？畀予犹有此区区，何日相逢还旧居。空锁扬州十间屋，渡江能得几连舻？"见《海天楼随笔》。

校理

［一］"世事"，油印本作"世间"。

［二］"先生"后加。眉注："生同治十一年壬申，卒民廿五年丙子，六十五岁。"

［三］"纪句"，洪本同，当作"绝句"。

［四］"有二"，洪本同，当作"有有"，"二"系第二"有"字之省略符之讹写。

［五］"书"，巢章辑《方地山楹联·大方遗纂》录作"诗"（巢章《海天楼艺圃》附）。

[六]"困"，巢章辑《方地山楹联·大方遗纂》录作"因"，是。

南北第一天香园[一]，山经地志不胜繁。
贡诸中秘道山去，老仆有识冰玉魂。

任凤苞先生，字振采[二]，宜兴人。平生专收集方志，数十年之精力[三]，所积孤本甚多，盖为南北第一。有《天香园方志目》。[四]去秋悉以捐献津市文化局，时任氏年垂八十二。未几，即归道山。任氏带有老仆为司典籍者，于方志版本颇能辨别，每至书肆，娓娓而谈，闻者多目为学者。见《海天楼随笔》。

校理

[一]"天香园"，洪本、油印本同，当作"天春园"。详见笺证。

[二]"先生"后加。

[三]"精"字后加，洪本无。

[四]衍一"目"字，径删。

云在山房丛书刻，云薖漫录记前朝[一]。
宋本景印孟东野，真面已胜方柳桥。

杨寿楠先生[二]，字味云，号云薖，所著有《云在山房集》，并刊《云在山房丛书》，颇收佳籍。其宋本《孟东野集》，曾景印行世。见《海天楼随笔》。巴陵方功惠柳桥曾以朱墨色套印《孟东野诗》[三]，然以方体翻刻，非复宋本真面目也。

校理

[一]"薖"，原误作"迈"，洪本亦误。

[二]"栭",原与油印本同作"枛",与"栨"同,径改。"先生"
后加。

[三]原作《孟东野集》,后改,洪本未改。

雪堂校刻留书录,三代吉金著证笺。
敦煌经卷流沙简,书库大云叙佚编。

罗叔蕴先生振玉,上虞人。搜罗三代吉金、殷墟书契、流沙汉晋木
简、敦煌经卷,成《三代吉金文存》《殷虚书契文编》《敦煌木简文字考
释》等。成《大云书库藏书叙录》及所藏书目。所刻书有数百种,晚清
一大名著家也。敬佩无既,辄补《藏书纪事诗》一首,而《碑刻字补》
等著,所未及者尚多云。

蓄姬方朔饿欲死,卖赋相如孰与钱?
蕞尔八千袁氏币,校刻稿钞尽化烟[一]。

吴眉生秘书庠,丹徒人。遇人极谦恭正直,顾境遇艰窘,以八千金
尽售与书贾,世多惜之。

校理

[一]此句,油印本作"校钞辛苦成底事,换得袁氏头八千"。

溯源甲骨兼金吉[一],攻治尚书老伏生。
南北藏书卅万卷,安车徙载到京城。

顾颉刚教授治《尚书》,别有心得,桃李门墙,等身著作。比年受

国家三为祭酒之养，徙藏书赴京华，从此安享耆年，寿考尊荣矣。

校理

[一]"金吉"，洪本同。油印本作"吉金"则于韵未叶。

> 班氏艺文志经史，学林余事及儒医。
> 辽金古本传方术，文苑儒林两传遗。

曹揆一太史元忠，精版本[一]，擅诗词，著有《笺经室遗书》。家传医学，阅书大内，自四库书及宋元版本而外[二]，兼精辽金医学之长。亦自藏宋辽金元医书遗籍甚多，自著书本题跋，近世岐黄人物中一人而已。

校理

[一]"版"，原作"板"，后改，洪本亦作"板"。
[二]"版"，校同上。

> 滂熹斋溯收藏富，金薤琳琅旧雅园。
> 渊博当今刘子政，元著超超七略存。

潘景郑先生承弼，为伯寅尚书后人。家富藏书，与兄博山先生承厚复增益之[一]。所著《著砚楼书跋》，为当世所尊崇。其姊婿顾起潜先生廷龙，为侠君太史裔孙，长吉金甲骨文字，亦富藏书。比年领袖沪特藏库，裨益公家甚多，世人咸钦服之。

校理

[一]"与兄"，原作"与其兄"，后划去，洪本有"其"字。

屡授大儒托遗稿^[一]，请刻名家著作书。
安得人人逢君手，流传孤本馈经畲。

王欣夫教授大隆，与其兄荫嘉先生大森，均喜藏书。曹揆一、胡绥之诸前辈均以著作托之^[二]。曹集早已刊行，胡著亦逐渐刻传，陈培之先生倬手稿藏君所者尚多，行见逐渐流传也。企予望之。

校理

[一]"授"，油印本作"受"，是。
[二]"前辈"，原作"先生"，后改，洪本未改。

书考近传粹芬阁^[一]，帖目祖传鸣野堂。
海上书林成主领，能名不愧世传芳。

沈芷芳先生主持海上世界书局，而性喜藏弄。缅怀祖德沈公复粲鸣野山房藏帖藏书之盛，酷喜收书，刊有《粹芬阁藏书目》。近世《货殖列传》中少见之人物也。《纪事诗》中旧书贾或可得，新书贾岂易得哉？

校理

[一]"书考"，油印本作"书目"。

元明杂剧搜孤本，梅苴金瓶图书文。
一举冲天复入地，宛如焦土一时焚。

郑西谛先生振铎收元明剧曲书籍^[一]，晚得元明孤本杂剧二百余种。集成后，奉使国外会议^[二]，飞机坠地，焚殁，可悼也！周越然先生喜收藏小说[三]，得《金瓶梅图》。丁丑，日寇侵华，周室竟化焦土[四]，人皆惜之。

校理

　　[一]"剧曲"，原作"剧本"，洪本未改。

　　[二]"奉使国外会议"，原作"俄邦"，洪本未改。

　　[三]周越然（1885—1962）。见周炳辉《琐忆祖父周越然》（《文汇读书周报》2013年10月22日）。

　　[四]丁丑，日寇侵华，周室竟化焦土：据郑逸梅《世说人语》所述，事在1932年"一·二八淞沪会战"期间，非丁丑1937年。《世说人语·周越然》"周越然，名之彦，浙江吴兴人，一八八五年生。祖父岷帆，著《蜺巢日记》。父镜芙，吴平斋为题小像，有云：'二十成进士，声闻满帝京，观政在铨曹，激扬励官箴。'可知是宦途中人。越然任职上海商务印书馆编审室，治英文，其兄由廑，主编商务《英语周刊》。越然所编的《英语模范读本》，为各校所采用，销数广大，因此所得版税之多，为从来所未有。他喜买书，有外国书，有线装书，有外国古本，有宋元明版，有中外的绝版书，以及食色方面的秘籍，包罗万象。他榜其室为言言斋，有问他取义所在，他说：'我藏书以说部及词话为多，说与词二字的偏旁，都是言字，故叠二字以寓意而已。'他沪寓虹口，'一·二八'之役，被焚古本书一百七八十箱，西书十几大橱，但他却不以此而稍挫其气，广事补购，不数年又复坐拥百城，以藏书家见称于时。他藏不同版本《金瓶梅》，竟多至数十种，又藏《续镜花缘》四十回稿本，作者华琴珊，别署醉花生，斋名竹风梧月轩，外间知之者甚少。他的著作，有关于书的，有《书书书》《生命与书籍》《书与观念》。又《六十回忆》，内容有《苏人苏事》《言言斋》《我与商务印书馆》《康有为伍廷芳陈独秀》《小难不死》等篇，颇饶趣味。戴季陶曾

从他学英文，有师生之谊，戴任考试院院长，曾聘请他，遭拒绝。他待人极谦恭，青年晚辈，亦尊称之为'兄'。酒量很宏，能饮黄酒五六斤，或啤酒十二瓶，抗战胜利后逝世。后人贤珉，祉民。"

名隐黄裳容鼎昌，范睢张禄孰评量？
不妨奔月文身累，小跋居然题一方。

黄裳先生又名容鼎昌，鲁人。服务沪《文汇报》。常好收书，惟亦以转售所获古椠名钞。除捺有朱记累累外，又必于书原有末页题跋数行，藉永留鸿爪云[一]。

校理

[一] 按，此则于本书卷二已见。

附录二 油印本与清稿本人名顺序对照表

说明：1.油印本目录人名先后顺序，与正文人物先后顺序不一致。本表按照其正文人物的实际顺序排列。2.清稿本未列目录，原稿人名上有阿拉伯数字编号。本表按照其正文人物的实际顺序排列。"最初编号"指稿中人名上为确定顺序第一次所编的序号；"改编号"指对"最初编号"的修改，少则一次，多则二、三次，以"改编号1""改编号2、3"表示。3.表中"改编号1"中标有"●"号者，指在清稿本中此人无编号，且为后来补入者。4.表中人名前标有"※"号者，指未见于油印本者。5.备注中出现之书名，系清稿本诗传所注明之参考文献。

序号	油印本人名	清稿本卷数	清稿本人名	最初编号	改编号1	改编号2、3	备注
1	沈修	卷一	沈锡胙	18			
2	黄人		瞿熙邦	92			
3	章炳麟汤国梨		章炳麟汤国梨	17			
4	金天翮		余一鳌	16			
5	吴梅		张炳翔	15	16		
6	周中孚		黄人	53	15		
7	翁同龢		吴梅	52			
8	李慈铭		庞青城庞莱臣	51			
9	汪鸣銮		丁祖荫	50			
10	宝廷		金天翮	49			
11	王颂蔚		钱崇固	59	48	58	
12	盛昱		朱锡梁	48			
13	沈曾植		胡玉缙	14	14		沈修亦14
14	汪之昌		袁宝璜	13	13		
15	王树枏		章钰	12	12		

续表

序号	油印本人名	清稿本卷数	清稿本人名	最初编号	改编号1	改编号2、3	备注
16	姚文栋		沈修	14	14		胡玉缙亦14
17	朱铭盘		屈燨	47			
18	郑文焯		赵诒琛	46			
19	文廷式		黄钧	45			
20	胡玉缙		顾建勋龚则重	44			
21	李盛铎		王保譿	73	74		
22	严修严台孙		潘圣一	43			
23	沈锡胙		孙祖同	72			
24	丁士涵许克勤		张任政	71			
25	余一鳌		吴慰祖	91			
26	张炳翔		陆鸣冈	90			
27	曹元忠		徐恕	●			
28	曹元弼		伦明	●			
29	袁宝璜	卷二	王其毅	42			
30	丁谦		李根源	70			
31	武延绪		叶恭绰	69			
32	丁乃扬		王植善	41			
33	王同愈		王颂蔚	10	17		
34	王其毅		王树枏	9	11		
35	章钰		陈乃乾赵万里	93			
36	邵章		王蘧常唐兰、钱仲联、陈柱	68	18		
37	吴保初		陈奇猷※费采霞	89			
38	丁惠康		柳亚子	54			
39	陈三立		※简又文罗尔纲、周树人、阿英	88			
40	罗惇曧		丁谦	40	19		
41	王季烈		于省吾	62			

序号	油印本人名	清稿本卷数	清稿本人名	最初编号	改编号1	改编号2、3	备注
42	王季点		巢章	78	63、86		
43	王葆心		冼玉清	86	85		
44	金梁		蔡有守	8	20		
45	徐绍桢		姚文栋	7	10		柳肇嘉《恒其德贞斋随笔》
46	方尔谦		武延绪	6	21		
47	朱锡梁		徐绍桢	5	22		
48	王崇焕		马浮	4			
49	罗振玉		李慈铭	3	3		
50	钱崇固		宝廷	2	2		
51	王植善		郑文焯	22	8		
52	冒广生冒景璠		文廷式	21	7		
53	丁祖荫		盛昱	20	6		
54	陆鸣冈		吴保初	27	26		陈诗《尊瓠室诗话》
55	钱骏祥		陈三立	26	27、9		
56	杨寿枏		罗惇曧	25			郑逸梅《近代野乘》
57	王保譿		丁惠康	24			
58	王修		朱铭盘	23	9、10		《清史稿》
59	李根源		沈曾植	39			《清史稿》、王蘧常《沈寐叟年谱》
60	叶恭绰		王葆心	38			
61	柳亚子		王修	37			郑逸梅《人物品藻录》
62	孙毓修		金梁	36			
63	刘体智刘体乾		冒广生冒景璠	67			
64	刘声木		胡蕴	35			
65	秦更年		方树梅	85	87		
66	伦明		叶承庆	115	113		

续表

序号	油印本人名	清稿本卷数	清稿本人名	最初编号	改编号1	改编号2、3	备注
67	程守中		袁思亮叶启勋、叶启发	●			袁思亮前重出黄裳
68	于省吾		秦更年	●			
69	唐晏	卷三	汪之昌	34			
70	冼玉清		冯雄苏继顺	114	112		
71	蔡有守		邵章	66			
72	袁思亮叶启勋、叶启发		唐晏	65			桥川时雄《中国文化界人物总鉴》
73	任凤苞		刘体智刘体乾	64			
74	徐恕		刘声木	63			
75	金钺		丁士涵许克勤	1	1、1		
76	严式海		王同愈	33			
77	周暹		汪鸣銮	32			
78	周明泰		周中孚	31			
79	周绍良		丁乃扬	30			
80	陈惟壬		孙毓修	58	59		
81	马浮		林钧	113	116		
82	徐镜清		徐益藩	112	113、114		
83	庞青城庞莱臣		徐澂	111	114、115		
84	吴庠		朱犀园	110			
85	屈燨		蒋镜寰	111	101		
86	赵诒琛		陈华鼎	112	102		
87	黄钧		沈维钧	109	104、103		
88	顾建勋龚则重		洪驾时	118			
89	顾颉刚		卢前任讷、唐章	107	108		
90	王蘧常唐兰、钱仲联、陈柱		徐镜清	84			
91	王铨济		王季烈	57			

续表

序号	油印本人名	清稿本卷数	清稿本人名	最初编号	改编号1	改编号2、3	备注
92	王大隆 王大森		王季点	56			
93	瞿熙邦		汪瞻华	117			
94	孙祖同		李盛铎	19			
95	胡蕴		范祥雍	106	107、106		
96	林钧		杨允吉	83			
97	张任政		程守中	105	106、107		
98	卢前任讷、唐章		范行准	104	105		
99	陈乃乾 赵万里		※朱仰周	103	104		
100	郑振铎		缺名氏	119			
101	谢国桢		王铨济	103	111		
101	李文旂		李文旂	102	109		
103	潘圣一		曹元弼	●			
104	沈维钧		姚方羊	●			
105	陈华鼎	卷四	翁同龢	27	4		《虚静斋脞录》《海天楼随笔》
106	蒋镜寰		金钺	82			《海天楼随笔》
107	潘承弼 潘承厚、顾廷龙		谢国桢	81			《海天楼随笔》
108	沈芷芳		严式海	80			《海天楼随笔》
109	范祥雍		周暹	94			《海天楼随笔》
110	范行准		周明泰	100			《海天楼随笔》
111	姚方羊		周绍良	99			《海天楼随笔》
112	徐澂		※姚君素	79			《海天楼随笔》
113	朱犀园		※赵元芳	98			《海天楼随笔》
114	叶承庆		严修 严台孙	28			《海天楼随笔》
115	陈奇猷		王子霖	97			《海天楼随笔》
116	吴慰祖		※吴颂平	96			《海天楼随笔》
117	冯雄 苏继顺		※王镂冰	95			《海天楼随笔》

续表

序号	油印本人名	清稿本卷数	清稿本人名	最初编号	改编号1	改编号2、3	备注
118	杨昭隽		钱骏祥	78			《海天楼随笔》
119	汪瞻华		杨昭儁	77			《海天楼随笔》
120	巢章		王崇焕	76			《海天楼随笔》
121	徐益藩		陈惟壬	75			《海天楼随笔》
122	方树梅		方尔谦	74	73		《海天楼随笔》
123	杨允吉		任凤苞	61			《海天楼随笔》
124	洪驾时		杨寿枏	60			《海天楼随笔》
125	王子霖		罗振玉	●			
126	逸名氏		吴庠	●			
127			顾颉刚	●			
128			曹元忠	●			
129			潘景郑潘承厚、顾廷龙	●			
130			王大隆王大森	●			
131			沈芷芳	●			
132			郑振铎周越然	●			
133			※黄裳	●			

按，油印本126人，附19人，总计145人；清稿本133人，附23人，总计156人。

附录三　油印本与清稿本用语称谓对照表

序号	出处	油印本用语称谓	清稿本用语称谓	备注
1	沈锡胙	一九一六年归道山	改制丙辰归道山	
2	瞿熙邦	瞿凤起熙邦	瞿凤起学博（熙邦）	
3	章炳麟	影观汤夫人国梨	影观汤大家（国梨）	油印本"影观"原误倒作"观影"，此径改
4	余一鳌	东吴大学	吴东庄大庠	
5	同上	值抗战之变	值丁丑之变	
6	同上	陈伯衡（锡钧）者	陈伯衡先生（锡钧）者	
7	黄　人	黄摩西本师（人）	黄摩西本师讳人	
8	同上	燕京大学	燕京大庠	
9	吴　梅	吴瞿安本师梅	吴瞿安本师讳梅	
10	同上	上海涵芬楼	海上涵芬楼	
11	同上	解放后	革新后	
12	庞青城	庞青城	庞青城先生	
13	同上	抗日变后	丁丑变后	
14	同上	北京图书馆	北海书库	
15	同上	上海	海上	
16	同上	钱君存训	钱存训先生	
17	同上	余任教于上海东吴大学	适余拥皋比于慕尔精舍	
18	同上	抗战后	丁丑之变	
19	丁祖荫	丁初我祖荫	丁初我大令祖荫	
20	同上	常熟人	海禺人	
21	同上	上海涵芬楼	海上涵芬楼	
22	同上	抗战之变	丁丑之变	

续表

序号	出处	油印本用语称谓	清稿本用语称谓	备注
23	金鹤望	李印泉（根源）	李印泉阁撰（根源）	
24	同上	费韦斋树蔚	费韦斋肃政（树蔚）	
25	同上	张仲仁（一麐）	张公绂教长（一麐）	张一麐字公绂，号仲仁
26	同上	钱彊斋（崇固）	钱彊斋省议长（崇固）	
27	同上	清华大学	清华园大庠	
28	同上	厚道人	君子人	
29	钱崇固	钱彊斋（崇固）	钱彊斋议长（崇固）	
30	同上	一九一七年	改制六年	
31	朱锡梁	朱梁任（锡梁）	朱梁任教授锡梁	
32	同上	一九三二年夏	壬申夏	
33	同上	抗战后	丁丑乱后	
34	同上	吴子深（华源）	吴子深画人华源	
35	袁宝璜	袁爽秋昶	袁忠节公昶	
36	同上	抗战前	丁丑变前	
37	沈修	江苏省苏州图书馆	拙政园省公库	
38	屈犠	屈伯刚（犠）	屈伯刚先生犠	
39	同上	潘蔚如（霨）	潘蔚如先生（霨）	
40	同上	邹百耐（绍朴）	邹君百耐（绍朴）	
41	同上	上海涵芬楼	海上涵芬楼	
42	同上	振华女学图书馆	瑞云学舍书库	
43	赵诒琛	赵学南（诒琛）	赵学南学博（诒琛）	
44	同上	一九一三年之役	癸丑之役	
45	同上	上海峭帆楼	海上峭帆楼	
46	同上	王君欣夫	王欣夫大隆	
47	同上	东吴大学	东吴大庠	
48	同上	黄颂尧（钧）	黄颂尧茂才（钧）	
49	同上	上海寓所	海上寓所	

续表

序号	出处	油印本用语称谓	清稿本用语称谓	备注
50	顾建勋	顾巍成（建勋）	顾巍成茂才（建勋）	
51	同上	叶遐庵恭绰	叶遐庵先生	
52	同上	抗战之役	丁丑之役	
53	黄钧	王新之	王新之医师	
54	同上	上海寓所	海上寓所	
55	王保譿	王慧言（保譿）	王慧言讲师保譿	
56	同上	抗日战争时	乙亥、丁丑	
57	同上	一九二九年左右	民国十八年左右	
58	潘圣一	上海涵芬楼	海上涵芬楼	
59	同上	上海涵芬楼及沪江大学图书馆	海上涵芬楼及杨树浦胶庠两书库	
60	同上	东吴大学图书馆守藏	东吴大学守藏史	
61	孙祖同	孙伯绳（祖同）	孙伯绳学长（祖同）	
62	同上	东吴大学	东吴大庠	
63	同上	日寇劫后来沪	倭寇劫后来沪上	
64	同上	北京图书馆	北海书库	
65	张惠衣	卢冀野（前）	卢冀野学长（前）	
66	同上	上海	海上	
67	吴慰祖	忆抗战前夕	忆丁丑之前	
68	同上	沧浪亭省立图书馆	沧浪书库	
69	陆鸣冈	陆颂尧（鸣冈）	陆颂尧学博（鸣冈）	
70	同上	上海	海上	
71	同上	辛亥初	改制初	
72	徐恕	徐行可（恕，号强诤）	徐恕先生字行可	
73	伦明	伦哲如（明）	伦哲如教授明	
74	同上	叶鞠裳（昌炽）	叶鞠裳先生昌炽	
75	王其毅	上海朱氏	海上朱氏	
76	同上	南洋中学书库	龙华日晖书库	

续表

序号	出处	油印本用语称谓	清稿本用语称谓	备注
77	同上	抗战后	乱后	
78	李根源	李印泉（根源）	李印泉阁撰根源	
79	同上	抗战前十余年	丁丑前十余年	
80	同上	印泉庐墓	印公庐墓	"印泉"，清稿本均作"印公"
81	同上	乡先辈张仲仁（一麐）	乡先辈张公绂先生	
82	同上	抗战之变	丁丑之变	
83	同上	解放后	胜利四年来	
84	叶恭绰	叶遐庵（恭绰）	叶遐庵铁道部长（恭绰）	
85	同上	吴湖帆（万）	吴湖帆公孙	
86	同上	遐庵	遐公	"遐庵"，清稿本均作"遐公"
87	同上	陈子彝（华鼎）、陈子清（晋湜）	陈君子彝（华鼎）、陈君子清（晋湜）	
88	同上	上海	春申江上	
89	同上	解放后	革新后	
90	同上	杨殿珣	杨君殿珣	
91	同上	叶揆初（景葵）	叶揆初孝廉（景葵）	
92	同上	顾起潜（廷龙）	顾起潜乡台（廷龙）	
93	同上	合众图书馆	蒲石书库	
94	王植善	王培荪（植善）植善	王培荪居士植善	
95	同上	辛亥后	改制之初	
96	同上	孙伯南（宗弼）	乡先辈孙公伯南（宗弼）	
97	同上	培荪	培公	"培荪"，清稿本均作"培公"
98	同上	南洋学舍	龙华学舍	
99	同上	即行辞世	即入涅槃	
100	同上	叶揆初（景葵）	叶揆初孝廉（景葵）	
101	王颂蔚	上海图书馆	海上市书库	

续表

序号	出处	油印本用语称谓	清稿本用语称谓	备注
102	陈乃乾、赵万里	南洋中学图书馆	龙华学舍日晖楼书库	
103	同上	北京图书馆	北海书库	
104	同上	瞿庵师	吴瞿庵先师	
105	同上	万里	赵君	
106	王蘧常	王瑗仲（蘧常）	王瑗仲教长蘧常	
107	同上	唐蔚芝（文治）	唐蔚芝侍郎	
108	同上	吴丕绩	吴君丕绩	
109	陈奇猷	陈奇猷	陈奇猷硕士	
110	同上	竭来上海	竭来海上	
112	同上	辅仁大学	辅仁大庠	
113	柳亚子	柳亚子（弃疾）	柳亚子先生弃疾	
114	同上	辛亥革命元老	革命元老	
115	丁谦	辛亥后	改制后	
116	同上	浙江省图书馆	武林书库	
117	于省吾	于思伯省吾，海城人	海城于思伯教授省吾	
118	同上	辅仁大学	辅仁胶庠	
119	同上	解放后	己丑革新	
120	同上	孙耀卿（殿起）	孙君耀卿	
121	巢章	巢章甫（章）	巢章甫先生（章）	
122	同上	章甫	巢君	
123	冼玉清	冒鹤亭（广生）	冒鹤亭老	
124	同上	吴湖帆（万）	吴湖帆公孙	
125	蔡有守	蔡哲夫（有守）	蔡哲夫先生（有守）	
126	同上	哲夫	哲公	
127	姚文栋	姚子梁（文栋）	姚子梁先生文栋	
128	同上	南京图书馆	南京盋山图书馆	
129	徐绍桢	徐固卿（绍桢）	徐固卿军长绍桢	

续表

序号	出处	油印本用语称谓	清稿本用语称谓	备注
130	同上	梅定九（文鼎）	梅文穆公	
131	郑文焯	长素谢世	长素颓坏	
132	文廷式	王伯厚《困学纪闻》	俊仪《困学纪闻》	"俊仪"即"浚仪"，王应麟，字伯厚，自号"浚仪遗民"
133	陈三立	陈伯严进士（三立）	陈伯严先生三立	
134	同上	南皮张香涛	南皮张文襄	
135	罗惇曧	不以项城帝制为然	不以当涂帝制为然	
136	同上	名演员程砚秋	程研秋伶官	
137	丁惠康	徐子晋处士	徐子晋处士	
138	同上	湘舟（沅）	湘舟处士（沅）	
139	同上	上海涵芬楼	海上涵芬楼	
140	同上	忠厚长者也	忠厚君子也	
141	同上	半银四百元	半番佛四百尊	
142	同上	合众图书馆	合众书库	
143	王葆心	叶鞠裳（昌炽）	叶鞠裳太史（昌炽）	
144	同上	罗子经（振常）	罗子经处士（振常）	
145	同上	上海蟫隐庐书林	海上蟫隐庐书林	
146	同上	若无人揭季芗名氏	藉微人布季芗名氏	
147	王修	王季欢（修）	王季欢处士修	
148	冒广生	冒疚斋（广生）	冒疚斋大师广生	
149	同上	为元维扬镇南王后裔	为大元维扬镇南王后裔	
150	同上	息影上海	息景海上	
151	同上	老而好学	耄而好学	
152	同上	俄文	鄂罗斯文	
153	同上	孝鲁室	孝鲁君正室	
154	胡蕴	胡石予	胡石予先生	
155	同上	任教于草桥第二中	拥皋比于草桥学舍	
156	同上	抗战之役	丁丑之役	

序号	出处	油印本用语称谓	清稿本用语称谓	备注
157	同上	石予	石老	
158	同上	振华女学	瑞云学舍	
159	方树梅	方树梅	方树梅先生	
160	同上	天放师	金贞献公	
161	同上	李印泉	李印泉阁撰	
162	同上	蔡复午	蔡公复午	
163	同上	四倍于刊本	较之刊本四倍之者	
164	同上	沧浪亭省图书馆	我吴公书库	
164	叶承庆	叶乐天（承庆）	叶乐天处士承庆	
165	同上	乡邦先哲	吴中先哲	
167	同上	百耐	百耐君	
168	同上	钞胥	门下小史	
169	同上	抗日事变前	丁丑变前	
170	冯雄、苏继顾	上海涵芬楼	海上涵芬楼	
171	同上	解放前	戊子、己丑间	1948、1949年
172	同上	合众图书馆	蒲石书库	
173	同上	沪西秀州书店	海上西摩路秀州书店	
174	同上	冯翰飞	冯君	
175	邵章	庚午	改制十九年	
176	唐晏	唐元素（晏）	唐元素先生晏	
177	刘体智刘体乾	刘晦之（体智）	刘晦之观察体智	
178	同上	燕京大学	燕京大庠	
179	同上	鲍扶九（鼎）	鲍扶九君（鼎）	
180	刘声木	刘十枝（声木）	刘十枝先生（声木）	
181	同上	尹石公（同愈）	尹君石公	
182	同上	石公	尹君	
183	丁士涵	陈硕甫（奂）	陈硕甫先生奂	
184	同上	抗战以还	丁丑乱后	

续表

序号	出处	油印本用语称谓	清稿本用语称谓	备注
185	同上	许勉甫（克勤）	许勉甫先生（克勤）	
185	同上	张仲仁一麐	张公绂先生（一麐）	张一麐字公绂，号仲仁
186	汪鸣銮	银币	项城袁氏所铸币	
187	周中孚	周信之（中孚）	周信之先生中孚	
188	同上	浙之乌程人	乌程人	
189	同上	范君祥雍	范君祥雍先生	
190	丁乃扬	抗战前夕	丁丑之变	
191	同上	遄返上海	遄返海上	
192	同上	吴湖帆（万）	吴湖帆公孙（翼燕）	
193	孙毓修	孙留庵（毓修）	孙留庵先生（毓修）	
194	同上	抗战之役	丁丑之役	
195	同上	抗战前	丁丑前	
196	同上	揭来上海	揭来海上	
197	同上	公家	公库	
198	林钧	林石庐	林石庐先生	
199	同上	石庐	林君	
200	徐益藩	徐珏庵益藩	徐珏庵教师益藩	
201	同上	解放后	革新后	
202	徐澂	徐沄秋（澂）	徐沄秋先生名澂	
203	朱犀园	苏南文管会主任陈毅岑	陈君毅岑	
204	蒋镜寰	蒋吟秋（镜寰）	蒋镜寰馆长（吟秋）	
205	同上	沧浪亭江苏省立图书馆	沧浪亭前江苏省图书库	
206	沈维钧	沈勤庐（维钧）	沈勤庐先生维钧	
206	同上	解放后	革新后	
207	同上	沧浪亭省图书馆	吴中沧浪亭书库	
208	洪驾时	洪驾时	洪君驾时	

序号	出处	油印本用语称谓	清稿本用语称谓	备注
209	同上	沧浪亭省图书馆	沧浪亭书库	
210	同上	比来上海	比来海上	
211	卢前	卢冀野（前）	卢冀野先生（前）	
212	任二北	任二北（讷）	任二北先生（讷）	
213	唐圭璋	唐圭璋（章）	唐圭璋先生（章）	
214	徐镜清	徐镜清（凌云）	徐镜清先生	
215	同上	俞粟庐（宗海）	俞粟庐先生（宗海）	
216	同上	上海来青阁	海上来青阁	
217	王季烈	王君九（季烈）	王君九太史（季烈）	
218	同上	上海涵芬楼	海上涵芬楼	
219	王季点	王琴希（季点）	王琴希教授（季点）	
220	同上	工业学校校长	工业校长	
221	汪瞻华	抗战乱后	丁丑变后	
222	同上	瞻华幼从	君幼从	
223	同上	王心竹	王心竹先生	
224	同上	陈栩园（栩）	天虚我生陈君	
225	李盛铎	《辛亥以来藏书纪事诗》	《纪事诗续诗》	
226	同上	一九四六年	改制三十五年	
227	范祥雍	范祥雍	范祥雍先生	
228	同上	吴眉孙	吴眉孙先生	
229	同上	静庵	静庵先生	
230	同上	上海传薪书店	海上传薪书店	
231	杨允吉	杨易三（允吉）	杨易医师三允吉	
232	程守中	程守中	程守中先生	
233	范行准	范行准	范行准先生	
234	同上	上海二范	海上二范	
235	闻某工商家	周季眱	周季眱先生（星贻）	

续表

序号	出处	油印本用语称谓	清稿本用语称谓	备注
236	同上	钱牧斋	钱牧翁	
237	王铨济	解放前	革新前	
238	同上	江翊云（庸）	江君庸	
239	同上	瞿兑之（宣颖）	瞿君宣颖	
240	同上	上海书林	海上书林	
241	李文祹	改制十八年	己巳	
242	同上	文祹	李君	
243	曹元弼	曹叔彦太史（元弼）	曹太史元弼，字叔彦	
244	姚方羊	姚君方羊	姚方羊先生	
245	金钺	金浚宣（钺）	金钺先生，字复宣	"复宣"当作"浚宣"
246	周暹	周叔弢（暹）	周叔弢先生（暹）	
246	周明泰	周志辅（明泰）	周志辅先生	
247	周绍良	周绍良	周绍良先生	
248	严修	严范孙（修）	严范孙先生	
249	同上	台孙	台孙先生	
250	王子霖	王雨苍（子霖）	王雨苍先生，字子霖	
251	钱骏祥	钱新甫（骏祥）	钱骏祥先生，字新甫	
252	杨昭隽	杨潜庵（昭隽）	杨昭隽先生，字潜庵	
253	王崇焕	王汉章（崇焕）	王崇焕先生，字汉章	
254	陈惟壬	陈一甫（惟壬）	陈惟壬先生，字一甫	
255	方尔谦	方地山（尔谦）	方尔谦先生，字地山	
256	任凤苞	任振采（凤苞）	任凤苞先生，字振采	
257	同上	天津市	津市	
258	杨寿枏	杨味云（寿枏）	杨寿枏先生，字味云	
259	吴庠	吴眉生（庠）	吴眉生秘书（庠）	
260	顾颉刚	顾颉刚	顾颉刚教授	
261	潘承弼	潘景郑（承弼）	潘景郑先生（承弼）	
262	同上	博山（承厚）	博山先生（承厚）	

序号	出处	油印本用语称谓	清稿本用语称谓	备注
262	同上	顾起潜（廷龙）	顾起潜先生（廷龙）	
263	同上	主持上海图书馆	领袖沪特藏库	
264	王大隆	王欣夫（大隆）	王欣夫教授（大隆）	
265	同上	荫嘉（大森）	荫嘉先生（大森）	
266	同上	次第付印	逐渐刻传	
267	同上	陈培之（倬）	陈培之先生（倬）	
268	沈芷芳	上海世界书局	海上世界书局	
269	同上	复椠	沈公复椠	
270	郑振铎	郑西谛（振铎）	郑西谛先生（振铎）	

附录四　本书相关资料汇总

王謇藏书纪事诗

陈君隐诗　徐雁注

澥粟主人何太痴，长将结发市书皮。到头赢得名无传，半部他人纪事诗。

王謇（佩诤），江苏吴县人。弱冠即著籍近世诸经学大师门下，识考据流略之学。卒业故东吴大学文科，后尝述职苏州图书馆，教授母校。家有澥粟楼，嗜古成癖，卖田市书，糟糠之反目而不顾焉。所藏多清人词集、乡邦文献，佳椠善钞称富，而贡献于方志编集、秘著重刊者尤多。日夕目耕书林，迂迂讷讷，著述亦丰。因见乡前辈叶鞠裳（昌炽）《藏书纪事诗》书城掌故、藏家诗史，为后来学者楷模。而续补之作尚有可为，乃撰《续补藏书纪事诗》一卷，有裨于近世学坛书林者至大且巨。惜仅有至交洪驾时先生模刻油印本秘传于苏沪之际。今不揣冒昧，亟为点校，发扬斯文，以求广传云。

昔杭州丁氏撰《武林藏书录》既就，尝笑谓己举："是后藏书录料也。"因念佩诤先生垂耄笔削，撰成是编，而独于自家藏书阙如；先生一生心力所积，蔚为大家，岂能无诗以传？因为搜辑，求我友君隐兄发为诗，而彰扬先生事迹如上。

（录自《续补藏书纪事诗四种》。按，此诗传后亦收入徐雁、谭华军整理之《续补藏书纪事诗传》作为"王謇"条目，但传文作了较大的补充修改。因《四种》本今已不易见到，故加以选录）

续补藏书纪事诗前言

李希泌

　　《续补藏书纪事诗》，苏州王佩诤（謇）著。王佩诤先生是江南著名的学者。他在史学、诸子、版本目录和地方文献等方面，都有较高深的造诣。他的著作等身，《续补藏书纪事诗》是他晚年的著作之一。清末，叶昌炽曾著《藏书纪事诗》。嗣有伦明者，认为尚可续补，著《辛亥以来藏书纪事诗》。佩诤先生的这部著作，据他的自白，是受伦著的启发而撰写的。

　　我和佩诤先生的交往，既是世交，又是同门。我父亲和佩诤先生的私交甚笃。这本书中的《李根源（印泉）》一节，就是记我父亲的。1932年，章太炎大师到苏州讲学。两年后迁居苏州。章大师在苏州收了一批学生，佩诤先生是其中之一人。章大师认为我有志向学，尚可教也，收了我做小学生。这样，我和佩诤先生同列章大师之门。其实，我哪里配做章大师的学生啊！记得章大师初到苏州讲学时，有王佩诤、范烟桥、诸左耕和王乘六四位先生担任记录。章大师余杭乡音极重，有一部分听讲的人听不大懂。于是请佩诤先生写黑板，把章大师讲话的要点和引用古籍的书名以及辞句，都写在黑板上。这不仅便利了听众，而且增进了章大师讲学的效果。章大师所讲的，除去个别僻典，须请教章大师外，绝大部分，佩诤先生都能在黑板上写出来。以后凡是章大师讲学，写黑板就成了佩诤先生的固定任务。我对他的学识渊博，是十分敬佩的。

　　我国图书馆事业的发展，具有悠久的历史。私人藏书是这一专门史的一个重要组成部分。藏书家起到了保存我国珍贵古籍的作用。有很多藏书家，一生勤勤恳恳，省吃节用，购书藏书，其生动事例，不胜枚举。这说明我国今天保存这样大量的珍贵古籍，藏书家之功是不可泯磨的。因此，叶昌炽、伦明和佩诤先生三人用纪事诗的体裁，所写有关藏书家的著作，都是研究和编写中国图书家事业发展史不可缺少的参考资料。书目文献出版社出版佩诤先生的这部著作，是很有意义的。

《续补藏书纪事诗》所记藏书家，列入目录的共有一百二十六人，其中有沈维钧者，有目无文。附见于他人目者，有庞莱臣等七人。实际上，总共有一百三十二人。由于佩诤先生长期住在苏沪，故书中所记详于江浙，而其他省区的藏书家，则有疏略，此有待于来者之补苴。

佩诤先生的这部著作，在他去世后，七十年代初，曾由他的友人醵资刻印若干册。印本的扉页上有引言，其文如下：

> 吴县王佩诤（謇）博学多才。家有瓠粟楼，藏书甚富。又好著述，尝辑《宋平江城坊图考》传世。读叶鞠裳（昌炽）《藏书纪事诗》后，依其体续补一百二十余首，为其晚年未定稿。今集资付印，供研究藏书源流之参考云。

当时，谢国桢先生赠送了我一册。今据以标点并作简单注释。为了便利读者检索，由冯淑文同志编《藏书家姓名笔画索引》附于书后。

关于佩诤先生一生的学行和著述，详见潘景郑先生为此书所写的跋文和甘兰经先生所撰《王佩诤先生事略》，均附书后，不另赘述。在点注此书时，承景郑先生把他的藏本从上海寄来借给我使用，在此一并致谢。

我才疏学浅，见闻寡陋，点注此书，定有错误，尚希读者多加指教，不胜企感。一九八五年十月李希泌识于健行斋。

（录自书目文献出版社1987年点注本）

续补藏书纪事诗后记

潘景郑

《续补藏书纪事诗》一卷为故友王君佩诤晚岁遗著之一。殁后数年，友人醵资为之印行流传，顾非君精湛之作也。余与君同里闬，弱冠缔文字之交。君长余十年以上，望庐咫尺，过从无间。抗战来沪，余时任合众图书馆职事，君常来馆，语极殷切。洎后终老沪上，曾任师大国专教务，一庵老学，孜孜不倦。壮岁著有《平江城坊图考》，传诵吴下。居沪后，研治周秦诸子，有札记若干种，其已行世者，只《盐铁论札记》一书，其他诸子札记已成稿者，曾属余介绍中华书局出版，不幸动乱之际，未及成议，稿亦未得返璧，至今引为憾事。四凶肇祸，同罹池鱼之殃。君为上海博物馆群竖所困，日经鞭挞，备受荼毒，时年垂八十，体力不支，后被逐家居。不久即悒郁离世，亦可悲矣。君著述甚富，传世寥寥，闻诸子札记稿尚弄中华书局，倘能垂诸不朽，亦足以慰君九原矣。是书传印不多，鲁鱼难免，亦希后贤重为校理，藉补缘督先生所未及，且有裨藏书家之故实焉。抚读之余，率书数语于后，泚笔不胜山阳邻笛之感。丁巳夏寄沤识。

前梦远，乡尘历风雨，卌年留券。麈挥岁月，江干巢燕。高府栽桃育李，看成林，还偿心愿。伤屯蹇，疾风摧折，泪与花溅。一卷重温遗献。恁凄迷，心期缱绻。最欸怀，宏编零落，名山难践，怅隔人天，把别绪，看作烟云呈现。剩苔藓，三径苍茫犹恋。调寄《玉京秋》。寄沤。

（录自书目文献出版社1987年点注本）

流碧精舍师友渊源录长编

陶云叔师讳惟垂。长篆书。

王欣夫大隆、荫嘉，吴县。校印甲戌至辛巳《丛编》，集资印行《笺经室遗集》，
　　　计划印行胡玉缙《许廎遗著》。

潘景郑承弼，吴县。保存攀古钟鼎彝器、滂喜斋宋元版本，归诸公家。

顾廷龙起潜、颉刚，吴县。保存仁和叶氏书籍，赞襄成立书库，公诸同好。

尹石公炎武，搜集江浙故家书籍，归诸公家。

孙伯绳祖同，藏北宋本《花间集》暨明本书甚多，著有《虚静斋书目》。

陈澄中，祁阳人。藏宋元本甚多。

陈守中●，徽州人。藏僻书极多。

冒鹤庭广生，如皋人。著《诸子校勘记》。

章太炎炳麟，余杭人。著有《章氏丛书》正续编、《太炎文录》、别录、续编。参
　　考《制言》杂志纪念专号。

金松岑天翮，吴江人。著有《天放楼文言》、《诗》正、续、季集、《皖志列传
　　选》、《云南通志列传稿》。参考金元宪《行状》、徐震《墓志铭》。

叶焕彬德辉，长沙人。著有《观古堂所著书》、书目、诗文集，珍藏法书名画极多。

邓邦述孝先，江宁人。著有《寒瘦草堂鬻存书目》。

朱锡梁梁任，著有《超辰表考证》《甲骨文十干十二支说》《词律补体》。

顾巍成建勋，吴县人。著有《苇丞诗文词稿》。

黄颂尧钧，吴县人。著有《邓析子校记》《独学轩诗文》。

吴瞿安梅，藏嘉靖本百种，自号百嘉室主人，著有《瞿安曲录》《词录》《诗录》
　　《文录》《百嘉室书目》《霜厓三剧》。

沈绥郑修，长《说文》及奥衍诗文。

张炳翔叔鹏，多藏书，笔记著述甚富。通医药。孙辛楣，曾孙熙咸。

刘师培申叔，著有《刘申叔遗书》。保存《左传旧注疏证》世稿。仪征人。

黄　侃季刚，著有《文心雕龙札记》《音略》《繡华词》《量寿庐诗》。蕲春人。

吴承仕絸斋，著有《絸斋读书记》《三礼布帛考》。

钱玄同疑古，著有《说文古韵表》。嘉兴人。

汪东旭初，一字叔初，吴县人。著有《法言疏证别录》。

女黄　朴绍兰，著有《周易文字学》。善篆书。蕲春人。

● 当作程守中。

女刘嘉恢敏思，更字佩规。善填词。

杨康年，宁波人。著书[二]《浙东史学源流考》。

沈燮元，无锡人。善目录版本学。

沈维钧，吴县人。著有《中国明器》。勤庐[三]。

陈华鼎子彝，著有《中国纪元表》。

潘圣一，吴县人。长目录版本学。

凌景埏敬贤，吴江人。善词曲考据。

张荣培蛰公，吴县人。著有《惜余春馆词》。

汪　垕叔良，吴县人。著有《土室诗存》[四]。

徐沄秋，著有《澐秋诗存》。善山水。

王季烈君九，善词曲。弟季点，字琴西。

汪家玉鼎丞，善佛学。侄恩锦，字䌹之。

范敬宜，著有《小洽园诗文存》。善山水。

陶冷月镛，善山水花鸟。著有《风雨楼题画诗存》《小亦吾庐画絮》。

朱犀园，善山水。侄女蕴清。

吴湖帆，著有《梅影书屋诗词》。善山水。

吴子深，善山水。

陈　湜子青，吴县人。善山水、花卉。

樊浩霖少云，善山水，兼善弹大套琵琶古曲。子伯炎，能世其学。

朱耐斋凤池，善行草书。

王蘧常瑗仲，善章草，能诗文。嘉兴人。

陈奇猷，广东曲江人。著有《韩非子校释》。

费采霞，陈奇猷室。著有《毛诗笺证》。

[二]　整理者按，"著书"当是"著有"之笔误。

[三]　整理者按，"勤庐"为沈维钧号，依例当在名下。

[四]　整理者按，坊间流传有汪垕油印本诗集《茹荼室诗稿》不分卷一册。

朱蕴清。泾县人。善山水，侄女舜英亦善画。

陆陡娟，上海人。

詹克峻明德，婺源人。善古墨鉴赏。

管锦秋，原名荣镇。善书，且喜诵经史，一目患疾，犹手不释卷，人称之曰耄而
　　　　好学之卫武公。

蒋竹庄维乔，著有《因是子静坐法》《墨子十论》，常州人。

陶惟坻小沚，善文。

顾元昌竹庵，善书，藏南宋七塔寺石井阑。

陆丹林，广东南海人。著有《当代名人传》。

钱自严崇威，吴江人。善书法。

赵月潭国材，善英吉利文。

谢大任耐安，善英吉利文，兼通腊丁、希腊及德、法二国文字。

葛传椝，善英吉利文。

马夷初叙伦，善文字声韵之学。

李根源印泉，善金石古器物学。

叶玉甫恭绰，善金石古器物学❺。

萧退闇一字蜕公，常熟人。善书法。

钱仲联萼孙，常熟人。著有《茗花盦诗存》。

吴丕绩，华亭人。善诗、骈文。

钱默存锺书，无锡人。善英吉利文及诗词。

杨　绛季康，善小说戏剧编著。

杨天骥千里，善篆刻书法。

徐鸿宝森玉，善诗及版本目录书画鉴赏之学。

柳诒徵翼谋，长于史学，著有《中国文化史》。

---

❺ 整理者按，页眉上铅笔标注"玉、誉虎"。

王仁俊捍郑，长经、小学。

顾麟士鹤逸，善画。

唐文治蔚芝，长于宋儒理学。

顾颉刚，长于史学。其叔廷龙字起潜。

谢孝苹，泰县人。善诗。

徐淇秋治本，吴县人。善南北朝书法。

钱卓英善文，石门人。

刘季高，祥符人，流寓丹徒。著有《斗室文存》、《景杜斋诗存》。

徐　英澄宇，汉川人。善诗。

陈家庆女士，徐英室。善词。

王玉章，东北人。编有《元剧曲选》。

唐圭璋，江宁人。编有《词话丛刊》，辑有《全宋词》。

任　讷仲敏，江都人。著有《新曲苑》，辑有《散曲丛刊》。

卢　前冀野。辑有《饮虹簃散曲丛刊》。

马诒谋介子，著有《介子文存》。

薛寿衡颐平，著有《小万梅花馆诗存》。

高　燮吹万，著有《吹万楼诗存》。

姚　光石子，著有《石子文钞》，藏书甚夥。

汪锺霖甘卿，善诗，有十亩园。

沈心池，长佛学，著有《净土三宗撮要》。

陈伯衡廷钧^六，淮阴人。长于鉴赏碑刻。

张惠衣任政，著有《纳兰容若年谱》《金陵大报恩寺塔志》。

夏瞿禅承焘，著有《白石道人歌曲疏证》《白石行实考》。温州人。

陆维钊，善文字音韵之学，兼善书画。

六　按，"廷钧"当作"锡钧"。

张令仪，_{铜山人。善宋儒性理之学。}

徐子为，_{善诗。吴江人。}

蔡佩秋，_{吴县人。善填词。}

龙榆生_{沐勋}，_{万载人。善词。}

金东雷，_{吴县人。著有《东雷诗存》。}

蒋镜寰_{吟秋}，_{著有《文选书目考证》。}

冒孝鲁_{景璠}，_{善苏俄文字，兼善国学。}

倪寿川，_{镇江人。喜藏书。}

吴　庠_{眉孙}，_{丹徒人。善骈散文、诗词。}

金其源_{巨山}，_{长于考证，著有《读书管见》。}

鲍扶九_鼎，_{丹徒人。}

朱大可_奇，_{嘉兴人。}

潘_{敦睦}先_{叔重季儒}，_{善鉴别金石书画。}

费树蔚_{仲深}，_{善书。}

陆颂尧，_{上海人。曾收藏历代名人日记，几乎应有尽有。后寓斋毁，真成绛云一劫。}

刘季高，_{著《斗室文存》《小浣花草堂诗存》}❼_。

卢奉璋，_{善表扬古建筑。}

谢伯子，_{为词人谢学岑长君。善大千体画。}

王选青_{季迁}，_{又名季铨。善山水。曾游海国，与法兰西孔德女士同编《中国书画家印鉴》。其室郑元素亦善画。}

孙伯渊，_{其弟仲渊、季渊善鉴别。妹婿陆抑非善画。}

屈伯刚_{名爔}，_{平湖人，自署弹山一民。有《弹民诗钞》，善鉴别古书。}

邹百耐_{名绍樾}❽，_{为咏春太史福保子。善鉴别古书。}

---

❼　整理者按，页眉上铅笔标注"重"。

❽　整理者按，邹百耐名绍朴，此作"绍樾"，未知何据。

叶乐天

叶山民

诸祖耿佐耕，无锡人。云南大学国学教授。著有《战国策四家注疏证》，能注意
斯文海定楼兰缣素本《国策》残卷，英伦、法京《春秋后国语》残卷。尝
为余言《锡山诸氏家谱》中有越王勾践徙都琅琊建诸城故事。越王氏诸，
故生地曰**九**……

王保譓慧言，太仓人。藏太仓先哲遗书甚多。

张辛楣，守其祖叔鹏先生陈颐道、叶苕生二家遗书及投赠尺牍。就中《潘氏一家
言》，景郑兄即刻为一门风雅集存。

徐镜清，藏曲甚多，能自填谱。

俞粟庐名宗海，善北碑。度曲千余折，人称"曲圣"。门人张紫东锺来。

潘承谋省安，善词。

杨　俊咏裳，善词。

陶德曾，盐城人。熟诵《通鉴》。叶时杰。

沈绥郑师讳修。

沈鸿揆师讳敬德。

徐雨我师讳兆熊。

洪驾时，酷爱缮录者。书有吴枚庵之风。

周子美名延年，尝主乡人刘承幹家嘉业堂书库。著有《洛阳伽蓝记校注》。

锺锺山名育华，善性理之学。

巢章甫名章，武进人。喜搜罗师友诗词，为印行传世。

王梦虎名成益，善书。

王士洲名凤瀛，善名法。

顾福如名培吴，善医书。

九 整理者按，"故生地曰"下疑有脱文，似当是"诸暨"。

张诵清名茂炯，善诗词，熟盐法。著有《盐法通志》。

曹赓笙名允源。

蒋季和名炳章。

吴颖芝名荫培。

许怀辛名厚基，善鉴别版本。

钱崇威士严，善书及诗文，弟崇固。

孙德谦受之，长于骈文。

吴九珠名曾源，善诗词。孙辟疆，善画。

费韦斋名树蔚，善诗。

张公绂名一麐，善诗文。

蔡云笙名晋镛，善诗。

陈公孟名任，弟公亮。

杨补塘名荫杭。

郑叔问名文焯。

朱古微名祖谋。

沈福庭名锡胙。

卫露华，善北碑。

王君九名季烈，善骈文，兼善度曲。弟琴西，名季点，善究词律去上。

程演生

葛豫夫

徐哲东名震，长于经学、古文。

陈病树

姚虞琴王福安❶，善篆刻。善诗及画兰。

周德馨仲芬，长于古泉之学。

---

❶　整理者按，王福安似当与姚虞琴并列。

高德馨远香，长金石之学。

金文梁养知，善词。

马朗山名溁，善医。子家驹。

孙伯南名宗弼，善经学。

韩香禅师讳珪，善算学，藏古算书极富。

陈锡航夫妇名鸿寿，善书。其室善文诗词。

孙世扬字鹰若，善医，通经学，善文。

女章师母汤夫人名国梨，善诗词。

女王季常字律素，季烈妹。善文。

朱学浩字季海，善音韵。性孤僻。

俞锦心字颖南，自号琴心仙馆主。善文，工书法，以心疾卒。

徐益藩字珏庵，著有《越绝考》，过录名家专集、词评极多。曾为予补正《两浙
　　闺秀词人征略》。

唐蔚芝名文治，善理学、诗文。见上。

曹叔彦名元弼，善经学。

余琼斐，祖心禅，父小禅。递藏负书草堂椠书。

沈瓞民名祖绵，著有《读易》《读吕》《读管》诸书《臆断》。长术数之学。子
　　延国。

王巨川名铨济，尝结非社诗酒之会。

陆世泰伯蕴，著有《史縢》。

黄兆麟字公振，著有《瀛珠仙馆赘笔》。

江翊云名庸，善诗，叔海先生（瀚）子。闽侯人。

瞿兑之名宣颖，善化人。著有《方志考稿甲编》《社会风俗谈》。

苏渊雷，好客喜事，尝提倡研究祖国文献。

陈蒙庵，尝受学况蕙风先生。善词、书画。

陈石遗名衍，闽侯人。善诗。

况夔笙名周颐，临桂人。善词。子又韩（琦）、小宋（璟）。

丁蓂卿字蕖清，丹徒人。闿公先生子，善诗词。

柳逸庐名肇嘉，字贡禾，丹徒人。善诗词。

潘酉生名昌煦。善诗文。

萧退闇名蜕，一字蜕公，常熟人。善篆书。诗文。

瞿凤起名熙邦，常熟人。良士先生第三子，善版本鉴别。

刘翰怡名承幹，吴兴人。善版本鉴别。

陆纯伯名树藩，吴兴人。善版本鉴别。

张君谋名乃燕，吴兴人。善画山水。

费敬韩吴兴人。善版本鉴别。

赵学南名诒琛，善版本鉴别。

陈希濂（麟书）聆诗。善诗文。

陆志韦长音韵之学。

周振鹤吴人。善史地。

张漱石吴人。善史地。

卫彦侯一字露华。善书。见上。

李圣悦字平子。❶新文艺专家，喜研几古文化，著有读书札记。

傅惜华字　北京人。研究剧曲，雅善鉴别古器物。著有《剧曲考证》，编印汉画象四百余事。

赵景深四川人。研究戏曲、小说、歌唱。

陆萼庭上海人。研究词曲。

张乾若名国淦，蒲圻人。编有《方志提要》，稿本高可隐几。

蔡哲夫名有守，南海人。精擎考古学，善画。

谈月色蔡哲夫室，善篆刻。南海人。

❶ 整理者按，"平子"，当作"平心"。

冼玉清_{南海人。善诗词，能书画，精研理学。}

王长庚_{则先，淮阴。}

沈应奎_{羹梅，吴江人。多藏书，刻有稘含《南方草木状》。}

洪驾时_{介如，吴县人。喜钞书，搜集乡邦文献不遗余力。}

张任政_{惠衣。著有《纳兰容若年谱》《金陵报恩寺塔志》。编有《冰玉集》，作有《灵璪轩诗》。}

王保譿_{慧言，太仓人。藏太仓先哲遗书极多。}

丁祖荫_{芝生，常熟人。富藏书。}

王朝阳_{饮鹤，常熟人。善词，著有《柯亭笛谱》。}

陈锺凡_{斠玄，盐城人。}

陶德曾_{名裕，盐城人。晚遁于释，精熟《通鉴》。}

曹元燕_{叔飞，苏人。元忠妹，善诗词。}

蒋炳章_{季和，苏州人。}

吴荫培_{颖芝，苏人。}

张一麐_{公绂，苏人。}

曹允源_{赓笙，苏人。}

钱海岳，著有《南明书》。

王同愈_{胜之。多藏书，有《栩缘藏书目》。}

金缉甫_{兆熙。善书唐率更体，仿宋版字，精堪舆。}

叶昌炽_{鞠常。善版本金石之学。弟子潘祖年仲午。}

薛窆椽_{外舅善书晋草，多藏近代人书画。}

朱古微_{名祖谋，改制后改名孝臧。}❶

朱士嘉_{著《中国地方志综录》，余为增孤本府厅、州县、乡镇志六种，承其列入《叙录》。}

---

❶ 整理者按，页眉上标注"重"。

吴慰祖以字行。熟水利书，并搜集乡邦文献。

陈　任公孟。善诗及诗钟。弟公亮。

胡玉缙

曹元弼

尢程镳

曹元忠揆一。精医理及版本目录。

张壬士名文郁。熟乡邦文献。

邹福保咏春。喜藏书。

钱福年幼竹。善诗文，多藏书籍碑拓。

汪增礽筱轩。善文。弟增祚。

翁阊运，长于鉴别金石版本。

陈　衍石遗。善诗，亦有考据著述。

倩庵弟子徐邦达　朱铸禹　王选青　赵志廫　彭功甫　俞子才　郑元素

单　镇倗笙。善文。

秦世铨曙邨。曾修东北方志。

沈维骧子良。善文，著有《海粟子文存》。

彭毅孙字芊绵。善诗。

郭随庵名曾亮，善文，出笔即若先秦诸子。

王　镛字心竹，善诗文。

朱文鑫贡三，长于天文历算之学，著有《史记天官书恒星考》。

吴曾善伯寅，自号小钝斋。善书。

顾斗南，以字行，江宁人。曾任北京历史博物馆主任，撰述《丛刊》。后历任中
　　央大学图书馆诸职。爱护古书如护头目。原名克昌。

朱葆苓

陈从周碦石，《唐幢直测图》。

尚秉和

胡朴庵

吴文祺

吴致觉

姚文栋，多日本刻本。日本随员。

郭辅庭，闻诸冒鹤老，此君亦刻书^❶。

（录自手稿本）

致叶奂彬吏部德辉书

奂彬先生侍者：阳和布令，斗柄聿悬，遥谂经师人师，年弥高而德弥劭，颂祷之忱，匪可言喻。溯自大旆言旋，倏逾数月，企慕之殷，无时或释。夙仰先生主持清议，为人敬惮，定卜不激不随，潜移默化，砥柱中流，造福桑梓也。陶表侄咏韶以一艺之薄技微长，受知宗匠，年假言归，备述感忱。假满来湘，敬即敏门请益。我师广包相容，嘉惠后进，有加无已，且也通儒硕望，登高一呼，自必群峰齐应。舍表侄如蒙惠教而嘘拂之，则眘洵感同身受矣。大著《书林清话》《观画绝句》二稿，眘嗜之最笃，知梨枣已藏，如蒙邮赐印本，或交咏韶转寄，以润渴见，尤所感盼。专此奉恳，顺请道安。诸维推爱，不一。后学王眘肃拜。

（录自《海粟楼丛稿》）

致叶恭绰

遐老赐鉴：来青阁书已由该号邮呈《小绿天盦诗词》《松陵绝妙词

选》《词学全书》《陶诗汇评》《张南轩文集》《元文类删》六种，谅已鉴及。如不需用者，便即寄回。《春云堂诗词》仅有一首，当钞交仲清先生加入，厥贾八元太昂，既属苏人，拟属沧浪书库购之。补瓢诗词，寒藏已有，廿八元昂至无伦比矣，不必购也。《瞶瞶斋书画记》熟人有衬装四册者，价可略廉，将来可以代谐其直。《草堂诗余》《新》《续》、玉津《南唐》均售去。《玉雨词》向所未见，亦已售去，至可惜耳。日本文求堂有《苍梧词》四册董文恺，价十六元。汪懋麟《锦瑟词》三册，价八元。石钧《梅清阁词钞》，价六元，均无折扣。又有《古今辞汇》《初》《二编》十六册，十五元。我公如须往寄，此间有熟人可以设法。如能径寄尤善。大华书店《濯缨室问原目误作向字月词》，武进李宝泩撰。《一家诗词钞》即《虚白舫诗存诗余》，寒藏均有之，容交仲清先生。《永和室》系无聊抄本，《宋词选》尚不如《谦益堂词钞》也。《碧萝吟馆唱和》，诗甚多，而词仅八首，謇已得之，容并交仲清先生。如总集必须交尊处，示明再寄。秦缃业《虹桥老屋词》，正忆顾巍成先生目中有之，请一检核，疑亦已选也。张惠衣先生与振华校主意见颇深，下半年拟来申就校课，兼为我公编《栖霞山志》及其他著述，能为之一汲引于暨大等校否？振华校主诚不易于共事，謇之有去志，亦为此耳。叶函容即探明地址寄去，伊女在振华肄业，可以访问也。小儿蒙披沥训诲，至感！謇亦愿其留申，因下半年东吴法科仍有夜校，伊可肄业，三年兼得法律知识，将来办事必有裨益。章公为人大好，而机关则穷，不知能否仰仗尊威，渐获发展耳。经会教部合办之事是否在申？若得略有发展，则调任亦佳。农村不景气，此间小康之室均告衰落，辱在知己，故敢尘渎。中央各机关或内、教两部有关于文化事业之参签职务否？謇如不得图书馆事，亦愿一出而问世。僻居里巷终非久计，非封建思想好为官吏也。祈鉴其境遇而谅之！《篁村集》收到，退去仲清先生函已转交。旧词之附于单本诗集中者最不容易检得，因单本诗集寒藏最多，无力买书，聊以解嘲，故二十年来专致力于此类书耳。故《画堂春》黄公望、《感春词》余心禅两种尚未检得。《画堂春》终须颇数小时力翻得之。余词则可向其孙女借全稿之誊正者一选，更胜于《感春》一种矣。《屈翁山词》，国学扶轮社清季有铅印本，寒藏遍寻不得，疑为人借失。尊处或可设法搜罗也。倘得《道援堂集》原刻亦佳，因两刻名称不同，而附词则一可通用也。昨得金匮许巨楫少期《听香仙馆词》，未识已否著录？乞示专布，敬请钧安。晚学王謇再拜。五月七日。

前假去之陈聂恒《栩园词》，便中请检还。如尊藏印本不善，可以互易。卷尾缺一叶，闻公已据尊藏补入，感谢不尽！

杭州城站清和坊抱经堂词目

雪鸿吟馆词　珠浦韩闻南

杭州城站复初斋词目

汪砚山词稿墨本　二册六元　光绪人

徐氏一家词　徐氏花农蓝格精印本　四册三元

艺芸词　俞芝恬　二册　一元·五

二酉书店词目

甜雪词二卷　归安戴文澄　乾隆刊一册　四元

情田词三卷　大兴邵柯亭　道光刊二册　三元

丽瞻亭词二卷　半酣居士　光绪刊二册　一元五角

寄影轩词稿七卷　建德张观美　四本三元五△

韵麚词二卷　未识与《国学萃编》本同否？无撰人　道光刊　二本二元

双花阁词钞　丹徒钱之鼎　一本一元

暗香影斋词钞　崇仁黄金镛　一本六△

龙湖词　李培增　一本五△

笛椽词二卷　夏宝晋　道光初　一本一元

寸灰词一卷　高邮桑灵直　一本一元七△

以上各种中，謇仅愿得《笛椽词》一册，余拟请我公自购。尊处如已重复尤妙。请代购后于退来青阁书时一同寄苏，批明封面，属其交謇。

誉老赐鉴：张文裕笔友来申，便道嘱伊携奉《汉唐地理书钞》四册，乞謇入。是书杨惺吾《丛书举要》著录，注明未刊。王文敏《续汇刻书目》亦然。可宝之至。油素将毁，其甚者非统褾不可。集宝斋善治毁油素，已与谭及，将来或可付之装治也。勤庐兄函奉乞阅核。倘蒙推爱嘘拂，感同身受。吴古保会，我公已与印泉言及，伊深表赞成，稍迟或可实现。现惟玉刚卯及孝友之弟，以破坏为职志，略可虑耳。余容邮罄专布，敬请著安。晚学王謇再拜。十二月七日。

丁选《词综补》，前呈八册，适公出，从者误书七册回证，特附闻。

敬再启者：有《西儒耳目资》一书，几等孤本，系明清之交意大利人金尼阁撰最早之中西翻译字典，且有音韵图表数十种，与韵学及有关系。北平图书馆前曾以千金与郑振铎商议，而郑不肯。兹吴中故家有较郑藏更足之本，有原目可核，郑藏尚以不足本著于时也。虽国难期间北平图书馆未必景气，然失此机会，甚为可惜。倘尊意以为须告知袁守和馆长者，即希代为一询，为祷。謇可任磋商之职也。又请著安。謇又奏。

如须观书样，可将目录摄片奉呈，一证明足否。将来可案目核勘。

遐老赐鉴：叠奉手札，均敬悉。《青浦县志》关于颐浩寺记载，暨托友人实地调查之颐浩故实，敬奉督鉴。查者为金君志守，朱家角人，距金泽仅一湖之隔耳。久寓吴中，与松岑师为文字交。我公如欲亲莅考察，金君愿诣申迓往，或约代表同往亦可。《金泽小志》四册，金君亦可设法钞得，大约需费不及二十元。得示再定可耳。寒藏清词，搜得需选者数十种，已送仲青先生处，附刻在诗文集后。较难寻觅者，已极少矣。日内亦正在狂索中。寒藏书籍不甚分类，加以课繁俗冗，多病善忘，遂至稽延，汗愧无已，所幸我公能鉴谅之耳。近复得词二十余种列目，请阅乞摘示，需选与否，以便连前所未搜出者一并送仲青先生处。顾巍成先生又搜得向未列目之清词二十种左右，已告知仲青先生列目，转达左右矣。梁任先生处承径寄恤金，谨代为感谢！未识伊家有无谢柬寄沪？今日开吊在报恩寺，当一问其婿查君东初也。傅子文兄境地更不如梁任先生，老母寡嫂，茕独堪怜，抚恤会属代达实况，并径寄募折一通，尚荷仁者慨予援助，不胜铭感。叠荷推惠，无任惶悚。专此敬复，顺请钧安。晚学王謇再拜。十二月十七号。

遏老赐鉴：前日敬上一缄，谅蒙鉴及。寒藏检送张仲青先生者，约三十种左右陆续检得，不日可汇送者，约再有四十种。顾巍成先生径检送仲青先生有十余种，兹再续开一单尘阅，统前后计之，约在百家左右。来青阁杨寿祺书友又收得僻词数种，居奇其价，且表面上作为欲自行汇刻清词丛书，坚不肯售。昨伊伙有肯售意，未识有无诚意？便见杨估时，乞我公一询之，即问其陆续所得清词数种，是否已售与王某？且云王某即我公委托在苏搜罗词集者，售王即不啻售与我公，则彼之诈不肯售，可以免矣。盖居奇，謇所愿受，而摈不使售，则謇所不愿者耳。重以尊望，此后当可免有钱不能得书之棘手矣。方君事能推情赐一函否？至恳至恳！颐浩寺事，金君已切属其弟招待。片后且附地图，殷勤可感，兹并附呈。敬请著安。晚学王謇再拜。十二月二十爇次。

遏老先生赐鉴：曩留申邸，备承优渥，复蒙赐还沧浪书库所填三人旅费，感谢感谢！金氏《龙江船厂志》已由謇介绍中央图书馆，次册早经寄去，言明书全汇款，蔚堂近又函催，可否恳我公出具简据代为领出，仍由子清来申领物时补缴收据？一面即恳将是书一册径行快递号邮蔚堂，书到款，即可汇苏。以资简易。倘蒙惠许，即祈施行，是荷。三小女令娴毕业燕大化学系，专研药物化学，拟在沪上大厂得一辅佐药剂师位置，我公对于五洲大药房等处可否代为留意？此外，有俸半学之化学研究机关亦所愿入，或无俸而有研究奖学金者亦愿投考。种恳指示，为荷。战氛日迫，心绪不宁，畹华博士已否南来？前言欲得苏屋一节，此时能否进言此事不成？无论世平世乱，睿终为涸辙之鲋耳。风云略定，即恳仁者为之一援手。感篆心首，专此敬布，顺请钧安。晚学王睿拜上。八月八日。

　　如事变而子清不能来申领物，寒藏较善本三四种曾列入简目者，并《西儒耳目资》下册，即希抽出保存尊邸，为感。又及。

　　遐老赐鉴：叠奉华翰，未克奉畣，歉罪奚如。可园应征文献图籍目录已全部检出，不日由子清先生将登记表寄呈，兹先呈目录一纸，并方志目一纸。如有不需用者，请加入墨勒，径交子清先生，以便检齐，由二十号左右赍呈。寒藏《吴淞风雅》《三梌风雅》等总集及云间周氏藏书文献，高丽方志曰《衍山海经证注》者等约二十余种，已交可园主事者，当亦由子清先生携奉也。王荫嘉有明刊子书，系上海顾氏刻书文献，又有民初上海纪念铜元；王韶九有侯峒曾印；陈子彝有王韬印、陈眉公梅；张辛楣有程序伯《小松圆阁诗》旧钞本；王韶九又有董思翁金星砚、钱竹汀字轴；赵学南有瞿木夫砚；刘公鲁有徐紫珊《建昭雁足灯》、陆耳山《宝奎堂余集》稿本、《陵阳征献录》稿本、露香园绣《钟馗》。可园现收到之出品有一百件，已函沪上续寄收条矣。张辛楣之张瑶星、杨大瓢两集可代抄录，睿已托其着手。《林雪集》则伊愿以原本奉赠先生。又叶氏印章五十余方暨潘氏各稿本全部分，微窥其意，有善价亦可让去。公如欲得，容徐图之。便乞示之，为荷。专上，敬请筹安。晚学王睿拜上。

　　徐紫珊《建昭雁足灯图卷》有同时人题记及江建霞辈跋语者，向藏吴中钱氏，今藏宗子戴之长君处，已托集宝斋征借，我公可径促之。又及。

（录自丁小明、梁颖主编《上海图书馆藏叶恭绰友朋尺牍》）

　　遐庵先生赐鉴：吴门枉顾，诸多简慢，歉罪至深，惟贤者鉴谅为幸。《清词钞》选法以十首为率，尊见诚是。窃有贡议于左右者：十首以施之中才至名大家，则不妨略多。而名姓嫠如者，略选一二首，以存其名可矣。顾名思义，非择之至精，似亦无当于词林文薮也。尊见以为何如？知必有以教之也。莫楚老遗书又搜得与邵、叶二老明季清初进士录题跋著述有关系九科，《明进士录》两巨册、《明季乡试录》一册，连盛族道光间精刻之《昭陵石迹考》，略共五巨册，以卅五元代为购成。至迟借读十日，必可双挂号邮，径达左右。以原示两书，以卅元为度，今增有用书三册，故斗胆增益五元耳。

　　遐庵先生赐鉴：枉顾吴门，正以招待简慢为歉。乃从者谦冲，转承藻饰，益觉汗愧无地矣。双塔之废，尚系空穴来风，未必如报载之直情径行，惟既有此说，自不得不防患未然，已拟稿交由张、费两仲老推举，吴颖老领衔，金松岑、彭汉三诸先生暨弟等，均署名致函县政府力阻矣。党部常委主席系东吴现肄业生，睿任教授，不便直询，已转托同学戚友中之与之交好者，向之婉曲质询矣。斯人木讷，谅不至如何激烈。知关厪注，谨以奉闻。专此敬复，顺请台绥。李根源、王謇再拜。五月廿五。

　　　　　　　　　　　　　　　　　　　　　（录自《信稿》稿本）

致陈垣

　　援庵先生赐鉴：十年前陈君奇猷南来共事女震旦，每语师承，必首从者。嗣是恒值集刊报章有大作，必雒诵往复，不忍释手。近岁获交于尹石老，更饫闻至道弘文，孤根绝学，钦仰益深。石老分惠刊行大所寄三分之一，并读佛史考略稿本，足以启迪茅塞之处，沉沉夥颐，九顿拜嘉，辄因石老转致谢悃。异日有所请益，尚希推爱而惠教之，感且无既。专此鸣谢，顺颂著安，诸维垂察不一。教弟王謇佩诤鞠躬。一九五六年二月六日。

〔录自陈智超编注《陈垣来往书信集（增订本）》〕

致沈维钧（节录）

他在1957年4月给沈维钧的信中说："《汉魏南北朝群书校释》，约有十余种，本稿印录各原书，上下四方等于茧丝牛毛。现已由郭沫老介绍高等教育出版社（即旧涵芬楼），先出《盐铁论》一种，现正在整理中。将来对于《齐民要术》《颜氏家训》《山海经》《穆天子传》《焦氏易林》等，必可希望陆续印行。知关锦注，谨以奉闻。校中嘱月往作学术报告一次，每次以汽车迎送，已两度举行矣。其中对象为史学系全体助教及研究生。此间宜栽培有根底之后进数人，否则我辈老矣，将来何以为继？"

（录自甘兰经《王佩诤先生事略》，标题系整理者拟加）

致吴湖帆

偶撄小剧，不可造访，为憾。承示校正令先德窭斋公著作三篇，已命小胥录副，藏诸箧衍。谨将原校本奉还，即希察，为荷。手此，即呈遹骏先生史席。

（录自《海粟楼丛稿》）

湖帆我兄惠鉴：昨承枉顾，晤谈为快。尊藏三大释及方、李诸校，略加整理，请正之。即以为尊跋资料。尊藏请于日内来取，为要。弟不甚外出也。此请道安。弟王佩净拜上。三月三十日。

（录自上海图书馆藏原件）

致潘景郑

景郑我兄大鉴：顷韩君来，奉上《大鹤山房尺牍》及投赠诗词，合装一册，价值不能过分低小，有端倪后，乞邮函示知，为感！承示书目一单，原有《篆刻随录》《古今宫考》《彩笔情辞》《紫薇花馆吟草》《金箱荟说》等五种，业已售去。兹检出《宋玉才诗钞》等二十种，计二十二册，请十三日以后数日中饬韩君来一取为要。弟不定价，请贵同人公议赐价，亦用邮示为要，书单当并还。惟价格不能过分低小，请转致为要。此致，即请道安。弟王佩净拜上。十月十一日。

起潜兄暨诸同仁前道候。丁汀鹭系常州金石专家。

《金石记》系关中，非闽中。原文照毕本系丁汀鹭手钞，并手批。夹行、书眉甚夥。又及。

（录自芷兰斋藏原件）

致齐燕铭

燕铭先生史席：曩读涵芬楼本《论衡集释》所引大著札记稿本，不胜钦佩！陈乃乾学长南归，知我公主持古籍笔政，筹荙硕画，能裨益文化者，决非鲜尠。不才前著《盐铁论札记》蒙忧乐，公交涵芬楼印行，嗣又整理《新序》《说苑》《齐民要术》三书札记号邮贵局，前蒙一交农业出版社两存。尊处加以评审，曷胜感佩！蒙嘱削草《颜氏家训》赵敬夫注补正札记，兹持草就号邮，另缄呈览。倘蒙详审赐教，更胜铭篆！并恳转达记室，先锡以收稿函件，俾慰下怀！

又蒙谆属削草《世说新语》《韩诗外传》诸书札记，不才均有积稿。惟茧丝牛毛，缮录不易。加以耄荒多病，更不易奏速效。倘蒙宽以时日，予以要程，半年为期，多则一载，或可稍有成就耳。前年奉"厚今薄古"号召时，发还之《山海经》毕校郝疏补正札记、《焦氏易林》翟校丁释补正札记，现值"古为今用"号召，狄验下风，曷胜悚企！应否再行邮呈？亦恳赐示一切，务祈引绳落斧，痛赐篯砭为祷！专此布达，谨颂公绥。王××拜上。二月。

（录自原件）

致中华书局

谨启者：前由商务印书馆以任务关系，推荐拙著《汉魏南北朝群书校释》中之《易林札记》于大社。近又续交《山海经校记》一种，谅早登记室。诸书均本人数十年以来校读考证之成绩，先师章太炎、叶郋园、邓群碧、黄摩西、吴瞿安诸巨子所训示，虽以清儒汉学家为指归，却不敢蹈繁琐考证之病。故凡释一字一句之义，每条无出百字以外，数字数句等于数条，当然略异，终不敢繁碎。而每条必鞭辟入里也。商务印书馆最近出版本《盐铁论札记》，可以证明此点。全书除以"拙案"为主体外，所引为戴、孔、段、王等札记论文，朱、桂、江、毕等字书韵学数十百名大家著作，均不敢涉小名家一言一语。所引近人著作则有如胡氏玉缙之《许䜣述林》，海上名出版社铅椠甫排，尚未墨版。余则麈有积稿者实繁，有徒数十年四方精锐之匄合，如整理之稿尚有《世说新语》《新序》《说苑》《韩诗外传》《颜氏家训》等廿余种，将陆续清出，公诸当世。所呈两稿，尚祈大社略加检讨，先予指示。秉烛余光，惟以不克竟稿为惧也！专此，谨请中华书局编辑部公鉴。王佩诤上言。一九五八年八月十三日。

中华书局编辑部公鉴：顷奉公函，兼收到贵局邮还《山海经校记录要》，不胜惶愧！查商务印书馆移交贵局时，尚续寄《易林校释录要》拙著一种，倘亦属不能有当贵局盛意，亦请即予号邮赐还，为祷！此致，敬礼。王佩诤谨上。一九五八年十一月十日。

（录自原件）

谨启者：前号邮另呈《颜氏家训札记》稿本一册，乞察入予以审正。并祈寄给收稿回件，为荷。前呈《新序》《说苑》札记稿本一册，未知已蒙审毕否？《齐民要术札记》一册，业蒙贵局转达农业出版社。如有审毕消息，恳随时示知，以便返给一切。此致，中华书局编辑部。王××拜上。十月十四日。

（录自原件）

致姚绍华

绍华同志赐鉴：去年范祥雍先生来京专谒，回南转述盛意，具见大君子休休有容之度，曷胜感佩！兹有陈者：拙著《汉魏南北朝群书校释札记》，其体裁具见前高等教育出版社（即商务印书馆）所出之《盐铁论札记》一书中，去岁曾应贵局函征《新序》《说苑》《颜氏家务（训）》三札记稿时（先后号邮），经载尚无复命，无任悬悬！再前在"厚今薄古"号召时代，曾奉贵局，不加考虑，发还《易林》《山海经》两札记稿，兹值号召"古为今用"时代，亦已时易境迁。且两书中古佚史料，价值亦不在先秦诸古史下，应否再呈候审？此外，尚有《齐民要术》《韩诗外传》《世说新语》等校释札记多种，应否陆续？整理完毕，随时呈览。一切希详附致贵局公函中。倘蒙惠而好我，代呈贵局核示见复，俾有率循。无任铭感。即请道安。弟王佩净拜。敝寓上海愚园路六〇八弄六〇号。一九六〇年五月十日。

（录自原件）

致范祥雍

祥雍我兄惠鉴：昨奉大札，谨悉壹是。承示丹枫先生所藏《盐铁论》陈札，此不才所求之而不得者。丹公仁者，谅必能赐假，以启毛塞，欣喜之至！快雪时晴，道泞干燥可行，本当奉访，我公如不在府，务恳详书丹公细址，交尊夫人或尊□姬，届时面示，俾得据以往拜，藉伸一瓻之意。并恳便中将借书事地道，为感。此覆道安。弟王佩净拜上。一月八日。丹公前先为致候。

（录自范邦瑾藏原件。此信作于1960年）

致江澄波

　　澄波先生大鉴：违教至念，维道祉吉祥为颂。前在寒寓阅书，有高丽古迹志曰《衍山海经证注》，又佛祖道影丁南羽画本曰《寂光境（镜）》者，拟两合百六十元，承示百元。又天海大师手批《倭名类聚》鸟兽虫鱼草木类古本残卷一册，有"不忍文库""阿波图书"钤记及天海藏印，拟价百元，三书合二（百）五十元，倘蒙再予考虑，返函商成就，当将该书号邮寄呈。静候尊处汇款，初步尊意如何？乞示。专此即请道安。弟王佩诤拜上。一月十五日。尊翁前乞代道候。

　　（录自江澄波《古刻名抄经眼录》。原录文有误字，据原件订正）

致古籍出版社

　　大社新出版"选题目录初稿"一册，专给海内外学者参考应用，倘蒙惠赐一份，感荷无既。此致古籍出版社公鉴。王佩诤敬启。八月六日。敝寓上海愚园路六〇八弄六〇号。八月十一日寄出。

　　（录自原件）

王蘧常

　　佩诤吾兄先生惠鉴：手示敬悉。兄每月两次枉顾，弟竟不知，罪甚罪甚。大约弟午睡时间庸妇未及通报，即辞谢矣。二十日拟坐候（顷吾妹来言，拟于二十日午请吃便饭，到时或相左，改下月五号如何）光临，一倾积愫。笺纸弟素不讲究，他人亦以为言，终不能改，蘧自知不足存也。今兄命致拳，感甚感甚。遂大搜荩匦，得略佳者二十余纸，可以登时应付矣（顷又搜得宝应刘氏食旧德斋藏本，壬申莫春景刊制笺一盒，颇精致也）。拙庋旧书，虫蠹大作，不得不扫穴犁庭，拟贱体略好，须人助理。金刊《穆传》如能发现，当即驰奉。此书乡老信已问过，金曰无之。近阅顾实《穆传讲疏》，后附《知见书目提要·穆天子传六卷下》云："郝懿行补光绪戊申金蓉镜刊本，实案：丁卯岁，余于叶观古堂藏书目中见此书，遍托友人访借不得。后某友数诺借阅，终靳而不予。己巳九月，仅得于金甸丞先生所著《集解》（此书弟亦未见）稿本中见之。"金谓"亲受之于郝氏，仅印二百部赠人，故不易觅购，而己所著《集解》中已尽量录入"云，据此，则甸老在时，已甚难得矣。旧书目录云云，弟未知之究何人主持，何人着手。多写心脏即不舒服，不一一。敬请大安，弟蘧顿首。葛豫夫言尊斋百城坐拥，弟颇拟观光。

（录自原件）

黄　钧

佩净先生侍史：南浔刘氏书目奉览。凡有卷数者，弟皆有其书，然亦未能尽也。请更访之。顷翻省立苏州图书馆馆刊，内载沈君勤庐著之《中国分地金石书目》，什九钞撮侯官林石庐之《金石书志》，而稍益以黄毅侯之《金石书目》。所自增人者仅李印老之《河南图书馆藏石目》及府志中之《苏州金石志》两种而已。所注撰人、版本，远不及林、黄二家之详赡。其误处则顾亭林之《京东考古录》，系考证直隶地理者，非金石书，而入之河南省。袁州在江西，而以顾燮光之《袁州石刻记》亦入之河南省。楚州即清之淮安府，在江苏，而以范以煦之《楚州石柱题名考》，罗振玉之《楚州金石录》《城砖录》等入之陕西省（《楚州金石录》又复入浙江省）。莆阳在福建，乃误莆为蒲，而以刘尚文之《莆阳金石录》亦入之陕西省。淮阴在江苏，而以罗振玉之《淮阴金石录》入之浙江省。沈涛之《常山贞石志》系指清之直隶正定府，乃误认为浙之常山县而入之浙江省。曹秋岳之《古林金石表》，魏叔子集中有序，非记边塞金石者，而入之蒙古省。其余沿黄氏之误，及书名撰人错脱之处，尚多有之，今亦不更历举。想此不过沈君草草钞集而成，原不以为著述，故未暇细检耳。黄氏书附璧。拙撰《四库未收书目刻板考》请政，至希匡谬为幸。

（录自《艺浪》1930年第4期，原题《与王君佩诤书》，署名颂尧）

王荫嘉

佩诤先生大鉴：十日惠札敬悉。兹以还苏之便，谨将敝藏吴献堂书目，就其已有之草稿订为三册，呈政。惟其丛烦过甚，且系未成之草，涂乙不明，深恐不合于用，倘蒙采及，则弟原任校正之役，否则请掷交原手带下，是感，余容专谒时面述也。专此，谨请撰安。弟王荫嘉顿首。廿六号。

（录自苏州图书馆藏《二十八宿砚斋善本书录》粘附）

王保譓

与佩诤　六月廿九日　苏州颜家巷六十号

日前快聆雅教，并饱眼福，欣幸奚如。兹有恳者，小儿鸿材投考纯一初中，录入备取名次以后，恐难传补，现虽函达彭颂椒先生，请其转商列入旁听，但亦未知能如愿否。前闻先生谈及东吴初中定须续招，未知考期何日，敬祈示知数行，并代索招生简章一份，惠寄是荷。琐琐渎神，容后面谢，附呈《太仓图书馆书目》二册，如有尊处欲钞者，请记出之，但恐无甚珍秘耳。弟迟至九月二日到苏。顺以奉闻，专此布达，祗颂著绥，弟保譿顿首。

与佩净片　七月初三

环示敬悉，材儿升学事，猥蒙关注，心感之至。弟以手头多未了之事，廿七日势难动身，彭处现未复到，如其不能补入，届时再请我公在东吴设法。如两无所成，只好自习半年再说。东吴较纯一近便，所以仍希望于纯一者，以其少课外无谓之举动。此弟之实。

（录自南京图书馆藏王保譿《信札底稿》）

吴慰祖

佩老乡长大人阁下：奉四月廿二日大教，敬悉一切，自当遵办，随时奉闻。乃以公私票久稽覆，至歉。慰窃幸承教有所，拟着手吴乘琐掇之辑，凡所知见，胥具于是书。府藏本全豹之窥有待，其已列目考，如顾云美《斜阳集》手稿（才数十首，甫经录副）果属未刊，拟悉入编（邑馆藏旧抄四册，未识与罗氏印本同否？罗氏本正物色中）。王铁夫杂稿四册亦拟觅刊本比勘，如有佚文，即以付录。嘉靖间刊《浒墅关志》似极罕见。康熙间刊寒山赵氏三世志传，虽后于万历本，而先于《寒山留绪》，大同小异，各自为书，莫详于《留绪》。惜《留绪》原本不易得，否则汇而录之，寒山文献庶无遗憾。袁寿阶《霜哺遗音》，邑馆尚有其书，而《渔隐录》一编，恐传本益尠也。凡此种种，均拟有所取资。慰于藏家题识，校录有年（不限郡人），即如黄、顾遗文，视欣夫先生所衷，今尚不逮。而公私所藏，悉凭目验，赖以补遗正讹，往往有出于刊本之外者矣（宁馆藏本，方事校录，遽附海舶以去。惜哉）。惟此类篇幅较多，允宜别行，其零星缣素，仍汇录焉。自惭谫陋，曷克膺此巨负？所望长者进而教之，幸甚感甚。容俟录成一卷，即以呈政。在惠氏三世，惟研溪生卒不详（惠氏后人以素昧平生，无从质询）。公如有所知，幸请赐示，曷胜感祷。顺颂道安。晚吴慰祖顿首。小暑前一日。

佩老先生阁下：比承继翁敟告，备悉道履安泰，为无量颂！溯自违难分襟，忽忽十八九年矣。今者公登古稀，慰亦二毛，青毡故我，了无成就，徒负青睐，弥滋惭汗耳。故乡宿学，偻指可数，至学贯天人，老而不倦，岿然独存，公其三吴之灵光乎！微闻理董汉魏，卓有成编，倘可锡以详目，用备书绅，曷胜感纫！慰于里献夙所究心，难前存弆泰半散佚。今兹黾勉，限于资力，为数无几，假我时日，容可稍尽后生之责也。所望教诲时锡，以匡不逮。幸甚感甚。此上，顺颂道安，并贺春禧。晚吴制慰祖顿首。乙未端月十六日。

佩老乡长大人阁下：奉二月廿三日大教，敬悉惠诲，勤勤一至于斯。感镂心版，永矢勿谖矣！名著如林，所关匪细，相机授梓，责在后生，良不待言。即《平江城坊考》，久为先生绝学，现既多所补苴，允宜先付削氏，以惠士林。慰谨拭目俟之。难前所得文献，本属无多，而散佚滋多。蜀道归来，勉赓前业。究以箧笥资斧所限，姑以稿本墨迹为主。其抄刻之罕传者，亦间取焉，如何义门《类采珠语》手稿巨帙枚庵跋、王芙卿《周礼义疏》抄本君九校、王捍郑手稿多种、窊斋《百家姓印谱》稿本、许鹤巢文稿、杨宝镛《金石类稿》等，尚不逮百种。而前明只有碎墨，而无成书。倘不以为陋，后当列目呈览。邑《艺文志》增补，慰有志未逮，时少有心之士，则继往开来，亦唯大著是赖矣。慰于词曲梵呗尚不遑兼顾，暂难承教为愧。书府宋版累千，数年以来尚未周览。《永乐大典》甫涉一过，残鳞片爪，犹足矜重。馆臣当日辑书不无疏漏处也。此复，祗颂道安。晚吴慰祖顿首。桃月宾日。

（录自原件）

沈维钧

佩诤我兄：示奉悉。《海国遗闻》已转告鹣兄。在林为党同志，而好古学，蒙兄启发，亦大快事。杰兄需借两书，馆藏所无，乐天近病不能起，所属不足以副盛意，至歉。吉安来告，兄近致力《董西厢》之研究，造述已多，佩极。闻复旦林同济教授亦在研究《西厢》，不知有无联系？弟事务琐屑，学殖日荒，颇思易一环境，不知何日可以实现。匆复不尽。顺颂著安。弟钧上。十·廿八。

（录自原件）

陈子彝

佩兄著席：久睽深念。敬维著祺曼福，文字吉祥为慰。顷因前与彬士先生和诗附稿乞正，承其以近作见示，并嘱转寄。兹付邮奉，即希检收，得暇当图晤，不一。专颂俪祉。弟彝顿首。十二月十五日。

（录自原件）

苏继庼

佩老著席：上周趋候，得聆教益，至为快慰。吴重晖现居北京郊区，其通信处见后。弟以重晖留心乡邦文献，遂于去冬，以所藏与长洲周庄镇文献有关之《贞松辑萃》一书（二册）寄赠之。此书系太平军入苏前开雕，退离苏后刻成，而周庄镇在此次大扰乱中，竟毫未被波及，实一不易想象之事。重晖收到回信，言彼从未知有此书，可见此书亦一罕见之本也。辱注顺闻，手此，敬颂俪祺。弟苏继庼谨启。五月九日。吴慰祖通信处：北京朝阳区呼家楼北区16号楼四单元101号。

（录自原件）

陆丹林

佩诤先生：违晤清旬，深念起居。本月十日，第一次会集地点不知有否确定？烦就近与宋先生一商，示复为荷。昨者，一之兄亦以此见询也。匆匆不尽，即承秋祺。弟陆丹林。九月四日。通讯：乍浦路披亚士公寓廿八号。

（录自原件）

巢　章

手教并宫词稿均拜到，文字尔雅，考证详博，必传无疑，所惜法书草草，多不易辨识处。顷已一一录于素楮，且夕卒业，即并原稿一并邮上，敬乞就抄本一一校正，排定序次。续稿及旧稿又有检得者，并乞赐录于后，再行寄下。章当大写一分，以为永宝。此次抄本仍可奉寄，以备存留作副。《正风》较冷僻，抄手亦不易觅，已托书店及友人留意。倘能买或借得原本，当奉寄或由章写寄，惟恐不获速偿斯愿耳。北地藏书家，章所知有限，恐伦先生多已罗入，姑稍待再写呈。燕大《引得》，章无之。尊题《修史图词》典雅之极，无怪疚斋老之击节也。冼君大嫂当即勒函，倘获题词，必录呈以报。《感旧怀人诗》荷允赐录副，感念无量。章近辑录诸家集玉溪生句之诗文，已得十数家，共诗约三百首文只得一篇，惟转辗传写，未睹原集，脱漏甚多。先生藏书富，交游广，倘有可见假见惠者，最为感念集他家之诗词文，均所喜也。而易实甫顺鼎、刘楫青宗向，江阴人、汪衮父荣宝、傅治芗岳芬、邓孝先邦述、胡德斋钦，长汀人、王梦湘以敏、陶秉章会稽、刘鲤门恩格，《今勇斋集》、胡晴初嗣瑗，闻州、杨杏城士琦、张孟劬尔田诸家集皆所未见。曹君直先生《笺经室集》已借得，然以集句外好文字甚多，颇思借得一帙也。《顾曲集》及《海天楼读书序》，并呈博笑。专肃，敬上佩净先生芘几。章顿首。

（录自巢章赠民国丙子年文安邢氏后思适斋红印本《明湖顾曲集》副叶）

宏老近著，印行无多。敬为佩公索求一帙。章顿首。

春幸稍苏，力疾将大著先录一草副，昨交邮寄呈，敬乞一一削定后寄下走工录之，而以草副奉献也。数旬来，以病未肃函，而驰仰弥切，亦久不奉教，度著述之富，又复数焉。不胜向往。幸乞垂示《正风》，此间迄无所得。南中移写，想得其全？伦君之著，亟思一读，想不吝惠假耳？南中抄写之润如何计算？此书共几许字？所费几何？并乞示及。前荷惠《红兰逸乘》为《丛书》之一，全部不识共有几许种？可尚有？有副可见惠者否？又顿首。

（朱笔题于巢章转赠李宏惠编述《说朝鲜与中国关系历史》油印本封面及内封）

王欣夫

佩净吾兄先生大鉴：久不通候，不胜念念。顷读尊编《定盦全集》，引及道光三年原刻本，此本吴昌绥已谓希见，恐传世寥寥矣，不知此本现藏何处？或曰原刻每篇后有各家评语及自记。今观《太仓王中堂奏疏书后》《与徽州府志局诸子书》诸篇间有补正，而他篇未及，不知有意删之否？抑原刻无之乎？又《最录汉诗三种》所称"国朝武进庄先生"，似当指绶甲，而非存与，今《珍艺宧遗书》中有《汉铙歌注》也。前日，杨友仁兄创议为先师编印全集。弟以为应先将早岁所著有进步性者，结集为《天放楼前集》，如《孽海花》前六回、《孤根集》、《自由血》、《女界钟》、《三十三年落花梦》及各报所刊社论等，惟《女界钟》尚未求得，各报社论有待搜辑。其他有何应采资料，为师门前辈见闻必多，尚希指示。范烟桥兄将召集座谈先师学术，弟以怔忡之疾不能乘车，未之能赴。吾兄若不亲赴，或草书面发言如何？吾兄近来著述何书？有将出板者，乞示知一二。专此，祗颂撰安。弟王欣夫谨上。五月廿七日。

国学扶轮社、世界书局各本龚集，均有各家评语，实多可取，今《全集》未采录。然则原刻评语亦特删去乎？殊觉可惜！

（录自原件）

任　讷

　　佩诤老学长道席：十二日手教敬读，深为快慰。大著三种，均有问世之期，尤足喜庆。命序《董词校释》，本不应辞，奈弟因于"鸣放"中犯了错误，并《唐戏弄》稿尚须另用笔名，方能印行，何足为他人立言乎？《教坊记》笺订稿已搁一年以上，杳无消息。以视尊况，迥不如也。《声诗》三稿，已竣其二，更不知前途如何？惟仍自限暑间毕工，不稍息也。东归更无希望，惟有诵乐天句"归去诚可怜，天涯住亦得"，聊以自遣。玉照敬领，三十年前风采，犹可凭想，真不胜其感慨。匆匆不尽，敬颂春釐。弟敏拜。二月廿日。戊戌新正三日，涂"多生欢喜"四字，遥祝康宁。敏。

（录自原件）

范祥雍

　　佩翁赐鉴：前谒高斋，拜读大稿《盐铁论札记》，征引宏博，倾佩之至！顷在章丹枫先生处见有丹徒陈祺寿手校《盐铁论》，底本为王先谦校刻本一书，眉批颇密，虽匆匆未细读内容，然陈氏为俞曲园、王葵园两先生之弟子，学有渊源，可以推知其书固非率尔操觚者比也。书之希觏，远逾徐氏《集释》。采入《札记》中，可为大著增色，并使前贤精力所注藉以流传，亦一快事。先生如有意，当代向章君商借。端告，此颂撰祺。并贺新釐！晚范祥雍顿首。初六。

（录自原件）

王謇著作

顾颉刚

　　王謇，字佩诤，号瓠庐，一九二五年出版其名作《宋平江城坊考》。其余关于考古学及目录版本学论文分载于《苏州图书馆馆刊》及《东吴学报》者甚多。其未出版之著作有《书目答问版本疏证》及《汉魏南北朝群书校释》。后一种实为大著作，将各古籍集注集校。搜罗近人整理古籍之著作及论文丰富之甚。有如此人才，而政府不能知，不禁为一叹也。渠今六十五矣，甚望其能多工作若干年，俾综合三百年之工作于一书中也。

　　〔录自《顾颉刚读书笔记》卷六《法华读书记（二十）》，记于一九五三年十一月〕

　　謇一生注意乡邦文献，并校勘古籍，晚岁居沪，不得志以终。所著书，予所见者仅《宋平江城坊考》，所校者，仅见《盐铁论》耳。其它稿尚存与否，不可知矣。

　　〔录自《顾颉刚读书笔记》卷十四《老学丛记（一）·元代海运以吴人朱清、张瑄主其事，今朱张巷是其故基》，记于一九七三年〕

《艺海一勺》弁言

赵诒琛

　　书不能尽刊于木，于是有聚珍版印刷之法，盖五代晋天福间用铜版印书，是其权舆也。至宋有铜活字、铅活字，又有胶泥活字，盛行当时。明锡山华氏兰雪堂、会通馆摆印诸书，皆为士林珍重，宝若球璧。

至前清乾隆间,《四库全书》告成,乃有武英殿聚珍版丛书。自是以来,民间如爱日精庐、琳琅秘室等以活字印书,指不胜屈,是其法由来已旧。近世参用西法印书,用机力不用人力,愈速愈巧,而亦愈精,虽然,数典忘祖是我中国之耻也。今年夏,余与王君佩诤商榷印行小种书籍,如金石,如论画,如花谱等类,以佐刻版所不及,佩诤欣然从之。于是纠合同好,搜集稿本,陆续付印。余与佩诤再三校雠,以免亥豕。自秋徂冬,始告厥成。王君欣甫题曰"艺海一勺",盖言其微也。计书若干种,目列于后,并列助资诸君姓名、籍贯,以期览者兴起,同声相应,庶几前哲遗书不致湮没,由一勺而成巨浸,是则余所深望也夫。癸酉冬月,昆山赵诒琛。

题起潜先生贻王湜华之《艺海一勺》

顾颉刚

此《艺海一勺》,凡搜罗金石、书画、刻印、养花及文房用物之小品著作二十三种,昆山赵学南、吴县王佩诤两先生之所为也。先是学南筑室于吴淞江岸,广罗古籍其中,而樯帆林立于下,极优游之乐事,因选择孤本,刊为《峭帆楼丛书》行世。无何,日寇淞、沪,是楼烬焉。遂迁居苏州,继续购书,又满一楼,于是又刊《又满楼丛书》,其于祖国文化,深嗜笃好为何如也。佩诤为清季诸生,家素封,任职于苏州图书馆,所见无非书者,坊间每得一孤本,未尝不知,知则或公或私,两可搜罗。既与学南定交,更有志于剞劂,《艺海一勺》其初步也。

《艺兰要诀》者,吾姑丈吴君子纶之父升之先生所作,其家有藏书室曰黄金阁,余每至其家恒登临翻览,因得此稿而钞之。幼年豪兴,常欲集诸秘籍为一书,上攀汲古,下承铁华,而苦无其财力,时肄业草桥中学,则集同好者油印《学艺日刊》,按日书数叶,此稿与焉。岁月迁流，踪迹无常，此日刊已不知在何处散失；而赵、王两先生竟于故纸堆中搜得之，以实此编，末有叶子圣陶一跋可证，是则余之黾勉搜求之苦心犹为不虚者已。

两先生既于癸酉（1933）冬集资刊此，翌年遂集资编刊《甲戌丛编》，爬梳逸帙，年成四册，期于周一甲子，成为二百四十册之巨书。孰意未及五稔，倭寇已陷苏州，乃移至上海出版，洎蒋政权下通货恶性澎胀，百业停顿，无可措手，仅得八编而止；然已搜罗宏富，胜于吴省兰之《艺海珠尘》矣。

余于一九四六年自蜀返苏，其时学南已逝，其子不肖，设肆于家，尽数售出，又不计版本，一册书悉为伪币千元，综其实尚不及银币一角，其父辛苦积来之"又满楼"复成飘风之扫落叶，闻之惟有叹息而已。佩净于苏城沦陷后，弃职居沪，以校勘古书为专业，仿佛顾千里之所为，所学已轶出吴中文献。余寓沪七年，虽常相接谈，终未得索其所校书而尽读之，所刊行者仅《盐铁论》一种耳。昔陆德明集一生所校，编为《经典释文》，迄于近世，孙诒让复集各古本校为《札迻》一书，上绍王念孙、卢文弨之遗风，此皆于考正古籍有大功，与后学者以精确之凭藉。佩净生于其后，有敦煌新出本及日本旧写本可据，成就必超出以上诸家。数年前闻渠已撒手人间，其一生心血不知有人代为保存耶，抑已视同废纸，拉杂摧烧之耶？三千里外，无从问讯，此又郁积于余心而不能自释者也。

王君湜华少年笃学，既习阿拉伯文以应时代之用，又好祖国文献以衍其父伯祥先生之传，祁寒烈暑，孜孜矻矻，雪夜晨霜，不改其素，以余略有藏书，恒来借阅。闻余有海内孤本顾铁卿《桐桥倚棹录》，既录之矣，又以家叔起潜任职上海图书馆，复请搜罗其遗著，起潜因以所藏《艺海一勺》赠之，嘱余道其所由，因以赵、王二家行事学术凡余所闻见者告之，且期他日有续《藏书纪事诗》及《书林清话》者有所取材，不没此二人在此世界大翻腾大震荡中搜集文化遗产之毕生苦心也。

一九七四年一月十日，顾颉刚书于京寓。

（录自《宝树园文存》卷五"文化编"）

《艺海一勺》跋

顾廷龙

此书为王佩诤先生等集资编印者。佩老寄赠时系散片，后倩人装成两册，印数甚少。比闻湜华世兄搜集吾家铁卿先生著述，其中有《艺菊须知》一种，亟以移赠，使物得其所。一九七三年十月，起潜。

（录自《宝树园文存》卷五"文化编"附）

跋王佩诤函

潘景郑

王佩诤先生謇，原名鼎，字培春，清光绪三十一年以童龄录取吴邑庠生。天才擢秀，早岁即蜚声乡里间。年未三十，即著成《平江城坊图考》一书，为时所重。后掌教苏州东吴大学，抗战来沪任国专教师。建国后，又教授华东师大，晚年治周秦诸子，所撰札记，积稿盈尺。余与君交殆五十年之久，君长余十龄以上，又同请业余杭章师之门，过从甚密。十年前，君以所成诸子札记稿本属余介绍北京中华书局出版，旋以"文化大革命"作辍，稿亦未及索还，至今犹歉心焉。"文运"之际，同罹"四凶"之虐，促居博物馆一室，晨夕相对，不敢作亲切语，而君以骨鲠受暴凌为甚，旋被逐归里弄，即含冤逝世，于时年逾八十矣，身后遗书亦尽散失。余与君同寓沪滨，文字商榷，鱼雁频繁，惜经浩劫，尽化烟云。箧中只存一札，为"文运"前以藏弆属为介绍求售者，偶而检得，恍睹故人之面，只惜零羽厪存，护持无由。闻吾逸梅翁搜录古今人手迹甚富，即以奉贻，非敢珍帚，亦乞为故人留点滴遗痕而已。爰志颠末，聊供采撷。时己未孟冬二十四日，寄沤潘景郑识。

五十韶华，忆君深绪添凄断。论文鱼雁尽飘零，一纸情怀满。　风雨霁光幸换。奈人天、迢递莫谊。片鸿犹在，敝帚移珍，高窗许详。调寄《忆故人》，寄沤呈草。

（录自芷兰斋藏原件）

记王佩诤

赵善昌

佩诤名謇，元和庠生，东吴大学文学士，从金松岑、章太炎两先生游，攻诗词及国故，博闻强记，恂恂纯儒。执教苏申者有年，晚岁息影沪滨，键户著述，朋侪罕见其面。

（录自《拙斋纪年》卷五一九六〇年四月。标题为整理者另拟）

夏声社九友歌

金芳雄

王子博学无匹俦，万卷书藏海粟楼。蟹行画革文章优，春蚕落纸笔力遒，步履蹀躞骄骅骝。佩诤

（录自《吴下英才集乙编》）

王兄佩铮

屈燨

一瞬城虚已沼吴，后庭伴侣满通衢。烬余小史谁能写，欲倩先生作董狐。

（录自《屈弹山全集·忧患集·寄怀姑苏诸老》）

瓠庐贶词酬之以诗

徐英

百城坐拥旧江东，秘笈琅嬛绝世风。中有文章光焰在，漫分李杜与卢同。

双挥犀管对书筵，又借连城光价偏。多谢吴江老居士，缥缃供我照藜然。

甲午长至，澄髯

（录自原件）

杂感

王欣夫

……玉琢自成器，端赖良师友。峨峨天放楼，群材之渊薮。撰杖参末座，积疑一为剖。有友我同宗（佩诤），经史枕笮久。好学而不倦，许郑恣讨究。……

（节录自《焚余草》，载《苏州女子中学月刊》1929年第1卷第4号）

悼吴县王佩诤

张天方

一揖来吴下，轩眉见此王。论交金石契，被我吉祥光。甲第文章树，才华翰墨场。太湖波万顷，兄事礼彷徨。

谦卑能自牧，古道照今时。不遂浮云幻，而知蕴玉持。多文豹雾隐，益寿鹤风姿。岂分烽烟别，飘然泪黯滋。

兵火东南逼，仓皇上沪居。全家托菰米，余计问盐鱼。茧夺蛾黄瘁，丝飘鬓雪虚。艰危心不拔，所志在诗书。

哭君当自哭，形影吊蟫鱼。年事坡翁墨，家当惠子车。贞筠标竹箭，衰柳系蓬庐。几辈沉沦去，江湖岁又除。

（录自朱希主编《戈亭风雨集·张天方诗选》。按，是集编于1944年，王謇先生五十七岁，安居上海，"悼吴县王佩诤"实系当时战争年代，音讯阻隔之误传）

柬王佩诤謇

佩诤体弱多病，流离中转健。在上海竟日讲授，不以为苦。徐震。

消息闻君好，流离肯自宽。事烦犹勉力，心苦赖加餐。霸气坤维壮，阴风大地寒。他年欣执手，指点汉衣冠。

（录自《确雅诗钞·确雅居丁辛诗录》，作于1939年10至12月间）

哭王佩翁二首

范祥雍

万里商声作，高台易受风。独怜书种子，抱恨田舍翁。世变寿多辱，日暝市亦空。望庐恸一绝，泪洒暮云中。

　　耆儒星散落，犹忆识公初。说项情何重，余初以文字赘见翁，报书有"到处逢人说项"之语，注颜愿竟虚。翁尝约合注《颜氏家训》，余以赴豫章讲学未果。知风谢海鸟，触祸慨池鱼。此老终成古，无人问箧书。

（录自《养勇斋诗钞》,《范祥雍文史论文集》）

致陈梦家
郭沫若

　　陈梦家先生：王佩诤先生《盐铁论散不足篇校释札记》粗略审阅了一下，确是费了苦工的。我打算推荐给一所，以备逐次登入《集刊》（拟明年创刊）。如王先生愿意，望能将全稿寄来。如王先生愿由商务印书馆出版，也好。稿本暂留我处，俟确定后，再奉还或交一所。郭沫若22/XI/1956。

（录自《郭沫若书信集》下册）

父亲的几件往事
王震民

　　（一）大约是20年代的事情吧。蒋王朝的权势人物张静江之侄张乃燕任南京中央大学校长时，曾屡请父亲到中大任教，但为父亲所谢绝。后来张乃燕曾亲自到苏州来邀请，并请季玉先生为说客，一起到我家登门邀请。他们从前门进来，父亲从后门溜走，避而不见。此事，常听母亲说起。

　　（二）抗战前大约在30年代，有个日本京都大学的研究生吉川幸次郎，经李根源先生介绍，前来苏州我家借阅父亲的善本藏书，父亲倾筐倒箧❶让他在我家花厅里阅读。抗战中，我家在上海时，父亲屡次接到吉川来信和他寄来的日本出版的汉学著作，父亲一直不予理睬，后来不断来信，父亲复了他一信，寥寥数笔，大意是两国交战，没有什么可以交谈的。此后吉川又让上海同文书院的一个日本人前来愚园路我家拜访，正值父亲自己开门，父亲一知此人来意，随即将门关上，拒之于门外。此日本人在门外站立了约一个时辰，最后对着我家大门深深地一鞠躬，走了。此事发生在日本人统治的敌占区，父亲这样做是冒着很大危险的。吉川幸次郎后来是个日本有名的文人，1980年左右曾以日本某代表团团长身份来我国访问过。此人可能至今还活着。

（三）61年我回家时，父亲对我说有一件事他很生气：他的一本大约是有关《西厢记》的著作，得郭沫老的赞许，介绍出版，后被康生所阻止。

震民3/25信1985

〔录自原件。此文作者为王謇先生第八子王震民（1926—2001），生前系兰州医学院外语系教授。原稿写于红栏信纸上，《西厢记》原误记作《红楼梦》，为先生长女王郓（1913—2006）及五女王原达（1922—1989）添改〕

---

❶　"箧"，原误作"笑"，径改。

参考文献

B

白淑春编著《中国藏书家缀补录》，宁夏人民出版社2016年

本书编辑委员会编《上海图书馆未刊古籍稿本》，复旦大学出版社2007年

卞孝萱、唐文权编著《民国人物碑传集》，凤凰出版社2011年

卞孝萱、唐文权编著《辛亥人物碑传集》，凤凰出版社2011年

C

蔡贵华《〈续补藏书纪事诗〉点注本校补》，《文献》1988年第1期

蔡吉铭《凌敬言先生琐事七则》，《文教资料》1986年第5期

曹元鼎《沧浪时贤传·黄颂尧先生传》，《艺浪》1936年第2卷2、3期

曹元忠《笺经室遗集》，民国三十年吴县王氏学礼斋铅印本

曹允源等编，王謇校补《民国吴县志校补》，国家图书馆出版社2014年

柴念东编注《柴德赓来往书信集》，商务印书馆2018年

巢章著，巢星初等整理《海天楼艺话》，人民美术出版社2009年

巢章著，巢星初等整理《海天楼艺圃》，人民美术出版社2016年

陈福康《郑振铎年谱（修订本）》，上海外语教育出版社2017年

陈国安《南社旧体文学著述叙录（初编）》，上海古籍出版社2016年

陈红彦主编《善本古籍掌故（二）》，上海远东出版社2017年

陈鸿森《清代学术史丛考》，台湾学生书局2020年

陈夔辑，吴格整理《流翰仰瞻：陈硕甫友朋书札》，上海古籍出版社2012年

陈夔《师友渊源记》，清光绪十二年孟春钱唐汪氏函雅堂刊本

陈乃乾著，虞坤林整理《陈乃乾日记》，中华书局2018年

陈奇猷校注《韩非子集释》，中华书局1958年

陈奇猷《晚翠园论学杂著》，上海古籍出版社2008年

陈去病著，张夷主编《陈去病全集》，上海古籍出版社2009年

陈声聪《兼于阁诗话》，上海古籍出版社1985年

陈诗《凤台山馆诗续钞》，民国铅印本

陈诗《尊瓠室诗话》，民国二十九年铅印本

陈旭轮《关于黄摩西》，《文史》1944年第1期

陈衍撰，陈步编《陈石遗集》，福建人民出版社2001年

陈衍著，郑朝宗、石文英校点《石遗室诗话》，人民文学出版社2004年

陈鳣《简庄文钞正续编》，王謇藏钞本

陈智超编注《陈垣来往书信集（增订本）》，生活·读书·新知三联书店2010年

程千帆《程千帆全集》，河北教育出版社2001年

D

戴正诚《郑叔问先生年谱》，龙榆生主编《同声月刊》，国家图书馆出版社2016年

邓杰《任中敏先生年表》，陈文和、邓杰编《从二北到半塘——文史学家任中敏》，南京大学出版社2000年

邓之诚著，邓瑞整理《邓之诚文史札记》，凤凰出版社2012年

狄葆贤《平等阁诗话》，民国铅印本

丁惠康《丁叔雅遗集》，何藻辑《古今文艺丛书》第2册，江苏广陵古籍刻印社1995年影印本

丁小明、梁颖主编《上海图书馆藏叶恭绰友朋尺牍》，上海辞书出版社2020年

丁小明、赵友永《张茂炯致叶恭绰信札七通考释》，北京国画院编《叶恭绰研究》第1辑，广西师范大学出版社2020年

东莞图书馆编《伦明全集（一）》，广东人民出版社2012年

读彻著，王培孙校辑《南来堂诗集》，《清代诗文集汇编》编纂委员会编《清代诗文集汇编》第5册影印民国二十九年铅印本，上海古籍出版社2010年

杜立宪等《现代家庭知识大观》，河北科学技术出版社1988年

杜泽逊《四库存目标注》，上海古籍出版社2007年

段玉裁《说文解字注》，上海古籍出版社1981年

F

范邦瑾编《范祥雍先生诞辰百年纪念集》，上海科学技术文献出版社2014年

范敬宜《范敬宜文集·敬宜笔记》，清华大学出版社2011年

范军《中国出版文化史研究书录（1978—2009）》，河南大学出版社2011年

范祥雍《范祥雍文史论文集（外二种）》，上海古籍出版社2014年

方树梅《北游搜访滇南文献日记》，余嘉华点校《笔记二种》，云南人民出版社2010年

费树蔚《费韦斋集》，1951年影印本

冯汉骥《〈藏书绝句〉的著者》，《武昌文华图书科季刊》1929年第

1卷第1期

　　傅增湘《藏园群书经眼录》，中华书局2009年

　　傅增湘《藏园群书题记》，上海古籍出版社1989年

G

　　［日］高仓正三著，孙来庆译《高仓正三苏州日记(1939—1941)：揭开日本人的中国记忆》，古吴轩出版社2014年

　　甘兰经《王佩诤先生事略》，《文史资料选辑》1982年第9辑

　　甘肃省地方史志办公室编《甘肃史地编研文选》，甘肃文化出版社2017年

　　高凌雯《志余随笔》，民国二十五年屏庐续刻本

　　耿素丽《国家图书馆藏〈南明史料书目〉述介》，《历史文献研究》总第22辑，华中师范大学出版社2003年

　　耿振东《〈管子〉学史》，商务印书馆2018年

　　龚自珍《龚定盦全集》，王睿批注清宣统元年上海国学扶轮社铅印本

　　龚自珍著，王佩诤校《龚自珍全集》，上海古籍出版社1975年

　　古现东村志编纂委员会编《古现东村志》，方志出版社2014年

　　顾洪、张顺华编《顾颉刚文库古籍书目》，《顾颉刚全集》，中华书局2011年

　　顾颉刚《宝树园文存》，《顾颉刚全集》，中华书局2011年

　　顾颉刚《顾颉刚读书笔记》，《顾颉刚全集》，中华书局2011年

　　顾颉刚《顾颉刚日记》，《顾颉刚全集》，中华书局2011年

　　顾颉刚著，王煦华辑《苏州史志笔记》，江苏古籍出版社1987年

　　顾诵芬《顾诵芬文集》，航天工业出版社2016年

　　顾廷龙《顾廷龙全集·文集卷》，上海辞书出版社2015年

　　顾廷龙《顾廷龙全集·著作卷·章氏四当斋藏书目》，上海辞书出

版社2016年

　　顾廷龙《梁溪余氏负书草堂秘籍书目》,《燕京大学图书馆报》1935年9月第80期

　　顾廷龙编《王同愈集》, 上海古籍出版社1998年

　　顾廷龙主编《清代硃卷集成》, 台北成文出版社有限公司1992年

　　顾沅《玄妙观志》, 民国十七年苏州观前市民公社铅印本

　　顾沅编辑《吴郡文编》, 上海古籍出版社2011年

H

　　海宁县政协文史资料委员会、海宁县文学艺术界联合会合编《海宁人物资料》, 1985年第1辑

　　何刚德《客座偶谈》,《民国笔记小说大观》第3辑, 山西古籍出版社1997年

　　胡玉缙撰, 王欣夫辑《许廎学林》, 中华书局上海编辑所1958年

　　胡玉缙撰, 吴格整理《续四库提要三种》, 上海书店出版社2002年

　　胡韫玉辑《南社丛选》, 民国二十五年国学社铅印本

　　黄淳浩编《郭沫若书信集》, 中国社会科学出版社1992年

　　黄锦鋐《庄子及其文学》, 台北东大图书公司1977年

　　黄苗子《世说新篇》, 生活·读书·新知三联书店2006年

　　黄人著, 江庆柏、曹培根整理《黄人集》, 上海文化出版社2001年

　　黄颂尧《四库未收书目版本考》, 王睿批注民国铅印本

　　黄永年《古籍版本学》, 江苏教育出版社2009年

　　《(黄颂尧)讣闻》, 苏州博物馆藏1934年黄氏铅印本

J

　　冀淑英、张志清、刘波主编《赵万里文集》, 国家图书馆出版社、

上海科学技术文献出版社2011年

　　冀淑英纂《自庄严堪善本书目》，天津古籍出版社1985年

　　贾逸君《中华民国名人传》，《民国丛书》第1编86册"历史·地理类"，上海书店1993年

　　简又文《太平文献：常熟访碑记》，《逸经》1937年第32期

　　简又文《太平文献：吴中文献展览会中之太平文物》，《逸经》1937年第29期

　　江标著，黄政整理《江标日记》，凤凰出版社2019年

　　江澄波《古刻名抄经眼录》，江苏人民出版社1997年

　　江澄波《吴门贩书丛谈》，北京联合出版社2019年

　　江庆柏《近代江苏藏书研究》，安徽文艺出版社2000年

　　江庆柏《任凤苞与地方志收藏》，《中国地方志》1999年第4期

　　江庆柏《王謇〈续补藏书纪事诗〉考说》，《古籍研究》2002年第1期

　　江苏省立苏州图书馆《吴中文献展览会特刊》，民国二十六年排印本

　　姜亮夫编著《楚辞书目五种》，中华书局1961年

　　蒋伯潜注释《语译广解四书读本》，上海启明书局1941年

　　蒋礜《全上古三代秦汉三国晋南北朝隋先唐文编目》，王謇批注清光绪五年刻本

　　蒋吟秋《护书记》，《江苏文史资料选辑》1983年第17辑

　　交通图书馆《吴下英才集》，民国八年交通图书馆铅印本

　　金梁《瓜圃丛刊叙录》，国家图书馆编《国家图书馆藏古籍题跋丛刊》第26册，北京图书馆出版社2002年

　　金梁《近世人物志》，北京图书馆出版社2007年

　　金其源《读书管见再续编》，约1960年油印本

　　金天羽著，周录祥校点《天放楼诗文集》，上海古籍出版社2007年

金毓黻《中国史学史》，1946年国立编译馆排印本

金芷君主编《中医古籍与藏书文化》，中国中医药出版社2016年

经济部编《经济部职员录·水利司》，民国二十七年铅印本

K

康有为著，姜义华、张荣华编校《康有为全集》，中国人民大学出版社2007年

L

来新夏《姚灵犀与〈采菲录〉》，《博览群书》2011年第6期

赖德霖主编，王浩娱、袁雪平、司春娟编《近代哲匠录：中国近代重要建筑师、建筑事务所名录》，中国水利水电出版社、知识产权出版社2006年

李根源《洞庭山金石》，《曲石丛书》，民国十七年腾冲李氏曲石精庐刻本

李根源《虎阜金石经眼录》，《曲石丛书》，民国十七年腾冲李氏曲石精庐刻本

李根源《阙茔石刻录》，《曲石丛书》，民国十七年腾冲李氏曲石精庐刻本

李根源《松海》，民国二十五年铅印本

李国庆《续补〈藏书纪事诗〉——记〈清藏书纪事诗补遗〉稿本》，《藏书家》第8辑，齐鲁书社2003年

李国庆编著，周景良校定《宧翁藏书题跋·年谱（增订本）》，紫禁城出版社2007年

李军《秋山集：故纸谈往录》，浙江人民美术出版社2020年

李军《王欣夫先生编年事辑稿》，《版本目录学研究》第4辑，北京

大学出版社2013年

李军《玉轴牙签爱泽楼——吴中藏书家叶乐天事迹稽存》,《书目季刊》2011年第44卷第4期

李希泌《我父亲李根源和苏州》,《苏州史志资料选辑》1984年第3辑

厉鹗著,董兆熊注,陈九思标校《樊榭山房集》,上海古籍出版社1992年

联合征信所编《上海金融业概览》,1948年联合征信所排印本

梁鼎芬修,丁仁长、吴道镕等纂《宣统番禺县续志》,《中国地方志集成·广东府县志辑（7）》,上海书店、巴蜀书社、江苏古籍出版社2013年

梁基永《一卷琅玕翠墨馨——记冼玉清先生〈琅玕馆修史图〉》,《岭南文史》2011年第2期

梁颖整理《遐庵书札（续二）》,《历史文献》第13辑

林葆恒编,张璋整理《词综补遗》,上海古籍出版社2005年

林钧《篋书剩影录》,1962年油印本

林钧《石庐藏镜目》,民国十八年闽侯石庐铅印本

林钧《石庐金石书志》,民国十二年江西南昌宝岱阁刻本

林玫仪《余一鳌生平及作品资料辑校（之一）》,《中国文哲研究通讯》第15卷第1期,2005年3月

林玫仪《余一鳌生平及作品资料辑校（之二）》,《中国文哲研究通讯》第15卷第2期,2005年6月

林玫仪《余一鳌生平及作品资料辑校（之三）》,《中国文哲研究通讯》第19卷第2期,2009年6月

林玫仪《余一鳌与杨芳灿、顾翰、丁绍仪诸家亲族关系考》,《中国文哲研究集刊》第38期,2011年3月

林亚杰、朱万章主编《岭南书学研究论文集》,广东人民出版社

2004年

林振岳《胡绥之题跋辑录（附〈吴县胡先生传〉）》,《中国典籍与文化》2015年第4期

凌瑕《癖好堂收藏金石目》,民国刻本

刘承幹著,陈谊整理《嘉业堂藏书日记抄》,凤凰出版社2016年

刘绍唐主编《民国人物小传》（第十二册）,上海三联书店2016年

刘铁铮《〈藏书绝句〉的作者是谁》,《江汉学报》1962年第11期

刘勰撰,林其锬、陈凤金集校《刘子集校》,上海古籍出版社1985年

刘叶秋《艺苑丛谈》,《学林漫录（二集）》,中华书局1981年

刘湛恩、潘文安编《升学指南》,民国二十二年职业指导所铅印本

柳曾符、柳佳编《劬堂学记》,上海书店出版社2002年

柳和城《姚文栋其人和他的藏书》,《图书馆杂志》2003年第7期

柳和城编著《叶景葵年谱长编》,上海交通大学出版社2017年

柳亚子《怀旧集》,耕耘出版社1947年

龙顾山人纂,卞孝萱、姚松点校《十朝诗乘》,福建人民出版社2000年

陆九皋《我与博物馆三十年》,《镇江文史资料》1990年第17辑"文化教育专辑"

陆卿子《考槃集》,苏州卜若愚藏洪驾时手抄本

陆象贤编《王培孙年谱》,上海市南洋中学、南洋中学校友会2001年

陆昕《祖父陆宗达及其师友》,人民文学出版社2012年

陆阳《唐文治年谱》,上海三联书店2013年

陆阳《无锡国专》,凤凰出版社2011年

伦明等著,杨琥点校《辛亥以来藏书纪事诗（外二种）》,北京燕山出版社1999年

伦明著,徐鹏整理《辛亥以来藏书纪事诗》,上海古籍出版社1999年

罗志欢《中国丛书综录选注》，齐鲁书社 2017 年

M

马承源主编，黄宣佩、李俊杰副主编《上海文物博物馆志》，上海社会科学院出版社 1997 年

麦群忠、朱玉培主编《中国图书馆界名人辞典》，沈阳出版社 1991 年

冒广生《外家纪闻》，《丛书集成三编》第 83 册，台北新文丰出版公司 1997 年

冒广生《小三吾亭文甲集》，《丛书集成三编》第 54 册，台北新文丰出版公司 1997 年

冒怀滨主编《水绘集——冒鹤亭晚年诗稿》，上海文化出版社 2014 年

冒怀苏编著《冒鹤亭先生年谱》，学林出版社 1998 年

孟繁之《周叔弢致赵万里函笺注》，《国学学刊》2018 年第 2 期

莫旦《苏州赋》，苏州曹彬藏潘圣一 1965 年手抄本

莫友芝撰，傅增湘订补《藏园订补郘亭知见传本书目》，中华书局 2009 年

莫友芝撰，张剑等编辑校点《莫友芝诗文集》，人民文学出版社 2009 年

N

南京师范大学古文献整理研究所编著《江苏艺文志·苏州卷》，江苏人民出版社 1996 年

P

潘光旦著，潘乃穆、潘乃和编《潘光旦日记》，群言出版社 2014 年

潘景郑《著砚楼读书记》，辽宁教育出版社 2002 年

潘景郑《著砚楼书跋》，上海古籍出版社2006年

潘景郑《著砚楼题跋》，《历史文献》第12辑

潘树广、黄镇伟、涂小马主编《中国古代著名丛书提要》，广西师范大学出版社2015年

庞莲《忆父亲庞青城》，《湖州文史》1991年第9辑

庞树柏《庞檗子遗集》，民国五年铅印本

彭云《梁璆的婚礼贺联》，《彭云的博客》http://blog.sina.com.cn/pypy2008，2013-12-12 07:49:45

Q

祁承㸁《澹生堂藏书约（外八种）》，上海古籍出版社2005年

钱存训著，郑如斯编订《中国纸和印刷文化史》，广西师范大学出版社2004年

钱国祥《国朝三邑诸生谱》（又名《苏州府长元吴三邑诸生谱》，清光绪三十二年刻本

钱今昔著，钱初颖编《花与微笑——钱今昔文存》，上海三联书店2015年

钱仪吉等编《清代碑传全集》，上海古籍出版社1987年

钱仲联《梦苕庵诗话》，齐鲁书社1986年

钱仲联《梦苕盦论集》，中华书局1993年

钱仲联主编《广清碑传集》，苏州大学出版社1999年

秦更年《婴闇题跋》，韦力编《古书题跋丛刊》第30册，学苑出版社2009年

秋（蒋吟秋）《黄颂尧先生略史》，《艺浪》1934年第2卷第1期

裘开明《美国哈佛大学哈佛燕京学社汉和图书馆汉籍分类目录（哲学宗教类）》，1939年燕京大学哈佛燕京学社排印本

屈燨《弹山诗稿》，民国九年铅印本

屈燨《屈弹山全集》，上海图书馆藏稿本

瞿冕良《中国古籍版刻辞典（增订本）》，苏州大学出版社2009年

R

饶宗颐《选堂集林》，山东画报出版社2019年

任中敏《教坊记笺订》，王小盾、陈文和主编《任中敏文集》，凤凰
出版社2013年

S

沙孟海著，沙茂世、沙援整理《沙孟海序跋（手迹释文本）》，文津
出版社2017年

上海市南洋中学编《王培孙纪念文集：纪念王培孙先生诞辰一百卅
五周年》，内刊2006年

上海文史馆、上海市人民政府参事室文史资料工作委员会编《上海
地方史资料（五）》，上海社会科学院出版社1986年

邵懿辰撰，邵章续录《增订四库简明目录标注》，上海古籍出版社
1979年

沈惠金《近代词曲大师吴梅的弟子徐益藩》，《桐乡文艺》2007年
第2期

沈津编著《顾廷龙年谱》，上海古籍出版社2004年

沈雷春主编《中国金融年鉴》，中国金融年鉴社1947年

沈修《未园集略》，民国二十四年石印本

沈兆奎《无梦盦遗稿》，1963年仪征张氏默园铅印本

沈知芳《粹芬阁珍藏善本书目》，民国二十三年上海世界书局铅印本

石坤林《忆商务老编辑苏继顾先生》，《商务印书馆九十年——我和

商务印书馆（1897—1987）》，商务印书馆1987年

寿富《先考侍郎公年谱》，北京图书馆编《北京图书馆藏珍本年谱丛刊》第175册，北京图书馆出版社1999年

宋景祁等编《中国图书馆名人录》，上海图书馆协会1930年

苏继顾著，肖新祺辑录《苏继顾先生遗墨——访书所见录》，《学林漫录》12辑，中华书局1988年

苏杰编译《西方校勘学论著选》，上海人民出版社2009年

苏州图书馆编《苏州图书馆藏古籍善本提要·集部》，广陵书社2014年

苏州图书馆编《苏州图书馆藏古籍善本提要·经部》，凤凰出版社2004年

苏州图书馆编《苏州图书馆藏古籍善本提要·史部》，中华书局2010年

苏州图书馆编《苏州图书馆藏古籍善本提要·子部》，西泠印社出版社2012年

苏州图书馆编著《苏州图书馆藏善本题跋》，国家图书馆出版社2018年

苏州文物菁华编委会《苏州文物菁华》，古吴轩出版社2004年

孙殿起《贩书偶记》，中华书局上海编辑所1959年

孙殿起辑《琉璃厂小志》，北京古籍出版社1982年

孙楷第《述也是园旧藏〈古今杂剧〉》，《图书季刊专刊》第1种，民国二十九年图书季刊社排印本

孙中旺《也谈张炳翔》，《苏州史志资料选辑》2004年

孙祖同《李义山诗话汇录》，1962年油印本

孙祖同《虚静斋宋元明本书目》，1960年油印本

《申报》，爱如生数据库

《苏州朱梁任父子葬事募捐册》，民国十二年铅印本

T

谈倩《清代词人余一鳌诗词作品补遗及生平研究》，《无锡史志》2010年第1期

谈瀛《〈藏书绝句〉确为王葆心先生所作》，《图书情报工作》1987年第4期

谭卓垣、伦明等撰，徐雁、谭华军译补《清代藏书楼发展史 续补藏书纪事诗传》，辽宁人民出版社1988年

汤国梨《汤国梨诗词集》，中国文史出版社2016年

汤志钧编《章太炎年谱长编（增订本）》，中华书局2013年

唐兰《唐兰全集》，上海古籍出版社2015年

唐石父《唐石父文集》，天津人民出版社2018年

唐文治《茹经堂文集四编》，《近代中国史料丛刊续编》第4辑，台北文海出版社1974年

陶为衍编著《陶冷月年谱长编》，上海书画出版社2013年

陶诒武《张炳翔事略》，《苏州史志资料选辑》2003年

《铁道部湘黔铁路工程局职员录》，民国二十六年铅印本

W

汪葆楫《孙伯南先生事略》，《文史资料选辑》1984年第12辑

汪鸣銮《汪鸣銮书札》，国家图书馆藏稿本

汪鸣銮《郎亭廉泉录》，上海图书馆藏稿本

汪辟疆撰，王培军笺证《光宣诗坛点将录笺证》，中华书局2008年

汪叔子编《文廷式集（增订本）》，中华书局2018年

汪原渠辑录《汪氏谱略》，民国二十六年铅印本

汪昭义、曹黎云《徽州教育文化研究：以雄村为例》，合肥工业大学出版社2017年

汪之昌《青学斋集》，《清代诗文集汇编》编纂委员会《清代诗文集汇编》第734册，上海古籍出版社2010年

王保譿《溪山小农暂存稿》，南京图书馆藏稿本

王保譿《信札底稿》，南京图书馆藏稿本

王謇（署名谔公）《平湖葛氏所藏清人精本词目》，《江苏省立苏州图书馆年刊》1936年7月

王謇《别振华女学校建国第一甲戌毕程诸女弟子》，《振华季刊》1934年第1卷第2号

王謇《馆藏经籍跋文》，《江苏省立苏州图书馆年刊》1936年7月

王謇《海粟楼丛稿》，稿本

王謇《韩诗外传十家校注补疏》，批校本

王謇《瓠庐所见经籍跋文（卷一）》，《江苏省立苏州图书馆年刊》1936年7月

王謇《瓠庐杂缀》，《东吴》1933年第1卷第2、3号；《江苏省立苏州图书馆年刊》1936年7月

王謇《琅琊王氏所藏吴中先哲遗书及掌故丛著目录》，吴慰祖钞本

王謇《流碧精舍师友渊源录长编》，稿本

王謇《流碧精舍谭艺璅录》，稿本

王謇《慕尔精舍乙酉杂事诗》，稿本

王謇《钮太淑人哀思录》，上海图书馆藏稿本

王謇《双龙颜馆脞录》，《东吴》1915年第2第2、3号；1916年第2卷第4、5号；1916年第2卷第6号；1917年第3卷第1号；1919年第1卷第1号

王謇《瀣粟楼藏书目录（下之下）》，稿本

王謇《瀣粟楼书目（中）》，稿本

王謇《信稿》，稿本

王謇《徐幹〈中论〉札记录要》，稿本

王謇《续补藏书纪事诗》，手写油印本

王謇《续补藏书纪事诗》，苏州卜若愚藏洪驾时钞本

王謇《续补藏书纪事诗》，苏州王学雷藏王謇批校洪驾时钞本

王謇《颜氏家训校释》，批校本

王謇《邑志拾遗》，上海图书馆藏稿本

王謇《元嘉造象室随笔》，《国学论衡》1933年第2期

王謇《再补金石学录》，《江苏省立苏州图书馆馆刊》1929年11月第1号

王謇《再补金石学录》，苏州博物馆藏稿本

王謇抄录补正，孙蜀丞原撰《抱朴子校补》，稿本

王謇著，李希泌点注《续补藏书纪事诗》，书目文献出版社1987年

王謇撰，张维明校理《宋平江城坊考》，江苏古籍出版社1986年

王佩净撰，王学雷辑录《瓠庐笔记》，山东画报出版社2017年

王绍曾、崔国光等整理订补《订补海源阁书目五种》，齐鲁书社2002年

王树枏《陶庐文集》，新城王氏刻《陶庐丛刻》本

王卫民《吴梅和他的世界》，河北教育出版社2002年

王卫民《吴梅年谱（修订稿）》，《吴梅评传》，河北教育出版社2002年

王襄著，唐石父、王巨儒整理《王襄著作选集》，天津古籍出版社2005年

王欣夫《蛾术轩日记》，稿本

王欣夫等辑《八年丛编》，《王欣夫遗书》，上海人民出版社2019年

王欣夫撰，鲍正鹄、徐鹏整理《蛾术轩箧存善本书录》，上海古籍

出版社2002年

王煦华《合众图书馆董事会议事录跋》,《历史文献》第7辑

王学雷《此笔方今更有谁——读几件王蘧常的中年信札》,《书法杂志》2004年第1期

王学雷《徐行可与王佩诤的一次交往》,湖北省图书馆编《徐行可研究论集》,国家图书馆出版社2022年

王延杰《王葆心先生家传》,《湖北文史资料》1992年第3辑

王以铸等《倾盖集》,福建人民出版社1984年

王倚平《捐赠义举 惠泽流长——记一代收藏大家徐行可》,《书法丛刊》2016年第3期

王逸明、李璞编著《叶德辉年谱》,学苑出版社2012年

王荫嘉《二十八宿砚斋善本书录》,苏州图书馆藏稿本

王雨著,王书燕编纂《王子霖古籍版本学文集》,上海古籍出版社2006年

王运天《王蘧常教授学谱》,自印本2000年

王重民《冷庐文薮》,上海古籍出版社1992年

韦力《书肆寻踪:古旧书市场之旅》,中华书局2018年

韦力笺释《著砚楼清人书札题记笺释》,中华书局2019年

翁万戈编,翁以钧校订《翁同龢日记》,中西书局2012年

沃丘仲子《当代名人小传》,民国九年崇文书局铅印本

吴海林、李延沛编《中国历史人物生卒年表》,黑龙江人民出版社1981年

吴梅《读曲记》,王卫民编校《吴梅全集·理论卷》,河北教育出版社2002年

吴梅《蠹言》,王卫民编校《吴梅全集·作品卷》,河北教育出版社2002年

吴梅《瞿安日记》，王卫民编校《吴梅全集·日记卷》，河北教育出版社 2002 年

吴梅《霜崖诗录》，王卫民编校《吴梅全集·作品卷》，河北教育出版社 2002 年

吴铁声《怀念苏继顾先生——并记石涛〈画谱〉的出版》，《学林漫录》九集，中华书局 1984 年

吴微哂《天津〈商报〉》，《天津文史资料选辑》1989 年第 46 辑

吴文英《梦窗词集》，《丛书集成续编》第 159 册，上海书店 1995 年

吴庠《寒竽阁词》，1957 年油印本

吴庠《遗山乐府编年小笺》，香港中华书局 1982 年

吴雨苍《陈毅岑先生和苏南文物管理委员会》，《无锡文史资料》1985 年第 12 辑

吴真撰《脉望馆钞校本〈古今杂剧〉发现史之再发现》，《文献》2019 年第 5 期

X

《叶遐庵先生年谱》，北京图书馆编《北京图书馆藏珍本年谱丛刊》第 199 册，北京图书馆出版社 1999 年

夏冰《苏州士绅》，文汇出版社 2012 年

夏淡人《姑苏书肆忆旧》，《文史资料选辑》1982 年第 9 辑

冼玉清《冼玉清论著汇编》，广西师范大学出版社 2016 年

萧蜕《皐松六十岁前诗》，上海图书馆藏稿本

萧新祺《我与史学家苏继顾先生的交往》，《北京文史资料》2002 年第 65 辑

谢俊美编《翁同龢集》，中华书局 2005 年

辛德勇《困学书城》，生活·读书·新知三联书店 2009 年

徐邕《谈月色〈蟠龙墨梅通景图〉及其它》,《收藏·拍卖》2005年第3期

徐力文《怀念与传承》,《书法丛刊》2016年第3期

徐秋禾整理《续补藏书纪事诗四种》,北京大学学海社1985年10月

徐汤殷编《广东藏书家生卒年表》,附于徐信符《广东藏书纪事诗》,台北文海出版社1977年

徐侠《清代松江府文学世家述考》,上海三联书店2013年

徐信符《广东藏书纪事诗》,《近代中国史料丛刊续编》第20辑,台北文海出版社1977年

徐雁、谭华军《〈续补藏书纪事诗〉前言》,《古籍整理研究学刊》1989年第2期

徐雁、王燕均主编《中国历史藏书论著读本》,四川大学出版社1990年

徐雁《书城掌故藏家史 别有续编在人间——〈续补藏书纪事诗四种〉整理记》,《武汉大学学报(社会科学版)》1986年第5期

徐一士《一士类稿》,辽宁教育出版社1997年

徐震《确雅诗钞》,稿本

徐徵(澂)《野竹盦琐记》,《苏铎月刊》1941年第1卷第5期

薛福成撰,施宣圆、郭志坤标点《庸盦文别集》,上海古籍出版社1985年

薛维源《梁溪词人余一鳌及其藏书》,《晋图学刊》2015年第1期

薛玉坤、李晨整理《〈永安月刊〉笔记萃编》,凤凰出版社2020年

寻霖、龚笃清《湘人著述表》,岳麓书社2010年

Y

杨峒《书岩剩稿》,《丛书集成新编》第78册,台北新文丰出版公

司 1997 年

杨家骆《民国名人图鉴》，1937 年辞典馆排印本

杨家骆《图书年鉴》，1935 年辞典馆排印本

杨权《〈琅玕馆修史图〉题咏笺释》，广东人民出版社 2016 年

杨绍和编撰，周叔弢批注《周叔弢批注楹书隅录》，国家图书馆出版社 2009 年

杨绍和撰，傅增湘批注，朱振华整理《藏园批注楹书隅录》，中华书局 2017 年

杨守敬等《藏书绝句》，古典文学出版社 1957 年

杨旭辉《〈续补藏书纪事诗〉清稿本叙录》，《语文知识》2009 年第 4 期

杨友仁《金松岑先生行年与著作简谱》，《吴江文史资料》1984 年第 3 辑

杨锺羲撰，雷恩海、姜朝晖校点《雪桥诗话全编》，人民文学出版社 2011 年

姚明辉著，戴海斌整理《姚文栋年谱》，《近代史资料》总 125 号，中国社会科学出版社 2012 年

叶昌炽《藏书纪事诗（附补正）》，上海古籍出版社 1999 年

叶昌炽《缘督庐日记》，江苏古籍出版社 2002 年

叶昌炽编，李军整理《五百经幢馆藏书目录》，《苏州史志资料选辑》2009 年总第 35 辑

叶德辉等《吴中叶氏族谱》，清宣统三年东洞庭逡公祠木活字本

叶德辉著，耿素丽点校《书林清话》，国家图书馆出版社 2009 年

叶德辉著，印晓峰点校《叶德辉诗集》，华东师范大学出版社 2100 年

叶恭绰《遐庵汇稿》，《民国丛书》第 2 编（94），上海书店 1990 年

叶恭绰编《全清词钞》，中华书局 1982 年

叶景葵撰，柳和城编《叶景葵文集》，上海科学技术文献出版社2016年

叶启勋、叶启发撰，李军整理，吴格审定《二叶书录：拾经楼䌷书录 华鄂堂读书小识》，上海古籍出版社2014年

易宗夔《新世说》，上海古籍出版社1982年

俞剑华编著《中国美术家人名辞典》，上海人民美术出版社2005年

袁荣法《湘潭袁氏家集》，《近代中国史料丛刊续编》第69辑，台北文海出版社1979年

袁熙沐等《吴门袁氏家谱》，民国八年石印本

恽毓鼎《崇陵传信录》，中华书局2007年

Z

曾广钧《环天室古近体诗后集》，《清代诗文集汇编》编纂委员会《清代诗文集汇编》第791册，上海古籍出版社2010年

张晖《龙榆生先生年谱》，学林出版社2001年

张惠衣（署名莘伊）《瑞云峰小志》，《振华季刊》1934年创刊号

张惠衣《金陵大报恩寺塔志》，民国二十六年商务印书馆排印本

张惠衣《历代平民诗集》，民国二十六年商务印书馆排印本

张惠衣《灵璪阁诗集》，民国三十三年铅印本

张舜徽主编《中国历史文献研究（一）》，华中师范大学出版社1986年

张晓唯《今雨旧雨两相知：民国文化名人史事钩沉》，百花文艺出版社2005年

张一麐《心太平室集》，民国三十六年铅印本

张寅彭主编《民国诗话丛编》，上海书店出版社2002年

张元济《张元济全集》第9卷，商务印书馆2010年

章荑荪《记脉望馆钞本〈古今杂剧〉》,《斯文半月刊》1942年第2卷第22期

章钰《四当斋集》,民国二十六年铅印本

赵秉禹《曲家凌景埏先生学术简表》,《文教资料》2011年12月号上旬刊

赵尔巽等《清史稿》,中华书局1977年

赵丽文《古逸诗辑存》,王謇批注本

赵善昌撰,徐苏君、赵是铮校注《拙斋纪年》,《苏州史志资料选辑》2010年总第36辑

赵诒琛、王謇编《艺海一勺》,上海书店1987年

赵诒琛、赵诒绅《赵氏家乘》,民国七年昆山赵氏义庄刻本

赵诒琛《峭帆楼丛书》,1917年苏州振新书社

赵诒琛编《又满楼丛书》,民国九至十四年昆山赵氏又满楼刻本

赵诒翼、赵诒琛《新阳赵氏清芬录》,民国六年昆山赵氏义庄刻本

浙江省地方志编纂委员会整理《重修浙江通志稿(标点本)》,方志出版社2010年

浙江省文史研究馆编《张宗祥文集》,上海古籍出版社2013年

郑伟章、姜亚沙《湖湘近现代文献家通考》,岳麓书社2007年

郑文翰主编《军事大词典》,上海辞书出版社1992年

郑逸梅《近代名人丛话》,中华书局2005年

郑逸梅《近代野乘》,新中书局1948年

郑逸梅《南社丛谈:历史与人物》,中华书局2006年

郑逸梅《人物品藻录》,日新出版社1946年

郑逸梅《世说人语》,北方文艺出版社2016年

郑逸梅《文苑花絮》,中华书局2006年

郑逸梅《艺林散叶荟编》,中华书局1995年

郑逸梅《珍闻与雅玩》，北京出版社1998年

郑逸梅《郑逸梅选集》，黑龙江人民出版社1991年

郑振铎《纪念抗战期间逝世的国文教授：记吴瞿安先生》，《国文月刊》1946年第42期

郑振铎《西谛书话》，生活·读书·新知三联书店1983年

郑振铎著，陈福康整理《郑振铎日记》，商务印书馆2018年

政协杭州市委员会文史委编《杭垣旧事》，《杭州文史资料》2001年第25辑

政协吴江市委员会文史资料委员会编《吴江近现代人物录》，《吴江文史资料》1994年第13辑

之江附中学生自治会编《之江附中学生自治会会刊》，1935年创刊号

中华书局编辑部编《古逸丛书三编》，中华书局1982年

周炳辉《琐忆祖父周越然》，《文汇读书周报》2013年10月22日

周启晋《五世书香（四）——忆先父绍良先生》，《藏书家》第16辑

周生杰《藏书纪事诗研究》，中国社会科学出版社2020年

周生杰《论藏书纪事诗的学术价值及文学史意义》，《文学遗产》2015年第2期

周叔弢《周叔弢古书经眼录》，国家图书馆出版社2009年

周退密、宋路霞《上海近代藏书纪事诗》，华东师范大学出版社1993年

周退密《周退密诗文集》，黄山书社2011年

周学熙《周止庵先生自叙年谱》，《近代中国史料丛刊三编》第1辑，台北文海出版社1974年

周一良《周一良集》，辽宁教育出版社1998年

周永珍编《徐蕴华林寒碧诗文合集》，社会科学文献出版社1999年

周中孚著，黄曙辉、印晓峰标校《郑堂读书记》，上海书店出版社

2009年

　　周子美《近百年来江南著名藏书家概述(上)》,《图书馆杂志》1982年第1期

　　朱涤心《涤心碎录》,《消闲月刊》1921年9月第5期

　　朱良志、邓锋主编《陈师曾全集》,江西美术出版社2016年

　　朱琴《赵诒琛藏书、刻书述略》,《山东图书馆学刊》2010年第5期

　　朱为弼《蕉声馆文集》,《清代诗文集汇编》编纂委员会《清代诗文集汇编》第501册,上海古籍出版社2010年

　　朱希主编《戈亭风雨集》,民国三十三年铅印本

　　朱则杰《清诗考证续编》,浙江大学出版社2019年

　　诸伟奇《古籍整理研究丛稿》,黄山书社2008年

　　庄文亚编《全国文化机关一览》,世界书局1934年

　　宗源瀚等主修《重修湖州府志》,清同治刻本

　　邹百耐纂,石菲整理《云间韩氏藏书题识汇录》,上海古籍出版社2013年

后 记

　　一稿之成谓之"杀青斯竟"，想找个地方出版，则谓"谋付枣梨"，这两个愿望如今都已实现，收尾工作就是写篇《后记》。

　　因为两个愿望都得以实现，所以心情十分愉悦。回顾写作过程，则又是满满的感激：

　　沈津先生、韦力先生乃先曾祖异代知己，允赐佳序，实深渊源。

　　白谦慎先生拨冗赐题，熠熠增辉。

　　吴致之先生将拙稿一字一句，连一个标点都不放过地进行了审读，纠正了很多失误，让晚学感到极其幸运的同时，也陷入到极度惶恐不安之中。当然，先生也不是"无偿"的，作为"等价交换"，敦嘱我在今后要尽快将先曾祖的其他遗著整理出来，让他一睹为快。我除了感激还是感激，那就大恩不言谢吧。

　　沪上的表叔周鲁卫先生、表婶王周生女士，将先曾祖大量的资料托付与我，没有这些资料，我所做的工作必然会很单薄；表叔陶为衍先生长年致力于整理研究其尊人冷月翁的生平，其中凡涉及先曾祖的资料，悉以相赠，使我对先曾祖的了解加深了许多；范邦瑾世丈扶椠审读《前言》，纠谬匡剧。又每辱赐其尊人范祥老资料供驱獭祭。是皆谊关至戚，当深致谢忱。

　　沈燮老九七高龄，犹往来宁苏，还吴之日每有垂询，今拙稿之成也，惟愿首肯。

　　徐雁先生亦时有垂问，勉励有加，每有佳贶。

　　夏冰兄有"苏州通"之誉，稿中凡涉苏人苏事，误者谠之，缺者补之，所赖尤多。

卜若愚兄以珍藏洪驾时手抄清稿本慨然惠假，锦上添花。

陈鸿森先生之于清代学术、朱则杰先生之于清诗人考证、周生杰先生之于藏书纪事诗之研究，皆衺然巨帙，远邮面授，嘉惠良多。

南江涛兄与我反复沟通协商无数次，不厌其烦。潘云侠女士不畏琐琐，逐一校核引文，心细如发。尤其是清稿本发现后的"返工"，给他们大大地增加了工作量。

涂小马、薛维源、梁颖、薛玉坤、马骥、李军、叶康宁、葛金华、贺宏亮、严晓星、陈国安、曾迎三、丁小明、孙中旺、孙田、陈田高、曹彬诸先生，或有一瓶之惠，或有切磋之益，并志铭感。期间或有靳不我与者，亦徒令人增慨耳。

感谢父母、家人对我的支持。

2020年8月4日记于姑苏城南五柞山居

2021年12月20日改定

痛感遗憾的是，古籍界元老、版本目录学家沈燮元先生于2023年3月29日遽归道山。但有幸在先生去世前不久，托李军兄往南京拜谒先生之机，请先生为本书题词。百岁高龄的沈先生虽已力不从心，但仍欣然题下"四代传诗衍世泽，一编羽翼诵清芬"联语，表达了他与先曾祖深厚的师弟情谊。在沈先生逝世一周年之际，谨向先生表达深切的追念！

2024年3月16日，晚学王学雷谨志